사카구치 안고 선집

김유동 옮김

서커스

차례

사카구치 안고 선집

일러두기

1. 사이시옷은 발음과 표기법이 관용적으로 굳어져 있는 경우를 제외하고는 가급적 사용을 지양했다.
2. 일본어 'ち'와 'つ'는 철자의 위치에 상관없이 '치'와 '츠'로 표기했다.
3. 일본 인명의 경우 성 다음의 이름이 파열음 ㅋ, ㅌ, ㅍ으로 시작될 경우 그대로 표기했다. 단 성의 경우는 ㄱ, ㄷ, ㅂ으로 표기했다.
4. 고유명사 표기는 음독의 경우 관용적으로 굳어진 경우를 제외하고는 일본어 한자음을 사용하지 않고 가급적 우리 한자음대로 적었다.
5. 거리, 무게, 시간 등의 옛날식 단위는 현대식 단위로 환산해 표기하기도 했다.
6. 작품의 이해를 돕기 위해 옮긴이가 각주를 달았다.

고향에 부치는 찬가 ふるさとに寄する讚歌
-꿈의 총량은 공기였다

나는 창공을 바라보았다. 창공은 나에게 스며들었다. 나는 유리색 파도에 목이 멘다. 나는 창공을 헤엄쳤다. 그리고 나는, 어느새 투명한 파도에 지나지 않았다. 나는 바닷가의 파도 소리를 척수로 들었다. 단조로운 리듬은, 그곳으로부터, 둔탁한 꿈틀거림을 공중으로 뿌렸다.

나는 피곤했다. 여름의 태양은 광포한 분류噴流로 날카롭게 나를 찔러 관통했다. 그럴 때마다 내 몸은 맥없이 모래 속으로 날아 떨어지는 아지랑이 같았다. 나는, 내가 지닌 저항력을, 더는 의식할 수가 없었다. 그리고 나는 강렬한 열인 빛의 분류를, 나의 태 안에서, 그것이 나의 살인 것처럼 느끼고 있었다.

흰 등대가 있었다. 삼각모자를 쓰고 있었다. 반짝거리는 바다에 백일몽을 흘리고 있었다. 오래 묵은 추억의 냄새가 났다.

사도佐渡로 가는 배가 한 덩이의 연기를 하늘로 떨구어 놓았다. 해안에는 높은 모래언덕이 이어져 있었다. 겨울에 시베리아의 바람을 막아 주기 위해, 모래언덕의 중턱은 수유나무 숲을 이루고 있었다. 대낮에는 여치들이 노래에 취해 있었다. 꼭대기에 있는 마을 쪽에서는 매미의 열띤 울음소리가 솔숲의 머리를 뒤흔들며 흘렀다. 나는 수유나무 숲에서 서성거리고 있었다.

그 무렵, 나는 마치 모래언덕의 망루와 비슷했다. 사방에 펼쳐진 망루의 창에서 풍경이—색채가, 냄새가, 소리가 흘러왔다. 나는 피곤해 있었다. 내 안에는 내가 없었다. 나는 사물을 생각하지 않았다. 풍경이 창문 밖을 흘러 지나갈 때, 그런 풍경들이 나 자신이었다. 망루의 창에서, 나는 나를 운반했다. 내 안에서 계절이 자라났다. 나는 일체를 풍경으로 환산하고 있었다. 그리고 내가 나 자신을 생각했을 때, 나 역시 창문을 흘러간 하나의 풍경에 지나지 않았다. 오래고 먼 냄새가 풍겨 왔다. 자꾸만 어머니를 부르는 소리가 났다.

나는 추구하는 일에 피곤해져 있었다. 나는 오래도록 어떤 것을 추구했다. 그처럼, 나의 피로도 오랜 것이었다. 나의 피로는 삶에도 견뎌내지 못할 정도로 나의 몸을 손상시키고 있었다. 나는 때때로, 나의 몸이 더 이상 어느 곳에서도 발견되지 않을 것처럼 느끼고 있었다. 그리고 남겨진 나를 위해, 어슴푸레한 곤혹을 떠올렸다. 나의 피로는—예컨대 수유나무 가지에, 나는 한 마리의 곤충을 바라보고 있는 것이었다. 곤충은 투명한 날개를 가냘프게 떨고 있었다. 나는 나의 몸이, 또한 투명한 파도임을 깨닫고 있었다. 그것은 아지랑이보다도 가벼운 명암에 지나지 않았다. 곤충 날개의 그림자가 내 몸에 어렴풋이 비치며 흔들렸다. 뜨겁게 달궈진 공기에, 풀의 열기가 엉겨 있었다. 곤충은 날아갔다. 그리고 그 날개의 울림이 날카롭게 내 심장을 치는 듯이 느껴졌다. 태양 속으로 낙하하는 유쾌한 현기증에, 나는 취하는 일을 좋아했다.

오랫동안, 나는 다양한 것을 추구했다. 어느 무엇 하나 손아귀에 쥘 수가 없었다. 그리고 아무것도 움켜쥐지 못하는 사이, 더 이상 추구할 것이 없어지고 말았다. 나는 슬펐다. 그러나 슬픔을 움켜쥐기에조차 나는 다시 실패했다. 슬픔에도, 또한 실감이 결핍되어 있었다. 나는 막연하게, 펼쳐져 가는 공허함을 줄곧 느꼈다. 끝도 없는 공허 속으로 붉은 태양이 오르고, 그것이 지고, 밤을 가져다주었다. 그런 날들이 매일 이어졌다.

뭔가 추구할 게 없을까?

나는 찾아 헤맸다. 헛되이, 열광하는 자신의 체취를 느낄 뿐이었다. 나는 추억을 파헤쳐 보았다. 그러던 어느 날, 추억의 가장 깊은 구석에 처박혀 있던, 켜켜이 먼지에 싸인 하나의 모습을 찾아냈다. 그것은 한 소녀였다. 그것은 나의 고향에 살고 있었다. 겨우, 한두 번 말을 나눈 기억이 있었다. 내가 고향을 떠난 이래—10년 가까이 만난 일이 없었다. 이제는 생사조차 몰랐다. 그러나 파헤쳐낸 먼지투성이의 모습은 신기하게도 생생하게 숨을 쉬고 있었다. 날이 가면서 나는, 그 모습의 생기와 나 자신의 생기를 구별할 수 없게 되었다. 나는 쫓기듯이 여행 길에 올랐다. 매연으로 볼이 새까매져 있었다.

나는 고향에 돌아갔다.

고향에는 나의 생가가 이제 없었다. 나는 허름한 여관의 석양으로 빛 바랜 다다미 넉 장 반짜리 방에, 네댓 권의 헌 잡지와 수면제가 든 보따리를 던져 놓았다.

설국雪國의 음울한 처마에 너무나 밝은 하늘이, 무기력과, 참을성과, 나른함을, 강조했다. 납빛의 눈 내리는 하늘이 거리의 어느 구석에나 도사리고 있었다. 거리에는 부박한 색정이 흘렀다. 3면 기사가 무명옷 성장으로 장식하고서…… 나는 이미, 에트랑제(이방인)였다. 기후에도, 풍속에도, 인간에도, 그리고 감정에도. 나는 따뜻한 곳에 손을 꽂고서, 정처 없이 거리를 쏘다녔다. 이마로, 창문 열리는 소리가, 희미하게, 그리고 상쾌하게, 끊임없이 들려오고 있었다. 그 소리는 가로수가 잠든, 조용하게 전개된 하나의 길을 나에게 암시했다. 그것은 어떠한 쓸쓸함에도, 나에게 길을 걷게 하는 힘을 주었다. 나는 아주 의심스러운 눈으로, 오가는 모든 여자를 보았다. 지나간 다음, 저게 그 사람이 아닐까 하고, 반은 감정을 비아냥거리듯, 나는 줄곧 그렇게 생각하고자 했다. 나는 뱃속으로 웃었다. 나는 고집스럽게 뒤돌아보는 것을 두려워했다. 모든 것은 우연인 것을. 내 슬픔도, 내 연인도(말하자면, 웃어넘겨야 할 의문부호인 연인도), 우연과 더불어 지나가라. 저게 그 사람이 아니었을까 하는 후회로, 너의 슬픔은 옥玉이 될 날이 있을 것이라고.

그녀란? ……대체 그녀란 누구일까? 골똘히 생각해 볼 때, 그녀의 모습은 언제나 그 정확한 윤곽을 흐려 버리고, 내 눈에서 사라지는 것이었다. 사라지는 모습을 좇아, 나는 서둘러서 눈을 감는 것이었다. 이제는, 암흑만이 거기에 있었다. 나는 거기에, 하나의 모습을 낳아 놓으려 했다. 검은색 막에, 나는 흰 동그라미를 놓았다. 나는 거기에 눈을 더하고, 코를 더하고, 입을 더하려 했다. 나는 나의 뮤즈가 조형造型의 암시를 줄 때까지, 조용히 그 원을 지켜보려고 애썼다. 흰색의 동그라미는 심술궂게 늘어나기도 하고 줄어들기도 했다. 그리고 내가 한 획을 더하려 할 때마다, 음험하게, 다른 한 점을 지워 버리려 했다. 나는 그것을 막기 위해, 나의 점묘點描에 속력을 더하는 것이었다. 나의 짜증에 따라서, 동그라미 또한 깃발처럼 심하게 흔들렸다. 단념하고 나는 눈을 뜨는 것이었다. 산뜻하게 내 눈에 스며드는 것은 집과 나무와 길과, 모든 것이 태양에게 삼켜진 여름이었다. 나는 그런 것들을 기적처럼 경이롭게 여기며, 잠시 멍하고 바라보고 있었다. 뺨에 흐르는 땀을, 나는 의식하지도 않은 채로 닦았다.

그녀는 말하자면, 내 안에서, 이처럼 실감이 희박한 존재였다. 나는 소녀인 그녀를 기억 속에서 알고 있었다. 그것은 의심할 바 없이 진실이었다. 그러나 그녀는, 내가 알지 못하는 사이, 내 안에서 성장해 있었다. 그리고 내 안에서 성장한 그녀는 이제는 현실에서 자라난 그녀와는 별개의 사람인지도 몰랐다. 내 안의 그녀는 말하자면 하나의 개념이고, 하나의 상징인지도 몰랐다. 그러나 그 개념을 좇아 북국北國의 항구마을로 태양을 헤엄쳐온 나는 개념도 아니고, 상징도 아니었다. 그것은 현실의 나였다. 당장 지금도, 나른한 길을 먼지를 뒤집어쓰고 걷고 있었다. 지쳐 있기는 하지만, 생명과 청춘을 가지고 있었다. 그런 까닭에 그녀도 살아 있었다. 그녀는 힘이었다. 얼핏 쳐다보는 일 말고는, 그리고 그녀를 쫓는 일 말고는, 나에게는 아무런 계산도 없었다.

이러한 나를 바라볼 때, 나는 내가 꿈처럼 먼 망막茫漠한 풍경이라는 것을 깨닫고 있었다. 나는 고향 땅에 점점이 내 발자국을 떨어뜨리면서, 이 현실의 순간이 떠올리고 있는 꿈이기라도 한 듯한 거리감을 늘 느끼고 있었다. 나는 그 꿈을, 그 풍경을 진력도 내지 않고 그리워했다. 풍경인 나는 풍경인 그녀를, 내 마음에 나란히 늘어놓는 것을 오히려 좋아했던 것인지도 모른다. 그리고 풍경인 나는 공기처럼 거리를 흘러 다녔다. 거리를 제비가, 그리고 나를, 가로질러 갔다.

거리의 먼지와 거리의 소음이, 깊이 나에게 스며들어 있었다. 오직 홀로, 조용한 숲으로 들어갈 때에도, 피부로 스며든 거리의 소음이 내 몸을 에워싸고 있었다. 모래산에서, 높이 활짝 갠 밤 아래서도, 피부에서 꼼지락거리는 혼잡의 발소리를 들었다. 그리고 발산하는 소음과 교대로 밤의 정적이, 또 어떤 때에는 바닷가의 물소리가 상쾌하게 내 마음에 스며들었다. 무엇인가, 내 안에서 청징해지고자 하는 기분이 들었다. 밤하늘이, 온 우주가, 달콤한 안심을 나에게 주었다.

어느 날 밤에는 또, 이 거리에 하나뿐인 천주교 성당에, 번잡한 세상의 먼지를 떨어내기 위해 갔다. 성당의 어둠에서, 나의 유년의 왈츠가 들려왔다. 그림자 속의 그림자가, 의혹의 파도가, 반은 졸린 듯한 꿈을 떨구었다. 미루나무의 강한 향기가 눈에 배어들었다. 시끄럽게 개구리들이 울고 있었다. 신부님은 독일인이었다. 검은 법의와 수염이 있는 그 얼굴을, 나는 기억하고 있었다. 그 때문에, 로마풍 십자가의 모양을 비춰 주는 쓸쓸한 연못을, 마을 사람들은 이방인의 연못이라고 불렀다. 연못은 모래언덕과 미루나무 숲으로 둘러싸여 있었다. 열 살의 나는 그곳에서 놀고 있었다. 미루나무 숲에, 갑자기 가을이 깊었고, 지나가는 비가 요란하게 낙엽을 두드리며 지나갔다. 붉은 석양이 구름의 틈새에서 비쳐 나왔다. 나는 망토를 두르고 있었다. 성당의 종이 울렸다. 낚시대를 버리고 단숨에 집으로 나는 달려갔다. 크리스마스에 나는 과자를 받았다. 미루나무 숲을 넘어, 상점가 안의 살림집의 등불이 보였다. 창문이 열려 있었다. 벌거벗은 남녀가 식사를 하고 있었다. 울퉁불퉁한 근육이 그림자를 그렸다. 예전에는 그곳에 나의 친구가 살고 있었다. 나보다 4, 5세 위였다. 마을의 중학생 중에서는 가장 말썽꾼이었다. 유도를 잘했다. 나는 1학년생이었다. 나는 매일 교실의 창문으로 빠져 나가서, 바닷가의 솔밭을 걸어 다녔다. 그는 착한 마음을 가지고 있었다. 그를 많이 닮은 나를, 그가 빠져든 타락으로부터 멀리하게 하기 위해, 엄청나게 나를 질책했다. 사람들은 내가 그의 소년이라고 오해했다. 나는 마을의 중학교에서 쫓겨났다. 그는 사냥을 갔다가 친구가 쏜 유탄을 맞고 죽었다.

성당의 창문은 어둡고, 기도 소리도 흘러나오지 않았다. 무엇인가, 소리 높이 외치고 싶은 마음을 나는 매우 억누르고 있었다. 소란스러운 식탁의 소리가 흐르고 있었다.

누나가 병들어, 이 마을 병원에 와 있다는 것을 알았다. 흑색 육종을 앓고 있었다. 연내에 죽는다는 것을 자신도 알고 있었다. 매일 라듐을 쬐고 있었다. 나의 아버지도 육종으로 죽었다. 그 유전을 나는 별로 두려워하지 않았다.

누나는 총명한 사람이었다. 아이들에게 좋은 어머니였다. 그 때문에 누나는 나이가 들어서도 소녀의 예지를 잃지 않았다. 누나는 나를 믿고 있었다. 그래서 나는 누나를 만나고 싶지 않았다. 모든 친밀함은 풍경인 나에게 어울리지 않았다. 그것은 씁쓰름한 자극을 나에게 남겨 놓았다. 나는 남루했다. 남의 친밀함을 받아들이기에 족한 탄력이 내 안에는 이미 없었다. 같은 땅에서 누나의 병에 대해 들었으면서, 문병 가는 일을 놓고 매일 미루기만 했다. 방황하는 동안에 때때로 약품의 냄새가 코에 감겼다. 나는 눈을 감고서 모르는 체했다. 나는 아이스크림을 먹었다. 숟가락을 오래도록 핥고 있었다.

태양의 흑점에 대해 거리의 신문이 논하고 있었다.

들어가지는 않을 생각으로, 병원 앞에 나는 와 있었다. 나는 서성거렸다. 간호부가 나를 보고 있었다. 나는 병원으로 들어갔다. 누나는 나를 맞으러 뛰어나왔다. 여느 사람과 거의 달라 보이지 않았다. 다만, 죽음을 마음속으로 각오한, 참으로 쓸쓸한 아름다움이 있었다. 시골에서 문병을 온 아이들이 마침 돌아가고 난 뒤였다. 먹다 흘린 것들의 자취가, 방 전체에 흩어져 있었다. 즐거운 아이들을 태운 기차가, 내 눈에 용감하게 철교를 건너고 있었다. 아이들을 즐겁게 지내게 하기 위해, 어떠한 가면도 만들어 낼 수 있는 사람이었다, 나의 누나는. 누나는 아이들에 대해 이야기했다. 맏딸에게 혼담이 있었다. 그 걱정으로 누나는 자신의 병을 잊기 일쑤였다. 나는 담배를 몇 개비나 피웠다. 누나는 나에게 성냥불을 켜 주었다. 누나는 나의 담배 꽁초를 손바닥에 올려놓고, 오래도록 그것을 만지작거리고 있었다. 꿈에 식물을 본다고 누나는 말했다.

"너를 위해 멋진 만찬회를 열고 싶구나……"

그 말을, 누나는 몇 번 되풀이했다. 나는 루이 14세가 예전에 벌인 파티의 메뉴를 누나에게 이야기했다. 누나는 너도밤나무 숲에서 식사를 한 적이 있다고 말했다. 허세를 부리며, 두 사람은 언제까지고, 공허한 꿈 이야기를 계속했다. 매일 병원을 찾아오겠다고 약속했다. 아이들이 보이지 않는 날에는 내가 병원에서 자겠다고 약속을 했다.

설국의 한여름은 일종 특별한 무더위를 날라 왔다. 하루 종일 무풍 상태가 계속되었다. 그대로 해가 지고, 밤에도 더위가 약해지지 않았다. 누나는 계속해서 얼음을 먹었다. 창밖에는 묵직하게 늘어져 있는 무화과의 잎이 있었다. 거기에 달이 지고 있었다. 누나는 거기에 물을 뿌렸다.

며칠 사이, 그래도 어느 아는 사람과 만났다. 두세 마디 말을 주고받고는 웃지도 않고 헤어졌다. 한 사람 더 만났다. 그는 늙은 인력거꾼이었다. 나에게 인력거에 타라고 자꾸만 권했다. 나를 태우고, 인력거는 햇볕이 쨍쨍한 대낮에 돌길을 빙 돌았다. 나이와 더불어 피어나는 행복을, 노래하듯이 그는 전했다. 나는 기쁜 웃음을 웃었다. 장막이 떨렸다. 맥주집에서 한 여급이 가게 문을 닦고 있었다. 인력거꾼의 집이었고, 우리는 수박을 먹었다.

그녀의 집에는 다른 가족이 살고 있었다. 어렸던 소녀가 등을 기대고 전깃줄을 바라보고 있던 문은, 소나무 잎 그늘에 단단히 문을 닫고 있었다. 세모난 해가 그림자를 드리웠다.

나는 귀를 기울였다. 나는 살그머니 지나갔다. 나는 창문을 올려다보았다. 한참 있다가, 나는 피식 웃었다. 나는 바다로 갔다. 인기척이라고는 없는 은색의 모래사장에서, 나는 바닷속으로 뛰어들었다. 상쾌하게 먼바다로 나갔다. 손바닥은 하얗게 빛나며 산란散亂했다. 바다가 깊어지고 있었다. 돌연 나는 죽음을 떠올리고 있었다. 나는 무서웠다. 나의 몸은 마음보다도 더 빨리 낭패를 느끼고 있었다. 내 손에 물이 닿지 않게 되어 있었다. 팔다리는 감각을 잃었다. 내가 토해내는 파도가 날카로운 소리를 내고 있었다. 나는 자신이 지금 웃음을 터뜨려도 괜찮다는 욕망에 몰려 있음을, 우스꽝스러울 정도로 비통하게 의식했다. 나는 뭍으로 올라왔다. 나는 해변에서 잤다. 나는 깊은 잠에 빠졌다.

그날 밤, 병원에 가서 잤다. 나는 누나를 그다지 만나고 싶지 않았다. 왜냐하면 실감이 없는 대화를 나누지 않으면 안 되었으니까. 그리고 나는 되돌아보면, 이야기해야 할 진실의 한 조각도 갖지 못했던 것 같다. 마음에 떠오르는 것은, 모두가 강조와 강제가 만들어 낸 것으로 보였다. 나는 우연히 떠올리고 있었다. 그녀를 다시 만날 기회는 없을 것이라고. 그것은 의미도 없이, 너무나 당돌할 정도로, 그리고 내가 결코 나 자신에게 납득시킬 수가 없을 정도로, 애달픈 슬픔으로 나를 엄습하는 것이었다. 나는 이러한 유희에 더없이 따분해져 있었다. 조금 뒤에는, 어느새 무심하게 구름을 보고 있었다.

누나 역시, 누나 자신의 거짓을 언짢아하고 있었다. 누나는 문병객의 거짓말에 괴로워하고 있었으므로, 그들의 선수를 치듯이 누나 자신이 오히려 거짓말만 시끄럽게 떠들어 댔다. 그것은 흰 모기장이었다. 전등을 끄고, 두 사람은 한밤중까지, 입에서 나오는 대로 서로의 신세한탄을 했다. 한 사람이 진실에 접근하려 하면, 한 사람이 황급하게 화제를 바꾸었다. 서로 동정하는 체했다. 거짓 감정에 눈물을 흘렸다. 지쳐서, 잠이 들었다.

아침, 누나가 일어나기 전에, 침상에서 빠져나와 바다로 갔다.

항구에 6천 톤짜리 화물선이 들어왔다. 귀에 솔깃한 뉴스에, 항구의 융성을 마을 사람들이 이러쿵저러쿵 말했다. 나는 뒷골목에서, 기름내에 절은 주방의 냄새를 맡았다. 그리고 뒷골목에서, 활짝 열린 창문으로부터 분 냄새가 풍겨 나왔다. 욕조의 물때 냄새가 내 몸에 배어들었다. 그리고 태양을 우러러보았다. 자꾸만 돌아가고 싶은 마음의 그림자가 흔들렸다.

도쿄의 하늘이 보였다. 두고 온 나의 그림자가, 도쿄의 혼잡에 휩쓸리고, 밟아 뭉개지고, 분쇄되어 허덕이고 있었다. 한없는 그 상처에, 무언의 그림자가 뚱한 얼굴을 하고 있었다. 나는 그곳으로 돌아가야겠다고 생각했다. 무언의 그림자에게 말을 부여하고, 무수한 상처에 피를 주어야겠다고 생각했다. 허위의 눈물을 흘릴 틈은 더 이상 나에게 줄 수가 없다. 모든 것이 절실하게 절박해 있었다. 나는 생생하게 슬퍼하자. 나는 무덤으로 돌아가지 않으면 안 된다. 고.

우리는 호텔 꼭대기에서 결별의 식탁에 앉았다. 거리의 등불이 점차로 늘어났다. 나는 매우 초조해하고 있었다. 누나는 내 기세에 눌려 침묵했다. 우리는 정거장으로 갔다. 우리는 지루해하고 있었다. 기차가 움직였다. 나는 흥분했다. 정신없이 모자를 흔들었다.

이별만은, 쓸쓸했다.

(1931년 5월)

바람 박사風博士

　여러분은, 도쿄시 모동 모번지인 바람 박사 댁을 알고 계시는가? 모르신다. 그것은 매우 유감이군. 그렇다면 여러분은 위대한 바람 박사를 아시는가? 모르신다. 오호라. 그렇다면 여러분은 유서만이 발견된 채로, 위대한 바람 박사 자체는 묘연히 분실되었다는 사실도 모르시는 것일까? 모른다. 아아. 그렇다면 여러분은 내가 그와 관련된 혐의 때문에 엄청난 곤란을 겪었다는 것도 모르실 테군. 하지만 경찰은 알고 있었던 것이다. 그리고 그쪽 관련 당국의 계산에 의하면, 위대한 바람 박사는 나와 공모해서 유서를 날조한 다음 자살을 가장하고, 그리해서 저 가증스런 문어 박사의 명예 훼손을 기도한 것이 틀림없다고 보고 있었던 것이다. 여러분, 이것은 명백히 오해다. 왜냐하면 위대한 바람 박사는 자살했기 때문이다. 과연 자살을 한 것이라고? 그렇다, 위대한 바람 박사는 분실된 것이다. 여러분은 경솔하게 진리를 의심해도 괜찮은 것일까? 왜냐하면 그것은 여러분의 생애에 온갖 불운을 초래할 것이 분명하기 때문이다. 진리란 믿을 만한 성질의 것인 고로, 여러분은 위대한 바람 박사의 죽음을 믿지 않으면 안 되는 것이다. 그리고 여러분은 저 가증스러운 문어 박사의— 아, 여러분이 저 가증스러운 문어 박사를 알고 계셨던가? 모르신다. 아아, 그것은 실로 유감이다. 그렇다면 여러분은 우선 비통한 바람 박사의 유서를 한번 읽어 봐야 할 것이다.

바람 박사의 유서

여러분, 그는 대머리다. 그렇다, 그는 대머리다. 대머리 이외의 그 무엇도, 결코 될 턱이 없다. 그는 가발로 그것을 은폐하고 있는 것이다. 아아 이 얼마나 우스꽝스러운 일인가! 그렇다, 실로 우스꽝스러운 일이다. 아아 정말이지 너무도 우스꽝스러운 일이다. 가령 여러분, 일격을 가해서 그의 머리털을 강탈했다고 생각해 보시라. 돌연 여러분은 기절을 할 것이다. 그리고 여러분은 기절 이외의 어느 무엇하고도 조우하는 것은 불가능하다. 즉 여러분은 외설스럽기 짝이 없는 무모적색無毛赤色의 돌기체突起體에 마음 깊이 충격을 받을 것이다. 이상한 냄새는 여러분의 여생에 지워질 수 없는 탄식을 줄 것이 틀림없다. 기탄없이 말하자면, 그자야말로 가증스러운 문어다. 인간의 가면을 뒤집어쓰고, 문짝에다 온갖 흉계를 감추어 놓은 문어는 다름 아닌 그인 것이다.

여러분, 나를 지목하는 무고誣告한 비방을 그만두어야 한다. 왜냐하면 진리를 놓고 맹세컨대 그는 대머리인 것이다. 그래도 의심하려는 여러분이여, 파리의 몽마르트르 3번지, Bis, Perruquir 쇼브씨에게 물어보라. 지금으로부터 48년 전의 일이다. 두 일본인 유학생을 통해 가발을 산 것을 기억하지 않는가. 한 명은 대머리로서 뚱뚱하기가 아기돼지 같고 우매愚昧한 꼴을 풍기고 있었고, 그의 친구는 검은 머리에 눈매가 아주 밝은 미소년이었다. 검은 머리에 눈매가 아름다운 친구야말로 바로 나다. 보라, 여러분, 이제 그는 과연 48년 이전보다 머리가 벗어져 있는 것이다. 아아, 참으로 개탄스럽기 짝이 없지 않은가! 고상하기가 떡갈나무 같은 여러분이여, 여러분은 어찌해서 그와 같은 비열한卑劣漢을 지상으로부터 매몰시키고자 원하지 않는가. 그는 가발로 그 벗어진 머리를 속이려 하고 있는 것이다.

여러분, 그는 나의 가증스러운 논적이다. 단순히 논적일 뿐일까? 아니 아니 아니다. 천 번이나 아니다. 나의 생활의 모든 면에서 그는 나의 가증스러운 원수다. 실로 증오스럽지 않은가? 그렇다, 참으로 증오스럽다! 여러분, 그의 교양이라는 게 천박하기 짝이 없단 말이다. 가령 여러분, 총명하기가 세계 지도와 같은 여러분, 여러분은 학식이 심원한 문어의 존재를 용인할 수가 있는가? 아니 아니 아니다. 만 번이나 아니다. 나는 이에 감연히 그의 무학無學을 공개하고자 하는 것이다.

여러분은 남유럽의 조그만 마을 바스크를 알고 계시는가? 만약에 여러분이 프랑스, 스페인 양국의 국경을 이루는 피레네 산맥을 헤매다 보면, 여러분은 산속에 산재하는 작은 마을 바스크에 봉착하게 마련이다. 이 진기한 마을은 인종, 풍속, 언어 면에 있어서 서유럽의 모든 인종과 동떨어져, 실로 지구의 반회전을 시도하고서 극동 자퐁Japon이란 나라에 이르러서야 비로소 현저한 유사점을 발견해 낼 수가 있는 것이다. 나의 이 연구가 완성되지 않았다면, 지구의 괴담으로서 깊이 여러분의 간담을 서늘하게 해 놓았을 게 틀림없다. 하지만 여러분은 안심하라. 나의 연구는 완성되었고, 세계 평화에 위대한 공헌을 했던 것이다. 보라, 미나모토노 요시츠네源義經*는 칭기즈 칸이 되었던 것이다. 칭기즈 칸은 유럽을 침략했다가 스페인에 이르러 그 소식이 사라졌던 것이다. 그렇다, 요시츠네와 그 일당은 피레네 산맥 중에서도 기후가 온순한 곳에 노후의 은신처를 마련해 놓았던 것이다. 이는 바로 바스크 개벽開闢의 역사인 것이다. 하건만 오호, 저 무례한 문어 박사는 불손천만하게도 나의 위대한 업적에 이론異論을 내놓았던 것이다. 그는 말하기를, 몽고의 유럽 침략은 칭기즈 칸의 후계자 태종의 사적에 해당하며, 칭기즈 칸의 사후 10년에 해당한다는 것이다. 참으로 이

---

* 일본 헤이안 시대 말기의 무장. 라이벌인 헤이시平氏를 멸망시켜 가마쿠라 막부를 세우는 데 큰 공을 세웠으나 형에 의해 비명의 죽음을 당했다. 영웅의 비명에 찬 죽음은 그에 관한 많은 설화를 민중 사이에 남겼으며 나중에 칭기즈 칸으로 환생했다는 것도 그중 하나다.

얼마나 어리석고도 천박한 지식이란 말인가. 사라진 역사에서, 겨우 10년이란 게 무엇이란 말인가! 이는 역사의 유현幽玄을 심히 모독하는 짓이 아니겠는가.

그런데 여러분, 그의 악덕을 열거하는 짓은 나의 본심과는 가장 거리가 먼 것이다. 왜냐하면 그의 범행이 기상천외해서 식자識者의 상식이 동의해 주지 않을 것이며, 오히려 내가 무고를 한다는 비난이 나올 염려가 있기 때문이다. 예컨대 여러분, 얼마 전 내 집 문턱에 Banana 껍질을 뿌려 놓아 나를 살해하고자 기도한 것도 그의 소행임이 분명하다. 유쾌하게도 나는 엉덩이와 어깨뼈에 경미한 타박상을 입었을 뿐, 뇌진탕의 피해를 받기에는 이르지 않았으나 나의 고소에 대해 세상 사람들은 모두들 나를 매도했던 것이다. 여러분은 나의 이 슬픔을 제대로 헤아려 주실 것으로 안다.

현명하고 정대正大하기가 태평양과 같은 여러분, 여러분은 이 비통한 춘사椿事마저 묵살해 버릴 것인가! 그는 바로 나의 아내와 정을 통했던 것이다! 그리고 여러분, 다시금 명민明敏하기가 촉수觸鬚와 같은 여러분, 나의 아내는 아름답기가 고산 식물과 같아, 실로 단순한 식물은 아니었던 것이다. 아아, 세 번 냉정한 선풍기와도 같은 여러분, 저 가증스러운 문어 박사는 아무런 사랑도 없으면서 나의 아내를 빼앗았던 것이다. 이러하고 보니, 여러분, 아아 여러분, 영원이 문어라는 동물에 대해 전율하시라. 바로 나의 아내는 바스크 태생의 여성이었다. 그 여인은 나의 연구를 도왔는데, 의심할 바도 없이 대지의 소금이었다. 문어 박사는 이 점에 깊이 관심을 가졌던 것이다. 아아, 천려일실이다. 그렇다, 천려일실이다. 나는 꺼벙하게도, 문어 박사가 대머리라는 사실을 나의 아내에게 알려두지 않았던 것이다. 그래서 이 때문에 불행한 그 여자는 결국 문어 박사에게 농락당했던 것이다.

이에 이르러 여러분, 나는 분연히 궐기했던 것이다. 타도 문어! 문어 박사를 장사 지내자, 그렇다, 응징하자, 가증스러운 악덕한! 그렇다 그래. 그래서 나는 밤낮으로 그 방책을 연마했던 것이다. 여러분은 이미, 정당한 공격은 모두가 그의 속임수 계략에 대적하기 어렵다는 이유를 이해하셨을 것이다. 그리고 바야흐로, 유일한 책략을 지상에서 발견해 내야 할 처지가 된 것이다. 그렇다, 오직 하나의 계책 말이다. 그래서 나는 결의를 굳게 다지고, 헌팅캡으로 얼굴을 가리고 야음을 틈타 그의 저택으로 숨어들었던 것이다. 긴긴 밤 동안에, 나는 자물통에 관한 온갖 연구서적을 독파해 두었던 것이다. 그래서 나는 공기와도 같이 그의 침실로 침입할 수가 있었던 것이다. 그리고 여러분, 아무런 수고랄 것도 없이 가발을 나의 손아귀에 넣었던 것이다. 제군, 눈앞에 드러난 밋밋한 붉은색 괴물을 보았을 때, 나는 실로 만감이 가슴에 가득 차 흘러나오는 눈물을 멈추기가 어려웠던 것이다. 여러분, 내일 새벽을 기해 저 가증스러운 문어는 마침내 문어 자체의 정체를 유감없이 폭로하기에 이를 것이다! 나는 두근거리는 가슴팍에 가발을 감추고, 다시금 그림자와도 같이 빠져나왔던 것이다.

그랬건만 여러분, 아아 여러분, 아아 여러분, 나는 패배하고만 것이다. 악한 계략이 귀신같다는 말은 바로 이런 것인가. 아아, 문어는 그야말로 보통내기가 아니었다. 어느 누가 그의 심모원려深謀遠慮를 예측이나 할 수 있었을까. 이튿날 그의 대머리는 다시금 가발에 감추어져 있었던 것이다. 알고 보니 여러분, 그는 남몰래 별도의 가발을 가지고 있었던 것이다. 나는 졌다. 칼이 부러지고 화살이 다한 것이다. 나의 힘을 가지고는 그의 나쁜 계략에 미치지 못할 것은 명백했던 것이다. 여러분이여, 누군가 문어를 응징할 용사는 없단 말인가. 문어 박사를 장사 지내라! 그를 평탄한 지상에서 말살하라! 여러분은 정의를 사랑하지 않는구나! 아아, 어쩔 도리가 없지. 그렇다면 내 쪽에서 사라져 버리기로 결심했다. 아아 슬프도다.

여러분은 위대한 이 박사의 유서를 읽고 어떤 깊은 감동을 받으셨을까? 그리고 얼마나 지독한 분노를 느끼셨을까? 나는 잘 이해할 수가 있는 것이다. 위대한 바람 박사는 이렇게 자살했던 것이다. 그렇다, 위대한 바람 박사는 결국 죽었던 것이다. 아주 불가해한 방법으로, 그리고 시체를 남겨 놓지 않는 방법에 의해 그런 일이 벌어졌기 때문에, 일부 사람들은 이를 수상하다고 생각한 것이다. 아아, 나는 매우 유감스럽다. 그래서 나는 유일한 목격자로서, 위대한 바람 박사의 임종을 상세하게 말해야겠다고 생각하는 것이다.

위대한 바람 박사는 매우 덜렁이였던 것이다. 예를 들자면 지금, 방의 남서쪽에 있는 장의자에 앉아서 한 권의 책에 심취해 있다고 가정해 보자. 다음 순간에, 위대한 바람 박사는 북동쪽 끝의 팔걸이의자에 몸을 묻고서 그야말로 허둥지둥 페이지를 넘기고 있는 것이다. 그리고 위대한 바람 박사는 물을 마시는 경우, 갑자기 컵을 들이키려 하는 식이다. 여러분은 그럴 때면, 실로 엄청난 후회와 더불어 황혼 비슷한 침묵이 이 서재에 가득 차는 것을 인정하게 될 것이 틀림없다. 따라서 이 허둥거리는 풍조는 이 방에 있는 모든 물질을 감화시키지 않고는 못 견디었던 것이다. 예를 들면 시계는 바쁘다는 듯이 13시를 치고, 예절 바른 손님이 우물쭈물하고 얼른 앉으려 하지 않았다가는 의자가 지독한 신경질을 부리며, 물체가 그리는 그림자는 갑자기 태양을 향해 달려가는 것이다. 이러한 모든 허둥거림은 지극히 직선적인 돌풍을 일으키며 교차되기 때문에 방 안에는 여러 개의 화살 비슷한 진공이 섬광을 뿌리며 소동을 치는 게 습관이었다. 때로는 방 중앙에 일진의 소용돌이가 그 자신까지 허둥지둥 말려들며 일어나는 일도 있었던 것이다. 그 찰나 위대한 박사는 종종 이 소용돌이에 말려들어, 주먹을 부르쥐어 가며 바쁘게 공중제비를 도는 것이었다.

그건 그렇고, 사건이 일어난 날은 마침 위대한 박사의 결혼식에 해당했다. 신부는 당년當年 17세의 매우 아름다운 소녀였다. 위대한 박사가 그녀에게 눈독을 들이게 되었다는 것은 과연 위대한 견식見識이라 하지 않을 수 없다. 왜냐하면, 이 소녀는 길거리에서 꽃을 팔면서, 사흘 동안 한 송이의 꽃도 팔지 못했음에도 불구하고, 주로 구름을 바라보기도 하고, 때로는 네온사인을 바라볼 뿐일 정도로 비극에 대해 순진무구했다. 위대한 박사 및 위대한 박사 등이 일으켜 놓은 선풍旋風에 비추어 볼 때, 이렇게 어울리는 소녀는 아주 드문 것이다. 나는 이 행복한 결혼식을 축복하기 위해 목사의 역할을 하면서, 동시에 식탁의 급사給仕가 되어 주기로 약속했다. 나는 나의 서재에 제단을 차리고, 신부와 단정하게 마주앉아서 위대한 박사가 오기를 기다리고 있었다. 그러는 사이에 밤이 새고 말았던 것이다. 그래도 신부는 놀라는 따위의 경솔함을 보이지 않았지만, 나는 내심 편안하지 않았다. 어쩌면 위대한 박사는 착각하고서 다른 사람에게 결혼을 신청한 것인지도 모르지 않겠는가. 그리고 그때는 얼마나 창피해하고, 지구 한 면에 소란스러운 선풍을 불러일으킬지도 모르지 않겠는가. 나는 신부에게 이유를 말하고, 자동차를 서둘러서 은사의 서재로 달려갔다. 그리고 나는 마음 깊이 안심했던 것이다. 그때 위대한 박사는 남서쪽 구석의 장의자에 파묻혀서, 물리지 않고 책 하나를 탐독하고 있었다. 그리고 방금, 북서쪽 의자로부터 막 옮겨 왔을 것이 틀림없는 증거로, 일진의 돌풍이 북동으로부터 남서쪽을 향해 눈에 배어들 만큼 많은 화살을 그려 가며 달리고 있었던 것이다.

"선생님, 약속 시간이 지났습니다."

나는 가능한 한 위대한 박사에게 위협적으로 들리지 않게, 특히 정숙한 포즈를 취해 말을 했지만, 결과적으로 그것은 위대한 박사를 놀라게 하는 데 충분했다. 왜냐하면 위대한 박사는 색이 바래기는 했지만 연미복을 입고 있었고, 게다가 무릎 위에는 실크해트를 얹어 놓고, 매우 아름다운 튤립을 가슴의 단추구멍에 꽂고 있었기 때문이다. 그러니까 위대한 박사는 결혼식에 깊은 기대를 했었고, 동시에 결혼식을 싹 잊어버렸음이 틀림없는 온갖 조건을 명시하고 있었다.

"POPOPO!"

위대한 박사는 실크해트를 고쳐 썼다. 그리고 몇 초 동안 의심스럽다는 듯이 내 얼굴을 응시하더니, 이윽고 깜박 잊었던 일을 생생하게 떠올린 깊은 감동을 얼굴에 나타냈던 것이다.

"TATATATATAH!"

이미 그 순간, 나는 날카로운 외침 소리를 들었을 뿐, 위대한 박사의 모습은 냅다 걷어차인 방의 장지문 뒤쪽으로 사라졌다. 나는 깜짝 놀라 그를 추적했다. 그리고 기적이 일어난 것은 바로 그 순간이었다. 위대한 박사의 모습이 돌연 사라져 버린 것이다.

여러분, 열린 흔적이라고는 없는 문을 통해, 인간은 절대로 드나들 수가 없는 법이다. 따라서 위대한 박사는 밖으로 나가지 않았음이 틀림없다. 그리고 위대한 박사는 저택 내부에도 없었던 것이다. 나는 계단 중간에 웅크리고서, 아직도 잔향을 남기고 있는 저 허둥거리는 발소리를 들으면서, 오직 한 줄기 돌풍이 계단 밑에서 미친 듯 춤추는 것을 보았을 뿐이다.

여러분, 위대한 박사는 바람이 되었던 것이다. 과연 바람이 되었는가? 그렇다, 바로 바람이다. 왜냐하면 그 모습이 사라지지 않았는가. 모습을 보이지 않음은 곧 바람이 아닌가. 그래, 바로 바람이다. 왜냐하면, 모습이 보이지 않지 않은가. 이는 바람 이외의 아무것도 아니다. 바람이다. 맞아 바람이다, 바람이다, 바람이다. 여러분은 여전히, 이 명백한 사실을 의심하는가. 그건 매우 유감이다. 그렇다면 나는, 여기에 움직일 수 없는 과학적 근거를 하나 덧붙이겠다. 그날, 저 가증스러운 문어 박사는, 바로 이 똑같은 순간에 인플루엔자에 걸렸던 것이다.

(1931년 6월)

구로타니 마을 黑谷村

야구루마 본타矢車凡太가 구로타니黑谷 마을을 찾은 것은 하치야 류젠蜂谷龍然에게 무슨 특수한 우정이나 혹은 특별한 흥미를 느끼고 있어서는 물론 아니다. 더군다나 구로타니 마을 자체에 대해서는 그곳을 향해 떠나기에 앞서 이미 절망 가까운 것을 느끼고 있었는데, 그럼에도 도쿄에 머물러 있는 것보다는 낫겠지 하고 계산을 한 끝에 마지못해 밤기차에 긴 시간 흔들려 가며 왔던 것이다.

여름이 오고 저 뭉게뭉게 솜처럼 피어오르는 구름을 보노라면, 산속으로 들어가지 않을 수 없는 방랑벽을 본타는 가지고 있었다. 저 하얀 구름이 뭉게뭉게 떠서, 배어드는 듯한 산의 계절을 느끼면서 어쩔 수 없는 이유로 도회지에 머물러 있어야 할 때, 그는 일종의 신경질적인 격한 고갈을 느끼고, 오감의 각

부분에 묘한 갈증을 느끼면서 별 수 없이 불면증에 빠지고 만다. 특별한 이유가 있는 것은 아니지만 그의 반생을 두 개의 풍경이 지배하고 있었다. 하나는 말할 것도 없이 산악山岳이고, 그리고 또 하나는 저 복닥거리는 도회의 혼잡이었다. 이 둘 속에 빠져들 때, 그는 뭐랄 것도 없이 분명히 빠져드는구나 하는 실감이 들고, 깊숙하게 몸이 녹아들어 사라져 가는 상태를 의식할 수가 있었다. 평소에 지고 있는 무거운 짐까지도 길가에 떨궈서 잊어버리고, 조용히 백방으로 흩어져 가는 경쾌한 리듬을, 귀를 기울이면 일종의 징징거리고 울려대는 희미한 음향 속에서 분간해 낼 수도 있는 것이다.

그는 원래 허약한 체질이어서 산에 오를 때의 고통은 이만저만한 것이 아니었다. 그러나 산에서 내려온 다음 꼬박 1년, 다시금 뭉게뭉게 구름이 뜨는 계절이 될 때까지의 시간이라는 것은, 추억 속에 떠오르는 푸릇푸릇한 산맥의 모습이 아련히 떠오르고 그 영상 속에서 등반하고 있는 그의 모습이 이제는 허덕이고 괴로워하지도 않고, 그저 물결치듯 사방의 명암 속으로 스며드는 유쾌한 실감을 인식시켜 주는 것이었다. 산의 침묵 속에서 떠오르는 혼잡의 자애와 마찬가지로, 혼잡 속에서 떠오르는 산맥의 영상은 마치 눈에 보이고, 귀에 울리며, 피부에 스며드는 고상한 향기를 지니는 것이었다. 그것은 마치, 너무 많이 우려먹어서 기진맥진해져 버린 관념이 그 고향으로 회귀해 가는 듯한 그리움을 가진 것이었다. 그 지독한 노스탈지아에 걸리는 순간, 그는 몸 구석구석까지 강렬한 갈증을 느끼면서, 혹시 이런 때 이 혼잡 중에서 어쩌다 기절을 했다가

는 무엇인가 둥둥 뜨는 듯한 몽환적인 방법으로 다음 순간에
는 그 몸이 산으로 실려 가 있는 것은 아닐까 하는 생각을 하
기도 했다. 바로 그런 때다. 손을 어디에 두어야 할지 알지 못
하게 되고 손 그 자체가 의지를 지닌 동물이기라도 하듯, 어깨
나 허리나 등이나 하늘이 정처 없이 날뛰고 소동을 부리는 것
은. ─그런 어떤 하루, 그는 혼잡 속에서 문득 하치야 류젠을
떠올린 것이다. 그것은 딱히 깊은 의미가 있었던 것은 아니다.
그는 여비가 모자랐다. 그리고 류젠은 산속에 살고 있었다.

　류젠은 학창 시절에도 본타하고 그다지 친밀한 사이는 아니
었다. 다만 둘 모두 달리 친한 급우도 없었던지라, 꽤 친한 친
구라 여기며 때때로 오가고 있었다. 결국 졸업하기까지 '입니
다' '당신' 같은 경어를 쓰고, 상대방이 너무 귀찮게 굴어서 참
을 수 없을 때나, 술 마신 뒤 같은 경우에는 별로 신경도 쓰지
않고 반말을, 그때만큼은 아주 자연스럽게 쓰고는 했다. 류젠
은 유달리 재주가 있는 사내도 아니고, 얼핏 보이는 바대로, 실
제로도 매우 평범한 호인으로밖에는 생각되지 않았다. 쓸 만한
점이라고 한다면 심술궂은 구석이 전혀 없다는 것과 촌사람이
면서도 도회적인 감각이나 견해를, 평범하기는 하지만 본질적
으로 가지고 있다는 점이었다. 본타가 문득 그를 떠올린 순간
에는, 아직 한 번도 보았을 턱이 없는 류젠의 승복을 입은 모습
이 아무런 신기함도 우스꽝스러움도 없이 또렷하게 나타났을
정도로 원래 스님티가 나는 사내였다. 머리를 마주대고 있었다
가는 한 시간도 안 돼 지루해질 텐데, 한 여름 기거를 함께 한
다는 일은 생각만 해도 마음이 무거워지지 않을 수 없다. 게다

가 그가 조사한 지도에 의하면, 구로타니 마을은 아닌 게 아니라 산속인 것은 분명하지만 지극히 흔해빠진 산간 분지에 지나지 않는 것 같았다. 하지만 그해 본타는 계속해서 일어나는 불유쾌한 일에 시달려 자포자기의 무거운 마음으로 있었으므로, 도쿄에 있으면서 우울의 꼬리를 짓씹고 있기보다야 낫지 않을까 생각해서 배낭을 지고 밤기차를 타기는 했지만 무거운 마음은 기차의 속력에 따라 더해 가는 것만 같았다.

이튿날 아침 산간의 조그마한 역에 내려, 흘러 떨어지듯 내린 십여 명의 사람들과 지붕도 없는 플랫폼에 남겨지고 말았는데, 생각지도 않게 마중 나와 있는 류젠의 모습이 있었다. 그는 짚신을 신고, 허름한 양복에 안색이 나쁜 둥근 얼굴을 싣고서, 흘러 떨어진 사람들을 하나씩 핥기라도 하는 모습으로 비척비척 그를 찾아 헤매고 있었다. 이윽고 류젠은 그를 알아보고, 10미터가량 떨어진 곳에서 한손에 매달린 무엇인가 기다란 것을 빙글빙글 흔들어 대면서, 비척비척 다가와서 "이야─"하고 외쳤다. 이 남달리 개방적이고 매우 당연한 몸놀림이 본타를 아주 놀라게 만들었다. 그리고 그때부터 그는 예상하고 온 무거운 마음과는 전혀 다른, 까닭 모를 친밀한 기분으로 저절로 바뀌어 가고 있었다. 류젠이 한 손에 빙글빙글 돌리고 있었던 것은 또 하나의 짚신이었다. 그는 본타에게 이를 신게 했고, 둘은 여기서부터 10리*가량의 산길을 걸어야 하는

---

* 里. 척관법에 따른 길이의 단위인데 한중일 3국이 다르다. 우리는 약 400미터, 중국은 500미터, 일본은 약 3.9킬로미터에 해당한다.

것이다.

사람의 기척이라고는 아예 없는 산길을 엄청 큰 고독을 곱씹어가면서, 골짜기바람을 맞으며 표표하게 허덕이는 일을 본타는 오히려 좋아했다. 그것은 괴로움임에는 틀림없고, 기진맥진 끝에 에네르기라는 경질硬質의 것을 태내胎內로 감지해 낼수가 없어서, 땀만 끈적하게, 마치 몸 전체가 뚝뚝 흘러내리는 점액 자체인 듯이 여겨졌고, 우러러보면 참을 수 없을 정도의 밝음만이 팽팽하게 펼쳐져 있어, 현기증이 빙글빙글 춤추며 떨어지면서, 군건한 공허와 우람한 산의 마음이 단번에 활짝 암흑의 막을 펼친다. 산 전체가 찌이— 하는 매미 소리로 가득차, 온 세계가 마치 그것뿐이라는 듯이 느껴진다. 흘러내리는 땀을 먹으면서 일종의 만취 상태에 빠져, 그 언저리의 바위 그늘에 무너지듯 주저앉게 되면 그런 채로 아무렇게 된들 어떠리, 자신의 몸에 대해 남의 물건만큼도 책임을 질 마음이 없어지고, 어찌할 바 모르는 자포자기의 심정으로 밝은 하늘을 쳐다보면, 자기라는 하나의 존재가 비참하고 그리워 참을 수가 없어지는 것이다.

산길로 접어들어 1리도 나아가기 전에 본타는 이미 도취 상태에 빠져 있었지만, 불건강한 기색의 류젠은, 그러나 익숙해서인지, 처음부터 어설픈 발걸음 그대로 흐트러지는 모습을 보이지 않았다. 동행이 있다는 것을 벌써 잊어버렸다는 듯이 침묵을 신고서 터벅터벅 걷고 있었다. 실제로 그 정도의 먼 길을 가는 동안 두 인간이 서로의 존재에 대해 의식을 했던 것은 타니가와谷川역에 내렸을 때, 바로 그때 한 번뿐이 아니었을까.

생각해 보면 긴 여행길의 한가운데에 해당하는 곳임이 분명했다. 무엇인가 표시가 있는 모양인지 류젠은 갑자기 계곡물의 커브 지점을 가리키며 저기서 쉬자고 말했다. 아래를 내려다보니 물소리는 들리지만 물의 색깔조차 분명하게 눈에 비치지 않는 깊고 깊은 골짜기였다. 가파른 경사의 덤불을 내려가다가 한번 발이 미끄러지면 위험하기 짝이 없어 보였고 어떻게 내려가기야 한다 하더라도 다시 올라올 때의 고통을 생각한다면 어정쩡한 휴식 가지고는 즐거움을 예상할 기분도 들지 않았다. 그러나 류젠은 말을 내뱉고 나자 아무런 주저도 없이 벌써 덤불 속으로 발을 내딛기 시작했으므로, 같은 동작을 본타도 따라 하지 않을 수가 없었다. 그러나 내려가기 시작하고 보니 오히려 위태로운 것은 류젠의 발걸음이었다. 그는 짐짓 자신감 있는 얼굴로 본타를 보살피듯이 때때로 되돌아보면서, 그러면서도 그 자신의 위태로운 동작으로 인해 주르륵 2, 3미터 미끄러져 간신히 멈춰 서자 자신의 동작에 대해서는 전혀 무반성으로 경계의 눈길을 본타의 발치에 쏟는 것이 좀 우스워 보였다. 이 길을 지날 때면, 류젠은 아마도 여기 같은 곳에서 휴식을 취하는 습관이 있음이 틀림없다. 다 내려가자 당연한 순서인 듯 옷을 벗어 단풍나무 가지에 걸쳐 놓고, 계곡물로 첨벙첨벙 들어가 버렸다. 계곡물은 이 장소만큼은 꽤 널찍했고, 깊이도 어떤 곳은 명치께까지는 되었다. 류젠은 배를 아래로 하고 양팔을 벌려 수영을 하기도 하고, 갑자기 등을 아래로 하고 휙휙 몸을 놀려 다시 배를 아래로 깔기도 하며, 일반적인 수영 이외의 여러 가지 기술을 시도해 보고 있었다. 골짜기 나무 그

늘 속의 정적 가운데 주먹밥을 다 먹고 나자, 류젠은 본타에게
도 권하고 나서 자신은 납작한 바윗덩이 위에 벌러덩 누웠고
금세 깊은 잠에 빠져 버렸다. 갈비뼈와 손발의 관절이 눈에 띄
게 눈에 배어드는 그 건강하지 못한 몸을 보고 있자니 마치 깡
마른 개구리가 바위에 달라붙어 있는 것으로밖에는 생각할 수
없었다. 영혼이라는 것은 물론, 애초에 '살아 있다'는 아무런
증거도 도무지 아무 곳에서도 발견할 수 없는 빈껍데기라는
느낌이 들었다. 본타는 눈을 붙일 기분이 들지 않았으므로, 그
로부터 류젠이 눈을 뜰 때까지의 3시간 동안 묘하게 쓸쓸한 자
포자기의 기분으로 물속을 첨벙거리며 자맥질도 해보고, 문득
정신 차리고 고개를 들어 골짜기의 가지들이 울려대는 바람소
리를 듣기도 하고, 덤불 위쪽을 기어 올라가는 산무애뱀을 보
기도 했다.

　두 사람이 구로타니 마을의 고개에 도달했을 때는 이미 황
혼도 깊어 있었다. 얼룩조릿대 속에서 고개만 빼어 돌아보니,
지금 걸어온 길이 여러 겹의 산여울이 되어 짙은 보라색 속으
로 흠뻑 녹아 들어가는 것이 보였다. 먼 산의 쓰르라미의 가라
앉아 가는 소리를 들으면서 고개를 내려가자 길은 지금까지와
는 아주 딴판으로 평범한 풍경으로 바뀌었다. 산이라는 산은
모두 계단식 논으로 개간되어 그 산봉우리까지 벼 이삭이, 낮
이었으면 새파래 보일 물결을 하늘거리고 있었다. 때때로 너도
밤나무의 숲이 가는 길을 위협하는 정도였고, 저 맑은 계곡물
도 여기서는 바로 눈 아래, 평범한 냇물의 높이가 되어 버렸다.
구로타니 마을은 구로타니 계곡을 따라 한 줄로 늘어서 있는

2백 호도 채 되지 않는 촌락이었다. 마침 밤이 푹 깊어졌을 무렵, 두 사람은 마을을 벗어난 곳의 선술집에 들어가 뜻밖으로 싼 그 고장 술을 마셨다. 2층의 창문을 열어젖히자 그 뒤쪽은 바로 개울이었고, 확실히 깊은 산골다운 시원함이 오히려 피부에 싸늘하게 느껴지는 밤기운을 날라 왔다. 멀리서부터 또 저 멀리 깊은 곳까지 울려대고 있는 개울의 졸졸거리는 물소리를 넘어서, 갑자기 하늘로 기어오르고 있는 산들의 늠름한 침묵이 머리 위 가득 짓눌러 와서 술과 함께 깊숙이 파고드는 것이었다. 류젠은 이상하게도 술에 강해 본타에 비해 거의 취기를 드러내지 않았지만 때때로 생각난 듯이 매우 능숙하게 선술집 여자들을 놀려 대기도 했다. 그것이 그 순간에는 능숙하게 썩 잘 어울려 깜짝 놀란 순간에는, 이미 원래의 묘하게 시치미를 떼고 있는 듯한 그의 풍모가, 그것은 나름대로 류젠 그 자체였다. 본타는 너무도 재미가 있어 자제를 잊어버리고 흠뻑 취하고 말았다. 선술집 아가씨는 취한 본타를 붙잡고 자꾸만 같이 자자고 유혹했다. 인사차 나온 늙은 여주인도 거기에 섞여,

"스님한테는 좋은 사람이 있으니까 권하지 않지만, 손님은 아무쪼록 오늘 밤, 여기서 묵으시지요."

이렇게 당연한 인사처럼 말하는 것이었다.

"오자마자 그리 훌륭한 기념이 될 것도 없으니, 오늘 밤만큼은 절에서 자는 게 좋겠군."

류젠은 세련된 응대로, 그를 위해 그런 거절의 말을 했다. 여인네들의 어수선한 뒷소리를 모조리 거절해 버리고 교묘하게 화제를 받아넘길 정도로 인생의 쓴맛 단맛을 다 아는 사람 같

은 응대에 여인네들은 "스님은 심술쟁이……" 어쩌고 해 가면서 류젠의 말투를 재미있어하며 깔깔거리고 있었다. 두 사람은 와자지껄한 환송을 받으며 선술집을 떠났는데 그것은 실제로 화려한 전송이라 할 만했다. 왜냐하면 그곳에만 한 덩어리의 환성이 몰려 있었고, 그것을 말끔히 감싸고 있는 사방의 어둠은 오직 잠잠할 뿐이었다. 그 환성의 바로 주위에조차, 귀를 기울여 보았자 보이는 것도 들려오는 것도 없었기 때문이다. 이윽고 잠시 뒤에, 깊은 골짜기 소리만큼은 확실하게 귀에 들려왔다. 이것이 본타가 구로타니 마을에 발을 들여놓은 첫날의 인상이었다. 지내면서 보니, 얼핏 평범한 구로타니 마을도, 이상스럽게도 맛깔 나는 마을이었다.

구로타니 마을은 외설스러운 마을이었다. 마음 편할 정도의 한가로운 색정이, ─그렇게 생각하고 보니, 창공에도 숲에도 초원에도, 칠칠치 못하다고 여겨질 정도로 멍청한 밝음이 떠돌고 있었다. 본타는 어느 날, 산의 계단식 논을 몇 개 넘어서 별생각 없이 발걸음을 빨리해서 산책을 하고 있었는데, 벼이삭 사이에서 상반신을 다 드러낸 젊은 농부 여인이 갑자기 고개를 들더니 힘차게 "HALLOO!"를 그의 등 뒤로 외쳤다. 본타는 마침 산봉우리에 한 발을 걸치고 있었으므로, 뒤돌아보니 멀리 아득한 풍경이 펼쳐지고 그 가운데에 농부農婦의 모습도 점묘처럼 깊이 눈에 새겨져 왔다. 그는 장쾌함을 느껴 활기 가득한 "HALLOO!"로 응답하면서 산 뒤쪽으로 사라지고 말았지만, 생각을 해 보니 좀 아쉬운 마음이 들었다. 그날 밤 그 이야기를 류젠에게 털어놓았더니, 아니나 다를까 이것은 밤에 여인의 침소로 유혹하는 구로타니 마을의 일반적인 초대라는 것이었다. 그런 말을 듣고 보니, 어느 날인가 산등성이로 그 지방의 경계로 통하는 풍치가 좋은 길에서 고사리를 말리고 있는 아가씨가 분명히 추파를 던진 경험도 있었다. 그 후 본타는 다양한 장소에서 다양한 방식으로 이와 비슷한 경우를 여러 번 겪었다. 하지만 그것을 외설이라고 부르기에는 합당하지 않다. 오히려 투명이라든지 유구悠久라든지, 그런 막연하고 친밀한 명사로 부르기에 어울릴 만할 정도로 본타의 속마음 깊이 다가오는 것이 있었다. 그것은 그저 숨겨져 있는 것을 밝은 곳에 까발려 놓았다고나 할 것으로 오히려 철저한 태평함이, 예컨대 위를 쳐다보았을 때의 밝은 하늘처럼 탄탄하게 그곳을 흐르면서 전개되어 있음에 지나지 않는다. 1년의 반은 눈에 갇히고, 나머지 반이라고 해서 햇빛을 보는 일이 그리 자주 있는 것이 아닌 이 촌락에서는 기후의 얼룩이 인간의 감정에도 또렷이 스며 나오는 것이었다. 여름도 한때에 지나지 않는다. 저 하늘도, 저 태양도, 그리고 저 화창한 초원도 나무도. ……그런 허망함이 어수선한 색정의 뒤란으로 오히려 서글프고 처량한 각인을 해 놓는 듯이 여겨져, 사물의 정취라고 하는 것이 촉촉하게 가슴으로 스며 들어올 뿐이었다. 그리고 본타는 그러한 색정의 세계에 자리하고 보니, 엄청난 편안함을 느끼기 시작했던 것이다. 그것은 단순히 마을의 풍속에 대해서만이 아니라, 이 평범한 분지의 산과 나무와 골짜기 그것들 모두에 걸쳐, 은근히 마음에 울려오는 하나의 풍운風韻이 솟아 나온 것이다. 그것은 본타의 호색에 오명汚名을 씌우는 것이라는 구석도 있기는 했지만, 애당초 본타는 이 여행을 떠나면서 기대하는 바가 너무나 적었던 만큼 이번에 엄청난 수확이 되었던 것이다. 거기에는 감람사橄欖寺에서의 생활의 마음가짐도, 구로타니 마을의 풍운과 별도로 계산해서는 안 되는 것이었다.

구로타니 마을에서의 체류 첫날밤 류젠이 제공한 감람사의 별채에 들어앉아 보니, 그 순간부터 이미 임시 거처라는 느낌 대신에 언젠가 예전에 오래도록 살아 본 적이 있는 내 집이라는 편안함이 까닭도 없이 자꾸만 느껴지는 것이었다. 절에는 류젠 말고는 일하는 사람도 없었고, 그 류젠하고도 필요하지 않은 한 얼굴을 마주치지 않고 살 수도 있었고, 얼굴이 마주친들 류젠 쪽에서도 본타를 별달리 손님이라는 의식을 가지고 대우하는 것도 아니었으므로 식사 같은 것은 마음 내킬 때 부엌으로 가면 그것으로 족했다. 오히려 때때로 류젠 쪽에서 그가 놀러 오기라도 한 듯한 얼굴을 하고 본타의 별채를 찾아오곤 했는데, 실제로 그것은 일부러 그런 것도 아니고, 겸양도 아니고, 더더구나 비굴도 아니고, 우선 본타부터가 그럴 때면 류젠 쪽이 먼길을 찾아온 손님으로밖에는 생각되지 않았던 것이다. 둘은 드러누운 채로 아무 말도 나누지 않고 그저 느긋하게 두 시간 세 시간을 지내기도 했지만, 출발하기 전에 예상한 것 같은 따분함과 어색함은 전혀 느낄 수가 없었고, 그러다가 둘 다 잠이 들었다가 이윽고 한쪽이 잠에서 깨서 산책하러 나가 버리면 곧 다른 한쪽도 깨어서, 텅 빈 절의 공허를 곱씹으면서 처음부터 자기 혼자 그곳에서 자고 있었던 것으로 생각하면서 자기 할 일을 하러 가는 것이다.

이 편안함으로부터 빠져나와 막연하게 구로타니 마을을 방황하면 마을이 얼마나 한적하게 가슴에 스며드는지는 말할 것도 없지만, 거기에 더해 원래 감람사 그 자체의 안쪽에도 음미淫靡한 안개가 떠다니고 있었으니…… 그것은 매일 밤의 일이었다. 그렇게 생각한 탓인지, 조금은 소리를 죽이려고 하는 발소리가, 하지만 툭툭하고 방바닥을 울리면서 산문을 빠져서 류젠의 서원書院으로 사라지는데, 그것은 밤마다 이곳을 찾아오는 류젠의 정부情婦였다. 애초에 류젠은 굳이 정부를 본타에게 소개하려 하지도 않았지만, 그렇다고 해서 숨기는 것도 물론 아니었다. 너무나 조용한 산속의 밤인지라, 음음 하고 맞장구치는 말소리가 들려오기도 하고, 일본의 배후는 북아메리카가 아니겠지 등 당치도 않은 말소리가 새어나오기도 하는데, 더러는 여자의 우는 소리도 들리기도 하는 등 그럴듯한 정경을 상상하게 만드는 일도 있었다. 심한 오열이 오래도록 사라지지 않는 밤도 류젠은 본타 앞에서 얼버무리며 이를 감추려 하는 기색도 없었다. 그 역시 딱히 귀를 기울이고 싶어 한 것은 아니었으므로, 사리에 맞지 않는 어떤 소리가 톡 하고 떨어져 오는 정도에 지나지 않는다. 연애라는 느낌보다는, 아무리 생각해 보아도 평범한 사람의 세상살이를 넘어서는 자극은 전혀 받을 수가 없었다. 하지만 여인이 여느 농부보다는 어느 정도 높은 교양을 지닌 사람임을 은근히 감지할 수가 있었다. 그뿐이었고, 꽤 오랜 뒤까지, 여인의 이름은 물론 여인의 얼굴조차 알지 못한 채 지내고 있었다.

그러고 보니, 언젠가 한번 황혼에 그 뒷모습을 본 일이 있었다. 그것은 두 사람이 함께 샛길을 빠져 토나리아자隣字 온천—그래 봤자 한 여관에 하나의 욕조가 있는 것에 불과했지만—에 가던 도중의 일로, 마침 큰길과 샛길이 갈라지는 곳에 있는 울창한 삼나무 가로수길에서, 큰길을 걸어서 마을로 돌아가는 머리를 묶은 여인의 큰 몸집을 본 것이었다. 세 갈래 길이었으므로 딱히 스쳐 지나간 것도 아니고, 그다지 주의를 기울이고 있었던 것도 아니었으므로 본타는 그 얼굴을 보지 못했지만, 얼마 뒤 저게 내 여자고 도마야 유라笘屋由良라는 이름이라고 툭 내뱉었다. 실은 그때 아주 잠깐이기는 했지만, 아직 그 말을 내놓기 전의 류젠의 침묵의 몇 초 동안에 이미 그것을 느끼게 만드는 단도직입적인 감상感傷이 있었으므로, 본타는 얼른 그것을 깨닫고서 흐릿하게 고인 황혼 속으로 파문을 일으키며 퍼지고 있는 커다란 우울을 맛보고 있었다. 그리고 류젠이 입을 열기 전까지의 짧은 침묵을 참기 힘든 길이로 압박해오는 바람에, 그 말을 들었을 때에는 이미 뒤돌아볼 기분도 들지 않았다. 그래도 좌우간 뒤쪽으로 돌아서서 여인의 뒷모습보다는 그 앞쪽의 해가 저물고 있어서 어느새 막연해져 있는 산들의 보랏빛을 가만히 눈에 담은 다음 다시 고개를 돌렸던 것이다. 하지만 눈에 띈 한에서 말한다면, 여인은 욕의浴衣를 입고 있었는데 그 매무새가 분명 도시 생활을 경험한 적이 있다는 것을 보여주고 있었다. 관찰은 그뿐이었다.

두 사람은 다시 뚜벅뚜벅 좁은 샛길을 걸었고, 그러는 동안에도 더 이상 류젠의 몸짓에서는 여느 때의 잔해殘骸라는 느낌밖에는 알아볼 수가 없었는데, 그럼에도 본타의 마음에는 깊은 애수가 길게 길게 꼬리를 끌고 사라지지 않았다. 대체로 이날 아침저녁, 류젠의 초연한 태도에서는 숨길 수 없은 음산한 그림자가 아련히 스며 나오고 있음을 본타는 놓쳐 버릴 수 없었다. 본타의 생각에는, 이것은 여인의 사정 때문이기도 할 것이라고 속으로 혼자 짐작하고 있었기 때문에, 그런 만큼 어째서랄 것도 없이 쓸쓸한 생각이 더욱 강하게 가슴에 다가왔다. 그러나 온천에서 술을 마시면서도 여자에 대한 이야기를 류젠은 더 이상 한마디도 하지 않았다.

그럭저럭 백중百中이 가까운 계절이 되어, 밤마다 백중맞이 춤盆踊り을 위한 북소리가 산 위에 울려 퍼지고 있었다. 백중이라고는 하지만 여기서는 8월에 이를 쇠는 게 관습이므로, 이미 여름도 한창때여서 특히 낮에는 매미 소리에까지도 깊은 애수가 흐르고 있었다. 그날 아침, 류젠에게 5리쯤 떨어진 이웃 마을의 권세 있는 집으로부터 심부름꾼이 왔는데, 예전부터 알던 그곳 친지의 둘째아들이 급사했으므로 츠야*를 해 달라고 해서 일박의 여행을 떠나고 없었다. 오직 홀로 멍하니 밤을 맞이하고 보니 쓰르라미와 더불어 해가 지고 난 밤을 견디기 힘들어 단골 선술집에라도 가서 취해 볼까 하고 생각하기도 했지만, 그래도 허전한 마음에 본타는 텅 빈 본당으로 별 의미도 없이 기어들어가 앉아 있었다. 불을 켜 보기도 하고 다시 자세를 고쳐 앉기도 하고, 다시 일어나 차가운 마룻바닥을 빙빙 돌기

---

* 通夜. 죽은 자를 위해 밤새워 기도함.

도 하고 있는 동안에 橄欖院吞草居士(감람원탄초거사)라는 위패 하나가 먼지에 파묻혀 있는 것을 발견했다. 그는 잠시 생각하고 나서, 다시 한 번 자세를 고쳐 앉았는데, 어느 사이엔가 꿈결 같은 심정으로 경문經文을 외기 시작했다. 그는 스님은 아니었지만 학생 시절에는 인도철학을 전공했기 때문에 두세 개의 짧은 경문을 어렴풋이 외우고 있었던 것이다. 대체로 위패라는 것의 출현이 고독을 만끽하고 있는 본타로서는 적지 않은 신비였는데, 이전에 그는 류젠에게서 이 절의 이전 주지에 대해 묘한 이야기를 들은 적이 있었다. 그것은 입의 밥알이 튀어나올 만큼 우스운 이야기로 여겨졌지만, 함께 웃을 상대도 없이 오직 홀로 있을 때에는 별로 우스꽝스럽게 여길 것도 없이 바로 이전 주지의 모습이 떠올랐다. 그래서 본타는 웃음을 터뜨리는 일도 없이 이처럼 엄숙하고 단정히 앉아서 경문을 암송하기 시작했던 것이다.

그 이야기라는 것은 이러했다. 감람사의 전전대前前代 지주는 학식이 뛰어난 노승이었는데, 술과 삶은 문어를 즐겼고 본당에서 도박판을 벌여 글자 그대로 시주돈을 벌어 하루 취할 밑천으로 삼는 것이 취미였다. 마을에 나갈 때마다 삶은 문어를 사서 돌아오는 것이 낙이었다. 하루는 통통한 문어를 구했으므로 기쁜 마음으로 산문을 지나 들어왔다. 그날 밤도 도박판이 벌어져 화상和尚은 초조감을 누르고 있었는데, 날이 밝아 일동이 간신히 돌아가고 나자 매우 만족스럽게 창고로 갔다. 덜컥거리는 문짝을 겨우 열어서 조그만 등롱을 들이밀고 보니 시렁 한구석에 바짝 몸을 붙이고 있던 통통한 삶은 문어는 아주 진지한 얼굴을 하고 자신의 발을 우적우적 먹고 있는 중이었다. 문어는 진지했으므로 잠시 뒤 겨우 등불이 비춰지고 있다는 것을 깨닫고 매우 부끄러워져 얼굴이 벌게지면서 고개를 돌리고 화를 냈는데, 스님은 깜짝 놀라 움찔거리며 떠날 줄도 모르고 있었던지라, 문어는 흥 하며 삐져서 경멸을 얼굴에 드러내며, 옜다 먹어라, 하는 듯이 한 가닥의 멋진 다리를 스님의 코앞에 쓱 내밀었다. 스님은 크게 당황해서 서둘러 고개를 숙이고 시키는 대로 그것을 받아 들고 허둥거리면서 본당으로 돌아갔는데, 좌우간 요상한 기분과 더불어 그 문어 다리를 우적우적 먹어 버렸다. 그 이튿날부터 스님은 완전히 미쳐 버려서 마구 여자를 자꾸만 할짝할짝 핥고 싶어 하다가, 얼마 안 있어 황천객이 되고 말았다. 이런 이야기를 어느 날 밤 류젠은 띄엄띄엄 본타에게 말해 주었다. 본타는 이 이야기를 들으면서 너무나 재미있는 이야기였으므로 이건 지어낸 이야기라고 곧바로 생각하고 웃으면서 류젠에게 물어보니, 그도 아하하하 웃으면서 잠시 가만히 있었는데, 좌우간 문어에게 색정을 느낀 점이 스님다워서 재미있지 않은가, 하고 무안한 듯이 진지한 얼굴로 그렇게 말했다. 그 이야기는 이상할 정도로 자극적인 실감을 함축하고 있었으므로 그때 본타는 잊어버리기 어려운 감명을 깊이 머릿속에 받아들였다. 아마도 류젠의 여인은 연체동물을 닮은 피부를 가진 육체미의 여인일 것이라고, 그때 본타는 그 자리에서 단정을 내려 버렸다. 그리고 그는 이런 호색스러운 이야기를 하면서도, 외설하고는 아주 별개의, 어찌할 도리가 없는 한 줄기 적요寂寥를 류젠의 잔해에서 느끼지 않을 수가 없었던 것이다. ─그리고 실제로, 류젠의 여인은 분명 육체가 실한 여자였다. 어떻게 아느냐 하면, 이 고요한 밤 본당에서 경을 외고 있다가 본타는 뜻하지 않게 도마야 유라의 내방을 받았기 때문이다.

"야구루마 씨, 야구루마 씨……"

처음에는 그런 목소리를 환청처럼 본타는 흘려듣고 있었는데, 그러자 곧바로 "속임수로 독경을 하고 계시네요"라는 목소리가 개성을 띠면서 확실히 등줄기로 와 닿았다. 본타는 깜짝 놀라 돌아보았고, 본당의 대들보와 나란히 덩치 큰 여인 하나가 우뚝 서 있었다. 본타는 너무나 신기한 일이어서…… 아니, 신기하다는 말은 이런 정경의 설명이 아니다. 본타의 의식 내용의 설명인데, 이 갑작스러운 순간에, 그는 잠시 정신이 빠져나간 듯한 경악을 맛보며 망연히 그 사유思惟를 일시에 멈추고 말았다. 원래 이것은 딱히 정해져 있는 것은 아니었지만, 본타는 종종 고독에 잠겨 있을 때 불쑥 사람의 출현에 놀라게 되면, 바로 전에 벌어졌던 사실과는 아주 별개의 일종의 불가해한 무음무색의 세계로 접어드는 일이 있었다. 그것은 출현한 인간 개인의 개성과는 전혀 관계가 없는 것으로, 우선 그런 경우 그 사람을 다소간이라도 인식을 한 것인지조차 의심스러울 정도로 순간의 사건이건만, 왠지 흠칫 놀라서 후드득 전락하는 기색을 느끼는 가운데 자신의 존재의 무엇인가를 깊고 예리하게 응시해 버리는 것이었다. 이미 그때의 그것은 일종의 꿈인 게 틀림없다. 갑자기 열어젖혀진 그 문을 막막하게 걷는 가운데, 본타는 그의 일생에서 아마도 가장 고독한, 온갖 인과因果를 초월해서 그저 적막하게 다가오는 하나의 허무, 무엇인가 영겁으로 이어지고 있는 단조로운 파동을, 어쩔 도리 없이 그 온몸에 깊이깊이 맛보고 마는 것이었다. 잠시 뒤 그가 그런 상태로부터 깨어나기 시작할 때, 먼저 무엇인가에 대해 열심히 암중모색을 시도하는 정서의 준동을 느끼고, 이윽고 맑디맑은 하얀 판 위에 점점 생생하게 현상現像하는 외계를 차츰차츰 재인식하게 되는데, 그는 이날 밤도 그와 똑같은 프로세스를 거쳐서 점차로 현실의 정적이 귀를 찌르기 시작하자, 그때 그 고요한 밤기운 가운데 문득 솟아나서 점차로 파문을 펼쳐 가는 미친 듯한 웃음소리를 예리하게 귀에 듣고 있었다. 그러나 그는 이 각성의 순간에 이르면 그 이상 절대로 사물에 놀란다는 심정은 사라져 버리는 게 습관이었으므로 태연히 두꺼비처럼 웅크린 채 조용히 밑으로부터 유라의 얼굴을 쳐다보았다.

"당신도 좀 미치셨군요. 류젠 역시 좀 미쳤고요……"

유라의 매끄럽게 흘러나오는 새된 목소리를 들으면서, 그는 이 풍만한 여인이 조잡스러운 말과는 전혀 딴판으로 묘하게 고풍스러운 코가 오똑하고 갸름한 생김새라는 것, 그것은 예전의 에조시繪草紙*에 나오는 인물처럼 일종의 멍청스러운 얌전함까지도 드러나 있다는 것, 상당히 술에 취해 해롱거리고 있다는 것 등을 한 묶음으로 느꼈다. 본타는 어찌된 영문인지 아주 진지하게 반듯이 앉아서, "나는 미치지 않았습니다"라고 우

---

* 에도 시대에 희한한 사건 등을 그림으로 그려, 한두 장의 종이에 인쇄한 흥미 본위의 책.

물우물 대답하고 나서 정신을 차렸는데, 여자는 그런 소리는 아예 상관도 하지 않고 왼손을 먼저 바닥에 대고 중심을 그곳으로 옮기면서 무너져 내리듯이 앉으면서 양다리를 내던졌다.

"안녕하세요. 처음 뵙는군요."

"안녕하세요. 처음 뵙습니다."

"류젠은 없지요?"

"오늘 밤에는 돌아오지 않을 겁니다. 알고 계셨나요?"

"나갈 때 그렇게 알려주었으니까요—"

"아, 그렇군요—" 하고 본타는 당연한 일에 잠시 무안해져서 귀를 숙였는데, 곰곰이 생각하는 동안 이는 당연히 무안해할 일이 아니라는 근거가 있다는 것을 깨달았다. 류젠은 아침일찍 소식을 듣자, 특별히 준비를 필요로 하지 않는 사내인 만큼 이미 영혼은 멀리 나가 버린 해골이 된 모습으로 뚜벅뚜벅 발소리를 울리면서 곧장 산문으로부터 공간 저쪽으로 사라져 버렸는데, 그런 모습으로 여자에게로 가서 잠시 출타하겠노라고 알려줄 정도로 섬세한 정신을 어딘가에 지니고 있다는 것은, 이는 참으로 기적이요 불합리이며 경악이요 우스꽝스러운 일이며, —그리고 생각해 보니 가슴에 다가오는 것이 있었다. 본타는 장탄식을 씹어 삼키며 얼굴이 하얗게 되었다.

"류젠은 저를 상당히 귀애하고 있어요."

"그렇군요, 그런 것처럼 보여요. 나는 친구라고는 하지만 이름뿐이고, 별달리 이야기도 나눈 일이 없고 한절에 기거하고 있으면서도 이삼일 얼굴을 마주치지 않고 지내는 일도 곧잘 있으니까, 저 사내에 대해서는 실제로 아무것도 알고 있지 못하답니다."

"류젠은, 하지만, 그다지 영리한 남자는 아니에요. 차갑고 냉랭하고, 때때로 멍하니 무엇인가를 골똘히 생각하고 있는 게 참을 수가 없어요. 저를 귀애하는 것은 좋지만, 좌우간 그런 기분을 스스로 반성할 때의 쓸쓸한 자기혐오를 느끼는 일은 고통스러우니까 사랑스러워도 사랑스럽다고 생각하기는 싫다는 거예요. 그러면서도 미친 듯이 격렬하게 저를 안는 거예요. 류젠의 쓸쓸한 기분은 저도 대략 이해하지만, 겉으로 드러나는 차가움이 저는 참을 수 없는 거예요. 류젠은 바보멍청이예요. 류젠은 참으로 바보멍청이니까 저는 헤어지려고 해요—"

"아…… 그건 오늘 아침의 일입니까?"

"아니요, 훨씬 예전부터예요. 하지만 진짜로 그렇게 정한 것은 바로 지금이에요. 마을에 뚜쟁이가 와 있거든요. 3월하고 백중은 뚜쟁이의 추수철이니까요. 저는 아주 옛날에도 한번 뚜쟁이를 따라 마을을 떠난 일이 있었답니다. 아시겠어요? 본타 씨…… 저는 지금도 뚜쟁이하고 함께 자고 왔거든요. 아하하하하…… 거짓말 거짓말 거짓말, 함께 술을 마시고 왔을 뿐이에요."

유라는 마룻바닥을 강하게 지탱하고 있던 양팔을 쓱 미끄러뜨리고는 옆으로 눕더니, 한 가닥의 흐트러진 나무막대가 되어 누워 버렸다.

"뚜쟁이는 아주 상등품이라고 엄청 좋아하더군요. 저는 그걸 가르쳐 드리려고 여기 온 거예요."

"나에게 말입니까—?"

"그래요. 누구에게든 가르쳐 주고 싶었으니까, 당신에게도 가르쳐 드리려고요."

유라는 얼굴을 주워 올리듯이 들었지만 다시 그것을 양팔 속으로 쭉 떨어뜨렸고, 더는 주워 올리려 하지 않았다. 상당히 만취해 있는 것이다. 여기서 본타는 조용히 팔짱을 끼고, ―실은 당치도 않은 다른 생각을 골똘히 하기 시작했다. 아니, 다른 생각을 하기 시작했다기보다는 아무 생각도 하지 않는 사유의 중단으로 접어들었다고 말하는 편이 오히려 이 상황에서는 올바른 말이었다. 본타는 지난 몇 년 이래로 늘 눈앞의 사실에 충분히 잠겨 들어가지를 못하고, 모든 것이 추억이 된 뒤에, 그 당시의 환상을 그려 내고 나서 비로소 미세한 정서와 혹은 장면 전체의 이면을 흐르고 있던 막연한 분위기 같은 것을 재미있게 느끼는 불운한 습관에 빠져 있었다. 있는 그대로 말하자면, 이 사내는 어떠한 재미있는 순간에도 그것과 직면해 있는 한은 늘 참을 수 없이 지루해하면서, 지금의 것이 아닌, 그 옛날에 경험한 한 장면의 분위기 속으로 언제랄 것도 없이 멍하니 끼어 들어가고 마는 것이다. 음악을 들을 때조차 스포츠를 보고 있을 때조차 물론 역시 그 모양으로, 지금은 쇼팽의 음악을 들으면서 그것에 대해 완전히 지루함을 느끼면서 언젠가 들었던 모차르트의 선율을 떠올리고 이를 정신없이 경청하고 있다거나, 1루의 주자를 보고 있으면서도 머릿속에서는 주자를 3루에 놓고, 열심히 홈스틸을 꾀하게 하면서 흥분하고 있다거나, 이런 꼬락서니는 일상다반사이기는 한데 그러면서도 쇼팽의 음악을 듣지 않는 것은 아니라는 증거로는 다른 날 또 그 순간을 매우 즐겁게 그대로 떠올릴 수가 있는 것이었다. 쇼팽은 좋다. 쇼팽의 음악은 참으로 멋지다고 꿈이라도 쫓듯이 부지런히 지인들에게 떠들어 대면서 쇼팽이 연주되는 날을 기다렸다가 음악회장으로 달려가기는 하지만 정작 자리에 조용히 앉고 보면 아직 막도 오르기 전부터 다시금 끊임없이 막이 오르기 전부터 진절머리가 나고, 연주가 끝날 때까지 공연히 다른 일만 생각하게 되고 만다. 흥분할 줄을 모르는 사내인가 하면 그건 결단코 아니다. 그저 크게 격앙해서 한창 소리치고 난무하고 탐닉하고 있는 순간에, 흥분해 있는 것 그 자체에 파도와 같은 피로를 느끼고 낙담해 버리는 것이다.

유라의 몸은 아무렇게나 마룻바닥에 뒹굴고 있었지만 본타의 정성에 의한 흐릿한 등불 덕분에 다행히 그것은 인어와도 같이 가련하고 운치 있게 동화풍의 연정을 풍기게 했다. 본타는 팔짱을 끼고 공간을 응시하고 있었는데, 이윽고 파도가 차분하게 펼쳐진 넓디넓은 바다에 급하게 해면을 달리는 아득한 낙조를 그 피부 바로 가까이에서 착실하게 느끼기 시작하고 있었다. 그것은 아득한 바다였다. 이미 흠뻑 저문 남동쪽의 보랏빛은 점차로 어두운 검은 빛으로 넘어가고 서쪽 수평선에는 아련히 남아 있는 어스름이 널리 적요寂寥를 뿌리고 있었는데, 그때 깊이 고개를 떨군 한 사내가 영원으로 돌아가려 하는 듯이 발걸음을 빨리하여 서쪽으로 서쪽으로 바다를 걷고 있는 모습이 떠오르고 있었다. 날카로운 그림자는 일직선으로 바다로 바다로 흘러가 어느새 깊은 등 뒤쪽의 어둠 속으로 녹아 사라졌는데, 사내는 그의 오직 하나뿐인 결의만을 마음 쓴다는 듯 오로지 돌아가려고 피로해진 다리를 재촉하고 있는 것이다. 잠시 뒤 무엇인가에 겁먹은 듯 사내는 문득 고개를 돌려 등 위의 어둠을 훔쳐보았다. 그리고…… 우우, "여시아문如是我聞, 여시아문—", 흐트러진 모습으로 도망치는 자아의 멸렬滅裂을 느끼면서 자세를 고쳐 잡은 본타는 용기를 불러일으켜 경문을 중얼거리기 시작했던 것이다. 그것도 잠시, 웅얼웅얼 끓으며 나오던 중얼거림도 차츰 낮게 사라지고 보니, 산 위 금비라金比羅*의 앞뜰에 울려 대고 있는 백중맞이 춤의 북소리만이 고요하게 등줄기에 배어들었다. 그때 유라도 꿈지럭거리며 일어나 잠시 마루에 손을 짚고, 무거운 듯한 머리를 가만히 아래로 향하면서, 다양한 음향에 귀를 기울이고 있는 것 같았다.

"춤의 북소리가 들려오네요……"

"그래요, 통통토토토토통통…… 하고, 네, 들리네요."

"가 볼까요."

유라는 비틀비틀 일어서서, 불빛이 있는 쪽을 응시하더니, 낙심을 한 듯 웃기 시작했다.

"저 봐요, 불빛을 찬찬히 응시해 보세요. 간지러운 듯이 한들한들 으스대며 흔들리고 있어요…… 그렇게 생각하고 있어서만은, 아니에요. 메스꺼운 녀석. 아아아아—"

걷기 시작하고 보니, 본타가 우려한 정도로 유라의 발걸음이 흐트러져 있지는 않았다. 바람은 자고 있었지만 밤기운 자

---

* 여러 야차들을 거느리고 불법을 지키기를 서원誓願한 야차왕의 우두머리.

체가 싸늘하게 피부에 와 닿는 것이, 그럴 때마다 명상해야 할 무엇인가의 사고력을 심어 놓고 가는 듯한 침울한 프로세스가 느껴졌다. 감람사의 뒤란으로 해서 묘지를 빠져 나가자 삼나무 가로수길이 사오백 미터 이어지고, 이윽고 울창한 너도밤나무 숲에 에워싸인 금비라 신사 쪽으로 이어졌다. 걸어가는 곳에서 마다 툭 끊기고 마는 벌레 소리는 그 돌연한 공허함으로 본타의 마음을 어지럽히고, 그 지독한 무음無音 상태가 오히려 귀찮게 구는 참을 수 없는 수다처럼 여겨졌다. 왜냐하면 자기 자신의 정신이 솟아 나오는 물결처럼 요설饒舌적인 것으로 되기 시작하기 때문이다. 쏟아지는 달빛을 의지하며, 간신히 너도밤나무가 무성한 금비라산 기슭에 당도하고 보니, 이렇다 할 등불은 전혀 새어나오지 않고 있었지만, 복닥복닥한 사람들의 환성이 잎사귀들 너머로 들려오기 시작했다. 그 산으로 접어들어서, 처음으로 꽤 심하게 숨을 몰아쉬는 유라를 도와 가면서 경내의 평지로 한 발짝 들이밀자, 모여들어 있는 군집의 분량과는 반대로 불 밝혀져 있는 제등은 의외로 적은 숫자였다. 흐릿하게 떠올라 있는 엷게 붉은 불빛으로부터 사람들의 무리는 대부분 오히려 벗어나 있었고, 밖으로부터는 보이지 않는 통나무북을 중심으로 마을 사람들은 남녀를 불문하고 널따란 꽃삿갓을 쓰고 분홍색 긴 끈들을 걸치고, 노래라고 하기도 무엇한 백중 노래를 기도처럼 외우면서, 단조로운 라이겐(원무)을 추고 있었다. 그것은 실제로 der Reigen이라고 부르기에 알맞은 것이었다.

9월에 접어들어 격렬하게 비구름이 왕래하고, 이윽고 모든 산들의 나무마다 잎이라는 잎은 모두 떨어져 벌거벗은 나무들이 낮은 하늘 가득 흩뿌려진 산을, 부지런을 떨어 가며 낙엽을 두들기면서 소나기가 지나간다. 11월도 끝날 무렵이면 어느새 듬뿍 눈에 뒤덮여서 해가 바뀌고, 산의 구부러진 길에 뭉쳐 있는 거무튀튀한 눈뭉치들이 간신히 창공으로 사라지게 되면 어느새 5월, 밝은 하늘을 산 하나 가득 품고 쳐다보면 어느새 여름이다. 1년의 대부분은 음산한 구름에 덮여서, 햇빛을 바라본다는 것은 1년에 오직 한 번의 계절이다. 순식간에 그 여름 역시 지나간다. 그리고 생활 역시 해가 지듯 지고 만다. 푸른 하늘이 있다는 사실조차 잊어버리고, 축축한 초가지붕 아래서 촌사람들이 중얼거리게 될 목쉰 탄식이 밝은 여름 하늘 뒤쪽으로 투명한 파동이 되어 엿보인다. 황혼 비슷한 황량함으로 저물어 가는 한순간의 여름에 매달려, 저 매미의 소리 비슷한 소란을 마을 사람들은 금비라金毘羅산에서 추는 것이었다. 같은 기후의 리듬에 맞추어 은방울꽃이 필 무렵 처녀들이 손을 잡으면서 푸른 초원에서 추는 북유럽의 라이겐은 본타가 고래로 가장 공명共鳴하는 정경인데, 본타는 그 자신의 그리 미덥지 못한 생존을 이처럼 감미로운 소란과 더불어 하늘에 뿌려 대면서 죽음에 이르기까지의 연쇄를 이어 갔으면 하고 평소에 염원해 마지않았다. 그가 멈출 수 없이 방랑을 꿈꾸는 것도 오직 이 소란의 얼룩이 너무나 애틋한 리듬을 낮게 울려 대기 때문이다. ―본타는 금비라 신사의 앞뜰에서 깊고 깊게 흐르고 있는 감개의 향기에 잠기면서, 거기에 녹아들고 있는 무아無我의 기쁨을 느꼈다.

원무를 에워싸고 있는 관중의 원진圓陣을 다시 두 사람은 멀리서 묵묵히 한 바퀴 돌았다. 그러나 이때 본타가 잠겨 있었던 고요한 분위기는 그다지 오래 가지 않았다. 어두운 군중 가운데서 머리 하나가 흔들거리며 나오더니 유라의 등 뒤를 쫓아왔는데, "언니야, 좀 부탁할 게……" 그런 낮은 목소리를 들은 채, 본타는 홀로 대여섯 발짝 앞으로 걸어간 뒤 조용히 뒤돌아보았다. 일본띠 차림에 머리를 장사꾼처럼 가꾼, 얼핏 어느 상점의 지배인 같은 느낌의 작은 사내였다. 두 남녀는 빠른 말투로 두세 마디 주고받는 듯하더니 얼마 안 있어 유라는 그 남자 곁을 떠나 본타 쪽으로 다가왔는데, 그 얼굴에는 넋이 빠져나가 감정이라는 것이 아예 없다는 듯한 새하얀 기운을 풍기며 지긋이 본타를 마주했다.

"안녕히 가세요……"

"안녕히."

"—저 작자, 아까 말한 뚜쟁이예요……"

"뚜쟁이?—"

그때 유라는 이미 돌아서서 —등을 그들 두 사람 쪽을 향하면서, 홀로 군중을 떠나 하늘을 쳐다보면서 뚜쟁이 쪽으로 걷기 시작했다. 보고 있자니 두 사람은 무엇인지 속삭속삭 의논을 하고 있었는데, 이윽고 뚜쟁이는 아직도 그쪽을 멍하니 바라보고 있는 본타의 모습을 알아차리고 멀리서 꾸벅 절을 했다. 본타는 매우 당황해서 얼른 답례를 했지만, 어색해졌으므로 홀로 뚜벅뚜벅 다시 한 번 상당히 큰 원진을, 때때로 멈춰서서 안쪽의 춤을 들여다보면서 걸었다. 그러고는, 아예 금비라산을 떠나버리기로 하고, 금방 올라온 언덕길을 저벅저벅 검디검은 덩어리 속으로 빠른 걸음으로 내려가기 시작했는데, 자연의 가속도 때문에 맹렬한 속력이 되어 산기슭까지는 꿈꾸는 듯이 내려온 채로, 기슭에서도 멈출 수가 없어서 다음 언덕길까지 열 발짝가량 여세로 뛰고서야 멈춰 섰다. 본타는 그곳에서 별생각도 없이 막 뛰어 내려온 산을 뒤돌아서 쳐다보았는데, 이제는 군중의 환성도 분명하지가 않았고 등불도 물론 새어 나오지 않는, 오직 그치지 않고 흐르는 듯한 애수가, 깊게 일종의 기분이 되어 그의 몸 안을 구석구석 점령하고 있었다. 본타는 거기에 깊이 침잠하면서 한길을 따라 나란히 흐르는 어둡고 험한 샛길을 따라서 고요하게 소리가 사라진 산을 둘 넘어 큰 길로 나서고 보니, 이미 구로타니 마을의 집들을 멀리 지나 조릿대만이 무성한 구로타니고개 한가운데로 곧 접어드는 그런 지점에 우울한 숲이 있었다. 본타는 바쁜 걸음으로 뒤로 돌아 이번에는 한길을 통해 구로타니 마을에 당도했는데, 마치 길고 긴 역사 속을 통과해 오기라도 한 것 같은 기분이 들어 선술집의 등불을 발견하고 그 안으로 들어갔다. 선술집의 아가씨도 백중 춤을 추러 가 버려서 어둠침침한 토방에는 할머니가 혼자서 졸린 듯 심심한 듯한 얼굴을 하고 있었는데, 본타는 2층으로 가지 않고 한 탁자에 앉아 술을 달라고 했다.

"요즘 젊은것들은 모두 춤에 미쳐서—" 하고 노파는 구로타니 마을에 어울리지 않게 세상물정에 밝은 듯한 웃음을 띠면서, 이 마을에는 타관에 나가 돈벌이를 하는 여공들도 춤을 추고 싶어서 백중을 고대하며 귀성을 한다는 등의 말을 했다. 본타는 무작정 동감을 표하며 깊이 끄덕거려 주었다. 이곳에 와서 술을 마시는데 저 감미로운 애수는 그대로 더 한층 언저리를 떠나지 않고 사방으로 어른거리며 오히려 그 향긋한 진폭을 깊게 하고 있는 것처럼 느껴졌다. 그는 이 여행을 떠난 이래 지금까지 이날 밤만큼 깊은 만족과 더불어 잔을 든 일은 없었다. 열심히 요설을 지껄이면서 잔을 연신 기울이다가 마침내 경쾌한 취기에 빠져 노파를 상대로 난해한 용어 따위를 휘둘러 가며 인생을 논하기 시작하기도 했는데, 노파는 상당히 붙임성이 있어서 "그렇고말고요, 참말로, 그렇다니까요" 하고 맞장구를 치고 있었다. 이윽고 밤이 한층 깊어지자, 벽 속에서 뭔가 고리타분한 침묵이 우러나고 있는 듯한 낌새를 몇 번씩이나 느끼기 시작하는 시각이 되어 있었다.

그렁저렁하고 있는 동안에 술집의 아가씨도 춤에서 돌아와, 흥겨운 발걸음을 금비라산의 계속이기라도 한 듯 이 토방으로 가져왔구나 싶었는데, 바로 뒤를 이어 스윽 하고 목을 들이민 조그마한 사내를 보고서 본타는 깜짝 놀랐다. 그것은 의심할 바도 없이 그 뚜쟁이였다. 뚜쟁이는 툇마루 귀퉁이에 앉아서 한쪽 다리를 무릎에 올려놓으면서 날카롭게 본타를 흘끗 보았지만 곧바로 시선을 돌려 모르는 척했고, 2층으로 올라간 아가씨를 향해 "이젠 올라가도 되는 거야?" 하고 매우 싸늘하고 건방진 말투를 던졌다. 그런 모든 몸짓에는 본타로서는 도저히 가까이할 수 없는 냉혹한 교지狡智가 풍기고 있었으므로 그는 울컥 증오를 느끼며 뚜쟁이의 얼굴을 냅다 노려보았지만, 뚜쟁이는 태연히 통통통 거리며 2층으로 올라가 버렸다. "야, 이

놈아, 기다려. 그리고 문 밖으로 나와. 한번 붙어 줄 테니까—"
이렇게 본타는 분연히 외치고 싶은 팔팔한 호전의식을 불태웠
지만 간신히 그것을 억누르고 다시 생각해 보았다. 그렇다면
아가씨를 놓고 쟁탈전을 해 볼까 하고 시시한 공상을 하기 시
작했지만, 물론 그렇게 다툴 만한 가치가 있는 여자가 아닌 만
큼 하룻밤 뚜쟁이와 교대로 여자를 안게 된다면 일생일대의
치욕이 될 것이라고 통감하고 분연히 선술집을 떠나기로 결심
했다. 노파와 아가씨는 놀라서, "나리가 먼저 온 손님 아닙니
까. 주무시고 가십시오" 하고 권했지만, 결심이 반석처럼 굳은
얼굴 표정을 보고서는 "또 오십시오" 하고 말하면서 등롱 하나
를 들고 나와 억지로 본타에게 들게 했다.

　집집마다 깊이 잠들어 버린 한길로 막상 한 발짝 내딛고 보
니 의외로 취기가 심해서 거의 앞으로 나아가기조차 곤란한
지경이었으므로, 손에 든 등이 아주 귀찮게 여겨지면서 도와달
라고 소리를 지르고 왁 하고 울고 싶을 정도였다. 괴로운 심정
으로 뒤를 돌아다보니 다행히도 노파는 아직 입구에 서서 이
쪽을 바라보고 있었으므로, 본타는 안심하고 등을 길 한가운데
에 내버린 채 냅다 뛰기 시작했다. 잠들어 있는 한길의 노폭 가
득 무대로 삼고, 비틀비틀 누비고 구르면서, 때때로 멈추어 서
서 숨을 골라 가면서 마침내 구로타니 마을의 서쪽 끝까지 도
달하자, 죽어 있는 주위 속에서 신기하게 아직도 많은 사람들
이 길 한가운데로 몰려 나와 있었는데, 그것은 마침 이웃 마을
에서 춤추기 위해 왔던 젊은이들이 트럭에 가득 올라타 돌아
가는 중이었다. 본타는 기쁜 마음으로 달려가 "나도 좀 태워

주시오" 하고 제의했지만, 머리띠를 두른 젊은 녀석들이 "당신은 취해 있어서, 안 됩니다" 하고 제지하고서는 휘발유 냄새를 흩뿌려 놓으며 어둠 속으로 싹 사라져 버렸다.

본타는 잠시 망연해서, 사라져 버린 자동차보다도 갑자기 눈앞에 전락해 버린 어둠과 고독에 어찌할 바를 몰랐지만, 정신을 다시 차려 낮게 멀어져 가는 자동차의 울림까지도 뿌리치고 금비라 신사의 참배길을 올라가기 시작했다. 험한 삼나무 길의 언덕 중간 부근에서 본타는 그만 발이 미끄러져 몇 미터를 굴러 떨어졌는데, 일어나려는 마음도 전혀 일지 않았으므로 어둠 가운데 가느다랗게 한 줄기 비단실 정도로 움츠러드는 육체를 맛보면서 피부로 전해져 오는 불가사의하게 정적靜寂한 땅속 소리에 귀를 기울이고 있자니, 산 위로부터 다가오는 인기척이 났다. 본타는 고개를 들어 그것을 기다리고 있었지만, 그러나 그것은 인간이 아니라 풀숲 속을 움직이는 곤충 같은 것이었는지, 이윽고 머리 위 높은 곳에서 삼나무 잎을 육중하게 흔드는 가라앉은 바람 소리가 났다. 그는 벌떡 일어났다. 그리고 마침내 갖은 신산辛酸을 맛보고 금비라 다이묘진金比羅大明神의 경내에 도달했지만, 아나나 다를까, 그것도 이미 조용한 어둠의 일부로 환원되어 있어서 보이는 것도, 들리는 것도 없었지만, 그래도 땅바닥에서는 지독한 혼잡스러움이 느껴지고, 특히 원무의 발자취가 선명한 원 모양으로 그려진 채 남겨져서, 그곳에서 하늘거리고 있는 듯한 왠지 그리운 냄새가 코를 찔렀다. 본타는 잠시 눈을 감고 소박한 신사 건물에 몇 번 손뼉을 쳤는가 하면, 홀연히 몸을 날려 눈에는 보이지 않는 원

모양 안으로 뛰어들어 엉망진창인 춤을 손을 흔들고 발을 뛰게 하며 헤엄치듯이 움직였고, 몇 번인가 온몸을 땅바닥에 내동댕이쳤다. 본타는 끙끙끙끙 통쾌한 고민의 목소리를 어둠 속으로 높이 울리면서 그 자리에서 한 시간 가까이 날뛰었지만, 결국에는 약간 제정신이 들어 다시금 험악한 비탈길을 구르기도 하면서 감람사의 공터에 안착할 수가 있었다.

돌아와 보니 당연히 암흑이어야 할 터인 별채에는 등불이 환하게 비치고 있었다. 과연 본타의 취한 신경에도 이것은 이상하다고 생각되었는데, 하지만 사방을 둘러보아도 그저 그곳에서 나오는 하얀 불빛이 펼쳐져 있을 뿐 인기척은 확실히 없다. 아니, 있었다. 상 위에 떡하니 한 송이의 바나나가 방을 꽉 채운 쓸쓸한 밝음을 노려보고 있었다. 말할 것도 없이 유라의 소행이 분명하다. 본타는 단단히 팔짱을 끼고 잠시 바나나의 당당한 낯짝을 바라보고 있었지만, 팔짱을 풀고 다가가서 눈깜짝할 사이에 하나도 남기지 않고 모두 먹어 치웠다.

이튿날 류젠은 자동차에 태워져 되돌아왔다. 해가 지기까지는 얼굴을 마주할 사이가 없었지만, 목욕을 끝내고 저녁 밥상에 마주 앉게 되자 한두 마디 이야기를 하기 시작했다. 류젠의 이야기는 이 산골짜기로서는 새로운 토픽이었다. 류젠을 초대한 그 권세 있는 집안에서는 그와 꽤 친밀했던 친구였던 그곳 둘째 아들이 급사했다고는 했지만, 병사가 아니라 실은 수면제에 의한 자살이었다. 현縣 내에서도 굴지의 호농豪農이었으므로 신문사 등에는 일찌감치 입막음이 되어 있었고, 류젠에게 주어진 많은 액수의 보시 역시 거기에 대한 배려가 들어 있었다. 그 사내는 다소간은 학문도 한 인물로서 몇 년 동안 유럽에 유학을 다녀온 등의 경력을 가지고 있었는데, 이즈음 할 일이라고는 없는 처지에 권태를 느껴 지독한 허무감에 싸여 있었다. "나 같은 무위의 존재는 결국 한 마리의 도마뱀만큼도 이 세계하고는 관계를 갖지 못하는 모양이다. 널찍한 건물 속에 가만히 앉아 있다 보면, 여기에 인간이 있는 것인지 없는 것인지 도무지 그 기척조차 알 수가 없고, 설혹 그곳에 있다는 것을 알게 되더라도 사람들은 이 건물에 있는 당연한 얼룩 정도로밖에는 생각하지 않는다. 도마뱀을 발견했을 때와 같은 왁자한 소동을 부리는 식으로밖에는 아무도 자신의 존재를 문제로 삼지 않는다. 결국 나는 죽을 터이지만 내가 죽은 뒤에도 이 오래되고 근엄한 건물은 엄연히 존재할 것이고, 사람들은 계속 그 안에서 살면서 예전에 이 건물 안에 나라는 존재가 얼룩처럼 살고 있었다는 것, 이제는 이미 소멸해서 보이지 않는다는 따위로 생각하는 자도 없을 것이고, 우선 그런 이야기를 떠올리더라도 지난날 자신이 존재했다는 확증을 하기조차 곤란해서 쓴웃음을 지을 것이다. 말하자면 나는 죽음 속을 계속 살고 있는 셈이고, 결국 생명에 패배감을 느끼면서 살아 있는 한은 계속해서 존재에 패배를 당하고 있는 것이나 마찬가지다……"라고, 그 사내는 결국은 이와 비슷한 내용의 이야기를 다양한 방식으로 늘 류젠에게 술회했고, 때때로 흥분해서 냉큼 좌익으로 내달려서 내 생명력을 폭발시키고 싶다는 둥 폭주했던, 그런 쓸쓸한 사내였던 듯했다.

그 사내에게는 달리 친한 친구가 없었던 모양이다. 죽음을 앞두고 류젠에게도 유서를 남겨 놓았다. 거기에는 오랫동안의 우의에 깊이 감사한다고, 그저 그런 의미의 이야기가 몇 줄 간 난히 서술되어 있었지만, 그 유서는 류젠의 손에 오기 전에 이미 가족의 손으로 개봉되어 있었다. 물론 그뿐이었으면 류젠에 관한 이야기인 만큼 화가 날 리가 없었겠지만, 불행하게도 이 집안에서 죽은 자에 대한 대우는 마치 타기唾棄해야 할 불효자를 대하는 것 같은 불결한 냉혹함이 깃들어 있었기 때문에, 물론 그것은 체면을 중히 여기는 집안으로서는 어쩔 수 없는 일이었겠지만, 류젠은 친구였던 만큼 매우 마음에 들지 않았다. 그는 개봉된 유서에 대해 도무지 예의를 모르는 비열한 변명을 듣자 매우 분개해서 츠야의 자리에서 대단히 거친 소리를 하고 온 모양이었다.

　"—실제로 큰 건물이라는 놈은 불가사의한 박력을 가지고 있는 모양이야. 나 같은 사람도 이 텅 빈 절에 혼자 앉아 있으면 그 사내하고 비슷한 막연한 불안을 역시 찬찬히 느끼는 일이 종종 있네. 단순히 건물이라든지, 그 어두운 벽이라든지, 그런 물체에 엄청난 존재감을 느끼고 패배를 곱씹을 뿐만이 아니라, 자신이 지금 존재하면서 또 절의 한구석에 앉아 있음에 대해서 무의미를 통감하는데, 통감할 뿐 아니라 그것이 이미 또 무의미하게 여겨질 정도로 무언가 정떨어지는 권태감을 느끼고, 그러는 동시에 자신의 존재가 대번에 믿어지지 않게 되는 거야. 그게, 자신의 마음속에서만 그렇게 여겨지는 것이 아니라, 자기보다도 더 강렬한 생명력을 지닌 이 건물의 의지 가운데 묘하게 비참하게 비교된다는 그런 권태의 기색을 느끼게 되어서,

그야말로 어쩔 도리가 없는 불안감에 엄습당하는 거지……"

"그야 그렇겠지, 자네의 경우에는 사는 장소가 바로 이 강렬한 건축물이니까, 그래서 결국 건축물을 대상으로 그렇게 느끼고 마는 것이겠지만, 내 생활에서는 건축물 따위는 별로 대단한 관계를 갖지 않으니까, 무언가 막연한 하나의 전체를 대상으로 해서……"

본타는 동감하면서 그런 말을 하기 시작했지만, 논의의 대상 자체가 막연한지라, 어차피 일생의 십자가요, 입에 올려서 어쩌고저쩌고 하는 것도 쓸데없는 짓이라고 생각했으므로 얼른 입을 다물고 침묵해 버렸다. 게다가 본타는 원래 자신의 허무 사상에 대해서는 매우 겸손한 마음을 가지고 있다. 자신은 도저히 허무를 위해 죽을 만큼 바닥의 심원한 실제를 맛볼 수 있는 인물은 아니다. 자신은 천박한 사내로서 원래 낙천주의자도 아니고 허무주의자도 아니며 매사에 궁극적으로 천착하기를 피하는, 말하자면 일종의 기분적 인생 팬으로서 쓸 만한 점이라면 자신의 인생에 대해 극히 냉담 그 자체라는 것, 그 정도인 게 아닐까 하고 체념하고 있는 타입므로 인생을 이론으로 싸우려는 의지는 애초에 가지고 있지 않았을 뿐 아니라, 타인의 깊은 허무감에 대해서는 언제나 이를 심각한 선배로서, 실제로 진지한 의미로 약간의 경의를 표하기로 하고 있었다. 그는 그저, 그 자신의 입장으로서는 모든 것을 막연히 느끼기만 하면 그것으로 족하다, 그것을 단순히 말로 표현해서 우울한 한때를 좀 더 우울하게 한다는 것은 따분함 이외의 아무것도 될 수가 없다 —그것은 실제로 따분함 이외의 아무것도 아니었으므로, 이때도 그는 서둘러 입을 다물고는 이미 다른 일을 멍하니 생각하기 시작했고, 도대체가 이 류젠이라는 흐리멍텅한 중이 밤샘의 석상席上에서 호통을 쳤다는 귀가 솔깃해지는 뉴스가 과연 진실일까, 하고 그런 일에 매우 흥미를 느끼고 있었다.

"도대체, 자네가 크게 호통을 쳤다는 게 진짜 이야긴가?"

"그건 진짜 이야기지. 한자리에 있던 사람들을 바짝 얼어붙게 만들었지. 하기야 속으로는 크게 장난을 치는 그런 기분이었지만……"

하고 류젠은 예의 지극히 당연하다는 표정에, 그래도 조금은 쓴웃음을 머금으며, 아아아아아…… 하고 희한한 소리를 내면서 참으로 칠칠치 못하게 하품을 했다.

그런데 그 이튿날, 전혀 의외의 일이 벌어졌다. 사건 그 자체가 극히 뜻밖이었을 뿐 아니라 사건의 원인이 된 것이 참으로 기상천외— 아니, 이것 역시 본타의 의식 안에서의 불굴의 호기심의 설명이기도 하지만, 좌우간 기상천외였기 때문에 본타는 매우 기이함을 느꼈다. 즉 류젠은 밤샘의 자리에서 실제로 분연히 비분강개의 연설을 시도했을 뿐 아니라, 게다가 누누이 과격한 언사를 농하며 자본주의와 부르주아를 공격했다는 것이다. 물론 이것은 상대방이 현 안에서도 유수의 세력가였기 때문에 침소봉대로 무고誣告해서 사직당국의 손을 번거롭게 만든 것인지도 모른다. 좌우지간 무시무시한 패검佩劍 소리가 이튿날 산문을 통해 들어온 것은 사실인데, 그것은 마을의 주재 순사가 고등계 형사 하나를 안내해서 절을 찾아왔기 때문이었다. 고등계는 그러나 의외로 사리를 아는 사내였던 듯, 시골 사투리를 쓰는 것 치고는 온화한 말투로, 물론 상대가 물정을 제대로 모르는 부호인지라 어떤 반감 때문에 억지로 트집을 잡았겠지만, 그 방면에는 약한 경관이므로 어쩔 수 없이 의무상 일단 찾아왔을 뿐 결코 스님에게 혐의를 두고 있는 것은 아닙니다만…… 등으로 장황하게 같은 말을 되풀이하고 있었다. 본타는 옆방의 장지문에 기대 숨을 죽여 가면서 형세를 전망하고 있었는데, 형사의 말투에는 속마음으로도 독이 없는 것으로 여겨졌으므로 휴 하고 안심하기는 했지만, 실상 맥이 빠져서 모기 소리 같은 말소리를 더 이상 주의해서 들으려 하지 않았다. 그러자 갑자기 엄청난 소리가 옆방에서 일어났으므로 자신도 모르게 장지에서 몸을 뗐는데, 그것은 꼭 발광한 사내가 그 최초의 발작 때 낼 것 같은 엄청 격한 새된 소리였고, 의심할 바 없이 그것은 단순한 외침 소리가 아닌, 분명 류젠으로서는 무엇인가 온 힘을 다해서 연설을 꾀하고 있는 게 틀림없었다. 그것을 지금까지 연설이라고 알아차리지 못했던 것은 저 새된 목소리 탓만이 아니라, 제정신으로 들었다가는 웃음이 터지지 않을 수가 없는 지리멸렬하기 짝이 없는 구句와 구의 나열이었기 때문인데, "대일본 제국은 만세일계의……"라고 했는가 하면, "아아, 이 중의 명예도 땅에 떨어졌구나. 충군애국의 영예도 헛되구나, 아아 슬프도다……" "인도에 석가 고타마 탄생한 지 이제 2천 년여—" 등등.

　본타는 류젠의 학식에는 상당한 경의를 보이고 있었다. 그것은 그가 이 절에 첫 발을 들이밀었던 날 밤의 일로, 류젠은 그 서원書院에 상당히 높이 쌓여 있는 책들을 감추듯 하면서, "팔아 버릴 고서점도 이 산중에는 없어서……" 하고 부끄러운 듯한 얼굴을 했다. 본타의 경험에 의하면 서적을 가지고 있는 것에 대해 마음속으로부터 부끄러움을 가진 사람은 대체로 뛰어난 학식을 지닌 사람들이었으므로, 류젠의 학식에 대해서도 바로 그 순간부터 경의를 표하고 있었던 것이고, 그 이래 별로 논의를 주고받은 일도 없었으므로 그대로 그때의 경의를 유지하고 있었던 것이다. 그런데 옆방에서의 광태狂態나 지리멸렬도 그 이상이 없었던 것이다. 토대가 될 만한 이론도 논지도 없었고 발언의 체제조차 갖추고 있지 않았으므로, 어쩌면 미친 것이 아닐까 생각해 보지만, 설마하니 그런 것은 아닐 테지. 형사도 어안이 벙벙해서 간신히 류젠을 달래고서, 당치도 않은 혐의를 걸어서 매우 죄송하다, 더 이상 청천백일하에 스님의 명예에는 상처를 주지 않을 것이라고 사과를 하면서 춤이라도 추듯이 퇴각했다. 본타도 안도하면서 류젠 쪽으로 마중을 하러 갔는데, 류젠은 이미 언제 그랬느냐는 식으로 평소와 똑같이 멀쩡하게 빈껍데기와도 같은 축 늘어진 얼굴로 돌아오고 있었다. 본타가 다가가 류젠의 어깨를 툭툭 쳤지만 별달리 그것에 반응하는 얼굴을 하지 않았고, 둘은 어깨를 나란히 하고 서원 쪽으로 걷기 시작했는데, 문지방을 건널 때 류젠은 문지방에 코를 들이박을 것처럼 하면서, 아하하하하…… 하고 웃기 시작했다. 본타는 완전히 맥이 턱 빠지면서, 지금 한 건 연극이었던 거야, 하고 물어보기조차 바보같이 느껴질 정도로 낙심했기 때문에 조금은 간담이 서늘해질 정도의 경탄을 맛보면서, 대체이 중은 바보인지 영리한 것인지 감당할 수 없는 괴물이로군 하고 생각했다.

그 뒤 다시는 오지 않을 것으로 생각했던 여자는 여전히 매일 밤 류젠을 찾아왔다. 어떤 식으로 변화가 생겼을까 하고 귀를 기울여 보았지만 딱히 달라진 것도 없다. 별채에서 가만히 눈을 감고 책상에 기대 턱을 괴고 있으면 바로 눈앞에 있는 조그맣고 오래된 연못, 그 너머에 바로 붙어 있는 언덕 위에 있는 묘지, 또 그 위로 고요하게 도사린 산 중턱, 도합 3단의 정적의 기운이 각각의 뉘앙스를 지니고 무르익은 초가을의 향기를 날라 왔다. 왠지 몸이 역시 하나의 분위기가 되어 몽롱하게 떠다니고 있는 듯, 상쾌하기는 하지만 일종의 푹 가라앉은 듯 무거운 쓸쓸함이 물체에 가로막힘도 없이 주변을 떠돌고 있었다. 말하자면, 마치 현실과는 다른 감각의 세계를 창조하기라도 하듯, 눈을 감으면 달콤한 애수의 세계가 활활 창문을 열어젖히고 통하고 있었다. 그것은 '무無'—실제로는 무라고 하기에는 너무나 하나의 색깔로 된 '마음'으로 가득한, 쓸쓸한 길이었다. 그것은 실제로 길이라는 느낌이 들었다.

유라하고도 친구가 되어 있는 마당이니, 둘이 함께 놀기 위해 들이닥치지나 않을까 하고 본타는 은근히 기대하고 있었지만 딱히 올 것 같은 기색도 없다. 류젠은 그날 밤의 일을 모르는 게 아닐까 하고 언젠가 물어본 일이 있었는데, 아, 맞아 맞아, 그런 말을 들은 일이 있어, 자네한테 안부 전해 달라고 하더군, 결국 우리도 헤어지기로 했거든, 등의 차분한 대답이었다.

"그 여자는 꼭 뚜쟁이하고 함께 도쿄에 가지 않아도 되니까, 자네만 방해가 되지 않는다면 자네가 돌아갈 때 함께 데려가 달라고 말하더군. 도쿄에 아는 사람이 있다고 생각하면 마음 든든하게 지낼 수가 있을 테니까 꼭 좀 함께 데려가서 앞으로도 힘이 되어 주세. 언젠가, 오늘 밤에라도 만나게 해 줄 테니까 말이야. 정말이지, 나도 저 여자하고 갈라지기로 해서 마음이 후련해졌어."

류젠은 그런 소리를 하면서 무심히 콧기름을 닦고 있기도 했다 그러면서도, 역시 여자와 헤어지는 일에 애잔한 기분이 들기도 했던 것이다. 마침 그 무렵의 일이었을 것이다. 본타와 류젠은 어느 날 황혼의 삼나무길을 따라 금비라 다이묘진 쪽으로 산책을 하고 있었는데, 험하고 높은 언덕길 도중에서 우연히 위쪽에서 혼자 내려오고 있는 바로 그 뚜쟁이와 스쳐 지나갔던 것이다. 뚜쟁이는 손에 짤막한 삼나무 가지를 들고 그것을 만지작거리면서 급한 걸음으로 저벅저벅 내려가고 있었는데, 그때 본타는, 그것은 아마도 그 당시의 결과로 미루어 그렇게 짐작하는 것인지는 모르겠지만, 만약에 자신이 류젠이었다면, 그리고 지금 혼자서 이런 산골에서 뚜쟁이와 스쳐 지나갔더라면, 어쩌면 나는 뚜쟁이를 죽여서 골짜기에 파묻어 버렸을지도 모른다…… 하고, 그런 식의 공상을 분명 그때는 했던 것으로 생각되었다. 하지만 류젠은 아무렇지도 않은 얼굴로, 뚜쟁이의 존재조차 알지 못하는 듯한 자세로 스쳐 지나고 말았으므로, 본타는 안심이 되면서 어쩌면 류젠은 뚜쟁이의 얼굴을 모르는 것이 아닐까 등등을 생각하면서 위쪽의 삼나무 숲

사이로 비치는 하늘의 모양을 우러러보면서 숨을 들이쉬었다. 그러자 갑자기 귓가에서, 쓱 하고 바람을 가르는 격한 소리가 들려왔다.

"뚜쟁이는 나빠!"

류젠은 언덕 아래쪽을 노려보며 뻣뻣이 서 있었지만, 예리하고 모나게 생긴 어깨로 심하게 숨을 삼키는 기색이 느껴졌다. 본타도 언덕 아래를 내려다보니, 외치기도 전에 류젠의 손에서 던져진 게다가 뚜쟁이에게 맞지 않고, 한 그루의 삼나무 줄기에 심한 상처 자국을 남겨 놓고 데굴데굴 몇 미터를 구르다가 멈추는 것이 보였다. 뚜쟁이는 얼핏 도망치려는 자세를 취했지만 류젠의 자세에서 쫓아올 기색이 없다는 것을 확인하자, 비굴하게 깐족거리는 배짱을 드러내며 아무렇지도 않다는 듯이 기슭 쪽으로 터벅터벅 내려갔다. 과연 그날 류젠은 거친 숨을 가라앉히고 원래의 표정으로 돌아가기까지 십여 보의 보행을 요했지만, 그것도 가라앉고 나자 다시 초연하게 빈껍데기로 되돌아가 한쪽 발은 맨발인 채로 긴 언덕길을 비스듬히 걸었다. 본타는 뭐라 말할 수 없는 적막감을 느꼈고 자네, 발은 아프지 않은가 하고 묻기에도 말은 이미 필요 없을 것으로 여겨지면서 온몸에 충만해 오는 공허를 맛보았다.

이미 산은 깊은 가을이다. 그것은 한낮의 밝음이 더 한층 적요寂寥를 감당하기 힘들어서 오로지 사멸死滅을 향해 서두르는 것으로밖에는 여겨지지 않는 매미의 분주한 시끄러움이나, 이미 바쁜 듯이 먼 창공으로 달리기 시작한 몇 갈래의 구름이나, 그리고 뻐끔히 공동空洞으로 떨어진 이 밝음 ─우선 이걸로,

딱 두절된 생활력의 agony(단말마斷末魔)가 산이라는 산에, 길에, 초가지붕에, 눈에 배어드는 리듬이 되어 흐르고 있다. 뚜쟁이도 이미 구로타니 마을을 떠났고, 침체된 마을의 처마 밑으로는 무엇인가 중얼거리는 주문의 소리가 들려오는 듯이 느껴졌다. 그리고 류젠은 광에서 먼지투성이 짚신을 하나 찾아내어 게다와 짝짝이로 그것을 신으면서, 검은 법의를 가을바람에 흩날리며, 흐르기 시작한 구름의 부산한 움직임에 광조狂躁를 느끼기라도 하듯 마을의 법요法要를 위해 부지런히 산문을 드나들고 있었다. 본타는 지긋이 집에 돌아가는 것에 대해 생각했다. 아니 오히려 떠난 뒤의 구로타니 마을의 쓸쓸함을, 마치 그것이 영원히 자신이 살아가야 할 운명의 땅이기라도 하듯 멍하니 생각하는 날이 많아졌다.

9월에 접어든 어느 날, 본타는 마침내 출발했다. 그날 새벽, 아직 먼동이 트지 않은 구로타니 마을의 인기척 없는 하얀 가도를 류젠과 둘이 어깨를 나란히 한마디의 말도 없이 통과해 버렸다. 골짜기로부터 시커먼 안개가 솟아올라 가까이 있는 산조차 전혀 시계에 들어오지 않는다. 그리고 쓰르라미 소리가 먼 숲으로부터 아침의 정체停滯를 진동시키며 스며들 무렵, 마침'아침의 각성覺醒을 맞이했을 구로타니 마을은, 뒤돌아보아도 이미 보이지 않았다. 유라는 아침 첫 기차에 맞추어 자동차로 정거장에 오기로 되어 있었다.

"자네, 도쿄로 돌아가거든 잊지 말고 편지를 주게."

류젠은 느닷없이 그런 소리를 하고는, 아직 정거장까지는 7, 8리나 남아 있는데도 본타에게 악수를 요구했다, "그리고, 내

넌에도 꼭 오게" 하고 덧붙이고는 잠시 손을 놓지 않고서. 그리고 한참 말이 끊어진 채로 있다가 1리나 더 걸은 다음 다시 아까 하던 말을 떠올리며, "만약에 내년에도 건강하거든 말이야…… 아하하하" 하고 웃기도 했다. 그런가 하면 본타의 말에는 아주 매정하게 귀도 기울이지 않고 오직 저벅저벅 걷기만 했다.

"어떤가, 자네한테 저 여자를 바칠까?"

류젠은 또 느닷없이 그런 말도 꺼냈다.

"하긴 저런 여자로는 그렇지. 하지만 창녀보다는 깨끗하지 않겠나. 그렇게 생각하고 가지고 놀 생각이라면 언제든지 자유로이 사용하게. 어차피 뚜쟁이 손에 넘어가면 저 애는 무슨 짓을 할지 알 수가 없거든."

그리고 본타가 곤혹스러워서 답도 하지 못하고 있는 사이, 그는 담배에 불을 붙여 거침없이 뻐끔뻐끔 연기를 피워 대며 걷고 있었다. 오는 길에 류젠이 잠을 잤던 모퉁이에서도 둘은 쉬지 않고 통과했다. 이미 밝아진 태양이 그래도 아직 아침의 촉촉함을 띠고서 팽팽하게 긴장해 있는 산 전체를 쨍쨍 비추어 두 사람을 땀으로 푹 적셔 놓았다. 정거장에 도착해서 조금 뒤, 합승 자동차도 뒤에서 왔고, 유라는 커다란 고리짝을 떠안고 대합실로 달려 들어왔다. 그때의 피로 때문에 목이 잠겼다는 듯이 꾸미며, 일부러 하아하아 하고 큰 숨을 쉬면서, 실은 새하얗게 공허한 기분으로 이야기할 마음도 나지 않는 것을 웃는 얼굴로 얼버무리고 있었는데, 그 웃는 얼굴도 저절로 가라앉자 방심한 얼굴로 창밖을 바라보면서 앉으려고조차 하지 않았다. 세 사람은 매우 따분해져서 어두운 얼굴을 서로 외면하고 있었지만 누구랄 것도 없이 때때로, 밤 몇시면 우에노上野에 도착하겠군, 벌써 도쿄도 잠이 들 시간이군, 등의 공허한 말을 주고받거나 했다.

기차가 도착했다. 기차에 타자, 유라는 어느새 몹시 울기 시작했다.

"잘 지내게."

류젠은 두 사람 중 누구에게랄 것도 없이 그런 말을 한두 마디 내뱉고서, 짧은 정차 시간, 멍하니 창가에 선 채로 밝은 하늘을 쳐다보고 있었다.

기차가 움직이기 시작했다. 안녕히 계세요. 그리고 유라는 울면서 단단히 창에 달라붙어서 열심히 손수건을 흔들고 있었는데, 본타도 역시, 그는 데크의 계단에 몸을 내밀고 류젠에게 목례를 보내면서, 눈에서 반짝이는 것이 흘러나오는 것을 어떻게도 할 수가 없었다. 어느새 열차는 스르르, 지붕도 없는 짧은 플랫폼을 달려 나가려 하고 있었다. 인기척도 없는 플랫폼에 오직 초연히, 모든 감정으로부터 독립된 것처럼 벌리고 선 양다리로 땅을 단단히 밟고서 기차를 전송하고 있던 류젠은, 어느새 밝은 태양 아래 홀로 남겨져서 조그맣게 쪼그라드는 듯이 보였는데, 갑자기 볼썽사납게 얼굴이 일그러진 것으로 상상이 되었고, 허리를 굽히고, 양손의 손바닥으로 단단히 얼굴을 감싸고, 아마도 큰 소리로 울부짖으면서, 쓰러지듯 울며 엎어지는 모습이 보였다.

(1931년 7월)

돛 그림자 帆影

　지루함이라는 것의 정체를 궁구窮究하자, 그런 엄청난 작심을 하고 나는 이 방에 틀어박힌 것이 아닙니다. 그와는 정반대로, 우울함이라는 것을 망각의 심연으로 빠뜨려 버리자고, 그것은 분명 희망과 행복에 불타 이 여행에 나선 것입니다. 그것도 어차피 단순한 결심이기는 하지만—좌우간 그런 마음가짐은 가지고 있었던 것입니다. 물론 처음에는, 때때로 산책을 나서려는 기분이 들기도 했지만, 그런 기분으로 일어서고 보니, 뭔가 한 가지 마음에 흡족하지 않은 느낌이 들어, 얼핏 멍하니 창문을 통해 밖만 바라보고 있는 동안, 낙심이 되어 드러눕게 되고, 이미 멍한 눈을 지그시 천장으로 향하고는, 방심하고 마는 것입니다. 그런 식으로 하고 있다고 해서 결코 유쾌한 것은 아니지만, 이제는 단념하고 아예 외출할 기분도 들지 않는 것입니다. 그것은 분명 따분하기 짝이 없는 일이기는 하지만 어쩌다 밖으로 나갈 기분이 든 것만이 더욱 부담스러워져서, 아주 낙심하고 마는 것입니다.

이곳은 태평양을 바라보는 한 자그마한 어촌인데, 나의 방에는 널따란 바다를 향해 열려 있는 하나의 창문이 있습니다. 맑은 날이면 창문에 너른 수평선이 움직이고, 하얗고 조그만 돛이 방 안의 여백을 꾸벅거리면서 걷는 것입니다. 햇살을 받은 방의 다다미에 난바다의 파문이 투명한 모양을 그리면서 온종일 흔들거리고 있는 것입니다. 황혼, 때때로 조잘거리면서 구름이 빠른 걸음으로 지나가곤 하는데, 나의 위장에도 보드라운 재잘거림이 그때 꾸벅꾸벅 졸음에 잠겨 있는 것입니다. 그리고 비 오는 날에는—비 오는 날은, 아침의 잠에서 깬 눈으로 난바다를 바라보면서, 침상 위에서 나의 체구를 딱 둘로 갈라놓으면, 나의 피로한 척추에 젖은 바닷말이 흠뻑 달라붙어 있어서 흰 시트까지 슬플 정도로 축축합니다. 나의 뇌에는, 날이 끝날 때까지, 어두운 난바다의 차가운 빗발이 피어오르고 있지만 말입니다……

말이 늦어졌지만 나에게는 한 명의 동반자가 있습니다. 하지만 이처럼 귀찮은 존재도 좀처럼 보기 드물 정도여서 나로서는 늘 묵살하고 있기는 하지만, 좌우간 히나코緋奈子는 나의 애인이라 불리는 관계에 해당하므로 이 사람 이야기를 하지 않을 수 없는 것입니다. 그렇다고 해서 나는 여기에서, 내가 과연 히나코를 사랑하느냐 아니냐는 논제에 대해 비판적으로 변론하려는 학도學徒적 의지는 조금도 갖고 있지 않으므로 지극히 간단하게 지금의 감각만을 말하자면, 나는 히나코가 귀찮은 것입니다. 왜냐하면 그저 귀찮은 것이 사실이므로, 참으로 귀찮아 죽을 지경입니다. 그렇다고 딱히 히나코가 밤낮으로 나를 귀찮게 산책을 가자고 해서가 아닙니다. 왜냐하면 그럴 때 나는 그저 입술을 가볍게 위아래로 움직이게 해서 "나는 안 가" 하고 발음하면 그것으로 끝나기 때문입니다.

"산책하는 게 몸에 좋아요."

"너 혼자서 몸이 좋아지도록 해."

"그렇게도 내가 귀찮아요……"

그리고 히나코는 때때로 생각난 듯이, 어떤 때는 그늘에서, 어떤 때는 해를 보며 울기 시작하는 것입니다. 그렇다고, 그래서 귀찮은 것은 아닙니다만…… 그럼 어째서 귀찮은가 하면 ―별로 귀찮아서 귀찮은 것이 아닙니다. 즉 막연하게, 본질적으로, 존재 그 자체의 리얼리티가 귀찮고 수다스러워서 참을 수가 없는 것입니다. 이처럼 귀찮아하는데도 이 발랄한 미소녀가 나처럼 말라빠진 건달을 떠나지 않는 것은 실로 일종의 불합리한 일이라고, 나는 말하자면 놀리듯이 알랑방귀를 뀌는 것입니다. 그러면 히나코는 저 창문으로 먼 수평선을 바라보면서, 나를 완전히 경멸하는 창백한 조소嘲笑를 띠는 것입니다. 그것은 서로의 무기이므로 어쩔 수가 없습니다. 그런데 요즈음은, 얼마간 이것과 분위기가 달라진 것입니다. 어느덧 여름이 왔으니까 ―그렇습니다, 벌써 여름이 와 버렸습니다― 언제 준비해 온 것인지 나로서는 전혀 알 수가 없는 일인데, 히나코는 트렁크 바닥에서 나와 그녀를 위한 두 벌의 수영복을 꺼내더니 "나 혼자서 산보하고 올게요, 알았죠" 하는 말을 남겨 놓고서, 저 창문 아래 완만한 은색 위에서, 마을 아이들과 하루 종일 놀며 지내는 것입니다. 물에 들어가는 일은 아주 드물었고, 대체적으로 아이들에게 복싱의 기본기를 가르치기도 하고 원을 이루어 춤추기도 하고 점프와 달리기 시합을 하거나 하고 있습니다. 창 밑의 모랫바닥에 점점이 있던 그런 사람 그림자가 팔방으로 흩어지고, 혹은 멀리까지 물이 얕은 곳 쪽으로 나아가는 환성이 원근을 명료하게 암시하면서 바닷바람에 실려 이 창문까지 전해져 오기도 하고…… 나는 창문으로 고개를 내밀어 종일토록 그 광경을 바라보고 있는 것입니다. 해가 지면 히나코는 피로해져서 이 방으로 돌아오는데, 즐거운 놀이의 계속인 양, 밤의 방 안에서 홀로 즐거운 듯이 법석을 떨며 나를 안중에도 두지 않습니다.

이제 와 새삼스럽게 체면을 차려 보았자 소용이 없는 일이므로 솔직히 단언하지만, 실은 나도 히나코가 부러웠던 것입니다. 나도, 이 우울한 방을 버리고, 아이들과 함께 저런 식으로 놀고 싶었던 것입니다. 하지만 그런 생각을 한다는 것부터가 이미 엄청 귀찮은 일이므로, 나는 가능한 한 자발적으로 사유思惟를 걷어치우고 안개처럼 뿌연 낮잠에 빠지곤 하는 일이 많았습니다. 게다가 나로서는 왠지 새삼 어슬렁어슬렁 백일하에 얼굴을 드러내는 일이 창피한 기분도 들었던 것입니다. 즉 그들은 ─이라고 해도 단순히 히나코나 마을 아이들에 관해서만이 아니라, 말하자면 이 어촌 전체의 사람들과 풍경에 걸쳐─ 이미 일종의 밀접한 분위기가 만들어져 있는 터에, 나만

홀로 이곳에 초라하게 존재하는 에트랑제처럼 자꾸만 여겨지는 것입니다. 예를 들면 내가 처음으로 그들의 집단에 얼굴을 들이밀게 되는 경우의 어색한 분위기를 생각하면, 나 같은 비참한 에트랑제가 얼마나 애처롭고 가련하게 사라지게 될 것인가. 물론 소박한 마을 사람들은 나를 그 정도로 백안시하지는 않으리라고 생각하지만, 나로서는 그런 경우 언제나 이런 식의 어색한 분위기를 스스로 창작하며, 그런 자리에서 그것을 밀어붙여서라도 무리하게 친해지고자 하는 용기를 갖고 있지 못한 것입니다.

　설혹 현실의 안일함이 해묵은 소沼처럼 따분하기 짝이 없는 것이라 하더라도, 예상보다도 풍부한 안일함을 찾으려 이 '현실'을 걸고 도박을 할 기분은 좀처럼 들지 않는 것입니다. 이는 매우 동떨어진 이야기지만, 그래서 나는 '죽는' 일을 싫어합니다. 예를 들어, '죽음'에 무지개만큼이나 풍부한 색채와 휴식이 예약되어 있다 하더라도 현실에서 '살아 있는' 이상, 이 현실의 안일을 걸고서 투기를 할 심정이 되지 않는 것입니다. ―그리고 솔직하게 부끄러운 이야기를 하자면, 이 바닷바람이 통하는 방 안에서는, 나는 외톨이의 대낮을 맞이할 때면, 방 한구석에 말살해 버렸던 나의 해수욕복을 몰래 꺼내 아무렇지도 않게 그것을 입고 있기는 한데…… 그렇지만 역시 이런 몰골을 발견당하지 않게 하기 위해 고개만 창문으로부터 내밀어, 널따란 바다와 해변에 점점이 박힌 사람들의 움직임을 바라보고 있는 것입니다. 히나코는 놀이에 열중해 있으므로, 나의 창문을 뒤돌아보고 거기에서 나의 목만을 발견하는 것은 하루 중에서도 어쩌다 있는 매우 드문 일이지만, 그래도 아무튼 하루에 한 번 얼굴이 마주치면 나는 그것을 계기로 쏙하고 고개를 움츠리고 그 순간 벌떡 그 자리에서 쓰러진 채로 그날 하루를 지내는 것입니다.

"히나코……히나코……히나코……히나코……"

정신을 차려 보면 낮고 가냘픈 기이한 목소리가 내 몸에서 히나코를 그렇게 부르고 있는데…… 내가 현실의 히나코를 부를 이유는 없는 것입니다. 그것은 실제로 거짓 없이 말해 귀찮아서 못 견딜 존재이니까요. ……그리고 나는, 아마도 히나코의 그 그림자를 부르고 있었던 것은 아닐까요. 그리고 나도, 아마도 나 또한, 외치고 있는 그림자입니다. 나의 영락한 빈껍데기에 그림자만큼 어울리는 것은 없습니다. 그림자는 사람의 마음입니다. 그리고 또한, 사람의 고향입니다. 수다스러운 현신現身이 애욕의 번거로움 때문에 초췌해졌을 때, 침묵하는 그림자는 그 소박하고도 관대한 포옹을 던져 주는 것입니다. 오직 검기만 한 사람의 그림자처럼, 깊은 위로와 깊은 반성의 원천다운 것은 이 세상에 없습니다. ……그러고 보니, 나는 바다를 걷고 있는 돛단배의 돛 그림자를 찾은 일도 있습니다. 바다의 오직 푸르기만 한 청색에 고요히 떨어진 돛 그림자는 아름다운 그늘일 것으로 생각되었기 때문입니다. 처음 나의 육안에는 하늘처럼, 그리고 바다처럼, 돛단배에서도 그 그림자를 볼 수 없었던 것입니다. 나는 오페라글라스를 꺼내, 그 뒤로 매일처럼 창문을 지나가는 하나하나의 돛단배를 점검했지만, 돛 그림자는 끝내 찾아내지 못했던 것입니다. 그리고 나는 생각했습니다. 그건 그것대로 좋아, 하늘처럼, 또 바다처럼, 저건 저것 자체로 이미 하나의 아름다운 고향이니까……

이 어촌에서 사람이 죽었습니다. 나의 창의, 눈 밑의 완만한 은색에, 마을 소년이 익사체가 되어 발견된 것입니다. 물론 대낮에 벌어진 사건으로, 붉고 뜨거운 모랫벌이 넓게 반짝이고 있었습니다. 나는 그때 방 안에 쓰러져 자고 있었는데, 멀리 창 아래쪽에서 바람에 불려 오는 웅성거림에 문득 고개를 내밀었을 때, 배가 이상하게 불룩해진 소년의 익사체는 그 양발이 붙잡혀 군센 어부들에게 거꾸로 매달린 채, 좌우로 크게 흔들리면서 뭍으로 올려지고 있었습니다. 그들의 몸에도 하나 가득 밝은 태양이 빛나고 있었습니다. 잠시 동안 인공호흡을 하고 있었을까요, 하지만 그것은 조그맣고 움직이지 않는 사람들에 가려져서 나의 창문에서는 보이지 않습니다. 다만 모랫벌의 사방에서 점과 같은 사람 그림자가 때때로 나타났다가는 냅다 그 현장으로 달려가곤 하는데, 보고 있으면서도 깨닫지 못하는 사이에 그 사람들의 집단이 조금씩 커지고 있었습니다. 히나코는 사람들의 담에서 좀 떨어져 때로 불안스럽게 그 안을 들여다보곤 했는데, 그러고는 바로 고개를 돌려 나의 창문의 나의 눈으로 똑같은 불안스러운 시선을 조용히 떨구는 것입니다. 그 동작을 히나코는 몇 번씩이나 몇 번씩이나 되풀이하고 있었는데, 이윽고 비밀스러운 사람의 담이 갈라지더니, 소년은 이제 시체가 되어, 또한 그 그림자를 떨어뜨리면서, 마을 한편으로 모래벌판을 따라 운반되었습니다. 나는 아무런 감상感傷도 없이 이 사건을 끝까지 바라보았습니다. 그리고 다시 조용히 고개를 오므리고, 방심한 채 누워 버렸던 것입니다.

히나코 역시 허탈하고 창백한 얼굴에 눈만 크게 뜨고서, 아직 해가 중천에 떠 있는 대낮의 이 방에, 아마도 오랜만에 돌아온 것입니다. 히나코는 책상에 턱을 괴고, 방금 벌어진 비극이 있었던, 이제는 이렇다 할 흔적도 없는 널따란 모래벌판에서부터 먼 수평선 쪽까지 바라보고 있었던 모양인데, 이윽고 멍하니 천장을 노려보고 있는 내 곁에 넋이 나간 몰골로 다가오더니, 곧 내 가슴에 얼굴을 대고 울기 시작했던 것입니다.

"나를 놓아 버리지 말아요. 나를 사랑해 주세요. 나는 쓸쓸해요. 언제까지나 언제까지나 나를 놓지 말아 줘요……"

그날 하루, 히나코는 나의 가슴에 파묻혀 울었습니다. 나는 꼼짝도 하지 않았습니다. 어차피 다른 생각을 하고 있어서 별로 귀찮다고는 생각하지 않았으므로, 나는 히나코의 그림자를 그러안은 채 대낮의 환상을 보고 있었던 겁니다. ─황혼, 히나코의 권유로 소년의 집으로 조문을 갔습니다. 그리고 또 이튿날에는, 흘러나온 듯한 장례 행렬도, 솔밭 사이로 아물아물 숨어 들어갈 때까지 눈으로 배웅을 했습니다. 그리고 그날 황혼부터, 나는 갑자기 외출하는 사내가 되었던 것입니다. 의미도 없고 별다른 감개도 없이, 그저 되어 가는 대로 말입니다.

나가 보니, 바깥쪽도 그러나 역시 똑같은 따분한 곳에 지나지 않았습니다. 히나코가 여전히 귀찮은 존재라는 점에 변화가 없는 것과 마찬가지로…… 말하자면, 지금까지는 그 방 하나로 한정되어 있었던 따분함을 깊고 깊은 창공 아래 풀어 놓았을 뿐이었던 것입니다. 그렇다고는 하지만 일단 해변으로 나와 보니, 마치 그만큼의 현실밖에는 알지 못하는 사내인 양, 그로부터의 매일은 하루 종일 창 밑의 해변에 앉아서 푸른 바다를 바라보는 하나의 점이 되었던 것입니다. 그리고 황혼이 오면 서둘러서 히나코와 둘이서, 창황하게 저물어 가는 물가를 오래 방황했는데, 우리의 그림자만큼은 서쪽으로 향할 때는 등에, 동으로 향할 때에는 앞에, 기다랗고 관대한 마음을 고요하게 늘어놓고 있었습니다만……

(1931년 8월)

바다 안개 海の霧

1

파도 위로 밤이 내린다. 바다를 따라 포석이 깔린 길에 안개가 짙은 가로등의 희미한 불빛, 밤의 어둠과 더불어, 숨 막힐 듯한 물가의 냄새가, 갑자기 뭉게뭉게 액체처럼 등불 주변을 떠서 흐르기 시작한다. 때때로 외국의 마도로스가 그림자와 말을 남겨 놓고 어둠 속으로 침몰하면서 섞여 버린다.

황혼이 내리면, 나는 이 길에서 스스로도 잘은 알지 못하는 어떤 생각인가를 반추反芻하면서 하루에 한 번 집으로 돌아가곤 했다. 아유코鮎子도 한 번 집으로 돌아온다. 어느 길을 어떤 얼굴을 하고 지나오는 것인지, 뛰어온 듯 언제나 소란스럽게 흥분해 있었다. 희읍스름한 전등 아래서 우리의 그림자들이 뒤엉키고, 흥을 깨는 희읍스름함이 뒤엉키고, 피로해진 신경의 틈새가 텅 빈 방 안에서 마치 얼음에서 피어오르는 김처럼 하나의 보드라운 안개를 희미하게 빚어내기 시작한다. 나는 차가운 물웅덩이, 말없이 한쪽 구석의 책상에서 뺨을 괴고서, 거리의 등불에 발그스름하게 피어나고 있는 촉촉한 밤하늘을 바라보며, 또 그 너머로 무엇인가 떨리는 내일의 마음을 탐색하기 시작한다, 오늘도 끝났도다, 하고 생각하면서……

"손가락이 아파. 낫게 해 줘. 아아 아프다 아파…… 정말이라니까, 너."

아유코는 종종 손가락이 아팠다. 다음 날 밤은 머리를, 그다음 날 밤은 발꿈치를, 또 그다음 날 밤은 충치를, 눈을, 갈비뼈를, 어깨를, 귀를. 아유코는 독수리의 험악한 눈초리를 번득이면서 민첩하게 자세를 잡고 나의 빈틈을 날카롭게 노려본다. 어떤 때는 창문에 기대서, 상반신을 창턱에 걸치고서, 또 어떤 때는 벽에 기대어서 소년의 숨결을 토해 내면서, 또 어떤 때는 방 한가운데에 기다랗게 다리를 내던지고, 무릎과 다다미에 활짝 펼쳐진 스커트의, 높낮이가 잡힌 부드러운 반원형을 그리면서.

"손가락이 아프다니까…… 주물러 달라니까…… 주물러 주지 않으면 깨물 거야."

나는 너의 장단에 맞출 수가 없다. 나는 너의 손가락을 주무르면서 머나먼 대양을 백 년간이나 헤엄쳐 온 것과도 같은 오랜 피로의 엄습을 받고 만다. 너는 신경질을 부리며 내 머리로 손가락을 들이민다. 너는 나의 머리카락을 마구 헝클며 나를 냅다 바닥에 내동댕이쳐 버린다. 그런데도 나의 긴 수영은 떨어져 나간 바닷말 파편처럼 언제 그칠지도 모르는 기다. 나는 깊고 깊은 소용돌이에 취해서, 함몰하는 나뭇조각처럼, 낡은 피로로 두 눈꺼풀을 닫고 만다.

"땡중! 괴물! 멍청이! 겁쟁이! 심술쟁이! 미치광이! 토마토!"

일본어 보캐블러리는 너를 하룻밤 내내 떠들어 대게 할 만큼 풍부하지가 않다, 너는 짜증이 나서 눈이 붓도록 울고, 너 자신을 알 수 없게 된다, 너는 금세 어린 아기의 마음이 되기로 결심을 하고 폭탄처럼 내 배 위에 쓰러진다. 너는 싱글싱글 웃으면서 나와 나란히 배를 깔고 누워서 잽싸게 내 눈 속으로 너의 웃음 띤 얼굴을 들이밀어 버린다.

"아팠어?"

"아프지 않지도 않았어."

"요즈음 건강은 괜찮아……?"

"글쎄, 나쁘지 않은 것도 아니지만……"

"오늘도 하루 종일 심심했어? ……심심하지 않을 것도 없었겠네. 있잖아, 나, 오늘, 여러 가지 생각을 했어……"

그리고 너는 싱글싱글하면서, '여러 가지 생각'을 떠올릴 수가 없어서 종종 그대로 자 버린다. 요즈음 나는 멍하니 있는 일이 많다. 그로부터의 길고 긴 밤, 나는 너의 잠자는 모습도 잊은 채로 멍하니 생각들을 한다. 때때로 굵고 힘찬 숨을 쉬면서…… 어쩌다가 밤기운을 느끼고, 나는 한참 만에 너의 잠든 얼굴을 발견한다. 나는 잠시 멍해지면서, 이상하게도 허옇고 널따랗고 허망한 방구석을 휘둘러보다가 간신히 나의 존재와 장소와 시간을 깨달으면서, 방금 전에 네가 찾아 헤매었던 '여러 가지 생각'을 떠올린다. 무엇인가 야릇한 기분을 주는 가슴의 통증과 더불어……

이런 제멋대로고 방종하기 짝이 없는 생활이 설사 영겁_{永劫}까지 이어진다 한들 후회하는 마음이 싹트는 일은 내게는 없을 것으로 생각하고 있었다. 나의 끝도 없는 무기력은 모든 현실에 순응하는 것만을 삶의 보람으로 여기고, 고뇌를 고뇌로 생각하는 일은 없을 것이라고 그 무렵 나는 생각하고 있었다. 하지만 우리가 알지 못하는 장소에 우리들의 마음이 존재하면서, 그러는 동안 부지런히 성숙해져서, 더 이상 숨길 수 없는 그 결의를 어느 날 우리 앞에 드러냈을 때, 우리는 비로소 실로 경악했다. ―그 이야기를 나는 조용히 이야기하고 싶은 것이다―

2

똑같은 악몽이, 밤마다, 범람한 도랑의 흙탕물처럼 베개 밑을 흘러간다. 지독한 날에는 하얗게 흐물흐물한 밤을, 똑같은 악몽이 두 번 세 번 갈라놓아 버린다. 이제는 악몽에도 진절머리가 나서, 후줄근하게 젖은 아침에 하품이 나올 정도로 누린내 나는 목을 뒤틀어 가만히 응시하고 있으면, 두세 방울의 투명한 액체가 묘하도록 아름답게 손바닥으로 흘러내린다. 낮은 밝다. 내다보면 수평선, 대낮에 바다가 움직이며 조용히 창공을 토해 내고 있다. 나도 나의 습한 기운을 엷고 새하얀 안개로 만들어 고요히 난바다로 토해내 버리면, 곰팡이가 피도록 오랜 '옛날'만이 넝마처럼 한들한들 널따란 바닷바람에 흔들리면서 나의 이마에 달라붙어 남는다. '옛날'을 짊어지고 외로운 길에서 허덕거리고 있는 나는 말라터진 썩은 고목과도 같은 쓸쓸함에 빠지고 만다.

이마에 얼어붙어 있던 먼 옛날의 남루襤褸를 풀어 버린다. 마치 저 태평스러운 반추동물처럼, 나는 훤한 해안의 벤치나, 드물게는 그늘 깊은 나무 아래서, 하나씩 곱씹어 버리듯이 남루를 풀어 헤치는 것이 일과였다. 어머니를 증오하며 팔을 걷어붙이는 아이(그것도 이제는 애송愛誦해야 할 성스러운 경전과 같은 것일까—), 같은 소년을 태우고 엿 빛의 광야를 달리는 기차의 창문, 황혼의 자양화紫陽花 색 구름 속을 기다랗게 옆으로 기는 한 마리의 작은 게가 보인다. 언제, 어디에서의 기억인지는 알 수 없지만, 반쯤 무너져 가는 흰 벽에 한 나목裸木의 권태로운 듯한 그림자가, 가을도 깊이 무르익어 있다. 다양한 얼굴과 다양한 여인, 오랜 먼지에 그을린 채 끓어나오듯 떠올랐다가 사라지는 영상 속에, 역시 아유코의 얼굴이 곰팡이에 찌들어 한순간 하늘을 스쳐 지나간다. 어제의 마음도, 오늘 아침의 마음도, 아마도 또 내일의 마음도, 먼 옛날의 면모와 함께 모두 말라붙어 버린 추억의 냄새에 절어, 나의 모든 현실은 예컨대 둔치에 있으면서 추억에 잠기는 일조차도, 그것 역시 오랜 환상의 풍경처럼 흐늘흐늘 바람에 불려 둔탁한 출범의 징소리를 울리는데, 이 역시 떠오른 꿈이 하도 멀어 저 멀리 떠돌고 만다. 꾸벅거리며 한 줌의 모래를 퍼서 쥐고, 손가락 사이로 흘러내리는 한 줄기 연기를 측정한다. 온종일 똑같은 모래를 쥐어올려 몇 번에 떨구는지, 어느새 밤이 다했는지, 조수에 젖은 채 나는 멍하니 집으로 돌아간다.

깊은 밤이면 나는 매일 술집에 갔다. 내가 마시는 술은 언제나 코냑이다. 별의별 고생을 해가며 짤랑짤랑 윗주머니에 담긴 몇 개의 은화를 예외 없이 모두 코냑으로 바꾸어 버린다. 낡은 기억 속에는 눈부신 몇몇 태양이 있었다. 나의 양어깨에는 귓불과 아슬아슬하게 가까운 궤도를 달리며 바쁘게 명멸하면서, 그렇고 그런 매일이 똑같은 곳으로 며칠을 거듭거듭 왔던가, 오늘과 어제의 경계도 어느덧 분명치 않은 혼란이 이어졌다. 나는 때때로 위를 쳐다보며 깊이 가만히 생각해 본다. 그러면 나의 생각이 급작스럽게 나의 이마에서 연기처럼 도망치고 만다. 나는 텅 빈 머릿속에 초췌한 나의 뺨을, 그것만을 눈꺼풀 하나 가득 비추고 만다.

그러면서도 나의 매일은 이상하게 긴장되어 있었다. 어느 누구의 의지가 또한 어째서 이 불가사의한 긴장을 이다지도 나에게 강요하는 것인지 그것을 나는 알 수가 없었다. 알 수 있는 것은 나의 의지로는 이런 긴장을 어찌 해 볼 수도 없다는 사실뿐, 나는 그저 날마다 강하게 긴장해 가는, 불가사의하게 쉴 수도 없는 진폭을 계속 느끼고 있었다. 그러던 어느 날, 그 긴장이 극도에 이르러, 어쩔 수 없이 긴장 그 자체를 파열시키는 때가 있다. 그럴 때 나는 어찌 되고 어디로 가는가, 그것은 나로서도 알 수가 없다. 나는 매일 화난 것 같은, 묘하게 절박한 듯 무서운 얼굴을 하고서 아주 드물게, 어떠한 서슬에 웃을 수밖에는 없게 되었다. 누구의 것인지도 알 수 없는 희한한 낮은 웃음소리가 나의 목구멍에서 묘한 순간 굴러 나오는 것이다. 나는 당황해서 입을 열지만, 목구멍으로 튀어나오는 웃음의 여울이 북풍과도 같이 싸늘하고 희다. 벽에 허망하게 되울린 텅 빈 듯한 소리는 마치 쪼그라든 풍선처럼 방 안의 허공에 둥둥 떠서, 다무는 것을 잊어버린 나의 입으로 파문을 그리며 되돌아온다. 나는 볼을 볼록하게 만들어, 아무 생각도 없이 그것을 꿀꺽 삼켜버린다.

밤의 술집에서, 그곳에서도 나는 화난 듯한 얼굴 모습을 풀어 놓을 수가 없었다. 알지 못하는 사람들의 수많은 얼굴이 정면의 거울에 흘러가고 강한 체취를 풍기면서 그들의 영위營爲를 시위示威하고 있지만, 요즈음 나는 그런 얼굴에 대해 공포도 선망도 이미 느끼지 않았다. 주사위를 흔들어 대는 마도로스, 일본어를 지껄이는 일본인, 짜내는 듯한 웃음소리, 때로는 술판 가득한 환성이 간혹 가다가 닭장 같은 요란스러운 소리로 물크러지기도 하지만, 그래도 나는 놀라울 정도로 차분하게 나의 고독을 홀로 곱씹곤 한다. 때때로 마스터가 나를 위로하러 왔다가 포기하고, 등을 돌리고서 가 버리지만, 그래도 나의 안심은 바다처럼 그윽하게 깊다.

그 무렵, 비가 영원처럼 계속 내리고 있었다. 벌써 2주째…… 때때로 나의 이마로부터, 억눌려 있었던 짜증이 시커먼 비구름이 되어 달려가고, 창문으로 흩뿌리는 빗발을 바라보거나 바라보지 않거나 하고 있다 보면, 썩어 가는 듯한 등줄기를 차가운 것이 하늘거리며 흘러내린다. 그렇게 매일처럼 비가 내리는 가운데서도 나는 외출을 하지 않을 수는 없었다. 이 석 달 동안 나는 모자를 쓰지 않고, 지팡이를 마구 흔들며 거리로 흐르고, 비 오는 날도 우산을 쓰지 않고 외투를 입지 않는다. 적갈색 머리카락에 바람이 소란을 떨고, 부스러기처럼 이마에서 흩날리며, 내 눈 앞으로 빗방울을 떨군다. 차가운 것이 목덜미로 스며들 때마다 나는 호방하게 어깨를 으쓱거리며 흔들리는 보조를 바로잡는다. 이따위 너절한 복장이 나의 취미라고 말하는 것은 아니다. 어째선지, 문득 그렇게 하지 않을 수 없는 불가사의한 누군가하고 나는 함께 살고 있다.

비 오는 날에, 역시 부옇게 황혼이 왔다. 나는 거의 무의식적으로 축축해진 양복을 걸치고 만다, 방도 몸도 묘하게 질척질척 축축하고, 그리고 곰팡내 나는 현관에서 어째선지 나는 조심조심 구두끈을 묶고 일어났는데, 갑자기 들뜨고 기분 나빠지는 불안이 치밀어 오른다. 발과 손이 한꺼번에 조바심을 내며 소란을 떨기 시작하고, 도저히 수습하기 어려운 혼란이 순간 나를 절망까지 몰고 가 버린다. 문득 희미하게 날개짓 비슷한 어떤 소리가, 귀 기울이면 용마루 언저리에서, 쉬지 않고 퍼덕퍼덕 들리기 시작하고, 어두운 복도 한구석에, 가령 젖은 벽 속에서 누군지 알 수 없는 새된 소리가 자꾸만 나에게 외치기 시작한다.

"가면 안 돼, 가면 안 돼, 가면 안 돼, 가면 안 돼……"

나는 조금은 마음이 동한다. 잠시 움직이지 않고, 나의 허름한 구두 끝에 축축해진 눈길을 떨구면서, 싸늘해진 자신의 심장에, 예를 들면 하나에서 열까지의 수를 세면서 잠시 귀를 기울이지만, 이윽고 다시 둔하고 굳은 마음으로 젖어서 붉은 백색을 삼켜 버린다. 나는 고개를 떨구고 문을 열고, 문이 닫히는 잠깐 동안의 시간에 흘긋 하늘을 훔쳐본다. 싸늘하고 윤곽이 흐릿한 하얀 비구름이 내 이마 위로 가득하다. 죽어도 좋다, 어디로 가는 것인지는 모르지만 나는 좌우간 출발하는 거다……나는 왠지 자포자기하듯 어울리지 않게 거창한 결심을 한다. 그러자 왠지 자포자기의 뜨거운 눈물이 치미려 한다…… 그러나 나는 아무 생각도 하지 않고, 따라서 별로 울지도 않고, 지팡이를 흔들면서 빗속으로 잠입한다.

3

우리는 오랫동안 티켓처럼 하나의 말을 서로 사용했다. "죽고 싶지는 않아…… 아직, 살고 싶어, 그치……"

나는 참으로 죽고 싶지는 않았다. 따라서 나는 이 말을 너에게 할 때면, 그때만큼은 바보처럼 안심하고 묘하게 감개를 가라앉혀 가면서 말하는 것이다. 그러면 너는 내가 교활하게 예상하고 있었던 것과 아주 똑같이, 너 역시 바보처럼 안심해서 "정말 그래요, 나, 언제까지나 살고 싶어요……"하고 웃기 시작하는 것이다. 그때 너는 번득거리는 두 눈을 반짝반짝 빛내면서, 나의 감개에 빠져들 듯이, 어깨를 움츠리고 쪼글거리는 입매를 짓고 만다. 우리는 서로 얼굴을 보고, 우리는 서로 탐색하고, 그리고 우리는, 지금 우리가 순수한 진실만을 이야기했다는 점을 상대방의 마음에 밀어붙이려 시도하고, 우리는 바쁜 듯이 깊은 만족의 미소 띤 얼굴을 만들어내는 것이다. 그 미소를, 오랫동안, 우리는 의심의 눈으로 새삼 확인하는 것을 소홀히 하고 있었다. 우리는 웃는 얼굴에 익숙해져 있지 않고, 그 때문에 섣부른 웃음이 이상한 허구虛構로 여겨지는 것이라고 서로 상상했다. 그리고 우리의 '죽고 싶지 않다'는 마음은, 우리의 섣부른 웃음이 겉모습뿐이었을 경우에도, 의심해서는 안 되는 것으로 믿고 있었다. 그리고 만약 어느 날 내가 어리석게도 "나는 죽음을 두려워하지 않는다"고 말했다가는, 너는 창쪽으로 얼굴을 돌리고, 촉촉한 밤하늘에 삐죽 내민 입술을 숨기면서, 참기 어려운 우스꽝스러움을 얼버무리듯이 어깨를 흔들고, 심한 경멸을 뒷모습에서 풍겨 낼 테지. 마치 내가 흐릿한 밤의 지루함에, 문득 떠올라서, "나는 너를 사랑하지 않는다"고 말할 때처럼.

너의 시간과 너의 기분이 허용하기만 한다면, 나는 매일의 몇 시간을 너와 함께 있어도 곤란한 일은 없었던 것이다. 나는 어떠한 곳에나 녹아들 수 있는 건달의 외피外皮를 가지고 있었다. 그리고 또한 어떤 것에도 녹아들지 않으려는 하나의 완고한 침전물에 괴롭힘을 당하고 있었다.

우리는 어쩌다 선창가로 산책을 나갔다. 배웅하는 인파에 섞여서, 우리는 상갑판에서 느긋한 오후 몇 바퀴째인지의 산책을 하고 있었다. 복닥거리는 배 안에서도 밀집 지대에는 일정한 법칙이 있는지, 종종 아무도 지나가지 않는 신기한 장소가 감추어져 있었다. 그곳에서는 가늘고 기다란 마루가 깔린 통로가 저 멀리 아득한 바다로 열리고, 판자벽의 흰 페인트칠이 통로하고 마찬가지로 가늘고 길어, 섞여 들어온 사람들에게 문득 조잘거림을 멈추게 만드는 신기하도록 멍청한 기운이 감돌고 있었다. 또한 그곳으로부터는 바다의 모양이 화폭 속의 그림으로 보여서, 우리는 가볍게 잠깐 서로 웃고, 그러고는 꽤 떨어져서 난간에 기댄 채, 징소리가 울리기까지의 오랜 시간, 다리를 건들거리며, 나 혼자만의 바다를 바라본다.

배가 움직이고 바다가 널따랗게 저 뒤쪽으로 펼쳐진다. 검고 굼실거리는 인파가, 긴 암벽에, 막 떠나간 기선의 길이만큼 남는다. 그것들은 한동안 움직이지 않고, 오직 소수의 사람들이 사라져 가는 배와 가까이 늘어서서, 배의 보조와 같은 느림에 맞추면서 암벽 끝까지, 배를 올려다보면서 걸어간다. 우리도 배와 함께 걷기 시작한다. 그러나 우리는 아래를 보고 걷고, 아래쪽에는 테이프가 자빠져 있는 해조류 부스러기 같았다. 그리고 우리는 그런 테이프를 밟지 않으면서 묘하게 오래도록 기억에 남을 대화를 했지.

"이봐 너, 우리 생활을 바꾸자. 네가 도대체 안 좋은 거야—너는 너무 건조해, 나 싫어, 나 싫다구……"

나는 대답을 하지 않았다. 나는 당혹한 듯한, 귀찮아 죽겠다는 듯한 쓴웃음을 지으면서 뚜벅뚜벅 배와 함께 걷고 있었다. 때때로 일부러 과장되게 사람들의 등을 피하기도 하면서…… 하지만 나는 아유코의 말을 확실하게 귀에 남겨 놓고 걷고 있었다. 그리고 얄미운 듯이 던져온 그 사랑스러운 눈길을 반추하면서, 당장이라도 외치고 싶은 흥분을 간신히 쓴웃음으로 얼버무리고 있었다.

"그래, 우리는 생활을 바꾸지 않으면 안 돼. 그리고 우리는 좀 더 충실한 생활을 해야 해⋯⋯"

나는 그렇게 대답하고 싶었다. 하지만 나는 이것을 입 밖으로 내뱉지는 않는다. 왜냐하면 이런 말을 입에 담는 순간, 어리석게도 나의 눈에는 눈물이 반짝일 것이고, 그것을 나는 예상할 수가 있었으니까. 나는 나의 음성적인 생활을 노상 이따위 어리석은 흥분으로 괴롭혀 왔다. 어차피 벗어나기 어려운 음울한 생활에, 자칫하면 빠지기 쉬운, 그리고 또 깨기 쉬운 흥분을 무거운 부담으로서 오래도록 져 온 기억은 떠올리기만 해도 짜증이 난다. 그런 계산에 겁을 내기 때문에, 그 때문에 나는 주저하고, 이 흥분을 얼버무리고 있는 것 또한 아니었다. 나는 그저 오래고 오랜 습관에서, 안과 겉의 조합처럼, 나의 격한 흥분을 언제나 쓴웃음으로 씹어 삼켜 버린다.

우리는 암벽 끝자락에 당도해 아무도 없는 한구석에 앉았다. 다른 한구석에는 지금까지 배를 쫓아온 약간의 사람들이 끝자락의 돌 위에 까치발을 하고서, 그 뒤로도 한참 동안 높이 높이 손을 흔들고 있었는데, 이윽고 낙심한 듯 어깨를 떨구고 한 덩어리씩 흩어지고 만다. 한 사람이 사라질 때마다, 너른 바다에 둘러싸여 하얗게 둔탁하게 빛나는 암벽의 등이 마치 얼룩졌던 것들이 빠지듯, 먼 바닷바람에 불려 가며 묘하게 쓸쓸히 표백되어 가더니 결국 아무도 보이지 않게 되었다.

"아아아아아……"

우리는 마침내 안도의 숨을 쉬고, 표정이 죽은 판자때기 같은 얼굴을 마주 보고, 그 얼굴을, 두 사람은 얼른 외면하고, 외면하는 눈의 느릿하게 흐르는 포물선에는 망망하게 먼 바다가 옅게 가득하다. 둘은 아래쪽 파도를 바라보고, 파도를 따라 점차로 먼 바다로 눈길을 준다. 배는 항구를 벗어나려고 참을 수 없을 정도로 느릿하게 반회전을 시도하고 있었다. 암벽에서 기다랗게 난바다로 구부러져 있는 굵은 항적의 거품도 사라지고, 흘러가는 파문의 머리로는 때때로 하얀 하늘이 흔들거리고, 조그만 배가 넓은 항적을 가로질러 간다.

"아아아, 나 어딘가로 날아가고 싶어. 모르는 나라로, 혼자서 여행을 하고 싶어……"

"나도 어딘가로 날아가고 싶은걸……"

나의 큰 몸통에서, 자포자기의 한숨이 새어 나올 것 같다. 나는 문득 창공을 쳐다보고, 그 순간을 너는 마치 예상하고 있었던 것처럼 그때 험악하게 나를 노려보고, 그것도 한순간, 너는 재빨리 시선을 돌려 무디게 번들거리는 돌바닥에 내던지듯이 떨어뜨리고, 너는 숨을 삼키면서 약간 어깨를 펴고 심한 경멸을 강조하면서, 문득 일어서서 걷기 시작한다.

"나 어딘가로 가고 싶어……"

너는 다시금 조그만 목소리로, 똑같은 말을 되뇐다. 마치 나의 양심에 그 소리를 밀어붙이기라도 하듯이. 그리고 너는 빨리 걷기 시작하고, 서두르는 가운데 나만을 홀로 외롭게 먼 암벽에 조그맣게 남겨 놓은 채, 너는 흰 돌바닥을 점점 빠른 속도로, 오직 직선으로 달려간다.

"기다려……"

나는 자칫 그렇게 말하려다가, 그 서슬에 숨을 훅 들이쉬었고, 너는 이제 아무 곳에도 없고, 너는 조그맣게 오므라들고, 나는 잠시 바라보고 있는데, 이윽고 그곳으로부터 눈길을 떼어 바다를 보고, 또 하늘을 보고, 기다랗게 하품을 하고 싶어졌다. 그러나 나도 일어서서, 피로한 몸을 한번 털고, 묵묵히 얼굴을 숙이면서, 너의 뒤를 따라 뛰기 시작한다. 나는 야위어빠진 돼지처럼, 피부 속에서는 나의 몸이, 무엇인가 무거운 짐처럼 서툰 소리를 탈탈 내면서 좌로 우로 흔들리고 있고, 그 진동을 나는 세면서, 때때로 바다를 훔쳐보면서 긴 암벽을 탁탁 달려간다.

4

지루한 비의 2주간, 나의 기묘한 긴장은 신기한 속력으로 자라기 시작하고 있었다. 장마 속에 6월이 지나고, 역시 흐린 7월이 왔다. 그러자 나는 이미 6월의 내가 아니었다. 하루 동안에 하루의 추이를, 2개의 순간에 2개의 단계를, 나는 분명하게 분간할 수가 있었다. 멀지 않아 파열이 가깝다…… 그것은 이미 나로서는 개념이 아니어서, 이제 명확한 감각에 의해 귀 기울여 보면, 끊임없이 진폭을 더해 가는 발소리라는 것을 내 태내로부터 알아듣고 만다.

파열이 어떤 결과를 뜻하는지, 그것은 나로서도 알 수가 없다. 살지 죽을지 알 수 없으나 나의 모든 '생명력'을 퍼부어서 무엇인가 하나를 저지를 것 같은, 그런 기분이 자꾸만 들었다. 그 결과, 결국 나는 죽을지도 모른다, 그러나 나는 죽고 싶지 않다, 이유야 어떻든 나는 살고 싶다, 나는 그저 파열하고 말 뿐, 그것만큼은 싫더라도 나로서는 어쩔 도리가 없었다. 파열의 결과가 죽음이라면 그것은 그것대로 어쩔 도리가 없다. 비참한 일이기는 하지만 거기에 겁먹지 않을 각오는 있었다. 그런 의미로는, 이제 나는 "죽음도 두려워하지 않는다"고 말할 수가 있겠지. 그리고 그런 의미로 말하면, 나는 지금 나의 티켓을 바꿔도 상관없다. "나는 죽고 싶지 않다. 그럼에도 나는, 죽음도 두렵지 않다……"

예전에 나는 화창한 오후에, 배웅하는 인파에 섞여서 몰래 배를 탔다. 나는 호사스러운 사교에 취해서 방 한쪽 구석에 머물기도 하고, 어떤 때에는 별로 인기 없는 장소에서 멀리 바다로 뿌려져 흩어져 가는 나의 촉촉한 애수를 바라보기도 했다. 이제 나는 호방하게 배에 올라타, 살롱 한가운데 있는 호화로운 팔걸이의자에 허리를 묻고, 방의 주인이기라도 한 듯 오만 무례한 태도로 고동이 울릴 때까지 꼼짝도 하지 않는다. 한 여행객을 둘러싼 환송객 무리가, 하나, 또 하나 나의 코앞을 오가고, 어쩌다 내 어깨 근처에 몰려서 움직이지 않다가 한참 만에 떠나는 일행도 있었다. 때로는 두세 사람들이 내 모습을 문득 발견하고서 갑자기 목소리를 낮추지만, 얼마 안 있어 사람들의 분위기에 어울리며 나를 잊고서 가 버리는데, 나는 그저 웃지도 않고, 그런 광경을 보고 있다.

나의 고약한 차림새가 때때로 나를 파출소나, 밀행하는 형사들의 심문을 받게 하고는 했다. 나는 지금까지 파출소를 평온한 심정으로 지나갈 수가 없었다. 이제는 다르다. 서쪽이나 동쪽이나 똑같은 마음으로, 한 색깔의 물속을 헤엄쳐 가듯, 나는 그저 거리를 흐른다.

장마도 끝나 가는 어느 날이었다. 그날 우리는 도쿄에 가는 전차를 탔다. 우리 정면에, 여느 때 같았으면 나에게 예절을 강조했을 만한 아름다운 부인이 타고 있었다. 나의 몸은 비로 푹 젖었고, 내 마음도 역시 그처럼, 젠체할 여유는 이미 없었다. 지팡이 손잡이에 나는 거세게 양팔을 걸치고, 팔꿈치 위로는 불손한 어깨를 삐죽 내밀고, 두꺼비 꼬락서니로 구부정한 채, 밉살스럽다는 듯이 구석 한 곳을 응시하고 있었다. 고의는 아니지만, 내 눈은 때때로 노려보는 모양새가 되었다. 길에서 맞은 빗방울이 내 턱에서 바닥으로 떨어졌다. 우리는 신바시新橋에서 내렸다.

"너무 행실이 나쁘잖아, 너는 너무—"

"괜찮아, 괜찮아, 나는 멀쩡해."

"뭐가 괜찮다는 거야! 너도 남자라면 창피를 알아야지."

"응…… 나는 괜찮대도—"

역의 지붕을 벗어나자 아유코는 나를 내버리듯이, 격하게 숨을 쉬면서 철벅철벅 빗속으로 뛰어들었다. 나는 비를 막을 도구를 갖고 있지 않다. 나는 퍼붓는 비의 연기를 뒤집어쓰며 아유코의 등을 깨물기라도 할 듯 뒤쫓았다.

이게…… 나는 아유코의 목덜미를 잡아서, 사납게 얼굴을 돌려놓고, 그 얼굴을 냅다 노려보아 주고 싶었다. 나는 매우 부글거리면서, 그래도 분노를 억누르고 뺨으로 흐르는 빗방울을 핥으면서 취한 듯이 아무렇게나 진탕을 걷고 있었다. 잠시 후 아유코는 갑자기 뒤돌아섰다.

"미친 놈!"

"바보!"

너는 마치 주름투성이의, 맥이 완전히 빠진 얼굴을 하고 웃었다. 그 주름살은, 모두 한 줄기씩, 뭔가 차가운 액체가 스며 나오는 듯한 얼굴을 하고서…… 그리고 너는 손을 높이높이 뻗으면서, 간신히 너를 따라잡은 나의 몸을 감싸려는 것처럼, 나를 우산에 넣어 주었다.

"어떻게 된 거야? ……요즘 이상해. 제발, 정신 차려……"

"나는 아무 문제 없어……"

나는 한동안 멍하니, 표정이 죽어 버린 얼굴을 하고 있었다.

그러고서, 태양이 있는 여름이 왔다.

5

그 무렵부터, 매사에 너는 나를 증오하기도 하고 경멸하기도 하기 시작했다. 그것은 때때로, 예사롭지 않았다.

나에 대한 깊은 존경이 반대로 표현된 것은 아닐까, 나는 때때로 그렇게 생각했다. 그것은 있을 수 있는 일이었다. 적어도 너는 나를 두려워하기 시작하고 있었다. 어쩌면— 죽고 싶어 한 것은 오히려 네가 아니었을까, 나는 때때로 그렇게 생각했다.

나는 더더욱 어깨를 쭉 펴고, 오만하게 지팡이를 높다랗게 흔들어 대면서 거리를 걸었다. 너는 하늘을 찢기라도 할 듯이 날카롭게 거리를 쏘다니고, 때때로 너의 얼굴은 금속성 여우이기라도 하듯 딱딱하고 차갑고 뾰족해 보였다. 너의 어깨가 가른 바람이, 신기하게도 예쁜 단절면을 번득이며 다채로운 색과 향기로 나의 목덜미를 감싸고, 나는 종종 숨이 막히면서 희한하게도 그것을 아름답다고 생각했다

—존경은 연애의 종말이라.
이 불가사의한 역설을, 이윽고 우리는 경험했다.

(1931년 9월)

오만한 눈 傲慢な眼

1

어떤 변두리 현청縣廳 소재지에, 매우 도회적인 정신적 젊음을 지닌 현 지사知事가 부임해 왔다. 모든 게 화려해서 마을 사람들을 놀라게 만들었는데, 이윽고 여름 휴가철이 와서 도쿄의 학교에 남겨 놓고 온 아름다운 외동딸이 이 거리에 오자, 사람들은 비로소 현 지사의 위대함을 납득하게 되었다.

어느 날 저녁 마을에 축제가 벌어져, 아가씨는 전야제의 흥청거림을 구경하기 위해 나갔다. 축제의 등불로 벌겋게 비춰진 붐비는 인파 속에서, 자신에게 쏠리는 수많은 눈길이 아가씨를 만족시켜 주었지만, 결국에는 참을 수 없는 오만한 눈을 발견했다. 그 눈은 동경이나 선망, 혹은 이를 뒷받침하는 섣부른 냉소를 가장하는 것도 아니고, 오직 오만함만으로 불타기라도 하듯 그녀의 얼굴을 노려보고 있었다. 아가씨는 찰나에 그 눈을 되쏘아보았지만, 그녀의 강한 기개를 조소하기라도 하듯 오만한 눈은 이를 아무렇지도 않게 받아넘기고 있었다. 그 후에도 똑같은 눈길을 여러 번 만나게 되었다. 눈은 뜻하지 않은 거리의 한 귀퉁이에서, 그녀의 옆얼굴을 꿰뚫으려는 듯이 노려보는 것이었다.

하루는 바다로부터 돌아오는 길에, 아가씨는 길이 아닌 모래언덕으로 올라갔다. 주위에 소나무와 미루나무가 무성한 숲이었는데, 그 그늘 한 귀퉁이에 삼각대를 놓고 화포畫布를 향해 있는 오만한 눈을 발견했다. 오만한 눈은 6척에 가까운 큰 남자였지만, 찢어진 바지와 더러워진 교모 등으로 아직 중학생의 젊은이라는 것을 알았다.

그날, 영양슈嬢은 두 하녀를 대동하고 있었다. 아가씨는 잠시 하녀들 생각도 해 보았지만, 뒤돌아보지도 않고 똑바로 오만한 눈의 정면으로 나아가서 우뚝 섰다.

"당신은 어째서 나를 증오스러운 듯이 노려보는 겁니까?⋯⋯"

영양은 분명한 말투로 말했다.

소년은 언뜻 깜짝 놀란 기색이 드러나기는 했지만, 텅 빈 듯한 눈길을 그림 쪽으로 향하고는 대답도 하지 않고, 얼굴을 붉혔다. 그리고 점차로 고개를 떨구었다.

"내가 건방지다는 겁니까, 아니면 현 지사의 딸이어서 미운 겁니까."

그러나 소년은 커다란 몸뚱이를 어색하게 오그리고 고개를 떨군 채, 꾹 입을 다물고 있었다. 잠시 후, 난처하다는 듯이 붓을 놀리기 시작했다.

"그럼—" 영양은 소년의 머리에 분명한 말을 남겨 놓았다. "두 번 다시 노려보지 않겠지요!"

그리고 날카롭게 뒤돌아서서 돌아가기 시작했다. 그러나 아가씨가 뒤돌아서던 도중에, 소년은 불쑥 얼굴을 들었다. 그리고 오만한 눈에 빛을 더해서, 꿰뚫을 듯이 그녀를 노려보았다. 이미 영양은 돌아서 있었으므로 어찌할 수도 없었다.

"저 아이는 틀림없이 아가씨를 사모하고 있는 겁니다" 하고 하녀는 말했다. 그것은 유쾌한 말이었지만 그녀를 안심시킬 수는 없었다. 자신이 왜, 그때 다시 돌아서서 질책하지 않았는지 후회가 되었다.

이튿날 같은 시각에, 아가씨는 혼자서 모래언덕의 숲으로 갔다. 오만한 눈은 역시 그 장소에서 화폭을 향해 있었지만, 아가씨를 알아보자 분명히 낭패를 드러내고, 역시 어디에 두어야 할지 모를 시선을 화폭에 떨어뜨렸다. 아가씨는 소년의 엉클어진 머리카락을 응시하고 있었지만, 점차로 온화한 침착성이 우러나왔다.

"당신은 이 마을의 중학생인가요?" 하고 아가씨는 물었다.

"그렇습니다" 하고 소년은 멋대가리 없이 답했다.

"당신은 화가가 될 건가요?"

소년은 묵묵히 끄덕였다. 그리고 당황한 듯이 화필을 만지작거리기 시작했다. 아가씨는 가슴을 틀어막고 있던 것이 뚫린 것 같은 편한 마음이 들었다. 그래서 소나무 뿌리에 앉았다. 위를 쳐다보니, 잎사귀 저 너머로 농후한 여름 하늘이 빛나고 있었고, 모래언덕 일대에서 매미가 마구 울어대는 나른한 울림이 들려왔다. 소년은 머뭇머뭇했지만, 곧 스케치북을 꺼내 들고, 고개를 떨구고는 영양을 그리기 시작했다.

2

아가씨는 잠시 동안 모르는 체하고 있었지만 곧 웃으면서, 나를 그리고 있어요? 하고 물었고, 소년은 부루퉁해진 얼굴을 하더니 조그만 소리로, 움직이지 마세요, 하고 말했다.

잠시 후, 소년에게는 상관하지 않고 영양은 갑자기 휙 일어나서, 그걸 보여줘요 하고 명했다. 소년은 역시 부루퉁한 채로, 두세 번 손질을 하고 나서 잠자코 스케치북을 내밀었다. 똑같은 모습이 몇 장 곧잘 그려져 있었다. 영양은 생각하면서 한 장 한 장 들여다보더니,

"그렇네요. 그럼, 나 모델이 되어 줄게요. 내일 이 시간에 새 캔버스를 준비해서 이곳에서 기다려요."

소년은 놀라서 영양을 쳐다보았지만, 그녀는 소년의 답도 기다리지 않고, 뒤돌아서서 나무 그늘 쪽으로 뛰어갔다.

그로부터 일주일이라는 시간 동안, 두 사람은 같은 모래언덕에서 매일처럼 캔버스를 사이에 두고 마주앉았지만 거의 대화를 하지는 않았다. 아가씨가 미소 지으면서 말을 걸 때마다

소년은 화난 듯한 얼굴로 네, 혹은 아니오, 오직 그런 답만을 했다. 그리고 그 타는 듯한 눈길을, 영양과 화폭으로 교대로 달리게 하고 있었다.

하루는 급한 볼일이 있어서, 영양은 소년에게 말도 않고 열흘가량의 여행에 나섰다. 돌아오자, 하필이면 그로부터 며칠 동안은 연이어 비가 내렸다. 그리고 황급하게 여름이 끝나려 하고 있었다.

비가 갠 날 낮, 아가씨는 반짝반짝하는 미루나무 숲으로 올라갔다. 늘 가던 장소에 가 보니, 소년은, 그곳에 모셔진 조각상처럼 말없이 캔버스를 향해 움직이지 않고 있었다.

"내일, 나는 도쿄로 돌아가요……"

"이젠, 혼자서도 완성할 수 있어요."

소년은 무뚝뚝하게 대답하고, 아가씨가 자세를 잡기를 재촉하듯이, 어느새 화필을 집어들고 있었다. 비가 오는 동안, 스러져 가는 여름의 분주한 조락凋落이 모래언덕 일대에도, 그리고 파란 하늘에도 나타나 있었고, 매미의 울음소리가 쓸쓸하게 엉기고 있었다. 그림은 아가씨가 예상하지 못한 아름다움으로 완성에 가까워지고 있었다. 헤어질 때, 아가씨는 다시 말했다.

"이제, 작별이네요. 내일은 도쿄로 돌아가요……"

"이젠 혼자서도 완성할 수 있어요."

소년은 화가 난 듯한, 분명한 어조로, 같은 말을 중얼거렸다. 그리고 순직한 손짓으로 더러운 모자를 벗더니, 커다란 몸집을 굽히고서 작별을 위해 어색한 경례를 했다.

이튿날 아가씨는 여행을 떠났다. 가까운 사람들의 왁자한 환송을 받으면서 정거장을 나서자, 선로 가의 염천炎天 아래에서 기묘한 사람의 그림자를 발견하고 깜짝 놀랐다. 그림 도구 상자를 떠안은 커다란 중학생이 전봇대에 기대, 무뚝뚝한 얼굴을 하고서, 그 축제날에 발견한 오만한 눈길을 차 속으로 쏘아 넣고 있었다. 그리고 차가 스쳐 지나가버리자, 나른한 듯이 뒤돌아서서, 큰 어깨를 흔들면서 걸어갔다.

다음 겨울방학에 영양은 아버지의 임지任地로 돌아가지 않았다. 물론 소년에게 신경을 쓴다는 일은 바보 같은 일로 여겨졌고, 사실 소년과 다시 만나게 된다면 엄청 기분이 이상할 것 같기도 했다.

하지만 영양은 어느 날 해질 무렵, 조잘거림 끝에 한 친구에게 속삭였다.

"나, 헤어진 애인이 있어. 6척이나 되는 큰 남잔데, 아직 중학생이고, 그림의 천재야……"

천재라는 말을 발음했을 때, 영양은 하고 싶었던 말은 모두 다 한 것 같은 뜻밖의 만족을 느꼈다. 왜냐하면 이 뜻하지 않았던 말 때문에, 여름날, 모래언덕의 숲에서 스며 나왔던 생기 가득한 푸른 하늘을 고요한 감상感傷 속으로 영롱하게 떠올릴 수가 있었기 때문이다.

(1933년 1월)

간음에 부쳐 姦淫に寄す

구단자카九段坂의 뒷골목에 꾀죄죄한 하숙집이 있었다. 겨울
의 어느 날 밤, 그 2층 한 방에서 한 직장인이 자살했다. 원인
은 여러 가지가 있었겠지만, 딱히 이거다 하고 내세울 만한 원
인도 없는, 말하자면 자살하기에 적합하게 태어난, 살아 있어
보았자 별 수 없는 음침한 남자 중의 하나였던 모양이다. 우선,
유서조차 없었던 것이다. 그렇게 선뜻 죽어서 사람들을 놀라
게 해 주고 싶었던 모양인데, 그 옆방에 살고 있으면서 죽은 이
웃의 얼굴조차 알지 못하고 살고 있었다는 대단한 비사교성과
강한 근시안을 가진 한 대학생만이, 옆방의 이런 큰 사건에 대
해 구경거리 정도의 호기심조차 일으키는 일 없이 뒹굴고 있
었다. 뿐만 아니라, 이런 일이 일어났으니 당분간 저 방에 들
어올 사람도 없을 것이라고 하숙집 주인이 구시렁거리는 것을

듣자, 대학생은 옛날이야기에 맞장구를 치기라도 하는 듯한 조용한 말투로, 그렇다면 내가 들어갈까요, 하고 중얼거렸다. 별로 의협심을 불태우는 듯한 투도 아니고 콧노래처럼 맥 빠진 어투였으므로 별로 신경을 쓰는 사람도 없었지만, 자신의 방으로 돌아가는가 싶더니 이 남자는 느릿느릿 이웃 방으로 옮겨 버렸다. 이렇다 할 확실한 이유가 있었을 것 같지는 않았다. 모든 거동이 원인 불명으로 어딘가 모자라 보이면서도, 이사를 해치우더니 백 년 이전부터 그곳에 있었던 것처럼 아주 자연스럽고 조용하게 새로운 방에 자리를 잡았다. 저 남자한테서도 자살 냄새가 난다는 사람도 있었지만, 그의 얼굴을 본 일이 있는 사람들은 저도 모르게 웃음을 터뜨리기도 하면서, 그런 골똘한 자세는 조금도 없어 보이는 그의 거드름을 피우는 얼굴을 떠올리고서, 저 녀석은 말하자면 변태라는 건데, 생각하는 머리는 좋을지 몰라도 사는 머리는 나쁜 종류의, 꼭 동물원의 하마를 좀 더 생각 깊게 만든 것 같은, 대체로 무난한 어리석은 자의 하나일 거라는 말들이었다.

그래서 하숙집 주인은 이렇게 생각한 것은, 이건 틀림없이 하숙비를 깎기 위한 심산일 것이라는 소리를 사람들에게 흘리고 있었는데, 참으로 어이없게도 (그리고 하숙집 주인이 기뻐한 일에는) 월말이 되자 재촉도 하지 않았는데 정해진 하숙비를 건넸던 것이다. 원래 이 남자는 돈거래에 관한 한 착실한 남자였다. 게다가 방 안도 언제나 청결하고 정연했다. 다만 그는 좀처럼 외출하는 일이 없었다. 어쩌다 책상을 마주하는 일도 있었지만, 대개는 정연하게 잠자리를 펴 놓고 역시 정연하게 낮잠을 즐기곤 했다는 것이다. 아마도 진짜 그랬을 것이다. 그는 같은 하숙집 사람들 어느 누구에게도 인사를 하는 일도 없었고 말을 거는 일도 없었지만, 그렇다고 해서 무뚝뚝했던 것도 아니다. 왜냐하면 이 남자는 사람의 얼굴을 볼 때는 아무래도 이것은 웃어야 할 일이라고 판단하지 않을 수 없는 종류의, 그리고 결코 그 이상의 아무것도 아닌 종류의, 분명 일종의 웃음을 기계적으로 얼굴에 새기는 습성을 가지고 있었던 모양이다. 그것은 상중喪中인 사람의 경우에도 예외가 아니었고, 화난 사람을 대할 때에도 예외가 아닌 것으로 보였다. 저 녀석은 바보야 하고 생각하지 않았다가는 내 쪽이 바보가 될 것이라고 사람들은 생각했다. 그래서 처음에는 이 남자에게 극도의 호기심을 불태우던 사람들도 완전히 맥이 빠져 버려서, 그가 자살자의 방으로 이사한 지 사흘도 지나지 않아서 모두가 이 남자를 잊어버렸다.

　이런 남자의 생김새란 어디에 굴러 들어가도 눈에 뜨이지 않는 매우 통속적인 면상이라고 독자들은 생각해버렸을 게 틀림없다. 그런데 이 대학생은 의외로 단정한 얼굴을 하고 있었다. 게다가 체격이 시원시원하게 큰 탓인지, 어딘지 모르게 관대하고 의젓한 풍격이 있고, 얼핏 범하기 어려운 멋과 품격이 엿보이는 일도 있었던 것이다. 그래서 이런 남자란, 때로는 속모를 괴물로 보여서 일종의 두려움을 사람들에게 안겨 주는 일도 있지만, 또한 이런 남자에 한해, 저 녀석은 바보야 하고 정해 버리고 나면 간단하게 그 범위 내의 타입에 들어맞아 보이는 것이다. 하지만 이 남자가 매주 수요일의 정해진 저녁 시간이 되면, 건들건들 밖에 나갔다가 밤늦게까지 돌아오지 않는 다는 점을 깨닫게 되면, 저런 남자도 역시 그렇구나 하고 사람들은 생각하면서 싱긋 웃는 것이다. 즉 저런 녀석한테도 여자가 있구나 하는 의미일 것이다. 하지만 사람들의 상상은 표적을 벗어났다고 말하지 않을 수가 없다. 이 대학생은 교회의 성서 연구회라는 데에 다녔던 것이다.

이는 그야말로 격에 어울리지 않는 바보스러운 일로 보일 것이다. 그렇지만 그 교회에서는 역시 그곳 나름대로 모든 것이 이 남자의 격에 들어맞아 보였을지도 몰랐다. 말하자면 그는, 똑같은 그가 사무실 책상 앞에 앉아 있든, 구치소에 들어가 있든, 식당의 요리사가 되었든, 혹은 총리대신이었다 하더라도 극히 자연스럽게 그것은 그것으로밖에 보이지 않을 것 같은, 단순히 모든 현실이 모든 현실일 수밖에 없을 듯한 '언제나 모든 단편斷片'이라고나 부를 만한 남자였는지도 모른다.

그러나 이것만은 말해 두는데, 그는 한 번도 신을 믿은 적은 없었다—없는 것 같았다—없었음이 틀림없다— 하긴 이것은 공연스레 떠들어 댈 정도로 중요한 일은 아닌 것 같다. 즉 우리는 이런 남자가 신을 믿는다는 그런 우스운 일이 있을 수가 있으랴 정도의 이유로, 이 남자는 신 따위는 생각한 일도 없다고 치부해 버려도 상관이 없는 것이다. 이런 별 볼 일 없는 남자의 마음을 일일이 추측하고 있을 수는 없는 것이다.

히카와 스미에氷川澄江는 성서 연구회의 한 회원이었다. 그녀가 이 대학생에게 흥미를 가지게 된 이유는 확실하지 않다. 그러나 그녀가 50명 가까운 회원 중에서 그에게만 인사하고 말을 걸게 된 것은 분명 무엇인가 흥미 있는 성격을 이 남자에게서 맡았기 때문인 게 틀림없다. 도대체 이 남자(무라야마 겐지로村山玄二郎라고 불렀다)는 일견 매우 쌀쌀하고 고독의 위압을 풍겨내는 남자이므로, 이런 남자에게 인사를 한다거나 말을 걸거나 하자면 대단한 무관심 아니면 대단한 수고를 필요로 한다. 어떠한 교유 관계에도 이러한 인물이 하나둘쯤 섞여 있는 법이지만, 막상 이야기를 해 보면 겉보기보다는 이해심도 있고 관대하고, 오히려 남의 호의에 감동하기 쉬울 것으로 여겨질 정도로 맹신적이고, 게다가 끊임없이 따뜻한 마음을 은근히 타인에게 옮겨 붙이곤 하는 것이다. 그리고 고독을 격렬하게 증오하고 있지만, 증오에 지쳐서 고독에 빠져 고독에 매달리고 있다. 이미 마흔 가까운 스미에는 숙련된 여인의 감각으로 겐지로의 고독한 외모에서 속으로 감추어진 오히려 다감한 심정을 꿰뚫어 보았다는 것을 상상할 수 있다.

어느 날 밤이었다. 스미에는 지나치다 싶을 만큼 친근한 미소를 띠고서, 이미 오랜 세월 터놓고 교제하고 있는 친구에게 말을 걸듯이 겐지로에게 인사를 했다. 그 허물없는 미소, 허심탄회한 듯한 태도, 한 조각의 망설임도 없는 눈동자 ―그 눈동자에는 오직 한 명의 사람에게만 이야기를 건 어떤 종류의 어두운 수심과 장난기를 읽어낼 수조차 있었는데― 그것은 마치 그녀 자신조차도 그와 오랜 세월의 교유를 생각하고 믿고 있는 것이 아닐까 의심스러울 정도였다. 이러한 여자의 마음은 전적으로 남자로서는 풀기 힘든 수수께끼다. 그녀는 허심탄회한 자신의 태도로 금세 마음을 열 것이라는 남자의 심리에 대한 계산이 끝난 것이었을까. 이 미소는 젊은 여성에게는 할 수 없는 것이겠지만, 또한 머리 나쁜 여자도 할 수 없는 것임에 틀림없다. 뿐만 아니라, 여자의 이런 미소와 대담한 타동성他動性은 남자로서는 도저히 풀리지 않는 수수께끼일 뿐 아니라, 난처하게도 천진스럽게까지 보이는 것이다. 그리고 은근히 보이는 여자의 정욕은 오히려 순수하면서도, 마치 보석이 빚어내는 듯한 청징한 정열과 다정함이 아닐까 생각하기 쉽다. 그런데 겐지로 같은 사람은 그런 보통의 의식조차 떠올릴 여지가 없었다. 이 몽롱한 남자는 그저 사실만 이해했다. 아니, 사실 안에 있었다. 스미에가 말을 걸고 있다는 이 사실 안에. 그리고 사실이기 때문에, 그것은 이제 이유나 원인을 초월해서 그저 '당연'하게밖에는 보이지 않았다. 그는 조금 달아오르면서, 그도 그 역시 오랜 친구와 대화를 하듯 이야기를 시작하고 있었던 것이다. 그렇게 해서 처음으로 인사를 나눈 날, 두 사람은 이미 밤이 깊어질 때까지 고요한 카페에서 한담을 하고 있었다.

"당신 같은 분이 오로지 순수하게 신을 찾고 계실 것이라고 선생님이 말씀하시던데요."

이 엉뚱한 말은 분명 그날 밤 스미에의 입에서 나온 것이다. 게다가 그녀는 이렇게 말하면서 약간 고개를 숙여 치뜬 눈으로 그를 쳐다보면서 거의 교태를 부리듯 미소 지었다. 이런 당치도 않은 말의 의미는 철두철미 영문을 알 수 없다. 스미에는 겐지로를 아이 취급하고 ─이것은 나쁜 뜻이 아니고, 분명 그녀는 겐지로에게서 소년을 보고 있는 것이라고 말할 수 있을

지도 모르겠다— 그리고 그 소년을 향해 일종의 애정 어린 야유를 하고 있는 것인지도 모른다. 하긴 여자가 남자에게서 소년을 발견한다는 것은 이미 어떤 종류의 관심을 품고 있다는 것과 동의어이기도 할 것이다. 하지만 어떠한 종류의 관심인지는 총명한 여자로서는 역시 수수께끼다. 스미에의 혜안은 겐지로의 마음에서 무신론을 읽어냈다고 받아들일 수도 있지만, 또한 그녀의 말에는 거짓이 없이 신에 대한 변형된 노스탤지어를 그의 마음에서 본 것인지도 모른다. 그렇다고 해서, 이로부터 스미에의 마음을 추단推斷하는 실마리를 구한다는 것은 경솔한 일일 것이다.

그러나 연구회의 강사가 스미에에게 흘렸다는 그 말은 아마도 진실이었을 것으로 생각된다. 앞에서도 언급한 것처럼 그의 표정에서 그의 마음을 읽어내는 것은 정말이지 어렵다. 만약 그를 길에서 본 사람이라면, 이런 남자가 교회에 다닌다는 것은 생각할 수도 없겠지만, 그러나 이와 같은 남자를 교회 안에서 본 사람이라면, 이런 남자일수록 하느님을 찾을 것이고, 어쩌면 불가사의한 방법을 통해 하느님을 눈앞에서 느끼고 있는 것이 아닐까 의심하고 싶어질 것이다. 연구회의 강사는 분명이 남자에게 특수한 흥미를 가지고 있었다. 그는 때때로 50명의 청중 속에서 겐지로만이 유일한 인간이기라도 하듯, 그를 향해 강의를 하는 일이 있었다. 그런데 그러한 강사를 향해 겐지로가 암시하는 표정은, 이 또한 완벽한 감각의 세계에서 처리할 수밖에는 다른 방법이 없다. 말하자면 막연 그 자체이다. 사람들은 각각의 그릇에 따라 무수한 그를 읽어낼 수가 있겠지만, 아마도 강사는 신비한 능력을 그에게서 믿고 싶어지기도 했을 것으로 생각된다.

이 대학생의 이런 경향은 그의 소박을 이야기해 주는 것일까. 오히려 가장 총명한(동시에 무의식적이고 본능적인) 악마적인 교지狡智를 이야기하고 있는 것일까. 아니면 별로 그 이상의 선으로도 악으로도 발전하는 일이 없이 단순히 그것으로 끝나고 마는 평범한 성질에 지나지 않는 것일까.

아마도 스미에는 강사조차 속고 만 이 남자를 어떤 점에서 간파하고 있었던 게 사실이었을 것 같다. 마치, 그를 간파함으로써 우월감을 느꼈던 것인지, 아니면 간파한 바에 대해 한층 외경과 찬미를 바친 것인지(이런 일도 가능하지 않겠는가), 이는 경솔하게 해석할 수가 없다. 그러나 이것이 어떠한 순수한 심정에서 나온 것이건, 혹은 가장 정신적인 우의友誼가 되었건, 이는 하나의 간음이라는 점은 의심할 수 없다. 다만 이러한 간음은 인간 세상에서 가장 감미롭고 화려하고 유현幽玄한 것인지도 모른다. 어쩌면 그녀는 겐지로에게서 소년의 마음과 동시에 소년의 간음을 읽어낸 것인지도 모르겠는데, 그런 경우라면 그에게서 발견해 낸 것과 똑같은 간음을 그녀 자신 마음속에 감추고 있었음은 말할 것도 없으리라.

스미에의 말이 과찬으로 들렸는지 겐지로는 다소 얼굴을 붉히면서, 그러나 미소 가운데 대답했다.

"나는 나의 하느님을 가지고 있을지도 모릅니다."

깜박했는데, 이 성서 연구회는 결코 종교적인 금욕적인 분위기 가운데 벌어지고 있는 것이 아니었다. 오히려 종교적인 분위기로 우물우물하고 있음을 이용해서, 사람들은 한층 비종교적인 자신을 드러내는 편안함과 파렴치를 누리고 있는 것 같았다. 일반적으로 일본인은 종교라는 면에서 매우 어울리지 않고 우스꽝스러울 뿐 아니라, 더러는 종교적이기 때문에 오히려 구원받지 못할 인간으로 보이기 쉬운 국민이다. 그런데 히카와 스미에에게는 교회 분위기는 전적으로 극장 속에 있는 듯한 편한 마음이 들었다. 그녀는 50명 중에서도 가장 종교와 무관하게 보였을 뿐 아니라, 아마도 극장에서도 그녀 이상으로 종교와 무관하게 보이는 사람은 드물었을 것이 틀림없다. 그녀의 복장은 화려했다. 그리고 그 취미는 세련되어 있었다. 그리고 마흔 가까운 나이였지만 미모였고 지적인 얼굴이었으므로 한층 젊어 보였고, 특히 눈이 반짝이고 있었다. 그 눈동자에 담긴 복잡한 그림자는 때로 처녀의 청정한 호기심을 떠올리게 했고, 때로는 숙련된 다정한 여인의 호기심을 떠올리게 했다. 그러나 종교가 지닌 어두운 느낌은 그녀의 어디서도 찾아낼 수가 없었다. 그녀는 다분히 그저 심심풀이로 이런 장소로 끼어들었을 것으로 여겨지기도 하지만 그러면서도 또 이런 마음 편한 여인에 한해 무엇인가 불가사의한, 범상한 사람들로서는 이해하기 어려운 통로를 따라, 다른 사람들과는 아주 다른 기묘한 구원을 종교에서 느끼고 있구나 의심할 수도 있을 것이다. 만약에 그런 경우가 있을 수 있다면, 이런 여자와 종교와의 기묘한 결합이야말로, 어느 누구의 신앙보다도 숭고하고 심원할 것으로 생각하지 말라는 법도 없겠다. 그리고 이런 류의 이상한 상상은 가능한 한 피하는 편이 좋겠다.

그녀는 자신을 미망인이라고 말하고 있었다. 그러나 그녀의 생기 넘치는 표정과 그림자라고는 없는 맑은 동작에서는 참으로 차분한 안주安住를 읽어낼 수가 있었으므로, 실은 그녀에게는 훌륭한 그리고 관대한 남편이 있음에도 불구하고 거짓말을 하고 있는 것인지도 몰랐다. 하긴 겐지로에게는 그런 것은 아무래도 좋았다. 그의 마음은 아직 그 이상의 것에 대해 끌리고 있지 않았던 것 같다. 말하자면 그는 오랜 겨울 은둔처로부터 불쑥 화원에 이끌려 나온 사람처럼 현란한 풍경 속에 조용히 앉아서, 현실을 그저 망연히 느끼면서 침잠해 있기만 하면 온화한 휴식과 같은 안온함을 맛볼 수가 있었을 것이다. 아무리 안온한 경우에도 사람의 마음이라는 것을 파고들어 보면 틀림없이 쓴맛과 신맛에 맞닥뜨리게 될 터이지만, 겐지로의 경우에도 쓸데없이 머리를 굴려 자신의 마음을 천착穿鑿했다가 묘한 돌멩이에 맞닥뜨리게 되었다가는, 그는 오히려 놀라고 곤혹해서 얼굴을 찡그리고 말지도 모른다. 그것은 조금도 그의 마음의 청결을 의미하는 것이 아니라, 오히려 번잡을 초래하지 않겠다는 무의식적인 간교함과 격심하고 아득한 우울을 암시하는 것으로 여겨졌다.

"하느님은, 아름다운 것이겠지요"

하고 그녀가 말했다. 웃으면서.

하지만 이런 정체를 모를 말을 가지고 의미를 지닌 어떤 것을 찾아내고자 하는 무익한 일은 잊어버리기로 하자. 겐지로는 모든 시간이 그저 즐겁다는 듯이 미소 지으면서, 그녀의 모든 말에 어리석기 짝이 없는 에스프리가 없는 대답을 하고 있었

다. 게다가 그는 때때로 생기 있는 웃음을 띠고서,

"나는 야심 때문에 아주 피로해 있거든요"

하고 중얼거렸다. ―뿐만 아니라, 이렇게 중얼거릴 때의 그의 표정은 거의 자랑스럽게 보이고, 으스대는 듯하기까지 했다. 금방이라도 너무나 즐거워 웃음을 터뜨리는 것이 아닐까 여겨질 정도로 희희낙락한 얼굴로. 게다가 카페를 나와 결국 정거장으로 향해 걸어가는 작별의 밤길에서, 그는 다시 싱싱한 목소리로 똑같은 소리를 중얼거리기를 잊지 않았다.

"나는 이제 어찌해야 좋을지 알 수 없을 정도로 피곤해 있습니다. 마치 꿈의 덩어리 같은 당치도 않은 목표도 없는, 엉터리 야심이, 나를 아주 녹초가 되게 고단하게 만들었거든요!"

그리고 그는 유쾌한 듯이 웃고, 그리고 간신히 그야말로 무거운 짐을 내려놓은 듯한 안도의 표정을 지으면서 그녀에게 작별을 고했던 것이다.

이런 일이 있고 나서, 수요일마다 그들은 꼭 밤늦게까지 대화를 즐겼다. 아마도 시시한 대화였을 것이다. 아마도 종잡을 수 없기까지 했을 것이다. 하지만 두 사람은 싫증도 내지 않고 때때로 약속하고 연극을 보고 영화를 봤다. 꿈과 같은 날들이 지나가고 겐지로의 기말 시험도 끝났을 때, 불쑥 봄이 찾아와 있었다. 그 봄을 깨달았을 때, 그는 마음 가운데 눈부심을 느꼈고, 그러고서 우수를 벗어 던진 듯한 상쾌한 한숨을 느꼈다. 그러한 막연한 계절의 감각이 한 조각 구름과도 같은 이런 남자에게 남겨져 있던 유일하고 절실한 실감이었는지 모르겠다.

그리고 아직 이른 봄의 어느 날, 그는 스미에의 초대로 그녀의 오이소大磯에 있는 별장에 갔다.

　그날은 매우 심한 폭풍이 불었다. 겐지로가 도쿄를 떠날 때에도 옆으로 불어치는 엄청난 물보라가 저녁때처럼 어두컴컴한 가운데 스산해진 거리를 헤집으며 날뛰고 있었는데, 오이소 역에 내렸을 때에는 한층 풍속도 더해지고, 플랫폼 전체로 내리치는 물보라가 멍멍해지도록 미쳐 날뛰고 있었다. 잔뜩 젖은 개찰구에 스미에가 기다리고 있었다. 스미에의 몸이 젖은 것은 아니었지만, 주위의 축축하고 어두운 느낌 때문에 그녀가 마치 폭풍으로 푹 젖어 말라빠진 듯한 모습으로 보였다. 그녀는 겐지로의 모습을 알아보자 겨우 웃을 수가 있었다는 듯이 웃어 보였지만, 순간의 표정이 지나가자 여느 때의 반성이 있는 냉정한 웃음으로 돌아갔다. 그녀의 안색은 좋지 않아 보였다.

　"안 오실 줄 알았어요. 지독한 폭풍이네요."

　자동차에 타고 나서, 겐지로는 여느 때의 태평스러운 웃는 얼굴로 말했다.

　"어디 편찮으신 것 아닙니까? 안색이 안 좋은 것 같은데요."

　"네, 조금요. —하지만 별것 아니에요."

　자동차를 내려서 솔밭 길을 한참 걸어가야 했다. 하나의 우산으로 두 사람의 몸을 감싸기에는 너무나 폭풍이 강했다. 폭풍에 떠밀려서 두 사람은 가끔 빽빽이 난 소나무에 부딪칠 정도로 비틀거렸지만 말을 할 여유도 없었다. 비는 사정없이 내리쳤다. 건물에 당도했을 때 간신히 서로 웃는 얼굴을 보일 수가 있을 뿐이었다. 어느 방 안에 들어갔을 때는, 마치 병에 지쳐빠진 듯한 이상한 피로가 그녀의 얼굴에 나타나 있었는데,

억지로 짓고 있는 미소 때문에 그것이 한층 파리해 보였다.

"날씨만 좋으면 바다 경치가 좋은데. ……4, 5일 느긋하게 묵으세요."

그녀는 잠시 이 말만을 되풀이했다. 되풀이할 때마다, 앞에서 이미 똑같은 말을 했다는 사실을 잊고 있는 것 같았다. 그리고 말을 끝낸 뒤에는, 바로 지금 말했던 자기 자신조차 깨닫지 못하는 듯한 심한 방심과 피로를 드러내고 있었다. 그것을 그녀는 무의식적으로 미소로 감추고 있었는데, 그 바람에 강화시킨 밝음이 점점 더 병적이고 투명한 푸름으로 느껴졌다. 모든 것들은 막막하고 무형인 고통과 격하게 항쟁하고 있는 듯한 애절함을 드러내고 있었다.

스미에는 근처의 별장에 전화를 걸어 한 남자와 한 여자를 불러들였다. 그들은 밤 9시경까지 카드와 마작을 하고 놀았다.

"꼭 좀 4, 5일 묵으세요. 묵어 주실 거지요. 폭풍만 가라앉으면—해변이 조용하고 예쁘거든요."

하지만 그녀의 얼굴에 드러난 피로는 벌써 예사롭지가 않았다. 눈은 움푹 들어가 있었고, 초조해하는 그 거동은 동시에 심한 방심이 곁들여져 있었다.

"밖으로 나가 볼까요? 나는 얼굴이 달아올라서……"

그러나 엄청난 문 밖의 폭풍에 겁먹은 사람들은 대답할 수가 없었다. 그 침묵에 스미에의 귀는 겨우 폭풍의 울음소리를 들을 수가 있었던 모양이다. 그녀는 한순간에 멋쩍은 듯한 어린 소녀의 얼굴로 돌아왔으나, 마침내 슬픔을 억누를 수가 없어진 싸늘함으로, 어쩔 수 없이 웃기 시작했다.

"어머, 나 좀 봐, 이런 지독한 폭풍인데도."

마침내 손님으로 온 여자가 참지 못하고 말했다.

"당신은 몸이 좀 불편한 것 아니에요?"

"네, 열이 좀 있나 봐요. 하지만 별일은 아닌 것 같은데."

"그럼, 밤샘은 독이에요. 일찍 주무세요."

스미에는 순순히 끄덕였다. 그 얼굴에는 더는 고통을 감출 수도 없다는 절박함이 나타나 있었다. 그리고 손님들은 돌아갔다.

"정말 실례했군요. 별것도 아닌 신경열이에요. 용서해 주세요. 모처럼 와 주셨는데 상대도 해 드릴 수가 없게 되어서……"

하지만 이 마지막 말을 할 수 있게 되자 그녀의 눈동자는 이 하루 중에서 가장 맑아져 있었고, 태도도 거의 평소의 침착성을 되찾고 있었다. 미소도 조용하고 온화해 보였고, 전혀 병적인 것이 아니었다. 그녀는 겐지로를 그의 침실로 안내했다.

"점심때까지, 푹 주무세요."

겐지로는 그저 미소로 답했다. 그의 상념은 아주 두절杜絶되어 있었던 것이다. 그리고 그는 그녀의 발소리가 가련한 암탉의 그것처럼 멀어지는 것을 꿈속의 소식처럼 다 듣고 나서, 빛을 받고 있는 의자에 돌아와서 앉자, 몽롱한 지체肢體의 사방으로, 매우 세밀하고 차가운 것이 스며들 듯이 흐르고 있음을 깨달았다. 그가 자신에게 돌아왔을 때, 그의 몸은 비단실의 가늘고 보드라운 감촉으로 느껴질 뿐이었다. 당장에라도 투명한 것이 눈물이 되어 흘러나올 것 같은 생각이 들었지만 그것은 눈물이 되지 않았고, 멀고 깊은 한숨 같은 것이 되면서 고요한 밤의 기색 안으로 사라져 갔다. 그리고 다시 고요하고도 먼 싸늘한 것이 강 같은 마음이 되어 되돌아온 것이다. 그것은 그리운 시간이었다. 엄청 가혹한 고독이 가지고 있는 가장 삼엄한 사랑과 그리움과 온화함. 아마도 그런 것이 아닐까. 이미 비는 그쳐 있었다. 남겨진 바람만이 거칠게 불어제치고, 널따랗고 커다란 솔바람이 되어 그의 마음에서 울려대고 있었다. 자연의 마음을 마음으로 들은 애달픈 하룻밤이었다. 이윽고 길게 하품을 하고 나서, 편안한 잠에 들 수 있었다.

이튿날 아침 일찍 잠에서 깨었다. 하녀들은 일어나 있었지만, 스미에는 아직 일어나지 않은 것 같았다. 그는 해변으로 산책을 나갔다.

폭풍은 이미 가라앉아 있었다. 바람에 찢긴 숱한 구름들이 하늘에 남아 분주하게 방황하고 있었지만, 틈새들에서 청징한 푸름이 빛나고, 아침의 상쾌한 광선이 때때로 그곳으로부터 비쳐들었다. 모래는 축축이 젖어 있었지만, 그 때문에 오히려 경쾌한 탄력이 있어서, 밟을 때마다 사각사각 소리를 내고 있었다. 그는 아무 생각도 하지 않고 걸었지만, 딱히 떠오르는 생각도 없었던 것이다. 모든 것이 제자리를 잡고 있었다. 그리고 고요했다. 길도 모래언덕도 솔밭도. 그리고 그 자신도. 바다에 파도는 높았지만, 폭풍이 지나간 편안한 기운이 널따랗게 물의 저 끝자락까지 흐르고 있었다. 광망한 모래벌판에는 하나의 사람 그림자도 없었고, 다만, 그가 밟는 발자국만이 표시되고 있었다. 그가 바라보고 있는 아득한 물의 저 끝에는 그의 마음속으로 돌아오고자 하는 거대한 기운이 있었다. 오래오래 바라보고, 또 오래오래 바라본 끝에, 조용히 되돌아섰을 때, 그는 다시금 그에게 돌아오고자 하는 거대한 풍경을 알았다. 그것은 그 광막한 모래벌판에 한 줄기 그어 놓은 자신의 발자취였지만.

별장으로 돌아오자, 스미에도 이미 일어나 있었다.

"바다가 참으로 장대하네요. 널따랗고 가슴이 훤하게 펼쳐지는 기분이었어요."

그는 마음속 깊이 즐거이, 노래하듯이 말할 수가 있었다.

"지금 막 후회하고 있었어요. 함께 가고 싶었는데……"

스미에의 얼굴에서 어젯밤의 피로는 찾아볼 수가 없었다. 그리고 그녀도 노래하듯이 미소와 더불어 대답했다.

"나는 말이죠―"

겐지로는 고요한 부드러움에 감싸이면서, 조금도 스스럼없이 미소를 지으며 말했다.

"나는 오늘, 부지런히 돌아가야 합니다. 어쩔 도리가 없는 볼일이 있거든요."

"어머, 그치만, 너무 하세요. 하루 정도라도 더……"

"예, 하지만, 정말로 꼭 처리해야 할 일이 있어서."

"아, 그러세요. 그렇지만 정말 유감스럽네요."

아마도 가장 민감함을 자랑하는 사람이라 하더라도, 그녀의 얼굴에서 그리고 말에서 그 밖의 숨겨진 의미를 읽어낼 수는 없었을 것이다. 하지만 이 둔감한 대학생은 참으로 불손하기 짝이 없게도 그녀의 가슴에 아마도 그녀 자신조차 깨닫지 못했을 안도의 한숨을 읽고 만 것처럼 느껴졌다. 물론 이런 남자의 괴상한 감각에 신용을 둔다는 것은 꿈에도 할 수 있는 일은 아니지만, 그러나 그는 그때 어떠한 기색 가운데—적어도 자기 자신이 잠겨 있던 어떤 안온한 기색 속으로, 그녀 역시 하나의 똑같은 기색이 되어 흘러 들어왔음을 느끼고 만 것이었다. 그리고 그는 그녀의 안도를 확인함으로써, 마치 고대의 기사騎士와도 같은 만족을 느끼고 있었다. 이렇게 말하지만 참인지 아닌지는 보장할 수 없다. 하긴 그녀와 헤어진 기차 속에서, 그는 참을 수 없는 애수를 줄곧 느끼고 있었다. 그렇다고 해서 그것은 그녀를 대상으로 하는 것이 아니라, 다만 막연한 하나의 기분으로서 그랬다는 것이지만. 그러나 이러한 그칠 줄 모르는 슬픔 때문에 그 슬픔은 그립도록 따뜻한 것임을 그는 절실히 느끼고 있었던 것이다.

겐지로는 그 뒤 교회에는 가지 않게 되었다. 아마도 스미에도 그랬을 것으로 생각된다. 하긴 스미에는 늘 하듯이 무관심한 밝은 미소를 지으며, 그 뒤로도 교회에 나타나고 있다는 것을 생각한다는 것은 불가능하지 않다. 게다가 그녀는 겐지로가 두 번 다시 이곳에 나타나지 않을 것임을 꿰뚫어볼 역량도 있을 터이니 말이다. 다만 겐지로와 다시 만났다고 가정해도, 그녀가 동요를 느낄 이유는 전혀 없었을지도 모르는 것이다. 그녀는 겐지로에게 보이고 만 하루의 극심한 피로를 마치 꿈속의 사건처럼 잊어버릴 수 있었을 터이니까. 그렇다면 기우杞憂를 품고 있던 겐지로야말로, 시도 꽃도 없는 한 야수의 간음에 눈이 먼 야인이었을 것이다.

(1934년 5월)

여자おみな

어머니. ―정체 모를 그 그림자가 또 다시 나를 고뇌하게 만들고 있다.

나는 언제나 단언할 준비가 되어 있는데, 꿈에라도 어머니를 사랑한 기억이 태어나서 지금까지 한 번도 없다. 그저 증오해 왔던 것이다 '그 여자'를. 어머니는 '그 여자'일 뿐이었다.

아홉 살 무렵의 소학생 때 일인데, 갑자기 나는 식칼을 집어들고, 가족 중에서 누군가 하나를 죽일 생각으로 쫓아다니고 있었다. 원인은 이제 잊어버렸다. 물론 쫓아다니면서 울고 있었다. 견딜 수 없었던 것이다. 형제들은 뿔뿔이 도망쳤지만, '그 여자'만큼은 도망치지 않았다. 찌르지 못할 것이라고 나를 꿰뚫어보고 있기라도 하듯, 나를 우습게 알고서 밉살스럽게 뻣뻣이 서 있지 않았던가. 나는, 나라도 너를 찌를 수 있어! 하고 생각했을 뿐, 그때부터는, 내가 찌르고 싶었던 것은 이 작자 하나였어 하는 지독한 진실을 문득 깨달은 듯한 마음이 들었을 뿐, 찌를 힘이 바로 얼어붙은 듯이 사라져 버렸다. 그 여자의 배 앞에서 식칼을 쳐든 채 나는 화석이 되고 말았던 것이다.

그 당시의 내 모양이 작은 도깨비 같았다고 밉살스럽게 남들에게 말하는 어머니였지만, 나에게 말하라고 한다면, 쳐든 식칼 앞에 뻣뻣이 선 어머니의 모습은 여러 가지 그림책에 나오는 가장 끔찍한 요괴할멈 모습 그대로의 요괴 같았지 하는 생각이 때때로 떠올라서 소름이 끼쳤거든. 서른 살이 된 내가 감기가 들어서 열이라도 날 때면, 아직도 가장 슬픈 악몽에 나타나는 것이 그 당시의 어머니의 기세다. 모습은 보이지 않는다. 휑하게 넓은 아무도 없는 방 한가운데에 내가 있다. 어머니의 무시무시한 기색이 저 뒤쪽으로 연기처럼 피어 있는 게 느껴지고, 나는 돌이 되어서, 미칠 것 같은 공포 속에 있는 끔찍한 꿈이다. 어머니는 나를 잡아끌어, 구덩이 같은 곳간 속에 처넣고 자물통을 채웠다. 그 깜깜한 곳간 속으로 나는 몇 번씩이나 들어가 있어야 했지. 어둠 속에서 계속 울기는 했지만, 꺼내 달라고 부탁한 일은 한 번도 없다. 그저 분해서 울었던 것이다.

그처럼 잔혹하게 나 하나를 못살게 굴게 된 데에는 어지간히 중대한 원인이 있었겠지만, 나는 날 때부터 난산이어서 내가 죽든지, 어머니가 죽든지 해야 할 소동이었다고 어머니의 입을 통해 곧잘 들었는데 그것이 원인의 하나였을까. 원인이야 아무러면 어떤가. 나를 오사카의 상인 집에 양자로 주겠노라고

124

어머니가 가증스럽게 거짓말을 하며 나를 놀렸을 때도, 나는 그것을 진담으로 듣고 너무나 좋아하는 바람에 어머니가 당황한 희극도 있다. 그리고 실은 내가 양자고 진짜 어머니는 나가사키에 있다고 거짓말을 해서 어머니는 나를 곧잘 놀렸는데, 그 말이 거짓말 같았던 것이 나를 슬프게 했다. 나는 일고여덟 살 때부터 마당 한구석의 그늘진 곳에 조용히 앉아 알지도 못하는 나가사키의 꿈을 꾸는 것이 즐거웠다.

내가 어렸을 때 니가타新潟의 바다에서는 두 길가량 되는 깊이의 난바다로 헤엄쳐 가서 자맥질을 하면, 모래 위에 놓여 있는 커다란 대합을 주울 수가 있었다. 나는 수영을 잘해서 대합과 바지락을 줍는 명수였다. 열두세 살 때의 일인데, 여름도 끝이 가까운 날씨가 거친 날, 동네에서도 바다의 울림소리가 계속 들려오는 어둠침침한 황혼 무렵이었는데, 갑자기 어머니가 나를 불러 조개가 먹고 싶으니 바다에 갔다오라고 명했다. 어쩌면 놀린 것일지도 몰랐다. 놀리는 듯한 말투에 화가 나서, 그렇다면 정말로 조개를 잡아와서 얼굴 앞에 내동댕이칠 생각으로 나는 바다로 갔다. 어둡고 파도가 일렁이는 바다, 인기척 없는 단조로운 해변, 금방이라도 비가 뿌려 댈 것 같은 낮은 하늘이나 저물어가는 어스레한 대기가 문득 느껴져서, 날씨가 좋은 대낮의 바다에서도 때때로 요괴 따위의 공포에 질리곤 하는 나는 잠시 분명 슬펐지만, 곧 심한 분노 때문에 공포도 잊고 말았다. 파도에 휩쓸려 허덕이면서, 필사적으로 조개를 찾는 일이 마치 복수라도 하듯 즐거웠지. 어둠이 깊어지고서야 집에 돌아와서, 무거운 조개 자루를 말없이 툭하고 던진 기억이 있다. 그때, 내가 참으로 보기 드문 효자고, 어느 누구에게도 지지 않는 예쁜 사랑을 가지고 있구나 하면서 울기 시작한 여자가 하나 있었지. 배다른 누나였다. 효도란 당치도 않지만, 이 사람은 나의 형제자매 중에서 내 슬픔을 이해하는 오직 한 사람이었는데……

그건 그렇고, 나와 어머니는 이런 식이었다.

그런데 내가 좋아하는 여자가 요즘 들어 깨닫고 보니, 몽땅 어머니와 닮은 게 아닌가! 성격이 그렇다. 때때로 하는 짓까지 비슷하기도 하다. ―이것을 나는 어떻게 이해하면 좋단 말인가!

나는 복수 따위를 하고 있는 것이 아니다. 게다가, 어머니를 닮은 연인들은 나를 못살게 굴지 않았다. 나는 그녀들에게, 그 시절 구원받고 있었던 것이다. 어차피 어머니란 존재는 요괴였거든, 하고 이제 내가 생각 끝에 한숨을 몰아쉬어 보았자, 이것은 의외로 한번 웃자는 뜻도 아니거든.

서늘한 바람이 부는 친구의 집 2층에서, 나는 친구의 어머니와 이야기를 하고 있다. 이 사람은 아들이 셋 있지만 딸이 없어서인지, 남자 편이다.

"여자는 부엌일을 하고 있지만 영 아니지요." 이렇게 말하는 것이다. 남자의 영혼을 고결하게 하기 위해서, 선택받은 여자는 그저 아름다운 장식이지 않으면 안 된다고 이 사람은 말한다. 일하는 여자는 남자의 마음을 고결하게 만들지 못한다는 것이었다.

나는 그 말의 실감에는 감탄했지만, 진실로 감탄하는 것은 아니다. 슬프도다 나는 성처녀聖處女의 가치를 모른다. 그리고 일단 동정을 잃은 여인과, 매춘부에 대해 그 영혼에 나는 차별을 둘 이유를 전혀 가지고 있지 못하다. 행복하게도, 나는 일하는 여인의 아름다움을 알고 있다! 또는 일을 함으로써 그림자 지거나 더러워지지 않는 영혼의 존재를 알고 있다!(어떻게냐고? 아니, 게을러질 터이니까 그 이유는 말하지 않기로 하지)

하지만 나는 노부인의 뜻밖의 역설에 반감을 갖는 단계가 아니라, 오히려 나이 들어서도 이런 생각을 하는 여자가 있다는 데 대해 크게 놀랐다.

며칠 뒤, 매약賣藥이라든지 지저분한 것들에 대해 조예가 깊은 친구를 만나, 아직 놀람이 가시기 전에 노부인의 이야기를 전했다.

"그건 말이야, 자네" 하고 친구는 그 자리에서 대답했다.

"천리교天理敎가 똑같은 말을 하고 있거든."

그렇군, 원래 종교가 역설逆說이라 해도, 이런 재치 있는 논리를 뇌까리는 종교가 일본에서 있단 말이지 하고 나는 매우 재미있어했다.

그리고 며칠 뒤, 바람이 잘 통하는 2층에서 나와 친구와 그 어머니는 뒹굴뒹굴하면서 이야기를 했다. 어머니가 자리를 뜬 뒤에 나는 친구에게 물었다.

"자네의 어머니는 남편을 생명줄처럼 오직 믿기도 하고 사랑하기도 했겠지."

친구는 낯빛을 바꾸며 놀랐다.

"어머니는" 하고 그는 내뱉듯이 강하게 말했다.

"아버지가 살아 계신 동안 내내 아버지하고 결혼한 것을 줄곧 후회하셨어. 아버지가 돌아가신 뒤에도 오직 증오하고 계실 뿐이야."

나의 미리는 느릿하게 회전을 상실하고 있다. 나는 그의 아버지가 살아 계실 때를 떠올린다. 현관에 서니, 집안의 분위기가 황폐해 마치 찬바람이 가득한 폐가에 서 있는 것 같았다. 그런 분위기가 진저리가 나서 방문을 주저한 사람들의 얼굴도 떠올랐다.

"그래서 말이야" 나는 아무런 계기도 없이 말을 꺼내고, 아무것도 알지 못하는 친구에게 대들 듯이 격하게 떠들어대고 있다.

"그래서 말이야, 모나리자의 눈, 성모의 유방을 두려워하는 동안에는 인생살이 대신에 기쁨이, 슬픔 대신에 자살이 있음에 지나지 않는다고 하는 거야. 그런 것은 따분하고 죄악이야! 모나리자에게, 성모에게 채찍을 들어라. 거기서 슬픔의 문이 열리고, 일체의 인생이 시작되는 거야. 진실이나 아름다운 것은 누구나 좋아하지. 누구나 좋아할 게 뻔하지. 하지만 그것은 기쁨이나 자살의 대가에 지나지 않잖아! 친구여, 웃지 말게! 나를 살게 해주는 것은 거짓과 오욕 속에서만 배양되고 있는 거라고."

나는 말하면서 금방이라도 울음이 나올 것 같았다. 어쩌면 당장이라도 분노하고 소리소리 지를 것 같았다. 그런 주제에 순간 나의 뇌리에는 오욕 속의 성령 대신에, 모나리자의 음란한 눈이 떠오르고, 나의 포식飽食을 잊어버린 정욕이 그것을 둘러싸고 준동했다는 것을 잊지 않고 있다. 그 어리석음을 실토해야 하는 것일까?

반할 수 없는 여인을 사랑할 수 있느냐고? 그대는 그 말을 듣고 있는가? 애당초 그대는 남자일 리가 없다.

반하지는 않았지만 그러나 사랑하지 않을 수는 없다, 여자 없이는 나는 사는 보람이 없다. 그대의 심기를 건드리는 일은 전혀 두렵지가 않지만 위악자僞惡者처럼 눈을 부라리는 효과도 없는 굉장한 문구가 아닐까 해서 한번 해 본 말일 뿐.

이렇게 말했다고 해서 나는 애정에 대해 말하고 있는 것은 아닌 것입니다. 거기에 대해 꼬리 잘린 잠자리처럼 말을 끼워 넣기에는 나는 너무나 빈곤하다(이건 또 얼마나 겸손한!). 나는 하나의 '슬픔'에 대해 말하고 있는 것입니다(이건 어떤가!). 설혹 그것이 여러 가지 엉터리 장치들의 소산이라 하더라도, 이것 없이는 어설프게 여인도 설득시킬 수 없는 비장의 미약媚藥.

나 때문에 가출한 여자가 있었다. 그 남편이 단도를 들고 뒤쫓는다. 여자와 그 여동생은 이리저리 숙소를 바꾸지 않을 수가 없었다. 내 쪽에서도, 남자의 단도 때문에 도망치고 있는 것인지, 아니면 기리시탄切支丹* 신부神父에게서 배운 요술 비슷한 우수憂愁 따위에서 도망치고 있는 것인지 도통 확실하지 않지만 이 역시 곁들여지는 미덕일 터이지, 어쨌든 혼자서 매우 긴장하며 이리저리 옮겨 다녔다.

한동안 소식도 못 들은 사이에, 여자는 도쿄를 벗어나, 나카센도中山道의 슈쿠바마치宿場町**에 고풍스러운 쓸쓸한 집을 마련해 놓았다. 나도 영락한 옛 무인의 황량한 마음으로 슈쿠바마치로 찾아갔다.

여자의 누이의 부주의 때문에, 남겨 놓고 온 아이가 어머니가 있는 곳을 알게 되었다. 아이는 이제 곧 여학교에 들어갈 소녀다. 여자는 아이를 버릴 셈이었던 것이다. 아이는 어머니가 그리워 달려왔다. 공교롭게도 나와 소녀는 그 고풍스러운 집에서 마주쳤다.

나는 난처해졌다. 소녀가 나에게 어떤 감정을 품고 있는지 짐작도 가지 않았지만, 원래 나는 아이를 상대하는 일이 빚쟁이를 마주하는 것 이상으로 질색이어서, 그럴싸한 말을 할 수가 없었다.

아이가 기세 좋게 뛰어 들어왔을 때, 여자의 낯빛이 움직인 것은 10분의 1초 정도의 순간에 지나지 않았다. 비장한 결의를 하고 있었음을 나도 알 수 있었다. 여자는 나의 괴로운 처지를 구원해 주고자 아이의 사랑을 희생했던 것이다. 그 노력의 크

---

* 그리스도교도를 의미하는 포르투갈어 Cristão에서 온 말로 실제로는 전국시대 이후 일본에 전래되어 온 그리스도교(카톨릭) 신자, 전도자를 일컫는 말이다. 무역과 관련해 일본에서 활동한 네덜란드인은 같은 그리스도교도라도 프로테스탄트였기 때문에 키리스탄으로 지칭되지는 않았다.

** 에도 시대 간선도로 중간 중간에 여행객이 묵을 여관 등을 중심으로 발전한 마을.

기는 나의 어떤 고통과도 맞먹을 것이라고 나는 속으로 생각할 정도였다. 아이는 울기 시작했다. 어머니는 오히려 강하게 아이를 나무랐다. 어머니의 고통을 생각하면서, 나는 반대로 아이가 싫어졌다.

아이는 이윽고 자신이 환영받지 못한다는 입장을 알고 체념한 것 같았다. 그리고 나와 함께 있는 어머니가 지난날에 비해 불행하지 않다는 것을 알고부터는 오히려 차츰 나에게 친근감을 보이기 시작했다. 나의 마음은 늘 누구에 대해서나 열려 있다고 자처하고는 있었지만 나 스스로 먼저 남을 보살피거나 말을 걸거나 하지는 못했다. 이를 알아차리자 소녀는 점점 적극적으로 나에게 친하게 굴기 시작했고, 내가 좀처럼 활달하게 응하지 않아도 불평스러워하지 않았다.

사흘째 아침, 소녀는 도쿄로 돌아갔다. 어머니가 정거장까지 바래다주었다. 나는 깨어 있었지만 자는 체했다. 이런 작별의 무의미한 상대를 하는 것이 한층 귀찮아져서였다. 아이는 나에게 작별의 말을 하지 못하는 것이 마음에 걸려서 떠나기를 주저하고 있었던 듯한데, 그것은 자신의 괴로움보다는 나의 괴로움을 누그러뜨려 어머니와 나를 안심시키고 싶어 하기 위해서인 것 같았다. 하지만 어머니의 재촉을 받아 아쉬운 기분을 주체하지 못한 채 떠나는 기색이었다.

집을 떠나고 잠시 후, 그러나 소녀는 내가 자고 있는 창 밑으로 소리를 죽여 가며 뛰어서 되돌아왔다. 조그만 목소리로 안녕히 계세요, 하고 말했다. 잠시 서 있었지만, 한마디의 답도 듣지 못한 채, 곧 힘차게 뛰어갔다. 나는 솜부스러기처럼 답하는 것도 잊은 채 잠든 척하고 있었다. 아이의 감상에 얽혀 드는 나의 허망한 감상이, 어찌되었건 오로지 귀찮게만 여겨졌으니까.

나는 아이에 관한 생각 따위는 그 뒤로 생각도 해보지 않는다. 여자도 전혀 생각하지 않는다. 그로부터 며칠, 우리는 서로 말도 하지 않고 그저 망연히 지내고 있었는데, 결코 정당하게 통할 일이 없을 두 남녀의 마음에 어떤 그리운 슬픔이 오가고, 그리고 두 사람은 평안했노라고 말을 하게 되더라도, 그것은 아이가 찾아왔을 때의 센티멘털한 사건과는 상관없는 별개의 것이다. 서로 사랑한다는 것은 서로 속이는 것보다도 훨씬 비통한 속임수다. 그것 자체가 이미 엄청난 슬픔이 아닐까!

그 자체가 슬픔이라고? 듣자듣자 하니, 끝도 없이 기어오르는군. 접신이라도 한 듯 굉장한 문구를 뇌까리는 녀석 아닌가. 여기서 당신은 정색을 하고서 그 센티멘털한 정경을, 그렇다면 무슨 속셈이 있어서 썼느냐고 말씀하시겠는가? 무슨 말씀을, 그것 자체의 슬픔이라는 것도 없고, 한껏 어른스러운 말을 해본들, 그게 바로 마각馬脚의 정체인지라, 신탁神託의 '슬픔'이란 것 또한 그 근본을 알 만한 거지. 새삼스레 입을 꼬집어 보아도 그 센티멘털한 페이소스가 결국 너의 슬픔이라고, 이렇게 말씀하시겠지. 그것이 미약媚藥의 변명이냐! 아니면, 무참한 이별의 용기조차 없는 겁쟁이의 변명이란 말이냐! 이렇게도 말씀하시는군.

좋아 알았다! 하나하나 그대가 말하는 대로 나는 단바丹波*

의 신관神官이다, 겁쟁이다, 색골이다. 하지만 한마디 해야겠다. 그 센티멘털한 정경은 조금 아까 문득 떠올랐을 뿐이고, 소설의 소재를 구하느라 고생하지 않았더라면 그따위 일을 누가 꼬물꼬물 생각하고 있을 까닭이 있겠는가! 하고 말이다.

여자에게 홀딱 빠진다, 헤어진다, 버려진다, 괴로워한다. 탄식한다, 그런 것은 아무래도 좋은 것이다.

빠지기도 쉽고, 헤어지기도 쉽다. 그리고 슬퍼하기도 쉽겠지, 하지만 여자에게 빠지고, 여자와 헤어진 다음, 자, 어떤 일을 다시 하라는 말인가? 친구여, 새삼스럽게 무엇을 하면 되겠는가? 말해 보라고. 젠장! 내가 그것을 알고 있다면, 누가 그따위를 하나하나 주책스럽게 꿰어 맞춰 가며 이따위 센티멘털한 비애 따위를 느끼겠는가 말이다!

(1935년 12월)

---

* 옛 지명으로 지금의 교토와 효고兵庫현에 해당한다. '단바고에丹波ごえ'라는 말에는 '사랑의 도피행'이라는 뜻이 있다.

불가해한 실연에 대하여 不可解な失恋に就て

사람 있는 곳에 사랑이 있고, 사람마다 천차만별의 사랑이
지상에서 영위되고 있음은 말할 것도 없겠지만, 보기에 따라서
는 어떤 사랑도 다 비슷하다고 말할 수 없는 것도 아니다. 문학
이나 영화의 사랑 줄거리가 비슷한 것처럼, 인생의 사랑 줄거
리 역시 비슷하다. 더군다나, 인생의 사랑은 오히려 대체로 선
인들의 유형을 본받는 일이 매우 많고, 제법 자신의 정의情意대
로 생각하는 대로 했다고 한들, 지식이 높은 사람들이라 하더
라도 혹은 베르테르의 사랑을, 혹은 드미트리 카라마조프의 거
친 사랑을 알지 못하는 사이에 모방하는 경우도 있을 것이고,
일반 대중의 경우라면 통속문학과 영화의 사랑의 유형 이외의
방법으로는 사랑하는 일이 거의 불가능에 가까운 상태가 아닐
까.

연정이 우러나는 바 자연스럽고 자유로워야 마땅할 것이 결코 자유롭지가 못하다. 이것만큼이나 유형을 벗어나기 어렵고, 또 스스로의 자연의 자세를 상실하기 쉬운 부자유스러운 것은 별로 없을 것 같다.

우연히 내 신변에 매우 파격적이고, 좀 판단하기 쉽지 않은 사랑의 실례가 있었으므로 그 줄거리를 써 본다.

내가 아는 사람 가운데, 이미 오십이 넘은 A라는 미술 선생이 있었다. 30명 가까운 여제자가 있는 중에서도 5, 6명의 미소녀를 이끌고 사람 붐비는 곳을 어정거리고 있는 선생으로, 그런 때의 모습은 매우 복스럽고 즐거웠는데, 우리가 그들 미소녀의 하나와 사랑을 하고 있지 않은 한 결코 그러한 선생의 모습을 미워할 수는 없다. 나는 아틀리에의 선생의 모습도 알고 있었는데 아틀리에에 서 있을 때의 선생은 영혼이 빠진 빈 껍데기였고, 산책할 때의 선생의 모습에는 아주 팔팔한 생명이 있었다. 생생한 희로애락이 옆에서 보는 이에게도 느껴지는 것이었다.

선생은 천성이 매우 희귀한 페미니스트였고, 미소녀들에게는 언제나 기사의 예를 지켰고, 자애로운 아버지의 엄격을 유지하며, 꿈에도 음란한 행위를 하지 않았다고 보는 사람도 있고, 여차하면 그 잠재 성욕의 왕성함은 쥘리앙 소렐로 하여금 수도원에 들어가게 하는 것과 같았다는 설을 내세우는 사람도 있고, 감히 미소녀와 사랑하지 못할 작자 중에도, 저 선생처럼 음탕한 작자도 적지, 미소녀는 모두 싹쓸이했을 것이라는 상상을 해 대는 작자도 있었다. 어느 쪽이든 진위는 알 수 없다.

그러다가 선생은 미소녀 하나에게 사랑에 빠졌다. 이 사실은 사람들도 명료하게 알 수 있었다. 그날까지 선생의 태도가 특정의 한 사람에게 향해지는 일은 결코 없었기 때문이다.

한데, 이상한 현상이 벌어졌다. 무엇이냐 하면, 그 당시까지 결코 산책의 동반자로서 남자를 끼워 주지 않던 선생이, 사랑이 시작되고서 얼마 되지 않아 남성, 그것도 젊고 쾌활하고 잘 생긴 청년만을 몇 명 골라 산책에 끼워 주었던 것이다.

관대한 사람의 중개역이라고 할 수도 있겠는데, 그렇게 해서 당연한 결과로 각각의 얽히고설킨 사랑이 물밑에서 활약하기 시작했고, 여기서 가장 질투로 고뇌하는 사람 하면, 누구의 눈에나 그것이 바로 선생이라는 것이 명료했다.

동행하는 남녀의 별것도 아닌 대화조차 선생의 심장을 쥐어뜯고, 선생은 고뇌 때문에 숨막혀하면서도 억지로 아무렇지도 않은 체하면서 연일의 산책을 그치지 않았다. 그러던 중, 선생의 의중에 있었던 미소녀도 한 청년과 사랑을 시작했다.

거리를 걷고 있다가, 맹렬한 기세로 야수 같은 몰골을 하고 눈앞을 뛰어가는 노신사를 보았는데 그것이 선생이었다고 말하는 자가 있었다. 나도 보았다. 어떤 정거장에서 선생의 뒷모습이 눈에 띄기에 부르려 했더니 선생은 계단에 한 발을 걸치는가 싶더니 세 단씩 뛰어서 화살처럼 뛰어 올라가더니 사라지더라고 다른 사람이 말한다. 한 사람은 또 소낙비를 만난 선생이 일부러 비에 젖기 위해선지 공원 속으로 성큼성큼 들어가는 것을 보았다는 것이었다.

미소녀는 결혼했다.

동시에 선생은 산책을 그만두었다. 통통하게 살이 쪄 있던 선생이 갑자기 말라빠지고, 볼의 살은 꺼지고, 눈은 움푹 들어갔고, 볼품없이 노쇠한 환자처럼 되었다.

이렇게 될 게 뻔했건만, 자신의 사랑이 시작되면서 어째서 선생은 그 주변에 미청년을 더해야 했던 것일까? 우리 지인들 간에는 통 알 수가 없다는 것이다.

미소녀와 결혼한 B 청년의 이야기를 들으니, 함께한 다른 청년을 대하는 것보다도 B 청년에게 더 심하게 대한 일도 없었다는 것이다. 고뇌에 빠진 것은 철두철미 선생 혼자였다.

선생은 성불능자라는 사람도 있지만 이는 당치도 않은 말이다. 폭풍처럼 고뇌하는 것이 선생 스스로도 깨닫지 못한 취미이고, 잠재 성욕과 잠재 자학 취미의 상극相剋의 결과, 즉 잠재리에 잠재 자학 취미 쪽이 이기게 된 것이라고 보는 사람도 있었다. 이 경우 잠재 성욕의 패배는 성욕의 힘이 약하다는 것을 의미하지 않으며, 그 잠재력이 너무나 깊었다는 것이 패인이고, 성욕 그 자체는 오히려 너무 강했던 것이 아닐까 덧붙여 말한다. 이것도 맞는 말은 아니다.

결국 선생은 여자를 좋아했는지는 모르지만 그 나이가 되도록 진짜 사랑을 알지 못했고, 그 미소녀가 첫사랑이었기 때문에 매우 당황했을 것이라고 말하는 자도 있고, 아무리 당혹했기로서니 일부러 연적을 만든다는 것은 첫사랑인 만큼 더더욱 거짓이라고 말하는 자도 있었다.

보라, 우리가 이렇게 선생의 사랑을 되돌아보고 있자니, 우스꽝스럽기도 하고 또 슬프기도 하고 그런 애처로움이 오히려 우리에게 살아가는 힘을 부여하는 듯한 감격이 있지 않은가, 우리가 선생의 사랑에서 이처럼 감격을 받고 있는 것처럼, 선생 스스로 자신을 남처럼 감격의 대상으로 내동댕이친 게 아닐까. 물론, 막상 해 보니, 자신의 모습에 감격하는 따위의 소동이 아니라, 선생은 한순간에 노쇠해져 버리는 결과가 되고 말았지만.

그렇다면 선생만큼이나 인생의 애달픔에 투철한 비극 배우도 드물지 않겠는가 하고 중얼거린 자도 있었지만, 이런 것은 더더욱 당치않은 말이다. 선생은 진정한 기사騎士여서, 사랑하는 사람에게 참 행복을 주고 싶었을 것이라는 해석도 있었는데 이것이야말로 더더욱 있을 법한 일은 아니다.

불행한 사랑은 심각할 것 같지만, 반드시 그런 이론이 성립하지는 않을 것이다. 가장 큰 어리석음, 불행한 사랑을 보고 배우시라.

(1936년 3월)

남풍보 南風譜

─ 마키노 신이치 牧野信一에게 ─

　　나는 남쪽 나라의 태양을 찾아서 기이紀伊로 여행을 떠났습니다. 친구네 집 뒤쪽 언덕으로부터 본 구마노나다熊野灘가 말할 수 없이 기막힌 경치였습니다.

　　이 부근 사람들은 해외로 돈을 벌러 나가는 풍습이 있습니다. 그래서 별 볼 일 없는 어촌의 끝자락이면서 사람들은 향기 높은 커피를 마시기도 하고, 때로는 야자열매로 된 과자 접시에 담긴 캘리포니아의 과일을 집어먹기도 합니다.

　　친구네 집에 여장을 풀고 욕실을 나서려 하자, 석양을 받고 있는 복도 한구석에서 내 쪽을 응시하고 있는 여인의 날카로운 시선을 보았습니다. 내가 좋아하는 귀여운 마물魔物의 눈이었습니다. 밀림 속 호랑이의 자세를 떠올리게 하고, 짜릿하게 만드는 노스탈지아에 취하게 하므로, 그러한 눈을 가진 사람을 나는 언제나 가슴속에 품고 있었습니다.

친구의 얼굴을 보자, 나는 곧바로 지금 본 이야기를 전했습니다.

"우리 집에는 할머니랑 아이 돌보는 하녀 말고는 여자가 없거든." 친구는 심심하기 짝이 없다는 얼굴로, 말하기도 귀찮다는 듯이 기지개를 켰습니다. "자네가 본 건, 불상이야. 만나고 싶거든 식사 후에 안내해 줄게……"

나는 피식 웃고 말았습니다.

"불상인가. 나는 호랑이인 줄 알았어."

하지만 친구는 나의 들뜬 마음은 알은체도 하지 않고, 웃음기도 없이 석양을 바라보고 있었습니다.

식사를 마친 뒤, 친구는 촛불을 켜 들고 나타났습니다. "창고에는 등불이 없어서." 복도를 건너갈 때, 바닷바람이 취기로 달아오른 나의 얼굴을 두드리고 있었습니다.

불상은 창고 깊숙이, 먼지가 잔뜩 쌓인 기다란 함 위에 기대듯이 서 있었습니다. 목조 지장보살이었습니다.

나는 지난날 이러한 지장보살을, 가마쿠라鎌倉의 국보관과 교토京都의 박물관에서만 본 기억이 있습니다. 이것도 아마 가마쿠라 시대의 작품이겠지요. 어찌 그리 여성적인, 오히려 현실의 여체에는 결코 있을 수도 없는 정감과 비밀 가득한 모습일까요. 현실의 쾌락이 금지된 사람들의 뇌리에는, 망상의 날개에 의해, 망상만이 도달할 수 있는 특수한 현실이 깃듭니다. 그 현실을 꿈이라고 부르는 사람도 있겠지요. 그리고 그러한 사람들의 뇌리에 깃든 현실에 비해 볼 때, 지상의 쾌락이란 어찌 그리 빈약하고, 비밀도 없이, 게다가 환멸 가득한 것일까요. 오로지 망상에 몸을 불사른 사람들이 결국 이들 불상처럼, 퍼내도 다하지 않는 쾌락과 비밀을 쟁여 넣은 미묘한 육체를 창조해 낼 수도 있는 것입니다. 노령임에도 망상이 쇠할 줄을 모르고, 살기를 띤 끌을 휘두르는 노승을 떠올리지 않을 수가 없습니다.

나는 어스레하게 촛대에 비추어지고 있는 목상의 가슴과 허리와 팔과 목덜미의 생생한 싱그러움에 약간 으스스한 짓눌림을 느끼고 있었습니다. 이윽고, 주변 사정과는 달리 불상에만 먼지가 쌓여 있지 않은 것을 보고,

"자네는, 매일, 이것을 보러 이곳으로 오는 건가." 나는 그에게 물었습니다.

"바로 얼마 전까지 서재에 놓아두었던 거야." 그는 내 의아한 마음을 알아차리고 대답했습니다. "산책을 나가지 않나, 공기총을 쏘지 않나, 유리를 깨지 않나, 놔두면 마음대로 장난을 쳐서 말이야." 그러고 나서, 그는 처음으로 다소 격의 없는 웃음을 보여주었습니다.

하지만 나는 그가 약간 내 눈으로부터 감추려 하고 있었던 곳에—목상의 옆구리 근처에, 분명 칼로 에어낸 듯한 아직 생생한 상처 자국을 알아차렸습니다. 상처와 옆구리 근처에, 동그랗게 배어 있는 핏자국을, 분명 이 눈으로 본 것 같았습니다.

"자, 나가지" 하고 그때 그 친구가 말했습니다.

이튿날 나는 홀로 바닷가로 산책을 나갔습니다. 해변에서 우연히 말을 건넨 어부의 작은 배에서, 이윽고 나는 바다에 나

가 어스름이 깔릴 때까지 낚시질을 하고 있었습니다. 벌겋게 지는 석양을 보고 나는 귀여운 마물의 시선을 떠올리고 있었습니다.

"당신은 그 집의 불상을 알고 있소?" 나는 어부에게 물었습니다.

"불상이라니요?"

어부는 이윽고 웃기 시작했습니다. "과연, 그건 불상이지. 저 혼혈의 아버지 없는 딸은 백치에다 벙어리에다, 귀머거리거든요."

그래서 나는 어부의 이야기로 친구의 아내가 백치에다 벙어리라는 것을 알게 되었습니다. 혼혈아만이 가질 만한 광택이 깊은 구릿빛을 한 아름다운 아가씨였다는 것입니다. 친구는 스스로 강하게 소망을 해서 결국 아내로 맞았다는 것입니다.

"아, 호랑이도 아니고 백치였나." 그렇지만 나는 멍하니 바다를 바라보고 있었습니다.

낚아 올린 조기를 들고 나는 집으로 돌아갔습니다. 하루의 바닷바람을 씻어 내고 욕실을 나올 때 나는 복도 한구석을 바라보았지만, 이미 밤이 되었고 누구의 시선도 없었습니다.

─저 상처 자국에 있었던 피는…… 나는 잠이 들 때, 혼잣말을 하고 있었습니다. 역시 진짜 피였군. 잘못 생각한 게 아니었어.

저 불상을 서재에 놓아두었으면, 백치의 아내가 아니라 하더라도, 아마도 질투를 느끼지 않을 수 없을 것이 당연했습니다. 백치의 아내가 마침내 칼을 휘둘렀던 것이겠지요. 자신의 손에 상처가 나서, 피가 불상의 상처 자국을 물들인 것이겠죠.

하지만 백치의 질투보다도—나는 문득 무거운 상념에 잠기고 말았습니다. 저, 남자의 그리움이, 현실의 미녀들보다도 백치의 여인을 추구하고 만 것처럼, 결국 백치 여인보다도 숱하게 많은 요사스러운 쾌락을 겪은 저 목상이 한층 그의 마음을 흔들어 댄 것인지도 모른다……

나는 괴로워졌습니다. 백치 여인의 증오가 너무나 생생하게 나의 가슴까지도 찔렀기 때문입니다. 그리고 나는 좀 더 생생하게 불상의 깊은 비밀이 담긴 육체를 생각하고, 꼼지락꼼지락 얽혀드는 채찍을 닮은 그 탄력의 고통에 놀라지 않을 수가 없었습니다.

목상의 생생한 옆구리의 상처에 동그랗게 배어든 피는 다름 아닌, 역시 저 쾌락의 깊은 육체 속으로부터 꾸역꾸역 흘러나온 피인 것입니다.

"좌우간—" 나는 이미 잠 속에서 결의를 굳히고 있었습니다. "저 사람들의 조용한 생활을 흐트러뜨리지 않기 위해, 나는 내일 떠나야겠다."

그리고 이튿날, 친구가 고독에 지친 사람만이 가질 수 있는 조용함으로 열심히 말리는 말도 듣지 않고, 나는 떠났습니다. 그리고 해당화가 바스락거리는 바닷가 길을 한껏 태양을 올려다보며 걸었습니다.

(1938년 3월)

일본 문화 사관日本文化私觀

1. '일본적'이라는 것

    나는 일본의 고대 문화에 대해 거의 지식을 가지고 있지 않다. 브루노 타우트가 절찬하는 가츠라 이궁*도 본 일이 없고, 교쿠센玉泉도, 다이가도大雅堂도 치쿠덴竹田도, 뎃사이鐵齋도 모른다.** 더더구나 하타 조로쿠秦藏六라느니 치쿠겐사이시竹源齋師 같은 이름은 들어 본 일도 없고, 우선, 좀처럼 여행을 하지 않으므로 조국의 이 마을, 저 마을도, 풍속도, 산하도 모른다. 타

---

* 桂離宮. 17세기에 지어진 황족 가츠라노미야의 별장으로 건축물들과 정원으로 이루어져 있다. 일본 정원의 걸작으로 여겨지고 있다.

** 전부 에도 시대 화가들의 이름.

우트에 의하면 일본에서 가장 속악한 도시라는 니가타新潟에서 태어났고, 그가 경멸하고 싫어하는 우에노上野에서 긴자銀座의 네온사인을 나는 사랑한다. 다도의 방식 따위는 전혀 알지 못하는 대신 너저분하게 취하는 것만 알고, 고독한 집에 있어도 도코노마* 따위는 거들떠본 적도 없다.

그렇지만 그러한 나의 생활이, 조국의 빛나는 고대 문화의 전통을 상실했다는 이유 때문에 빈곤해졌다고 생각할 수는 없다(그러나 다른 이유로, 빈곤하다는 내성 때문에 괴롭기는 하지만……).

타우트는 어느 날, 치쿠덴의 애호가라는 어떤 부호의 초대를 받았다. 객은 십여 명이었다. 주인은 하녀의 손을 빌리지 않고 손수 창고와 방 사이를 오가며, 한 폭씩 족자를 가져와 도코노마에 매달아서 일동에게 보여주었고, 다시 다른 족자를 가지러 갔다. 명화가 일동을 즐겁게 해 주는 일을 자신의 기쁨으로 삼고 있는 것이다. 끝나고 나서 다도, 그리고 예의 바른 식사를 제공했다는 것이다. 이러한 생활이 '고대 문화의 전통을 상실하기 않기' 위한, 내면적으로 풍부한 생활이라고 하는 것을 보면 내면이라는 것의 기준이 너무 안이하고 엉터리지만, 하지만 물론 문화의 전통을 상실하고 만 내 쪽이 (그런 이유로) 풍부할 리도 없다.

언젠가 장 콕토가 일본에 왔을 때, 일본인들은 어째서 화

---

* 거실의 장식간.

복和服*을 입지 않느냐면서, 일본이 모국의 전통을 잊어버리고 구미화에 급급해 있는 양상을 탄식한 일이 있었다. 그러고 보면 프랑스라는 나라는 이상한 나라다. 전쟁이 시작되자 맨 먼저 피난한 것은 루브르 박물관의 진열품과 금괴였고, 파리를 보존하느라고 조국의 운명을 바꾸고 말았다. 그들은 전통의 유산을 이어받아왔지만, 조국의 전통을 낳는 것이 또한 바로 그들 자신이라는 점을 전혀 알지 못하는 모양이다.

전통이란 무엇인가? 국민성이란 무엇인가? 일본인에게는 필연의 성격이 있어서, 결국 화복을 발명하지 않을 수 없었고, 그것을 입어야만 될 결정적인 소인素因이 있었던 것일까.

야담을 읽어 보면, 우리 조상은 상당히 복수심이 강해서 거지가 되면서까지 온갖 방법을 다 동원해 원수를 찾아 헤맨다. 그 사무라이 이야기가 끝난 지 아직 70~80년밖에 지나지 않았건만, 이것은 이미 우리에게는 꿈속의 이야기다. 오늘날의 일본인은, 아마도 모든 국민들 중에서, 가장 증오의 마음이 적은 국민 중 하나일 것이다. 내가 아직 학생 시절의 이야기이다. 아테네 프랑세에서 로베르 선생님의 환영회가 있었다. 테이블에 명찰이 놓여서 자리가 정해져 있었고 어쩐 셈인지 나만이 외국인 사이에 끼었는데 맞은편이 코트 선생님이었다. 코트 선생님은 채식주의자이므로 오직 홀로 오트밀 같은 것만 먹고 있다. 나는 상대할 사람이 없어 지루해져서 선생님의 식욕만

---

* 메이지 시대 이후 '양복'에 대한 대의어로서 사용된 표현으로 일본 재래의 의복을 가리키는 말.

을 전적으로 관찰하고 있었는데, 맹렬한 속력으로 한번 스푼을 들더니 입과 접시 사이를 쾌속으로 왕복시키면서 먹기가 끝날 때까지 놓지 않고, 내가 고기 한 조각을 먹는 동안에 오트밀 한 접시를 다 마셔버렸다. 선생님이 위가 나빠지는 것도 당연하구나 하고 생각했다.

테이블 스피치가 시작되었다. 코트 선생이 일어났다. 그러더니, 선생님의 목소리는 침통했는데 돌연 클레망소의 추도 연설을 시작했던 것이다. 클레망소는 지난 대전의 프랑스의 수상, 호랑이라 불린 결투를 좋아하는 정치가였는데, 마침 그날의 신문에 그의 죽음이 보도되었던 것이다. 코트 선생님은 볼테르류의 니힐리스트고 무신론자였다. 에레디아*의 시를 가장 사랑했고, 볼테르의 에피그램을 즐겨 학생들에게 가르쳤으며, 또 스스로도 즐겨 읽는다. 그래서 선생님이 사람의 죽음에 대해 사상을 통한 것이 아닌 직접적인 감상을 이야기할 것이라고는 나는 꿈에도 생각하지 못했다. 나는 선생님의 연설이 농담인 줄 알았다. 조금만 있으면 대번에 뒤집어질 유머가 준비되어 있을 것이라고 생각했던 것이다. 하지만 선생님의 연설은 침통으로부터 비통으로 변하고, 더 이상 농담이 아니라는 것을 확실하게 알았다. 너무나 뜻밖의 일이었기에, 나는 어안이 벙벙했고 나도 모르게 웃고 말았다. —그때의 선생님의 눈을 나는 평생 잊지 못한다. 선생님은 죽여도 모자라겠다는 피에 굶주린

---

* José-Maria de Heredia. 프랑스 고답파의 대표적인 시인.

증오의 눈으로 나를 노려보았던 것이다.

이런 눈은 일본인에게는 없다. 나는 한 번도 이러한 눈을 일본인에게서 본 일은 없다. 그 후로도 특히 의식해서 주의해 보았지만, 한 번도 만난 적이 없다. 즉 이러한 증오가 일본인에게는 없는 것이다. 『삼국지』에서의 증오, 『채털리 부인의 연인』에서의 증오, 피에 주려 갈가리 찢어 놓아도 성이 차지 않는다는 따위의 증오는 일본인에게는 거의 없다. 어제의 적은 오늘의 벗이라는 물렁함이 오히려 일본인에게 공유된 감정이다. 도대체가 원수 갚기에 어울리지 않는 자신들이라는 것을 아마도 수많은 일본인이 통감하고 있을 것이 틀림없다. 오랜 세월에 걸쳐 철저하게 증오하는 일조차 불가능에 가깝고, 기껏해야 '물어뜯을 듯한' 눈초리쯤이 한계인 것이다.

전통이라든지 국민성이라고 불리고 있는 것 중에도 때로는 이처럼 기만이 감추어져 있는 것이다. 도대체 자신의 성정과 정반대되는 습관과 전통을 마치 타고난 희원希願이라도 되는 듯이 짊어지고 있어야 하는 것이다. 따라서 옛날에 일본에서 벌어졌던 일이, 예전에 벌어졌기 때문에 일본 본래의 것이라는 말은 성립될 수 없다. 외국에서는 있었고 일본에서는 있지 않았던 습관이 실은 일본인에게 가장 어울리는 일일 수도 있다. 모방이 아니라, 발견이다. 괴테가 셰익스피어의 작품에 암시를 받아 자신의 걸작을 써낸 것처럼, 개성을 존중하는 예술에서까지도 모방으로부터의 발견의 과정은 가장 빈번하게 벌어진다. 인스피레이션은 그 다수가 모방의 정신에서 출발해서 발견에 의해 열매 맺는다.

기모노란 무엇인가? 양복과의 교류가 천 년가량 늦었던 것뿐이다. 그리고 한정된 수법 말고는 새로운 발명을 암시할 별다른 수법이 주어지지 않았을 뿐이다. 일본인의 빈약한 체구가 특별히 기모노를 낳은 것은 아니다. 일본인에게는 기모노만이 아름다웠던 것도 아니다. 외국의 풍채 좋은 남자들의 화복 입은 모습이 우리보다 훌륭하게 보일 것이 뻔하다.

소학생 무렵, 반다이바시万代橋라는 시나노가와信濃川 하구에 걸려 있던 나무다리를 부수고 강폭을 반쯤 메워 철교로 바꾼다는 바람에 꽤 오래 슬픔에 잠겼던 적이 있었다. 일본에서 으뜸가는 나무다리가 없어지고, 강폭이 좁아져서 자신의 자랑거리가 사라진다는 것이 말할 수 없이 슬펐던 것이다. 그 신기한 슬픔의 방식이 이제는 꿈처럼 떠오르는 추억이다. 이러한 슬픔의 방식은 성인이 되어 감에 따라, 그리고 그 물체와의 교섭이 성인이 되어 잦아지면서 오히려 엷어져 가기만 했다. 그리고 이제는, 나무다리가 철교로 바뀌고 강폭이 좁아진 것이 슬프지 않아졌을 뿐 아니라 아주 당연하다고 생각한다. 그러나 이런 변화는 나에게만 국한된 것은 아닐 것이다. 많은 일본인은 고향의 낡은 모습이 파괴되어 구미풍의 건물이 출현할 때마다, 슬픔보다는 오히려 기쁨을 느낀다. 새로운 교통기관이 필요하고 엘리베이터도 필요하다. 전통미라느니 일본 본래의 모습이라느니 하는 것보다도, 좀 더 편리한 생활이 필요한 것이다. 교토의 절과 나라의 불상이 전부 사라져 보았자 곤란할 일은 없지만 전차가 움직이지 않게 되면 곤란한 것이다. 우리에게 소중한 것은 '생활의 필요'뿐, 고대 문화가 전멸해도 생활은 망하지 않으며, 생활 자체가 망하지 않는 한 우리의 독자성은 건강한 것이다. 왜냐하면 우리 자체의 필요와, 필요에 따른 욕구를 잃지 않기 때문이다.

타우트가 도쿄에서 강연했을 때, 청중의 80~90퍼센트는 학생이었고 나머지가 건축가였다고 한다. 도쿄의 모든 건축 전문가들에게 안내장을 발송했는데도 그러한 결과였다. 유럽에서는 결코 이런 일은 있을 수 없다고 한다. 언제나 80~90퍼센트가 건축가고, 나머지가 도시의 문화에 관심을 가진 시장이라든지 구청장 같은 명예직 인사들이고, 학생들이 끼어들 여지는 없었으리라는 것이다.

나는 건축계에 대해서는 잘 모르지만 문학으로 생각해 보더라도, 예컨대 앙드레 지드가 도쿄에서 강연을 한다 해도, 소설가의 90퍼센트는 들으러 가지 않을 것이다. 그리고 역시 청중의 80~90퍼센트는 학생일 것이고, 게다가 학생의 30퍼센트쯤은 여학생일지도 모른다. 내가 불교학과 학생이었던 시절, 프랑스인이라든지 영국인 불교학자의 강연에 가 보면, 스님이 널려 있는 일본이건만 청중 모두가 학생이었다. 하긴 그 학생들도 병아리 스님들이었을 것이다.

일본의 문화인이 게으른 것인지는 모르지만, 서양의 문화인이 '사교적으로' 근면한 탓도 있을 것이다. 사교적으로 근면한 것이 반드시 근면한 것은 아니고, 사교적으로 태만한 것 역시 반드시 태만한 것은 아니다. 근면, 태만은 제쳐 놓더라도, 일본의 문화인은 참으로 곤란한 존재다. 가쓰라 이궁도 가 본 일이 없고, 치쿠덴도, 교쿠센도, 뎃사이도 모르고, 다도도 모른다.

고보리 엔슈*라고 하면 건축가냐, 조경가냐, 다이묘大名**냐, 다인茶人이냐, 혹시 둔갑술의 원조냐 소리를 하는 작자가 있다. 고향의 오래된 건축물을 때려 부수고, 설익은 양식 바라크를 짓고서 득의양양하는 것이다. 그러면서 타우트의 강연도, 앙드레 지드의 강연도 들으러 가려 하지 않는 것이다. 그러고는 네온사인 밑에서 술 취해 비틀거리면서, 파마 아가씨를 안주 삼아 사이비 위스키를 마셔 대고 있다. 어이가 없는 작자들이다.

일본 본래의 전통에 대한 인식도 갖지 않았을뿐더러, 그 구미의 흉내 내기에 관해서는 정신을 못 차리고, 미의 편린 따위는 아랑곳하지 않고, 전적으로 엉터리 그 자체다. 게리 쿠퍼의 영화는 만원사례지만, 우메와카 만자부로梅若万三郎의 노能 공연에는 손으로 셀 정도밖에는 손님이 오지 않는다. 이러한 문화인이라는 것은 빈곤 그 자체가 아닌가.

그러나 타우트가 일본을 발견하고 그 전통의 미를 발견한 것과, 우리가 일본의 전통을 상실하면서, 그러고도 실제 일본인이라는 것 사이에는, 타우트가 전혀 생각지도 못한 거리가 있었다. 즉 타우트는 일본을 발견하지 않을 수 없었지만, 우리

---

* 小堀遠州. 도쿠가와 이에야스의 다도 스승. 건축, 조경, 서예, 꽃꽂이 등 문화의 다방면에 뛰어났다.

** 애초에는 사전私田의 일종인 명전名田의 소유자 중 규모가 큰 명전을 가리키는 말이었으나 가마쿠라 시대 이후에는 커다란 영지를 소유하고 가신단을 거느린 유력 무사를 다이묘로 부르게 되었다. 에도 시대에는 주로 녹봉 1만 석 이상의 영지를 막부로부터 받은 번주藩主를 가리키는 말이 되었다.

는 일본을 발견할 것까지도 없이 바로 일본인이라는 말이다. 우리는 고대 문화를 상실했는지 모르지만, 일본을 상실할 까닭은 없다. 일본 정신이란 무엇인가, 이런 것을 우리 자신이 논할 필요는 없는 것이다. 설명된 정신으로부터 일본이 태어날 리도 없고, 또 일본 정신이라는 것이 설명될 리도 없는 것이다. 일본인의 생활이 건강하기만 하면 일본 그 자체가 건강한 것이다. 구부정한 짧은 다리에 바지를 입고, 양복을 입고, 어정어정 걷고, 댄스를 하고, 다다미를 버리고 싸구려 의자 테이블에 뻐기고 앉는다. 그것이 구미인의 눈으로 볼 때 우스꽝스럽기 짝이 없다는 것과 우리 자신이 그 편리함에 만족하고 있는 것 사이에는 전혀 연관이 없는 것이다. 그들이 우리를 애처롭게 보고 웃는 입장과 우리가 생활해 가고 있다는 입장 사이에는 근본적인 차이가 있다. 우리의 생활이 정당한 요구를 바탕으로 하고 있는 한, 그들의 애처로워하는 웃음은 아주 천박하기만 할 뿐이다. 구부정한 짧은 다리에 바지를 입고 어정어정 걷는 것이 우스꽝스러워서 웃는 것은 무리가 아니지만, 우리가 그러한 데 구애받지 않고 좀 더 높은 곳에 목적을 둔다면, 웃는 쪽이 딱히 영리할 리가 없지 않은가.

나는 앞에서도 고백한 대로 가쓰라 이궁도 가 본 적이 없고, 셋슈*도 셋손**도 다케다도 다이가도도 교쿠센도 뎃사이도 모

---

* 雪舟. 중국의 수묵화 양식에서 벗어나 일본 독자의 양식을 확립했다고 평가받는 무로마치室町 막부 후기의 화가이자 선승.
** 雪村. 셋슈를 흠모한 거의 같은 시기의 화가이자 승려로 독자적인 화풍을 개척해 일가를 이루었다.

르고, 가노파*도 운케이**도 알지 못한다. 그렇지만 나 자신의 '개인적으로 본 일본 문화'를 이야기해 보고자 생각했던 것이다. 조국의 전통을 전혀 알지 못하고 네온사인과 재즈 정도밖에 모르는 작자가 일본 문화를 이야기한다는 것이 이상한 일일지도 모르지만, 적어도 나는 일본을 '발견'할 필요만큼은 없었던 것이다.

2. 속악에 관하여(인간은 인간을)

1937년 초겨울부터 이듬해 초여름까지, 나는 교토에 살고 있었다. 교토에 가서 어쩌겠다는 목표도 없이, 쓰다 만 장편소설과 천 매의 원고지*** 말고는 수건과 칫솔조차 없이, 좌우간 오키 와이치隱岐和一를 찾아가 방을 하나 찾아 달라고 해서, 고독 가운데 소설을 완성할 생각이었다. 돌이켜보니 고독이라는 것이 오직 그리웠던 것 같다.

오키는 나에게 교토에서 무엇을 보고 싶으냐는 것과, 음식 가운데서는 무엇을 좋아하느냐는 것을 아주 아무렇지도 않게

---

* 狩野派. 무로마치 막부의 어용 화가였던 가노 마사노부狩野正信에서 시작된 일본 회화사상 최대의 화파. 무로마치 시대 중기부터 에도 시대 말기까지 약 400년에 걸쳐 활동했다. 狩野正信를 시조로 하는 화가의 가계.

** 運慶. 12~13세기에 활동한 불상 조각가로 일본 중세를 대표하는 조각가. 수많은 작품이 국보와 중요문화재로 등록되어 있다.

*** 일본의 원고지는 우리나라의 두 배인 400자 원고지를 쓴다.

세상살이 이야기 중에 넣어서 물어보았다. 나는 도쿄에서 마음을 터놓고 지내던 우정밖에는 기대하고 있지 않았던 것인데, 교토의 오키는 도쿄의 오키가 아니라, 손님을 대접하기 위해 가장 세심한 주의를 기울이는 고도古都의 평범한 사람으로 변해 있었다. 나는 기온祇園*의 마이코舞妓와 멧돼지라고 생각 없이 대답해 버렸다. 참으로 멍청한 대답이었다. 출발하던 날 밤, 교토행 송별의 의미로 오자키 시로尾崎士郎의 안내로 처음으로 멧돼지를 막 먹고 와서 얼떨결에 툭 튀어나온 말이지만, 우선 멧돼지 고기라는 것이 그리 쉽게 마련할 수 없는 것이라는 생각 따위는 전혀 하지 않은 탓도 있었다. 그런데 그 이튿날부터 매일 밤 멧돼지의 공격을 받게 되었고, 게다가 멧돼지의 미각이 내 기호에 전혀 맞지 않는다는 것을 이삼일 만에 결정적으로 알게 되었던 것이다. 하지만 꾹 참고 먹지 않을 수가 없었다. 그리고 한편으로 마이코 쪽은 교토에 도착한 그날 밤, 당장에 하나미고지花見小路의 찻집으로 안내받았다. 그 무렵 기온에는 36명인지 37명의 마이코가 있었다고 하는데, 취기로 몽롱해진 눈앞에 20명가량의 마이코들이 차례차례 나왔을 때에는, 약간은 천명이라고 체념을 하고 눈을 감고 싶은 기분이었을 정도다.

나는 마이코의 반 이상을 본 셈인데, 이처럼 바보스러운 존재란 좀처럼 없다. 특별한 교양을 갖추고 있을 것으로 생각하

* 京都의 대표적인 번화가이자 환락가. 이 일대의 유곽과 기온마츠리祇園祭가 유명하다.

고 있었건만 그런 것은 털끝만큼도 없고, 춤도 엉성했고, 타키와 오리에*의 이야기 정도밖에는 몰랐던 것이다. 그렇다면 애완용의 싱그러운 색기色氣라도 있느냐 하면, 되바라졌을 뿐 청결한 색기 따위는 전혀 없었다. 애당초에 애완용으로 만들어진 존재임이 틀림없는데, 아이들이라는 조건이면서 아이의 미덕이 없는 것이다. 수치심이 없어 가지고는 아이는 꽝이다. 아이면서 아이가 아닌 이상, 대소를 아우른 중간적인 요염함이 있느냐 하면 그 역시 없다. 광둥廣東에 망메이盲妹라는 기녀가 있다는데, 망메이라는 것은 얼굴이 예쁜 여자아이를 어렸을 때 소경으로 만들어 특별한 교양, 춤과 음악 등을 가르친다는 것이다. 중국인이 하는 짓거리는 악랄하고 철저하다. 어차피 애완용으로 인공적으로 만들어 낼 속셈이라면, 이것도 좋을지 모른다. 눈을 멀게 하다니 꽤 공을 들였다. 다소 악랄하기는 하지만 불가사의한 성적 매력이 생각만 해도 느껴진다. 마이코는 매우 인공적인 가공품으로 보이면서도, 인공의 묘미가 없는 것이다. 아가씨면서 아가씨의 수치가 없는 이상, 자연의 묘미도 없다.

우리는 오륙 명의 마이코를 데리고 댄스홀에 갔다. 심야인 12시 가까운 시각이었다. 마이코 중 하나가 그곳의 댄서 중에 좋아하는 사람이 있다면서 그 사람과 춤추고 싶다고 했기 때문이었다. 댄스홀은 히가시야마東山의 중턱에 있었는데, 민가

---

* 미즈노에 타키와 오리에 츠카사. 모두 쇼치쿠 소녀 가극단에서 활동한 스타 배우였다.

에서 떨어져 있고 도쿄의 무도장보다는 훨씬 깨끗했다. 만원이었는데, 이때 내가 놀란 것은 술자리에서 조잘거리고 춤을 출 때에는 전혀 돋보이지 않았던 마이코들이 댄스홀의 군중에 섞이고 보니, 무리를 제압하고, 당당하게 광채를 발하며 눈에 띄었던 것이다. 즉 마이코 특유의 기모노, 축 늘어뜨린 오비帶가 양복 입은 남자들을 제압하고, 야회복의 댄서들을 압도하고, 서양인들도 영 볼품이 없게 만들어 버렸던 것이다. 과연, 전통 있는 것에는 독자적인 위력이 있군, 하고 다소 탄복하게 되었다.

똑같은 것을 스모를 볼 때마다 느낀다. 호출에 이어 심판의 호명, 그리고 역사力士들이 서로 인사하고 시코*를 밟고, 물을 묻히고, 소금을 유유히 뿌린 다음, 맞붙을 태세를 갖춘다. 태세를 다시 고쳐 잡고, 잠시 동안 서로 노려보고, 유유하게 소금을 움켜쥐고 오는 것이다. 씨름판 위의 역사들은 국기관國技館을 압도하고 있다. 수만의 구경꾼도 국기관의 대건축도, 씨름판 위의 역사들에 비해 볼 때, 너무나 작고 빈약해 보인다.

이것을 야구와 비교해 보면 두 가지 차이가 확실해진다. 얼마나 널따란 그라운드인가. 9명의 선수가 그라운드의 넓이에 압도되고, 쫓겨, 수만의 관중에 비해 불쌍할 정도로 무력해 보인다. 그라운드의 넓이와 비교해 보면, 선수들은 풀을 베는 인부라고 해도 좋을 정도로 빈약해 보이며, 플레이를 하고 있는

---

* 四股. 스모의 기본동작으로 다리를 높이 올려 강하게 땅을 밟는 동작.

것이 아니라 벅차게 숨을 쉬면서 쫓기고 있는 느낌이다. 언젠가 베이브 루스의 일행을 보았을 때에는 과연 다른 느낌이었다. 관록 있는 스탠드 플레이는 그 자리를 압도해서, 그라운드의 넓이가 눈에 뜨이지 않는 것이다. 그라운드를 압도하지 못했을지 모르지만, 그라운드와 대등하기는 했다.

딱히 신체조건 때문은 아니다. 역사라고 하더라도 모두 덩치가 거대한 남자뿐인 건 아니다. 또 딱히 기술 때문도 아닐 것이다. 말하자면 전통의 관록이라는 것이다. 그것이 있기 때문에 씨름판을 압도하고, 국기관의 대건축물을 압도하고, 수만의 관중을 압도하는 것이다. 그러면서도, 전통의 관록만 가지고는 영원한 생명을 유지할 수 없는 것이다. 마이코의 기모노가 댄스홀을 압도하고, 역사의 의례儀禮가 국기관을 압도한다 하더라도, 전통의 관록만 가지고 마이코와 역사가 영원한 생명을 유지할 수는 없다. 관록을 유지할 만한 실질이 없으면 결국 망하는 수밖에 없다. 문제는 전통이나 관록이 아니고 실질이다.

후시미伏見에 방을 얻기 전까지, 오키의 별장에 3주 정도 묵었다. 오키의 별장은 사가嵯峨에 있었는데, 교토의 하늘이 개어 있을 때에도 아타고야마愛宕山가 눈을 불러 이 부근에는 매일 눈이 흩뿌리고는 했다. 오키의 별장에서 50미터쯤 떨어진 곳에 이상한 신사神社가 있었다. 구루마자키車折신사라고 하는데, 기요하라淸原 뭐라고 하는 아마도 학자 같은 사람을 모셔 놓고 있으면서, 아주 노골적으로 돈을 밝히는 신인 것이다. 건물 앞에 목책을 두른 곳이 있는데, 그 속에 둥글둥글한 수만 개의 작은 돌들이 산을 이루고 있다. 자신이 원하는 금액과 이름, 생년 월일 등을 작은 돌에 써서 이곳에 놓고 소원을 비는 것이라고 한다. 5만 엔이라는 것도 있고, 30엔 정도의 슬퍼 보이는 돌도 있고, 드물게는 월급이 얼마, 보너스가 얼마 오르기를, 하고 상세히 숫자를 써 놓은 돌도 있었다. 입춘 전날 밤, 타다 남은 신화神火의 불빛으로 돌을 하나하나 집어들어 읽고 있었는데, 타향에서, 그것도 천하에 정해진 거처도 없이, 한 자루 펜에 일생을 맡기고 자칫하면 무너져 내리려는 자신감과 싸우고 있는 신세로서는 기분 좋은 돌은 아니었다.

마키노 신이치牧野信一는 기묘한 사람이어서, 신사나 불각佛閣 앞을 그저 지나칠 수 없는 인물이었다. 반드시 공손하게 배례하고, 절렁절렁 하고 큰 종을 울리는 손잡이끈이 매달려 있는 꼴을 보면, 그것을 울리고서 새전賽錢을 내고 잠시 눈을 감고 최고로 경건하게 절을 한다. 그 절이 무슨 종파가 되었든 상관이 없다. 매우 수줍은 사람이어서 남이 보는 앞에서 눈에 뜨이는 짓이라고는 사소한 짓도 하지 않는 사람이었는데, 이것만은 예외로서 도저히 안 할 수 없는 모양이었다. 언젠가 아들인 히데오 군을 데리고 산책을 하다 나에게 들러 셋이서 이케가미혼몬지池上本門寺에 당도하자, 히데오 군을 재촉해서 본당 앞으로 나아가 새전을 내고서 부자 두 사람이 공손히 배례했는데, 정체를 알 수 없는 비원悲願을 핏줄로 연결하고자 하는 것 같아서 안쓰러웠다.

입춘의 불에 비추어 가며 읽어 본 저 돌 이 돌. 애초에 무슨 감상이나 감동이 깊은 것일 리가 없고, 또 심각한 것일 수도 없다. 하지만 이를 지금도 생생히 기억하고 있다. 그리고 매일 대나무숲에 눈이 내리는 날들, 사가와 아라시야마嵐山의 절들을 순례하고 기요타키清瀧 안쪽과 오구라야마小倉山의 묘지 속까지 정처 없이 돌아다녔는데, 덴류지天龍寺도 다이카쿠지大覺寺도 무엇인가 공허한 싸늘함이 오히려 불쾌하게 여겨졌을 뿐, 전혀 기억에 남아 있지 않다.

구루마자키 신사 바로 뒤에 아라시야마 극장이라는 이름만은 번듯한데, 매우 허름한 곳이 있었다. 극장 주변은 밭으로, 집들이 몇 채 점점이 있을 뿐, 극장 앞 저녁의 거리를 빈 소달구지에서 술 취한 농부가 자고 있고, 소가 제 마음대로 걷고 있다. 내가 교토에 당도해 오키의 별장을 찾느라고 자동차 운전사와 둘이서 두리번거리며 걷고 있자니 전봇대에 아라시야마 극장의 전단지가 붙어 있는데, 뵤유켄 네코하치猫遊軒猫八*라고 되어 있고 가짜라면 쌀 50가마를 제공한다고 되어 있다. 물론 가짜일 리가 없다. 도쿄의 네코하치는 '에도江戶' 네코하치이기 때문이다.

생각할 것도 없이 뵤유켄 네코하치를 당장에 보러 갔다. 재미있었다. 뵤유켄 네코하치는 실로 완력이 강하고 인상이 험상궂은 덩치 큰 사내였는데, 흉내 내기뿐 아니라 아무런 재주도 없는 것이다. 화복 입은 여자가 갑자기 기모노를 엉덩이까지

---

* 동물의 성대묘사를 흉내 내는 흥행사의 명칭. 네코하치猫八라는 이름은 8종류의 고양이 울음소리를 낸 에도 시대 거지를 부르던 이름에서 유래했다고 한다.

처들고 추는 춤 등 여러 가지가 있는데, 맨 마지막에 네코하치가 나타난다. 나타나는 장면은 매우 당당하다. 훌륭한 화복을 입고, 테이블에는 호화로운 막을 쳐 놓았는데, 싸움을 하고 싶은 자는 사양 말고 오시라는 듯한 이상한 미소로 관중을 바라보면서, 여러분 구경하러 잘 와 주셨다. 재미있었지. 내일 밤도 더 많은 사람들을 데리고 구경하러 와 달라는 의미의 말을 하고서 끝나는 것이다. 무엇 때문에 테이블에 당당한 막을 쳐 놓고, 화복을 차려입고 나타난 것일까. 참으로 유니크한 연예인이었다.

순회 연예인의 무리는 대개 하루, 길어 봐야 사흘의 흥행이었다. 그리고 그들 연예인은 네코하치처럼 싸움박질을 좋아하는 자뿐이 아니었다. 오히려 네코하치는 예외였다. 나는 흥행이 바뀔 때마다 구경을 했고, 똑같은 것을 두세 번 보기도 했는데, 그중에는 후쿠이福井현의 산속 농부들이 겨울에만 연예단을 조직해서 순회하는 것도 있는데, 만담도 하고 연극도 요술도 하는데, 하나같이 형편없이 서투른 솜씨다. 단장인 듯한 유일하게 노련한 중노인이 그것에 매우 신경을 써 가면서, 그러나 마음속으로부터 일행을 돌보는 모습이 애처롭게 느껴지는 일행도 있었다. 18세가량의 아가씨가 하나 있었는데 이 아가씨를 미끼로 손님을 끄는 수밖에는 없다. 낮이면 이 아가씨에게 단 한 명의 사람을 붙여, 인가보다는 밭이 많은 길을 누비고 다녔고, 만담과 연극과 춤에 이 아가씨를 마구마구 끌어 올렸는데, 기량이 아주 서툴러서 더더욱 보기에 딱했다. 나는 그 이튿날도 구경을 하러 갔지만, 이틀째에는 열대여섯 명밖에 관중이 없었고, 사흘째에 흥행을 그만두고 다음 마을로 가고 말았다. 그날 깊은 밤, 우동을 먹기 위해 극장 뒷길을 지나갔는데, 나무문이 열려 있었다. 짐을 큰 수레에 싣고 있었고, 단장이 길에서 말린 정어리를 굽고 있었다.

아라시야마의 도게츠교渡月橋를 건너면 찻집이 죽 늘어서 있고 봄이면 사람들이 북적거리지만, 유람버스가 이곳에서 점심을 먹게 되어 있으므로 겨울에도 근근이 영업을 하고 있다. 어느 날 밤, 오키와 둘이서 산책을 겸해 이곳에서 술을 마실 생각으로 한 집 한 집 둘러보았는데, 어디에도 등이 매달려 있지 않고 사람의 기척도 없다. 간신히 마지막으로 한 집을 발견했다. 겨울 밤, 굴러들어오는 손님 따위는 아예 없다는 것이다. 마흔쯤 된 온화한 아주머니와 19세 하녀가 있었고 불이 없다고 해서 가족의 거실에서 화로를 쬐면서 술을 마셨는데, 하녀가 곡마단의 무희 출신이어서 갑자기 아라시야마 극장 이야기를 하기 시작했다. 아라시야마 극장에는 언제나 객석의 변소에서 소변이 넘쳐흘러 지린내가 분분했던 것이다. 우리는 그곳에서 볼일을 보기에 앞서, 피해의 최소 위치를 선정하는 데 고생을 해야 했다. 소변의 바다를 건너다니며 소변통까지 당도하지 않으면 안 될 때도 있었다. 객석의 변소가 그 꼴이고 보니 무대의 꼬락서니도 걱정이 된다. 얼마나 너저분할 것인가, 하고 하녀는 갑자기 이런 말을 했는데 거기에는 대단한 실감이 있었다. 순진한 아가씨였다. 곡마단에서 가장 힘들었던 것은 겨울이 되면 간장을 마시지 않으면 안 되었다는 것이라고 한다. 간장을 마시면 몸이 따뜻해진다는 것이다. 그래서 벗은 몸으로 무대에

나가기 위해서는 반드시 간장을 마셔야 했다. 이것만은 못 견디겠다는 것이었다.

나는 사가에서 낮에는 오로지 소설을 썼다. 밤이 되면 대체로 아라시야마 극장에 갔다. 교토의 거리도, 신사와 불각도, 명소와 고적도, 전혀 신경 쓰지 않았다. 아라시야마 극장의 지린내 나는 관람석에서 백 명도 안 되는 썰렁한 구경꾼과 시시껄렁한 넉살에 하품을 섞어 가며 웃고 있는 것으로 충분했다.

그러한 나에게 오키가 좀 답답해졌는지, 한번 놀라게 해 주어야겠다는 마음이 들었던 모양이다. 억지로 나를 끌어내어 (그날도 눈이 내리고 있었다) 기차를 타고, 호즈가와保津川를 거슬러 올라가 단바丹波의 가메오카龜岡라는 곳으로 갔다. 옛날의 가메야마龜山인데 아케치 미츠히데*의 거성이 있었던 곳이다. 그 성터에 오모토교大本教**의 호화로운 본부가 있었던 것이다. 불경죄不敬罪에 몰려 다이너마이트로 폭파된 직후였다. 우리는 그것을 구경하러 나선 것이다.

성터는 언덕에 호를 파 놓고, 위에서 아래까지 텅 빈 호 속에도 폭파된 기와가 엄청나게 쌓여 있었다. 망망한 폐허로 나무하나 풀 하나 남아 있지 않고, 어정거리는 개 그림자조차 없다. 사방을 판자로 에워싸 놓았고 거기에 철조망 같은 것을 쳐 놓

---

* 明智光秀. 일본 전국시대의 무장. 오다 노부나가를 섬겼으나 전국 통일이 거의 이루어졌을 무렵 혼노지의 변本能寺の変을 일으켜 오다 노부나가를 죽음에 이르게 했다.

** 신도 계열 종교의 하나로 1936년 해산했다.

았는데, 조금 떨어진 곳에 감시소가 있었지만, 오직 이것을 보기 위해 멀리서(도 아니지만) 기차에 흔들려 가며 온 마당에 어찌 목적을 달성하지 않을 수 있으랴 하고 철조망을 넘어서 오니 사부로*의 꿈의 자취로 들어간 것이다. 정상에 서자, 가메오카 거리와 단바의 산들로 둘러싸인 조그마한 평야가 한눈에 보인다. 눈이 심하게 내려, 폐허의 기왓장에 쌓이기 시작하고 있었다. 눈에 뜨일 만한 것은 폭파 전에 몰수되어 그림자도 남아 있지 않으며, 오직 정상의 기와에는 금선의 모양이 들어 있는 기와가 있기도 하고, 술통 크기의 석상의 목이 돌계단 위에 굴러 있기도 하고 와니 사부로를 섬긴 30여 명의 첩들이 있었을 것으로 여겨지는 엄청나게 많은 작은 방 주변에, 안뜰 같은 약간의 풍경이 남아 있고, 그곳에도 몇몇 석상이 찌부러져 있었다. 좌우간 꼼꼼하기 짝이 없게 때려 부숴져 있다.

다시 철조망을 넘어, 호를 따라 가도를 걸어, 거리 입구에 있는 찻집에 들어갔다. 호즈가와라는 맑은 물의 이름에 어울리지 않는 막걸리를 마셨는데, 여기에 마부 하나가 나타나 말을 매어 놓고 그 역시 호즈가와를 마시기 시작했다. 마부는 일을 마치고 돌아오는 길에 폐지를 사서 오는 길인데, 폐지의 수입은 술 한 병 값도 되지 않는 모양이었다. 쓸잘데없는 짓이라우, 어쩌고 중얼거리면서 여러 병째 마시고 있다. 무엇인가 우

---

* 王仁三郎. 오모토교 양대 교조敎祖의 한 명. 오모토교는 원래 한 목수의 아내 데구치 나오에게 신이 내려 시작되었고, 오니 사부로는 교단을 세우는 데 큰 역할을 했다.

리에게 말을 걸고 싶은 모양인데, 그러면서도 그게 매우 두려운 모양이기도 하다. 그러다 술기운이 돌고 나서 말을 걸어왔는데, 나리들은 도쿄에서 출장 오셨수, 하고 말한다. 그렇다고 대답하자, 감격한 듯 대여섯 번 절을 해 대면서 웅얼거리고 있다. 이야기를 하다가 알게 된 것인데, 우리를 특별한 밀명을 띠고 출장 온 형사라고 생각하고 있는 것이다. 오키는 통소매 외투에 헌팅캡, 장사꾼 집안의 방탕한 젊은 나리 같은 차림이고, 나는 솜을 둔 평상복에 지팡이를 들었고, 눈이 오고 있는데 외투도 입지 않았다. 이상한 두 사람이 출입이 통제된 지역에서 철조망을 넘어 유유히 나타나는 것을 보았으므로, 겁나는 것을 살펴볼 요량으로 뒤를 쫓아왔던 것이다. 그 말을 듣고 보니, 과연, 감시 초소의 사람들까지 우리를 못 본 체했었다. 우리는 한 시간 가량 폐허를 어정거리고 있었는데, 초소의 사람은 그 근처를 비로 쓸면서, 우리가 그쪽을 향하면 당황하며 뒤돌아서서 보지 못한 체하고 있었던 것이다. 우리는 형사인 체하고 오모토교 잠복 신자들의 상황 같은 것을 물어보았는데, 마부는 많이 취했으면서도 갑자기 얼굴빛이 파래지며 금세 말을 더듬기 시작하면서, 다소 모르는 것은 아니지만 나쁜 짓을 한 일이 없는 자기인 만큼 그것을 묻는 것만큼은 제발 말아 달라고, 마치 취조실에라도 있는 것처럼 몇 번이고 머리를 조아렸다.

우지字治의 오바구산黃檗山에 있는 만부쿠지*는 인겐隱元이 창건한 절인데, 인겐에 의하면, 사원 건축의 요체는 장엄이라는 것으로, 신자의 속심俗心을 높여 주기 위한 형식을 취해야 한다고 했다는 것이다. 그리고 또, 사람은 음식을 함께함으로써 사귐이 깊어지는 법이니까 식사가 소중하다고 했다 한다. 과연, 만부쿠지의 재당齋堂은 당당한 것이었고, 그곳의 보차요리普茶料理**는 천하에 이름이 높다. 하긴 식사와 교제를 결합시켜서 소중히 하는 것은 중국의 일반적인 풍습이므로 인겐에 국한된 사상은 아닐지도 모른다.

건축의 공학적인 면에 대해서는 전혀 알지 못하지만 적어도 사원 건축의 특질은 우선, 무엇보다도 사원은 주택이 아니라는 점이다. 여기에는 세속의 생활을 암시하는 것이 없을 뿐 아니라 애써 그 반대의 생활, 비세속적인 사상을 표현하는 데에 주의가 집중되어 있다. 그래서 또, 세속 생활을 그대로 종교화해서 긍정하는 진종眞宗의 절들에서 금방 속세의 냄새가 분분해지는 것도 당연할 것이다.

그러나 진종의 절(교토의 두 본원사本願寺***)은 고래로 고독한 사상을 암시해 온 사원 건축 양식을 그대로 본받아, 세속 생활을 긍정하는 자의 사상으로 응용하려 하고 있는 바람에 차분하지 못하고 속악하다. 속악해야 할 것이 속악한 것은 전혀 상관없지만, 요는 유니크한 속악상이 필요하다는 이야기다.

---

* 万福寺. 황벽종黃檗宗의 대본산. 명나라 제도를 채택한 건축, 대장경 판본 6만 장 등으로 유명하다. 명나라 사람 인겐이 에도 초기 일본에 귀화해 황벽종의 개조가 되었다.

** 중국식의 채소 요리.

*** 니시혼간지西本願寺와 히가시혼간지東本願寺.

교토라는 곳은 절투성이, 명소 고적투성이로, 이삼백 미터마다 커다란 사역寺域과 신역神域과 마주친다. 일주일 정도 머무를 생각이면 목적을 가지고 걷기보다는 그저 아무렇게나 발가는 대로 걸으면 된다. 뒤이어서 계속 그럴 듯한 것이 나타나므로, 조금이라도 관심이 생기면 이름을 묻기도 하고 자세하게 살펴보면 된다. 좁은 거리이므로 끝에서 끝까지 걸어 보았자 별것 아니다. 나는 그런 식으로 때때로 걸었다. 후카구사深草에서 다이고醍醐, 오노노사토小野の里, 야마시나山科로 통하는 언덕길도 걸었고, 시가지는 어디를 걸어도 길을 잃을 염려가 없는 거리이므로, 내가 거리에 나갈 때면, 환락을 원하거나 고독을 원하거나 둘 중 하나다. 그래서 그런 산책을 위해서라면 절쪽은 분명 적당하지만 번화가에서 자동차를 이리저리 피하기보다는 안정되어 있다는 정도다.

그러고 보니 사원은 건축 자체가 고독한 것을 암시하고자 하고 있는 것이다. 밥 짓는 냄새라든지 아내나 아이들을 연상시키지 않고, 일상의 마음, 속된 마음과 단절하고자 하는 의지가 있다. 그러면서도 그러한 관념을 건축상으로 아무리 구상화하려 힘써 본들 관념 자체에 미치기에는 아득히 먼 것이다.

일본의 정원, 린센林泉*은 굳이 자연의 모방이라 할 수 있는 것은 아니다. 남화南畵 같은 데에 표현된 고독한 사상과 정신을 린센 위에 현실적으로 표현하고자 한 것인 모양이다. 다실의

---

* 숲과 샘을 배치해 만든 일본의 정원 양식.

건축이라든지(사원 건축에서도 마찬가지이지만) 린센이라는 것은 말하자면 사상의 표현이지 자연의 모방이 아니고, 자연의 창조이며, 용지의 협소함 같은 한정은 바로 그림에서의 캔버스의 한정과 같은 것이다.

그러나 망양한 대해의 고독과, 사막의 고독, 대삼림과 평원의 고독에 대해 생각할 때, 린센의 고독이라고 하는 것이 아무리 꼬아 보았자 뻔한 것임을 깨닫지 않을 수가 없다.

류안지龍安寺의 석정石庭이 무엇을 표현하고자 하고 있는 것인가. 어떠한 관념을 결합시키고자 하고 있는 것인가. 타우트는 슈가쿠인 이궁修學院離宮*의 서원의 흑백 벽지를 절찬하면서 폭포의 소리라고 표현하고 있지만, 그런 듣기에 괴로운 설명까지 하면서 감상의 앞뒤를 맞추려 애쓰고 있는 꼴은 안쓰럽다. 하지만 린센이라든지 다실茶室이라는 것은 선을 하는 스님의 깨달음과 똑같은 것으로서, 선적禪的인 가설 위에 세워진 공중누각 같은 것이다. 부처란 무엇인가 하는 것 말이다. 답하여, 똥 치는 막대기라는 것이다. 뜰에 돌 하나를 놓고, 이것은 똥 치는 막대기이기도 하지만 또 부처다, 라는 것이다. 이것은 부처일지도 모른다는 식으로 보아 주면 좋지만, 똥 치는 막대기는 똥 치는 막대기라고 본다면 끝이다. 실제로 똥 치는 막대기는 똥 치는 막대기에 지나지 않는다는 당연함에는 선적인 약

---

* 히에이산比叡山 기라라 언덕에 있는 이궁. 17세기 중반 조성되었고 상중하 세 정원으로 이루어졌는데 일본 왕조 문화의 미의식의 도달점을 보여주는 정원의 아름다움으로 유명하다.

속 이상의 설득력이 있기 때문이다.

류안지의 석정이 어떠한 심오한 고독과 적막을 표현하고 심오한 선기禪機에 통해 있어도 상관없다. 돌의 배치가 어떠한 관념이나 사상과 결합되어 있는지도 문제가 아니다. 요는 우리가 끝없는 바다의 무한한 향수와 사막의 엄청난 일몰을 떠올리면서, 석정이 주는 감동이 이에 미치지 못할 때에는 사정없이 석정을 묵살하면 되는 것이다. 무한한 대양과 고원을 정원 안에 넣는 일이 불가능하다는 것은 의미를 갖지 못한다.

바쇼芭蕉는 정원을 나와 대자연 속에서 자신의 집의 정원을 보고, 또한 만들었다. 그의 인생이 여행을 사랑했을 뿐 아니라 그의 하이쿠俳句 자체가, 정원적인 것에서 나와 대자연에 정원을 만들었다고 말할 수가 있다. 그 뜰에는 오직 하나의 모밀잣밤나무밖에 없기도 하고, 그저 여름의 풀이 자라고 있기도 하고, 바위와 스며드는 매미 소리만이 들려오기도 한다. 이 뜰에는 의미를 담은 돌이나 구부정한 소나무 따위는 없고, 그것 자체가 직접적인 풍경이고, 동시에 직접적인 관념인 것이다. 그리고 류안지의 석정보다는 훨씬 아름다운 것이다. 그렇다고 해서, 한 그루의 모밀잣밤나무나 여름풀만으로는 현실적으로 똑같은 정원을 만든다는 일은 전혀 불가능한 이야기다.

그래서 정원이나 건축으로 '영원한 것'을 만들 수는 없다는 체념이 예로부터 일본에는 있었다. 건축은 언젠가 불이 나서 타기 때문에 '영원한 것이 아니'라는 의미는 아니다. 건축물은 불에 타기도 하고 사람은 결국 죽기 때문에, 인생은 물거품과 같다고 하는 것은 『방장기方丈記』*의 사상이고 타우트는 『방

장기』를 사랑했는데, 실제로 타우트라는 사람의 사상은 그 정도의 것에 지나지 않았다. 그러나 바쇼의 정원을 현실적으로는 만들 수 없다는 체념, 인공의 한도에 대한 절망에서 집이라느니, 정원이라느니, 가구라느니 하는 것에 대해서는 전혀 고려하지 않는다는 생활 태도는 특히 일본의 실질적인 정신 생활자에게 애용되었던 것이다. 다이가도大雅堂는 화실을 갖지 않았고, 료칸良寛**에게는 절조차 필요하지 않았다. 그렇다고 해서 그들이 빈곤을 달게 받아들이기를 생활의 본령으로 삼았던 것은 아니다. 오히려 그들은 그 정신에 있어서 너무나 욕심이 크고, 호사를 극하고, 너무나 귀족적이었던 것이다. 즉 화실이나 절이 그들에게 무의미했던 것이 아니라, 그 절대의 것이 있을 수 없다는 입장에서 어정쩡한 것을 배제하고, 무無와 다를 바 없는 청결을 택했던 것이다.

다실은 간소함이 그 본령이다. 하지만 무와 다를 바 없는 정신의 소산은 아니다. 무와 같은 정신에서는 특히 경주된 일체의 주의가 불결하고 요설스러운 것이다. 도코노마가 아무리 자연의 소박함을 가장하더라도, 이를 위해 치러진 주의가 이미 무와 같지 않은 것이다.

무와 같은 정신에 대해서는, 간소한 다실도 닛코日光의 도쇼

---

* 13세기 초 가모노 초메이鴨長明의 수필로『츠레즈레구사徒然草』,『마쿠라노소시枕草子』와 더불어 일본 고전 3대 수필의 하나.

** 에도 말기의 선승이자 시인.

구東照宮*도 모두 똑같은 '유有'의 소산이고, 요컨대 한통속이다. 이 정신으로 바라볼 때 가츠라 이궁이 단순, 고상하고, 도쇼구가 속악하다는 구별은 없다. 어느 쪽이나 요설饒舌스럽고, '정신의 귀족'의 영원한 관상에는 견딜 수 없는 건축인 것이다.

하지만 무와 다를 바 없는 냉혹한 비평 정신은 존재하더라도, 무와 다를 바 없는 예술이라는 것은 존재할 수가 없다. 존재하지 않는 예술 따위가 있을 수는 없는 것이다. 그리고 무와 다를 바 없는 정신에서, 그것은 그것이라고 치더라도, 좌우간 일단 유형의 미로 복귀하고자 한다면, 다실茶室적인 부자연한 간소를 배제하고 사람의 능력을 한껏 다한 호사, 속악한 것들의 극점에서 개화開花를 보고자 하는 일 역시 자연스러울 것이다. 간소한 것도 호사스러운 것도 모두가 속악하다고 한다면, 속악을 부정하려다가 더욱 속악해질 수밖에 없는 비참함보다는 속악해지고자 하는 속악의 활달자재豁達自在가 오히려 장점이다.

이 정신을 나는 도요토미 히데요시에게서 보고 있다. 도대체 히데요시라는 사람은 예술에 대해 어느 정도의 이해와 감상력이 있었을까? 그리고 그가 명한 다방면의 예술에 대해 어느 정도의 간섭을 했던 것일까. 히데요시 자신은 공인工人이 아니라 각각의 개성을 살렸을 터인데, 그가 명한 예술에는 그야말로 일관된 성격이 있는 것이다. 그것은 인공의 극치, 최대의 사치라는 것이며, 그 궤도에 놓여 있는 한 청탁淸濁을 아울러

---

* 도쿠가와 이에야스德川家康를 모신 신사로 일본 곳곳에 있는데 닛코의 것이 가장 유명하다.

삼키는 감이 있다. 성을 구축할 때는 엄청난 거석들을 가져다 놓는다. 산주산겐도三十三間堂*의 담을 보면 담 중의 거인이고, 치샤쿠인智積院**의 장지벽화를 보면, 그 앞에 앉은 히데요시가 꽃 속의 원숭이로 보였을 것이다. 예술이고 나발이고 없는 것이다. 하나의 가장 속악한 의지에 의한 비즈니스인 것이다. 그렇지만 부정할 수 없는 침착성이 있다. 안정감이 있는 것이다.

말하자면 사실상 그의 정신은 '천하자天下者'였다고 말할 수가 있다. 도쿠가와 이에야스도 천하를 쥐기는 했지만 그의 정신은 천하자가 아니다. 그리고 천하를 쥔 쇼군들은 많지만, 천하자의 정신을 가졌던 인물은 히데요시뿐이었다. 금각사金閣寺나 은각사銀閣寺는 애초에 천하자의 정신과는 인연이 먼 것으로, 돈 많은 풍류인의 도락이었다.

히데요시에게는 풍류도, 도락도 없다. 그가 하는 모든 일들이 모조리 천하통일이 아니어서는 흡족할 수 없는 광적인 의욕의 표출이 있을 뿐이다. 주저의 흔적이 없고, 한 발짝이라도 머뭇거렸다는 흔적이 없다. 천하의 미녀를 모두 원했고, 주지 않을 때면 센노리큐千利休***까지도 죽게 만드는 것이다. 온갖 떼

---

* 12세기 교토에 지어진 천태종天台宗의 절. 정식 명칭은 연화왕원본당蓮華王院本堂인데 산주산겐도라고 불리는 본당 안쪽의 기둥이 34개(따라서 기둥 사이柱間는 33개)라는 데서 통상 명칭이 유래되었다. 천수관음상 등이 있다.

** 교토에 있는 진언종眞言宗 지산파智山派의 총본산.

*** 일본 다도의 완성자로 다성茶聖으로 불린다. 히데요시의 다도 스승이기도 했으나 둘의 관계에 불화가 생겨 할복 명령을 받고 자결했다. 그 불화의 원인은 정확히 알 수 없다.

를 다 쓸 수가 있었다. 그리고 실제로 온갖 떼를 다 썼다. 그리고 떼를 쓰는 자의 뻔뻔스러운 안정감이라는 것이 천하자의 스케일로, 그가 남겨 놓은 수많은 것에서 일관되게 꽃을 피우고 있다. 다만 천하자의 스케일이 일본적으로 작다는 유감은 있다. 그리고 온갖 떼를 쓸 수는 있었지만 모든 것을 뜻대로 할 수는 없었다는 천하자의 니힐리즘을 엿볼 수가 있는 것이다. 대체로 극점의 화려함에는 묘한 슬픔이 따르게 마련인데, 히데요시의 발자취에도 그런 것이 있으며 예측할 수 없는 것이 존재한다. 산주산겐도의 다이코太閤*벽이라는 것은 이제 아주 일부밖에는 남아 있지 않지만, 산주산겐도와의 균제symmetry 따위는 거의 염두에 없는 작품이다. 시메트리가 있다고 하면, 부질없이 거대함과 안정감을 다투고 있는 꼴이다. 원래 벽이라는 것은 그 안쪽에 건축물이 있어야 비로소 성립될 터인데, 이 벽만큼은 독립자존, 산주산겐도가 안중에도 없는 것이다. 그리고 그 독립자존의 굳건함과 침착성은 산주산겐도 위에 있는 것이다. 그리고 그 거대함을 부자연스럽지 않게 보이게 해 주는 독자의 곡선에는 산주산겐도 이상의 아름다움이 있다.

내가 가메오카에 갔을 때, 오니 사부로는 현대에 있어 히데요시적인 응석쟁이 정신을 상당히 엉뚱한 형식이기는 하지만 어쨌든 구체화한 인물이 아닐까 상상하면서 꿈의 자취에 다소의 기대를 가졌지만, 이것은 스케일이 언어도단일 정도로 왜소

---

* 원래는 섭정, 관백 등 최고의 신하를 가리키는 존칭이었으나 도요토미 히데요시 이후 '다이코'란 말은 일반적으로 히데요시를 가리킨다.

해서 그저 직접적으로 속악 그 자체에 불과했다. 전적으로 빈약하고 빈곤했다. 말할 것도 없이, 너무나 호화롭기 그지없어서 스며 나오는 애수 따위는 먼지만큼도 없었던 것이다.

술동이만 있다면 제왕 따위가 내게 무슨 상관이 있으랴, 이렇게 읊으면서, 신발이 되어 저 아가씨의 발에 밟히고 싶다고 노래한 만요萬葉* 의 시인에게도, 아나크레온의 동료에게도, 중국에도, 페르시아에도 문화가 있는 곳에는 반드시 이러한 시인과 이러한 사상이 있었다. 하지만 이런 사상은 따분한 것이다. 제왕 따위가 뭐냐가 아니라, 타고난 제왕의 자질이 없이 제왕이 된다 한들 무엇 하나 훌륭한 일을 할 수 있는 작자들이 아닌 것이다.

속된 사람은 속되게, 작은 것은 작게, 속되고 작은 대로 각각의 비원을 올곧게 살아가는 모습이 그립다. 예술 또한 그렇다. 올곧지 않으면 안 된다. 절이 있기 때문에 나중에 스님이 나오는 것이 아니라 스님이 있기 때문에 절이 있는 것이다. 절이 없이도 료칸良寛은 존재한다. 만약에 우리에게 불교가 필요하다면, 그것은 스님이 필요한 것이지 절이 필요한 것은 아니다. 교토와 나라奈良의 오래된 절이 모두 불타 버리더라도, 일본의 전통은 미동도 하지 않는다. 일본의 건축물 역시 미동도 하지 않는다. 필요하다면 새로 지으면 되는 것이다. 판잣집이어도 괜찮다.

---

* 천황으로부터 무명의 농민까지 약 4,500 수의 노래를 모은 일본 최고最古
의 노래 모음『만엽집萬葉集』을 말한다.

교토와 나라의 절들은 대동소이해서 기억에 깊이 머물러 있지 않지만, 아직도 구루마자키 신사 돌의 싸늘한 촉감은 내 손에 남아 있으며, 후시미이나리伏見稲荷 신사의 속악하기 짝이 없는 붉은 도리이鳥居의 10리가 넘는 터널을 잊을 수가 없다. 보기에도 추악하고 전혀 아름답지가 않지만, 사람들의 비원悲願과 결합되고 보면 정통으로 가슴을 울리는 것이 있다. 이는 '없는 것과 같은' 것이 아니라, 그 존재 양식이 천덕스럽고 속악하기는 하지만 없어서는 안 될 물건이었다. 그래서 류안지의 석정에서 쉬고 싶다는 생각은 나지 않지만, 아라시야마의 엉터리 공연물을 보면서 생각에 잠기고 싶은 마음이 더러는 우러난다. 인간은, 오직, 인간만을 사랑한다. 인간이 없는 예술 같은 것이 있을 턱이 없는 것이다. 향수가 없는 나무 그늘 아래서 휴식을 취하고 싶다고는 생각하지 않는 것이다.

나는 〈히가키檜垣〉*를 세계 일류의 문학이라고 생각하지만 노의 무대를 보고 싶은 생각은 없다. 더 이상 우리와 직접 이어지지 않는 표현과 노래를 따분해하면서, 기껏해야 한 톨의 사금砂金을 기다리면서 참는 일을 견딜 수 없기 때문이다. 무대는 내가 상상하고 내가 만들면 족한 것이다. 천재 제아미는 영원히 새롭지만, 노의 무대와 노래 방식과 표현 형식이 영원히 새로울지 어떤지는 의심스럽다. 옛날 것, 따분한 것은 망하거나 새로 태어나는 것이 당연하다.

---

* 일본 전통 가무극歌舞劇인 노能의 하나. 노能를 예술의 경지에 올려놓은 제아미世阿弥의 작품이다.

3. 집에 관하여

나는 벌써 지난 10년간 대체로 혼자서 살고 있다. 도쿄의 여기저기에서 혼자 살았고, 교토에서도, 이바라키현의 도리데取手라는 작은 마을에서도, 오다와라小田原에서도 혼자 살았다. 그런데 집이라는 것은(방이라고 해도 되지만) 단지 혼자 살고 있어도 언제나 후회가 따르게 마련이다.

잠시 집을 비우고 밖에서 술을 마시거나, 여자와 노닥거리거나, 때로는 그저 아무것도 없는 여행길에서 돌아온다. 그러면 반드시 후회가 따른다. 야단치는 어머니도 없고, 화를 내는 마누라도 아이도 없다. 이웃집 사람한테 인사하는 일조차 필요가 없는 생활이다. 그래서 집에 돌아갈 때면 언제나 이상한 슬픔과, 꺼림칙함에서 벗어날 수가 없다.

돌아오는 길에 친구에게 들른다. 그곳에서는 조금도 슬픔이나 꺼림칙함은 없는 것이다. 그렇게, 아주 평범하게 네댓 명의 친구집을 떠돌다가 집으로 돌아온다. 그러면 역시, 슬픔, 꺼림칙함이 움터 나온다.

'돌아온다'는 것은 이상한 마물이다. '돌아오지' 않으면 회한도 슬픔도 없는 것이다. '돌아오는' 이상 아내도 아이들도 어머니도 없건만, 아무래도 회한과 슬픔으로부터 벗어날 수는 없는 것이다. 돌아온다는 것 중에는, 반드시, 뒤돌아보는 마물이 있다.

이 회한과 슬픔으로부터 벗어나기 위해서는, 요컨대 돌아오지 않으면 되는 것이다. 그리고 언제나 전진하면 된다. 나폴레

옹은 늘 전진해서, 러시아 전까지 퇴각하는 일이 없었다. 히틀러는 한 번도 퇴각한 일이 없지만, 그 정도의 대천재도 집에서 도망칠 수는 없을 것이다. 그리고 집이 있는 이상은 반드시 돌아가야 한다. 그리고 돌아가는 이상, 역시 나와 똑같은 이상한 후회와 슬픔으로부터 도망칠 수는 없을 것이라고, 나는 생각하고 있다. 하지만 저 대천재들은 나하고는 다른 강철들일까. 아니다, 별개의 강철이므로 오히려 더…… 하고, 나는 생각한다. 그리고 고독의 방에서 창백해진 강철인들의 사고에 대해 생각해 본다.

야단치는 어머니도 없고 화내는 마누라도 없지만, 집에 돌아가면 야단맞고 만다. 인간은 고독해서, 누구 눈치 볼 것도 없는 생활을 하는 가운데서도 결코 자유롭지 않은 것이다. 그리고 문학은 이런 곳에서 태어나는 것이라고 나는 생각하고 있다.

〈자유를 우리에게À nous la liberté〉라는 활동사진이 있다. 기계 문명에 대한 풍자인 모양이다. 매일매일이 일요일이어서, 사장도 직공도 없이 매일 낚시질 아니면 술이라도 마시고 놀고 지낼 수 있으면 자유롭고 즐겁겠지 하는 것이다. 그러나 자유라는 것은 그처럼 간단한 것이 아니다. 누구에게 눈치 볼 일이 없다 하더라도, 사람은 자유로울 수가 없다. 첫째로, 매일매일 놀 일밖에 없게 되고 보면, 놀이에 특수성이 없어져서 즐겁지도 아무렇지도 않게 되고 만다. 괴로움이 있기 때문에 즐거움이 있는 법인데, 즐거움만이 있게 되고 보면 온 세계가 몽땅 물만으로 이루어진 것과 마찬가지로 즐거움이 즐거울 리가 없을 것이다. 사람은 반드시 죽는다. 죽음이 있기 때문에 희로애락도 있는 것일 터인데, 언제까지나 죽지 않는 것으로 정해져 있다면 따분하기 그지없는 이야기다. 살아 있다는 데에 특별한 의의가 없기 때문이다. 〈자유를 우리에게〉라는 활동사진의 너절함이야 그렇다 치고, 감독인 르네 클레르야 어찌되었든, 사회 개량가 소리를 듣는 사람들의 자유에 대한 인식이 역시 이것과 오십보백보의 상념에 지나지 않음을 생각할 때 문학에 대한 신용을 깊이 하지 않을 수 없다. 나는 문학 만능이다. 왜냐하면 문학이라는 것은 야단치는 어머니가 없고 화내는 마누라가 없더라도 돌아오면 야단맞는다. 그런 곳으로부터 출발하고 있기 때문이다. 그러므로 문학을 신용할 수 없게 된다면, 인간을 신용할 수 없게 될 것이라는 생각이기도 하다.

4. 미에 관하여

3, 4년 전 도리데라는 마을에 살고 있었다. 도네가와利根川를 끼고 있는 조그만 마을인데, 돈카츠집과 소바집 말고는 식당이 없어 매일 돈카츠를 먹었고 반년쯤 지나서는 완전히 질려버렸는데, 나는 대개 한 달에 두 번씩 도쿄로 가서 취해 돌아오는 것이 습관이었다. 하긴 동네에도 술집은 있다. 그러나 오뎅집이라는 것은 없고, 여느 술집의 마루귀틀에 앉아 컵으로 술을 마시는 것이다. 이를 '돈파치'라고 하는데, '當八'라는 뜻이라고 한다. 즉 한 되가 컵 8잔밖에 되지 않는다. 즉 한 홉 이상

찰랑찰랑 넘치게 따라준다는 뜻이다. 마을의 농부들은 "돈파치 하러 가지 않겠나"라고 한다. 물론 나도 애용했는데, 한 잔에 15전이었다가 어느 날은 17전이기도 한데, 그날의 구입 가격에 따라 값이 들쭉날쭉했다. 도쿄에서 온 친구들은 얼굴을 찡그리고 마신다.

이 마을에서 우에노까지 56분밖에 걸리지 않지만 도네가와, 에도가와, 아라카와라는 세 개의 강을 건너고, 그중 한 강가에 고스게小菅 형무소가 있었다. 기차는 이 커다란 현대풍 건축물을 바라보고 달리는 것이다. 매우 높은 콘크리트의 벽이 솟아 있고, 옥사獄舍는 당당히 날개를 펴 열십자 꼴로 펼쳐지고, 열십자의 중심 교차점에 대공장의 굴뚝보다도 높직하게 울퉁불퉁한 감시탑이 솟아 있다.

물론 이 대건축물에는 한 군데도 미적 장식이라는 게 없어 어디서 보더라도 형무소 모습을 하고 있으며, 형무소 이외의 아무것도 될 수 없는 생김새인데, 이상하게도 마음이 끌리는 광경이었다.

그것은 형무소라는 관념과 결합되어, 그 위압적인 것으로 나의 마음에 다가오는 것과는 양상이 다르다. 오히려 그리움 같은 기분이다. 즉, 결국, 어딘지, 그 아름다움으로 나의 마음을 끌고 있는 것이다. 도네가와의 풍경에도 데가누마手賀沼에도, 이 형무소처럼 나의 마음을 끄는 것은 없었다. 도대체, 정말로 아름다운 것일까, 하고 나는 때때로 생각하고는 했다.

이 비슷한 다른 경험이 또 하나 분명하게 마음에 남아 있다.

벌써, 십몇 년 전의 이야기다. 그 무렵에는 아직 학생이어서 술도 마시지 않을 때였는데, 친구들과 처음으로 동인지同人誌를 만들었고, 술을 마시지 않으므로 기세상 산책을 하면서 대여섯 시간씩이나 토론을 하게 된다. 그 때문에 발이 가는 대로 참으로 여러 곳의 길을 걸었다. 심야가 되어, 심야가 아니더라도 자주 경관에게 심문을 받고는 했는데, 좌익 운동이 왕성했던 시대여서 철저하게 꼬치꼬치 심문을 당했다. 대체로 심야에 여럿이 걷고 있으면서 술도 마시지 않았다는 점이 오히려 의심을 받게 했던 것이다. 그래서 마음을 고쳐먹고 술꾼이 되었다는 것은 아니지만.

긴자에서 츠키지築地로 걷고, 도선渡船을 타고 츠쿠다지마佃島로 건너가는 일이 종종 있었다. 이 도선은 밤새 운영하므로 돌아오지 못할 염려는 없다. 츠쿠다지마는 어둡고 좁은 골목 양쪽으로 '츠쿠모佃茂'라느니 '츠쿠다아치佃一'라느니 하는 집이 늘어서 있어, 츠쿠다니佃煮* 집인지는 모르겠는데, 어촌의 느낌을 주어, 나룻배를 내리면 갑자기 먼 여행이라도 온 기분이 들게 한다. 도저히, 강만 건너면 긴자라는 실감이 나지 않는다. 이런 여행 기분이 좋았지만, 또 한 가지는 성 누가 병원 근처에 드라이아이스 공장이 있는데, 그곳에 잡지 동인 하나가 근무하고 있어서 이쪽으로 올 기회가 많았던 것이다.

자, 이 드라이아이스 공장 이야기인데, 이것이 기묘하게 나의 마음을 끄는 것이다.

---

* 생선, 해초, 조개 등의 조림.

공장 지대이므로 별스러울 것이 없는 건물일지도 모른다. 기중기라든지 레일 같은 것이 있고, 왼쪽도 오른쪽도 콘크리트이고, 아득히 높은 머리 위에도 창고로 이어지는 고가 레일 같은 것이 튀어 나와 있어서, 이곳에도 미적 고려라는 것이 일절 없고, 오직 필요에 따른 설비만으로 하나의 건축이 이루어져 있는 것이다. 민가 한가운데서 이를 보게 되면 괴위魁偉하고 독특한 경관이지만, 그래도 엄청나게 아름답다는 것을 알 수 있었다.

성 누가 병원의 당당한 대건축물. 이에 비하면 너무나 작고 빈곤한 구조였는데, 그럼에도 불구하고 이 공장의 긴밀한 질량감에 비하면, 성 누가 병원은 아이들의 공작물처럼 시시한 것이었다. 이 공장은 내 가슴에 파고들며 아득한 향수를 따라가는 대범한 아름다움이 있었다.

고스게 형무소와 드라이아이스의 공장. 이 둘의 관련에 대해 나는 문득 생각하는 일이 있는데, 그 어느 쪽에도 나의 향수를 흔들어 깨우는 꿋꿋한 미감이 있다는 것 말고는 굳이 생각해 본 일이 없었다. 호류지法隆寺*나 뵤도인平等院**의 아름다움과는 전혀 다르다. 게다가 호류지나 뵤도인 등은 고대라든지 역사라는 것을 머리에 두고, 일단 무엇인가 납득해야 할 것 같

* 7세기 나라奈良에 창건된 있는 성덕종聖德宗의 총본산으로 세계에서 가장 오래된 목조 건축물이다. 금당 벽화, 백제관음상 등 국보급 건조물과 미술 공예품이 많다.
** 교토에 있는 천태종, 정토종의 절. 국보인 봉황당이 유명하고 유네스코 세계문화유산으로 등록되었다.

은 미가 아닌가. 직접 마음에 와 닿고, 가슴으로 파고드는 것은 아니다. 어딘지 모르게 불만족스러움을 보완하지 않고서는 납득할 수가 없는 것이다. 고스게 형무소와 드라이아이스 공장은 좀 더 직접 와 닿고 보완할 것이라고는 아무것도 없으며, 나의 마음을 곧장 향수로 이끌어 주는 힘이 있었다. 왜일까 하는 점을, 나는 생각하지 않고 있었던 것이다.

어느 봄날, 반도 끝의 항구 마을로 여행을 나섰다. 그 조그만 강어귀에 우리 제국 무적의 구축함이 쉬고 있었다. 그것은 조그마한, 무엇인가 겸허한 느낌을 주는 군함이었지만, 한번 쓱 보기만 했는데도, 그 아름다움은 나의 영혼을 흔들었다. 나는 해변에서 쉬면서, 물에 떠 있는 검고 겸허한 쇳덩이를 지치지도 않고 바라보았고, 그리고 고스게 형무소와 드라이아이스 공장과 군함, 이 셋을 하나로 해서 그 아름다움의 정체를 생각하려 했던 것이다.

이 셋이 어째서 이처럼 아름다운가. 여기에는, 아름답게 하기 위한 가공된 미라는 것이 일절 없다. 미라는 것의 입장에서 덧붙여 놓은 하나의 기둥이나 강철도 없고, 아름답지 않다는 이유로 제거한 하나의 기둥도 철강도 없다. 그저 필요한 것만이, 필요한 장소에 놓여 있었다. 그리고 불필요한 것은 모두 제거되고, 필요한 것만이 요구된 독자의 모양으로 되어 있었던 것이다. 그래서 그것 자신을 닮는 것 말고는, 다른 어느 것과도 비슷하지 않은 형상인 것이다. 필요에 의해 기둥은 거침없이 구부러지고, 강철은 울퉁불퉁 놓여 있고, 레일은 불쑥 머리 위로 튀어나와 있다. 모든 것은, 오직, 필요라는 것뿐이다. 그 밖에는 어떤 오래된 관념도, 이 필요 불가결한 생성을 가로막을 힘이 되지 못하는 것이다. 그리고 이제, 어떤 것과도 비슷하지 않은 세 개의 물건이 완성되었던 것이다.

내가 하는 일인 문학이, 완전히 이와 같은 일이다. 아름답게 하기 위한 한 줄이 있어서도 안 된다. 미라는 것은 특히 미를 의식하며 만들어서는 생겨나지 않는다. 꼭 써야 할 것, 쓸 필요가 있을 것, 오직 그 불가피한 필요에만 응해서 써야 하는 것이다. 오직 '필요'이고, 하나도 둘도 백도 시종일관 오직 '필요'뿐. 그리고 이 '불가피한 실질'이 추구한 독자의 형태가 미를 낳는 것이다. 실질로부터의 요구를 벗어나, 미적이라느니 시적이라느니 하는 입장에 입각해서 하나의 기둥을 세워 보았자, 그것은 어설픈 세공품이 되고 마는 것이다. 이것이 산문의 정신이고, 소설의 진수다. 그리고 동시에, 모든 예술의 대도大道인 것이다.

문제는 그대가 쓰고자 했던 것이 참으로 필요한 것인가, 하는 것이다. 그대의 생명과 바꾸더라도 그것을 표현하지 않을 수가 없는 그러한, 그대 자신의 보석인가 하는 것이다. 그리고 그것이 그 요구에 응해, 그대의 독자적인 손에 의해, 불필요한 것을 제거하고 참으로 적절하게 표현되어 있느냐 하는 것이다.

100미터를 질주하는 제시 오웬스*의 아름다움과 2류 선수

---

* 1936년 베를린 올림픽에서 100m, 200m, 400m 릴레이, 멀리뛰기에서 금메달을 따 육상 4관왕이 된 전설적인 육상 선수. 육상 4관왕은 1984년 로스엔젤레스 올림픽 때 칼 루이스에 의해 같은 종목에서 한 번 더 달성되었다.

의 움직임에는 필요에 응한 완전한 움직임의 아름다움과 응해 내지 못한 어설픔의 차이가 있다. 내가 중학생일 무렵, 100미터 선수 하면, 마르고, 가볍고, 다리가 길고, 스마트한 몸이 아니어서는 안 되는 것으로 정해져 있었다. 뚱뚱하고 무거운 남자는 전적으로 투척 쪽으로 돌려져서, 필드 한구석에서 포환을 휘두르고 있었던 것이다. 일본에도 온 일이 있는 패덕이라든지 심슨 무렵까지는 그랬다. 멧칼프라든지 톨런이 나타날 무렵부터 단거리에는 무거운 신체의 가속도가 최종적인 조건이라고 정정되면서 날씬한 신체는 중거리 쪽으로 가게 되었던 것이다. 언젠가 하네다羽田 비행장으로 가서 포획품인 E-16형 전투기를 본 일이 있는데, 비행장 왼쪽 끝에 모습이 나타났는가 했더니 금세 오른쪽 끝으로 사라져 버렸다. 어이가 없을 정도의 속력이었다. 일본의 전투기는 격투성에 중점을 두고 속력을 그다음으로 쳤으므로, 속도 면에서는 비교가 되지 않는다. E-16은 동체가 짧고 통통하고 묵직한 중량감이 있어 근대식 100미터 선수의 체격 조건에 딱 들어맞았던 것이다. 날씬한 곳이라고는 조금도 없이 매우 못생겼지만, 그 중량의 가속도에 의해 바람을 가르는 속력의 아름다움은 날씬한 여객기 따위하고는 비교도 되지 않는 바가 있었다.

눈에 보이는 날씬함만 가지고는 진정으로 아름다운 물건이 될 수는 없다. 모든 것은 실질의 문제다. 아름답기 위한 아름다움은 솔직하지 않고, 결국 진짜배기가 될 수는 없는 것이다. 요컨대 공허한 것이다. 그리고 공허한 것은, 그 진실됨으로 사람을 감동시키는 일이 결코 없으므로, 결국 있어도 없어도 상관이 없는 물건이다. 호류지든 뵤도인이든 불타버린다 해도 전혀 곤란할 것이 없다. 필요하다면, 호류지를 때려 부수고 주차장을 만들어도 상관없다. 일본의 빛나는 문화와 전통은 그런 일로 결코 망하지 않기 때문이다. 무사시노武藏野의 조용한 석양은 없어지고 말았지만, 지저분하게 깔린 가건물들의 지붕에 석양이 떨어지고, 먼지 때문에 맑은 날에도 흐리고, 달밤의 경관 대신에 네온사인이 빛나고 있다. 이곳에 우리의 실제 생활이 영혼을 깃들이고 있는 한, 이것이 아름다움이 아니고 무엇이란 말인가. 보라, 하늘에는 비행기가 날고 있고, 바다에는 강철이 달리고 있으며, 고가선을 전차가 굉음을 울리며 달려간다. 우리의 생활이 건강한 한, 서양풍의 싸구려 가건물을 모방하고 의기양양해도 우리의 문화는 건강하다. 우리의 전통도 건강하다. 필요하다면 공원을 갈아엎어서 채소밭을 만들자. 그것이 참으로 필요하다면, 반드시 그곳에서도 진정한 미가 태어날 것이다. 그곳에는 진실한 생활이 있기 때문이다. 그리고 진실한 생활을 하는 한, 얄팍한 흉내 내기를 부끄러워할 것은 없는 것이다. 그것이 진실한 생활인 한, 얄팍한 흉내 내기에도 독창이나 마찬가지의 우월이 있는 것이다.

(1942년 2월)

어디로 いづこへ

　나는 그 무렵 귀를 기울이며 살고 있었다. 다만 그것은 주의를 집중시키고 있다는 뜻이 아니라, 거꾸로 생각할 기력이라는 것이 사라지는 바람에 귀를 기울이고 있었던 것이다.

　나는 공장가의 아파트에서 혼자 살았고, 그리고 늘 혼자였지만 여자가 매일 왔다. 그리고 나의 주변에는 가마솥, 냄비, 찻잔, 젓가락, 접시, 게다가 된장 단지랑, 솔 같은 너저분한 것까지 살기 시작했다.

　"난, 솥이랑, 냄비랑 접시랑 밥공기 같은 것, 그런 것하고 함께 있는 게 싫어."

　물건들이 늘어날 때마다 나는 항의했지만 여자는 아랑곳하지 않았다.

　"밥공기도 젓가락도 없이 사는 사람은 없거든요."

"나는 살아 왔지 않아. 식당이라는 부엌이 있지 않냐구. 밥공기도 솥도 버리라구."

여자는 피식 웃을 뿐이었다.

"맛있는 밥이 될 테니까 좀 기다려요. 식당 음식이란 건, 질리잖아요."

여자는 분명 그렇게 믿고 있는 것이었다. 나 같은 생각에 대해서는 서푼의 진실성도 믿어 주지 않았다.

정말이지 내 소지품 가운데 식생활에 도움이 될 만한 기구라면 세수할 때의 컵이 하나 있을 뿐이었다. 나는 술을 좋아하지만 술잔도 술병도 없고 맥주병 따개도 갖고 있지 않다. 방에서는 술을 마시지 않기로 하고 있었다. 나는 본능이라는 것을 방 안에 들여놓지 않기로 하고 있었지만, 맨 먼저 여자의 몸이 내 고독한 이불 속으로 염치도 없이 파고들게 되면서부터 솥과 냄비가 자연히 슬근슬근 들어와 살게 되고 보니, 더 이상 이러한 나의 설을 고집할 정도의 순결에 대한 정절의 마음이 흔들리게 된 것이다.

사람의 삶에서는 무엇인가 하나쯤 순결과 정절의 마음이 소중한 법이다. 특히 나 같은 너절한 낙오자의 슬픔이 몸에 배어들어 버리면, 무엇인가 하나의 순결과 그 정절을 지키지 않고서는 살아 있을 수가 없는 것이다.

나는 초라한 꼬락서니가 질색이고, 먹고 살고 있기만 한다는 의식이 무엇보다도 참을 수가 없어서 가난할수록 낭비를 한다. 한 달의 생활비를 하루에 다 써 버리고, 다 쓸 수가 없게 되면 일부러 남에게 주어 버리고, 그것이 나의 29일간의 가난에 대한 하루의 복수였다.

가늘고 길게 산다는 짓은 원래 내가 싫어하는 바고, 나가서 낭비를 한 끝에 이삼일쯤 물만 마시고 지내야 한다든지, 하숙이나 식당 빚 독촉으로 야반도주를 해야 하기도 하고, 패배한 무사의 생애는 정사正史에 남아 있을 턱도 없이, 무참 또 무참, 이런 경험이 조금이라도 짚이는 구석이 있는 사람이라면 웃지 않고는 견딜 수가 없게 될 것이다. 왜냐하면 가느다랗게 매일 빠짐없이 먹기보다는 하루에 다 써 버리고, 물을 마시고 야반도주를 하는 생활 방식 쪽을 나는 확신을 가지고 지지하고 있었다. 나는 시정의 쓰레기 같은 술꾼이지만 후회만큼은 하지 않았다.

내가 냄비 솥 식기류를 갖지 않는 것은 야반도주의 편리를 위해서가 아니다. 이것만큼은 나의 타고난 비원悲願으로—아무래도, 안 되겠다. 나는 타고난 촐랑이라서, 툭하면 공연스레 거창한 소리를 하고 싶어 하므로, 정말이지 이렇게 나를 달래 가면서 여태까지 살아왔던 것이다. 이것은 나의 자장가였다. 좌우간 나는 그저 먹고 살기만 하지는 않는다, 이런 스스로에 대한 변명 때문에 밥공기 하나 젓가락 하나를 내 곁에 두는 일을 허용하지 않았다.

나의 원고는 더 이상 거의 돈이 되지 않았다. 나는 그야말로 낙오자였다. 나는 하지만 낙오자의 운명을 감수하고 있었다. 사람은 어차피 마음먹은 대로 살 수는 없다. 모모야마성桃山城* 에서 속을 끓이고 있는 히데요시秀吉와 아파트의 한 방에서 몽롱해 있는 나와는 그 정신의 고저안위高低安危에는 별다른 차이가 없고 외형이 얼마간 다를 뿐이다. 다만 내가 가장 우려하는 것은 히데요시는 힘껏 일을 했지만 낙오자라는 위축 때문에 나의 힘이 오그라져 버린다거나 뻗어나갈 힘을 잃어버리거나 하지 않을까 하는 점이었다.

생각해 보면 나는 소년 시절부터 낙오자가 좋았다. 나는 어느 정도 프랑스어를 읽을 수 있게 되자 나가시마 아츠무長島萃라는 사내와 매주 한 번 만나서, 르노르망의 『낙오자들』이라는 희곡을 읽었다(하긴 이 희곡은 따분했지만). 나는 그러나 좀더 어린 소년 시절부터 포나, 보들레르나 타쿠보쿠啄木 등을 문학과 동시에 낙오자로서 사랑했고, 몰리에르나 볼테르나 보마르셰를 열렬히 사랑한 것도 인생의 저류底流에 부동의 암반을 드러내고 있는 허무에 대한 열애 때문이었다. 하지만 나의 낙오자로의 편향은 좀 더 거슬러 올라간다. 나는 니가타 중학교라는 데서 3학년 때 쫓겨났는데, 그때 학교 책상 뚜껑 뒷면에, 나는 위대한 낙오자가 되어 언젠가 일본 역사에 되살아나겠다고 잘난체하는 글을 새겨 놓았다. 원래 소학교 때의 나는 대장이나 장관이나 비행사가 될 생각이었는데, 언제부터 낙오자로 지망을 변경했던 것일까. 가정에서도 이웃에서도 학교에서도 미운털이 박힌 나는 언제부터인지 오만하게 세상을 백안시하게 되었다. 하기야 나는 보기 드문 촐랑이였으므로, 당시 유행한 사조의 하나에 그런 것이 있었는지도 모르겠다.

---

* 16세기 말 도요토미 히데요시가 자신의 은퇴 후 거처로 삼기 위하여 교토 후시미伏見의 모모야마 지구에 지은 성. 후시미성이라고도 한다.

하지만 소년 시절의 꿈과 같은 낙오자, 그리고 르노르망의 서정적인 낙오자, 그들의 분위기 있는 낙오자와 내가 현실에서 빠져든 낙오자는 달랐다.

내 주변에 리리시즘은 전혀 없었다. 나의 낭비 정신을 몽상가의 어리광이라고 생각하는 것은 당치도 않다. 가난을 심각히 여기고, 궁상을 떨며 혹독한 삶을 사는 쪽이 어리광을 부리고 있는 것이라고 나는 생각한다. 빈곤을 단순히 빈곤으로 본다면 거기에 대처하는 방법은 있으므로, 일을 해서 돈을 벌면 된다. 단순히 먹고 살기 위해서라면 반드시 방법이 있는 법이고, 애초에 밥을 먹을 수가 없다는 것은 원래 칠칠치 못하다는 뜻이고, 심각하지도 않고 엄숙하지도 않으며, 바보 같은 일이다. 가난 자체의 칠칠치 못함과 바보스러움을 이해하지 못한다면 문학 따위는 그만두어야 한다.

나는 먹기 위해 일한다는 생각이 없으므로, 가난은 어쩔 수 없는 것이라고 애초부터 체념하고 나의 어리석음을 바라보고 있었다. 놀기 위해서라면 일을 한다. 사치를 위한 낭비를 위해서라면 일을 한다. 하지만 내가 일을 해 보았자 마음에 흡족할 만큼 사치의 호사를 누릴 수는 없으므로, 결국 나는 일할 수 없다는 것뿐인 이야기로, 나의 생활 원리는 단순명쾌했다.

나는 최대의 호사와 쾌락을 바라보고 살아왔고, 다소의 호사와 쾌락으로 어물쩍 타협하는 것이 마음에 들지 않았으므로. 그리고 그렇게 함으로써 나의 사상과 문학의 과실을 최후의 성숙 끝에 거두고자 하고 있으므로, 나에게 가난은 그다지 고통이 되지 않는다. 야반도주도 단식도, 쓴웃음 말고는 별다른 감회가 없다. 내가 바라보고 있는 호사와 열락悅樂은 지상에 있을 수가 없고, 역사적으로 있을 수도 없고, 오직 내 생활의 뒤쪽에 있을 뿐이다. 등을 맞대고 있을 뿐이다. 생각해 보면 나는 바보 같은 놈이지만, 하지만 인간 그 자체가 바보 같은 것이다.

다만, 내가 살기 위해 줄곧 유지하고 있어야 할 것은 이, 힘에 대한 자신감이었다. 하지만 자신감이라는 것은 무너진다는 것이 그 본래의 성격일 뿐, 자신감이라는 형태로는 평생에 단 며칠도 마음에 깃들어 주지 않는 것이다. 요놈만큼은 세상에서 가장 정직하고, 남들이 아무리 추켜 주어도 스스로를 속이는 일이 없다. 나 역시 남들이 추켜 주기도 하고 칭찬해 주는 일이 있지만, 자신감이란 놈은 언제나 다른 소음하고는 무관한 것이어서 그런 의미로는 약간 상쾌한 존재였는데, 이것을 제대로 상대하고 살려면 쓴맛이 넘쳐나는 존재다.

나는 가난을 개의치 않는 육체질肉體質의 사상이 있으므로 분위기 있는 낙오자가 되는 일은 없고, 서정적인 낙오자 기분이나 염세관은 없었다. 나는 낙오자 의식이 그다지 없었던 것이다. 그 대신 늘 자신감과 싸워야 했고, 무엇인가 실질적으로 자신감을 마지막 한 발짝에서 저지하는 수단을 잊을 수가 없다. 실질적으로—자신감은 그것 이외에는 속일 수 있는 수단이 없는 것이었다.

식기에 대한 나의 혐오는 본능적인 것이었다. 뱀을 싫어하는 것과 마찬가지로 식기를 싫어했다. 또한 나는 가구라는 것도 좋아하지 않았다. 책조차도 읽고 나면 특별히 필요한 것 말고는 팔아버리고는 했다. 옷도 방한복과 유카타밖에는 없었다.

갖지 않도록 '노력한' 것이다. 엉거주춤한 소유욕이란 슬프고도 초라한 것이다. 나는 모든 것을 소유하지 않고서는 충족되지 않는 인간이었다.

* * *

그런 내가 한 여자를 소유한다는 것은 잘못된 일이었다.

나는 여자의 몸이 이 방에 들어앉아 사는 것만큼은 막을 수가 있었지만, 오십보백보다. 냄비 솥 식기가 살기 시작한다. 나의 영혼은 퇴폐하고 황폐해졌다. 이미 여자를 소유한 나는 식기를 방에서 내보낼 뿐인 순결에 대한 정절을 상실한 것이다.

나는 여자가 살림에 열심인 모습을 보는 것을 좋아하지 않는다. 먼지떨이를 휘두르는 모습 따위는, 그런 것을 보기보다야 목이 마구 늘어나고 줄어드는 괴물 여자를 보러 가는 편이 좋다고 생각하고 있다. 방의 먼지가 한 치 두께로 쌓이더라도, 여자가 그것을 쓸어내기보다는 먼지 속에 앉아 있어 줬으면 하고 나는 생각한다. 내가 도리데取手라는 조그만 마을에 살고 있었을 때, 내 얼굴의 반이 부어오르며 툭툭 원인 불명의 고름이 1전짜리 동전 크기의 원 안에 몇 개 난 일이 있는데 아프지는 않았다. 마침 나카무라 치헤이中村地平와 마스기 시즈에眞杉靜枝가 놀러 왔었는데, 그때 마스기 시즈에가 거미가 집을 지은 게 아닐까, 말하는 바람에 나는 역력히 생각이 났다. 바로 거미가 집을 지은 것이다. 나는 깊은 밤에 문득 눈이 떠져 천장과 내 얼굴에 지어 놓은 거미줄을 걷어 치웠던 것이다. 나는 지금도 신기하게 생각하고 있는데, 마스기 시즈에는 어떻게 거미집을 바로 알아차린 것일까? 이런 것을 생각해 내는 것은 감탄스럽다기보다는 대체로 바보스러운 일이 아닐까.

새로운 거미줄은 깨끗한 법이다. 낡은 거미줄은 더럽고 혐오스러우며 거미의 탐욕이 불결해 보이지만 새 거미줄은 거미의 탐욕까지 깨끗해 보여, 나는 거기에 몸이 묶여 있었으면 좋겠다고 생각하기도 한다. 신선한 거미줄 같은 요부妖婦를 나는 좋아하지만 그런 사람을 아직은 만난 일이 없다. 일본에서 대중적인 요부 타입은 낡은 거미줄의 주인이 대부분이고 약점도 강점도 육욕적인데, 나는 진짜 요부는 육욕적이 아닐 거라고 생각한다. 소설을 쓰는 여자 중에는 진정한 요부는 없을 거라고 생각한다. 『위험한 관계』의 작중 인물이 그렇게 말하던데, 나도 그건 정말이지 맞는 말이라고 생각한다.

나는 요부가 좋지만 진짜 요부는 나 같은 남자는 상대도 하지 않을 것이다. 거꾸로 들고 휘둘러 보았자 나오는 것이라고는 니힐리즘뿐, 겉에는 아무것도 없다. 그렇다. 겉으로 드러난 자화자찬이 있을까 보냐. 본인은 독립불기獨立不羈의 영혼이라고 한다. 참을 수 없는 물건이다.

인생의 피로는 연령과는 관계가 없다. 29세의 나는 지금의 나보다도 훨씬 피로했고, 음울했으며, 인생의 쇠망衰亡만을 바라보고 있었다. 나는 나의 여자에 관하여 전혀 묘사하고 싶은 마음이 없다. 내가 소유한 여자는 나 때문에 남편과 헤어진 여자였다. 아니 오히려, 남편과 헤어지고 싶어서 나와 사랑을 했는지도 모른다. 그게 아마 맞을 것이다.

그 당시 우리는 그 남편이라는 인물을 피해, 이 산, 저 바다, 온천과 오래된 여관 등을 떠돌아다녔다. 나는 처음부터 딱히 여자를 사랑한 것은 아니었다. 소유할 마음도 없었다. 다만, 정처 없이 도망 다니는 여로의 꿈이 내 인생의 피로에 알맞은 감상感傷을 더해 줘, 패잔敗殘의 쾌감에 어느 정도 정신을 팔고 있는 사이, 여자가 나의 소유로 확정된 듯한 기분적 결말을 초래하고 만 것이다. 남편이 싫어서 도망쳐 다니는 여자였지만, 본질적으로 어깨띠를 매고 열심히 살림하는 여자이며, 나를 알기 전에는 어떤 유럽의 신사하고 춤추고 다니던 여자였으면서도 나를 위해 된장국을 끓여 주는 것을 좋아하는 여자였다.

여자가 나의 속성 중에서 가장 증오한 것은 독립불기의 영혼이었다. 위대한 예술가 따위 되지 말라는 것이다. 평범한 인간인 채로 오랜 고목처럼 함께 늙어가고 싶다는 것이다. 내가 돋보기안경을 끼고 신문을 읽고 있다. 여자도 돋보기안경을 끼고 내 셔츠의 단추를 달아 주고 있다. 두 사람의 허리는 꼬부라져 있다. 그리고 등에는 햇볕이 내리쬐고 있다. 여자는 그런 광경을 나에게 말하는 것이다. 그렇게 되고 싶다는 것이 여자의 본심이었다. 약간의 땅을 사서 시골에 가서 살아요, 자주 여자는 그렇게 말하는 것이다.

그런 여자인 만큼 내가 불만인 것은 아니다. 애초에 내가 여자를 '소유'한 것이 잘못이어서, 나는 여자의 애정이 귀찮아서 견딜 수가 없었다.

"다른 남자를 만들지 않을래? 그리고 그 사람하고 정식으로 결혼해 주지 않을래?"

내가 그렇게 말하지만 여자가 들은 체도 하지 않는 데는 이유가 있는데, 나는 매우 질투심이 깊고, 질투라기보다는 지는 게 싫은 것이다. 여자가 다른 남자에게 호의를 가지는 데 대해 본능적으로 노여움을 느꼈다. 그런 노여움은 사흘만 지나면 싹 잊어버리고, 여자의 얼굴도 잊어버리는 나지만, 현재에 대한 나의 분노의 본능은 에너지가 넘치며 악독하다. 여자가 내 말을 신용하지 못하고 나의 애정을 맹신하는 데도 나름 자연스러운 이유가 있었다.

내가 심야 1시경, 때때로 술을 마시러 가는 10전 스탠드가 있었다. 포장마차 같은 얼개로 되어 있으면서 두세 시까지 영업을 해도 그다지 순사도 뭐라고 하지 않는 곳인데, 1시쯤 되면 마시고 싶어지는 나에게는 딱 좋은 곳이었다. 서른쯤 된 여인이 운영하고 있었고, 손님이 사라지고 나면 판자때기 같은 것을 의자 위에 펴고 그 위에서 자는 모양인데, 매우 음탕한 여자로서 술 취한 손님을 재운다. 하지만 백만 명에 하나쯤 될 정도로 지저분해 보이는 비미인非美人이어서, 나에게도 때때로 자고 가라고 하지만 잘 기분이 도저히 들지 않는다. 방바닥에 자는 게 싫어서죠? 내가 댁으로 자러 갈 터이니 아파트를 가르쳐 줘요, 라고 하지만 나는 아파트를 가르쳐 주지 않았다.

이 여자에게는 남편이 있었다. 군대를 제대했는데, 장쭤린張作霖의 폭사 사건 때 철로에 폭탄을 장치했다는 공병대의 한 사람으로, 그로부터 당분간 외출 금지의 통조림 안에서와 같은 생활이 재미있었노라고, 그런 이야기를 나에게 이야기해 주었다. 무뢰한이며 어떤 아파트에 살고 있는데, 여자는 남편을 아주 깔보고 있고, 손님 중에서 묵고 갈 용사가 없을 때에만 남편을 재워 준다. 남편은 매일 밤 살피러 왔다가 묵을 손님이 있을 때에는 돌아가고, 샘을 내는 대신에 서너 잔의 술과 푼돈을 얻어 가지고 간다. 이 남자가 남편이라는 것을 나 이외의 손님은 모른다. 나는 여자가 유혹을 해도 묵는 일이 없으므로, 남편은 나에게 호의를 가지고 터놓고 이야기를 했고, 여자도 나에게 감추지 않고 저 밥통(여자는 남자를 그렇게 불렀다), 질투도 하지 않지만 거머리처럼 달라붙어서 떨어지지 않아요, 하고 말했다. 나와 이 남자뿐이고 다른 손님이 없을 때, 오늘 밤 자겠다, 재워 주지 않겠다고 찐득거리기 시작하면서 남자가 폭력적으로 나오면 여자가 한층 폭력적으로 밥통아 꺼져 버려, 물을 끼얹을 거야 하는 말이 끝나기도 전에 한 사발의 물을 끼얹었고, 이게 어디서, 하고 남자가 냅다 뺨을 후려친다, 여자가 아래쪽 구멍으로 빠져나와 덤벼들며 의자를 들어올려 힘껏 남자에게 던진다. 여자는 화가 났다 하면 미치광이 같다. 유리는 깨지고 술병이 튄다. 남자는 단념하고 휘파람을 불며 돌아간다. 호색 다음好色多淫이 들개 같은데 남편에게만은 묘하게 고집을 부리는 거다.

남자는 훌륭한 체격이고 옹골찬 호남자로, 지저분한 여자하고는 비교도 되지 않으며, 손님 중에도 이 남자만큼 젊고 괜찮은 남자는 없으므로 웃긴다. 천성이 게을러서, 일을 하는 대신에 여자를 등쳐먹는 영혼의 저열함이 그를 비루하게 만들어 놓고 있었다. 그 비루함은 여자만이 잘 알 수가 있고, 또 사정을 알고 있는 나도 알 수가 있지만, 다른 사람들은 알 수가 없다. 그가 말없이 술을 마시고 있으면, 모르는 손님은 자리에 어울리지 않는 고급 손님처럼 대접할 정도다. 그는 검은 안경을 끼고 있었는데, 그것은 이 남자의 취미였다.

어느 날 깊은 밤, 이미 3시에 가까웠고 손님은 나와 이 남자 둘뿐이었다. 여자는 꽤 취해 있었고, 그날 밤은 남편을 순순히 재워주기로 약속을 하고 나서, 오늘 밤은 특별히 나에게 대접을 할 것이라며 여자가 한 병, 남자가 한 병, 억지로 나에게 도쿠리를 내밀었다. 여기에 신출내기 형사가 왔다. 신출내기래야 나이는 마흔 가깝고 콧수염을 기른 남자다. 술을 마시고서 노골적으로 여자를 꼬시기 시작했는데, 이전에도 잔 일이 있다는 것은 꼬시는 말투로 짐작할 수가 있었다. 여자는 응하지 않는다. 응하지 않을 뿐 아니라 노골적으로 형사를 깔보며, 장사상의 약점 때문에 어쩔 수 없이 몸을 준 것인데 고맙게 생각하지 않고 으스대지 마라, 여자는 취해 있었으므로 완곡하게 말하고 있는 것 같았지만 노골적이었다. 형사는 그날 밤 잘 손님이 나고, 그래서 여자가 응하지 않는 것이라고 생각했다.

나는 당시 하이킹용의 끝이 뾰족한 쇠붙이가 붙은 지팡이를 가지고 있었다. 나는 그 지팡이를 놓아 본 일이 없는 게 습관이었고 그 전에는 싱가포르에서 친구가 10달러 주고 샀다는 고급품을 쓰고 있었는데, 취해서 그것을 택시 안에 놓고 내려 잃어버렸기 때문에, 시시한 하급품을 쓰기보다야, 하고 하이킹용 지팡이를 사서 휘두르며 살고 있었다. 내가 잃어버린 등나무 지팡이는 끝이 벗겨져서 간다神田에 있는 가게에서 수선했을 때, 이만한 물건은 일본에서 볼 수 없는 것입니다, 하면서 주인이 종업원들을 불러 모아 찬탄하면서 구경시켰을 정도의 물건이었다. 한번 그 정도의 물건을 갖게 되면 가짜 중급품은 가질 수가 없는 것이다.

이 자식, 잠깐 와봐. 형사는 갑자기 내 팔을 움켜쥐었다.

"야, 인마, 네놈 건달이 아니면 뭐냐. 그 지팡이는 살인 도구 아냐."

"이건 하이킹용 지팡이요. 형사가 그런 것도 모르는 거요?"

"이 색골."

여자가 분연히 일어났다.

"이분은 말이죠, 내가 자고 가라고 해도 잔 적이 없는 사람이에요. 아파트를 물어봐도 가르쳐 주지 않는 사람이라구요. 사람을 잘못 봐도 분수가 있지."

그래서 형사는 나에 대해서는 단념을 한 모양이다. 그래서 이번에는 남자의 팔을 움켜잡았다. 남자는 유치장에 들어간 일도 있고, 형사하고는 잘 아는 사이다.

"이 자식, 아직도 어슬렁거리며 다니고 있군. 그 손목시계는 어디서 훔쳤어?"

"받은 거요."

"알았으니 따라와."

남자는 익숙한지라 항거하지 않았다. 침착하게 일어나더니, 나란히 밖으로 나갔다. 그때 여자는 의자를 받침대로 삼아 스탠드의 탁자를 뛰어넘어 맨발로 뛰어나갔다. 탁자 위의 술병과 컵이 튀어 올라 떨어져서 깨졌고, 여자는 형사에게 정신없이 매달려 울부짖었다.

"이 사람은 내 남편이란 말이야. 우리 남편을 어쩔 건데."

나는 이 말이 마음에 들었다. 하지만 여자는 포효하듯이 울부짖고 있는지라, 스탠드의 탁자를 뛰어넘은 질풍과 같은 날카로움도 용두사미가 되고 말았다. 형사는 조금은 어안이 벙벙한 듯했지만, 여자의 우는 모습이 꼴사나웠으므로 기죽지 않았다.

"이 사람은 정말로 이 여자의 남편입니다"

하고 나도 나가서 설명을 했지만 소용이 없었다. 남자는 나에게 묵례를 하고, 침착하게 어깨를 나란히 가 버렸다. 그때였다. 마침 그곳에 골목이 있었는데, 골목에서 나의 여자가 나왔던 것이다. 여자는 검은 옷에 검은 외투를 입고 있었고 흰 얼굴만이 떠오르듯 가로등 조명 속에 나타났을 때, 나는 무엇 때문이었는지 도무지 알 수가 없었는데 매우 불쾌한 감정을 느꼈다. 우리의 연분에 대한 숙명적인 부자연스러움에 대해 가슴에 북받치는 분노를 느꼈던 것이다.

나의 여자는, 가요, 하고 나에게 말했다. 당연히 내가 따라야 한다는 명령조와 우월성 같은 것이 노골적이었다. 나는 무럭무럭 분노가 치밀었다. 나는 잠자코 가게 안으로 되돌아가 술을 마시기 시작했다. 내 앞에는 여자와 남자가 하나씩 준 두 도쿠리의 술이 있었지만, 나는 이미 토할 것 같아서 실제로는 술 냄새를 맡고 싶지 않았다. 여자는 안 갈 거예요? 하고 말했지만, 안 가, 당신만 돌아가, 여자는 골이 나서 가버렸다.

그런데 나는 엉망진창으로, 스탠드의 미친 여편네에게 쫓겨나고 말았던 것이다. 이 여자는 울화가 치밀었다 하면 미치광이다. 꺼져, 이 자식, 으스대지 마, 이렇게 여자는 울부짖었다.

뭐야, 저게 네 여자냐, 같잖게, 안 가면 물을 끼었어 주지. 그러면서 일어나더니 내 바로 등 뒤의 유리문을 드르륵 닫더니, 가라구. 이젠 더 마시지 못하게 할 테니까, 싹 꺼져 버리라구, 하고 말했다.

나의 여자가 밤늦은 시간에 온 데에는 이유가 있었다. 여자한테 옛 남편이 찾아와서, 둘이 몇 시간 동안 서로 노려보고 있다가 여자가 불쑥 일어나 밖으로 나왔던 것이다. 남자는 쫓아오지 않았다고 한다. 그리고 나의 아파트로 서둘러 가던 도중 우연히 기묘한 장면을 마주치게 되었고, 골목에 숨어서 시종 지켜보고 있었던 것이다. 여자의 심사는 약간 비창悲愴한 기운이 있었지만, 나 같은 니힐리스트에게는 그 통속通俗이 메슥거릴 뿐, 나는 이불을 뒤집어쓰고 취한 채로 자버렸고, 여자는 외투도 벗지 않고 벽에 기대 밤을 새우고는 새벽에 나를 흔들어 깨웠다. 여자는 무척 화가 나 있었다. 여자는 날이 새면 둘이서 여행을 가자고 말했다. 하지만 나도 화가 나 있었다. 일어나서 나는 말했다.

"어째서 어제의 사건 같은 때 당신은 느닷없이 튀어나와 가지고 나한테 돌아가자고 명령을 하는 거야. 당신은 나를 구속할 수는 없어. 내 생활에는 당신이 관계되지 않은 부분이 있어. 예를 들어 어제의 사건 같은 건 당신하고 관계가 없는 일이야. 그럴 경우 당신에게 허용되어 있는 특권은 나의 빈방에 마음대로 들어가서 내가 돌아오기를 기다릴 수 있다는 것뿐이야. 당신이 우연히 그곳을 지나갔다는 것 때문에 나의 행위에 철주掣肘를 가할 아무런 권력도 생기지 않아. 당신하고 나의 연결

고리에는, 이어져 있는 부분 이상으로 두 사람의 자유를 속박할 아무런 특권도 없는 거야."

여자는 극도로 고집이 셌지만, 따로 다급한 목적이 있을 때면 그것을 위해 한때를 참아 내는 방법을 터득하고 있었다. 그녀는 다짜고짜 나를 데리고 기차를 태워 버렸고, 그 기차가 한 시간이나 달려서 보리밭 말고는 아무것도 보이지 않는 곳에 다다르자,

"자유를 속박하면 안 된다지만, 마누라인 이상, 당연한 거예요."

나는 더 이상 대답하지 않았다. 내가 여자를 소유한 것이 잘못되었던 것이다. 하지만 그보다도 좀 더 절박한 일이 있었다. 그것은 내가 나 자신을 하나도 써서 남겨 놓지 않았다는 점이었다. 나는 그 무렵 라디게의 나이를 생각하면서 씁쓸해하는 습관이 있었다. 레몽 라디게는 23세로 죽었다. 나의 나이는 얼마나 허망한 나이일까 생각했다. 나는 벌써 바보같이 너무 오래 사는 바람에 라디게의 나이 따위는 생각하지 않게 되어 버렸지만, 나이와 작업상의 공허를 생각하면서 그 무렵에는 피를 토할 것 같은 슬픔을 느꼈다. 나는 대체 어디로 가는 것일까. 이 기차의 여행은 여자가 나를 데리고 가는 것이지만, 나의 영혼의 행로는 누가 데리고 가는 것일까. 나의 영혼을 나 자신이 쥐고 있지 않다는 것만이 이해되었다. 이것이 진짜 낙오자다. 생계적으로도 영락했고, 세상적으로도 불문에 붙여졌다는 것은 비극이 아니다. 내가 나의 영혼을 쥐지 못한다는 것, 이처럼 허무함 바보스러움 비참함이 있을 리가 없다. 여자에게 이

끌려서 목적지도 알지 못하는 기차를 타고 있는 허무함 따위는 종말에 가서 최고의 것을 가지게 될 것인가, 아무것도 못 가지게 될 것인가, 어쩌다가 그 정절을 상실한 것일까. 하지만 내가 이 여자를 '소유하지 않게 됨'으로 해서 과연 이 정절을 회복할 수 있을까 질문하게 되면, 나는 이미 완전히 자신감을 상실하고 만다. 나는 아무런 짐작도 할 수 없었다. 나 자신의 영혼에. 그리고 영혼의 앞길에.

* * *

나는 '형形의 타락"을 좋아하지 않았다. 그것은 그저 지저분하기만 할 뿐, 원래 보잘것없는 것이며 영혼 자체의 윤락淪落과 연계되는 것은 아니라고 믿고 있었기 때문이다.

여자의 사촌동생으로 아키라는 여자가 있었다. 결혼해서 7, 8년이나 되는 남편이 있으면서 카페 같은 곳에서 대학생을 물색해서 바람을 피우고 있는 여자로서, 천 명의 남자를 알고 싶다고 말하면서 육욕의 쾌락만을 삶의 보람으로 삼고 있었다. 이런 여자는 진부하므로 나는 그 영혼의 저급함을 혐오하고 있었다. 얼핏 예쁜 생김새로, 말라빠진, 참으로 박정스러워 보이는 여자로, 아무 때나 놀이에 응할 꼬락서니로 나의 호색을 자극하지 않는 바는 아니지만, 나는 그따위 진부한 영혼과 동렬에 서는 일이 탐탁지 않았다. 내가 여자에게 '놀자'고 한마디만 속삭거리면 그것으로 된다. 그리고 그다음에 일어나는 일은 그저 통속적인 놀이일 뿐, 놀이의 도취를 심화하기 위한 다소간의 정취도 복잡함도 없다. 그저 곧장 내던져진 육욕이 있을 뿐이다.

그렇게 믿고 있었지만, 나는 영 구제불능이었다. 언젠가 나의 여자가 이혼 문제로 귀향해서 열흘쯤 비운 일이 있었다. 아키가 와서 밥을 지어 주겠노라고 하고 술을 마셨는데, 애초에 여자는 그럴 생각이었고, 나는 자신의 호색을 억누를 수가 없었다.

이 여자의 대상은 그저 남자의 각각의 생식기였고, 그것에 대한 호기심이 전부였다. 놀이의 끝에 가서 내가 발견해야 하는 것은, 내가 나 자신이 아닌 단순한 생식기였으며, 그것은 이 여자와 상대하는 한 어쩔 도리가 없는 현실의 사실인 것이었다. 만약에 내가 단순한 생식기로부터 벗어나 뭔가 고상한 인간임을 보여주기 위해 여자를 향해 쓸데없는 노력을 하려다가는 나는 좀 더 바보가 되고 말 뿐이다. 사실 나는 이미 그것 이상으로 조금도 고차원이 아닌 것이다. 그러므로 나는 분명하게 생식기 자체에 정착해 있는 여자와 세상 이야기를 시작했다.

여자는 내가 서푼짜리 문사라는 것을 알고 있었으므로, 남자에게 예쁘게 보이기 위해서는 어떻게 하면 좋은가 하는 일들을 세세하게 물어보았다. 여자는 주로 대중작가의 소설로부터 기술을 익히고 있는 모양이었는데, 그 길에 관해서는 그들 쪽이 나보다 기교가 뛰어날 것이 뻔하므로 나 따위는 거기에 덧붙일 만한 것이 아무것도 없다, 이렇게 내가 말하자 여자는 만족하는 것 같았다. 여자는 학생들의 태반은 시원치 않다고 했다. 내가 허즈밴드를 속이고, 당신이 마담을 속이고 숨어서 노는 건 즐거워요, 하고 여자가 말했다. 나는 그다지 즐겁지는 않았다. 나는 그저 진부한, 그것은 전적으로 진부함 그 자체여서, 불쾌할 뿐이었다.

여자의 육체는 매력이 없었다. 여자는 남자의 생식기에 대한 호기심만으로 살고 있었으므로, 자기 자신의 육체적 실제의 매력에 대해서 최대의 불안을 가지고 있었다. 하지만 그런 것보다도, 자신의 육욕의 만족만으로 살고 있는 일 자체가 가장 매력이 없는 것이라는 점에 대해서 여자는 전혀 깨닫지 못하고 있었다.

단순한 에고이즘이라는 것은 육욕의 최후의 자리에서도 저급하고 천박한 것이다. 자신의 도취와 만족만을 추구한다는 에고이즘이 육욕의 자리에서도, 그 진실의 가치로서 높은 것일 수는 없다. 진실한 창부는 자신의 도취를 희생으로 삼고 있음이 틀림없다. 그녀들은 그 길의 기술자다. 천성의 기술자다. 그래서 천재를 필요로 하는 것이다. 그것은 우리의 일과도 비슷하다. 진실로 가치 있는 것을 낳기 위해서는 반드시 자기희생이 필요한 것이다. 사람을 위해 바쳐진 봉사의 영혼이 필요한 것이다. 그 영혼이 타고난 것일 때에는, 결코 어릿광대의 모습처럼 비천한 것이 아니라 예술의 높이에 있는 것이다. 그리고 어떠한 천재도 눈앞의 소소한 아욕我慾에 미쳐 버리면, 고고함, 그 진실의 가치는 대번에 하락하고 사멸한다.

이 여자는 옷차림의 기교 등에 대해 세세하게 생각하고, 어떤 식으로 하면 순진한 여인으로 보일까, 어느 정도로 목덜미와 팔을 노출하면 남자의 호색을 북돋울 수 있을까, 그리고 그런 계산 때문에 담배도 술도 하지 않는 여자였다. 그러나 이 여자의 최후의 것은 자신의 도취라는 것뿐, 타고난 자기희생의 영혼은 없었다. 벗기만 하면 그뿐이다. 아무리 순진하게 보이고 목덜미와 팔의 노출 정도에 대해 매력을 생각해 보았다 한들, 벗으면 그뿐인 것이다. 그 진실한 영혼의 저급함에 대해서 이 여자는 전혀 깨닫는 바가 없었다.

나는 그 무렵 한창 악마에 대해 생각했다. 악마는 모든 것을 원한다. 그러면서도 항상 만족하는 일이 없다. 그 따분함은 생명의 마지막 절벽이라고 나는 생각한다. 그러나 악마는 그곳으로부터 자기희생으로 회귀하는 수단에 대해 알지 못한다. 악마는 그저 니힐리스트일 뿐 그 이상의 아무것도 아니다. 나는 그악마의 무한한 따분함에 자학적인 커다란 매력을 느끼면서 동시에 저주하지 않을 수가 없었다. 나는 단순한 악마여서는 안된다. 나는 인간이어야 하는 것이다.

그러나 내가 인간이 되고자 하는 노력은 내가 나의 문학의 재능에 대한 자신감에 대해 생각해 볼 때, 나의 사상의 전부에서, 혼란하고 괴멸하지 않을 수 없었다.

그렇게 되면 나 자신은 가장 왜소한 에고이스트에 지나지 않았다. 나는 여자를 '소유함'에 의해 여자의 존재를 그저 저주하지 않을 수 없었다. 나는 나의 여자의 육체에, 그 생식기에, 특별한 매력이 적다는 데 대해서까지 저주하고 탄식하지 않을 수 없었다.

"당신의 마담의 몸은 매력이 있어 뵈네요."

"매력이 없어. 무릇, 온갖 여자 중에서, 내가 알게 된 여자의 몸 중에서, 누구보다도."

"어머, 거짓말. 그렇지만, 아주, 귀엽고, 털이 수북해요."

나는 나의 여자의 생식기의 구조에 대해, 당장에라도 한마디 하고 싶은 저열한 마음이 들기도 했지만 나 자신이 이미 그 정도의 찌꺼기 같은 생식기에 지나지 않음을 떠올리고, 나는 어쨌든 그녀에게 최후의 모욕을 가하는 일을 억제하고 있는 나 자신의 비참한 노력을 마음 가운데 싸늘하게 내동댕이치고 있었다.

"당신은 이제 몇 명의 남자를 알았지?"

"저기, 마담의 그거, 어떻게 생겼어요? 속이지 말고 가르쳐 줘요."

"당신 거를, 가르쳐 줄까?"

"그래요."

여자는 묘하게 자신감을 무너뜨리지 않고, 번들거리는 눈으로 웃으면서 나를 바라보고 있었다.

나는 그때 문득 생각했다. 그것은 여자의 번들거리고 있는 눈 탓이었다. 나는 스탠드의 지저분한 여자를 떠올린 것이었다. 그 여자는 취했다 하면 늘 생식기 타령을 했다. 남자의, 그리고 여자의. 그리고 나에게 자고 가라고 말할 때는 언제나 번들거리는 눈으로 웃고 있었다.

나는 다음번에야말로 그 스탠드에서 잘까 생각했다. 가장 더러운 곳까지, 갈 수 있는 데까지 가 보자. 그리고 최후에는 어찌 될지, 그것은 더 이상, 나는 모른다.

* * *

나는 그날 밤 스탠드에서 쫓겨난 이래로, 그 가게로 술을 마시러 가지 않았다. 그 무렵은 10전 스탠드 융성 시대여서, 조금만 걸어가면 아무리 깊은 밤이더라도 술 마시기에 곤란할 일이 없었다. 동이 틀 때까지 여는 포장마차 오뎅집도 있었다. 이근처에는 불량배들도 많았고 그래서 모르는 가게로 가는 일이 불안했지만, 나는 이미 그런 데는 신경도 쓰지 않았다.

어느 날 아침, 나는 그날의 일을 기묘하게도 날씨까지 역력히 기억하고 있다. 아침이래야 10시 반, 11시 가까운 시간이었다. 화창한 날이었다. 나는 도심에 볼일이 생겨 게이힌京浜 전차의 정거장으로 가는 도중에 스탠드 앞을 지나갔는데, 그날따라 얼마간 목돈을 주머니 속에 가지고 있었다. 마침 스탠드의 여자가 일어나 점포 청소를 끝낸 시점이었다. 유리문이 열려 있었으므로 가게 안의 여자는 나를 알아보고 뒤쫓아왔다.

"잠깐만요. 웬 일이에요, 당신, 화났어요?"

"야, 잘 지냈어?"

"그날 밤은 미안했어요. 난, 화가 나면, 정신을 잃어버리고 말거든요. 또 한잔하러 오세요."

"지금, 마시지."

나는 단번에 결심했다. 품속에 돈이 있다는 것을 떠올렸다. 볼일도 흘려버리고, 돈도 흘려버리고, 나 자신도 흘려버리는 거다. 나는 이 여자를 데리고 추락할 수 있는 데까지 추락하자고 생각했다. 나는 침착하게 마시기 시작했다. 여자는 마시지 않았다. 나는 아침 식사 전이었으므로, 취기가 온몸에 돌았지만, 만취하지는 않았다.

"자러 가자"

하고 나는 말했다. 여자는 뒷걸음질 치며 싱글벙글 웃으면서 고개를 가로저었다.

"가자구. 당장."

나는 당연한 일을 주장하듯이 단정적이었지만, 여자의 웃는 얼굴은 점차로 뻔뻔스럽고 침착해졌다.

"좀 이상하네요, 오늘은."

"나는 네가 좋거든."

여자의 얼굴에는 노골적으로 쓴웃음이 떠올랐다. 여자는 대답을 하지 않았지만, 쓴웃음 속에는 말 이상의 말이 들어 있었다. 내 눈에는 여자의 얼굴이 말할 수 없이 추했다, 그 추함에는 불결이라는 의미가 동시에 들어 있었다. 그리고 몸은 경단 덩어리를 합쳐 놓은 것 같은, 그것은 마치 다리가 짧은 기형의 난쟁이와 인간을 합쳐 놓은 것으로 여겨졌다. 아무리 생각해도 아름답지 않은 모든 것을 냉정하게 의식상에 나열해 보았다. 그리고 그 여자에게 쓴웃음을 받고, 멸시되고, 가련하게 여겨지는 나 자신의 모습에 대해 생각했다. 자만심 가득한 나의 마음에는 그러나 분노도, 반항도 없었다. 후회도 없었다. 그러한 엄청난 허탈 상태에서, 사람들은 여러 가지로 자신의 마음을 다시 구성할 수 있고 의지를 가질 수 있었을 상태였을 것으로 생각한다. 나는 그러나 나락으로 떨어져 내리는 쾌감을 문득 선택해서 거기에 몸을 맡겼다. 나는 그날의 일체의 행위 중에서, 그 순간의 내가 가장 작위적이고 비열했을 것으로 생각하고 있다. 왜냐하면 내가 선택한 일은 내 의지라기보다는 하나의 통속적인 타입이었다. 나는 거기에 몸을 맡겼다. 그리고 무엇인가 쾌감 가운데 있는 듯한 흥분을 느꼈다.

나는 탁자 밑의 구멍문을 열고 개처럼 기어 들어가려 했다. 여자는 일어서서 문을 누르려 했지만, 내 행동이 빨랐으므로 나는 쉽게 안쪽으로 기어들었다. 그렇지만 여자를 덮치려 하는 사이에 여자는 이미 슬쩍 빠져나가 반대로 바깥쪽으로 나가 있었다. 양쪽의 위치가 변한 채 마주 보았을 때는 나도 멋쩍어서 쓴웃음을 짓지 않을 수가 없었다.

"자러 가자."

나는 웃으면서도, 끈질기게 말했다.

"그런 장사를 하는 여자한테 가세요."

여자의 웃는 얼굴은 점점 뻔뻔해져 갔다.

"대낮에, 꼴사납네요. 난, 끈덕진 건 질색이라구."

여자는 내뱉듯이 말했다.

내 머리에는 '장사를 하는 여자한테'라는 말이 강하게 달라붙어 있었다. 이 불결한 여자조차도 하찮게 보는 계급이 있다는 것은 나로서는 매우 의외였다. 나는 아키를 떠올렸다. 그 생각은 나를 환호하게 만들었다. 특별한 사정이 있지 않은 한, 거절을 할 리가 없다. 이 난쟁이와 인간의 튀기 같은 기형적이고 불결한 여자에게조차 업신여김을 받는 여자가 아키라는 것을 이 여자도 알 까닭이 없고, 애당초 아키는 말할 것도 없고 나 말고는 아무도 알지 못하는 거다. 이 발견의 기쁨은 나의 정욕을 북돋았다. 나는 이제 호색덩어리에 지나지 않았다. 그리고 기형의 추녀 대신에 아키의 미모를 생각해 낸 만족으로 나의 호색은 부풀어 올랐고, 나는 새로운 목적을 위한 기대만이 모두였다.

나는 다시 술을 마셨다. 여자는 술을 내놓고 싶어 하지 않았지만, 내가 딴 사람처럼 침착해졌으므로 영문을 알 수 없는 모양이었다. 나는 맥주병에 술을 채워 달래서 그것을 들고 나갔다.

아키는 뽐내는 것을 좋아했다. 돈 많은 유한마담이라는 식으로 소문을 내며 대학생들과 놀고 있지만 알고 보면 가난한 월급쟁이의 마누라로, 호사스러운 기모노는 딱 한 벌밖에 없었다. 그런 점에 나는 반발을 느끼고 있었다. 젠체하는 것에 비해 그 내용의 빈약함을 나는 우습게 알고 있었던 것이다. 으쓱거리고 있었다. 그런 주제에 노상 부글부글거리고 있었다. 그것은 오직 육욕이 채워지지 않기 때문이고, 늘 남자를 물색하고 있는 눈, 그것이 영혼의 전부였다.

나는 아키를 불러내 해변의 온천 여관으로 갔다. 그리고 나는 내 생각대로 진행했다. 나는 아키를 멸시한다고 했다. 그리고 이 젠체하는 여자가 기형의 추녀에게조차 업신여김을 받는 여자라는 것을 발견해서 기쁨으로 가득하다고 했다. 그처럼 한번 생각한 일이 있다는 건 틀림없는 사실이었지만, 그것은 어쩌다 떠올랐을 뿐, 나의 정욕을 풍요하게 하기 위한 양념이요, 나의 기대와 흥분은 실로 호색이 전부였다. 나는 남을 수치스럽게 하고 상처 주는 일을 좋아하지 않는다. 남에게 창피를 주고 상처 주기를 감당할 만한 의지처를 갖고 있지 않은 것이다. 내뱉은 침은 반드시 자신에게 되돌아오는 법이다. 내 마음의 근저根底는 약하고 겸허했다. 그것은 자신이 없기 때문이고, 남과의 타협으로, 나는 그것을 업신여기기는 했지만 탈출할 수는 없었다.

그러나 나는 취해 있었다. 아키는 남편이 있으므로 밤 8시경에 돌아갔지만, 나는 상 위의 싸늘하게 식은 도쿠리의 술을 마시고, 뒷모습을 쫓아가듯이, 갑자기, 어째서 아키를 불러냈는지, 그날의 전말을 떠들기 시작했다. 나는 아키의 화난 기색도 알아차리지 못했다. 나는 득의양양했다. 그리고 아키가 돌아간 뒤에 다시 게이샤를 불러 밤늦게까지 술을 마셨다. 그리고 이튿날 아파트에 돌아와서 검붉은 피를 토했다. 5홉 가량이나 피를 토했다.

하지만 아키의 복수는 더욱 신랄했다. 아키는 나의 여자에게 모든 걸 이야기했다. 그것은 악랄한 것이었다. 육체의 행위, 나의 행위를 처음부터 끝까지 하나하나 묘사해서 들려주었던 것이다. 내 여자의 몸에는 매력이 없다고 했던 말, 다른 누구보다도 매력이 없다고 한 말, 여자에게 불쾌한 모든 말들을 시시콜콜 자세하게 들려주었다.

* * *

나는 여자의 소원은 얼마나 슬픈 것일까 생각한다. 바보 같은 것일까 생각한다.

광란 상태의 분노가 가라앉자, 여자는 오히려 우리 두 사람의 애정이 더 깊어진 것으로밖에는 여길 수 없는 상냥함으로 되돌아왔다. 그리고 여자가 필사적으로 바랐던 것은 두 사람의 사이가 좋다는 것을 아키에게 보여주고 싶다는 것이었다. 아키가 있는 앞에서 한 시간이나 뽀뽀를 해 달라고 여자는 떼를 쓰고 있는 것이다.

이런 심정이라는 게 도대체 순수한 것일까. 나는 의심하지 않을 수 없었다. 어딘지 모르게 일그러져 있다. 어딘지 모르게 부자연스럽다고 나는 생각한다. 여자의 본성이란 것이 이 정도의 것이라면 여자는 경멸할 만한 저속한 존재이겠지만, 그러나 나는 그런 식으로 생각할 수가 없었다. 가장 순하고 자연스러워 보이는 심정조차도 때로는 왜곡되어 있는 면이 있다. 먼저 생각하라. 혐오당하면서 함께 사는 것이 자연스러운 일일까. 사랑 없이 함께 사는 것이 자연스러운 일일까.

나는 예전 친구인 오뎅집 주인을 불러내서 한 주점에서 술을 마시고 있었다. 주점의 여급이 한 작가의 험담을 했다. 오뎅집 주인은 문학청년이었고 그 작가하고는 개인적으로 가까웠고 그가 보여주었던 배려에 대해 의리를 느끼고 있었다. 그래서 분노해서 갑자기 일어나 여자를 때리는 등 일대 소동을 벌인 일이 있다. 의리인정이라는 것은 대체로 이 정도로 부자연스러운 것이다. 때린 당사자는 당연하다고 생각하고, 올바른 일을 했다고 생각하면서 자랑으로 삼고 있으니 더 곤란하다. 그가 의리를 느끼고 있는 것은 그의 개인적인 일이지 결코 일반적인 사실은 아니다. 그 특수한 연계를 갖지 않은 여자가 무슨 소리를 하건 그의 특수한 입장과는 애초에 아무 관계가 없는 사항이다. 나는 복수의 심정은 많은 경우, 이 오뎅집 주인의 경우처럼, 어딘가, 수레의 회전축이 벗어나 있는 것이라고 생각한다. 대개는 본인 자체의 무언가 소중한 회전축을 일그러뜨리기도 하고, 벗어난 채로 알아차리지 못하거나 하면서, 자신의 잘못된 감정 처리까지도 복수의 정열로 돌려놓고 응석을 부리고 있는 것이 아닐까 싶다.

얼마 후 나와 여자는 도쿄에 있을 수 없게 되어 버렸다. 여자의 남편이 칼부림을 시작했으므로 도망치지 않을 수가 없었던 것이다.

우리는 어떤 지방의 소도시에서 아파트 방 하나를 빌렸고, 나는 마침내 여자와 한방에서 지내지 않을 수가 없게 되어 있었다. 하지만 나는 이것은 여자의 술책이었을 것으로 생각한다. 나와 같은 방에, 게다가 다른 사람들과 동떨어져서 둘만이 살고 싶다는 여자의 염원이었던 것으로 생각한다. 남자가 내 주소를 알아내서 칼을 휘두르며 뛰어들 것이라고 말했지만, 아마도 여자의 잔꾀일 것이라고 나는 처음부터 짐작하고 있었으므로, 그런 건 나는 두려워하지 않는다고 말했지만, 여자는 억지로 나를 재촉했고, 그래서 알지도 못하는 마을의 조그만 아파트에 이사해 살게 되었다.

나는 일단 고분고분하게 나왔다. 그 최대의 이유는 여자와 헤어질 도덕적 책임에 관하여 나를 납득시킬 수가 없었기 때문이다. 나는 여자를 사랑하지 않았다. 여자는 나를 사랑하고 있었다. 나는 『아돌프』에 나오는 한 대목만을 기묘하게 곧잘 기억해 냈다. 유학하는 아이에게 아버지가 훈계하는 장면에서 "여자가 필요해지거든, 돈으로 헤어질 수 있는 여자를 만들어라"라는 대목이었다. 나는 『아돌프』를 읽어야겠다고 생각했다. 마을에는 조그만 도서관이 있었지만 프랑스 책은 없었다. 이와나미문고岩波文庫의 『아돌프』는 아직 출판되지 않았다. 나는 그러나 도서관에 다녔다. 나 자신에게 생각할 기력이 없었으므로, 나는 나의 생각을 책 속에서 찾아내고 싶었다. 읽고 싶은 책도 없고, 계속 읽을 수 있는 근기根氣도 없었다. 나는 그러나 끈기 있게 도서관에 다녔다. 나는 책 목록을 훑어보면서 늘 이렇게 생각하는 것이다. 내 마음은 어디에 있는 걸까. 어딘가, 이 언저리에, 나의 마음이, 숨겨져 있는 게 아닐까? 나는 결국 『논어』도 읽고 『츠레즈레구사徒然草』도 읽었다. 물론, 얼마간 책을 읽지 않으면서, 계속 읽어 나갈 기력을 상실하고 있었다.

그러자 얄궂게도, 돌연 아키가 우리를 의지해 도피해 왔던 것이다. 아키는 임질에 걸려 있었다. 그게 들통이 나서 남자에게 내쫓기고 말았던 것이다. 하기야 남자에게 새 여자가 생겼다는 것이 실제의 이유였고, 임질은 그 여자에게서 남자에게로, 남자에게서 아키에게로 전염되었다는 것이 진짜 경로라고 하는데, 아키 자신, 아무러면 어때, 하고 말한 대로, 아무래도 상관없었던 것이 틀림없다. 아키는 박정한 여자이므로 친구가 없다. 천지에 나의 여자 말고는 의지할 만한 데가 없었던 것이다.

나의 여자가 나를 이 시골 마을로 오게 만든 이유는 나를 아키에게서 떼어 놓는 것이 최대의 목적이었을 것으로 생각한다.

그것은 통렬한 생각이었음이 틀림없다. 왜냐하면 여자는 그 육체의 행위에서 최대의 도취에 잠길 때 으레 하는 말이 있었다. 아키코에게도 이렇게 해 줬어요! 그리고 눈이 분노로 미친 듯이 불타고 있었던 것이다. 그것이 도취의 정점에서 하는 잠꼬대 같은 말이었다. 그 도취의 정점에서는 눈이 분노로 불타오르고 있는 것이다. 늘 변함없는 습관이었다. 세상에! 하고 나는 생각한다.

이 비소卑小함은 무엇일까 하고 나는 생각한다. 이것이 과연 인간이라는 것일까. 이 비소함은 통렬한 진실이라기보다도 기괴하고 치매적이라고 나는 생각했다. 대체 여자는 나의 진실한 마음을 들여다보고 어떻게 하려는 걸까? 아키 한 사람의 문제가 아니다. 나는 온갖 여자를 원하고 있다. 여자와 놀고 있을 때면, 나는 대체로 다른 여자를 눈으로 그리고 있었다.

그러나 여자의 영혼은 그다지 순수한 것은 아니었다. 나는 언젠가, 창녀의 집에서 임질이 옮은 일이 있었다. 나는 여자에게 옮길까 두려워 정직하게 털어놓고 다 나을 때까지는 놀기를 중단하자고 말했는데, 여자는 나의 유곽에서의 방탕을 나무라기는커녕 옮아도 좋다면서 다 낫기도 전에 놀려고 했다. 거기에는 이유가 있었다. 여자의 남편은 매독이었고, 여자의 자식들은 유전 매독이었다. 부부의 불화의 시작은 그것이었는데, 여자는 치료의 결과에 대해 딱히 자신감을 갖지 못했던 것이다. 그리고 그녀의 최대의 비밀은 혹시나 나에게 매독이 옮지나 않을까 하는 것, 그 결과 나에게 미움을 받지나 않을까 하는 것이었다. 그래서 여자는 나와 만나기 시작할 때 매번 유황천에 가자고 주장했다. 내가 임질에 걸린 일은 여자의 죄악감을 덜어 주었던 것이다. 여자는 이제 그 최대의 비밀에 의해 나에게 두려움을 가질 필요가 없다고 믿을 수 있었다. 그녀는 자진해서 임질에 걸리기를 원했던 것이다.

나는 그런 심정을 애처롭다고 생각하지 않았다. 애처롭다는 말은 그런 것이 아니다. 오히려 비열하다고 나는 생각했다. 나는 산수 계산이나, 밸런스를 따지는 마음씨를 좋아하지 않는다. 자기 자신을 깨끗이 내던져 그 자체 안에서 구원의 길을 구하는 일 말고는 올바름이란 없는 게 아닐까. 어쨌든 그것은 나자신의 오직 유일한 확신이었다. 그 하나의 확신만큼은 아직 그때까지도 잃지 않고 남아 있었다. 내 여자의 영혼이 어쨌든 저속한 것임을 나는 늘 모래를 씹는 심정으로 곱씹었고, 그러나 나 자신이 그 이상의 무엇이 되지 못하는 슬픔을 더욱 공허한 마음으로 곱씹어 나가지 않으면 안 되었다. 정의! 정의! 나의 영혼에는 정의가 없었다. 정의란 무엇인가! 나도 모르겠다. 정의, 정의, 나는 이불을 뒤집어쓰고 한 줄기 눈물을 닦는 밤도 있었다.

나의 여자는 배려의 마음이 깊은 여자였으므로 의지할 데 없는 아키의 오랜 체류에도 표면상으로는 별로 불쾌해하지도 싫어하지도 않았다. 그러나 그 복수는 집요했다. 아키의 면전에서 나에게 특별히 희롱거렸다. 아키는 태연했다. 쓴웃음조차 짓지 않았다.

아키는 임질 때문에 매일 병원에 다녔다. 그리고 기차를 타고 시골 도시의 댄스홀로 남자를 물색하러 다녔다. 남자는 좀처럼 발견되지 않았다. 한밤중에 허탕치고 돌아와 싸늘한 침상에 기어 들어간다. 병원의 의사를 댄스홀로 유인해 보았지만, 응하지 않으니까 병원 가는 것도 그만두었다. 의사한테 차였어 하고 어색하게 웃었다. 그 금속질의 웃음은 상쾌했지만, 한밤중에 헛되이 돌아와 홀로 침상으로 기어드는 모습에는 노파와도 같은 흐리터분한 피로가 있었다. 어느 무엇 하나 정욕을 일으킬 만한 색정이라고는 없었다. 나는 오히려 내 눈을 의심했다. 혼자서 침상으로 기어드는 여인의 모습이란 이처럼 색정의 기운이 없는 것일까. 이불을 들추어 다리부터 몸이 기어들어 가는 보잘것없는 여인의 모습에서, 나는 생각지도 않게 인간의 숙명의 애처로움을 느꼈다.

아키의 물건들은 하나씩 하나씩 사라져 갔다. 나의 여자에게서 얼마씩 돈을 빌려 댄스홀에 가게 되었다. 그러나 남자는 발견되지 않았다. 그러면서도 일을 할 결심은 서지 않는 것이다. 무희나 여급을 경멸하면서 묘한 자존감을 가지고서 저 잘난 맛에 살고 있는 것이다.

마지막 운을 시험하겠다며 병원 의사를 유혹하러 갔다가 매정하게 퇴짜를 맞고 돌아왔다. 저녁때였다. 내가 도서관에서 돌아올 때, 병원을 나오는 아키와 만났다. 우리는 그곳으로부터 신사 경내에 있는 깊은 수목들의 공원을 거쳐 아파트로 돌아오는 것이다. 공원 안에 가지를 뻗고 있는 메밀잣밤나무의 거목이 있었다.

"저 나무는 남자의 그걸 닮았네요. 저런 것이 정말로 있다면, 굉장하겠어요."

아키는 그녀 특유의 방식으로 키득거렸다.

나는 아키가 우리 방에서 살게 되고, 그 고독한 모습을 보여주고 있는 사이에 점차로 이해하게 된 말이 있었다. 그것은 에고이스트라는 말이었다. 아키는 옷을 어떻게 입느냐로 남자를 속일 연구를 한다. 그러나 발가벗고 나면 그뿐이다. 자기 자신의 쾌락만을 추구하고 있는 것이므로 찰나적인 만족 대신에 경멸과 모욕을 받을 뿐, 야합 이상의 아무것일 수가 없다. 육욕의 경우에도 단순한 에고이즘은 저속하고 진부한 것이다. 훌륭한 창부란 예술가의 숙명과 마찬가지로 언제나 스스로가 채워져서는 안 된다. 그리고 채워질 이유도 없다. 자신은 언제나 희생자에 지나지 않는 것이다.

예술가는―나는, 여기서 생각한다. 사람을 위해 사는 것. 봉사를 위해 바쳐지는 것. 나는 매일 이렇게 생각했다.

'내가 원하는 것을 바침으로써, 진실한 자기 만족에 도달하는 일. 나를 잃음으로써, 나를 발견하는 것.'

나는 '무상의 행위'라는 말을 계속해서 생각하고 있다.

나는 그러나 나 자신의 입에서 나오는 그 말이 단순한 허위에 지나지 않음을 알고 있었다. 말의 의미 자체는 혹 진실일지도 모른다. 그러나 그러한 진실은 별것도 아니다. 나의 '현재 살고 있는 몸'에, 그것이 나의 진실한 생활이냐, 허위의 생활이냐 하는 것만이 전부였다.

허망한 형해形骸뿐인 말이었다. 나는 자신의 공허함에 황량함을 느낀다. 헛된 말만을 뒤쫓고 있는 공허한 자신에게 신물이 난다. 나는 어디로 가는 것일까. 이 공허한, 그저 천박하기만 한 하나의 그림자는. 나는 기차를 보는 것이 싫었다. 특히 덜컹덜컹거리는 화물열차가 싫었다. 선로를 바라보는 일이 애잔했다. 목적하는 곳도 없이, 그리고 한도 없이, 무한하게 이어지는 나의 행로를 보는 듯한 기분이 들기 때문이다.

나는 숨을 죽이고, 귀를 기울이고 있었다. 여인네들의 휘황한 육욕의 그늘에서. 저속한 영혼의 그늘에서. 에고이즘의 그늘에서. 내가 도대체 나 자신이 그 이외의 무엇이란 말인가. 어디로? 어디로? 나는 하나도 알 수 없었다.

(**붙임** 나는 이미 「21」이라는 소설을 썼다. 「30」「28」「25」라는 소설도 예정되어 있다. 그리고 그것들이 마무리되어 한 권의 책이 될 때, 이 소설의 표제는 「29」가 될 것이다.)

(1946년 1월)

타락론 墮落論

　반년 사이 세상은 변했다. 추한 방패가 되어 나가는 나에게는. '천황 곁에서 죽자. 뒤돌아보지 않으리.'* 젊은이들은 이렇게 산화散華해 갔지만, 똑같은 그들이 살아남아 암거래상이 된다. '백년의 목숨을 바라지 않으리, 언젠가 나라의 방패가 될 그대와 맺어져.' 갸륵한 심정으로 전쟁터로 남자를 내보낸 여인네들도, 반년의 세월 만에 남편의 위패 앞에 무릎 꿇는 일까지도 사무적이 되고 말 것이고, 이윽고 새로운 얼굴을 가슴에 품게 되는 것도 먼 뒷날의 일이 아니다. 인간이 변한 것이 아니다. 인간은 원래 그런 것이고, 변한 것은 세상의 거죽뿐이다.

---

* 태평양전쟁 시기 준국가準國歌라고 불렸던 군가 〈바다에 가면〉의 한 대목.『만엽집萬葉集』에 나오는 장가를 바탕으로 한 가사이다.

예전에 47의사義士*의 구명救命을 배제하고 처형을 단행한 이유 중 하나는, 그들이 살아남아서 수치를 보아 모처럼의 명예를 더럽히는 일이 있어서는 안 되겠다는 노파심이었다는 것이다. 현대의 법률에는 이런 인정은 존재하지 않는다. 하지만 사람들의 심정 가운데는 다분히 이런 경향이 남아 있어서 아름다운 것을 끝까지 지속시키고 싶어 하는 것이 일반적인 심정 중 하나인 것 같다. 십몇 년 전 동정 처녀인 채로 사랑의 일생을 마치기 위해 오이소大磯 어딘가에서 동반자살한 학생과 아가씨가 있었는데, 세상 사람의 동정이 컸고, 나 자신도 몇 년 전에 나와 매우 친했던 여조카 하나가 21세의 나이에 자살했을 때, 아름다울 때 죽어서 잘됐다는 기분이 들었다. 얼핏 보기에 청초한 아가씨였는데, 금방이라도 부서질 듯 아슬아슬해서 그대로 지옥으로 떨어지지나 않을까 하는 불안감을 느끼게 해서, 그 일생을 똑바로 바라볼 수가 없을 것 같은 기분이 들었기 때문이다.

이번 전쟁 중에 문인들은 미망인의 연애를 쓰지 못하도록 금지당하고 있었다. 전쟁 미망인을 도발해서 타락하게 해서는 안 된다는 군인 정치가들의 작심으로, 그녀들에게 사도使徒의 여생을 보내게 하고자 했던 모양이다. 군인들의 악덕에 대한

---

* 1703년, 주군의 원수를 갚기 위해 기라 요시나오의 집을 습격한 아코赤穗번의 47인의 무사들은 복수에 성공한 뒤 전원 할복 명령을 받고 자결했다. 이들을 흔히 '아코 의사赤穗義士'라고 한다. 일본에서 현재까지 가장 유명한 이야기 중 하나인 〈추신구라忠臣藏〉의 소재가 이 사건이다.

이해력은 민감하므로, 그들은 여심의 변하기 쉬움을 몰랐던 것이 아니라 너무나 잘 알았기 때문에 이런 금지 조항을 짜내기에 이르렀을 뿐이다.

대체로 일본의 무사들은 옛날부터 부녀자의 심정을 모른다고들 말하고 있지만 이것은 피상적인 견해일 뿐, 그들이 고안해 낸 무사도라는 뻣뻣하기 짝이 없는 법칙은 인간의 약점에 대한 방벽이라는 점이 그 최대의 의미였다.

무사는 원수를 갚기 위해 풀뿌리를 가르며 거지가 되어서라도 발자취를 쫓아다니지 않으면 안 된다는 것인데, 진정한 복수의 정열을 가지고 원수의 발자취를 따라다닌 충신효자가 있었을까. 그들이 알고 있었던 것은 원수 갚기의 법칙과 법칙에 규정된 명예뿐으로, 원래 일본인은 가장 증오심이 적고 또한 영속되지도 않는 국민이고, 어제의 적은 오늘의 친구라는 낙천성이 실제의 거짓 없는 심정일 것이다. 어제의 원수와 타협, 아니 아주 서로 터놓고 어울리는 것도 일상다반사요, 원수였던 까닭에 한층 더 간담상조肝膽相照하고, 금방 두 주인을 섬기고 싶어 하며, 어제의 적도 섬기려 든다, 살아서 포로의 수치를 당하지 말라고 하지만 이런 규정이 없으면 일본인을 전투로 내몰기가 불가능해서 우리는 규약에는 순종하지만 우리의 거짓 없는 심정은 규약과 반대로 되어 있는 것이다. 일본의 전사戰史는 무사도의 전사라기보다는 권모술수의 전사이므로, 역사의 증명을 기다리기보다는 자아의 본심을 응시함으로써 역사의 얼개를 알 수 있을 것이다. 오늘날의 군인 정치가가 미망인의 연애에 대해 집필을 금지한 것처럼, 예전의 무인은 무사도로 자신을 또한 부하들의 약점을 억누를 필요가 있었다.

고바야시 히데오*는 정치가의 유형을 독창성 없이 관리하고 지배하는 인종이라고 했는데, 반드시 그런 것은 아닌 모양이다. 정치가의 대다수는 늘 그렇지만, 소수의 천재는 관리와 지배 방법에 독창성을 가지고, 그것이 범용한 정치가의 규범이 되어서 개개의 시대, 개개의 정치를 관통하는 하나의 역사의 형태로 거대한 생물과 같은 의지를 드러내고 있다. 정치의 경우, 역사는 낱낱을 이어 놓은 것이 아니라 개個를 몰입시키기는 별개의 거대한 생물이 되어 탄생하고, 역사의 모습으로서는 정치 또한 거대한 독창을 행하고 있는 것이다. 이 전쟁을 일으킨 자는 누구인가, 도조 히데키東條英機고 군부인가. 그것도 맞지만 또한 일본을 관통하는 거대한 생물, 역사상 빼도 박도 못할 의지였음이 틀림없다. 일본인은 역사 앞에서는 그저 운명에 순종하는 아이였음에 지나지 않는다. 정치가에게 설혹 독창이 없었더라도 정치는 역사의 모습에서 독창을 가지고, 의욕을 가지고, 그칠 수 없는 보조를 가지고 대해의 파도와도 같이 걸어간다. 누가 무사도를 창출해 냈는가. 이 역시 역사의 독창, 혹은 후각이었을 것이다. 역사는 쉼 없이 인간 냄새를 맡아 내고 있다. 그리고 무사도는 인성이나 본능에 대한 금지 조항이기 때문에 비인간적 반인성적인 것인데, 그 인성이나 본능에 대한 통찰의 결과라는 점에서는 전적으로 인간적인 것이다.

---

* 小林秀雄. 근대 일본 문예 비평의 확립자로 평가받는 비평가.

나는 천황제에 관해서도 매우 일본적인(따라서 어쩌면 독창적인) 정치적 작품을 보는 것이다. 천황제는 천황에 의해 생겨난 것이 아니다. 천황은 때로는 스스로 음모를 일으킨 일도 있지만 대체로 아무 일도 하지 않으며, 그 음모는 언제나 성공한 예가 없고, 섬으로 유배를 당하고, 산속으로 도피하고, 그리고 결국 언제나 정치적 이유에 의해 그 존립이 인정되어 왔다. 사회적으로 망각된 때조차도 정치적으로 이끌려 나오는, 그 존립의 정치적 이유는 말하자면 정치가들의 후각에 의한 것으로서, 우리는 일본인의 성벽性癖을 통찰하고 그 성벽 중에서 천황제를 발견했다. 그것은 천황가家에 한한 것이 아니다. 대신할 만한 것이 있다면, 공자가家가 되었든 석가가家가 되었든 레닌가家가 되었든 상관없었다. 그저 대신할 수가 없었을 뿐이다.

적어도 일본의 정치가들(귀족과 무사)은 스스로의 영원한 융성(그것은 영원은 아니었지만, 그들은 영원을 꿈꾸었으리라)을 약속하는 수단으로서 절대군주의 필요를 냄새 맡고 있었다. 헤이안平安 시대의 후지와라씨藤原氏는 천황의 옹립을 자기 멋대로 하면서도, 자신이 천황의 하위下位라는 걸 의심하지도 않았고 불편해하지도 않았다. 천황의 존재에 의지해 귀족 집안의 상속 등에 의한 소동을 처리하면서, 아우는 형을 윽박지르고, 형은 아버지를 윽박지른다. 그들은 본능적인 실질주의자이며, 자신의 일생이 즐거우면 그것으로 족했고, 그러면서도 조정의 의식을 성대하게 해서 천황을 모시는 기묘한 형식을 좋아했고 만족했던 것이다. 천황을 배례하는 일이 자기 자신의 위엄을 과시하고, 또 스스로가 위엄을 느끼는 수단이었던 것이다.

　우리로서는 정말 바보 같은 일이다. 우리는 야스쿠니靖國 신사 밑으로 전차가 꼬부라질 때마다 고개를 숙이게 하는 멍청한 짓거리에는 진저리가 났지만, 어떤 사람들로서는 그렇게 하지 않고서는 자신을 느낄 수가 없는지라, 우리는 야스쿠니 신사에 대해서는 그 어처구니없는 꼬락서니를 비웃으면서도 다른 일에 대해서는 똑같이 바보스러운 일을 자기 스스로 하고 있는 것이다. 그러면서도 자신의 바보스러움을 깨닫지 못하고 있을 뿐이다. 미야모토 무사시宮本武藏는 이치조지一乘寺 구다리마츠下り松의 결투장으로 가던 길에 하치만 님* 앞을 지나가다가, 자신도 모르게 배례를 하려다가 그만두었다고 한다. 나, 신불神佛에 의지하지 않겠노라는 그의 교훈은 이런 스스로의 성벽에서 나온 것이고, 또 그것을 향해 던지는 회한 깊은 말인데, 우리는 자발적으로는 무척 바보 같은 것을 배례하면서 다만 그것을 의식하고 못하고 있을 뿐이다. 도학자는 교단에서 먼저 책을 삼가는 자세로 들고는 하는데, 그는 그런 동작으로 자신의 위엄과 자기 자신의 존재까지도 느끼고 있을 것이다. 그리고 우리도 무엇인가에 대해 비슷한 짓을 하고 있다.

　일본인처럼 권모술수에 전념하는 국민에게는 권모술수를 위해서도 대의명분을 위해서도 천황이 필요한데, 개개의 정치가는 딱히 그 필요성을 느끼지 않는다 하더라도 역사적인 후

---

* 八幡神. 오진 천황應神天皇을 신격화한 존재로 무운武運의 신으로 널리 숭배되었다.

각으로 그들은 그 필요성을 느낀다기보다 스스로가 처한 현실을 의심하는 일이 없었던 것이다. 히데요시는 주라쿠테이聚樂第*에서 천황의 행차를 보면서 스스로 그 성대한 의식에 복받쳐 울었다는데, 저 자신의 위엄을 이에 의해 느낌과 동시에 우주의 신을 그곳에서 보았던 것이다. 이는 히데요시의 경우일 뿐 다른 정치가의 경우는 아니지만, 권모술수가 설사 악마의 수단이라 하더라도, 악마가 어린아이처럼 신을 숭배한다 해도 하나도 이상할 것이 없다. 어떠한 모순도 있을 수가 있는 것이다.

요컨대 천황제라는 것도 무사도와 같은 종류의 것으로서, 여자의 마음은 변하기 쉬우므로 '절개 있는 여자는 두 남자를 보지 않는다'는 금지 자체는 비인간적, 반인성적이지만 통찰의 진리에 있어서는 인간적이라는 점과 마찬가지로, 천황제 자체는 진리는 아니고 또 자연도 아니지만, 이에 이르는 역사적인 발견과 통찰 면에서 가벼이 부정하기 어려운 심각한 의미를 가지고 있어서 표면적인 진리나 자연 법칙만 가지고는 논할 수 없다.

참으로 아름다운 것을 아름다운 채로 끝내고 싶다고 기원하는 것은 소소한 인정이어서, 나의 조카의 경우만 하더라도 자살 같은 것을 하지 말고 꿋꿋이 살아서 지옥으로 떨어져 암흑의 광야를 헤매기를 바라야 했는지도 모른다. 당장 나 자신이

---

* 도요토미 히데요시가 교토에 지은 화려하고 장대한 저택.

스스로에게 과한 문학의 길이란 이러한 광야의 유랑인 셈인데, 그럼에도 불구하고 아름다운 것을 아름다운 채로 끝내고 싶다는 조그마한 바람을 없애 버릴 수는 없다. 미완의 미는 미가 아니다. 그 당연히 떨어져야 할 지옥에서의 편력에, 윤락 자체가 미일 수 있을 때 비로소 미라고 할 수 있는 것인지는 모르지만, 20세 처녀를 굳이 60세 노추의 모습으로 놓고 늘 바라보아야 하는 것일까. 이것은 나로서도 알 수가 없다. 나는 20세의 미녀가 좋다.

죽어 버리면 모든 게 무로 돌아간다고들 하는데, 과연 어떤 것일까. 전쟁에 져서, 결국 불쌍해진 것은 영령들이다, 라는 사고방식도 나는 순진하게 받아들일 수가 없다. 그러나 60이 지난 장군들이 아직도 생에 연연해서 법정으로 끌려 나가는 것을 생각하면, 무엇이 인생의 매력인지 나로서는 전혀 알 수가 없으며, 그러면서 나 자신도, 만약에 내가 60 먹은 장군이라면 역시 생에 연연해서 법정으로 끌려 나갈 것이라고 상상하지 않을 수 없는 것이다. 나는 생이라는 기괴한 힘에 그저 망연해 있을 뿐이다. 나는 20세 미녀를 좋아하지만 노장군 역시 20세 미녀를 좋아하고 있는 것일까. 그리고 전몰 영령들이 애처로운 것도 20세 미녀를 좋아한다는 점에서일까. 그처럼 모습이 또렷한 것이라면, 나는 안심할 수가 있고, 이렇게 해서 오로지 20세 미녀를 뒤쫓아다닐 신념을 가질 수도 있으련만, 삶이라는 것은 좀 더 알 수가 없는 것이다.

나는 피를 보는 게 아주 질색이어서, 언젠가 내 눈앞에서 자동차가 충돌했을 때 나는 휙 뒤돌아서서 도망쳤다. 그렇지만 나는 위대한 파괴를 좋아했다. 나는 폭탄이나 소이탄에 겁먹으면서도 광포한 파괴에는 매우 흥분하곤 했는데, 그럼에도 불구하고 이때처럼 인간을 사랑하고 그리워했던 적은 없었던 것 같다.

　나는 피난을 권하면서 자진해서 시골의 집을 제공해 주겠다는 몇몇 친절한 제의를 물리치고, 도쿄에 머물러 있었다. 오이 히로스케大井廣介 집의 타고 남은 방공호를 최후의 거점으로 삼을 생각이었다. 그리고 규슈로 피난하는 오이 히로스케와 작별했을 때는 바로 도쿄에서 모든 친구들을 잃고 마는 때이기도 했는데, 역시 미군이 상륙해서 사방에 포탄이 마구 작렬하는 마당에 그 방공호에 숨을 죽이고 있는 나 자신을 상상하면서 나는 그 운명을 감수할 작정이었다. 나는 죽을지도 모르겠다고 생각했지만, 좀 더 오래 살 것을 확신하고 있었던 게 틀림없다. 그러나 폐허에서 살아남아 어떻게 하겠다는 포부를 가지고 있었느냐 하면, 나는 오직 살아남겠다는 것 말고는 아무런 상념도 없었던 것이다. 예상 불가능한 신세계의 불가사의한 재생. 그 호기심은 나의 일생에서 가장 신선한 것이었고, 그 기괴한 선도鮮度에 대한 대가로 도쿄에 머무르는 데 내 운명을 걸 필요가 있다는 기묘한 주문呪文에 들려 있었던 셈이다. 그러면서도 나는 겁쟁이여서, 1945년 4월 4일이라는 날, 나는 처음으로 사방으로 2시간에 걸친 폭격을 경험했는데, 이때는 머리 위의 조명탄으로 대낮처럼 주위가 환했다. 그때 마침 상경해 있던 둘째형이 방공호 안에서 소이탄이냐 하고 물었다. 아니 조명탄이 떨어지고 있다고 대답할 생각이었는데, 일단 배에 힘을 꾹 주지 않고서는 목소리가 전혀 나오지 않는 상태라는 것을 알았다. 또, 당시 닛폰영화사의 촉탁이었던 나는 긴자銀座가 폭격당한 직후, 폭격 편대의 재공습을 긴자의 닛폰영화사 옥상에서 맞았는데, 5층 건물 위에 탑이 있고 그 위에 3대의 카메라가 장치되어 있었다. 공습경보가 울리면 거리, 창문, 옥상, 긴자에서 모든 사람의 그림자가 사라지고, 옥상의 고사포 진지조차도 엄호掩壕로 숨어들어 인기척이 없었고, 오로지 천지간에 드러난 사람 모습이라고는 옥상에 있는 10명 정도의 한 무리뿐이었다. 먼저 이시카와石川섬에 소이탄의 비가 뿌려지고, 다음 편대가 바로 머리 위로 온다. 나는 다리의 힘이 빠져나가는 것을 의식했다. 담배를 피워 물고 카메라를 편대를 향해 놓고 있는 밉살스러울 정도로 침착한 카메라맨의 모습에 경탄했던 것이다.

하지만 나는 위대한 파괴를 사랑했다. 운명에 순종하는 인간의 모습은 기묘하게 아름다운 것이다. 고지마치麴町의 모든 주택이 거짓말처럼 사라져서 여신餘燼을 피우고 있고, 기품 있는 아버지와 딸이 달랑 하나의 빨간 가죽 트렁크를 사이에 놓고 수로가의 풀밭에 앉아 있다. 그 옆에 여신을 피워 올리고 있는 폐허만 없었더라도 평화로운 피크닉과 다를 것이 없다. 이곳 역시 사라져 버리고 망망한 여신을 피워 올리고 있는 도겐자카道玄坂를 보니, 언덕 중턱에 아무래도 폭격에 의한 것이 아니라 자동차에 치여 죽은 듯한 시체가 쓰러져 있으며, 한 장의 양철판이 얹어져 있었다. 곁에는 총검 차림의 병사가 서 있었다. 가는 자, 돌아오는 자, 재난을 당한 자들의 열이 끝도 없이 그야말로 무심한 흐름과도 같이 시체 곁을 오가고, 노상의 선혈에 신경 쓰는 이조차 없고, 어쩌다 알아차리는 자가 있더라도 내버려진 휴지 조각을 보는 듯한 관심밖에는 보이지 않는다. 미국 사람들은 종전 직후의 일본인은 허탈과 방심 상태라는 말을 했는데, 폭격 직후의 이재민들의 행진은 허탈이나 방심하고는 종류가 다른 놀라울 정도로 충만한 중량을 가진 무심이었으며, 순진한 운명의 아이들이었다. 웃고 있는 것은 항상 15, 16, 17세의 여자아이들이었다. 그녀들의 미소는 상쾌했다. 불탄 자리를 파헤쳐 검게 탄 양동이에 파낸 사기그릇을 담기도 하고, 얼마 되지도 않는 짐을 지키면서 길 위에서 볕을 쬐기도 했다. 이 나이 또래의 아가씨들은 미래의 꿈으로 가득해서 현실 따위에는 신경도 쓰이지 않는다는 것일까, 아니면 고고한 허영심 때문일까. 나는 타고 난 허허벌판에서 아가씨들의 웃는 얼굴을 찾는 것이 즐거움이었다.

저 위대한 파괴 앞에서는, 운명은 있었지만 타락은 없었다. 무심하기는 했지만, 충만해 있었다. 맹렬한 불길 속을 뚫고 나와 살아남은 사람들은 불타고 있는 집 옆에 몰려들어 추위 속에서 온기를 취하고 있었으며, 똑같은 불을 끄고자 필사적으로 애쓰고 있는 사람들로부터 한 발자국밖에 떨어져 있지 않으면서도 전혀 다른 세상에 있었다. 위대한 파괴, 그 놀라운 애정, 위대한 운명, 그 놀라운 애정. 이에 비하면, 패전의 표정은 단순한 타락에 지나지 않는다.

그러나 타락이라고 하는 것의 놀라운 평범성이나 평범한 당연함에 비하다면, 저 무시무시하게 위대한 파괴의 애정이나 운명에 순종하는 인간의 아름다움 역시 물거품과 같은 허망한 환상에 지나지 않는다는 기분이 든다.

도쿠가와德川 막부의 사상은 47명의 무사를 죽임으로써 영원한 의사義士로 만들려 했다. 하지만 47명의 타락만큼은 막을 수 있었을지 모르지만, 인간 자체가 늘 의사로부터 범속凡俗으로, 그리고 지옥으로 전락해 가는 것을 막을 도리는 없다. 절개 있는 여인은 두 남편을 섬기지 않으며, 충신은 두 임금을 섬기지 않는다고 규약을 제정해 봐야 인간의 전락은 막을 길이 없으며, 설혹 처녀를 찔러 죽여서 그의 순결을 유지하는 데 성공한다 하더라도, 타락의 평범한 발소리, 그저 철썩거리는 파도처럼 그 발소리를 깨달았을 때, 인위人爲의 왜소함, 인위에 의해 유지된 처녀의 순결의 왜소함 따위는 포말과 같이 허망한 환상에 지나지 않음을 발견하지 않을 수 없다.

특공대의 용사는 그저 환상에 지나지 않으며, 인간의 역사는 암상인이 되는 곳으로부터 시작되는 것이 아닐까. 미망인이 사도使徒가 되는 일도 환상에 지나지 않고, 새로운 얼굴을 떠올리는 일로 인간의 역사가 시작되는 것이 아닐까. 그리고 어쩌면 천황도 환상에 지나지 않고, 여느 인간이 되는 데서부터 진실한 천황의 역사가 시작될지도 모른다.

역사라는 생물의 거대함과 마찬가지로, 인간 자체도 놀라울 정도로 거대하다. 삶이라는 것은 유일한 불가사의다. 60~70된 장군들이 자결도 하지 않고 나란히 법정으로 끌려 나가는 모습은 종전에 의해 발견된 장관이라 할 인간도人間圖이고, 일본은 지고, 그리고 무사도는 스러지고 말았지만, 타락이라는 진실의 모태에 의해 비로소 인간이 탄생했던 것이다. 살아서 타락하라, 그 정당한 수순 말고 진실로 인간을 구원할 수 있는 편리한 지름길이 있을까. 나는 할복을 좋아하지 않는다. 옛날에 마츠나가 단조松永彈正라는 노회하고 음울한 음모가는 오다 노부나가織田信長에게 몰려서 어쩔 도리 없이 성을 베개 삼고 전사했는데, 죽기 직전에 늘 하던 대로 연명을 위한 뜸을 뜨고 나서 철포를 얼굴에 대고 얼굴을 박살내면서 죽었다. 당시 그는 70세가 넘었지만, 남들이 보는 앞에서 여인과 희희덕거리는 악독한 사내였다. 이 사내의 죽는 방식에는 동감하지만 나는 할복은 좋아하지 않는다.

나는 전율하면서, 그러나 황홀하게 그 아름다움에 빠져 있었다. 나는 생각할 필요가 없었다. 그곳에는 아름다운 것만이 있을 뿐, 인간이 없었기 때문이다. 실제로 도둑조차 없었다. 요즈음의 도쿄는 어둡다는 말들을 하는데, 전쟁 중에는 캄캄한 어둠이었을 뿐 그러면서도 아무리 깊은 밤에도 강도 따위의 걱정은 없었고, 컴컴한 심야에도 나다니고 문을 잠그지 않고 잠을 잤던 것이다. 전쟁 중인 일본은 거짓말처럼 이상향이었으며, 오직 헛된 아름다움이 피어 넘치고 있었다. 그것은 인간의 진실한 아름다움은 아니다. 그리고 만약에 우리가 생각하기를 잊어버린다면, 이처럼 마음 편한 장관의 구경거리는 없을 것이다. 설혹 폭탄의 끊임없는 공포가 있다 하더라도, 생각할 일이 없는 한, 인간은 항상 편안하고 그저 황홀하게 구경하기만 하면 되었던 것이다. 나는 하나의 바보였다. 가장 순진하게 전쟁과 놀고 있었다.

종전 후 우리에게는 온갖 자유가 허용되었는데, 사람들은 온갖 자유가 허용될 때 스스로의 불가해한 한정限定과 그 부자유함을 깨닫게 된다. 인간은 영원히 자유로울 수는 없다. 왜냐하면 인간은 살아 있고, 또 죽지 않으면 안 되며, 그리고 인간은 생각하기 때문이다. 정치상의 개혁은 하루 만에 할 수 있지만, 인간의 변화는 그렇게는 되지 않는다. 멀리 그리스에서 발견되어 확립의 일보를 내디딘 인성이 오늘날 어느 정도의 변화를 보이고 있는 것일까.

인간. 전쟁이 얼마나 엄청난 파괴와 운명을 몰고 닥쳐온들, 인간 자체를 어찌할 수 있는 것은 아니다. 전쟁은 끝났다. 특공대의 용사들은 이미 암상인이 되었고, 미망인들은 이미 새로운 얼굴을 하고 가슴을 부풀리고 있는 것은 아닐까. 인간은 변하지 않는다. 그저 인간으로 되돌아온 것이다. 인간은 타락한다. 의사義士도 성녀聖女도 타락한다. 이를 막을 수는 없다. 막음으로써 사람을 구원할 수는 없다. 인간은 살고, 인간은 타락한다. 그 말고는 인간을 구원할 편리한 지름길은 없다.

전쟁에 졌기 때문에 타락하는 것은 아니다. 인간이기 때문에 타락하는 것이고, 살아 있기 때문에 타락할 뿐이다. 그러나 인간은 영원히 타락만 할 수는 없을 것이다. 왜냐하면 인간의 마음은 고난에 대해 강철 같을 수가 없기 때문이다. 인간은 가련하고 취약하며, 그래서 어리석은 것이다. 철저히 타락하기에는 너무 나약하다. 인간은 결국 처녀를 찔러죽이지 않을 수 없을 것이고, 무사도를 창출하지 않을 수 없을 것이며, 천황을 들먹이지 않을 수 없을 것이다. 하지만 남의 처녀가 아니라 자기 자신의 처녀를 찔러 죽이고, 자기 자신의 무사도, 자기 자신의 천황을 들먹이기 위해서는 인간은 올바르게 타락하는 길로 떨어지는 게 필요하다. 그리고 인간처럼 일본도 타락할 필요가 있을 것이다. 타락해야 할 길로 타락함으로써 자기 자신을 발견하고 구원해야 한다. 정치에 의한 구원 따위는 겉껍데기뿐인 바보 같은 짓이다.

(1946년 2월)

백치 白痴

그 집에는 인간과 돼지와 개와 닭과 오리가 살고 있었는데, 참말이지, 사는 건물도 각자 먹는 음식도 거의 다를 게 없다. 창고 같은 구부정한 건물이 있는데, 아래층에는 주인 부부, 천장 아래에는 어머니와 딸이 세들어 살고 있고, 이 딸은 상대를 알지 못하는 아이를 배고 있다.

이자와가 세 들어 있는 방은 별채로, 이곳은 예전에 이 집의 폐병을 앓는 아들이 있었다고 하는데, 폐병 걸린 돼지에게도 사치스럽다고 할 만한 방은 아니다. 그래도 벽장과 변소와 찬장이 붙어 있었다.

주인 부부는 재봉소를 하면서 동네의 재봉 선생 노릇도 하고(그래서 폐병을 앓는 아들은 별채에 있었던 것이다) 마을자치회의 임원도 맡고 있다. 세 들어 사는 아가씨는 원래 마을자치회의 사무원이었는데, 자치회 사무실에서 먹고 자고 하다가 자치회장과 재봉소 주인을 제외한 다른 임원들 모두(십몇 명)와 공평하게 관계를 맺고 있었던 모양이고, 그중 누군가의 씨를 가지게 되었던 것이다. 그래서 자치회 사람들이 갹출하여 이 다락방에서 아기의 처리를 하자는 것이었는데, 세상은 헛수고가 없는 법이어서, 임원 중 두부 가게를 하는 남자만은 아가씨가 임신해서 이 다락방으로 들어앉은 뒤로도 계속 드나들어 결국 아가씨는 이 남자의 첩 같은 존재가 되어 버렸다. 다른 임원들은 이를 알고는 당장 갹출을 그만두었고, 그만두는 달의 생활비는 두부 가게 주인이 부담해야 한다며 지불을 거부하는 채소가게 주인과 시계방 주인과 지주 등 7, 8명(한 사람당 5엔)이 있어 아가씨는 지금까지 원통해 발을 동동 구르고 있다.

이 아가씨는 큰 입과 두 개의 큰 눈이 달려 있었고, 그러면서도 무척 말라빠졌다. 오리를 싫어해서 닭에게만 모이를 주지만, 오리가 곁에서 새치기를 하므로 매일 화를 내며 오리를 쫓고 있다. 큰 배와 엉덩이를 앞뒤로 내밀며 기묘한 직립 자세로 뛰는 꼴이 흡사 오리 같았다.

이 골목 출구에 담배가게가 있고 55세 된 할머니가 분을 바른 채 살고 있는데, 일곱 번째라든가 여덟 번째라고 하는 정부를 내쫓고 나서 그 대신에 중년의 중으로 할까, 역시 중년의 어떤 가게 주인으로 할까를 놓고 번민 중이었다. 젊은 남자가 뒷문으로 담배를 사러 가면 몇 갑인가를 팔아 준다는데(단 암시세로), 선생(이자와를 가리키는 말)도 뒷문으로 가 보세요, 이렇게 재봉집 주인이 말했지만, 이자와에게는 근무처에서 특별 배급이 나와서 할머니의 신세를 지지 않아도 되었다.

그런데 그 맞은편의 쌀 배급소 뒤쪽에는 약간의 돈을 쥐고 있는 미망인이 살고 있고, 오빠(직공)와 누이동생과 두 아이가 있는데, 이 친남매가 부부관계를 맺고 있다. 그렇지만 미망인은 결국 이쪽이 돈이 덜 든다고 해서 묵인하고 있는 사이에 오빠 쪽에 여자가 생기고 말았다. 그래서 여동생 쪽을 처리할 필요가 생겨서 친척에 해당하는 50인지 60인지 하는 노인에게 시집을 보내게 되었지만, 여동생은 쥐약을 먹었다. 먹고 나서 재봉집(이자와의 하숙)으로 바느질을 배우러 와 괴로워하기 시작했고 결국은 죽고 말았는데, 그때 동네 의사가 심장마비 진단서를 떼주어 그 이야기는 그대로 유야무야되어 버렸다. 에? 어떤 의사가 그런 편리한 진단서를 써 준단 말입니까, 하고 이자와가 깜짝 놀라 물어보았더니, 재봉집 주인 쪽은 어안이 벙벙한 얼굴로, 뭡니까, 다른 데서는 그렇게 안 하나요? 하고 물었다.

이 부근은 싸구려 아파트가 난립해 있고, 그 방들의 몇 분의 일은 첩과 매음녀들이 살고 있었다. 그런 여자들에게는 아이가 없고, 또 각각의 방을 깨끗이 쓴다는 공통성을 가지고 있었으므로, 그 때문에 관리인들이 환영해 그 사생활의 난맥상, 배덕성背德性 따위는 문제로 떠오른 일이 한 번도 없다. 아파트의 반수 이상은 군수공장의 기숙사가 되어 여기도 여자 정신대挺身隊*의 집단이 살고 있어서, 무슨 과의 누구의 애인이라는 등, 과장님의 전시戰時 부인(즉 진짜 부인은 피난 중이라는 말이다)이라는 등, 중역의 2호라는 등, 회사를 쉬면서 월급만 받고 있는 임신 중의 정신대라는 등이 있는 것이다. 그중 한 사람 500엔의 첩이 집 한 채를 가지고 살고 있어서 선망의 대상이었다. 살인이 직업이었다는 만주 건달(이 누이동생은 재봉집의 제자)의 이웃은 지압 선생이고, 그 옆은 재봉집 긴지銀次**의 유파를 잇는 그 방면의 달인이라는 사람이고, 그 뒤에는 해군 소위가 있는데, 매일 생선을 먹고 커피를 마시고 통조림을 따 술을 마시고, 이 부근에서는 몇 삽만 파도 물이 나오므로 방공호를 만들 수도 없었는데, 이 소위만큼은 시멘트를 사용해서 자기 집보다도 훌륭한 방공호를 가지고 있었다. 또 이자와가 통근할 때 지나가는 길목의 백화점(목조 2층)은 전쟁 때문에 상품이 없어 휴업 중이었지만 2층에서는 연일 도박장이 열렸고, 그 뒷골목의 유력자는 몇 개의 국민주점***을 점령하고, 줄서 있는 인민들을 노려보며 매일 만취해 있었다.

이자와는 대학을 나와 신문 기자가 되었고, 이어서 문화 영화의 연출가(아직은 견습이어서 단독으로 연출한 일은 없다)

---

* 원래는 위험한 임무를 수행하기 위해 몸을 던질 각오로 조직된 부대를 가리키는데, 태평양 전쟁 시기 남성 노동력의 부족으로 공장 등에서 힘들고 어려운 노동에 투입된 여성 노동자를 가리킨다.

** 메이지 시대 도쿄의 소매치기 두목. 전성기 때는 변호사도 몇 명 고용할 정도로 크게 세력을 떨쳤다.

*** 태평양전쟁 당시 주류 판매 통제 제도가 시행되었을 때 중요 산업 노동자와 일반 근로자를 위해 허가된 술집들에 붙여진 이름. 당시 개점 전부터 사람들이 길게 줄을 설 정도로 대성황이었다.

가 되었는데, 27세의 나이에 비해 인생의 뒷무대 쪽에 대해 어느 정도 지식은 있었고, 정치가, 군인, 실업가, 연예인 등의 내막에도 약간의 지식은 있었지만, 변두리의 작은 공장과 아파트에 둘러싸여 있는 상점가의 생태가 이런 것이라고는 상상도 하지 못하고 있었다. 전쟁이 터진 이래로 이렇게 된 것이겠지요 하고 물어보았더니, 아니요, 뭐랄까, 이 부근은 예전부터 이랬죠, 하고 재봉집 주인은 철학자 같은 얼굴로 조용히 답했다.

그렇지만 최대의 인물은 이자와의 이웃이었다.

이 이웃은 미치광이였다. 상당한 자산이 있고, 일부러 골목의 맨 구석을 선택해서 집을 지은 것도 미친 짓인데, 도둑이나 부랑자의 침입을 극도로 싫어한 결과였을 것으로 생각된다. 왜냐하면 골목의 맨 구석에 도달해 이 집 문으로 들어가 둘러봐도 출입문이라는 것이 없고 보이는 것은 격자 창문뿐, 이 집의 현관은 문과 정반대의 뒤쪽에 있어서, 요컨대 빙 한 바퀴 건물을 돌아가지 않고서는 당도할 수 없는 것이다. 쓸데없는 침입자는 포기하고 후퇴를 할 수밖에 없는 구조다. 아니면, 현관이 어디 있나 찾으며 얼씬거리고 있는 사이 침입자의 정체를 간파하고 경계 태세에 들어간다는 구조이기도 해서, 이웃사람은 세상의 속물들을 좋아하지 않는 것이다. 이 집은 상당히 방이 많은 2층집이었는데, 내부 구조에 대해서는 모르는 것이 없는 재봉집 주인도 별로 알지 못했다.

미치광이는 30세 전후로, 어머니가 있고, 25, 6세의 아내가 있었다. 어머니만큼은 제 정신의 인간 부류에 속해 있을 것이라는 이야기였지만, 히스테리가 심해 배급에 불만이 있으면 맨

238

발로 자치회로 쳐들어가는 마을에서 으뜸가는 여걸이며, 미치광이의 아내는 백치였다. 어느 행복했던 해의 일이다. 미치광이가 작심해서 흰 옷으로 단장을 하고 시코쿠四國 순례를 떠났는데, 그 시코쿠 어디에서 백치의 여자와 의기투합해서 순례 기념으로 마누라를 데리고 돌아온 것이다. 미치광이는 풍채 당당한 호남이고 백치의 아내는 이 역시 그럴듯한 집안의 그럴듯한 아가씨 같은 품위가 있는데, 눈은 가느다랗고 음울하고 희고 갸름한 얼굴이 고풍古風 인형 아니면, 노가쿠能樂 가면 같은 아름다운 생김새로, 두 사람을 나란히 바라보기만 하면 미남미녀, 그것도 상당히 교양이 심오한 한 쌍으로밖에는 보이지 않는다. 미치광이는 도수가 높은 안경을 끼고, 항상 만 권의 독서로 지친 듯한 우울한 얼굴을 하고 있었다.

하루는 이 골목에서 방공 연습이 있어 부인네들이 활동을 하고 있었는데, 평상복 차림으로 키득키득 웃으면서 구경하고 있던 것이 이 남자였다. 그러다가 갑자기 방공복장으로 갈아입고 나타나 한 사람의 양동이를 빼앗나 했더니, 에이, 라든지, 야아, 라든지, 호오호오 등 몇 종류의 기묘한 소리를 질러 가며 퍼올린 물을 붓고, 사다리를 걸쳐 놓고 담으로 올라가 지붕 위에서 구령을 붙이더니, 이윽고 일장연설(훈시)을 시작했다. 이 자와는 그제야 비로소 그가 미치광이라는 것을 알아차렸다. 이 이웃은 때때로 담을 넘어 침입해서 재봉집 돼지우리에서 잔반 그릇을 뒤엎고, 이어서 오리에게 돌을 던지고, 전혀 아무렇지도 않은 얼굴로 닭에게 모이를 주면서 갑자기 걸어차기도 했지만, 상당한 인물이라고 생각하고 있었으므로 조용히 묵례를 교환하고는 했다.

하지만 미치광이와 정상인은 어디가 다른 걸까. 다른 점이라면 미치광이 쪽이 여느 사람들보다도 본질적으로 신중하다는 정도이고, 미치광이는 웃고 싶을 때면 키득키득 웃고, 연설하고 싶을 때면 연설을 하고, 오리에게 돌을 던지기도 하고, 2시간가량 돼지의 얼굴이나 엉덩이를 찔러 보기도 한다. 하지만 그들은 본질적으로 훨씬 사람들의 눈을 두려워하고 있으며, 사생활의 중요한 부분은 특별히 세심한 주의를 기울이면서 남과 절연하기 위해 부심한다. 문 반대쪽에 현관을 만들어 놓은 것도 그 때문이다. 그들의 생활은 대체로 소리를 내지 않으며, 남에 대해서는 쓸데없는 잡소리를 하는 일이 드물고, 사색적이었다. 골목의 한편은 아파트로 이자와의 조그만 집을 덮치기라도 할 듯이 일 년 내내 물 흐르는 소리와 부인네들의 품위 없는 목소리가 넘쳐 나오고 있고, 자매 매음녀가 살고 있어서 언니에게 손님이 있는 밤이면 동생이 복도를 계속 걷고 있고, 동생에게 손님이 있을 때면 심야의 복도를 언니가 걷고 있다. 미치광이가 키득키득 웃는다는 것만으로 사람들은 다른 인종이라고 생각했다.

백치의 아내는 유별나게 조용하고 얌전했다. 무엇인가 중얼중얼 입속으로 말할 뿐, 그 말은 좀처럼 알아듣기 힘들었고, 말을 알아들었다 해도 의미가 확실하지 않았다. 요리도, 밥을 지을 줄도 몰랐고, 시키면 할 수 있을지는 모르지만 실수를 해 혼이 나면 덜덜 떨며 점점 더 실수를 저지를 뿐, 배급을 타 올 때도 스스로는 아무 것도 할 수 없고 그저 우뚝 서 있을 뿐, 모두

근처의 사람들이 해주는 것이다. 미치광이의 아내인지라 백치인 것은 당연하고 그 이상 욕심을 내면 안 되지, 하고 사람들은 말하지만 어머니는 대단히 불만스러워, 여자가 밥 정도는 할 줄 알아야 하는 게 아니냐고 화를 내고 있다. 그러면서도 평상시는 소양이 있고 품격이 있는 할머니인데, 그런 한편으로는 말할 수 없는 히스테리로서, 한번 정신이 나가면 미치광이 이상으로 사나워져서 세 미치광이 중에서 할머니의 아비규환이 두드러지게 소란스럽고 병적이었다. 백치 여자는 겁을 먹고, 아무런 일도 없는 평화로운 날에까지 어쩔 줄 몰라 하고, 사람의 발소리에도 흠칫하고, 이자와가 인사를 하면 오히려 멍하니 그 자리에 서 버리고는 했다.

백치 여자도 때때로 돼지우리로 왔다. 미치광이 쪽은 제 집처럼 당당하게 침입해서 오리에게 돌을 던지기도 하고, 돼지의 볼을 찔러 대기도 하지만 백치 여자는 소리도 없이 그림자처럼 도망쳐 와서 돼지우리 그늘에 몸을 숨기고는 했다. 말하자면 이곳은 그녀의 대피소고 그런 때면 대체로 이웃집에서 오사요 씨, 오사요 씨 하고 부르는 할머니의 조류鳥類 같은 외침이 들리고, 그럴 때마다 백치의 몸은 오므라들기도 하고 기울어지기도 하는 등 반향을 일으키다가, 어쩔 도리 없이 움직이게 될 때까지는 벌레의 저항의 움직임 같은 오랜 반복이 있었던 것이다.

신문 기자니, 문화 영화의 연출가 따위는 천한 직업 중의 천한 직업이었다. 그들이 알고 있는 것은 시대의 유행이라는 것뿐이고, 움직이는 시간에 늦게 올라타지 않으려 애쓰는 것만이 생활이고 자아의 추구, 개성이나 독창이라는 것은 이 세계에는 존재하지 않는다. 그들의 일상 회화 중에는 회사원이나 관리나 학교 교사와 비해 볼 때, 자아라느니 인간의 개성이라느니 독창이라느니 하는 단어가 너무나 범람했지만 그것은 말로만 존재하는 것이고, 돈을 들여 가며 여자를 꼬시고 숙취의 고통이 인간의 고뇌라는 따위의 우스꽝스러운 것이었다. 아아, 일장기의 감격이라느니, 병사 아저씨 고맙습니다라느니, 저도 모르게 눈시울이 뜨거워진다느니, 쿠다다다당은 폭격의 소리, 정신없이 땅에 엎드리고, 빵빵빵은 기관총 소리 하는 식으로 도무지 정신적인 고상함이라는 것도 없고, 한 줄의 실감조차 없는 가공의 문장에 열중하고, 영화를 만들면서, 전쟁의 표현이란 이런 거야 하고 굳게 믿고 있다. 또 어떤 자는 군부의 검열 때문에 표현할 도리가 없다고 말하지만 달리 진실한 문장을 쓸 재주도 없고, 문장 자체의 진실이나 실감은 검열 따위하고는 관계가 없는 존재다. 요컨대 어떤 시대에도 이런 작자들에게는 내용은 없이 공허한 자기가 있을 뿐이다. 유행을 따라서 오른쪽에서 왼쪽으로 휩쓸리기도 하고, 통속 소설의 표현 같은 것을 본뜨며 시대의 표현이라고 생각하고 있는 것이다. 사실 시대라는 것은 그렇게 천박하고 어리석기 짝이 없는 것이며, 일본 2천 년의 역사를 뒤집어엎을 정도의 이 전쟁과 패배가 과연 인간의 진실과 어떤 관계가 있었을까. 가장 내적 성찰이 희박한 의지와 중우衆愚의 망상만으로 한 나라의 운명이 움직이고 있는 것이다. 부장이나 사장 앞에서 개성이라느니 독창이라느니 하고 말을 꺼냈다가는 외면을 하고서 바보 같은 놈이라는 언외의 표시를 해 보이고, 군인 아저씨 감사해요, 아아 일장기의 감격, 저도 모르게 눈시울이 뜨거워지고, OK, 신문 기자란 그 정도일 뿐이고, 실제로 시대 자체가 그 정도 수준일 뿐이다.

사단장 각하의 훈시를 3분이나 들여 장황하게 옮겨 적을 필요가 있습니까, 직공들이 매일 아침 부르는 축문과도 같은 이상한 노래를 하나부터 열까지 베낄 필요가 있습니까, 하고 물어보면 부장은 고개를 휙 돌리고 혀를 차고 나서 갑자기 고개를 돌려, 귀중품인 담배를 꾹하고 재떨이에 짓누르고 나서 노려보며, 이봐, 노도怒濤의 시대에 미美가 다 뭐 말라죽은 거야, 예술은 무력한 거야! 뉴스만이 진실인 거야! 하고 호통을 치는 것이다. 연출가는 연출가끼리, 기획부원은 기획부원끼리 도쿠가와德川 시대의 도박꾼 같은 정의情誼의 세계를 만들어내 의리인정으로 재능을 처리하고, 회사원보다도 회사원적인 순번제도를 만들어 놓고 있다. 그것으로 각자의 범용함을 옹호하고, 예술의 개성과 천재에 의한 쟁패爭霸를 죄악시하고, 조합위반으로 이해하고, 상호 부조의 정신으로 재능의 빈곤을 위한 구제 조직을 완비하고 있었다. 안으로는 빈곤한 재능의 구제 조직이지만 밖으로 드러나기로는 알코올 획득 조직으로, 이 무리는 국민주점을 점령해서 서너 병씩 맥주를 마시며 취해서 예술을 논하고 있다. 그들의 모자와 장발과 넥타이와 블라우스는 예술가였지만, 그들의 영혼과 근성은 회사원보다도 회사원적이었다. 이자와는 예술의 독창성을 믿고 개성의 독자성을 체념할 수가 없었으므로, 의리인정의 제도 안에서 안식할 수가 없었을 뿐 아니라 그 범용함과 저속비열한 영혼들을 증오하지 않을 수 없었다. 그는 무리에서 따돌림을 당하고, 인사를 해도 대답도 하지 않고, 그중에는 노려보는 자도 있다. 굳게 마음을 먹고 사장실로 뛰어들어, 전쟁과 예술성의 빈곤 사이에 이론상의 필연성이 있습니까. 아니면 군부의 생각입니까, 그저 현실을 찍기만 할 거면 카메라하고 손가락이 두셋 있으면 족합니다. 어떤 앵글로 이를 재단해서 예술로 구성하느냐 하는 특별한 사명 때문에 우리 예술가의 존재가—사장은 중간에 얼굴을 돌리고, 찡그린 얼굴로 담배를 피우며, 너는 어째서 회사를 그만두지 않는 거야. 징용이 두려워서냐, 하는 얼굴로 쓴웃음을 짓기 시작했고, 회사의 기획대로, 세상이 하는 대로 일을 열심히 하기만 하면 그것으로 월급을 받을 수 있는 터에 쓸데없는 생각 하지 마라, 너무 건방지다는 표정이 되어 한마디 대답도 하지 않고 돌아가라는 몸짓을 하는 것이었다. 천업賤業 중의 천업이 아니고 무엇이란 말인가. 마음을 고쳐먹고 군대에 가 생각하는 고통으로부터 구원받을 수 있다면, 탄환도 굶주림도 태평스러울 것으로 여겨질 때가 있을 정도였다.

이자와의 회사에서는 '라바울을 함락당하지 마라'라든지, '비행기를 라바울로!' 같은 기획을 세워 대본을 만들고 있는 동안, 미군은 라바울을 통과해서 사이판에 상륙해 있었다. '사이판 결전!' 기획 회의도 끝나기 전에 사이판 옥쇄玉碎, 그 사이판으로부터 출발한 미국 비행기가 머리 위를 날기 시작한다. '소이탄 끄는 방법' '하늘의 박치기' '고구마 재배법' '비행기 한 대도 살아 돌아갈 수 없게' '절전과 비행기' 불가사의한 정열이었다. 바닥을 짐작할 수 없도록 따분함으로 범벅된 영화가

244

속속 만들어지고, 필름은 부족해지고, 움직일 수 있는 카메라는 줄어들고, 예술가들의 정열은 백열하듯이 미쳐 날뛰며, '가미카제神風 특공대' '본토本土 결전' '아아, 벚꽃이 지도다' 무엇인가에 홀린 듯이 그들의 시정詩情은 흥분하고 있다. 그리고 새하얀 종이처럼 무한하게 따분한 영화가 만들어지고, 내일의 도쿄는 폐허가 되어 가려 하고 있었다.

이자와의 정열은 죽은 상태였다. 아침에 눈을 뜬다. 오늘도 회사에 가야 하나 생각하면 졸음이 오고, 꾸벅꾸벅하고 있으면 경계경보가 마구 울려대고, 일어나면서 각반을 차고 담배를 한 개비 꺼내 불을 붙인다. 아아, 회사를 쉬었다가는 이 담배가 없어지겠구나, 하고 생각한다.

어느 날 밤, 늦어져서 간신히 마지막 전차에 탈 수 있었던 이자와는, 이미 전철이 끊겼으므로 상당한 거리의 밤길을 걸어서 집으로 돌아왔다. 불을 켜 보니, 기묘하게도 늘 펴 있던 이부자리가 보이지 않았다. 그가 없는 사이에 누가 청소를 하는 일도, 누가 들어오는 일도 전혀 없었던 터라 이상하게 생각하면서 벽장을 열어보니, 쌓아 놓은 이불 옆에 백치 여자가 숨어 있었다. 불안한 눈으로 이자와의 안색을 살피며 이불 사이로 얼굴을 파묻고 말았지만, 이자와가 화를 내지 않는다는 것을 알아차리자 안도했는지 친밀함에 넘치면서 어이가 없을 정도로 침착해졌다. 입 안에서 우물거리는 식으로만 말을 하는데, 그 중얼거림도 이쪽이 물어보는 것과는 아무런 관계가 없는 말을 이렇게 말하고 저렇게 말하며 자신이 생각하고 있는 일만을 지극히 막연하게 요약해서 단편적으로 주워섬기므로 이자와는 물을 것도 없이 사정을 깨달았는데, 아마도 야단을 맞았기 때문에 도망쳐 왔을 것이라고 생각했다. 그래서 쓸데없이 겁을 주지 않도록 배려해서 질문을 생략하고, 언제 어디로 들어왔느냐는 것만을 물어보았는데, 여자는 이해할 수 없는 소리를 중얼중얼하더니 한쪽 팔의 옷을 들어 올리고 한 곳을 만지며(그곳에는 찰과상이 나 있었다), 나, 아파요, 라든지, 지금도 아파요, 라든지, 아까도 아팠어요 등 다양하게 시간을 잘게 자르고 있었는데, 좌우간 밤이 되어 창문으로 들어왔다는 것을 알았다. 맨발로 밖을 걸어 다니다 들어와서 방을 더럽혀 놓아서 미안해요, 하는 뜻의 말도 했지만, 여기저기 무수한 골목을 헤매는 중얼거림 속에서 의미를 판단해야 하므로, 미안해요라는 말이 어느 길과 연결이 닿아 있는 것인지 결정적인 판단을 내릴 수는 없었다.

한밤중에 이웃집을 두들겨 깨워 겁에 질린 여인을 돌려보내기도 어려운 일이고, 그렇다고 해서 날이 밝은 다음 여자를 돌려보내기로 하고 하룻밤 재웠다가는 어떤 오해를 불러올 것인지, 상대방이 미치광이인 만큼 상상조차 할 수가 없었다. 에라, 이자와의 마음에는 기묘한 용기가 솟아났다. 그 실체는 생활상의 감정 상실에 대한 호기심과 자극의 매력에 끌리고 있을 뿐이지만, 될 대로 되라, 좌우간 이 현실을 하나의 시련으로 보는 것이 나의 삶에 필요할 뿐이다. 백치 여자를 하룻밤 보호한다는 눈앞의 의무 말고는 아무 생각을 할 것도 무엇을 두려워할 필요도 없다고 자기 자신에게 다짐했다. 그는 이 당돌하기 짝이 없는 사건에 대해 묘하게 감동하고 있다는 점은 부끄러워할 게 아니라고 자기 자신에게 다짐했다.

두 채의 이부자리를 깔고 여자를 재우고 전등을 끈 지 1, 2분 지났을까, 여자는 갑자기 일어나 잠자리에서 나와, 방 한 구석에 쪼그리고 앉아 있는 모양이었다. 그것이 만약에 한겨울이 아니었으면 이자와는 군이 신경 쓰지 않고 잤을지도 모르지만, 유별나게 추운 밤이어서 한 사람치 침구를 둘로 나눈 것만으로도 한기가 들어 몸의 떨림이 가라앉지 않을 정도로 추웠다. 일어나서 전등을 켜자 여자는 옷깃을 여미고 문간에 쪼그리고서, 마치 도망칠 곳 없이 막다른 곳에 몰려 있는 듯한 눈빛을 하고 있다. 왜 그래요, 이제 주무세요, 하고 말하면, 순순히 끄덕이고 다시 이불 속으로 들어갔지만, 전등을 끄고 1, 2분만 지나면 또 다시 일어나고 만다. 그것을, 다시 이부자리로 데려와, 걱정하지 마라, 나는 당신의 몸에 손을 대는 짓은 하지 않는다는 말을 해 주면, 여자는 겁이 난 눈초리를 하고 뭔가 변명 같은 말을 입 안에서 중얼중얼하는 것이다. 그대로 세 번째로 전등을 끄자, 이번에는 여자가 바로 일어나, 벽장을 열고 그 안으로 들어가 안쪽에서 문을 잠갔다.

이 집요한 행동에 이자와는 화를 냈다. 거칠게 벽장을 열어 제치고, 당신은 무얼 착각하고 있는 겁니까. 그처럼 설명을 했는데 벽장에 들어가 문을 닫는 것은 사람을 모욕해도 유분수지, 그처럼 믿을 수 없는 집으로 어째서 도망쳐 온 겁니까, 그것은 사람을 우롱하고, 나의 인격에 부당한 수치를 주고, 마치 당신이 무슨 피해자라도 되는 것 같지 않습니까, 웃기는 짓도 적당히 좀 하세요. 하지만 그 말의 의미도 이 여자에게는 이해할 능력조차 없을 것으로 생각하니 이처럼 맥이 빠지고 멍청한 짓도 없을 것 같아서, 여자의 뺨이라도 한 대 때려 주고 어서 자는 편이 낫겠다고 생각한 것이었다. 그러자 여자는 묘하게 납득이 가지 않는 얼굴을 하고 무언가 입 속으로 중얼거리고 있다, 나는 돌아가고 싶어, 나는 괜히 온 거야, 라는 뜻의 말인 것 같다. 하지만 나는 돌아갈 곳이 없어졌으니까, 라고 하므로 그 말에는 이자와도 가엾은 생각이 들어서, 그러니까, 안심하고 여기서 하룻밤 자면 되잖아요, 내가 악의를 갖고 있지 않은데도 마치 피해자처럼 이상한 짓을 하기 때문에 화가 났을 뿐입니다, 벽장 같은 데 들어가지 말고 이불 속에서 주무세요. 그러나 여자는 이자와를 바라보면서 빠른 말투로 무엇이라고 중얼중얼한다. 네? 뭐라고요, 그리고 이자와는 뛸 듯이 놀랐다. 왜냐하면 여자의 중얼중얼 가운데는 당신은 나를 싫어하잖아요 하는 한마디가 확실하게 들렸기 때문이다. 네, 뭐라고요? 이자와가 저도 몰래 눈을 크게 뜨고 되묻자, 여자의 얼굴이 초연情然해지면서, 나는 오지 말아야 했어, 나를 싫어해, 나는 그렇게 생각하지 않았는데, 라는 의미의 말을 되풀이하더니 엉뚱한 곳을 바라보면서 얼빠진 얼굴로 멍하니 앉아 있었다.

이자와는 비로소 사태를 이해했다.

여자는 그를 두려워하고 있었던 것이 아니다. 사태는 정반대다. 여자는 야단맞고 도망칠 곳이 궁해졌다는 그런 이유만으로 온 것이 아니다. 이자와의 애정을 계산에 넣고 있었던 것이다. 하지만 대체 여자가 이자와의 애정을 믿을 수 있을 만한 어떤 일이 있었단 말인가. 돼지우리 근처나 골목이나 거리에서 가볍게 네댓 번 인사를 한 정도였고, 생각하면 모든 게 당돌하고 우스꽝스러운 일뿐이었다. 이자와 앞에, 백치의 의지나 감수성, 좌우간 인간 이외의 것이 강요되고 있을 뿐이었다. 전등을 끄고 1, 2분 후에 남자의 손이 여인의 몸에 닿지 않았으므로 미움받는다는 생각을 안고, 그 수치심 때문에 이불에서 빠져 나온다는 것이 백치의 경우에는 진실로 비통한 일인지, 이자와가 그것을 믿어도 좋은 것인지, 이것도 확실하게 알 수 없다. 결국에는 벽장으로 들어가 숨는다. 그것을 백치의 치욕과 자기 비하의 표현으로 이해해도 좋은지, 그것을 판단하기 위한 말조차 없으므로, 사태는 좌우간 그가 백치와 동격으로 내려가는 것 말고는 방법이 없다. 섣부른 인간다운 분별이 어째서 필요한가. 백치의 마음의 솔직함을 그 자신 똑같이 갖는 일이 인간으로서 치욕일까. 나에게도 이 백치와 같은, 어린, 그리고 순진한 마음이 무엇보다도 필요했던 것이다. 나는 그것을 어딘가에 잃어버리고, 그저 악착같은 인간들의 사고 가운데 지저분하게 오염되어 허망한 그림자를 쫓으며, 엄청 피로해 있을 뿐이다.

그가 여자를 이부자리에 눕히고, 그 베개맡에 앉아 자신의 아이, 셋 아니면 네 살 된 딸을 재우듯이 머리카락을 만져 주자, 멍하니 눈을 뜨고 있는 여자의 모습은 어린아이의 무심함과 전혀 다른 점이 없었다. 나는 당신을 싫어하는 것은 아니다. 인간의 애정 표현은 결코 육체만의 것이 아니고 인간이 마지막으로 안주할 곳은 고향인데, 당신은 말하자면 늘 그 고향사람 같은 거니까, 하고 이자와는 처음에는 묘하게 그럴싸하게 그런 말을 해 보았지만, 애초에 그 말이 통할 리가 없을 것이고, 도대체 말이란 무엇일까, 어느 정도의 가치가 있는 것일까, 인간의 애정조차도 그것만이 진실한 것이라는 아무런 증거도 있을 수가 없고, 삶의 정열을 맡기기에 족한 진실한 것이 과연 어디에 있다는 말인가, 모든 것은 허망한 그림자뿐이다. 여자의 머리카락을 쓰다듬고 있자니 통곡하고 싶은 마음이 솟구쳐, 명확한 그림자조차도 없는 이 파악하기 어려운 작은 애정이 자신의 일생의 숙명이기라도 하듯 그 숙명의 머리카락을 무심히 쓰다듬고 있는 듯한 애잔한 마음이 드는 것이었다.

이 전쟁은 도대체 어찌되는 것일까. 일본은 지고 미군은 본토로 상륙해서 일본인 태반이 사멸해 버릴지도 모른다. 그것은 이제 하나의 초자연의 운명, 말하자면 천명과 같은 것으로만 생각되었다. 그에게는 그러나 좀 더 작고 사소한 문제가 있었다. 그것은 놀라울 정도로 비소卑小한 문제고, 게다가 바로 눈앞에 다가온 것으로 노상 어른거리며 떠나지 않은 것이다. 그것은 그가 회사에서 받는 2백 엔 정도의 급료인데, 그 급료를 언제까지 받을 수 있을 것인가, 내일이라도 잘려서 거리로 나와 헤매게 되지 않을까 하는 불안이었다. 그는 월급을 받을 때, 동시에 해고 통고를 받지나 않을까 겁을 내며 월급봉투를 받고 나면 한 달 연장된 생명 때문에 아연할 정도의 행복감을 맛보게 되는데, 그런 비소함을 돌아보면서 늘 울고 싶어지는 것이었다. 그는 예술을 꿈꾸고 있었다. 그 예술 앞에서 한 톨의 먼지에 지나지 않을 2백 엔의 급료가 어째서 골수에 사무치고 생존의 근저를 뒤흔드는 듯한 큰 고민이 되는 것일까. 생활의 외형만이 아니라 그 정신도 영혼도 2백 엔으로 한정되어 버리고, 그 비소함을 응시하면서 미치지도 않고 평온히 있을 수 있다는 것이 더더욱 애처로워질 뿐이었다. 노도의 시대에 미가 무엇이란 말인가. 예술은 무력한 거야! 하는 부장의 엄청나게 큰 목소리가 이자와의 가슴에 마치 다른 진실을 담은 예리하고도 거대한 힘으로 파고든다. 아아, 일본은 진다. 진흙인형이 무너지듯 동포들이 마구 쓰러지고, 솟아오르는 콘크리트와 벽돌 더미와 함께 무수한 다리, 목, 팔 따위가 솟아오르고, 나무도 건물도 아무것도 없는 평평한 묘지가 되고 만다. 어디에 숨고, 어느 구덩이로 내몰리고, 어디에서 구덩이와 함께 날아가 버리고 말 것인가. 꿈과 같은, 그러나 그것은 혹시라도 살아남을 수 있었을 때, 그 신선한 재생을 위해, 그리고 전혀 예측할 수 없었던 신세계, 돌무더기뿐인 벌판 위의 생활을 위해 이자와는 오히려 호기심이 배어나오는 것이었다. 그것은 반년 아니면 1년 앞으로 당연히 다가올 운명이었지만, 그 방문의 당연함에도 불구하고 꿈속의 세계 같은 아득한 장난으로밖에는 의식되지 않았다. 눈앞의 모든 것을 가리고 삶의 희망을 뿌리째 앗아 갈 단 2백 엔의 결정적인 힘, 꿈속에서까지 2백 엔에 목을 졸리고 신음하면서, 아직 27세의 청춘의 모든 정열이 표백되어, 현실에서는 이미 암흑의 광야 위를 망연히 걷고 있을 뿐 아닌가.

이자와는 여자를 원했다. 여자를 원한다는 목소리는 이자와의 최대의 희망이기까지 했는데, 그 여자와의 생활이 2백 엔으로 한정되고 냄비, 솥, 된장, 쌀 등이 모두 2백 엔의 주문呪文을 짙어지고, 2백 엔의 주문에 들린 아이가 태어나고, 여자가 마치 앞잡이처럼 주문에 들려 귀신으로 화해서 날마다 중얼거리는 것이다. 가슴의 등불도 예술도 희망의 빛도 모두 꺼지고, 생활 자체가 길바닥의 말똥처럼 마구 밟히고 나서, 말라서 바람에 불려 흔적도 없어지는 것이다. 손톱자국조차 없어지고 만다. 여자의 등에는 그러한 주문이 뒤얽혀 있는 것이다. 견딜 수 없는 비소한 생활이었다. 그 자신에게는 이 현실의 비소함을 다스릴 힘조차 없다. 아아 전쟁, 이 위대한 파괴, 기묘하기 짝이 없는 공평함으로 모두가 재단되어 온 일본이 돌무더기의 벌판이 되고, 진흙인형이 마구마구 쓰러지고…… 그것은 허무의 얼마나 애달픈 거대한 애정이란 말인가. 파괴의 신의 팔 속에서 그는 잠들고 싶어지고, 그리고 그는 경보가 날 때면 오히려 팔팔하게 각반을 발에 차는 것이었다. 생명의 불안과 노는 것만이 매일의 삶의 보람이었다. 경보가 해제되면 낙심하고, 절망적인 감정의 상실이 다시 시작되었다.

이 백치 여자는 밥을 지을 줄도 된장국을 끓이는 법도 알지 못한다. 배급 행렬에 서 있는 일이 고작으로, 조잘거리는 일조차도 자유롭지 않았다. 마치 가장 얇은 한 장의 유리판처럼 희로애락의 미풍에까지도 반향하고, 방심과 두려움의 주름살 사이로 사람의 의지를 받아들이고 통과시킬 뿐이다. 2백 엔의 악령조차도 이 영혼에는 깃들 수가 없는 것이다. 이 여자는 마치 나를 위해 만들어진 슬픈 인형 같지 않은가. 이자와는 이 여자를 끌어안고, 어두운 광야를 표표飄飄히 바람을 맞으며 걷고 있는, 무한의 여로를 눈으로 그려 보았다.

그럼에도 불구하고 이 상념이 어쩐지 엉뚱하게 느껴지고 엄청 어리석은 일로 여겨지는 것은 여기에도 또 비소하기 짝이 없는 인간의 껍데기가 마음의 심지를 좀먹고 있는 탓일 것이다. 그리고 그것을 알면서도, 그러면서도 끓어 나오는 듯한 이 상념과 애정의 솔직함이 완전히 허망한 것으로만 느껴지는 것은 어째서일까. 백치 여자보다도 저 아파트의 매음녀가, 그리고 어딘가의 귀부인이 보다 인간적이라는 뭔가 본질적인 규정이라도 있는 것일까. 그렇지만 마치 그 규정이 엄연히 존재하는 듯한 엉터리 같은 상황인 것이다.

나는 무엇을 두려워하고 있는 것일까. 마치 저 2백 엔의 악령이—나는 이제 이 여자에 의해 그 악령과 절연하려 하고 있는 판인데, 그러면서도 역시 악령의 주문에 의해 얽매여 있는 게 아닌가. 두려워하는 것은 그저 세상의 체면뿐이다. 그 세상이란 아파트의 매음녀라든지, 첩이라든지, 임신한 정신대라든지, 오리처럼 코맹맹이 소리를 내며 떠들어 대고 있는 마나님들의 행렬회의일 뿐이다. 그 외의 세상이란 어디에도 없건만, 그러면서도 이 뻔한 사실을 나는 전혀 믿지 않는다. 불가사의한 규정에 겁을 내고 있는 것이다.

그것은 놀라울 정도로 짧은(동시에 그것은 무한히 긴) 하룻밤이었다. 긴 밤의 마치 무한한 연속이라고 생각하고 있었지만, 어느새 날이 밝았고 새벽의 찬 기운이 그의 온몸을 감각이 없는 돌처럼 딱딱하게 만들어 놓고 있었다. 그는 여자의 베개 밑에서 그저 머리카락을 계속해서 쓰다듬고 있었다.

*　*　*

그날부터 다른 생활이 시작되었다.

그렇지만 그것은 한 집에 여자의 육체가 늘어났다는 것 말고는 특별하지도 않고, 달라진 것도 없었다. 그것은 마치 거짓말 같은 공허함이었고, 분명 그의 신변에, 그리고 그의 정신에, 새로이 싹트는 오직 하나의 새싹조차 발견할 수 없는 것이었다. 그 사건의 이상함을 좌우간 이성적으로 납득하고 있다는 것만으로, 생활 자체에는 책상 놓는 자리가 변한 정도의 변화도 일어나지 않았다. 그는 매일 아침 출근하고, 그 빈 집의 벽장 속에는 한 백치가 남겨져서 그의 귀가를 기다리고 있는 것이다. 하지만 그는 한 발짝만 나가면, 어느새 백치 여자의 일 따위는 싹 잊어버렸고, 왠지 그런 사건이 어느새 기억에서도 가물거리는 10년, 20년도 전에 일어난 듯한 아련함이 들 뿐이었다.

전쟁이라는 녀석이 이상스럽게 건전한 건망성이었던 것이다. 그야말로 전쟁의 놀라운 파괴력과 공간의 전환성이라는 놈은 단 하루에 몇백 년의 변화를 일으켜 놓고, 일주일 전의 사건이 몇 년 전의 사건으로 여겨지고, 1년 전의 사건 같은 건 기억의 가장 밑바닥으로 떨어져 있었다. 이자와 주변의 도로라든지 공장 주변의 건물 등이 파괴되고 거리 전체가 오직 공중으로 피어오르는 먼지 같은 피난 소동을 벌인 것도 바로 얼마 전의 일이고, 그 자취조차 정리되지 않았는데도 그것은 벌써 1년 전의 소동처럼 멀어지고, 거리의 양상을 일변시키는 큰 변화를 두 번째로 바라보게 될 때에는 그저 당연한 풍경에 지나지 않게 되어 있었다. 그 건강한 건망증의 잡다한 편린의 하나로 백치의 여자가 역시 가물거리고 있다. 어제까지 사람들이 줄지어 서 있던 역전 술집이 피난 간 터의 막대기라든지 폭탄으로 파괴된 빌딩의 구덩이라든지, 거리의 불탄 자국이라든지, 그러한 잡다한 조각들 가운데 끼여서 백치의 얼굴이 뒹굴고 있을 뿐이었다.

그렇지만 매일 경계경보가 울린다. 때로는 공습경보도 울린다. 그러면 그는 매우 불유쾌한 정신 상태가 되는 것이다. 그것은 그가 없는 사이 집 근처에 공습이 있어 알 수 없는 변화가 일어나지 않을까 하는 걱정이었는데, 그 걱정의 유일한 이유는 오직 여자가 혼란에 빠져 밖으로 튀어나와서 온 동네에 알려지지 않을까 하는 불안이었다. 알지 못할 변화의 불안 때문에, 그는 매일 해 지기 전에 집으로 돌아갈 수가 없었다. 이 저속한 불안을 극복할 수 없는 비참함에 대해 그는 몇 번이나 허무한 반항을 했던가. 그는 하다못해 재봉집에 모든 것을 털어놓고 싶다는 생각도 들었지만 그 비소함에 절망했는데, 왜냐하면 그것은 피해가 가장 경미한 고백을 함으로써 불안을 얼버무려 보려는 비참한 수단에 지나지 않으므로, 그는 자신의 본질이 저속한 세상 수준에 지나지 않음을 저주하고 분노하는 것이었다.

그로서는 잊지 못할 두 개의 백치의 얼굴이 있었다. 거리의 모퉁이를 돌 때라든지, 회사의 계단을 오를 때라든지, 전차의 밀집된 곳에서 벗어날 때라든지, 생각지도 않게 수시로 두 개의 얼굴을 떠올렸고, 그럴 때마다 그의 일체의 상념이 얼어붙고, 그리고 한순간의 욱하는 마음이 절망적으로 얼어붙어 있는 것이었다.

그 얼굴 중 하나는, 그가 처음으로 백치의 육체에 손댔을 때의 백치의 얼굴이다. 그리고 그 사건 자체는 그 이튿날에는 1년 전의 옛 기억 저 멀리로 가 있었지만, 다만 얼굴만이 동떨어져서 떠오르는 것이었다.

그날부터 백치 여자는 오직 기다리기만 하는 육체에 지나지 않았고, 그 밖에는 아무런 생활도, 오직 한 조각의 생각조차도 없는 것이었다. 항상, 그저 기다리기만 했다. 이자와의 손이 여자의 육체 일부에 닿기만 해도, 여자가 의식하는 것 모두는 육체의 행위이고, 그리고 몸도, 그리고 얼굴도, 그저 기다리고 있을 뿐이었다. 놀랍게도, 심야에 이자와의 손이 여자에게 닿기만 해도 푹 잠들었던 육체가 똑같은 반응을 일으키며, 육체만은 항상 살아서 오직 기다리고 있는 것이다. 잠자면서도! 그렇지만 깨어 있는 여자의 머리가 무슨 생각을 하고 있는가 하면, 애초에 그저 공허이며, 있는 것이라고는 오직 영혼의 혼수와 그리고 살아 있는 육체뿐이 아닐까. 깨어 있을 때에도 영혼은 잠자고, 잠자고 있을 때에도 그 육체는 깨어 있다. 있는 것이라고는 오직 무자각의 육욕뿐. 그것은 온갖 시간에도 눈을 뜨고 있고, 벌레처럼 질릴 줄 모르는 반응의 준동을 일으키는 육체에 지나지 않는다.

또 하나의 얼굴, 그것은 마침 이자와의 휴일이었는데, 대낮에 멀지 않은 지역에 2시간에 걸친 폭격이 있었고, 방공호를 갖지 못한 이자와는 여자와 함께 벽장으로 들어가 이불을 방패 삼아 숨어 있었다. 폭격은 이자와의 집에서 4, 5백 미터 떨어진 곳에 집중되었는데, 지축과 함께 집이 흔들리고, 폭격 소리와 동시에 호흡도 상념도 중지된다. 똑같이 떨어지는 폭탄이라 해도 소이탄과 폭탄 사이에는 그 엄청난 위력으로 볼 때 뱀과 구렁이 정도의 차이가 있다. 소이탄은 펄럭펄럭하는 특별히 기분 나쁜 음향을 울려대지만 지상의 폭발음이 없으므로 소리는 머리 위에서 쓱 사라지고, 용두사미란 바로 이런 것일 텐데 뱀꼬리는커녕 아예 꼬리가 없기 때문에 결정적인 공포감을 주지 않는다. 하지만 폭탄이라는 놈은 낙하할 때의 소리는 낮지만, 쏴아 하고 비가 오는 듯한 오직 한 줄기의 막대기를 끌다가 이것이 결국 지축과 더불어 잡아찢는 듯한 폭발음을 일으키므로, 단 하나의 막대기에 들어 있는 충실한 엄청남이란 이루 말로 다 할 수 없어 쿵쾅거리며 가까이 다가올 때의 절망적인 공포로 말할 것 같으면, 문자 그대로 살아 있다는 기분이 들지 않는 것이다. 게다가 비행기의 고도가 높으므로 붕붕거리며 머리 위를 통과하는 미군기의 소리도 지극히 희미하게 별것도 아니라는 식으로 울려서, 이것은 마치 다른 곳을 바라보고 있는 괴물에게 커다란 도끼로 얻어맞는 듯한 형국이다. 공격하는 상대방의 모습이 불확실하므로 비행기 폭음 소리가 이상할 만큼 멀어서 매우 불안한 마당에, 그곳으로부터 쏴아 하고 막대기 하나의 낙하음이 울려온다. 폭발을 기다리는 공포, 정말이지 이때에는 말도 호흡도 생각도 정지된다. 마침내 이제는 끝이로구나 하는 절망이 발광 직전의 냉랭함으로 살아서 번득이고 있을 뿐이다.

이자와의 방은 다행히 사방이 아파트랑, 미치광이랑, 재봉집 같은 2층집으로 에워싸여 있었고, 가까운 이웃집은 유리창이 깨지고 지붕이 날아간 집도 있었지만, 그의 방의 유리에는 금도 하나 가지 않았다. 다만 돼지우리 앞의 밭에 피투성이의 방공두건이 떨어졌을 뿐이었다. 벽장 안에서, 이자와의 눈만이 빛나고 있었다. 그는 보았다. 백치의 얼굴을. 공허를 붙잡는 그 절망의 고민을.

아아, 인간에게는 이지理智가 있다. 어떤 경우에도 얼마간의 억제와 저항은 그림자를 남겨 놓는 법이다. 그 그림자 정도의 이지도 억제도 저항도 없다는 것이 이처럼 천박할 줄이야! 여자의 얼굴과 온몸에 오직 죽음의 창으로 열려 있는 공포와 고민이 어려 있었다. 고민은 움찔거리고 고민은 발버둥치고, 그리고 고민이 한 방울의 눈물을 떨구고 있다. 만약에 개의 눈이 눈물을 흘린다면 개가 웃는 것과 마찬가지로 추하고 기괴하기 짝이 없을 것이다. 그림자만큼도 이지가 없는 눈물이란 것이 이처럼 추악한 것이라니! 폭격이 한창일 때, 4, 5세 내지 6, 7세의 아이들은 기묘하게 울지 않는 법이다. 그들의 심장은 물결처럼 고동을 치고, 그들의 언어는 상실되고, 이상하게 눈을 크게 뜨고 있을 뿐이다. 온몸에서 살아 있는 것은 눈뿐이지만, 이는 얼핏 보기에 그저 크게 떠져 있을 뿐 딱히 불안과 공포라는 것의 직접적인 표정을 새기고 있을 정도는 아니다. 오히려 원래의 아이보다도 이지적으로 여겨질 정도의 정의情意를 조용히 죽이고 있는 것이다. 그 순간에는 모든 어른도 그것뿐이고, 혹은 오히려 그것 이하인데, 왜냐하면 오히려 노골적인 불안과 죽음의 고민을 드러내기 때문으로, 말하자면 아이들이 어른들보다도 이지적으로 보이기조차 하는 것이다.

백치의 고민은 아이들의 커진 눈과는 비슷하지도 않은 것이었다. 그것은 그저 본능적인 죽음에 대한 공포과 죽음에 대한 고민이 있을 뿐, 그것은 인간의 것이 아니고 벌레의 것조차도 아니며, 추악한 하나의 움직임이 있을 뿐이었다. 조금이라도 비슷한 것이 있다면, 한 치 오 푼 정도의 유충이 다섯 자 길이로 부풀어 올라서 꿈틀거리는 것 정도일 것이다. 그리고 눈에는 한 방울의 눈물을 흘리고 있는 것이다.

말도 외침도 신음도 없이, 표정 또한 없었다. 이자와의 존재조차 의식하고 있지 않았다. 인간이라면 그 정도의 고독이 있을 리가 없다. 남자와 여자 단둘이 그저 벽장 안에 들어가 있으면서 그 한쪽의 존재를 잊어버릴 수 있다는 일이 사람의 경우라면 있을 리 없다. 사람은 절대 고독이란 말을 하지만 다른 존재를 자각할 때만 절대의 고독도 있을 수 있는 것으로, 그처럼 맹목적인, 무자각한, 절대의 고독이 있을 수가 있을까. 그것은 유충의 고독이며, 그 절대 고독의 상相의 천박함. 마음의 그림자의 편린도 없는 고민의 상의 차마 눈 뜨고 볼 수 없는 추악함.

폭격이 끝났다. 이자와는 여자를 안아 일으켰는데, 이자와의 손가락 하나가 가슴에 닿아도 반응을 일으키는 여자가 그 육욕조차도 잃고 있었다. 이 몸뚱이를 그러안고 무한하게 계속 낙하를 하고 있는 것이다. 어둡고, 어두운, 무한한 낙하가 있을 뿐이었다.

그는 그날 폭격 직후에 산보를 나가, 쓰러진 민가 사이에 떨어져 있는 여인의 다리도, 창자가 터진 여인의 배도, 끊어져 나간 여인의 목도 보았다.

3월 10일의 대공습으로 불타 버린 자리에서 아직도 솟아오르는 연기를 뚫고 이자와는 정처도 없이 걷고 있었다. 인간이 닭꼬치처럼 여기저기에 죽어 있다. 한 덩이로 뭉쳐 죽어 있다. 참으로 닭꼬치와 똑같았다. 무섭지도 않고, 더럽지도 않다. 개와 나란히 불탄 시체도 있는데, 그것은 그야말로 개죽음으로, 그러나 그곳에는 개죽음의 비통함이란 감개조차 없다. 인간이 개처럼 죽어 있는 것이 아니라 개와, 그리고 그와 똑같은 무엇인가가 마치 한 접시의 닭꼬치처럼 나란히 담겨 있을 뿐이었다. 개도 아니고, 애초에 인간조차 아니다.

백치의 여자가 타 죽는다면—흙으로 만들어진 인형이 흙으로 돌아갈 뿐 아닐까. 만약에 이 거리에 소이탄이 퍼부어지는 밤이 온다면…… 이자와는 이런 생각을 하다가 묘하게 착 가라앉아서 생각을 하고 있는 자신의 모습과 자신의 얼굴, 자신의 눈을 의식하지 않을 수가 없었다. 나는 침착하다. 그리고 공습을 기다리고 있다. 괜찮겠지. 그는 코웃음을 쳤다. 나는 그저 추악한 것이 싫을 뿐이다. 그리고 애초에 영혼이 없는 육체가 타서 죽을 뿐 아닌가. 나는 여자를 죽이지는 않는다. 나는 비열하고 저속한 사내다. 나에게는 그만한 배짱은 없다. 하지만 전쟁이 아마 여자를 죽일 것이다. 그 전쟁의 냉혹한 손을 여자의 머리 위로 향하게 하기 위해 약간의 실마리만 잡으면 되는 것이다. 나는 모른다. 아마, 무엇인가가 어느 순간이 그것을 자연히 해결해 주는 것에 지나지 않을 것이다. 그리고 이자와는 공습을 극히 냉정하게 기다리고 있었다.

* * *

그것은 4월 15일이었다.

그 이틀 전, 13일에 도쿄에서는 두 번째 야간 대공습이 있었고, 이케부쿠로池袋, 스가모巢鴨, 야마노테山手 방면에 피해가 있었는데, 어쩌다 그 이재罹災증명서가 손에 들어왔으므로 이자와는 사이타마埼玉로 물건을 구입하러 나가 약간의 쌀을 짊어지고 돌아왔다. 그가 집에 도착하자마자 경계경보가 울리기 시작했다.

다음번 도쿄 공습이 이 거리 근처가 되리라는 것은 타고 남은 지역을 생각해 볼 때 누구나 상상할 수 있는 일로, 이르면 내일, 늦어도 한 달은 걸리지 않을 이 거리의 운명의 날이 다가오고 있다. 이르면 내일이라고 생각한 것은 지금까지의 공습의 속도, 편대 야간 폭격의 준비 기간의 간격이 이르면 내일쯤이었기 때문인데, 이날이 그날이 될 것이라고 이자와는 예상도 하지 못했다. 그래서 물건을 사러 갔던 것이고, 물건 구입이라 해도 목적은 다른 데 있었는데, 이 농가는 이자와가 학생 시절에 연고가 있던 집이어서 그의 트렁크 두 개와 배낭에 모아 놓은 물품을 맡기는 일이 오히려 주요한 목적이었다.

이자와는 매우 피곤했다. 여장旅裝은 방공복장이었으므로

배낭을 베개 삼아 그대로 방 한가운데에 드러누웠고, 그는 실제로 급박해진 시간에는 꾸벅꾸벅 잠이 들어 버렸다. 문득 눈을 떠 보니 사방의 라디오가 왕왕 울리고 있었는데, 편대의 선두는 이미 이즈(伊豆) 남단을 통과했다. 동시에 공습경보가 울리기 시작했다. 마침내 이 거리의 마지막 날이구나, 하고 이자와는 직감했다. 백치를 벽장에 넣고, 이자와는 수건을 걸치고 칫솔을 물고 우물가로 갔다. 이자와는 그 며칠 전에 라이온 치약을 구입해 놓고 오랫동안 잊고 있었던 치약이 입 안으로 번지는 상쾌함을 그리워하고 있었으므로, 운명의 날을 직감하자 왠지 이를 닦고 세수를 하려는 마음이 들었는데, 우선 그 치약이 당연히 있어야 할 장소의 바로 옆에 있었는데도 오랜 시간(그것은 참으로 오랜 시간으로 생각되었다) 보이지가 않았고, 간신히 그것을 발견하자 이번에는 비누(이 비누도 향내가 나는 옛 화장비누)가 이것도 있던 자리에서 살짝 옆에 있었는데도 오랜 시간 발견되지 않아, 아아, 나는 당황하고 있구나, 침착하자, 침착하자, 머리를 찬장에 부딪치기도 하고 책상에 걸리기도 하고, 그 때문에 그는 잠시 일체의 움직임과 생각을 중단시켜 정신 통일을 하려고 했지만 몸 자체가 본능적으로 당황해서 미끄러져 가기만 하는 것이었다. 겨우 비누를 발견해서 우물가로 갔더니 재봉집 부부가 밭 한구석의 방공호로 물건들을 던지고 있었고, 오리와 아주 닮은 다락방 아가씨가 짐을 들고 우왕좌왕하고 있었다. 이자와는 좌우간 치약과 비누를 단념하지 않고 찾아낸 집요함을 축복하면서, 과연 이날 밤의 운명은 어찌되는 것일까 생각했다. 아직 얼굴을 닦기도 전에 고사포 소리가 울리기 시작해 고개를 들어 보니, 이미 머리 위로 십여 줄기의 서치라이트가 마구 얽혀 머리 위를 향해 소란을 떨고 있었고, 그 빛 한가운데로 미군기가 두둥실 떠올라 있었다. 이어서 한 대, 또 한 대, 문득 눈길을 아래쪽으로 돌리니 이미 역전 방향은 불바다가 되어 있었다.

마침내 올 것이 왔다. 사태가 확실해지자 이자와는 겨우 마음이 가라앉았다. 방공두건을 뒤집어쓰고, 이불도 덮고서 처마 끝에 서서 24대까지 이자와는 셌다. 두둥실 빛의 한가운데에 떠서, 모두 머리 위를 통과하고 있다.

고사포 소리만이 미친 듯이 울려대고 있고, 폭격음은 전혀 일어나지 않는다. 25대를 셀 무렵부터 특유의 덜그럭덜그럭 굴다리 위를 화물열차가 달릴 때 같은 소이탄의 낙하 소리가 울리기 시작했는데, 이자와의 머리 위를 넘어 뒤쪽 공장 지대로 집중되고 있는 모양이다. 처마 밑에서는 보이지 않으므로 돼지우리 앞까지 가서 뒤를 돌아보니 공장 지대는 불바다가 되었고, 놀랍게도 지금까지 머리 위를 통과하고 있었던 비행기와는 정반대 방향으로부터도 차례차례 미군기가 와서 후방 일대를 폭격하고 있었다. 그러자 이제는 라디오도 아무 소리가 안 나오고, 하늘 전체가 시뻘겋게 두꺼운 연기의 막에 가려지고, 미군기의 모습도 서치라이트의 빛도 시계視界에서 아주 사라지고 말았다. 북쪽 한 귀퉁이를 남겨 놓고 사방은 불바다가 되었고, 그 불바다가 점차로 다가오고 있었다.

재봉집 내외는 조심성이 깊은 사람들이어서 평소부터 방공호를 짐을 쌓기 위해 만들어 놓았고, 틈새를 막을 진흙도 준비해 놓아 만사 예정대로 방공호에 짐을 쟁여 넣고, 틈새에 진흙을 발라 놓고 그 위에 밭의 흙을 덮어 놓았다. 이런 불이고 보면 이젠 끝장이군요. 재봉집은 예전 소방단의 소방 복장으로 팔짱을 끼고 불길을 바라보고 있었다. 끄려 해봤자, 이건 무리예요. 나는 이제 도망칠 겁니다. 연기에 휩싸여서 죽으면 무슨 소용입니까. 재봉집은 리어카에 산더미처럼 짐을 얹고서, 선생, 함께 철수합시다. 그때 떠들썩할 정도의 복잡한 공포감이 이자와를 엄습했다. 그의 몸은 재봉집 주인과 함께 미끄러져 나가고 있었지만, 몸의 움직임을 가로막는 것 같은 하나의 마음속의 저항 때문에 미끄러짐을 멈추고, 마음속 한구석에서 찢어질 듯한 비명 소리가 동시에 일어난 기분이 들었다. 이 한순간의 지체 때문에 타 죽겠지, 그는 거의 공포 때문에 멍해졌지만 다시금 아무튼 자연스레 비틀거리는 듯한 몸의 미끄럼을 참아내고 있었다.

"저는 말이죠, 좌우간 좀 더 남아 있겠습니다. 저는요, 할 일이 있거든요, 저는요, 좌우간 연예인이니까, 목숨의 한계점에서 나의 모습을 응시할 수 있는 기회에는, 그 결정적인 순간에 최후의 거래를 하기를 요구받고 있습니다. 저는 도망치고 싶지만 도망칠 수가 없어요. 이 기회를 놓쳐 버릴 수 없거든요. 이제 댁들은 도망쳐 주세요. 얼른, 얼른. 잠깐의 지체가 모든 것을 돌이킬 수 없게 만들어 버려요."

얼른, 얼른, 한순간이 모든 것을 돌이킬 수 없게 만든다. 모든 것이란, 그것은 이자와 자신의 생명을 가리킨 말이다. 얼른 얼른, 그것은 재봉집 내외를 재촉하는 목소리가 아니라 그 자신이 한순간이라도 일찍 도망치기 위한 소리였다. 그가 이곳을 도망치기 위해서는 주변 사람들이 모두 떠난 뒤가 아니면 안 되는 것이다. 그러지 않았다가는 백치의 모습이 눈에 띄고 만다.

그럼, 선생, 조심하세요. 리어카를 끄는 재봉집 주인도 당황하고 있었다. 리어카는 골목 귀퉁이들을 부딪쳐 가면서 사라졌다. 그것이 이 골목 주민들의 마지막 사라지는 모습이었다. 바위를 씻는 파도의 무한한 소리처럼, 지붕을 때리는 고사포의 무수한 파편의 무한의 낙하 소리 같은, 휴지休止와 고저라고는 아무것도 없는 쏴아쏴아 하는 기분 나쁜 소리가 무한히 이어졌는데, 그것은 큰길로 흘러나온 피난민 한 무리의 발소리였다. 고사포 소리 따위는 이제 맥이 빠지고, 발소리의 흐름 가운데, 기묘한 생명이 깃들어 있었다. 고저와 휴지가 없는 기괴한 소리의 무한한 흐름을 세상의 어느 누가 발소리로 판단할 수가 있을까. 천지는 그저 무수한 음향으로 가득했다. 미군기의 폭음, 고사포, 낙하음, 폭발의 음향, 발소리, 지붕을 때리는 탄알 조각들, 하지만 이자와의 몸 주변 몇십 미터만큼은 붉은 천지의 한가운데서 좌우간 조그만 암흑을 만들고, 아주 고요했다. 이상한 정적의 두께와 미칠 것 같은 고독의 두께가 잔뜩 사방을 에워싸고 있다. 30초만 더, 10초만 더 기다리자, 어째서, 그리고 누가 명령하는 것인지, 그리고 그것을 따라야 하는 것인지, 이자와는 미칠 것만 같았다. 갑자기, 몸부림치고, 울며불며 맹목적으로 뛸 것만 같았다.

그때 고막 속을 휘젓는 것 같은 낙하음이 머리 바로 위로 떨어졌다. 정신없이 엎드리자 머리 위의 음향은 갑자기 사라지고, 거짓말 같은 정적이 다시금 사방에 되돌아왔다. 이거 참, 사람 겁주는군. 이자와는 천천히 일어나 가슴과 무릎의 흙을 떨었다. 얼굴을 들어 보니, 미치광이의 집이 불을 내뿜고 있다. 뭐야, 결국 떨어진 건가. 그는 기묘하게 침착했다. 정신을 차려 보니, 그 좌우의 집들도 바로 눈앞의 아파트도 불을 내뿜기 시작하고 있었다. 이자와는 집 안으로 뛰어들었다. 벽장문을 걷어차고(실제로 그것은 문틀에서 튀어나와 날더니 쿠당탕 넘어졌다) 백치의 여인을 안 듯이 하고 이불을 뒤집어쓰고 뛰어나왔다. 그리고 1분가량 완전히 정신이 없어 뭐가 뭔지 전혀 알 수가 없었다. 골목 출구가 가까워졌을 때, 다시금 음향이 머리 위를 향해 떨어졌다. 엎드렸다가 일어나 보니, 골목 출구의 담배 가게에도 불이 붙고 맞은편 집의 불단佛壇 안에서부터 불길이 뿜어져 나오는 것이 보였다. 골목을 나와서 뒤돌아보니 재봉집도 불을 토하기 시작했고, 아무래도 이자와의 방도 타기 시작한 모양이다.

사방은 온통 불바다로, 대로 위에는 피란민의 모습도 별로 없고 불티들이 이리저리 날아오를 뿐이어서, 이젠 글렀구나 하고 이자와는 생각했다. 교차로에 도달하자, 여기부터는 대단한 혼잡했고, 모든 사람들이 오직 한쪽만을 향하고 있다. 그 방향이 불길에서 가장 먼 것이다. 그곳은 이미 길이 아니고, 인간과 짐의 비명들이 중첩된 흐름에 지나지 않았고, 밀고 밀치며 돌진하고, 밟아대며 밀려 나가고, 낙하음이 머리 위로 닥치면 흐름은 일시에 지상에 엎드려, 신기할 정도로 정지해 버리고, 몇 명의 남자가 흐름의 위를 밟아대고 달리지만, 흐름의 태반의 사람들은 짐과 아이와 여자와 노인의 일행이 있어, 서로의 이름을 부르고, 되돌아섰다가 사람들에게 밀려 나뒹굴었고, 그리고 불길은 바로 길 좌우로 다가오고 있었다. 조그만 교차로에 당도했다. 흐름의 모든 것이 이곳에서도 한쪽을 향하고 있는 것은 역시 그쪽이 불길로부터 가장 멀기 때문이지만, 그 방향에는 공터도 밭도 없다는 것을 이자와는 알고 있었고, 다음 미군기의 소이탄이 앞길을 막고 나면 이 길에는 죽음의 운명이 있을 뿐이었다. 한쪽 길은 이미 양쪽 집들이 미친 듯이 불타고 있는데, 그것을 넘어가면 개울이 흐르고, 개울의 흐름을 좀 올라가면 보리밭이 있다는 것을 이자와는 알고 있었다. 그 길을 달려가는 하나의 그림자조차 없는 터라 이자와의 결의도 망설여졌지만, 문득 쳐다보니 150미터 가량 앞에서 맹렬한 불길에 물을 끼얹고 있는 단 한 명의 남자의 모습이 보였다. 맹렬한 불길에 물을 끼얹는다 해도 결코 용맹한 모습은 아니고 그저 양동이를 들고 있을 뿐, 어쩌다 물을 끼얹어 보기도 하고 멍하니 섰다가 다시 걷기도 하는 묘하게 둔한 동작으로, 그 남자의 심리를 해석하기가 어려운 얼빠진 모습이었다. 좌우간 한 인간이 타 죽지도 않고 서 있을 수가 있으니까, 하고 이자와는 생각했다. 나의 운을 시험하는 거다. 운. 그야말로 이제 남겨진 것이라고는 하나의 운, 그것을 선택하는 결단이 있을 뿐이었다. 교차로에 도랑이 있었다. 이자와는 도랑물에 이불을 적셨다.

이자와는 여자와 어깨를 걸고 이불을 뒤집어쓰고, 군중의 흐름과 결별했다. 맹렬한 불길이 미쳐 날뛰는 길을 향해 한 발짝 내딛자, 여자는 본능적으로 멈춰 서서 군중이 흐르는 방향으로 되돌려지듯이 휘청휘청 비틀거리며 간다. "바보!" 여자의 손을 힘껏 잡아당겨, 길 위로 휘청휘청 나아가는 여자의 어깨를 끌어안고 "그쪽으로 가면 죽을 뿐이야." 여자의 몸을 자신의 가슴에 끌어안고 속삭였다.

"죽을 때는, 이렇게, 둘이 함께 죽는 거야. 겁내지 마. 그리고, 나한테서 떨어지지 마. 불도 폭탄도 다 잊고, 이봐, 우리 두 사람의 일생의 길은 언제나 이 길이야. 이 길을 그저 똑바로 바라보고서, 내 어깨에 기대어 가면 되는 거야. 알았지." 여자는 고개를 끄덕했다.

그 끄덕거림은 치졸했지만, 이자와는 감동으로 미칠 것만 같았다. 아아, 길고 긴 몇 번인가의 공포의 시간, 밤낮 없는 폭격 아래서 여자가 표시한 첫 번째 의지이고, 오직 한 번뿐이었던 답이었다. 그 기특함에 이자와는 미칠 것 같았다. 이제야 인간을 끌어안고 있고, 그 안고 있는 인간에 대해 무한한 긍지를 갖게 되었던 것이다. 두 사람은 맹렬한 불길 속을 뚫고 뛰었다. 열풍의 덩어리 밑을 빠져 나가자, 길 양쪽은 아직도 타오르고 있는 불의 바다였지만, 어느새 동량은 불타 내려앉은 뒤여서 불기운이 좀 사그라지고 열기가 덜했다. 그곳에도 도랑물이 넘쳐흐르고 있었다. 여자의 발에서 어깨까지 물을 끼얹고, 다시한 번 이불을 물에 담그고 나서 뒤집어썼다. 길 위에는 불탄 짐과 이불이 흩어져 있고, 사람이 둘 죽어 있었다. 40세쯤 된 여자와 남자였다.

둘은 다시 어깨를 걸고 불의 바다를 달렸다. 두 사람은 간신히 개울 가로 나갔다. 그런데 이곳은 개울 양쪽 공장이 맹렬한 불길을 뿜어내며 미친 듯이 타고 있어서, 나아갈 수도, 물러설 수도, 서 있을 수도 없게 되었다. 얼핏 보니 개울에 사다리가 놓여 있어서, 이불을 덮은 채로 여자를 내려놓고 이자와는 단숨에 뛰어내렸다. 흩어진 사람들이 삼삼오오 개울 속을 걷고 있다. 여자는 때때로 자발적으로 몸을 물속에 담그고는 했다. 개조차도 그러지 않을 수 없는 상황이었지만, 하나의 새로운 귀여운 여자가 태어났다는 신선함에 이자와는 눈을 크게 뜨고 물에 몸을 담그는 여자의 모습을 정신없이 바라보았다. 개울은 화염 밑을 벗어나 암흑 속을 흐르고 있다. 하늘에 가득한 불빛 때문에 진짜 암흑이란 것이 있을 수는 없었지만, 살아서 다시 볼 수 있었던 암흑에 이자와는 오히려 정체를 알 수 없는 커다란 피로와 끝없는 허무 때문에 그저 방심이 퍼져 나가는 모습을 본 것이었다. 그 밑바닥에는 조그만 안도가 있었지만, 그것은 이상하게도 쩨쩨한, 어리석은 것으로 여겨졌다. 모든 게 어리석은 짓 같았다. 개울을 올라가니 보리밭이 있었다. 보리밭은 세 방향이 언덕으로 에워싸인 사방 3백 미터가량의 크기였고, 그 한가운데를 국도가 언덕을 뚫고 나 있었다. 언덕 위의 주택은 불타고 있고, 보리밭 가의 목욕탕과 공장과 절과 무엇인가가 불타고 있는데, 그 각각의 불빛이 하양, 빨강, 주황, 파랑, 그리고 짙음과 옅음이 모두 달랐지만, 갑자기 바람이 불기 시작하면서 윙윙 공기가 울리더니, 안개와도 같은 미세한 물방울이 눈앞에 쏟아져 내렸다.

군중의 물결은 느릿느릿 국도를 흐르고 있었다. 보리밭에서 쉬고 있는 것은 수백 명이고, 길고 긴 국도의 군중에 비해 볼 때 비교도 되지 않았다. 보리밭에 이어진 잡목림 언덕이 있었다. 그 언덕의 숲 속에는 거의 사람이 없었다. 두 사람은 나무 밑에 이불을 깔고 누웠다. 언덕 아래 밭 가에 농가 하나가 불타고 있고, 물을 끼얹고 있는 몇몇 사람의 모습이 보인다. 그 뒤꼍에는 우물이 있어서, 한 남자가 펌프를 철컥철컥거리며 물을 푸고 있었다. 그것을 보고 밭의 사방으로부터 금세 20명가량의 노소남녀가 몰려들었다. 그들은 펌프질을 하고, 빙 둘러서서 물을 마시고 있었다. 그리고 불에 타 무너져 가고 있는 집에 손을 내밀고 빙 둘러서서 불을 쬐기도 하고, 무너져 내리는 불덩어리를 피하기도 하고 연기로부터 얼굴을 돌리기도 하며 이야기를 하고 있다. 아무도 불 끄는 일을 도와주는 사람은 없었다.

졸리다고 여자가 말했고, 나 피곤해요라든지, 발이 아파요라든지, 눈도 아파요 하고 중얼거렸는데, 세 번 중 한 번은 나 졸려요, 하고 말했다. 자는 게 좋겠어, 이자와는 여자를 이불로 감싸주고서 담배에 불을 붙였다. 몇 개비째인가의 담배를 피우고 있는 사이, 저 멀리서 공습 해제 경보가 울렸고, 몇 명의 순사가 보리밭 속을 걸어다니며 해제를 알려 주고 있었다. 그들의 목소리는 하나같이 몹시 쉬었고, 사람의 목소리 같지가 않았다. 가마타蒲田 경찰서 관내의 사람들은 야구치矢口 국민학교가 불타지 않았으니 모이라고 홍보하고 있다. 사람들이 밭이랑에서 일어나 국도로 내려갔다. 국도는 다시금 사람의 물결이었다. 그러나 이자와는 움직이지 않았다. 그의 앞에도 순사가 왔다.

"그 사람은 뭐요, 부상을 당한 건가?"

"아니오, 피곤해서 자고 있는 겁니다."

"야구치 국민학교를 알고 있소?"

"네, 좀 쉬었다가 나중에 갈 겁니다."

"용기를 내시오. 이 정도 가지고."

순사의 목소리는 더 이어지지 않았다. 순사의 모습이 사라지고, 이 숲 속에는 마침내 두 사람만이 남았다. 두 인간만이—하지만 여자는 역시 하나의 살덩어리에 지나지 않는 게 아닐까. 여자는 푹 잠들어 있었다. 모든 사람들이 이제는 불에 탄 자리의 연기 속을 걷고 있다. 모든 사람들이 집을 잃었고, 그리고 모두가 걷고 있다. 잠 따위는 생각도 하지 않고 있을 것이다. 지금 잘 수 있는 것은 죽은 인간과 이 여자뿐이다. 죽은 인간은 다시 눈뜨는 일이 없겠지만, 이 여자는 얼마 뒤 눈을 뜰 것이고, 눈을 뜬다고 해서 잠들었던 고깃덩이에 무엇인가를 덧붙일 수도 없는 것이다. 여자는 희미하기는 하지만 지금까지 들어 본 적이 없는 코 고는 소리를 내고 있었다. 그것은 돼지의 울음소리와 비슷했다. 정말이지, 이 여자 자체가 바로 돼지라고 이자와는 생각했다. 그리고 그는 어렸을 때의 조그만 기억의 한 조각을 떠올렸다. 한 골목대장의 명령으로 십여 명의 아이들이 새끼돼지를 뒤쫓았다. 쫓아가서 골목대장은 잭나이프로 돼지의 엉덩이 고기를 조금 베었다. 돼지는 아프다는 얼굴도 하지 않았고 딱히 소리를 지르지도 않았다. 엉덩이 살을 베였다는 사실도 모르는 것처럼 오직 도망치고 있을 뿐이었다.

이자와는 미군이 상륙해서 중포탄이 팔방으로 포효하면서 콘크리트 빌딩이 날아가고, 머리 위로 미군기가 급강하하여 기총소사를 하는 가운데, 흙먼지와 무너진 빌딩과 구덩이 속을 도망치고 있는 자신과 여자의 일을 생각하고 있었다. 무너져 내린 콘크리트 그늘에서 여자가 한 남자에게 짓눌리고, 남자는 여자를 쓰러뜨리고, 육체의 행위에 골몰하면서, 남자는 여자의 엉덩이 살을 뜯어먹고 있는 것이다. 여자의 엉덩이 살은 점점 줄어들고 있었지만 여자는 육욕만을 생각하고 있을 뿐이었다.

새벽이 가까워지자 추워지기 시작했고, 이자와는 겨울 외투도 입고 있었고 두꺼운 재킷도 입고 있었지만, 한기를 견디기 힘들었다. 아래쪽 보리밭 가에는 여러 곳에 아직도 타오르고 있는 불의 벌판이 있었다. 그곳까지 가서 불을 쬐고 싶었지만, 여자가 눈을 뜨면 곤란하므로, 이자와는 움직일 수가 없었다. 여자가 깨는 것이 왠지 견딜 수 없는 기분이었다.

여자가 푹 잠들어 있는 사이에 여자를 놓아두고 떠나고 싶은 생각도 있었지만, 그조차도 귀찮아졌다. 사람이 물건을 버리게 되면, 설령 종이조각을 버릴 때에도 버릴 만한 보람과 결벽 정도는 있을 것이다. 이 여자를 버리는 보람과 결벽까지도 상실되어 있을 뿐이었다. 애정이라고는 조금도 없었고 미련도 없었지만, 버릴 만한 보람도 없었다. 살기 위한, 내일의 희망이 없기 때문이었다. 내일이라는 날에, 설령 여자의 모습을 버린다 한들, 어딘가에 무슨 희망이 있을까. 무언가에 의지해 살아갈 것이다. 어디에 살 집이 있을 것인가, 잠잘 만한 구덩이는 있을까, 그것조차도 알 수 없었다. 미군이 상륙하고, 천지에 온갖 파괴가 일어나고, 그 전쟁의 파괴의 거대한 애정이 모든 것을 심판해 줄 것이다. 생각할 것도 사라져 버렸다.

날이 새면 여자를 일으켜서 불타 버린 곳은 거들떠보지도 않고, 좌우간 잘 곳을 찾아서 가능한 한 먼 정거장을 향해 걸어야겠다고 이자와는 생각했다. 전차나 기차는 움직일까. 정거장 주변의 침목더미에 기대서 쉬고 있을 때, 오늘 아침은 과연 하늘이 개고 나와 내 옆에 나란히 있는 돼지의 등판에 햇빛이 비칠 것인가 하고 이자와는 생각하고 있었다. 너무나 오늘 아침이 추웠기 때문이었다.

(1946년 6월)

외투와 청공 外套と靑空

두 사람이 알게 된 것은 긴자의 기원棋院이었다. 이런 곳에서 바둑 취미 이상의 우정이 시작된다는 것은 드문 일이지만, 우부카타 쇼키치生方庄吉는 방약무인한 솔직함을 가지고 오치아이 타이헤이落合太平에게 접근했다. 쇼키치는 50이 넘은 훌륭한 신사이고, 고급 양복 가슴에 금줄을 늘어뜨리고, 머리는 손질이 잘된 올백이고, 그 머리카락은 반백半白이었지만, 이지와 결단력으로 조화롭게 다듬어져 얼굴은 아직 젊고 전아하며 정연한 모습에 꾸밈이라고는 없는 위엄이 갖춰져 있었다.

그 쇼키치가 꾀죄죄한 서푼짜리 문사文士인 오치아이 타이헤이에게 접근한다는 것도 기묘한 일이었지만, 그 접근 방법이 자못 방약무인의 솔직함이어서 이상스럽게 생각하지 말란 법도 없다. 첫 판을 끝냈을 뿐인데 명함을 내밀며 자기 소개를 하고, 그다음으로는 입구에서 타이헤이의 모습을 찾고(타이헤이는 매일처럼 와 있었으니까), 그 옆에 털썩 앉는다. 매우 바쁜 쇼키치는 어쩌다 기원에 나타나고는 하는데, 그 시간을 초월해서, 수십 일 만에 나타나고서도, 어제의 계속일 뿐이라는 식으로 타이헤이 앞에 털썩 앉는다. 바둑 상대 같은 것에 아쉬움이 없는 장소인 만큼 타이헤이는 그 특별한 우정을 일단 의심하기는 했지만, 쇼키치는 타이헤이 이외의 사람하고는 눈으로 인사만 할 정도의 친구도 만들지 않았다. 조금 색다른 남자의 성격적인 후각이겠지, 하고 타이헤이도 솔직하게 받아들였지만, 무엇인가 엄청난 고독 가운데 특별한 인간고人間苦를 바라보고 있는 남자일 것이라는 상상은 뒷날에 가서야 덧붙인 것으로 여겨진다.

어느 날, 두 사람은 우연히 변두리 공장 지대의 길거리에서 마주쳤다. 타이헤이의 아파트는 이 공장 지대에 있는데, 쇼키치는 기계 브로커로(그 자신 조그마한 공장의 주인이기도 했다) 이곳으로 기계를 팔러 온 것이었다. 두 사람은 변두리 기원에서 바둑을 두고 밤이 되어 술을 마셨다. 어느새 전차가 끊어질 시각이군요, 라든지, 집에 돌아가지 못하겠네요, 이렇게 말로는 하면서도 쇼키치는 침착하게, 돌아갈 수 없게 되리라는 것을 예감하고 있는 것 같았다.

이튿날 타이헤이의 누추한 방에서 잠이 깬 쇼키치는 학생 시절로 돌아간 젊음으로, 눈을 가늘게 뜨고 살풍경한 방 구석구석까지 둘러보며 하나하나 머릿속에 기록하고 있는 모양이었는데, 그 모습은 그리움으로 가득 넘쳐 있었다. 오늘은 자네가 우리 집에 놀러 올 차례야, 하고 쇼키치는 타이헤이를 그의 집으로 데려갔는데, 두 사람의 연계의 발단은 앞에서 말한 그 것뿐이다. 한번 우리 집에 초대하고 싶었던 것이라고, 그날도 쇼키치는 말하고 있었지만, 노상에서 만난 우연을 빼놓더라도 조만간 두 사람의 인연은 하나의 숙명을 걷지 않을 수 없었을 것이다.

그로부터 며칠 뒤에 기미코(쇼키치 부인)로부터 전화로, 모임이 있으니 꼭 놀러 와 달라고 했다. 그 자리에서 만담가인 세이세이켄靑靑軒, 선장인 하나무라花村, 기관사인 마세間瀬, 배우인 사요 타로小夜太郞, 공장주인 도미나가富永, 요정 히사고야의 주인과 알게 되었다. 음악가인 후나키 사부로舟木三郞는 가장 눈에 띄지 않는 사람이었다.

그 뒤로는 이틀 아니면 사흘마다 기미코의 전화로 불려 나간다. 같은 얼굴들이 대체로 얼굴을 내밀고 있었다. 마작 하는 사람, 바둑 두는 사람, 화투를 하는 사람, 가위바위보를 하는 사람, 술을 마시는 사람, 쇼키치의 사투리 섞인 큰 목소리는 이 방에서 최대의 소음이었지만, 조금만 주의해서 바라보면 실은 그만이 유일한 타향의 여행자이고 이 방의 분위기에서 비어져 나와 있음을 알 것이다. 이 자리의 중심은 기미코다. 그녀는 게이샤 출신으로, 이 얼굴들의 반가량이 그 무렵부터 알고 지내던 사이임을 알게 된 것은 나중의 일이다.

어느 날 황혼에 타이헤이는 긴자에서 후나키 사부로와 만났다. 그래서 그와 함께 술을 마셨는데, 평소에는 말없이 기가 약한 듯한 후나키가 묘하게 치근덕거리며, 당신 같은, 자리에 어울리지 않는 사람은 다른 적당한 장소에 놀러 가는 것이 어떻겠느냐는 뜻의 이야기를 교묘하게 에둘러서, 표현과 품위가 있는 비아냥거림을 담아서 하기 시작했다.

"당신은 착한 사람이고 또 나 같은 건 멀리 미치지도 못할 예술가일지도 모르죠. 하지만 나의 예술 같은 건 입에 풀칠이나 하자는 데에 지나지 않고, 나의 정열은 전적으로 현실의 인생을 만들어 내는 일에 열광하고 있는 거지요. 나의 인생의 무대 의상이란 건 멋지다는 것일 뿐이어서, 나는 프랑스에서 돌아올 때면 화장품밖에는 사 오지 않았어요. 그 무렵에는 도란dohran을 바르고 긴자를 쏘다니던 시절입니다. 당신은 그런 남자를 보면 웃겠지요. 하지만 나는 모든 화장을 하지 않는 세계를 경멸과 동시에 미워하고 있답니다. 하나의 소소한 말조차도 늘 화장을 하며 이야기했으면 하고 절실하고 바라고 있는 거지요."

그것은 타이헤이의 인품이 외형적인 것보다는 정신적으로 화장이 되어 있지 않은 데 대해 비난과 비아냥을 퍼부은 것이었다. 하지만 그의 말의 속 감정에는 기미코를 둘러싸고, 거기로부터 피어오르는 질투의 기운이 있었다. 그 질투에 값할 만한 자랑거리가 아무리 좋게 보려 해도 보이지 않았으므로 타이헤이는 기가 막혀서, 이 사내는 짓눌려 버린 의욕의 밑바닥에서 신경의 환상하고 악전고투하고 있는 변태적인 성격의 소유자라고 생각했다.

그런데 그다음 날 밤, 기관사인 마세가 타이헤이에게 대들었다. 그의 무거운 침묵 때문에 어떤 때에는 그 자리가 음울하게 되고, 또 어떤 때는 그의 막돼먹은 홍소哄笑와 큰소리 때문에 그 자리가 경박스러워진다, 그 자리의 분위기를 고려하지 않고 자아를 마구 밀어붙이는 식으로 예술가 티를 내지 말라면서 화를 냈다. 이야기의 골자는 후나키의 비난과 공통된 것으로, 두 사람은 아마도 타이헤이에 대한 평소의 불만을 토로했을 것으로 여겨졌지만, 마세의 그야말로 뱃사람다운 체력적인 분노의 밑바닥에 있는 것은 후나키와 마찬가지로 질투라는 점을 타이헤이는 놓치지 않았다.

과연 그랬다. 타이헤이는 기미코의 전화로 호출되어 오는 것인데, 그것은 이 집의 관습이고 다른 사람들도 마찬가지였을 것이다. 기미코는 타이헤이에게 특별한 호의를 보이지 않았다. 다만 그를 언제나 상석에 앉게 했는데, 그것은 새로 자리에 끼어든 그의 어색함에 대한 배려와 쇼키치가 타이헤이를 노상 내 첫째가는 친구라고 부른 것에 대한 자연스러운 결과에 지나지 않았다. 기미코는 그 동아리의 사람들을 향해, 당신들은 닳고 닳은 사람들이라고 불렀고, 타이헤이한테만은, 이분은 순순한 사람이니까, 라는 말을 때때로 한 일은 있지만, 악의도 선의도 없는 말로서, 말뜻만 가지고 말한다면 순수란 의기라든지 멋 따위의 반어에 지나지 않고, 타이헤이의 거칠고 조잡함을 확인하는 데 지나지 않는다는 의미도 있기도 해서 사람들의 비아냥과 쓴웃음을 살 뿐이었다.

타이헤이 쪽으로서도 기미코의 매력에 끌리는 일은 별로 없었다. 보통보다는 미인이었지만 유달리 눈길을 끄는 아름다움은 아니다. 게이샤 출신인 행동거지, 몸 매무새는 과연 틀이 잡혀 있었지만, 교양은 조잡하고 거칠어서 후나키의 이른바 '화장된 정신' 따위와는 반대로 저속한 여자다. 27세의 조그마하고 민첩한 몸에 육욕을 자아내게 만드는 정감은 풍부했지만, 말하자면 평범이라는 한마디로 끝나는 보통 여자다. 안팎으로 살펴볼 때, 후나키나 마세의 질투를 살 만한 여자인지를 알 수 없는 타이헤이였지만, 그것 때문에 깊이 마음에 둘 일도 아니었고 거기에 구애되고 싶지도 않았다.

어느 날 저녁 예의 전화로 호출을 받고 가 보았더니, 그날은 쇼키치가 열흘 정도 사업차 출장을 갔다며 세이세이켄과 요정 히사고야 주인만이 와 있었다. 이런 술자리에도 당파 같은 것이 생기게 마련이어서, 세이세이켄과 히사고야는 어느 쪽인가 하면 타이헤이에게 호의를 보이고 있었다. 오늘 밤에는 다른 사람들은 오지 않을 테니 마음 맞는 사람들끼리 마시자고 해서, 남자들이 적당히 취하고 세이세이켄이 나니와부시*와 기요모토**를 흥얼거리고 있는데, 후나키와 마세와 하나무라가 쿠당탕탕 쳐들어왔다. 그들은 상당히 취해 있었다. 자리는 완전히 난장판이 되었고, 맥락 없는 즐거움의 교환, 노래 소리로 어지러운 사이, 잠깐의 계기를 잡아 마세가 타이헤이에게 시비

---

* 浪花節. 일본의 전통 음악 장르로 료쿄쿠浪曲라고도 한다. 메이지 시대 오사카를 중심으로 그 형식이 정착되었다. 라쿠고落語,, 고단講談과 함께 일본 3대 구술 예능으로 불린다.
** 清元. 일본의 전통 예능인 조루리淨瑠璃의 한 장르. 조루리는 주로 샤미센 반주에 맞추어 이야기를 읊는 것으로 헤이안 시대 말기에 시작되어 근대에 이르기까지 번성했다.

를 걸며, 너는 돌아가, 하고 외치고 있었다. 평소에 마세의 인품을 마땅찮게 생각하고 있던 히사고야가 타이헤이에 대한 동정이 아니라 개인적인 분노로 일어나, 고약한 작자로군, 네놈이 으스대는 꼴이 나는 제일 싫어, 하고 위세를 부렸지만 비틀거리고 있다. 마찬가지로 비틀거리고 있는 마세를 형뻘인 하나무라가 밀어붙이고, 오치아이 씨, 난 당신이 좋아. 나는 뱃놈이라 바다를 바라보고 살아왔는데 당신은 바다를 닮았거든. 당신은 좋아, 당신 옆에서 해가 뜨고 해가 지는 거야. 나는 그런 건 모른다는 듯이, 그저 망망한 바다가 되겠어, 라고 말하는 것 같아. 마세가 하나무라에게 덤벼들었으므로 싸움이 일어날 줄 알았더니, 마세는 어깨에 매달려 울기 시작했다. 그 마세를 하나무라는 안아 일으키더니, 몽 브라브 옴므(나의 호남아) 마도로스 댄스를 추자. 함부르크에서도, 마르세유에서도, 우리 포석鋪石이 깔린 곳, 술과 여자와 춤은 태양과 함께 빙글빙글 돌고 있었거든, 하고 마세를 부둥켜안고 일어섰지만, 마세가 미끄러지듯 주저앉아 버렸으므로, 그는 홀로 능숙한 몸짓으로 허리를 흔들며 솔로 댄스를 시작했다. 술자리는 난장판이 되고, 각자가 각자의 초점에 매달려 남을 보지 못하고 있다. 세이세이켄이 부르러 와서 눈짓을 하므로 타이헤이가 따라 나가자, 기미코와 히사고야가 현관에 서서, 세이세이켄 댁에서 기다리고 계세요, 나중에 갈게요, 하고 기미코가 속삭였다. 모든 것을 터놓은 강력한 힘이 기미코의 눈짓과 조그마한 속삭임 위를 달렸다. 망연해진 타이헤이는 갑자기 할 말을 잊고 눈으로 응했는데, 벌써 기미코의 모습은 사라진 뒤였다.

세이세이켄은 됫병을 가지고와 찻종으로 술을 권했고, 목제 화로에서 오코노미야키를 구우면서 기다유*를 흥얼거리고 있었는데, 타이헤이는 마주쳤던 눈과 눈에 대한 생각이 계속 떠올라 마음이 가라앉지 않았다. 한순간의 주저도 없이 그 자리에서 응한 자신의 눈을 떠올리자, 조금도 보인 적이 없는 천박한 마음이 드러난 것 같아 괴로웠는데, 이제는 그저 오로지 기미코를 기다리고 있는 그 자신의 마음을 깨닫게 된 것이다. 세이세이켄이 모든 것을 모를 리가 없을 거라고 생각하니 그에 관해 의미심장한 한마디를 토해 내서 마음의 여유를 드러내 보이고 싶었지만, 실제로는 그의 마음은 헛되이 공전하고 있는 것에 지나지 않았다.

오래 기다리지는 않았다. 기미코는 말도 없이 올라왔다. 양장으로 갈아입고 왔는데, 자신의 집인 양 자유롭게 외투도 벗고 화로에 손을 쬐고 있었다. 이건 대단한 외투로군, 하고 세이세이켄이 탄성을 올렸지만 기미코는 화로 위에서 굽고 있는 오코노미야키를 손가락으로 누르며, 이건 나한테 주세요, 했다.

히사고야가 돌아가는 모습은 담백했다. 그것이 타이헤이에게 침착성을 주었지만, 세이세이켄의 마나님이 두 사람의 이부자리를 깔아 놓고 가 버리자 기미코가 외투를 입기 시작했으므로, 타이헤이는 다시 혼란에 빠졌다. 그와 동시였다. 기미코

---

* 義太夫. 조루리의 한 갈래.

는 그의 가슴속으로 뛰어들고 있었다. "알고 있었거든요, 알고 있었거든요" 하고 외쳤다. 그것은 타이헤이가 기미코를 사모하고 있었다는 것을 알고 있었다는 뜻이었을 것으로 생각되었지만, 타이헤이는 그것을 의심하기보다는 실제로 그럴 수밖에 없었을 듯한 격정에 휩싸였다. 그는 곁에 이부자리가 깔려 있음을 의식했지만, 기미코는 이를 고려하지 않았다. 타이헤이는 대단한 외투로군이라고 했던 세이세이켄의 말이 의식 속에 얽혀 있었지만, 기미코는 외투도 벗지 않고, 또 그것을 의식하는 약간의 생경한 움직임도 없었다. 애정 이외의 어느 무엇도 고려하지 않았다.

이튿날 아침, 타이헤이의 머리에는 기미코가 벗지 않았던 외투가 뒤얽혀 있었다. 하지만 그 외투에는 약간의 뜯어진 곳도 없었고, 조그만 주름조차도, 하나의 먼지조차도 남겨놓지 않았다. 타이헤이는 어느새 기미코의 육체에 빠지고 만 자신을 알았다. 그리고 기미코의 육체가 외투를 통해 머리에 뒤엉켜 있음을 알았다. 어젯밤에는 아무 일도 없었던 것 같은 기미코의 얼굴을 보기보다는, 아무 일도 없었던 것 같은 외투를 발견하는 일이 신기하고, 어두운 정욕의 회한과 사랑의 애절함이 불러일으켜지는 것이었다.

이 하룻밤의 비약 가운데서 타이헤이는 모든 것을 알게 되었다. 후나키도, 마세도, 하나무라도 사요 타로도, 도미나가도, 지난날(아니면 현재까지도) 기미코와 관계를 가진 사람들이었던 것이다. 세이세이켄과 히사고야만이 아마도 예외일 것이다. 타이헤이는 정욕의 하룻밤이 쇼키치의 그림자에 의해 거의 혼란을 받지 않았음을 떠올렸는데, 이제 와서 쇼키치의 우정을 배반하고 있다는 회한은 떠오르지는 않았다. 그보다도, 후나키 와 마세와 사요 타로 등의 정욕에 대해 통렬한 적의를 느꼈다.

"모두 알고 있는 거야."

이렇게 타이헤이는 말했다. 그것은 비난하는 의미가 아니라, 모든 것을 알고 난 뒤의 애정을 알리기 위한 의미였으므로 그의 얼굴에는 부드러운 미소가 있었을 터였다. 하지만 기미코의 얼굴은 어두워지고, 눈길을 피했다. 다시 얼굴을 들어 타이헤이를 바라보는 기미코의 눈은 만물을 빨아들일 것 같은 외곬으로 둔하고 기름진 빛으로 채워져 있었다. 외곬으로 마음에 작정을 한 어린 아이가 이런 눈빛을 가진 일이 있음을 타이헤이는 떠올렸다.

"죽을까."

안색이 새하얗게 되고, 눈이 점점 크게 떠져서 타이헤이의 얼굴에 자리 잡았다.

"죽어요."

타이헤이는 당혹했다. 애정이란 언제나 죽기 위해서가 아니라 살기 위해 노력해야 한다는 것, 죽음을 순수하게 보는 것은 잘못으로 살아남기 위한 복잡함과 불순함 자체가 순수할 수도 있음을 조용한 말투로 설명하고 싶었지만, 기미코의 마음은 속삭여지는 말 이외의 모든 것을 상실한 외곬의 것으로 적어도 감정의 수위가 타이헤이보다도 높았으므로, 타이헤이는 낮은 수위로부터 물을 뿜어 올리는 무력함을 느끼게 되어서 괴로웠다. 죽음을 가지고 노는 감동의 수위 따위는 오랜 성찰까지도 배반할 뿐 보잘것없는 것이라고 생각하면서도, 역시 수위가 낮다는 것이 열등감으로 여겨져 화가 나는 것이었다. 기미코는 갑자기 눈길을 피했다.

두 사람이 달포 동안 놀고 다니다 타이헤이의 아파트로 돌아오자, 쇼키치로부터 온 편지가 그들을 기다리고 있었다. 기미코는 돌아올 것, 타이헤이에게는 아무 일도 없었던 것으로 치고 또 놀러 와 주었으면 좋겠다고 쓰여 있었다.

"죽어 주세요, 함께……"

또 다시 기미코가 외쳤다. 새하얀 얼굴과 어린아이의 집요한 눈이 다시금 타이헤이의 얼굴에 퍼부어졌다. 하지만 그 감정의 한구석에는 분방한 생명이 상실되어 있었다. 그 한 달 동안에 두 사람을 이어 주는 정열 자체가 초췌해진 증거에 다름 아니었다.

"우부카타 씨한테 미안해서?"

"우부카타 씨는 정말 착한 사람이에요. 창자의 한 조각까지도 순수뿐인 사람이에요."

그러자 타이헤이의 얼굴빛이 변하며

"그런 인간이 있을 리 없어!"

하고 외치고 있었다. 그 눈에는 증오가 빛나고 있었다. 그러나 기미코의 눈도 증오를 담아서 타이헤이에게 향해 있었다. 타이헤이는 이 동물적인 여자의 정욕의 피로 밑바닥에서 인간의 가치가 계량되어 있다는 점에 온몸으로 반항을 느끼고 있었지만, 그것이 기미코에 대한 애정을 본질적으로 부정하고 있음을 의식하지 않을 수가 없었다. 두 사람은 어느덧 애무할 때에도 귀신의 눈과 귀신의 눈만으로 마주볼 수밖에 없었다.

"이젠 당신을 만나고 싶지 않아요. 내 눈이 닿지 않는 곳, 만주에라도 가 버리세요."

이윽고 기미코는 그런 말을 남겨 놓고 쇼키치 곁으로 돌아갔다.

* * *

그날부터 타이헤이의 오뇌懊惱가 시작되었다. 기미코의 육체를 잃는 일이 이다지도 허망한 고통이라는 걸 어떻게 예상하지 못했던 것일까. 한밤중의 외투를 떠올리면, 타이헤이의 회한은 몸부림칠 정도의 고민으로 변하는 것이었다. 그날 밤 기미코는 어째서 외투를 입기 시작했던 것일까? 어째서 외투를 벗지 않았던 것일까? 덤벼들 때의 기미코는 마치 미친 백치 같았다. 텅 비어 있었다. 울고 있었다. 기미코의 새하얀 육체를 떠올릴 때 그것이 어느 사이에 외투가 되고, 외투를 떠올렸다 하면 새하얀 육체가 되는 것이었다. 찾아오는 밤마다 잠들 수가 없게 되고, 어둠이 회한과 고민으로 닫혀 있었다.

열흘쯤 지나 쇼키치에게서 편지가 왔는데, 기미코도 기다리고 있으니 놀러 오라는 말이 꾸미는 말도 없이 쓰여 있었다. 그 관대한 우정에 타이헤이는 감동했지만, 그 우정이 매우 이상한 것이며 쇼키치의 생활과 성격이 기괴한 것임을 아주 조금밖에는 의식할 수가 없었다. 후나키라든지 사요 타로라든지 하나무라라든지 마세나 도미나가의 얼굴을 싸늘한 증오를 담아서 떠올리는 일은 있었지만, 그 증오와 똑같을 정도로 격하게 쇼키치의 우정을 배반한 일에 대한 안타까움을 한탄한 일은 거의 없다. 타이헤이의 마음은 매우 자연스럽게 쇼키치를 묵살하고 있을 뿐 아니라, 아마도 쇼키치는 애인 없이는 견딜 수가 없는 기미코의 성정을 알고 있었고, 시시한 남자들의 장난감이 되기보다는 자신이 좋아하는 남자와 놀아 주기를 바라기 때문에 타이헤이를 선택했을 것이라고 생각해 보기도 한 것이다. 그런 생각은 지나치게 파고든 것 같아 싫었지만, 그런 데에 구애될 필요가 없을 정도로 그는 쇼키치를 망각하고 있었다. 그리고 쇼키치의 우정이 담긴 편지를 읽으면서 그 관대함에 눈물겨울 정도로 감동도 하면서, 쇼키치에게 터놓고 기미코를 달라고 할까 골똘히 생각하는 등 쇼키치의 비통한 인간고人間苦를 배려하고 있지는 않았다.

쇼키치에게 기미코를 양보받아야겠다는 생각은 점점 심해지기만 했다. 그러나 쇼키치보다 기미코 본인의 대답에 대해 생각하고 보면 절망적이 되고 마는 것이었다. 타이헤이의 안이한 생각은 기미코 자신을 떠올릴 때마다 얼어붙어 버리고, 영원히 내쳐지고 말았다는 생각 때문에 절망했다.

타이헤이는 병자처럼 방황하면서 세이세이켄을 방문했다.

세이세이켄은 지나간 이야기에 대해서는 한마디도 하지 않고, 오직 기미코 씨가 어제도 왔었지, 오늘도 왔고, 한낮이었어, 그리고 한 주 전에도 두세 번은 왔거든, 이라고 했다. 그 소리를 듣고 보니, 금방 한 줄기 빛이 흘러오는 듯이 여겨졌다. 내 소식을 살피기 위해 오는 거겠지, 하고 생각했지만 시치미를

떼고,

"무슨 볼일이 있었어?"

"글쎄."

세이세이켄의 얼굴에서는 예상하고 있던 희미한 감정조차
도 읽어낼 수가 없었다. 그는 부엌의 아내 쪽을 향해 "그 사람
은 무슨 볼일로 왔던 거야" 하고 물었지만, 마침 끼어든 어떤
잡음 때문에 아내의 귀에 도달하지 않는다는 것을 알고는 다
시 물으려 하지는 않았다.

눈이 내렸다. 세이세이켄의 집에는 우산이 하나밖에 없었으
므로, 그 우산으로 역까지 바래다주었지만, 두 살 아이를 업고
서 장화를 신은 세이세이켄의 이상한 모습이 사람들의 눈길을
끌었다. 순간 안타까운 듯한 그림자가 스쳤지만 세이세이켄은
난처한 얼굴로,

"그 사람은 착한 사람이지만, 하지만 자네가 깊이 파고들어
야 할 정도의 사람은 아니야. 자네, 초췌해지지 않았나."

타이헤이는 대답할 수가 없었다. 모든 것이 다시 암흑 속으
로 되돌아가 공전만이 느껴졌다. 그는 어느새 우산에서 벗어
나, 눈에 젖으며 걷고 있었다.

"젖어 보고 싶었던 모양이군. 아하하하."

세이세이켄의 눈동자에도 젖은 듯한 선량한 애정이 빛나고
있었지만, 그런 것들이 갑자기 아무 인연도 없는 먼 곳에 있는
것으로 자꾸만 생각되었다.

어느 날 아침, 타이헤이는 무엇인지 알 수 없는 것에 떠밀리
는 힘으로 쇼키치를 방문했다. 쇼키치를 만나서 기미코를 달라

고 해야겠다는 미치광이의 결의밖에는 느껴지지 않았지만, 오, 잘 와 주었네 하고 쇼키치가 서생書生처럼 큰 소리와 함께 나타나자, 울적해 있던 것들이 다 사라지고 그의 얼굴에도 온화한 미소가 떠올랐다.

"오랜만에 한 판 둬야겠군."

햇볕이 잘 드는 2층 복도에 바둑판을 꺼내 놓고 두 사람은 마주앉았는데, 타이헤이의 마음은 바둑판을 보자 고집스럽게 가라앉아 다시금 무거운 울적함이 퍼지고 있었다. 쇼헤이는 두 수까지 몰려 있었던 것을 잊지 않고 검은 돌을 둘 나란히 두었는데, 타이헤이는 잠시 그 돌을 바라본 뒤 들어내어 쇼키치의 통 속에 던져 넣었다. 그리고 결심한 듯한 얼굴을 쇼키치에게 돌리려 했는데, 그와 동시에 바둑판 위를 쇼키치의 팔이 쓱 뻗어오더니, 양손이 그의 목을 죄고 있었다.

"이 자식!"

쇼키치의 눈은 삼백안三白眼*이었다. 그리고 가늘었다. 그 눈이 이때도 역시 조그맣고 새하얗게 보였다. 타이헤이는 저항해서는 안 된다는 엄한 목소리를 들은 것으로 여겼는데, 실제로는 쇼키치의 손이 급소에서 벗어나 있다는 것을 계속 의식하고 있었던 것이다. 쇼키치는 아주 서투른 손놀림으로 정신없이 타이헤이의 멱살을 잡았다.

"이 자식! 이 자식! 이 자식!"

---

* 눈동자가 위쪽으로 치우쳐 좌우와 아래쪽이 흰 눈. 흉상凶相으로 여겨진다.

타이헤이는 벌렁 자빠지고 그 위에 쇼키치도 겹쳐져 있었지만, 타이헤이의 얼굴을 촉촉이 따뜻한 것이 흐르고 있었으므로 쇼키치의 눈물이 그의 얼굴에 떨어진 줄 알았지만, 실은 자신이 울고 있었다. 쇼키치의 눈도 촉촉해진 것 같기는 했지만 그는 울지 않았다.

잠시 후, 두 사람은 바둑판을 사이에 두고 원래의 위치에 마주앉아 있었다.

"바둑을 둘까."

이번에는 타이헤이 쪽에서 말하자, 쇼키치의 눈에 온화한 빛이 깃들며,

"오치아이 씨, 나는 자네를 미워할 수가 없어. 나는 자네가 좋거든. 자네만큼은 지금도 믿고 있어. 이건 업業이라는 거겠지."

"업?"

"홋홋후."

그때가 되어서야, 쇼키치의 가느다란 눈에서 한 방울의 눈물이 흘렀다. 타이헤이는 통곡하고 싶은 마음을 참고 미세하게 몸이 떨리고 있었다.

그날 타이헤이가 돌아갈 때, 기미코가 기다리고 있으니 또 예전처럼 놀러 와 달라는 말을 쇼키치는 되풀이해서 말했다. 그 말을 떠올릴 때면(아니, 그 말은 한시도 떠나지 않고 그의 귀에 울리고 있었다), 두 개의 완전히 반대되는 마음이 동시에 꿈틀거리는 것이었다. 하나는, 다시는 가지 않으리라는 것이었고, 또 하나는 안 가고는 배길 수 없는 힘이었다.

그런데, 벌써 그날 저녁에 기미코의 전화가 걸려왔다. 타이헤이는 행복해서 날개를 퍼덕이는 새와도 같이 허둥지둥 나갔다. 각오하고 있던 사람들의 악의에 찬 시선은 거의 그에게 쏟아지지 않았고, 기미코는 이전과 마찬가지로 도코노마의 자리를 그에게 권했고. 그 자리를 차지하고 있던 마세는 조금도 망설임 없이 일어서서 자발적으로 그에게 자리를 권하는 것이었다. 그날 아침 타이헤이가 방문했을 때는 그 침울한 안색을 흘금 보기만 하고 다시는 나타나지 않은 기미코였지만, 아무 일도 없었다는 듯한 자유로움으로 지금은 웃고 말하고 있다. 그 범용한 영혼에 도사리고 있을 한층 건방진 동물적인 후각을 타이헤이는 증오하지 않을 수가 없었다. 다시 나타난 타이헤이를 태연하게 맞이하고 있는 사람들은 기미코의 마음이 다시 타이헤이에게 향하지 않을 것이라는 점을 알아차렸기 때문이 아닐까 생각하니, 타이헤이의 마음은 움츠러들고, 조용하게 자리를 양보한 마세의 모습이 그를 베는 가장 예리한 칼처럼 여겨지는 것이었다.

타이헤이가 화장실에 갔다가 축축해진 툇마루로 가서 겨울 정원의 캄캄한 냉기를 온몸에 받아들이고 있는데, 화장실에 왔던 하나무라가 그를 발견하고는,

"오치아이 씨, 당신은 순수한 남자야. 나는 자네가 좋아."

하나무라는 그의 손을 잡고서, 대담한 솔직함으로,

"오치아이 씨, 저 여자는 도저히 자네의 순수한 영혼에 어울릴 만큼 훌륭하지 않아. 저런 여자한테 구애받지 말게. 그저, 놀이일 뿐이야. 자, 오치아이 씨. 인생은 아침 이슬과 같도다.

그저 놀이가 있을 뿐. 그런 게 아닐까. 놀다가 우리는 죽는 거야. 모든 사람들이여, 오오, 그렇다면 사랑해야지, 노래해야지. 그뿐이야."

그렇게 말하고 돌아가려 하더니, 되돌아와서 팔짓으로 타이헤이를 껴안는 시늉을 하고 입맞춤 소리만을 내고서, 아하하하 하고 웃으면서 계단을 올라갔다. 타이헤이가 자리로 돌아오자, 이를 맞은 하나무라가,

"오치아이 씨는 순정파야. 그는 축축한 툇마루에 처량하게 서 있는 거야. 축축한 툇마루에 처량하게라니, 고풍스러운 게이샤 이야기 따위에는 나오지만, 오치아이 타이헤이한테는 어울리지 않는 거 아냐? 나는 다시 반했단 말이야."

그러자 한쪽 구석의 후나키가 정색을 하고,

"그에게는 고풍스러운 데가 있어. 하지만 그건 순수 같은 게 아니야. 말하자면 시골뜨기인 거지. 무명의 뻣뻣한 옷 같은 걸 입고, 말하자면 그 비슷한 게이샤의 모습하고 대조적으로 매치되는 점은 있지만. 시골풍의 우직함이 일단 문화적 교양을 떠안고 있는 듯한 기묘한 효과를 가지고 사람의 눈을 현혹시키고 있을 뿐이 아닐까."

그 증오는 결정적이었다. 그곳에도 질투는 있었지만, 아래로부터의 질투가 아니라, 위에 서서 내려다보면서 증오하고 있었다. 그리고 그때부터, 그의 태도는 그 자리에서도 가장 적극적인 것이 되었다. 그는 이전과 마찬가지로 결코 많이 지껄이지 않았다. 하지만 그의 무언의 태도가 항상 기미코를 뒤쫓으며 기미코에게 속삭이고 있었다.

어느 날, 그 방에는 타이헤이와 후나키와 기미코만이 있었다.

"내일, 아타미熱海에 갑시다."

후나키는 강요하듯이 기미코에게 말했다. 후나키는 타이헤이의 존재를 전혀 문제 삼지 않고 있다는 노골적인 태도를 보이고 있었다. 그렇지만 그것이 기미코에게도 다소 당돌하게 여겨졌으므로, 약간의 당혹과 분노가 내달렸다.

"피아노 제자는 어떻게 되었어요? 그 사람하고 함께 가시지요."

"그런 애는 싫어요. 오른쪽을 보라면 오른쪽을 보거든요. 함께 연극을 보러 갔었거든요. 연극을 구경하면서 말을 걸면, 고개를 숙이고 대답을 하거든요. 머리카락 때문에 연극이 보이지 않는 거예요. 나는 어린 아가씨는 싫거든요."

그 말은 독살스러울 정도로 뻔뻔스러웠다. 타이헤이는 얼굴을 돌렸다.

며칠 뒤, 또 다시 기묘하게도 셋이 있을 기회가 생겼다.

"내일 아타미에 갑시다."

역시 똑같은 말을 후나키는 했다. 며칠 동안 똑같은 말을 하겠다는 집요함이 아니라, 아타미에 갈 때까지는 죽어도 말하겠다는 집요함이었다.

그리고 얼마 되지 않아 후나키와 기미코는 실제로 행방불명이 되었다. 두 사람이 음독자살을 시도했고, 둘 다 목숨은 건졌다는 신문 기사가 난 것은 며칠 뒤의 일이었다.

* * *

타이헤이는 매일 잠을 자고 있었다. 눈을 뜨고 있었지만, 눈을 뜨고 잠들어 있었다. 그리고 식사 때만은 밖으로 나갔다. 귀찮아지면 하루에 한 번밖에 식사하러 나가지 않았다.

하루는 밖으로 나갔다가, 어느덧 봄이 끝나 가려 하고 있다는 것을 깨달았다. 아직도 겨울이 계속되고 있는 것으로 여겼던 것이다. 모든 나무들은 눈부실 정도로 신록으로 넘쳤다.

"놀랍군."

그는 흐느끼듯이 신록의 향기를 들이쉬었다. 그의 방에는 아직도 한겨울의 만년 이부자리가 깔려 있다.

그러자, 당돌한 초여름과 마찬가지로 불쑥 기미코가 찾아왔다. 조그만 트렁크를 하나 달랑 들고서.

"한동안 재워 주세요."

기미코는 남자가 미칠 듯이 좋아하리라는 것을 알고 있었다. 그 남자를 냉연히 내려다보고 있는 귀신의 눈이 숨겨져 있었다. 두 사람을 맺어 줄 영혼의 *끄나풀*이라고는 하나도 보이지 않은 채, 타이헤이는 기미코의 육체를 탐하듯이 애무하고 암캐를 쫓는 수캐 같은 자신의 모습을 느끼고 있었다. 기미코의 육체조차도 이미 서먹서먹했지만, 타이헤이는 쓰레기통을 뒤지는 개처럼 파헤치며 미식을 탐하고 서먹서먹함도 귀신의 눈도 고려하지 않았다. 음울하고 미친 정욕이 있을 뿐이었다.

쇼키치가 찾아오면 곤란하다며 기미코는 이삿짐센터 직원을 데리고 와서 다른 아파트로 이사하게 했다. 그곳에서 다마가와 多摩川가 가까웠다. 기미코는 타이헤이를 부추겨서, 둘은 매일 낚시를 하러 갔다.

기미코의 팔은 드러나 있었다. 기미코의 스커트는 짧았다. 양말도 신지 않았다. 기미코의 낚싯대는 푸른 하늘에 원호를 그렸지만, 그것은 새하얀 팔이 예리하게 허공을 가르는 일이었고, 수면에 드리워진 새하얀 다리가 천천히 움직이는 일이었다. 두 사람은 매일 보트를 탔다. 기미코는 벌렁 드러누운 채, 상류로 상류로 타이헤이에게 노를 젓게 했다. 상류로 거슬러 올라가자면 대단한 정력이 필요한 법이다. 목이 마르고 피로해져서 타이헤이의 온몸이 쑤셔 왔다. 고통과 피로의 한가운데서 깨어나는 것이라고는 정욕뿐이었다. 기미코는 머리카락 위에 양손을 깍지 끼고 눈을 감고 있었다. 새하얀 다리가 때때로 느릿하게 방향을 바꾸었다. 그것을 바라보는 타이헤이의 눈은 정욕의 숨찬 오름으로, 증오의 빛으로 변하는 것이다. 흐트러진 호흡이 상체가 굴절할 때마다 신음소리가 되어 잇속으로 새어 나오고, 이마의 땀이 눈에 배어들었다. 강바람이 상쾌했다.

타이헤이는 기미코의 새하얀 다리와 팔에서 조그마한 반점을 찾았다. 왜냐하면 타이헤이는 한 달 남짓 이 때문에 고생을 했기 때문이다. 밤마다 가려움을 참을 수 없어, 아마도 피부병이려니 하고 약을 발랐다. 그런데 하루는 한 마리의 이를 발견한 것이다. 태어나서 처음으로 이를 보았다. 셔츠와 팬티를 해를 향해서 비쳐 보니 그늘에서는 발견할 수 없는 이가 무수히 있었다. 서캐도 붙어 있었다. 타이헤이는 그것을 잡는 일이 매일의 일과였다. 타이헤이는 이를 저주하고 있었다. 그렇지만 기미코의 다리와 팔에는 타이헤이가 찾는 반점이 없었다.

"당신은 이에 물리지 않았어? 내 이부자리에는 이가 있었어."

"이쯤은 아무렇지도 않아요."

기미코는 가는 눈을 뜨고 태연히 대답했다.

"나는 이가 잔뜩 있는 집에서 자랐거든요. 몸에도 머리에도 이투성이였지요. 뜨거운 물을 부으면 금방 죽거든요. 나중에 세탁해 줄게요."

타이헤이는 '귀여운 여자'를 보았다. 그것은 과일처럼 정욕을 한층 북돋우는 것이었다.

보트를 강기슭에 대고서, 둘은 상류의 풀밭에 앉았다. 노 젓기로 피로해진 타이헤이는 온몸이 나른하고 뻐근했다. 그의 손바닥은 짓무른 것이 터져서 피와 뻘이 검게 뭉쳐 있었다. 그 물집을 터뜨리고 뻘을 닦아 내고 아픔을 측량하고 있는 사이, 증오와 분노로 위장된 정욕을 더는 참을 수 없는 지경이었다. 그는 더는 백일하라는 것도, 훤히 내다보이는 강변이라는 것도 두렵지 않게 되었다. 바라보니 널따란 벌판에는 사람 그림자도 없고, 조그마한 덤불이 사람들의 눈을 가려 주는 담이 되어 있다는 것을 깨달았다. 타이헤이는 기미코를 끌어안았다. 한들거리며 다가오는 한 조각의 헝겊 조각처럼 가벼움만을 의식했다. 기미코는 기다리고 있었던 모양이었다. 부드러움과 한없는 정열만이 있는 별개의 여인 같았다. 기미코는 강렬한 힘으로 타이헤이를 그러안고, 검은 땅바닥에 망설임 없이 누워 푸른 하늘의 빛을 가득 받으며, 눈을 감았다.

타이헤이는 다시금 기미코의 마력에 들려서 불안으로 전율했다. 겨울의 한밤중에 벗지 않은 외투와 마찬가지로, 청공靑空 아래서, 기미코는 있는 힘을 다해 타이헤이를 껴안고, 그대로 함께 땅 속으로 가라앉을 것 같은 격렬함으로 땅바닥에 망설임 없이 몸을 뉘었다. 그 강한 팔의 힘이 아직 살아 있는 손도장처럼 타이헤이의 등에 남아 있었다.

언제였는지 한번은 하나무라가 정욕과 청공이라는 말을 했다. 인도의 어떤 항구 교외의 벌판에서 16세 매음부와 놀았을 때의 추억으로, 청공 아래에서의 정욕처럼 맑은 것은 없더라는 술회였다. 그러자 후나키가 끼어들어서, 정욕과 푸른 하늘이라. 아무래도 전등불과 뎀푸라처럼 흔해 빠진 것 아닌가, 라고 했다. 그 하나무라나 후나키나 마세나 사요 타로 등은 쇼키치와 함께 기미코를 대동하고 이즈伊豆, 후지 5호富士五湖, 가미코치上高地, 아카쿠라赤倉 같은 곳에 자주 여행을 갔다고 한다. 기미코가 그들의 앞장을 서고, 짧은 스커트가 바람에 날리고, 새하얀 팔과 다리를 드러낸 채 청공 아래로 뭉쳐서 걷는 모습이 보이는 것이었다. 그러더니 하나무라도 후나키도 마세도 사요 타로도, 한 사람 한 사람이 백일하에 기미코를 범하고 있는 것이었다. 햇빛을 받아 또렷한 이즈의 산들의 경치가 보이고, 그 산그늘의 정욕의 그림이 선명하게 따가운 색깔로 눈에 배어든다. 그 그림을 지워 버릴 수가 없었다. 회한과 공포와 증오가 퍼지면서, 그 정욕의 대가가 그저 영원한 고민에 지나지 않음을 알 수 있었다.

그 이튿날, 이미 타이헤이는 청공의 정욕을 의식해서 다마가와로 서둘러 가는 자신의 모습을 깨닫고 있었다. 기미코의 팔과 다리를 보면, 색정의 삽살개처럼 그저 그 언저리를 천박스럽게 냄새 맡고 있는 자신의 모습이 느껴져서 증오가 넘쳐 나오는 것이었다.

그는 굳게 마음을 먹고 상류까지 거슬러 올라갔다. 그러기 위한 육체의 고통이 넘쳐 오르는 분노와 더불어, 다가오는 정욕의 기쁨을 품고 기괴한 흥분을 잉태하고 있었다. 그곳은 알지 못하는 곳이었다. 하늘에는 새도 없었다. 타이헤이는 다 무너져 가는 곳간을 발견했다. 그는 말없이 기미코의 팔을 잡고, 기세 좋게 곳간으로 걸었다. 타이헤이는 기미코를 꼭 안았다. 그러자 기미코는 그보다도 더 격렬한 힘을 담아 거기에 보답했고, 생각지 못한 갖가지 다정함으로 인해 타이헤이는 미치광이가 되는 것이었다. 정신을 차리고 보니, 그들은 먼지투성이가 되어 있었다. 타이헤이의 손발도, 기미코의 팔과 다리도, 주변의 재목과 가지들 때문에 무수한 작은 상처가 되어 피가 배어나오고 있었다.

보트는 아무 일도 없었다는 듯이 강을 내려온다. 타이헤이는 노만 잡고 있을 뿐, 별로 젓지 않아도 되었다. 기미코는 아무 일도 없었다는 듯이 벌렁 누워서 이마에 양손을 깍지 끼고 눈을 감고 있다. 그 피부는 햇볕에 그을어 불그스름해지기 시작했다. 타이헤이는 그 육체에 꽁꽁 묶여 있는 자신을 발견했고, 그것을 잃는 고통을 견디어 내지 못할 자신을 깨닫고, 그 한심함에 절망했다. 타이헤이는 육욕 이외의 모든 기미코를 부정하고 아주 경멸하고 있었다. 한 조각의 순정도, 한 조각의 인격도 인정하지 않았고, 우수나 애수의 베일을 가지고 두 사람의 관계를 포장하고 꾸미는 일도 없다. 오직 육욕의 아귀였다.

그는 다시는 기미코가 정사情死하자고 하지 않으리라는 것을 알고 있었다. 타이헤이는 육욕의 망집妄執에 들려 있기는 했지만 정사에 응할 까닭은 없었다. 그는 죽음의 요구를 거절할 뿐 아니라, 거절에 덧붙여, 인격에 대한 절대의 부정과 경멸을 눈에 떠올릴 것이 틀림없었다. 타이헤이는 오직 육체에 도전하는 야수일 뿐, 인격을 무시하고 있지만, 육욕뿐인 아집이 인격과 우상을 도려냄으로써, 동물력의 절대적인 집념으로까지 높아가는 것임을 기미코는 냄새 맡고 있다. 그 망집은 생이 있는 한 죽는 일이 없고, 육체에 빠져들어 위력에 굴하고 만 한 마리의 벌레에 지나지 않음을 간파하고 있었다.

타이헤이는 죽을 수 없다는 천박스러움과 육욕의 어둠 때문에 절망했고, 그 증오와 애욕의 미지의 시간에 대한 두려움 때문에 고민했다.

그렇지만 기미코는 떠났다. 조그만 트렁크를 남겨 놓은 채, 친구를 만나러 간다고 하면서, 오늘 밤은 돌아오지 않을지도 몰라요 하면서. 그때 그는 잠시 불안이 엄습했지만, 그것을 어떻게도 할 수 없었다. 사흘이 지나고, 닷새가 지나고, 열흘이 지나고, 기미코는 돌아오지 않았다.

* * *

타이헤이는 그렇게 하지 않고서는 견딜 수 없는 어떤 힘에 떠밀려 쇼키치를 찾아갔다. 혹시 그곳에 기미코가 있을지도 모른다는 바람이 있었지만, 똑같은 고민을 하고 있는 쇼키치의 얼굴을 보는 일이 그런대로 하나의 희망이기도 했다. 기미코는 그곳에도 없었다.

"우부카타 씨, 밖에 나가지 않겠소. 걸으면서 하고 싶은 이야기도 있는데."

쇼키치는 이왕이면 일도 하러 가야겠다면서 양복으로 갈아입고, 가방을 들고 나왔다. 시바우라芝浦의 안벽岸壁 쪽으로 가서, 타이헤이는 기미코가 자신의 집에 있었던 전말에 대해 이야기했다.

"그 이사 간 집에, 나는 한번 자네를 찾아갔었지."

그리고 쇼키치는 오랫동안 말없이 어깨를 나란히 걷고 있었다.

"아아!"

참다 못한 조그만 신음소리가 쇼키치의 입에서 나왔다. 쇼키치는 천천히 한쪽 손을 얼굴에 댔다. 쇼키치의 창자를 뚫고 나온 막대기 같은 뭔가가 있었던 것 같은 기분이 들었고, 그의 얼굴에는 장렬하게 눈물이 흐르더니, 그는 가방을 떨어뜨리고 있었다.

쇼키치는 미친 듯이 타이헤이에게 덤벼들었다. 타이헤이의 목을 누르고 양쪽 주먹을 마구 휘둘렀다.

"이 자식! 이 자식! 이 자식!"

타이헤이는 창고의 콘크리트에 밀어붙여지고, 주먹으로 턱을 맞았다. 그 아픔으로 한때 정신을 잃을 뻔했는데, 그때 얼핏

보인 스며들 것 같은 푸른 하늘 속에서 기미코의 새하얀 팔과
다리를 본 것이었다.

쇼키치는 손을 떼더니, 이번에는 창고의 콘크리트를 양손으
로 버티고 있는 것 같은 모습으로 몸을 버티고서, 호흡을 다스
리면서 잠시 망연히 있었다. 타이헤이는 청공 속에서 본 기미
코의 육체를 반추하면서, 저 육체는 이미 사라져 버렸다는 사
실을 묘하게 상쾌한 느낌으로 떠올리고 있었다.

타이헤이는 한 달여를 트렁크를 바라보며 지냈다. 기묘하게
도 이는 이미 없었다. 그 사실이 때때로 이상한 느낌이 들게
했다. 이 속에 귀여운 여인이 살고 있었다. 언젠가 세탁해 줄게
요라고 했지만, 세탁 따위는 해 주지 않았다.

그 트렁크를 쇼키치에게 돌려주어야겠다고 타이헤이는 생
각했다. 왜냐하면 트렁크를 바라보며 살고 있는 타이헤이의 모
습을, 기미코의 눈이 보고 있으리라는 것을 타이헤이는 느꼈기
때문이다. 기미코가 트렁크를 가지러 왔다가 그것이 쇼키치에
게 가 있다는 것을 알았을 때의 기미코의 실망을 생각하면서
타이헤이는 만족감을 느꼈다. 하지만 기미코가 그 때문에 화를
낼 것을 생각하면, 불안과 만족이 대립해서 괴로웠다.

타이헤이는 트렁크를 들고 쇼키치를 방문했다.

"어떤가. 온천에라도 가 보지 않으려나"

하고 쇼키치가 말했다.

"어딜 가 보나 마찬가지 아닌가, 우린."

"핫핫하."

쇼키치는 옷장 속에서 인형 몇 개를 꺼내 왔다. 그것은 솜을

300

넣어 만든 헝겊 인형으로 전부 여자인데, 볼연지를 바르기도 하고, 커다란 눈이 번들거리기도 하고, 배와 다리, 팔 같은 것이 묘하게 폭신하고 육감적이며, 팔을 굽히거나 허리를 비틀어 보면 생물처럼 보이는 것이었다.

"모두 기미코의 작품이야."

"이런 재주가 있는 사람이었군."

그것들은 분명 상당한 작품이었다. 어딘지 기미코를 닮은 듯이 여겨졌다. 모든 인형이 이지보다는 육체의 정욕뿐이었다. 엉겨 붙는 듯한 집요함과, 노리고 있는 육욕의 눈이 있었다.

"마음에 드는 걸 가지게. 방의 장식으로는 적절하지 않을지 모르지만 말이야. 이상하게 숨 막히는 듯한 데가 있어."

이렇게 쇼키치가 말했다.

그렇지만 타이헤이는 인형을 받지 않고 돌아왔다. 작별을 고할 때까지는 아무래도 하나 받아 가지고 올까 망설였지만, 밖으로 나오고 보니 그런 망설임은 사라져 있었다. 저속한 영혼에 대한 증오심이 고조되어 있었다. 어둠 속을 기어다니는 듯한 저속한 치정과 마음이 고양될 만한 아무것도 없는 여인에 대한 부정否定이 넘치고, 그 암흑을 벗어난 상쾌함이 대기에 그득 느껴졌다. 저 인형도 상당히 기묘한 육감에 넘쳐 있었는데, 그리고 어딘지 기미코를 닮았지 하고, 타이헤이는 여유로움이 담긴 추억에 빠졌다. 하지만 겨울의 한밤중의 외투와 청공 아래서의 정열은 과연 찾아볼 수 없다. 저 외투와 저 청공이 없었던들—그리고 그 외투도 그 청공도 다시는 돌아오지 않으리라는 것을 떠올리자, 날카로운 고통이 온몸을 부수어, 타이헤이는 오직 천 길의 탄식만을 알 뿐이었다.

(1946년 7월)

.

여체女体

오카모토岡本는 다니무라谷村 내외의 선생이었다. 원래 하는 짓거리가 온당하지 못한 사람이었는데, 나이와 더불어 방자해지더니 50이 넘으면서 광태狂態를 보였다.

다니무라 내외가 결혼한 후, 오카모토는 명성도 떨어지고 생활적으로 다니무라에게 의지하는 바가 컸으므로, 돈에 관한 일, 감추어 둔 여자의 일, 아이의 일, 그때까지는 알지 못하고 곁눈질로 바라보기만 하던 일들이 내부 깊숙이까지 까발려질 수밖에 없었다.

오카모토는 자신의 생활고가 예술 자체의 숙명이라는 듯이 말했다. 그리고 자신을 업신여기는 일은 예술 자체를 업신여기는 일에 다름 아니다, 라는 태도와 언사를 풍기고 있었다. 하지만 그의 인생의 목적이 관능의 쾌락뿐, 예술에서 멀리 떨어져 있음을 부인할 수는 없을 것으로 여겨졌다. 젊었을 무렵에는 어쨌든 기골도 품위도 있었을 것이라고 다니무라는 생각했다. 이제는 그저 돈을 꾸기 위한 작위와 교활함, 예술을 간판으로 내세울 정도로 악독함이 몸에 배어 있었던 것이다.

다니무라는 씁쓸하게 생각하고 있었지만, 그가 졸라 대는 일에는 애써 응해 주기로 마음을 먹고 소소한 반감쯤은 누르는 편이 좋겠다고 생각했다. 자신이 지금까지 살아온 조그마한 환경은 스스로에게 어느 무엇과도 바꿀 수 없는 것이므로, 사람들의 평가 기준과는 달리 소소하고 온당하게 지켜 나가는 것이 자신의 '분수'라고 생각하고 있었다. 그 분수를 뛰어넘어 살 길을 탐구할 정도로 비범한 것도 아니고, 속마음까지 정열적인 것도 아니다. 그리고 소소한 반감만 제쳐 놓고 본다면, 오카모토의 광태에도 사랑스러운 점이 그런대로 있었던 것이다.

그런데 어느 날, 어쩌다 심지가 뒤틀렸는지, 그답지 않게 오카모토에게 면박을 주고 말았다. 면박이랄 것까지는 아니었고 가능한 한 자신의 가슴속에 묻어 놓고 드러내지 않도록 애쓰고 있었던 것을 드러내고 말았던 것인데, 애써 신변의 평온을 사랑하는 다니무라로서는 스스로도 뜻밖이었다.

그는 말했다. 선생님은 이해받지 못한 천재라고 자임하고 계시지요. 그런데 제 생각을 말하면 선생님 자신조차 그 말씀을 믿고 계신 것 같지가 않군요. 알려지지 않은 천재는 알려지지 않은 걸작을 낼 필요가 있는데, 선생님께서는 알려지지 않은 걸작을 창작할 정열이나 야심보다도 알려지지 않은 관능의 만족이 인생의 목적 같더군요. 선생님은 우리에 대해 자신의 데카당스는 예술 자체가 욕구하는 바인 것처럼 말씀하십니다. 그렇다면 우리가 예술에 대한 헌금을 하지 않을 수 없을 것으로 달콤하게 생각할 것으로 보고 계신 것 같습니다. 하지만 세상이라는 게 그리 호락호락하지 않은 것 같군요. 아닌 게 아니라 세상은 왕왕 천재를 못 알아볼 때가 있기는 하지만 그것은 천재인 경우이고, 선생님 정도의 중급, 이류 정도의 재능에 대해서는 세상이 오산하는 일도 없고, 설령 오산해서 못 알아본다 하더라도 기껏해야 이류의 흔해빠진 재능의 하나가 아닙니까. 선생님도 이전에는 한때 명성을 날렸던, 말하자면 알려지지 않은 천재라 아니라, 재능이 알려져 있었던 것 같습니다. 오늘날 어째서 명성이 스러지고 세상에서 망각되었는지, 그 경지가 너무나 심오해서 범인凡人들이 드나들 수 없게 된 것일까요. 하지만 세상의 범속한 사람들은 선생님의 그림의 경지 쪽이 예술로부터 경원받았다고 평하고 있습니다. 저도 역시 범속한 사람 가운데 하나이므로 그 이상으로 보고 있지 않습니다. 세상 사람들처럼, 선생님은 데카당스로 몸을 망치고 예술을 망쳤구나 해석하고 있는 것입니다. 다만 제가 세상하고 조금 다른 점은 고풍스러운 옛 정의情誼를 그리워하고 있는 것뿐입니다.

오카모토는 처절할 정도로 당황했다. 똑바로 설 만한 허세의 그림자조차 없었다. 고통 때문에 얼굴이 일그러졌다. 이를 바라보는 다니무라는 근본이 선량한 오카모토를 부당하게 괴롭힌 것 같은 쓸쓸한 마음이 들었다. 그러나 일그러진 오카모토의 얼굴은 비참함이 전부였다.

＊ ＊ ＊

"선생님을 윽박질러 줘서 기분 좋았어요."

오카모토가 돌아간 다음, 모토코素子가 말했다. 다니무라는
이처럼 어금니에 무엇인지 끼어 있는 듯한 말투에는 육체적인
반감을 가진 성품이었다. 남에게 가해지는 불쾌의 효과를 최대
한으로 강조하기 위한 술책일 뿐, 심술궂음과 잔혹 이외의 아
무것도 아니다. 모토코는 이를 애정 표현의 하나로 사용했다.
그것 역시, 일종의 육체의 목소리다.

"분명히 가르쳐 주세요. 만약에 선생님이 예술가였으면, 선
생님이 원하는 대로 돈을 꾸어 주실 거예요?"

"내가 하는 방식이 잔혹하다는 뜻이야? 나는 이미 나 자신
에게 심판받고 있어. 거기에 당신이 무엇을 더 덧붙이고 싶은
거겠지. 그러나 나는 윽박지르지는 않았어. 그저, 반항했을 뿐
이지."

"그래도 선생은 당했구나 했겠죠. 선생님 얼굴, 구멍이 뚫린
듯한 얼굴이었거든요. 사람 얼굴의 구멍은 천덕스러워요."

여자들은 잔혹한 소리를 하는 존재라고 다니무라는 생각했
다. 그러면서도, 그런 말을 하는 것은 그녀의 주된 목적하고는
아무런 상관이 없는 것이다. 모토코는 다분히 다니무라를 나무
라려 하고 있는 것이다. 그 중간에 곁길에 들어서서 길가의 잡
초들을 모조리 뽑아 버리듯이, 오카모토에게 잔혹한 한마디를
퍼부었던 것이다.

"고사기古事記에 이런 말이 있지" 하고 다니무라는 모토코에

게 반박했다. "하루는 진무神武 천황이 들놀이를 하고 있었는데, 일곱 명의 아가씨들이 지나간 거야. 앞장선 아가씨가 아름다웠으므로 같이 있던 오쿠메노미코토大久米命에게 명해서 오늘 밤 만나고 싶다고 전하게 했지. 그러자 아가씨가 오쿠메노미코토의 얼굴을 보고 어머, 눈이 크시네요라고 했거든. 오쿠메노미코토는 눈이 컸어. 사실은 가슴이 두근두근하고 있었던 거야. 왜냐하면 아가씨는 진무 천황과 하룻밤을 지내고서 황후가 되었거든. 그런 터에, 네, 알았습니다라든지, 네 기다리겠습니다라고 대답하지 않고, 큰 눈이네요 하고 외쳤던 거야. 행복한, 그러면서 생각지도 못한, 그런 아슬아슬한 순간에도 여자의 눈은 사람의 흠을 놓치지 않고, 쑥스러운 분위기를 얼버무리기 위해 남의 흠을 내세웠던 거지. 옛 진무 천황의 시절부터 여성의 근성은 변함없이 뻔뻔스럽고, 잔혹하고, 대담하고, 교활한 거야. 그러면서도 스스로는 약한 탓이라고 생각하고 있어."

다니무라는 여자의 심술궂음에 대해 증오와 공포를 느끼는 성벽이었다.

그는 병약하게 타고나 늑막, 그리고 카리에스 등 그의 청춘은 질병과 친한 것이었다. 질병 대신에 모토코와 친하게 되고서도 질병은 육체의 일부였지만, 모토코는 육체의 일부가 되지 못했다.

모토코는 다니무라는 인간과, 다니무라와는 별개의 질병이라는 인간과, 동시에, 그리고 따로따로, 결혼한 것이 아닐까 하고 다니무라를 의심했다.

해마다 몇 번씩 있는 다니무라의 발병 때면, 모토코는 며칠에 걸친 밤샘도 마다하지 않고 간병에 헌신했다. 담배를 피우지 않는 모토코였지만, 간병을 하는 깊은 밤에 한해 담배를 피우는 일이 있다는 것을 다니무라는 알아차렸다. 가련하게 여겼다.

"담배는 맛있어?"

"네."

"무슨 생각을 하고 있어?"

"생각할 게 없어서 그래요."

병이 있는 다니무라는 밤을 두려워했다. 잠은 대체로 중단되어, 어둠과 고독 속으로 되살아난다. 아열亞熱이 그려 놓는 밤의 환상처럼 절망적인 것은 없었다. 새벽의 기도, 오직 그 하나의 희망 때문에 고뇌사苦惱死를 모면하고 있는 것만 같았다.

그 괴로움에, 모토코처럼 깊이 돌보아 줄 친구는 없었다. 머리맡에서 밤을 새우고, 절망의 기상을 할 때마다 변함없는 모토코의 모습을 발견할 수가 있고, 말을 걸면 답을 들을 수가 있었다. 모토코는 책을 읽고 있었고, 글을 쓰고 있었으며, 바느질을 하기도 하고, 또 어떤 때는 담배를 피우고 있기도 했다. 부수수한 수면 부족의 모토코의 얼굴을 가슴에 새기며 다니무라는 감사를 잊은 적이 없다.

하지만 그것만이 모토코는 아니었다.

밤의 놀이 때면, 모토코는 마치 놀이에 전념하는 반성이라고는 없는 아가씨처럼 전신적이고 몰아적이었다. 모토코의 탐욕을 충족시킬 수 있는 것은 다니무라의 '모두'였다. 다니무라의 깡마른 이마에서 뿜어져 나오는 피로의 땀도, 그칠 줄 모르는 샘물처럼 그리워하고 다독이며 닦아 주는 모토코였다.

다니무라는 보통 사람의 노동의 5분의 1에도 견디어낼 수 없는 깡마른 육체에 대해 생각한다. 그 육체가 한 여인의 건강한 애욕을 충족시킬 수가 있다는 점에 대해 생각한다. 애달프다는 것이 이런 것일까 하고 다니무라는 생각한다. 예를 들어 스스로 서서히 불타고 있는 촛불은 이윽고 그 불이 꺼져 갈 때 스스로 다하는 법이지만, 다니무라의 생명의 불 또한 서서히 불타오르고, 모토코가 탐하고 그리워하는 애무 중에 이윽고 스스로 다할 때가 찾아온다.

헌신의 모토코와 탐욕스러운 정욕의 모토코가 똑같은 모토코라는 점이 다니무라의 탄식을 부채질하고, 또 미움을 부채질했다. 정욕 끝의 쇠약함이 이윽고 다니무라의 계절마다의 질병과 이어진다는 것에조차도 무자각한 모토코로 보였다. 헌신은 보상일까. 쇠망은 죽음에 의해 끝나고, 헌신은 눈물에 의해 끝나겠지. 며칠 동안의, 단 며칠 동안의 눈물에 의해서.

하지만 정욕의 모토코와 헌신의 모토코 사이에는 보상이라고 할 만한 이 둘을 이어 줄 논리의 다리는 없다고 다니무라는 생각했다. 모토코는 생각이 깊은 사람이니까, 과음過淫이 쇠약의 원인이 되고, 헌신이 어쨌든 이를 보상한다는 것을 의식하지 않을 리가 없다. 하지만 의식이란 얼마만한 힘이 있는 것일까. 흘러가는 시간 속에서, 그런 일을 생각해 본 일이 있다는 것 정도의 것이 아닐까.

모토코의 탐욕스러운 정욕과 모토코의 헌신, 그 각각이 연관이 없는 별개의 것이라고 다니무라는 생각했다. 모토코의 하나의 육체에 별개의 본능이 살고, 별개의 생명이 깃들고, 각각의 사고와 욕구를 왕성하게 맹목적으로 영위하고 있을 것이다. 모토코의 이지理智가 이 둘에 대해 다리를 놓는 일이 있더라도, 모토코의 진실한 육체가 다리를 건너 이 둘을 이어주는 일은 없다. 그리고 모토코는 자신의 시간이 상이한 생명에 의해 가로막혀 있다는 것을 깨닫는 일은 없는 것이다.

다니무라는 저주하면서도 모토코의 정욕에 끌리지 않을 수가 없었다. 증오하면서도 그 매력에 빠지는 자신의 몸을 슬프게 생각했다. 다니무라 스스로가 모토코에게 도발을 하고, 몸을 버려 가며 정욕에 빠졌다. 그 다니무라를 얼마나 모토코는 사랑했던가!

놀이 끝에는 다니무라만이 제정신이 들었다. 그때처럼 모토코를 저주하는 일도 없었고, 그때처럼 정욕의 비천함을 부끄러워하고 슬퍼하는 일도 없었다. 모토코는 정욕의 여신餘燼의 황홀한 피로감 가운데, 마치 동시에 부엌일을 하기라도 하듯이 사무적인 처리도 하는 것이었다. 이러한 정욕의 행위가 모토코의 인생의 사무요, 인생의 목적이요, 생활의 모두라는 것을 깨닫게 되는 것은 바로 그때였다. 다니무라는 외면하지 않을 수가 없게 된다. 그는 한 사람의 정욕과 결혼하고 있다는 사실을 알게 되고, 그 동물의 정체를 똑바로 보기가 어려워지게 된다. 그러나 모토코는 외면한 다니무라의 눈을 놓칠 턱이 없었다. 그 눈은 증오의 돌이고, 그러나 대체로 체념의 침전물의 바닥에 가라앉아 있었다.

모토코는 아랑곳하지 않는 얼굴이었다. 다니무라의 깡마른 이마에 뿜어져 나온 피로의 땀을 닦아 주는 것도 그런 때였다. 그가 미워하면 미워할수록, 보살핌이 살뜰한 것 같았다. 그것은 마치, 도련님은 언제나 이런 때에 삐지는 거지요, 하고 놀리는 것으로 보였다. 이에 답하는 다니무라는 점점 더 노골적으로 고개를 틀고, 가슴을 펼치고, 몸을 오므린다. 그 위에 올라타듯이, 외면한 뺨에 모토코가 촉촉한 입술을 밀어붙이는 것도 그런 때였다.

모토코란 누구인가? 다니무라의 답은 오직 하나, 모토코는 여자였다. 그러면 여자는? 다니무라에게는 모든 여자가 오직 하나로밖에는 보이지 않았다. 여자란 사고하는 육체고, 그리고 또한, 육체 없는 누군가의 사고였다. 이 둘은 동시에 존재하고, 그리고 전혀 연관이 없었다. 끊이지 않는 매력이 그곳에 있고, 그칠 줄 모르는 증오도 거기에 걸려 있다고 다니무라는 생각했다.

* * *

모토코는 다니무라의 야유에 조금도 개의치 않는 것 같았다. 그렇지만 모토코는 태도에 격한 데가 없는 여자였다. 화가 나도 조용했고, 그저 안색이 약간 언짢아질 뿐이었다.

"당신은 선생님을 닦달한 일이 없다고 말하겠지요. 그리고 반발했을 뿐이라고 말하시겠죠. 애들 이야기에 이런 게 있잖아요. 아이들이 돌팔매질을 하고 놀고 있는데, 개구리가 그 돌에 맞아 죽은 이야기 말이에요. 아이들에게는 놀이에 지나지 않는 일이, 개구리한테는 목숨에 관계되는 것이거든요"

하고 모토코는 계속했다.

"나도 선생님의 속셈은 알고 있어요. 누구나 알 수 있지요. 생각이 얕은 사람이거든요. 돈이 아쉬워서 견딜 수 없게 되면 누구나 야비해지기도 하겠지요. 지푸라기에라도 매달려서 살고 싶다고들 하니까요. 별 볼 일 없는 직함이든, 스러져 가는 명성이든, 있는 수단을 다 동원해 빚을 낼 궁리에 쓰는 것도 어쩔 수 없는 일 아니겠어요? 야비한 속셈밖에 없는 주제에 예술가인 체하고 돈타령을 하면 누구나 정떨어지지 않을 수가 없지요. 나는 여자니까, 남의 흠은 유별나게 신경에 거슬려요. 선생님의 호색한 같은 얼굴을 보는 것도 싫고요. 예술가연 하는 그 코밑의 수염은 소름이 끼치도록 싫고요. 하지만 그건 그거예요. 거기다 대고 돌을 던질 필요는 조금도 없잖아요."

모토코는 사교적인 여자가 아니었다. 그림 공부도 했지만, 작가 특유의 화려하고 아름다운 것에 대한 지향도 두드러지지는 않다. 어느 편인가 하면 수수하고 고독한 성격으로, 다니무라하고 단둘이 고원高原의 숲 그늘이나 전원의 늪 부근에서 원시적인 생활을 하다가 일생을 끝내고 싶다는 생각에 빠질 것 같은 사람이었다.

이 성벽은 뿌리 깊은 것이라고 다니무라는 생각하고 있었다. 병약한 다니무라와 자진해서 결혼한 것도, 그 병약이 결정짓고 있는 음울하고 또한 은자隱者적인 생활을 견뎌내고 있는 것도, 모토코의 밑바닥에 이런 성벽이 있기 때문인데, 그 자연스러움을 발견해 내고 또 믿을 수 있다는 것은 다니무라의 위로이고 안도이기도 했다. 다른 남자와 생활하기보다는 자신과 이렇게 살고 있는 것이 이 사람의 가장 자연스러운 상태라고 믿을 수 있는 것처럼 마음 든든한 것은 없다. 다니무라의 현실을 지탱해 주고 그리고 미래로 나아가게 해 주는 안정의 주요한 것이 어느새 이처럼 조그맣고 비참한 곳에 있구나, 하고 다니무라는 믿고, 그리고 이를 슬퍼하기보다는 그리워하게 되어 있었다.

두 사람은 어쩌다 말다툼 같은 것을 하기도 했지만, 한쪽에서 화를 내면 다른 한쪽이 어른이 되었다. 두 사람만의 현실을 다독이는 일에서 모토코는 다니무라 못지않았다. 그리고 두 사람은 아무리 화가 날 때에도 결코 속내를 드러내지 않았다. 서로에 대한 배려가 둘을 지탱해 주었고, 배려받고 있는 자신을 발견한다는 점에서는 불쾌감이 따르게 마련이었지만, 둘만의 경우에 한해서만은 불쾌감은 느끼는 일도 없었고 설혹 느끼는 일이 있더라도 그것을 다른 방향으로 돌려놓을 줄 아는 융통성이 있었던 것이다. 그러면 됐지 하고 다니무라는 생각한다. 이 말고는 어쩔 도리가 없다는 마음이 있었기 때문이다.

"하지만 어째서 당신이 개구리의 대변인 노릇을 해야 하는 거지? 개구리 자신은 말을 하지 않는데 말이야. 그리고 개구리는 원래 주절거리지 않는 법이야. 개구리 자신이 주절거리는 것은 당사자의 양심 속에서만 그런 거라구."

모토코는 살며시 끄덕거렸다. 알고 있어요, 라는 뜻이었다. 쓸데없는 말씀을 하시는군요, 라는 뜻이었다.

"당신은, 선생님이 예술가연하고 돈을 졸라대는 게 싫은 거 아니에요? 애초에 돈 달라고 졸라대는 게 싫은 거예요. 돈을 빌려주는 것도 싫어하고요. 당신은 나와 비해 볼 때 돈에 인색하지 않아요. 다른 사람들하고 비해 봐도 돈에 대해서는 담백하고 불쌍한 사람을 도와주고 싶어 하는 풍성한 마음을 가지셨어요. 하지만 돈을 졸라대는 것이 질색이고, 그런 돈은 내놓고 싶지 않은 것도 사실이지요. 그리고 당신 자신의 문제라면 이런 게 아닐까요. 돈이 아까우면 아깝다고 말하시면 되는 거예요. 싫으면 싫다고 말하기만 하면 되는 거지요. 그런 것을 꾹 누르고, 선생님의 약점을 까발릴 필요가 있을까요. 그건 비겁한 거예요."

과연, 그 말대로일 것이 틀림없다, 하고 다니무라는 생각했다. 그러나 그것은 다니무라의 자각상으로는 경미한 것에 지나지 않았다.

또 다른 생생한 상념이 그의 머릿속에서 소용돌이치고 있었다. 그것은 어째서 모토코는 개구리의 대변을 해야 하는가 하는 점이었다.

왜냐하면 여기에서 명백한 한 가지는 모토코는 개구리의 입장을 대변하고 있으면서도 개구리에게 동정을 하고 있지 않으며, 오히려 다니무라 이상의 악의와 혐오를 개구리에게 보이고 있기 때문이었다. 예술가연할 때의 오카모토의 콧수염은 오싹할 정도로 정떨어진다고 했다. 그리고 오카모토의 얼굴의 구멍은 비천해 보인다고 했다. 그 말에는 얼굴을 돌리는 듯한 실감이 있고, 단순한 독기가 있었다.

여자의 관찰은 어느 경우에나 독기 위에 조합되어 있으며, 그러면서도 동시에 18세 아가씨처럼 달콤한 몽상도 있는 것이었다. 독기는 동정의 장애가 될 수 없으며, 애정의 장애조차도 될 수 없는 것인지도 몰랐다. 하지만 모토코의 경우는, 하고 다니무라는 생각한다. 오카모토에게 동정하고 있지는 않다는 직감이 있었고 그것을 의심할 기분도 아니었다.

그럼에도 불구하고, 어째서? 설마하니 정말로 나를 증오하고 있는 것은 아니겠지, 하고 다니무라는 생각한다. 뭐, 아무러면 어떤가. 곧 알 때가 오겠지 하고 다니무라는 생각했다.

다니무라는 몸 상태가 다시금 약해져 오는구나 하고 느꼈다. 그리고 그러한 변화의 조그만 징조로부터 육체의 쇠약보다는 육체의 쇠망을 생각하게 되었다. 그렇게 되면 으레 모토코에게 은근한 증오를 불태우게 되기도 했다. 그것은 모토코의 육체에 대한 질투일 것이라고 다니무라는 생각했다. 그리고 질투하는 자신도, 질투를 당하는 모토코도 모두 함께 슬픈 숙명이라고 생각한다. 하지만 요즈음 들어, 자신이 슬픈 것은 알겠다. 하지만 어째서 모토코가 슬픈 숙명이랄 수가 있을까, 하고 의심한다. 나도 이제 제멋대로 고집을 부리게 되었구나 하고 다니무라는 생각했지만, 어째서 그렇게 하면 안 되는 것일까, 제멋대로 굴어도 상관없지 않은가, 이렇게 토해 내듯이 생각하게 되었다.

* * *

그로부터 약 3개월 오카모토는 얼굴을 보이지 않았다. 그 3개월 동안에 다니무라는 예의 계절병을 앓고 있었다.

오카모토의 용건은 너무나 엉뚱한 것이었다.

오카모토 부인은 좋은 집안에서 시집온 사람으로서 그의 소지품에는 고가의 것들이 많다는 것을 모토코까지도 알고 있었는데, 오카모토의 방탕과 영락 뒤로는 딱히 그를 사수死守하려는 기색이 없었다.

오카모토는 그 물건 중에서 다이아몬드 반지와 진주 장식품 7, 8점을 들고 나가 오키라는 사람에게 1만 5천 엔에 팔았다. 부인은 이를 알아차렸지만 팔아버렸다는 것을 믿지 못하고, 새로운 여자에게 준 것으로 생각하고 있었다. 그리고 여자에게 쳐들어갈 기세였는데, 공교롭게도 이번 여자란 게 유부녀여서 여자의 남편에게 알려지기만 해도 단순한 치정으로 끝날 수 없는 형편이라는 것이었다. 그래서 그 물건을 오키에게서 도로 사들일 수 없겠는가 하는 이야기였는데, 오카모토에게는 돈이 없으므로 잠시 돈을 꿔달라, 자신이 가진 돈은 이것뿐이므로 여기에 부족분을 더해서, 하며 주머니에서 3천 엔을 꺼내 그것을 모토코에게 내밀었다.

이야기의 단위가 엄청 달라져 있었다. 다니무라는 부모에게서 물려받은 유산 덕에 일도 하지 않고 지내고 있었지만, 건강이 남만 같았으면 일을 해서 여분의 돈을 벌고 싶을 정도였고, 절약하고 있는 취미생활 비용을 제하고 나면 여분의 사치는 할 수가 없었다. 다니무라가 남의 부탁에 응해 줄 수 있는 액수는 미미한 것이어서, 오카모토가 이를 모를 턱이 없었다. 단위가 너무 커서 거절의 구실을 대는 것에 난처해질 우려도 없어서 다니무라의 기분에는 여유가 있었다. 오카모토가 제정신으로 하는 이야기일까 의심했다.

만사에 걸쳐 여느 때와는 다른 것이 있었다. 우선 첫 번째로, 오카모토는 모토코에게 많은 이야기를 하고 있는 것이다. 모토코를 통해 다니무라에게 말을 거는 것이 아니라, 주로 모토코에게 탄원을 하고 그의 충정衷情에 호소했다. 다니무라에게 당한 것 때문만은 아닌 것 같았다. 오카모토의 이야기 가운데는 모호한 것이 있었다. 오카모토의 이야기도 태도도 뭔가 숨기고 있는 작의作意 위에 만들어진 가짜 같다는 느낌이 들었다.

그렇다고 해도 오카모토가 주로 모토코에게 집중하고 있다는 점은 다니무라에게 기묘한 흥미를 주었다. 다니무라는 모토코의 말을 잊은 적이 없었다. 모토코는 어째서 개구리를 대변하지 않으면 안 되었던가. 그리고 모토코 자신은 개구리의 엉뚱한 애원哀願에 어떤 태도를 보일 것인가 하고 다니무라는 흥미를 느꼈다.

모토코는 감정을 죽이고 있어서 사리로는 이긴 사람으로 보였지만, 사실은 섬세한 감수성을 가지고 있어서 헤아려주려는 마음과 넓은 마음을 가지고 있었다. 될 수 있는 대로 남을 미워하거나 업신여기지 않도록 배려하는 사람이었다.

모토코는 오카모토의 부탁으로 오카모토의 여자를 돌보아 준 일이 있었다. 그 아가씨도 오카모토의 제자 중 하나였는데, 오카모토의 아이를 낳고 집에서 쫓겨나 자살을 꾀했다가 아기는 죽고 자기만 살아났다. 그 뒤, 모토코가 받아 주어서 자활의

길로 이끌어 주었으며, 아가씨는 미용술을 익혀 미용실 조수가
되어 자활할 수 있게 되면서 모토코에게서 떠났고, 오카모토와
의 사이도 회복되었다.

오카모토에게는 그 말고도 많은 여자가 있었다. 그 대다수
는 제자인 아가씨들이었는데 위자료라든지, 아이의 양육비라
든지 그런 지불에 응하지 않다가 폭력단에게 협박을 받아서
여자에게 해야 할 지불 말고도 여분의 돈을 뜯긴 일도 있었다.

이 아가씨는 집에서 쫓겨나 먹고살 길이 없어 자살을 기도
했지만 오카모토에게 금전적인 요구를 한 일이 없었다. 오카
모토는 이를 이용했던 것인데, 이용당한 여자로서도 소극적으
로 그러기를 바랐던 기미가 있다고 다니무라는 단정했다. 그때
다니무라는 이렇게 생각했다. 돈은 애증의 경계선이고, 금전을
요구하지 않는다는 것은 미련이 있다는 의미라고. 이 다니무라
의 생각에 대해 모토코는 자신의 의견을 드러내지 않았다. 모
토코는 자신과 가까운 사람을 그렇게까지 더럽게 생각하기가
싫은 것 같았지만, 다른 한편으로는 인간의 마음속을 그렇게까
지 생각한 일이 없었던 것처럼 여겨지기도 했던 것이다.

그러나 다니무라는 그것에 대해서도 이렇게 생각해 보았다.
모토코가 자신의 의견을 말하지 않는 것은 실은 인간의 마음
에 대해, 그리고 애증의 실상에 대해 다니무라 이상으로 그 실
상의 추악함을 알고 있어서, 너무도 추악해서 말할 수 없었던
게 아닐까 하는 것이었다. 한번 남자를 안 여자는 남자 없이는
살 수가 없다. 예컨대, 그러한 약점에 대해, 모토코는 자신의
육체 그 자체가 알려주는 강렬한 말을 알고 있고, 그 육체의 강

렬한 말은 객실에서 이야기할 만한 말이 될 수는 없는 것이 아닐까, 하고 의심했던 것이다.

모토코는 사교 부인도 싫어했고, 자선 부인도 싫어했고, 검약 부인도 싫어했고, 인텔리 부인도 싫어했다. 대체로 여자가 싫고, 세속적인 교유交遊를 좋아하지 않았다. 여자의 마음은 질투심이 깊고, 친한 친구를 대할수록 질투하고 배반하기 때문이라고, 모토코는 말했다. 아닌 게 아니라 모토코는 관대하고, 가능한 한 사람을 미워하지 않기 위해 언짢은 해석을 삼가려고 마음을 쓰는 사람이었다. 마음은 그러하지만 그 정체는? 다니무라는 그것에 대해 의심하기 시작하면 괴로워진다. 모토코는 온갖 여자 중의 여자이고 그 약점 중 최대의 것을 자신의 육체에서 의식하고 있는 것은 아닐까, 하는 점이었다.

두 사람이 결혼했을 때 다니무라는 27세, 모토코는 26세였는데, 그 결혼을 주저한 모토코는 그 유일한 이유로 두 사람의 나이가 한 살밖에 차이가 나지 않아서라고 말했다. 이렇게 주저하는 모토코는 다니무라가 모토코를 사랑하는 것보다도 결코 다니무라를 덜 사랑하는 것은 아니었다. 기교라고나 해석해야 할까, 진실한 영혼의 목소리로 해석해야 할까, 아니면 혹은 여자로서는 진실과 기교가 불가분의 것일까. 그 풀기 어려운 수수께끼에 대해, 다니무라가 직면한 첫 발짝이었다.

두 사람의 나이가 한 살밖에는 차이가 나지 않아서라고 말하고, 거기에 덧붙여 모토코는 말했다. 여자는 일찍 늙거든요. 그리고 당신은 언젠가 나에게 만족할 수 없게 되겠지요, 라고. 하지만 사실은 그 반대였다. 그로부터 11년, 다니무라는 38세가 되고, 모토코는 37세가 되었다. 모토코는 얼마 늙지 않은 것처럼 보였다. 모토코에게는 아이가 없었다. 아이를 원하지 않으세요? 하고 모토코가 말했다. 그러면 다니무라는 그 자리에서 대답했다. 물론, 원하지. 그 덕분에 당신이 할머니가 된다면 말이야.

모토코의 피부는 탄력을 잃지 않고, 그 광택은 사라지지 않고, 튼실하게 충실한 육감이 차갑도록 깃들인 것으로 여겨졌다. 다니무라는 이를 의식할 때마다 꼭 자신의 몸과 대비시킨다. 마르고, 버석거리고, 뼈에 거죽을 씌워 놓은 듯한 허연 육체를. 그 육체에는 매일의 쇠망을 느끼게 하는 듯한 슬픈 마음이 깃들어 있었다.

내가 죽고 나면, 하고 다니무라는 생각한다. 모토코는 오카모토 같은 호색무치한 늙은이의 먹이가 되는 것은 아닐까, 하고. 연애라는 감정의 풍경은 있건 없건 상관이 없다. 그저 육체의 늪 속으로 빠져 들어가기만 할 뿐이 아닌가. 그렇게 되면, 모토코의 넓은 마음이라느니 따뜻한 배려라느니 하는 것은 까마귀가 꽂아 놓은 공작의 깃털처럼 벗겨지고, 까마귀만이, 육체라는 까마귀만이 드러나고 마는 게 아닐까.

나는 사랑을 해 보고 싶다. 육체라는 것을 망각하고 오직 영혼만의. 그러면서도 맹목적으로 몰입할 수 있는 격렬한 사랑을 해 보고 싶다. 가능하다면, 그 사랑을 위해 죽고 싶다, 이렇게 다니무라는 때로 생각하기도 했다. 이제는 그 사랑도, 육체가 없는 사랑까지도 체력적으로 할 수 없게 되고 말 것 같은 가련함을 느꼈다.

그리고 다니무라는, 그럴 때 노부코信子의 일을 생각했다.

* * *

모토코에게 말을 하는 오카모토는 애소哀訴를 할 때마다 아양을 떠는 듯한 비루함을 노골적으로 드러냈다. 제자에 대한 스승의 긍지는 다소간 말투에 남아 있었지만, 그것은 오히려 부자연스러웠고, 오카모토 자신이 그것을 알아차릴 정도가 되어 있었다. 연하의 남자가 연상의 여자에게 아양을 떠는 태도였다.

이를 보고 있던 다니무라는 또 다른 의미를 느끼게 되었다. 그것은 한 사람의 영혼이 아양을 떠는 것이 아니라 한 남자의 육체 자체가 아양을 떨고 있다는 것이었다. 그리고 아양을 떠는 육체가 50 넘은 남자이고, 그것을 받는 육체가 37세의 여자라는 것에서 이상한 점을 느꼈다. 다니무라는 아양을 떠는 오카모토에게 연민과 추악함만을 느꼈지만, 아양을 받고 있는 모토코의 육체에 질투를 느꼈다.

오카모토의 교태는 본능적인 것으로 보였다. 그것은 또 모토코의 본능에 대해 호소하고 있는 것이었는데, 말로 하고 있는 금전에 대한 애원보다도 무언의 교태가 좀 더 강렬하게 호소하고 있음을 발견했다. 돈 이야기는 교태의 통로를 열기 위한 얼개에 지나지 않는 것 같기도 했다.

오카모토는 평소 애써 감추어야 할, 수치 없이는 드러낼 수 없는 것, 약점을 드러내고 있었던 것이다. 사람의 최후의 약점이 어쨌든 매력일 수가 있다는 것을 다니무라는 늘 두려워하고 있었다. 다니무라가 모토코에 대해 두려워하고 괴로워할 커다란 이유는 그것과 연관되는 것이었다. 오카모토의 교태에는 그 약점을 드러내 놓은 비열함이 풍기고 있었다.

그 오카모토에 대처하는 모토코는 대체로 말이 없었다. 차갑게, 그 높은 위치를 무너뜨리지 않았다. 순백한 기품이 있는 것 같았다. 원래 그것이 당연하다고 다니무라는 생각한다. 오카모토의 광태가 지금의 모토코에게 별게 아니라는 점은 당연한 것이 아닌가. 그리고 모토코는 오카모토의 교태에 대해 다니무라 이상의 혐오감을 느꼈고, 불쾌함을 참고 있을 터였다. 그것을 오카모토가 알고 있다. 오카모토는 '지금'의 모토코를 문제로 하고 있지 않은 것이다. 그의 교태가 말을 걸고 있는 것은 모토코의 밑바닥에 있는 정체를 향해서였다. 수치 없는 육체 자신의 약점이었다. 그리고 다니무라가 오카모토의 교태로부터 느끼는 것도 오카모토의 교태가 아니라 거기에서 투사되고 있는 모토코의 수치 없는 육체였다. 다니무라는 그 육체에 대한 질투 때문에 괴로워했다. 똑바로 바라보기 어려워졌다.

모토코의 침착성은 해맑았다.

"부인께 터놓고 말씀하시면 어떨까요? 그리고 함께 오키 씨를 찾아가 보시고, 월부로라도 지불하시는 것이 어떨까요?"

"그게 말이죠, 오키는 인정을 아는 사내가 아니거든요. 제대로 금액을 맞추어서 가져오라고 할 것이 뻔하거든요."

모토코는 끄덕였다.

"저희들로서도 되사들일 수 있는 금액이 아닙니다. 선생님

322

은 저희 살림을 알고 계시지 않습니까."

"아닙니다, 부인. 되사주시기만 한다면, 아내에게 사정 이야기를 털어놓고, 물건들은 반드시 부인께 맡겨 놓겠습니다. 실제 가치는 3만 엔을 넘는 것들입니다. 저 오키란 놈이 1만 5천을 내 놓았으니, 얼마만한 가치를 가진 것인지 미루어 짐작할 수 있지 않습니까?"

"선생님은 부자이시네요. 우리는 3천 엔의 돈 같은 것도 벌써 몇 년 동안 본 일이 없거든요."

모토코는 3천 엔의 돈 보퉁이를 오카모토에게 되돌려주고 일어섰다. 그리고 분명하게 말했다.

"금액만의 문제가 아닙니다. 우리는 선생님의 올바른 일에만 도움을 드리고 싶어요."

그대로 모토코가 일어설 기색을 보였으므로 오카모토는 불러 세웠다.

"부인."

오카모토의 얼굴이 흉하게 쭈그러졌다. 오카모토는 모토코를 제지하기 위해 왼손을 억제하듯이 내밀고 있었다. 그 손이 서서히 되돌아가고, 어째선지 자신의 턱을 눌렀다. 동시에 오른손은 배를 눌렀다. 그리고 얼굴을 획하고 뒤로 찌르기라도 하듯 기묘한 몸짓을 했다. 그러더니 갑자기 흑 하는 소리를 내면서 울었다.

무참한 모습이었다. 모토코는 그것을 바라보고 있었지만, 바로 돌아서서 그 자리를 떴다. 다니무라에게는 시선도 주지 않았다.

* * *

오카모토의 여자 가운데 후지코라는 사람이 있었다. 그녀도 전에는 오카모토의 제자였고 한때는 찻집의 종업원 노릇을 하고 있었는데, 오카모토와 헤어진 다음, 지금은 주식을 하는 사람의 2호로 들어앉았다. 다니무라의 산책길에 그녀의 집이 있어서 때때로 들르는 일이 있었다. 늘씬하고 풍염豊艶한 몸매로, 그림을 그리기보다는 모델을 하는 편이 적역이라고 그림 그리는 이들 사이에 소문이 난 사람이다.

이 사람의 행동거지에는 어딘지 모르게 천덕스러운 육감이 풍기고 있어서, 모토코는 다니무라가 종종 찾아가는 데 대해 호감을 갖지 않았다. 당신도 그런 여자에 끌리는군요 하고 다니무라를 놀리기도 하고 싫어하기도 했던 것이다. 그런데 다니무라는 반대로, 육감을 노골적으로 드러내고 있는 여인이므로 후지코에게 스스럼없이 마음 편히 대화를 할 수 있는 것이었다. 다니무라는 남자끼리도 할 수 없을 노골적인 이야기를 편하게 후지코에게 할 수가 있었다. 후지코의 입장도 똑같아서 남녀 사이의 벽에 구애될 필요가 없었던 것이다.

후지코에게서 들은 이야기 가운데 오카모토의 실연담이 있었다. 오카모토의 제자 가운데 미모의 아가씨가 있었다. 싸늘한 느낌의 착실한 인물이었으므로 오카모토도 섣불리 손을 대지 못하고 있었다. 그런데 이 아가씨가 약혼을 했다는 말을 들었을 때, 더군다나 상대방 남자가 드물게 보는 사윗감이어서 행복이 가득한 모양이라는 주석이 붙어 있었던지라, 오카모토는 갑자기 발동이 걸려 구애에 나섰던 것이다. 일부러 부수수하게 수염을 기르고, 게다가 머리로부터 얼굴의 반을 붕대로 싸매고 지팡이를 짚고 신음하며 들이닥친 모양이었다. 그리고 아가씨에게 사랑의 고백을 했는데, 아가씨는 역시 착실한 사람이라, 나는 농담을 싫어하거든요. 물러가시지요, 이렇게 분명하게 말했다는 것이다.

오카모토는 이 이야기를 후지코에게 들려주면서, 성공 가능성이 없다는 것을 알고 있었기 때문에 오히려 가벼운 마음으로 구애를 할 생각이 났던 거야, 이런 비참한 구애를 해 본다는 데에 흥미를 느꼈을 뿐이라고 말했다는 것 같았다.

오카모토는 성격파탄자이고, 근본적으로 파렴치한이었다. 하지만 다니무라는 세상에서는 가장 지탄받아 마땅한 오카모토의 성벽에 대해 오히려 끌리는 바가 있었고, 용서하고 싶은 마음이 강했다. 예를 들어, 상처도 없으면서 얼굴에 붕대를 감고, 부수수하게 수염을 기르고 가망이 없는 아가씨에게 구애 작전을 벌인다는 것이 선악이야 어찌되었든 어정쩡한 바람둥이로서는 감행할 수 없는 바보스러움이 있고 예사롭지 않은 호기심을 시험해 보는 행동의 독창성이 있었다. 좌우간 이런 대목은 타고난 예술가의 영혼으로, 추접하기는 하지만 재미가 있다고 다니무라는 생각했다.

그날의 1만 5천 엔이라는 돈 이야기만 하더라도 붕대를 감은 방문과 똑같은 것으로서, 처음부터 계획된 연극으로 다니무라에게는 여겨졌다.

1만 5천 엔이라는 금액 자체가 애초에 엉뚱한 것이어서, 이 돈 이야기가 성공할 수 없다는 것은 오카모토 자신이 너무나 잘 알고 있었을 게 틀림없다. 돈의 필요성에 대해서도 엉성하기만 해서 전혀 실감이 나지 않는다. 실감을 담고 있었던 것은 교태뿐이었다.

"저기, 모토코. 선생님의 말 이상하지 않아. 1만 5천 엔이 필요하다는 건 만들어낸 말이 아닐까. 불가능한 이야기란 것은 뻔히 알 만한 일 아냐. 하지만 지어낸 이야기라고 치면 어째서 이런 바보 같은 짓을 할 필요가 있었을까."

모토코는 이에 대해 확실하게 말했다.

"당신이 선생님을 윽박질렀기 때문이에요."

의외의 답이었다.

"왜? 내가 선생님을 윽박지른 일이 어째서 이 말도 안 되는 돈 이야기의 원인이 된다는 거지?"

"선생님은 괴롭히러 온 거예요. 복수하러. 괴롭혀 주어야겠다는 속셈이지요, 당신이 선생님께 비참한 치욕을 맛보게 했으니까, 아주 비참한 체하고 우리를 골탕 먹일 생각이었겠지요."

"그런 일이 있을 수 있을까. 우선, 우리는 조금도 곤란하지 않았잖아."

"하지만 사람의 심리는 그런 거지요. 비참한 치욕을 당했으니까요. 그 복수로는 훌륭한 신분이 되어서 자랑을 하거나, 그럴 가능성이 없으면 철저하게 비참해져서 괴롭혀 주자는 기분이 되는 거지요. 복수의 자포자기랄까."

묘한 이론이지만 그런대로 말이 됐다. 그런 심리도 실제로는 있을 수 있겠지.

하지만 오카모토의 경우, 그것이 과연 진실일까. 우선 무엇보다도 모토코가 그것을 과연 믿고 있는 것일까.

모토코는 오카모토의 교태를 '비참'이라고 말한다. 그리고 모토코는 비참한 남자가 누구를 향해 말을 걸고 있는지, 말을 걸고 있는 자가 자신 안에 깃들어 있다는 것을 '지금'은 깨닫지 못하는 것인지도 모른다. 그리고 아마도 알아차리지 못하고 있는 것이 사실이겠지 하고 다니무라는 생각했다. 그리고 지금은 깨닫지 못하고 있다는 것 속에 많은 비밀이 있음을 발견한 것 같다고 생각했다.

* * *

근처에 사는 대학생으로, 다니무라 내외에게 그림을 보아달라고 찾아오는 사내가 있었다. 니시나仁科라고 했다. 그림의 재능은 말할 것도 없고, 그림에 대한 취미조차 없는 사내다. 그저 호기심이 있을 뿐으로, 성냥갑 그림을 모으는 따위의 호기심으로 그림을 그리고, 그것을 보여주러 오는 것이다. 지금은 대학을 졸업하고 관청의 공무원이었다.

그림은 엉터리지만 이론만큼은 훌륭해서, 끈질기게 열띤 이론으로 다니무라를 괴롭히고는 하는데, 그 호기심을 가지고 점차로 미술론이니 미학이니 하는 책들을 읽는 바람에 어수선하고 체계는 없지만 다니무라를 괴롭히기에는 충분했다.

니시나는 몸단장을 잘했다. 포마드도 구하기 힘든 세월이었지만 그의 머리카락은 손질이 잘 되어 빛나고 있었고, 넥타이에서 구두에 이르기까지, 담배 케이스, 라이터, 시계, 연필, 파이프, 자잘한 물건들도 어느 나라의 무슨 제품의 무슨 식이라는 이야기를 하게 되면 각각에 대해 수만 개의 설명이 준비되어 있는 것이다. 이에 반해 심상心象 세계의 풍물에 대해서는 전혀 색맹이고, 마음의 바람도, 구름도, 안개도, 그런 것들에 대해서는 관심도 없고 신경도 쓰지 않는, 전혀 수련이 되어 있지 않았다.

"자네는 무엇을 위해 그림을 그리나, 니시나 군. 사람이 사진을 찍을 때에는, 기념을 위해서, 같은 목적이 있는 법이거든. 그리고 기념이라든지, 추억을 위해서라는 것은 서투른 그림을 그리는 것보다는 충분히 의미가 있는 것이지. 그런데 자네의 그림으로 말할 것 같으면 기념하기 위해서도, 추억을 위해서도 아니라는 것이 분명한 것 같은데, 틀린 말일까. 그리고 자연이 존재하는 것보다도 훨씬 더럽고, 무참하기 짝이 없는 허망한 모습으로 그리고 있지 않나. 이걸 자네의 미학으로는 어떤 식으로 설명할 건가."

다니무라는 니시나의 얼굴을 볼 때마다 놀리지 않는 적이 없다. 니시나는 초조하게 대들면서 미술론을 마구 휘둘러 대지만, 다니무라는 이를 진지하게 받아들이는 법이 없다. 몸을 빼고 옆에서 놀리는 전법을 사용하는 것이다.

"일본 속담에, 속담인지 뭔지 사실은 잘 모르지만 말이야, 개가 서쪽을 향하면 꼬리는 동쪽, 이라는 명언이 있지 않나. 자네의 미론에 어느 정도의 진리가 들어 있는지는 몰라도 이 말은 좌우간 반석 같은 진리가 아닌가. 그런데 자네는 개의 꼬랑지

끝을 살짝 서쪽을 향하게 해 놓고, 보시는 바와 같이 개의 꼬리 끝은 동쪽으로 향하고 있지 않다고 우기는 거야. 자네의 미술론의 정체란 것은 대략 이런 성질의 것이 아닐까."

다니무라는 이런 식의 논법에는 원래 단련이 잘 되어 있었다. 니시나에 대해서는 마음에 여유가 있었으므로 이 논법은 니시나의 초조함과는 반대로 신랄함을 더해 가기만 했다.

다니무라에게 노상 당하는 니시나는 모토코에게 알랑거렸다.

니시나의 알랑거림은 다니무라의 독설의 결과와 같은 것이므로, 다니무라는 별달리 생각하지 않고 지내온 것이다. 오카모토의 알랑거림을 보면서 다니무라는 깨달은 것이 있었다.

니시나의 알랑거림은 오카모토처럼 비루하지 않았다. 니시나는 약점을 드러내 놓고 있지는 않았다. 몸을 내던지고 있지는 않았다. 원래 모토코와 니시나는 열 살 이상의 나이차가 있었으므로 알랑거림에도 어쨌든 자연스러움이 있었던 것이다.

정신적으로는 우둔한 니시나는 본래 육감적인 남자였다. 그의 태도 곳곳에는 우둔한 육감이 넘치고 있었으므로, 딱히 어떤 부분에 주의를 기울여보는 일을 다니무라는 하지 않고 있었다. 니시나의 알랑거림에도 오카모토와 같은 것이 있었다. 그것은 모토코의 육체에 말을 걸고 있는 일이다. 오카모토의 알랑거림에 의해 다니무라는 그것을 발견했다.

그때 다니무라는 더욱 의외의 발견을 했다. 그것은 개구리의 정체에 대해서였다.

다니무라는 생각했다. 지난 몇 년 동안 니시나에 대해 보이고 있는 다니무라의 태도가 모토코의 반감을 키운 있는 것은 아니었을까, 하고. 다니무라는 노상 니시나를 타박한다. 그의 작품을 조소한다. 비참한 생각을 가지게 한다. 그리고 화나게 하고서 기쁨을 느낀다. 모토코는 그런 다니무라에게 은근한 분만憤懣을 가지고 있었다. 그리고 비슷한 사태가 오카모토의 경우에 일어났을 때, 오카모토를 내세워 평소의 분만을 토해 내고 있는 것은 아닐까.

이러한 분만을 은연중에 불태우는 모토코는 어느새 니시나를 사랑하고 있는 것일까, 하고 다니무라는 생각한다.

모토코는 다니무라를 정성껏 사랑하고 있고, 예나 지금이나 변함은 없었다. 변한 것은 나이가 들고, 신선미가 쇠해지고, 애정이 아니라 돌봄을, 헌신이 아니라 속박을 의식하기 쉬워졌다는 것뿐이다. 다니무라는 모토코의 영혼의 순결을 의심할 생각은 조금도 없고, 함께한 오랜 여로에 대한 큰 감사가 있을 뿐이었다.

모든 사람들에게는 꿈이 있다. 이 현실은 어떠한 행복으로도 채울 수가 없으며, 그리고 꿈은 속박의 사슬을 끊고 언제나 무한한 천지를 미친 듯이 날뛰는 것이었다. 그것을 허용하지 않고 어떻게 사람이 살 수가 있을까. 또한 꿈조차도 갖고 있지 않은 사람을 어떻게 사랑하고 그리워할 수 있을까. 사람에게 매력이 있다면 그 가슴에 알 수 없는 것들이 있기 때문이고, 그 가슴에 꿈도 비밀도 사라졌을 때 어느 누가 무참한 주검을 사랑할 수 있을까.

하지만 모토코의 꿈이란? 이 현실의 속박을 벗어나, 모토코는 무엇을 꿈꾸고 있는 것일까. 꿈속에서 니시나를 생각하는 것도 좋다. 하지만, 니시나의 무엇을 생각하고, 무엇을 꿈꾸고 있는 것일까.

다니무라는 두 남자의 교태에 대해 생각한다. 두 남자는 자신이 알지 못하는 모토코의 마음, 숨겨진 모토코의 꿈의 존재 방식에 대해 알고 있는 것은 아닐까, 하고. 이 현실에서는 채워질 수 없는 모토코의 꿈, 그리고 모토코의 채워질 수 없는 현실이란 바로 그 스스로일 터인데, 요는 모토코의 꿈은 그에게 결핍된 그 무엇이고 모토코의 꿈을 알 수 없는 유일한 사람은 바로 그 자신이라는 내던져진 현실을 발견하지 않을 수가 없었다.

내가 죽는다, 그러면 모토코는 도대체 어디로 걸어가 버릴 것인가? 다니무라는 언제나 최악을 생각했다. 그리고 최악 말고는 생각할 수가 없었다. 다니무라는 죽음의 공포를 견딜 수가 없었다.

지나치게 생각해서는 안 된다, 하고 다니무라는 생각한다. 이 소소한 현실, 소소한 생명에 온 정성을 다한 보살핌과 애정만을 쏟아 부어야지, 하고.

그러나, 다니무라는 열렬한 사랑을 하고 싶었다. 육체라는 것이 없는, 오직 정신이 있을 뿐인, 그리고 온갖 불보다도 강렬한, 미친 듯이 불타고, 불에 타 스러질 것 같은 격한 사랑을. 그 사랑과 더불어 스러져 버리고 싶다고 다니무라는 생각했다.

(1946년 9월)

전쟁과 한 여인 戰爭と一人の女

　노무라野村는 전쟁 중에 한 여인과 살고 있었다. 부부와 마찬가지인 관계에 있었지만 아내는 아니다. 왜냐하면 처음부터 그런 약속이었고, 어차피 전쟁은 지는 것으로 끝나고 모든 것이 엉망진창이 될 것이다. 패전의 엉망진창이 두 사람 자체의 연결고리의 모습일 뿐, 가정적인 애정 따위는 두 사람 모두 가지고 있지 않았다.

　여자는 조그만 술집 주인의 첩이었는데, 원래가 음탕하게 타고나서 조금만 마음에 들어도 아무하고나 관계하는 여자였다. 이 여자의 쓸 만한 점이라면 악착같이 돈을 벌려는 심산이 없는 것으로, 술을 구하기 힘들어져 영업이 어려워지자 아예 술집을 그만두고 노무라와 같이 살게 되었던 것이다.

　여자는 누군가와 함께 살 필요가 있었고, 노무라가 혼자였으므로, 당신하고 함께 살까, 하고 말해서, 그러지 뭐, 어차피 전쟁으로 엉망진창이 될 테니까. 아예 지금부터 엉망진창이 되어서 전쟁의 엉망진창하고 함께 이어져 볼까, 하고 웃으며 답을 했다. 왜냐하면 어차피 여자는 노무라하고 같이 살게 되더라도, 때때로 누군가하고 관계하리라는 것을 노무라는 믿어 의심하지 않았다. 싫어지면 나가면 되는 거지, 하고 노무라는 그렇게 말하면서 여자를 맞이했던 것이다.

여자는 유곽에 있었던 일도 있었고, 육체에는 정상적인 애정의 기쁨이란 것이 없었다. 그래서 남자로서는 이 여자와의 동거는 무엇보다도 그런 점에 불만족이 있는 것이지만, 정조 관념이 없다는 것도 보기에 따라서는 신선한 것이어서, 가정적인 어두움이 없는 것이 노무라에게는 괜찮게 생각되었던 것이다. 놀이 상대이고, 그 놀이에 최후의 만족은 결핍되어 있지만, 아무튼 늘 노는 관계에 있다는 것만으로도 없는 것보다는 나을지 모른다고 노무라는 생각했다. 전쟁만 아니었더라도 함께 살 기분은 없었던 것이다. 어차피 모든 것이 파괴될 것이다. 살아남는다 해도, 노예 같은 게 될 테지 하고 생각하고 있었으므로, 가정을 건설한다는 기분은 없었다.

여자는 쾌감을 느끼지 못하면서도 이 남자 저 남자하고 관계하고 싶어 한다. 창기倡妓라는 생활에서 온 습성도 있겠지만, 성질이 본래 매우 음탕하므로 육욕도 식욕과 같은 상태로, 목마름을 다스리듯이 다른 남자를 찾는다. 창기의 기적妓籍에서 벗어나 첩이 될 만한 용모도 있고, 사지가 아름답고, 전신의 살집이 훌륭하다. 그래서 옷을 벗으면 매력이 있는 것이다. 묘하게 식욕을 자극하는 육체다. 그러므로 여자가 만약에 보통의 정상적인 애정의 기쁨을 느낄 수 있었더라면 많은 남자들이 빠져들었을 텐데, 한 명도 깊이 들어간 남자가 없다. 남자를 매혹할 최후의 것이 빠져 있었다.

손님 중에는 상당히 반해서 접근하는 남자도 있었지만 여자하고 교섭이 생기고 보면 오히려 열이 식는 것은 그 때문인데, 여자는 또 집념 어린 교섭을 싫어하는 성품이므로 그러는 편을 좋아하고 있었다. 열애를 받는 일 없이, 그런대로 귀여움을 받을 뿐인 자신의 숙명을 기뻐했고, 기질적으로도 음란했지만 뒤끝이 상쾌했다.

자그마하고, 마른 듯하면서도 묘하게 살집이 좋으며, 둔감한 듯하면서도 민활한 움직임을 보여주는 여인의 나체의 매력은 정말이지 아무리 봐도 물리지 않는다. 정감을 불러일으키는 싱싱함이 넘치고 있었다. 그렇다 해도 진정한 기쁨을 드러내지 않기 때문에 영혼이 빠진 빈껍데기 같은 것이지만, 함께 살아 보니 또한 별다른 기쁨도 다소간 있었다. 여자가 쾌감을 드러내지 않기 때문에 노무라도 냉정해지고, 그는 육감의 직접적인 만족보다도 여인의 몸을 이리저리 움직여 가면서 그 묘한 싱싱함을 즐기는 기쁨을 발견한 것이다. 여자는 쾌감을 느끼지 못하기 때문에 나중에는 귀찮아하기도 하고, 화를 내기도 한다. 노무라도 웃음을 터뜨리고 마는 것이다.

이런 여자이므로 남들처럼 마나님으로 들어앉는 일도 싫어하지만 배급물을 타기 위해 줄을 서는 따위는 딱 질색이어서, 어지간히 큰돈을 쥐고 있는 것도 아니면서 서슴없이 암시장의 물건들을 사들여서 성대한 음식을 차려 준다. 요리를 하는 일만은 싫어하지 않아, 이것저것 가짓수를 늘어놓고서 노무라가 맛있게 먹는 모습을 기분 좋게 바라보고 있다. 그런 기질은 가련할 정도여서, 바람기만 없다면 나한테는 좋은 마누라가 될 텐데 하고 노무라는 생각하기도 했다.

"전쟁이 끝나면, 날 내쫓을 거예요?"

"내가 쫓아내는 게 아니겠지. 전쟁이 막무가내로 쫓아낼 테니까. 목숨만 해도, 요즈음의 공습을 보면, 형세가 그리 오래 끌 것 같지는 않아."

"나는 요즈음 사람이 달라진 것 같다는 생각이 들어요. 마나님살이가 몸에 붙은 것 같아요. 하루하루 즐거워요."

여자는 정직했다. 노무라는 웃었지만, 여자가 알아차리지 못한 사태의 정체를 설명해 주지 않았다. 그리고 여인의 가련함을 즐겼다.

"마나님살이가 몸에 붙었다니, 육체의 기쁨까지도 느껴 주면 좋을 텐데."

노무라는 우스워져서, 웃으며 불쑥 그렇게 말했던 것인데, 여자의 표정이 변하고 말았다.

표정이 바뀌더니, 여자는 결국 훌쩍훌쩍 울기 시작한 것이다.

"못된 말을 내가 해 버렸네, 용서해 줘."

그렇지만 여자는 화가 난 것이 아니었다. 여자는 울면서, 눈물이 매달린 눈으로 넋을 잃은 듯이 노무라를 바라보면서, 기도하듯이 속삭였다.

"용서해 주세요. 나의 과거가 나빴던 거예요. 미안해요. 정말로, 미안해요."

여자는 노무라의 무릎 위로 울면서 엎어지고 말았다. 노무라는 그 가련한 모습을 견디지 못하고, 우는 여자에게 입을 맞추었다. 눈물처럼 입도 촉촉해져 감촉이 신선했다. 노무라는 감정이 북받쳐 여자를 끌어안았다. 여자는 울고, 몸부림치고, 북받쳐 오르는 감격을 드러냈고, 등이 아프도록 노무라를 끌어안고 놓지 않았다. 그러나 육체 자체의 진실한 감동과 기쁨은 역시 결여되어 있었다. 노무라는 속으로 절망의 탄식을 했지만, 그것을 여자에게 보이지 않도록 노력했다. 그렇지만 여자는 그것을 알아차렸던 것이다. 왜냐하면 흥분이 가라앉은 여자의 눈에 증오가 번쩍 흐르는 것을 노무라는 놓치지 않았으니까.

* * *

노무라가 사는 거리 일대가 타 오르는 벌판이 되는 밤이 왔다. 좌우간 공장 지대였으므로, 무서운 굉음과 함께 소이탄이 비처럼 뿌려지고, 덤으로 폭탄까지 섞여 있다. 사방이 불바다가 되었다. 집 앞에 있는 도로는 피난 가는 사람들이 마구 밀리듯이 흘러가고 있다.

"우리도 도망갈까?"

"네, 하지만."

여자의 얼굴에는 고민의 그림자가 있었다.

"끌 수 있을 만큼, 불을 꺼 줘요. 당신, 죽는 거, 무서워요?"

"죽고 싶지 않아. 저 폭탄 떨어지는 소리를 들을 때면 심장이 멎을 것 같거든."

"나도 그래요, 하지만 당신."

여자의 얼굴에 필사적인 것이 흘렀다.

"나, 이 집 태우고 싶지 않거든요. 이 당신의 집, 나의 집이니까요. 이 집을 태우지 말아 주세요. 나, 다 탈 때까지 도망가지 않을래요."

그때 폭탄이 쏟아지는 소리가 나자, 여자는 노무라의 팔을 붙잡고 방공호 속으로 들어갔다. 끌어안은 여자의 심장은 공포 때문에 크게 고동치고 있었다. 몸도 겁에 질려 단단하게 움츠러들어 있었다. 어찌 이리 귀엽고, 그리고 정직한 여자일까 하고 노무라는 생각했다. 이 여자를 위해서라면, 어떤 부탁이든 다 들어 주지 않으면 안 되겠다고 노무라는 생각했다. 그리고 그는 불에 맞서고, 죽음에 맞서겠다는 뜻밖의 용기가 끓어오르는 것을 느꼈다.

"좋았어. 당신을 위해서 애써 볼게. 정말이지, 당신을 위해서야."

"네, 하지만 무리하지 마세요. 조심하세요."

"좀, 모순된 말 같은데."

노무라는 놀랐다. 넘쳐 나오는 넓고도 큰 애정과 침착함을 그립도록 자각했다. 온갖 물통에 물을 채워, 집의 사방에 물을 끼얹었다. 여자도 그것을 도왔다. 두 사람은 이미 물에 푹 젖었다. 불은 이미 다가오고 있다. 전후좌우 전부였다. 드디어 옆집

에 불이 붙자, 의외로 조그만 이웃집만의 불이었고, 불바다 전
부를 두려워할 필요가 없다는 확신이 생겼다.

노무라는 그다지 활약을 했다는 자각도 없는 사이, 이웃집
의 불길은 잦아들었고, 그렇게 해서 두 사람의 집은 타지 않고
남았다. 사방 백 미터쯤 남겨 놓고는 온통 불바다였지만, 그 불
의 바다는 더는 다가오지 않았다.

"그럭저럭, 집도 목숨도 건진 것 같군."

여자는 텅 빈 양동이를 든 채로, 마당의 흙 위에 벌렁 누워
있었다. 온몸의 힘이 다 빠져 나갔던 것이다. 노무라도 녹초가
되어 있었다.

"힘들었지."

여자는 희미하게 고개를 끄덕였을 뿐이었다. 온몸의 힘이
다 빠지고 극도로 피로해지고 보니, 모처럼의 감동도 영 힘이
빠지고 만다. 하지만 문득, 눈물이 나올 것 같은 기분이 들었
다. 그래서 문득 여자의 얼굴을 보고 싶은 마음이 들었는데, 들
여다보듯이 여자의 얼굴을 보니,

"여보."

여자는 입을 움직였다. 죽을 듯이 피로했다. 노무라도 함께
땅바닥에 누워서 여자에게 입맞춤을 했는데,

"좀 더, 안아 줘요. 여보, 좀 더, 세게. 좀 더, 좀 더 말이에요."

"인제 힘이 빠져 버렸어."

"하지만 좀 더요, 여보, 나, 당신을 사랑하고 있거든요. 난, 알
았어요. 하지만 내 몸, 어째서 안 되는 걸까요."

여자는 마구 울어 댔다. 노무라가 여자를 애무하려 하자,

"싫어. 싫어. 싫어. 나, 당신한테 미안해요. 나, 죽는 게 나았어. 네, 여보, 우리, 죽는 게 나았어요."

하지만 노무라는 그다지 감동하지 않았다. 감동은 있었지만, 그와 반대의 냉철한 것도 있었던 것이다.

언제나 일시적으로 흥분하고, 감동하는 여자인 것이다. 오늘의 여자는 귀엽다. 그러나 바람기의 본성은 어찌해 볼 도리가 없는 여자다.

* * *

여자는 노는 일에 집념이 느껴질 정도로 본능적으로 추구했다. 도박을 좋아한다. 댄스를 좋아한다. 여행을 좋아한다. 하지만 공습으로 막혀서 마음대로 되지 않다 보니 자전거 타는 것을 배우기 시작했다. 노무라도 함께 자전거를 타고, 둘이 나란히 2시간 정도 산책을 한다. 그것이 그런대로 재미있었다.

교통기관이 극도로 파괴되어 보행이 주요한 교통기관이므로 자전거의 속력조차 신선하고, 죽은 꼴을 드러내고 있는 불탄 벌판의 거리에 묘하게 생기를 주는 것이다. 이제 와서는 바보 같은 소리지만, 한 잔의 차를 파는 가게도 없고, 상품을 파는 상점도 없고, 놀이라고는 없는 자연 상태에서는 자전거를 타는 것만으로도 즐거움이 느껴지는 것이었다.

여자는 흥분과 피로를 좋아하는 만큼 자전거 타기를 한층 좋아해서, 둘은 먼 곳에 있는 책 대여점에서 책을 빌려 돌아온다. 대여한 책이 이미 수백 권이 되어, 전쟁이 끝나면 나도 책

대여점을 열까 등의 말을 하게 되었다.

　노무라는 내일에 대한 공상은 없었다. 전쟁 후의 설계 따위
는 아무것도 없다. 그날그날이 있을 뿐이다.

　여기저기가 점령되며 전쟁이 한창일 때, 약간의 짐을 꾸려
여자와 둘이서 자전거를 나란히 하고 산골짜기로 도망치는 자
신의 모습을 진지하게 생각하고 있었던 것이다. 그는 자전거에
실을 약간의 짐의 내용에 대해 이 생각 저 생각 하고 있었다.
도중에 동포 패잔병에게 강탈을 당하거나 여자가 강간당할 일
까지 염려하고 있었다.

　슬픈 희망이라고 노무라는 생각했다. 그러자 그는 일본 사
람들이 모두 죽고, 둘만이 살아남았으면 하고 자포자기의 공상
을 하기도 했다. 그렇게 되면 여자도 바람을 피우지 못하겠지.

　그렇지만 그는 그다지 여자에게 집착하고 있는 것도 아니
다. 그러나 사실은 매우 집착하고 있는 것이 아닐까 의심할 때
가 있었다. 왜냐하면 전쟁에 의해 모든 것이 파괴된다는 확실
한 한계가 있는 만큼 애착에도 그 한계가 은밀히 작용할 것이
고, 그렇게 낙착되고 마는 것이 아닐까 생각되었기 때문이다.
전쟁으로 파괴되지 않고 살아남을 수 있다면, 좀 더 완전한 여
자를 찾으면 그만이다. 이런 불구의 여체가 도망치는 일쯤이야
별거 아니지 않을까 하고 생각한다.

　그 불구인 여체가 불구이면서도 하나의 매력이 되어 가고
있다. 노무라는 여자의 몸을 다양하게 움직이며 즐기는 일에
끌리기 시작했던 것이다.

　"그렇게 하면 싫어요."

그는 여자의 양팔을 꺼서 등 위로 비틀어 올렸다. 정욕과 증오가 하나가 되어 그 방식은 거칠었다.

"아파, 아파, 뭐하는 거예요."

여자가 몸부림치려 해도 소용이 없었다. 그리고 갑자기 히이 하는 비명을 내기 시작했다. 노무라는 다시 그 여자의 등을 활처럼 굽히고 여자의 목을 마구 흔들었다. 여자는 이를 악물고 몸부림쳤다. 그리고 우, 우, 우 하는 신음소리만이 흔들리는 목에서 새어나왔다.

그는 여자를 내치기도 하고, 굴리기도 하고, 끌어안기도 했다. 여자는 저항하지 않았다. 신음하고, 피로해지고, 몸부림치고, 그러면서도 오히려 만족스러워하는 모양이기도 했다. 그렇지만 여자의 쾌감은 역시 없었다. 그리고 정욕의 끝에 노무라를 바라보는 여자의 눈에는 증오가 있었다. 그리고 정욕과는 무관한 무엇인가를 생각하는 새침한 무표정이 있었다.

노무라는 그 무표정하고 새침한 여자의 얼굴을 묘하게 마음에 얽어놓듯이 생각하게 되었다. 한마디로 말하면 그 얼굴을 잊을 수가 없었다. 그 얼굴에 대한 애착은 여자의 불구의 감각 자체를 사랑함을 의미하고 있었다.

* * *

전쟁이 끝나기 닷새 전에 노무라는 부상을 입었다.

원자폭탄 공격이 시작되었으므로, 마침내 죽을 날도 가까워졌군, 하고 생각했다. 하지만 살고 싶은 희망은 강했다. 그래서 방공호 수리를 시작했다. 불탄 자리의 토대석을 가지고 와서 방공호 주변에 벽을 만들려고 했던 것이다. 그 돌 다섯 개가 조금씩 무너지다가 노무라의 발 위로 떨어졌다. 위의 하나만은 손으로 잡았지만, 밑으로 무너져 내리는 바람에 막을 방법이 없다. 그대로 있다가는 다리가 부러질 것을 직감했으므로, 가능한 한 서서히 뒤로 쓰러졌다. 발은 맨발이었다. 돌은 무릎뼈까지 파고들었다. 경험해 보지 않은 격심한 통증 가운데 절망하려는 마음과 의지가 있었다. 담 밖으로 사람들의 발걸음 소리가 들려 구원을 요청했지만, 그 사람이 무슨 일이냐고 되묻고, 사태를 파악하고서 달려올 때까지의 시간이면 다리가 부러질 거라고 생각했다. 그는 하나씩 돌을 제거하기 시작했다. 돌은 하나가 60킬로그램은 되었고, 엉덩방아를 찧은 자세로는 그것을 밀어내는 데 대단한 힘이 필요했다. 돌 모두를 치워 놓았을 때 그는 현기증과 상실감을 느끼기 시작했지만, 의지의 힘으로 발의 골절을 면한 데 대해 만족감을 느꼈다. 그와 동시에, 걷기에 부자유스러워졌으니 더더욱 전쟁으로 당할 때도 가까웠구나 하는 생각도 했다. 그리고 비로소 여자를 불렀다. 그리고 리어카에 실려 병원으로 갔다.

종전이 된 날에도 걸을 수가 없었다.

살아서 전쟁이 끝나다니! 상처의 고통이 생생한 만큼, 그 생각은 강했다. 하지만 마침내 여자하고는 이별이로군, 이 상처가 다 낫기 전에 아마도 여자는 어딘가로 가 버릴 테지, 하고 생각했다. 그리고 그 생각은 그다지 강렬한 감정을 불러오지 않았다.

"전쟁이 끝났어."

"그런 이야기였어요?"

여자는 라디오를 제대로 듣지 못한 모양이었다.

"어이없게 끝났군. 나는 마침내 당할 때가 가까웠다고 정말로 각오하고 있었거든. 살아서 전쟁이 끝난 당신의 감상은 어떤가요?"

"어처구니가 없죠."

여자는 한동안 뭔지 모를 표정을 하고 있었다. 아마 여자도 두 사람의 이별에 대해 직감하는 바가 있었을 것이라고 노무라는 생각했다.

"정말로 전쟁이 끝난 거예요?"

"정말이고말고."

"그런가요."

여자는 일어나서 이웃집으로 갔다. 한 시간쯤 이 집 저 집 돌아다니다 와서,

"우리 온천에 가요."

"걸을 수가 없으니, 갈 수가 없지."

"일본은 어떻게 되는 걸까요."

"그런 거, 내가 알 게 뭐야."

"어찌되든 상관없어요. 어차피 다 타버린 벌판이니까. 맛있는 홍차, 어때요?"

"마시고 싶어."

여자는 홍차를 타 가지고 왔다. 노무라가 일어나려 하자,

"마시게 해 드릴 테니, 누워 있어요. 자 드세요."

"싫어, 그런 건. 애처럼 반 숟가락씩 홀짝거릴 수야 있나."

"이렇게 마셔 주지 않으면 안 줘요. 정말로, 버릴 테니까."

"쓸데없는 생각을 하시는군."

"아프고, 게다가 전쟁에 졌으니까, 잔뜩 귀여워해 주는 거예요. 귀여움 받는 거 싫어요?"

여자는 입에 품고, 노무라의 입으로 옮겼다.

"이번에는 당신이 나한테 마시게 해 주는 거예요. 자, 일어나요, 어서요."

"싫어. 누웠다 일어났다."

"그래도요. 부탁이에요, 자, 당신 입으로요."

여자는 누워서, 황홀한 듯이 입을 벌리고 있다. 여자는 소량의 홍차를 소중한 듯이 마시고 입 주변을 핥았다. 눈이 부신 듯이 웃고 있다.

"저, 여보, 이 홍차에 청산가리가 들어 있었으면, 우리는 벌써 죽었어요."

"기분 나쁜 소리 좀 하지 마."

"괜찮아요, 넣지 않았으니까. 나는요, 죽을 때의 흉내를 내보고 싶었던 거예요."

"도조 히데키 東條英機 대장은 죽겠지만, 당신까지 죽을 필요는 없지."

"여보, 공습 날 불을 끄던 밤 일, 생각나요?"

"응."

"난, 사실은 함께 불타 죽었으면 하고 생각하고 있었어요. 하지만 정신없이 불을 끄고 말았죠. 마음대로 되지 않는 거예요.

죽고 싶지 않은 사람들이 몇만 명이나 죽었는데 말이죠. 나, 살아 있어도, 아무런 희망이 없어요. 잘 때에는 눈이 떠지지 않았으면 좋을 텐데, 하고 생각해요."

노무라로서는 여자의 마음을 알 도리가 없었다. 하고 있는 말에 진실이 들어 있는 것인지 도무지 알 수가 없었다. 그는 그저, 어째선지 여자와의 격심한 놀이 후의, 여자의 하얗고 무표정한 얼굴을 떠올리고 있었다. 그때 무엇을 생각하고 있었는지 듣지 않을 수가 없는 심정이었다.

"당신은 그때, 하얗게 무표정한 얼굴을 하거든. 나를 증오하는 기색이 눈을 스쳐갈 때도 있고. 당신은 나를 미워하고 있는 게 틀림없다고 생각하고는 있지만 그것 말고도, 마치 나로서는 정체를 알 수 없는 무슨 생각을 하고 있는 것이 아닐까 생각하고 있었거든. 그때, 무슨 생각을 하고 있었는지 알려줄 수는 없을까."

여자는 영문을 모르겠다는 얼굴을 했다. 그런 다음, 수줍은 듯이 살짝 웃었다.

"그런 거, 묻는 게 아니에요. 여자는 심각한 것 따위 생각하지 않으니까요."

그리고 진지한 얼굴이 되어,

"당신은 나를 귀여워해 주었지요?"

"당신은 귀여워해 주었다고 생각해?"

"네, 엄청요."

여자의 대답은 솔직했다.

여자는 늘 그렇듯, 일시적인 감동으로 흥분해 있을 뿐이라

고 노무라는 생각했다. 그리고 감동의 바탕이 무너지면, 어차
피 헤어질 운명, 헤어지지 않을 수 없는 여자 자신의 본성을 냄
새 맡았다는 표현이 아닐까 의심했다.

"나는 사랑 같은 것을 하지 않았거든. 말하자면 그저 색아
귀色餓鬼였지. 그저 야비한 모습이야. 당신을 모욕하고 탐냈을
뿐 아니냐고. 당신이 그것을 몰랐을 리가 없잖아."

그는 내뱉듯이 말했다.

"하지만, 인간은, 그 정도의 존재에요. 그 정도로, 족해요."

여자의 눈이 하얗고 둔해진 듯이 느껴졌다. 놀라운 진실을
여자가 말한 것으로 노무라는 생각했다. 이 말만큼은 여자의
거짓 없는 마음의 일부임을 깨달았다. 놀이가 모든 것. 그것이
이 사람의 전신적인 사상이다. 그러면서도 이 사람의 육체는
놀이의 감각에 대해 불구였다.

이 사상에는 따라갈 수가 없다고 노무라는 생각했다. 고양
된 무엇인가가 필요하다. 그러나 어차피 부부관계는 이것뿐이
아닐까 하는 기분이 들기도 한다. 의외로 좋은 아내일지도 모
른다고 노무라는 생각했다.

"언제까지나 이대로 지내고 싶어."

"정말 그렇게 생각하세요?"

"당신은 어떻게 생각하고 있는데?"

"나는 죽어 버리는 편이 좋아요"

하고 여자는 당연한 일처럼 말했다. 아주 거짓이 아닌 듯한
마음도 곁들여 있는 듯했다. 색을 밝히는 자신의 성품을 증오
하고 있기 때문이라고밖에는 생각할 수 없었다. 죽을 수야 있

나. 그저 안이한 장난감이지. 그리고 노무라는 말과는 반대로, 여자하고는 헤어지는 편이 좋을 것이라는 생각을 하고 있었다.

"당신은 놀이를 더럽다고 생각하고 있는 거예요. 그래서 나를 더러워하고 미워하는 거지요. 물론 당신 자신도 스스로를 더럽다고 생각하고 있지요. 하지만 당신은 여기서 벗어나고 싶다, 좀 더 깨끗하게, 높아지고 싶다고 생각하고 있는 거예요."

말과 함께 여자의 눈에는 증오가 서려 있었다. 얼굴은 매우 험악해졌다.

"당신은 비겁해요. 자신이 더러우면서 고상해지고 싶다느니, 벗어나고 싶다느니, 그런 건 비겁해요. 더럽지 않다고 생각하려 하지 않는 거예요. 그리고 나를 더럽지 않은 깨끗한 여자로 만들어 주려 하지 않는 거지요. 나는 부모가 뚜쟁이한테 팔았기 때문에 남자의 장난감으로 지내 왔어요. 나는 그런 여자지만 놀이는 좋아해요. 더럽다고 생각하지 않아요. 나는 좋지 않은 여자예요. 하지만 좋아지려고 노력하고 있어요. 어째서 당신이 나를 좋게 만들어 주려 하지 않는 거예요. 당신은 나를 좋은 여자로 만들려 하지 않고 어째서 혼자만 벗어나려 하는 거예요. 당신은 나를 더러운 것이라고 단정해 놓고 있어요. 나의 과거를 경멸하고 있는 거예요."

"당신의 과거를 경멸하지는 않아. 나는 그저 생각하는 거야, 당신하고 나의 결합의 시작이 경솔했고 좋지 않았던 거라고. 우리는 부부가 되려 하지 않았거든. 그게 두 사람의 마음의 틀을 정해 놓았던 게 아닐까."

여자는 크게 부릅뜬 눈으로 노무라를 노려보았다. 그러고는,

뒤돌아 눕더니, 이불을 뒤집어쓰고 울기 시작했다.

노무라는 아직도 심술궂게 생각하고 있었다.

여자는 어째서 화내기 시작한 것일까. 그것도 요컨대, 자신의 음탕한 피의 냄새를 맡아 내고, 오히려 그 독의 피 자체가 날뛰고 있는 몸부림이고, 보기에 따라서는 교활한 얼개이며, 여자는 그것을 의식하고 있지는 않겠지만, 마치 자신이 음탕한 것은 노무라가 높여 주지 않는 탓이라고 하는 얼개가 되어 있기도 한 것이다.

뭐라 해도 노무라에게는 여자의 과거의 음란방탕한 생활이 머릿속에 얽혀 있는 것이다. 그런 것을 여자에게 노골적으로 말할 수는 없지만, 그것은 분명 독의 피가 자연스럽게 시키는 행위이고, 이지理智 같은 것이 억누르는 수단이 될 수는 없는 것으로 보고 있는 것이다.

전쟁은 끝났다.

전쟁을 하는 동안만의 애정이라는 것은, 두 사람의 머리에 눌어붙어 있었다. 적이 상륙하는 날까지, 그것은 두 사람의 매일의 암호였고, 언어 같은 것이 미치지도 못할 애정 자체의 의지이기조차 했다. 그 전쟁이 끝난 것이다.

여자는 정말로 함께 살고 싶은 생각이 있는 것일까, 하고, 노무라는 생각해 보면서도 믿어지지가 않았다.

음탕한 피가 공습경보와 뒤얽혀 있었지만, 그 공습도 없어지고, 밤의 밝은 시간도 부활했고, 여러 가지 놀이도 부활한다. 여자의 피가 자연의 음탕으로 미치기 시작하는 것은 아주 약간의 시간의 문제다. 멈추고자 한들 멈추어질 것인가. 드높이려 한들 드높여질 것인가.

전쟁이 끝나고 보니, 각오는 정해져 있는 꼴이었다. 여자 또한, 그런 것이다. 노무라에게 대든 여자는 두 사람의 애정의 영속을 바라는 듯한 말투이면서도, 보기에 따라서는 노무라보다도 적극적으로 이미 두 사람의 파탄을 위한 공작의 한 발짝을 내디딘 것과 같은 것이라고 노무라는 생각했다.

여자는 언제나 착한 사람이 되고 싶어 하고 자신의 아름다운 이름을 준비하고 싶어 하는 존재야, 하고 갑자기 증오마저 솟구친다.

여자는 일박의 여행이라도 하러 온 듯한 가벼운 마음으로 왔으면서, 나갈 때는 그렇게 되지 않는 것일까. 한동안 음탕을 잊고, 달리 심중에 둔 남자가 없어서 지금이야 이런 식이지만, 금방 내 쪽에서 진력이 날 것을 알고 있는 거야, 이렇게 노무라는 점점 나쁜 쪽으로 생각한다. 여자의 방자스러움을 보지 않은 체하고 함께 살 만큼의 장난기는 가질 수 없을 것 같았다.

"이제, 비행기는 날지 않겠지요."

여자는 울음을 그치고, 엎드려서, 턱을 괴고 있었다.

"이제 공습은 없어. 사이렌도 울지 않고. 있을 수 없는 일만 같군."

여자는 잠시 후,

"더 이상, 전쟁 이야기는 하지 말아요."

지글거리는 것이 떠올라 있었다. 여자는 휙 몸을 뒤척여, 벌렁 눕고서,

"아무렇게나 되라지."

눈을 감았다. 식욕을 돋우는 귀엽고, 싱싱하고 조그마한 몸
이었다.

전쟁은 끝난 건가, 하고 노무라는 여자의 몸을 탐하듯이 바
라보면서, 점점 더 차갑고 맑아지는 기분으로 계속해서 생각했
다.

(1946년 10월)

사랑을 하러 간다 恋をしに行く

「여체」의 속편)

다니무라谷村는 역 앞까지 갔다가 되돌아왔다. 미리 후지코藤子에게 이야기해 두려고 생각했기 때문이다. 그는 후지코의 의견을 듣고 싶었다. 그는 자신이 없었다. 그리고 후지코의 입으로 자신감의 실마리를 붙잡고 싶은 것이다.

다니무라는 노부코信子에게 사랑의 고백을 하러 가는 도중이었다. 그는 이전부터 육체가 없는 사랑을 하고 싶다고 생각하고 있었다. 오직 영혼만의, 그리고 그것 때문에 미쳐 날뛰고, 불타버리고 말 것 같은 사랑을 하고 싶다고 생각하고 있었다. 그리고 그는 그럴 때면 언제나 노부코를 염두에 떠올리고 있었는데, 시각을 바꾸면 노부코의 존재가 늘 염두에 있기 때문에 영혼만의 불타 날뛰고 불타 없어질 것 같은 사랑을 하고 싶다는 생각에 길들여져 있는 것인지도 모른다.

그렇지만 노부코란 어떤 사람이냐 하게 되면, 평소에는 알고 있다고 생각했지만 막상 접근하려 하면 자신이 없는 것이다.

노부코도 오카모토岡本의 제자였다. 오카모토는 노부코를 악당이라고 한다. 선천적인 요부여서 거짓말만 하는 박정하고 냉혹한 인간, 천성적인 범죄자라는 것이다. 오카모토는 노부코와 연인 사이란 말도 들리고, 한때는 매우 친밀한 듯이 지내고 있었던 것이다. 그 무렵 노부코는 21, 2 오카모토는 46, 7세로, 노부코는 가능한 한 여자 친구를 함께 불러, 오카모토하고 둘만이 걷는 일은 없게 하고 있었다. 하긴 진짜 만남은 남의 눈을 피하는 법이니까. 표면 뒤의 이야기는 알 수 없다.

노부코에게는 몇십 명의 정부가 있는지 짐작도 못한다는 소문이었다. 하지만 노부코의 정부라고 자칭하는 남자가 있는 것은 아니다. 좌우간, 몇십 명의 남자 친구가 있다. 그 남자들 몇몇이 상당한 돈을 들이밀고 있는 것만은 분명해서, 노부코의 복장은 매일 달라지는데, 그 모두가 비싼 것들이다. 매달 1만 엔 가까운 살림이라고 말들을 하는데, 노부코의 급료는 백 엔도 안 되는 것이다.

노부코는 구조사構造社라는 출판사의 기획부에서 일을 하고 있었다. 사장의 비서라느니, 즉 2호라느니 하는 소문도 있는데, 사장은 예순 가까운 부자로서, 출판은 도락이었다. 비싼 화집과 취미적인 호화본을 돈을 처들여 만들고 있는데, 그 가운데 하나, 세상에는 그다지 이름이 알려지지 않은 국사가國史家의 책을 이미 몇 권인지 내 놓고 있었다. 이 사학가는 죽마고우다. 마치다 소코츠町田草骨라는 사람이다. 딱히 대학 교수도 아니고, 말하자면 이 사람의 국사라는 것도 중년부터 시작한 도락으로, 고대의 씨족 제도 등으로부터 요즈음에는 민족학 같은 것에 빠져 있는 것이었다.

노부코는 소코츠의 집에 얹혀살고 있었다.

소코츠 내외에게는 아이가 없다. 별난 내외로, 노부코를 인형처럼 귀여워해 노부코의 침실 커버를 위해 교토에까지 옷감을 사러 가기도 하고, 자신들은 깨져 가는 싼 가구로 아무렇지도 않게 살고 있으면서도, 노부코의 거실과 객실을 위해 베이징에서 가구를 구입해 오기도 하고, 백화점에 니시진西陳* 테이블클로스를 주문하기도 하는 등 엄청 큰돈을 들이고 있는 것이다. 그러면서도 그리 대단한 부자는 아닌 듯하고, 지방의 명문가의 출신이지만 전답을 팔아치워서 약간의 돈이 있을 뿐, 죽으면 필요 없는 돈이라고 하면서 노부코의 방을 장식하기 위해 태반의 돈을 쓴다는 것이다. 노부코는 이 아름다운 거실에서 틈틈이 소코츠의 장서 정리도 하고 목록도 만들고 있었다. 그래서 노부코의 거실에는 이 거실에 어울리지 않는 백 권가량의 고풍스러운 책이 늘 쌓여 있는 것이었다.

노부코는 26세가 되어 있었다. 다니무라가 노부코를 알게 된 것은, 아직 20세의 앳된 시절이었다. 그리고 몇 년, 그다지 가까운 사귐도 아니지만, 그렇다고 해도 만나면 매우 격의 없

---

* 교토 니시진에서 생산하는 최고급 견직물.

는 이야기를 할 수 있는 것은 두 사람이 기질적으로 통하는 데가 있는 모양이었다. 노부코는 때로는 고가의 양주 같은 것을 대접해 주는 일이 있었는데, 다니무라가 일부러 반놀림조로 노부짱은 아주 부자인가 봐, 돈줄이 어디에 있는 것일까, 이렇게 야비한 질문을 해도 화내지 않았다. 애초에 대답도 안 하지만 어떤 티도 내지 않는 것이었다.

다니무라는 매우 노골적으로 노부코에게 말을 했다.

"너무나 아름다워서 아무도 구애를 하지 못한다는 미인의 경우도 있다던데, 노부짱도 그런 축인가? 하지만 상당히 구애를 많이 받았겠지. 어떤 식으로 구애하는 게 마음에 드시는지, 참고로 가르쳐 주지 않을래?"

"프레젠트하는 거예요. 동서고금."

"아하, 과연 그렇군. 그러면, 기뻐?"

노부코는 대답하지 않았다.

다니무라는 언제나 앳된 소녀처럼 노부코를 대해 왔다. 사실 반쯤은 기질적으로 그렇게 여기고 있는 일면이 있다. 그러면서도 노부코를 요녀 취급하면서 노골적으로 야비한 질문을 하는데, 기질적으로 소녀 취급을 하고 있는 면도 있으므로 그것으로 구제받고 있는 모양이었다.

노부코는 선천적으로 정조관념이 없는 여자라는 왠지 정설 같은 것이 유포되어 있었다. 그런 가운데, 오카모토의 저주의 말은 유별나게 두드러져 다니무라의 머리에 달라붙어 있었다. 박정냉혹, 그리고 선천적인 '범죄자'라는 것이다.

다니무라에게는 정조관념이 없다는 것보다는 범죄자라고

하는 말 쪽에 빼도 박도 못할 만한 것이 있었다. 대체 노부코는 정조관념이 없는 것일까. 그럴지도 모른다. 하지만 도무지 육욕적인 느낌이 없다. 청초하다. 오히려 순결한 느낌이다. 어딘지 앳된 것이 남아 있다. 그것은 예컨대 향기처럼 남아 있었다. 처녀와 비처녀의 몸은 복장에 감싸인 채로도 거의 분간할 수 있는 것이지만, 노부코는 처녀 같기도 하고 그렇지 않은 것 같기도 했다. 이 의문을 언젠가 후지코에게 물었을 때, 처녀가 아니에요, 후지코는 일언지하에 단정했다. 처녀처럼 처신할 줄을 알고 있는 거예요. 선천적으로 그런 요부예요 하고 말했다.

그렇지만 노부코의 앳됨, 청초함, 순결, 그것은 눈이 번쩍 뜨이는 것이었다. 그것은 분명 꽃이었다. 어쩌면 그리도 아름다운 범죄인가 하고 다니무라는 생각한다. 마치 아름다운 것 자체가 범죄이기라도 하듯이 여겨지는 것이다. 이 사람은 무정조라는 것이 아니다. 분명 선천적인 범죄자라 해야 할 것이다. 어쩌면 살인 까지도—그 상념은 얼음처럼 아름다웠다. 도깨비와는 다른, 꽃 자체가 범죄의 의지인 것이다. 그 이외의 아무것도 아니다.

그것은 다니무라의 환상이었다. 그는 원래 환상가는 아니다. 그런데 노부코의 경우에 한해서 그는 심한 환상가요, 그 환상을 토대로 해서 극히 기분적으로, 육체가 없는, 오직 영혼만의 사랑이라는 것을 생각하고 있었다. 오래도록 이 생각에 빠져, 그것이 환상적이고 기분적임을 의심하지도 않고, 마침내 진짜로 터놓고 이야기해 보고 싶어져, 밖에 나와 걷기 시작하고서야 간신히 생각이 났다. 노부코는 분명 요부인 것이다. 다니무라는 육욕을 의식하지 않는다. 하지만 노부코는 다니무라가 알지 못하는 방법으로 몇 사람에게서 막대한 생활비를 우려내고 있는 여자인 것이다. 다니무라의 걷는 발걸음이 점차로 힘이 빠졌다.

그는 후지코를 만나야겠다고 생각했다. 우선 후지코에게 계획을 털어놓고 나서, 비판을 들어야겠다고 생각한 것이다.

* * *

후지코의 남편인 우에시마上島라는 주식을 하는 사람이 함께 있었다. 그는 눈이 동그래졌다.

"그런 멋진 요부가 일본에 있단 말입니까. 에? 영 믿어지지 않네요."

"아니, 정말이에요. 적어도 20명 가까운 정부가 있다니까요. 그리고, 노부코 씨는 그중 어느 한 사람도 사랑하지 않아요. 그 사람은 사랑하는 마음을 가지고 있지 않거든요. 선천적으로 냉혹 무정한 거예요. 타고난 고등 매음이에요. 구애를 해 보았자, 느끼지 않는 거예요. 다니무라 씨."

"하지만, 그렇다면 구애를 해볼 보람이 있지 않겠나. 네, 다니무라 씨, 거 재미있네. 꼭 좀 자폭을 하는 거예요."

후지코는 노부코의 정부 이름을 하나하나 열거했다. 화가도 있고 실업가도 있고 상인도 있는가 하면 가부키의 명배우도 있었다. 모두가 중년 이상의 상당한 지위와 금력이 있는 사람들뿐, 오카모토 따위에게는 눈길도 주지 않는 것이 당연하다는 이야기였다.

"당신은 언젠가 노부코 씨는 처녀가 아니냐고 말했지요?"

후지코의 눈은 빛났다.

오카모토의 제자에 오가와小川라는 청년이 있다. 다니무라도 알고 있지만 외곬의 기질인데다 그러면서도 변덕쟁이였다. 이 남자가 노부코를 꼬셨을 때, 나는 처녀예요 라고 노부코는 말했다는 것이다. 그는 지쳐 나자빠질 때까지 노부코를 따라다니다, 결국 숭배자라는 입장 말고는 아무것도 될 수가 없었다. 노부코는 청년을 상대하지 않았다. 청년은 그저 주변에서 숭배할 수가 있었을 뿐, 즉 청년은 진심으로 독점욕이 강했으므로 노부코는 숭배자 이상으로 다가오지 못하게 했던 것이다. 그것이 후지코의 이야기였다.

"나는 처녀예요, 라니, 처녀는 그런 소리를 하지 않아요. 말할 필요가 없는 거죠."

후지코는 점점 더 다니무라를 응시했다.

"다니무라 씨, 어째서 내가 그런 말을 하는지 알아요?"

다니무라는 대답하지 않았다. 그 눈에는 잔혹한 증오가 숨겨져 있는 것 같았다. 후지코도 과연 멋쩍었는지, 눈길을 돌리고 피식 웃었지만,

"다니무라 씨."

다시, 눈이 빛났다.

"말이죠, 노부코 씨는 말이에요, 아마, 당신한테도 말할 걸요. 나는 처녀예요, 이렇게 말할 것 같은 예감이 들어요. 틀림없이, 말할 거예요. 그때의 노부코 씨의 얼굴, 잘 보고서, 기억

해 주세요. 진부한 말 아니겠어요? 당신이 그런 말, 경멸할 수 있다면 더더욱 좋겠고요."

다니무라는 다른 생각을 하고 있었다.

후지코의 추측으로도 결론이 나 있는 것은 노부코의 삶의 목적은 육욕은 아니라는 점이다. 노부코의 삶의 목적은 무엇일까. 남자를 속이는 일일까. 돈을 우려내는 일일까. 그것은 목적이라기보다는 본능적인 것이겠지. 어째선지 다니무라는 그렇게 생각한다. 그의 머리에 오카모토의 천성의 범죄자라는 저주의 목소리가 달라붙어 있었던 것이다. 이 늙수그레한 파렴치한의 저주의 목소리처럼 노부코에 대해 적확한 것은 있을 수 없다. 오로지 육욕뿐인 오카모토는 노부코를 범죄자라고 보고 있지만, 다니무라의 경우에는 다른 의미일지도 모른다는 점이 그에게 용기를 주고 있었다. 노부코에게 사람을 매혹시키는 마력이 있다면, 매혹당하고 죽음을 당했으면, 하고 다니무라는 생각했다.

* * *

그것은 겨울날의 일이었다. 겨울이 찾아오는 것과 함께 다니무라의 외출의 발길이 그치는 것은 지난 몇 년 이래의 습관이었다. 모토코素子는 그의 외출에 대해 의아해했는데, 거기에 답해, 책을 찾으러, 라고 했던 것이다. 참으로 몇 년 만에 겨울의 바깥바람을 쐬는 것인지, 날카로운 북풍을 쐬고 보니 오히려 상쾌함과 몇 년 만의 건강을 느낀 듯한 생각이 들었다. 그는 목도리로 코와 입을 덮고 있었지만, 그것을 벗고 불어치는 바람을 맞고 싶은 유혹도 느꼈다.

노부코에게 사랑을 해 보고 싶다는 것은 속고 싶다는 이야기가 되는 것일까 하고 다니무라는 생각했다. 잊고 있던 겨울의 바깥바람이 의외로 신선한 건강까지도 느끼게 해 주고 있다. 그것 역시 그로서는 속아 넘어간 기쁨의 하나였다. 몰랐던 의외의 사실, 이에 얻어터지고, 매혹되고 싶다, 죽음을 당하고 싶다, 이렇게 그는 생각했다. 오래도록 깨끗이 잊고 있던 힘을 불러내는 것 같았다. 그것은 바깥바람의 날카로움과 상쾌함과 조화를 이루고 있는 것 같았다.

노부코의 거실에는, 이러한 여인의 거실치고는 모자라는 것이 하나 있었다. 피아노다. 다니무라는 음악을 좋아하지 않았다. 음악은 육욕적이기 때문이고, 음악이 강제하는 황홀과 도취를 고상하게 위장된 열정劣情으로밖에는 볼 수가 없었기 때문이다. 모토코는 쇼팽을 좋아했다. 그 도취와 황홀로부터 다니무라도 벗어날 수는 없다. 다니무라는 포옹에 대해 생각한다. 포옹의 모토코는 음악의 도움을 필요로 하지 않는다. 그러나 포옹 없는 시간에도, 포옹을 대신할 음악을―다니무라는 음악에 황홀해져 있는 모토코의 육체를 질투했다. 그리고 그럴 때마다 그는 음악을 멸시했다. 음악은 예술을 닮지 않았다. 다만, 향수香水를 닮았어, 하고.

노부코의 몸에서 우선 향수의 자극이 그를 사로잡았다. 마침, 과달카날의 퇴각 무렵이었다. 사람들은 불길한 예감을 느꼈지만, 2년 후에 도쿄가 폐허가 될 거라고 생각한 자는 없다.

그러나 거리에서 가장 눈에 띄게 사라진 것은 우선 향료의 향기였다. 커피의 향기도. 담배와 고기 굽는 향기조차도.

향수의 자극은 그를 당황하게 했다.

"노부쨩 같은 사람도 향수를 뿌리고 싶은 거야? 맨살의 매력에 자신을 갖지 못하는 것일까."

"당신은 언제나 느닷없이 심술궂은 말을 하네요. 문득 나를 놀려 대고 싶었던 모양이죠. 오늘 아침 눈을 뜨자마자."

다니무라의 침착성이 또렷해 있었다. 숯이 벌겋게 타고 있는 커다란 중국화로의 무늬도, 장식장의 꽃병의 무늬도, 책장의 책 이름까지도 역력하게 머리에 스며들어, 사랑의 고백을 할 만한 고양된 생각은 전혀 나지 않았다.

다니무라는 머뭇거리지 않았다. 이제부터 무엇인가가 벌어지는 것이다. 하나의 문이 열린다. 열리지 않으면 안 된다. 그는 먼저 몸을 내던지지 않으면 안 된다는 것을 알고 있었다. 문을 향해,

"나는 전주곡을 생략할 테니까. 노부쨩. 나는 분위기는 싫거든."

그의 침착은 아직 계속되고 있었다.

"나는 말이지, 사랑을 고백하러 왔어, 노부쨩한테. 사랑이라는 것은 아닐지도 몰라. 왜냐하면 내 가슴은 전혀 두근거리지도 않으니까 말이야. 나는 말이야, 경치를 사랑하고 싶은 거야. 노부쨩이라는 아름다운 풍경을 말이야. 나는 꿈 자체를 살고 싶어. 노부쨩의 말이라든지, 노부쨩의 눈이라든지, 노부쨩의 마음 같은 것, 그런 것을 잔뜩 쟁여 넣은 보자기 같은 게 나는

되고 싶은 거야, 보자기째 불태워 버리고 싶어. 노부짱 자신의 보자기 속에 내가 들어갈 수 있게 해 줄지 어떨지 모르지만, 나는 노부짱을 쫓아가고 싶어. 이 사랑은 나의 신앙이야. 내가 열망하고 있는 것은 순교하고 싶다는 거야."

다니무라는 말이 너무 과장되게 흘러서 쓴웃음을 지었다.

노부코는 방심하고 있는 모양이었다. 눈을 감았다. 아무 소리도 듣지 않은 것 같은 얼굴이고, 황홀해하고 있는 것 같기도 했다.

다니무라의 말이 끊어지고도, 노부코의 모습은 변함이 없다. 다니무라는 내던지려고, 내던지려고 노력했다. 즉, 무엇이라고 단언을 함으로써 그 자신을 내던지고 싶었던 것이다. 마음속에 무엇인가 건널목 같은 것이 있을 것이다. 갑자기 서고, 갑자기 걷기 시작하는 것 같은 하나의 선이. 그는 답답한 마음이 들었다. 아직 발걸음을 내딛지 않고 있다. 그는 그저 노부코의 모습이 뜻밖이었고 방심인지, 황홀인지, 전혀 파악할 수 없는 복잡한 그림자의 결이 과연 제법이구나 생각했다. 적어도 사랑을 고백하지 않고서는 이 그림자의 결은 볼 수가 없었을 것이었다. 조금은 뾰족한 그림자도 있다. 부드러운 그림자도 있다. 어린 그림자도 있었지만, 그렇지 않은 그림자, 즉 사랑의 노련을 다니무라는 확실하게 인정했다.

이 여자는 사랑에 따분해하지 않는 것이다, 이렇게 다니무라는 생각했다. 그 생각은 그에게 힘을 부여했다.

"나는 노부짱에게 사랑받고 싶다기보다도, 노부짱을 사랑하고 싶은 거야. 노부짱이 나의 절대인 것이 되고 주기를 원하는 거야. 그럴 힘이 노부짱에게는 있을 것 같은 기분이 들어. 그리고 노부짱이 그렇게 해 주기를 열렬히 바라는 거야. 노부짱이 죽으라면 죽을 수도 있게, 철저하게 헤매고 싶어. 사랑에 푹 빠지고 싶어. 노부짱을 위해, 다른 것들 일체를 내던지고 되돌아보지 않을 힘이 깃들기를 바라는 거야. 나는 다소 지나치게 정색하고 있는 것 같아. 즉 나의 마음이 정색하고 있지 않기 때문에, 정색하는 말을 쓰는 거야. 나는 육체의 힘이 너무 약하기 때문에 불타는 듯한 영혼만을 느끼고 싶어. 육체보다도, 더 강렬한 주인을 원해."

말하면서, 단편적인 여러 생각들이 머리를 스쳐갔다. 가령 따분함이라는 것, 자기 과장이라는 것, 무의미라는 것, 본심의 노림에서 벗어나 있다는 것, 자기 혐오라는 것, 이제 그만 하고 싶다, 잠들어 버리고 싶다는 것.

하지만 그런 것들이 노부코의 얼굴과 자태에 의해 하나씩 지워져 가는 즐거움을 다니무라는 느꼈다. 그것은 그 쾌락을 스스로 납득시키기 위한 그 자신의 의지는 아니었다. 상념이 노부코의 얼굴과 자태에 빨려 들어가 사라져 간다. 언제나 의식에 남는 것은 노부코의 얼굴과 자태가 모두였다.

그것도 미태媚態의 하나라고 다니무라는 생각했다. 가장 인공적인, 어느 기술자의 작품이었다. 다니무라의 잊을 수 없는 놀라움이 하나 있다. 그것은 그 순간에는 깨달을 수 없었다. 깨달을 수 없다는 점에 그 의미가 있는 것이니까.

노부코는 조금도 놀라지 않았다. 다니무라의 당돌한 말이 시작되는 순간에도, 소박하고, 무기교의 것, 대체로 어떠한 소소하고 서먹한 기척도 엿볼 여지가 없었다. 어느새 황홀하게, 또한 막연하게 아주 방심하고 있을 뿐이었다. 언제 일어날지도 모르는 모토코의 파탄에 대해 다니무라가 불안을 가질 필요도 없었다.

어째서 지금까지 구애를 하지 않았는가. 언제든 놀아 줄 수 있었는데. 그런 의미가 있는 듯한 기분이 들었다. 하지만 그런 흔적은 아무 곳에도 없었다. 다만, 조금도 두렵지가 않은 것이다. 모든 것이 용서되어 있는 것 같았다.

* * *

다니무라는 마음이 침착해졌다. 지금까지도 침착한 것으로 생각하고 있었지만, 전혀 다른 침착으로 바뀐 것 같은 기분이었다. 조급해하고 있는 마음, 조급해져야 할 것 같은 생각이 사라져 있었다. 그는 그저, 이 방의 파도를 타고 있는 쪽배와 같다는 생각이 들었다. 이윽고 어딘가의 해안에 가 닿을 테지, 남쪽 섬일까, 북쪽 끝일까.

그는 이제 하품을 해도 되었다. 담배를 피워 물고, 마음껏 들이마실 수도 있었다.

"노부짱은 자신의 그림을 기억하고 있을까. 나는 묘하게 잊을 수가 없어. 너무나 평범했기 때문이야. 색채도 형태도, 그리고 작자가 하고 있는 말도. 일그러진 것이 없는 거야. 노부짱은 곧잘 스무 살쯤 된 아가씨를 그렸지. 양장이랑, 화복和服이랑, 그리고 아마, 나체는 없었지. 너무 평범하고 너무 상식적이었거든. 하지만 점점 알 수 있게 되었지. 노부쨩의 그림은 재잘거리지 않아. 호기심이 없지. 그런데 다른 사람들은, 예컨대 우리 모토코 같은 상식적인 여자도, 덕지덕지 말도 많게, 호기심만 있는 그림을 그리는 거야. 별달리 그 그림에는 작자의 꿈이 실려 있는 것도 아니지. 가공적인 색채의 놀이가 있을 뿐이야. 노부쨩한테는 그 가공적인 놀이가 필요하지 않았던 거야. 오히려 그것을 할 수 없는 거지. 노부쨩은 그림 속에서 호기심을 가지고 놀 필요가 없어. 노부쨩은 생활상으로 천성의 예술가니까 말이야."

다니무라는 온화했다. 얼굴에는 웃음조차 띠고 있었다. 그러나 그는 노부코의 얼굴에서 주의를 기울이는 시선을 놓치지 않았다. 이 방심의 표정과, 어깨와 가슴과 팔의 완곡한 곡선의 조용함은 멋지다. 하지만 좀 더 멋진 일이 일어날 것이다. 어떤 변화가. 언제 또, 어떻게. 그 순간을 놓치지 않아야겠다고 그는 생각했다. 그러나 그는 사냥개가 아니었다. 노부코의 파탄을 전혀 예상하지 않았으니까. 이미 그는 노부코의 기술을 의심하지 않았다. 그리고, 그 만능萬能을 믿어야겠다고 생각했다.

다니무라는 놀고 싶어졌다. 좀 더 장난을 치고 싶어졌다. 하고 싶은 말을 마음껏 하고 싶어졌다. 그것은 노부코에게 유혹되고 있는 것 같기도 했고, 유혹하고자 하는 것 같기도 했다.

어렸을 때, 이런 놀이를 한 적이 있던 것 같다고 다니무라는 생각한다. 감나무 위에 올라가, 감을 따 준다. 아래서 계집애가 손가락질을 하고 있다. 좀 더 위야, 그래, 그것도야. 또 그 위에, 그거야. 그리고 가지가 부러져 땅에 떨어지고, 발의 뼈를 부러뜨리고 만다. 그것은 다니무라는 아니었다. 이웃집의 나이가 위인 소년이었다. 살아 있다면, 지금도 지팡이를 짚고 있을 것이다.

이 방에는 따분함과 체념이 없다. 그것은 다니무라의 각오였다. 위로, 위로, 감 열매를 따러 올라가고 있는 것이다. 떨어지는 일을 두려워하지 않고, 떨어질 때까지.

다니무라는 이대로, 이런 식으로, 잠들 수 있었으면 생각했다. 그리고, 그대로, 그 잠은 영구하게 깨는 일이 없었으면, 하고 생각했다.

"지금, 내가 아는 것은, 이 방의 정밀靜謐뿐이야. 세상의 소리는 무엇 하나 들을 수가 없어"

하고 다니무라는 잠꼬대 같은 말을 계속했다.

"화로의 불이 조금씩 재가 되어 가고 있는 나른함까지도 귀에 스며드는 듯한 기분이 들거든. 내게는 자신감이 움터 나오고 있어. 그건 말이야, 노부짱은 어떠한 사랑도 감내할 수 있는 사람이라는 것을 안 것 같아서 그래. 노부짱은 사랑받기를 감내할 수 있는 사람이지, 사람을 사랑하는 사람은 아니야. 그리고 나는 노부짱을 사랑하는 일을 견뎌낼 수 있을 거야. 나는 사랑받고 있지 않다는 것을 반드시 의미하는 것은 아니야. 오히려 나는 가장 박정한 영혼을 부둥켜안고 있는 애잔함에 취하고 싶은 거야. 노부짱의 마음은 싸늘한 물 같아. 산꼭대기에 있는 연못 같아. 호수 위를 바람이 불고 있어. 산꼭대기의 바람 말이야, 그리고 하늘이 비칠 뿐이야. 오직 하늘만이. 고독 그 자체의 영혼이야. 그리고 그 연못의 자태의 아름다움과 고요함으로 사람을 매혹할 뿐이지. 나는 그 산꼭대기로 올라가는 거야. 약한 몸이, 헐떡거리면서 말이야. 그런데 나는 기묘하게도 약한 몸까지도 상쾌한 거야. 그 연못에 몸을 내던져서 나는 죽고 싶어."

노부코는 마침내 웃기 시작했다. 아직 눈은 감고 있다. 돌연 반짝하고 눈을 떴다. 그리고 다니무라를 응시했다.

그러나 다시금 의자에 기대, 방심해 버렸다. 다만 달라진 것은, 미소의 희미한 그림자만이 살며시 얼굴에 비치고 있을 뿐.

* * *

불가사의한 눈, 그것은 별과 같다고 다니무라는 생각했다. 반짝 뜨고, 바라보고, 그리고 감았다. 조금도 호소하는 눈은 아니다. 무엇인가 말하는 눈은 아니다. 아무런 의미가 없는, 그저 반짝 하고 바라보는 눈일 뿐이다. 오직 맑고 깨끗했다. 그뿐.

처음으로 다니무라도 눈을 감았다. 자신의 눈이 싫어졌기 때문이다. 하지만 눈을 감는 것을 감내할 수 없다. 노부코의 얼굴을 잃는 일을 견뎌낼 수 없었다.

"노부짱, 뭐라고 대답 좀 해 주지 않을래. 눈을 감은 채로도 좋아. 그처럼 나를 바라보는 건 잔혹한 짓이야. 내 고백에 대답을 해 줄 필요는 없어, 다만, 뭔가, 말을 듣고 싶을 뿐이야."

노부코는 그러나 대답하지 않는다. 그리고 방심은 여전하다. 웃음의 그림자는 어느 정도 흔들리고 있을지도 모른다. 언제나 무엇인가가 흔들리고 있었다. 형체로는 보이지 않는 그림자 같은 것이.

다니무라는 노부코에게 어리광을 부리고 있는 자신을 바라보았다. 그러나 불쾌하지는 않았다. 그리고 다니무라는 알아차렸다. 노부코를 소녀처럼 취급하는 기분이 뿌리째 상실되고 있다는 것을. 점점 용기가 솟아오르고 있었다. 그것은 어떠한 어리석은 짓도 부끄러워하지 않는, 어떠한 전략도, 죽음까지도 두려워하지 않는다는 자각이었다.

다니무라는 노부코의 신기하도록 얇은 입술을 바라보고 있었다. 그것은 영원히 진실을 말하지 않는 하나의 미묘한 기계 같은 숙명을 느끼게 했다. 노부코의 코는 뾰족했는데, 그 끝에는 조그마한 원만함이 있었다. 그곳에는 싸늘한 비밀의 물방울이 엉겨서, 결정을 이루고 있는 것처럼 여겨진다. 사람들은 거기에서 냉혹, 잔인, 불성실을 읽어내기조차 불가능하지 않다. 그러나 또한, 앳됨이 감돌고 있는 것도, 코에서 입술에 걸친 선이다. 노부코 얼굴의 모든 느낌이 얇았다. 그러나 부드러움, 볼록함을 깨닫게 되면, 노부코의 기질 중 어떤 반면反面이 떠오른다. 그곳에는 이상과 기품이 있었다. 어떤 것은 타협이란 없는 영혼의 고고함이 있었다.

이 여자는 죽을 때까지 누구를 위해서도 진실을 말하지 않는다. 육욕의 도취의 순간에조차 진실의 외침을 내는 일은 없을 것이다. 노부코는 그 불신으로 사람을 배반하지는 않는다. 왜냐하면 진실에 의해 사람을 충족시키는 일이 영원히 상실되어 있으므로.

다니무라는 공원 포장도로 한 귀퉁이의 조그마한 분수를 떠올렸다. 그는 산에서 본 폭포의 거대한 자연이 싫었다. 물은 위로 튀고, 밤은 밝지 않으면 안 된다. 인공의 거짓이 이 세상의 진실이어야 한다. 사람의 이지理智는 자연의 진실을 위해서가 아니라, 거짓의 진실을 위해, 그 안전한 얼개를 위해, 바쳐지지 않으면 안 된다. 거짓을 능가하는 진실이란 이 세상에 있을 수가 없다. 왜냐하면 거짓만이, 아마도, 따분하지 않으니까.

다니무라는 노부코에게 속는 기쁨을 공상했다. 그 자신도 노부코를 속일 수 있는 배우의 하나이기를 바랐다. 그리고 그는 좌우간 사랑의 고백 자체가 자신의 가슴의 진실은 아니라는 점을 자각하고, 은근히 만족했다. 어차피, 위대한 배우일 수는 없다. 다만, 공원 포장도로 귀퉁이의 조그마한 분수일 수 있다면. 노부코는 밤을 속이는 인공의 빛처럼 생각되었다.

"나는 노부쨩의 자신감만큼 결벽하고 고독한 것을 본 일이 없어. 예술은 노부쨩하고는 비슷하지 않아. 죽은 후에도 남겨진다는 따위는 요설饒舌이야. 신중함이 없는 말이야. 죽으면 사라져. 죽지 않더라도, 있는 것은 사라지지 않으면 안 돼. 내가 이 세상에서 믿을 수 있는 원칙은 그것뿐이니까."

다니무라는 자신의 말에 허위도 진실도 구별하지 않았다. 그는 자신을 내치고 있었다. 내치는 것을 자각하는 만족으로 족했다.

"노부쨩은 아마 자신 이외의 어느 누구도 믿을 수가 없겠지, 노부쨩은 영원을 생각하지 않거든. 노부쨩은 사라질 수 있는 자기 자신을 본능적인 확신으로 알고 있거든. 철인들이 만권의 책을 읽고서 나이 든 뒤에야 알 수 있는 것들을 노부쨩은 태어나면서부터 알고 있는 거지. 옛 중국의 황제가 불로불사를 꿈꾸는 듯한 어리석음을 노부쨩은 하지 않을 거야. 노부쨩은 현실적인 쾌락주의자가 아니기 때문이지. 노부쨩은 언제나 희생자니까. 타고난 희생자니까. 철학이나 종교나 예술이 도달할 수 있는 마지막 과실로 노부쨩은 태어나면서부터 존재하고 있는 거지. 노부쨩은 스스로 충족될 수 없는 것에 의해서만 충족될 수가 없는 거야. 노부쨩은 현실에서 나를 충족시켜 주고 있어. 그 불가사의한 아름다움으로 말이야. 노부쨩은 사람을 매혹하는 미묘한 기계야. 그리고 매혹에 의해 사람을 충족시킬 때만 자신도 충족되어 있어. 기계 자체가 회전하는 것에 의해서."

노부코의 얼굴은 다시 웃기 시작했다. 눈은 여전히 감겨져 있었다. 그러나 눈부신 듯한 웃음과도 다르고, 나른한 웃음도 아니며, 복잡하지도, 심각하지도 않았다. 그저 웃음이라는 것일 뿐이었다. 노부코라는 얼굴 위의.

갑자기 눈이 떠졌다. 그러는 동시에 하나의 말이 나오고 있었다.

"창문 열어 줘요. 나, 더워요."

더워요, 라고 말한다. 실러블 과과, 발음과, 의미의, 극히 고립된 세 개의 것의 중첩이 만든 단순한 효과의 눈부심에 다니무라는 마음을 빼앗겼다.

* * *

창문을 열고 돌아오자, 노부코는 하녀를 불러 무엇인가를 명하고 있었다. 그리고 침실로 모습을 감추어 버렸다.

녹차가 나오고, 과자가 나오고, 밀감과 사과가 나오고, 중국 화로에는 숯을 담고 주전자를 놓았다. 녹차잔은 다니무라의 것 하나뿐, 노부코의 것은 없었다. 하녀가 나가고, 물이 끓을 때쯤 해서 노부코는 겨우 나타났다. 노부코는 다니무라에게 녹차를 권했다.

"노부짱은 왜 안 마셔?"

"나는 원하지 않아요."

"이유는 간단명료한가. 언제나 그래?"

노부코는 웃었다.

"언제나 목이 마르지 않는 사람이 있어요?"

"만약에 있다면 노부짱일 것이라고 생각했거든."

"이 방에서는 어떤 분한테도 차를 대접한 일이 없었어요. 나도 이 방에서는 한여름에 아이스워터를 마신 적이 있을 뿐이에요."

"어째서 나한테만 차를 대접한 거지?"

"당신이 너무 떠들어대니까요."

노부코는 사과를 골라내어 과도를 쥐려다 말고, 사과를 깎을까요? 귤? 다니무라는 잠시 대답하지 않았다. 그는 식욕이 없었으니까. 그리고 노부코를 바라보고 있는 일이 즐거웠기 때문이다.

"나는 식욕이 없어. 혹시 식욕이 있다 해도"

다니무라는 웃기 시작했다.

"노부짱을 설득하는 데 옆에 귤 껍질이니 사과 껍질이니를 쌓아 놓을 수는 없을 테니까 말이야."

노부코도 웃으면서 다니무라를 바라보았다. 웃으면서이기는 하지만 그 눈은 웃고 있지 않았다. 반짝 뜨고서, 그저, 맑고 깨끗했을 뿐이었다. 웃음 지은 얼굴과 웃지 않는 눈의 중첩으로부터 넘쳐 나오는 것은 고요한 기품과 무의미였다. 그곳에는 아무런 의미가 없다. 고요한 기품 말고는.

"당신은 수수께끼의 명인이네요."

"왜?"

"사랑받기만 하고, 사랑하지 않는 자는 누구냐? 노부코. 싸늘하고 사람을 미혹시키는 기계는 누구냐? 노부코. 영원히 진실을 말하지 않는 자는 누구냐? 노부코."

노부코의 눈은 해맑았다. 그곳에는 더는 다른 의미가 없다. 앳됨도, 노련도 없었다.

눈이 감겼다. 의자에 기댔다.

"더 들려줘요, 수수께끼. 더 있어요? 이제, 없어요?"

다시 방심이 시작되었다. 달라진 것은 사과 하나를 들고 있다는 것뿐이었다.

화가 나 있는 것인지, 만족해 있는 것인지, 허심(虛心)한 것인지, 심술을 부리고 있는 것인지 더는 파악할 수가 없었다. 그러나 다니무라는 흔들리지 않았다. 어떠한 파멸도, 어떠한 치욕도 개의치 않을 각오였다.

"노부짱은 오카모토 선생님의 노부짱론을 알고 있나요?"

다니무라는 이제, 망설이지 않았다. 어떤 일에도 후회하는 것을 잊었다고 생각했다.

"노부짱은 박정냉혹하고 타고난 범죄자라는 거야. 나는 이 것을, 노부짱한테 바쳐진 최대의 오마주라고 믿고 있어. 오카모토 선생님은 가장 탐욕스러운 여체의 사냥개지만, 노부짱한테서는 여체의 비밀을 맡아 내지 못하고 그저 영혼의 그림자만을 움켜쥔 거야. 선생님으로서는 아무리 정숙 고결한 여체도, 비밀이 있는 여체에 지나지 않지. 하기야 그건 나 역시 선생님과 똑같은 의견이지만 말이야. 그 선생님도 노부짱한테서는 여체의 비밀을 파헤치지 못하고, 천성의 범죄자라는 거였거든. 천성의 범죄자란 어떤 것일까? 나는 선생님에게 묻지도 않았고 물어볼 마음도 없었으니까, 선생님이 한 말의 진짜 의미는 알 수가 없지. 다만, 이 말의 속성으로서 의심할 수 없는 것 중 하나는 영원한 고독자라는 거야. 사람은 누구나 고독하지만 육체의 경우, 여자는 반드시 고독한 것은 아니야. 여체의 비밀은 고립을 거부하고 있는 것이지. 고립할 수 없는 것에는 타고난 범죄자 같은 게 있을 수가 없지. 그래서 나는 생각해. 노부짱에게는 여자의 몸이 없다고, 여자가 진실을 말하는 것은 말이 아니라 몸으로야. 영혼이 아니라, 여체로. 여체가 없으면, 여자는 영원히 진실을 말하지 않는다. 노부짱은 영원히 진실을 이야기할 수 있는 때를 가질 수 없어."

다니무라는 좀 더 잔혹하게 말할 줄을 알고 있었다. 그것은 오카모토의 천성의 범죄자라는 의미에 대해서였다. 그렇지만 그는 달콤한 엉터리 이론과 찬사만으로 만족했다. 그리고 그것만으로 만족할 수 있었음에 대해서도 만족했다. 다 털어놓는 것처럼 시시한 것은 없다. 그것은 이 방의 진리였다.

"내 수수께끼는 이제 끝났어."

다니무라는 그의 몸속으로부터 말을 밀어내고 있는 힘을 느꼈다.

"나는 노부짱의 타고난 범죄성에 홀딱 빠져 버리고 말았거든. 눈에도, 코에도 빠지지는 않거든."

그렇지도 않았다. 그는 노부코의 눈도 코도 좋았다.

* * *

노부코는 언제나 반짝하고 눈을 뜬다. 서서히는, 뜨지 않았다.

노부코는 손에 들고 있던 사과를 껍질째 한 입 베어 물었다. 태연하게 물었다. 이가 하얬다.

"당신도, 이렇게, 드세요."

조금은 다니무라를 놀리는 느낌이었다. 사실, 다니무라는 사과를 껍질째 먹는 습관이 없었던 것이다. 그러나 놀림이 꼭 사과에 대해서만은 아니다. 다니무라는 늘 의표를 찔리고는 한다. 놀림이란 그런 의미였다. 껍질째 깨물 때의 일그러짐과 변화의 아름다움을 노부코는 의식하고 있었던 것이다.

노부코는 두 입째 씹다가, 그만두었다.

어째서 한 입으로 그치지 않았는지 다니무라는 묻고 싶었지만, 그만두었다. 그것은 분명 우문이었다. 두 입째도 아름답다. 세 입째도 아름답다. 아예 속까지 먹었으면 했다. 사과를 들고 입으로 가져가는 몸짓부터가 상쾌했다. 어깨와 팔꿈치가 굽은 모습도 눈에 배어들었다.

"당신의 수수께끼에서는 내가 꼭 나쁜 여자여야 하는 거군요."

"그 반대야. 나는 찬미하고 있는 거야."

"그러니까, 나쁜 여자를, 말이죠."

"나쁘다는 말을 쓰지 않았을 텐데. 나한테는 선악의 관념이 없거든. 그저, 싸늘하다는 것, 고독하다는 것, 희생자라는 것, 범죄자라는 것이지."

노부코는 웃음을 터뜨렸다. 그것은 사과를 베어무는 것보다도, 더 발랄하고 분방하고 천진난만한 모습이었다.

"그런 찬미도 있나요?"

"노부짱한테만, 은. 노부짱만이 이 찬미에 합당한 특별한 사람이니까. 다른 사람한테 했다간 화를 내겠지만, 그건, 그 사람이 찬미를 받을 만한 가치를 갖고 있지 않기 때문이야."

"당신은 내가 화내지 않을 거라고 생각해요?"

다니무라는 망설이지 않았다.

"생각하지. 믿고 있어."

"당신은 내 그림이 너무 평범하고 상식적이라고 하셨는데, 만약에 그게 내 진짜 본마음이라면?"

"예술은 작자의 마음을 배반하는 일이 없을지 모르지만, 노부짱의 그림은 예술이 아니거든. 아가씨의 습작이니까."

노부코의 얼굴은 또 변했다. 조금도 삿된 기운이라곤 없는 얼굴이었다. 그 말고는, 어떠한 감정도 드러나지 않는다. 앳됨이 있을 뿐이었다.

"당신은 놀라운 몽상가예요. 하지만 재미있는 몽상가예요. 천진난만한 몽상가인지도 모르죠. 나를 부끄럽게 만드는 죄를 못 본 체해준다면 그래요. 하지만 선량하게 과대평가하고 마는 것보다는, 불량하게 보아져서 그런 기분이 되어 주는 것도 재미있어요. 나는 노는 건 좋아하니까요."

"바로 그거야, 노부짱. 내가 아까부터 열심히 하고 있는 말이."

"어머, 좀 기다려요. 자기의 수다는"

하고 노부코는 손으로 제지했는데, 마음 밑바닥으로부터 들떠 있는 모양이었다. 그것은 마냥 천진한 것으로밖에는 보지지 않았다. 보기에 따라서는, 평범한, 놀기 좋아하는, 약간 열중하는 아가씨의 모습에 지나지 않았다.

"당신은 모든 걸 자신의 몽상과 결합시켜 버리거든요. 나는 그런 식으로 강제되는 것은 싫어요. 나는 나니까요. 육체가 없는 여자라는 건 우스워요. 나는 유령이 아니니까. 게다가 범죄자라니, 피해자의 주문을 받고서 범죄를 저지르는 사람은 없거든요. 하지만 노는 건 좋아해요. 가짜 사랑이라면 더욱 좋고요. 왜냐하면 헤어질 때 슬프지 않으니까요. 나는 개를 엄청 좋아하지만 키우지 않거든요. 왜냐하면 개는 죽으니까요. 그렇게 되면 슬픈 마음이 들 수밖에 없으니까요. 나는 슬픈 마음이 무엇보다도 싫어요. 내가 슬퍼하는 것도 싫어요. 남이 슬퍼하는 것도 싫고요. 나는 한나절은 놀며 지내고 싶어요. 한나절은 일을 하는 거예요. 나는 일도 좋아해요. 무엇인가를 잊고 있을 수가 있거든요. 노는 일조차도 잊고 있을 수 있으니까요."

노부코의 얼굴은 달아올라 있었다. 말은 리드미컬하게 속도가 더해졌다. 그것은 조금은 미친 듯이 떠들어 댄다고 할 만한 것이었다. 달아오른 얼굴을 다니무라도 알 수가 있었으니까.

"아, 더워."

노부코는 뒤돌아서, 창가로 갔다.

* * *

가짜 사랑놀이는 더 좋아요, 라고 노부코는 말했다. 그것은 고백에 대한 허락일 것이라고 다니무라는 생각했다.

그런데 다니무라는 허락에 대한 기쁨보다도, 더욱 강한 놀람에 휩싸였다. 그것은 노부코의 달아오른 얼굴이었다. 그것은 그야말로 예기치 못한 변화였다. 폭풍과도 같은 정열이었다. 얼굴에 드러난 것은, 그저, 달아오름에 지나지 않았지만.

다니무라는 노부코에 대해 지극히 정묘한 기술만을 공상하고 있었다. 애당초에 격한 정열 따위는 기대하지도 않았다. 얼굴의 달아오름은, 오직 그 점만을 배반한 것이 아니었다. 노부코에 대한 환상의 근저를 배반하는 것이었다. 어쩌면, 달아오른 얼굴에 보인 것은 그 정신의 정열이 아니다. 오히려 가장 육체적인 정열이었다. 그것은 곧바로 육체의 행위로 결부되고, 오히려 그것만을 직감시키는 정열이었다. 그것은 건전한 것은 아니었다. 백치적인 것이었다. 정력적인 것은 아니었다. 그보다도 더 심하고 격정적이었다. 병적이었다. 그리고 그 실체는

376

알 수 없다. 아마도 무한이라는 것을 상상하게 만드는 정열이
었다.

　나는 나니까요, 하고 노부코는 말했다. 육체가 없는 여자라
니 우스워요. 나는 유령이 아니거든요, 라고도 했다. 그것은 정
직한 말인지, 기교적인 말인지 알 수 없다. 5분 전의 다니무라
라면, 그것을 기교로 생각하는 것 말고는 달리 여지가 없었을
것이다. 얼굴의 달아오름을 보고 난 뒤에는 다르다. 오히려 하
나의 항의라고까지도 볼 수 있었다.

　그러나 또한, 모든 말과 마찬가지로 얼굴의 달아오름조차도
타고난 기교일지도 모른다고 다니무라는 두려워했다. 지나치
게 당돌했다. 지나치게 격렬했다. 눈에 띄는 솟구침이었다. 좌
우간 한 가지 진실인 것은, 고백이 받아들여졌다는 것뿐이다.
하지만 고백이 받아들여졌다는 것만으로는 무엇인지 히전했
다. 그가 본 노부코의 얼굴의 달아오름은, 너무나 눈부셨으니
까. 그의 오랜 환상은 당돌하게 박살 나 있었다. 그리고 새로운
환상이 순식간에 자리를 차지하고 있다. 그것은 노부코의 육체
였다. 그가 거기까지는 상상할 수 없었던 이상한 정열을 감춘
육체였다.

　어째서 지금까지 이 육체를 생각하지 않았을까 하고 다니무
라는 의아해했다. 생각해 볼 만한 실마리가 없었던 것일까. 그
런 것도 있겠지. 그러나 육체가 없는, 영혼만의, 라고 하는 것
자체가 부자연스럽다. 너무나 환상적이다. 그 환상은 자위의
방패라고 다니무라는 생각했다. 노부코에게 퇴짜 맞을 것을 지
나치게 예상하는 바람에, 번롱翻弄당할 것을 너무 예상하고 있

었기 때문에 나온 방패의 환상에 지나지 않는 듯한 생각이 들었다. 노부코의 육체는 생각하지 않고서도, 그 아름다움은 알고 있었다. 그리고 오직 번롱당하는 격정만을 생각하고 있었다. 그 환상의 달콤함을, 그는 지금까지 부자연스럽다고는 생각하지 않았을 뿐이다.

의심할 수 없는 오직 한 가지는, 상당히 오래 전부터, 노부코가 좋았다는 것이었다.

* * *

노부코는 창가에서 돌아오지 않았다. 다니무라는 그곳으로 걸어갔다. 그는 자신의 병약한 슬픈 육체를 생각하고 있었다. 이처럼 슬픈 육체가 그 슬픔 끝에 결단을 한 정열도, 역시 영혼의 것이 아닌, 여체에 대한 것이었던가를 생각하면서 그것을 믿어야 하는지 의심했다.

노부코의 얼굴의 달아오름이 그저 일순간의 환각이었으면 좋겠다. 아니, 모두가 노부코의 타고난 기교였으면 좋겠다. 다니무라는 자기 육체의 슬픔, 보잘것없음이 안타까웠다. 그 슬픈 육체를 노부코의 이상한 정열의 불꽃을 담고 있는 육체와 대비할 용기가 나지 않았다. 그는 부끄러웠다. 그리고 공포를 느꼈다. 무력을 부끄러워하는 공포였다.

그리고 이러한 공포가 있는 것도, 기다림의 희망이 있기 때문이었다. 다니무라의 마음은 무엇인가, 하고 묻는다면, 그는 그저 대답할 것이다. 모르겠어. 어떻게 될지, 그것이 전부야, 라고.

"노부짱은 가짜 사랑이 좋다고 했지. 내 사랑은 가짜가 아니야. 거짓 사랑이라는 거야. 거짓은 진실일지도 몰라. 하지만 가짜는, 아마도, 가짜에 지나지 않겠지. 노부짱은 골동 취미에 쇄락洒落했는지 모르겠는데, 그 쇄락은 나한테는 잘 통하지가 않아. 하지만 나는 생각했지. 노부짱은 나의 고백을 받아들여 주었다고, 그렇게 믿어도 되겠지."

노부코는 창문을 내렸다.

"겨울바람은, 당신한테 나쁘겠지요?"

"당장 목숨하고 관계될 것 같지는 않지만 말이야."

"어째서 창문을 닫으라고 하지 않은 거예요?"

"노부짱이 그걸 좋아하지 않아서야."

"당신의 생명에 관계돼도?"

다니무라는 끄덕였다.

노부코의 얼굴이 달아올랐다. 기름과 같은 눈이었다.

"나도, 누구보다도 당신이 좋았어요."

다니무라는 움칠했다.

"나는, 오늘은, 이상해요. 왜냐하면 당신이, 너무한걸요. 당신이 심술궂게 구니까요."

노부코의 입술이 호소했다. 갑자기 얼굴빛이 창백해졌다. 마치 몸이 괴로움으로 꼬이는 것으로 느껴졌다.

"당신은 너무해요. 나를 괴롭게 하고."

노부코는 양손을 꼭 쥐고, 관자놀이 부근을 눌렀다.

"나를, 이렇게, 이렇게 괴롭히고."

입술이 떨렸다. 눈이 감겼다. 몸은 꼿꼿이 서서, 흔들렸다. 그 것은 쓰러지기 직전이었다. 다니무라가 끌어안았을 때, 노부코 는 관자놀이 부근을 주먹으로 누른 채, 가슴 위로 무너져 내렸 다.

다니무라는 지탱할 힘이 없었다. 반사적인 온몸의 노력으로, 자신이 엉덩방아를 찧고, 노부코가 가슴에서 흘러내리는 데에, 거짓말처럼 완만한 시간이 있었다는 것을 의식했다. 그럼에도 불구하고, 흘러내린 노부코는 상당히 격하게 바닥 위에 엎드려 있었다. 양손의 주먹으로 관자놀이를 누른 채로의 모습이었다.

다니무라는 의지가 없는 몸의 무게에 당혹했다. 노부코를 끌어안고, 똑바로 눕히기 위해, 그의 온 힘을 쏟아 부어야 했 다. 그는 노부코를 안은 채로, 자신을 밑으로 한 바퀴 회전해서 쓰러지지 않고서는, 눕게 할 수가 없었다. 노부코의 몸을 흘러 내리게 하고, 그 무게로부터 벗어날 수 있었을 때. 그는 피로의 괴로움보다도 애욕의 괴로움으로 혼란스러웠다. 노부코의 얼 굴에는 상처는 없었다.

노부코는 살짝 눈을 떴다. 다니무라는 자신의 의지에 의해 서라기보다도, 엄청 겁먹은 느린 동작으로, 노부코에게 입맞춤 을 했다. 그는 오히려, 그 의욕의 격렬함 때문에 공허했다. 노 부코는 그의 입맞춤에 답했고, 눈은 고민으로 가득 차, 떠져 있 었다. 양쪽 주먹이 관자놀이를 떠나, 크고, 높게, 느릿하게, 허 공을 움직였다. 커다랗게 허공을 그러안듯이, 그리고 서서히, 양팔이 다니무라의 수척한 등을 감쌌다. 그 팔에는 힘이 들어 가 있지 않았다. 등을 감싸고, 그러면서도 손은 등에 닿아 있지 않았다. 그저 몇 개의 손가락 끝이, 맹목적인 손끝의 의지가 시키기라도 하듯, 다니무라의 등 양쪽 구석을 완만하게, 그러나 상당히 힘을 실어 누르고 움직였다.

노부코는 돌연 울고 있었다. 노부코의 모든 것이 일시에 용솟음치고 있었다. 온 힘이 팔에 담겨, 다니무라의 가슴을 꼭 껴안았다. 그저 미친 듯이 입술을 요구했다.

다니무라는 혼란스러웠다. 그의 팔은 노부코의 목을 끌어안기 위해 스스로 의지意志하는 생물이었다.

그 뒤 일어난 일은 그로서는 모두 꿈만 같았다. 일찍이 경험하지 못한 것뿐이었다. 두 사람은 온 방 안을 굴러다녔다. 모든 것들이 부자연스럽지 않았다. 그리고 그는 노부코를 아래로 보기보다는 노부코를 위로 보았을 때 극도로 혼란스러웠다. 왜냐하면 그때의 노부코의 얼굴은 온갖 얼굴과도 비슷하지 않았다. 노부코는 도취하지 않았다. 다만, 흥분했다. 그 얼굴빛은 갈색이었다. 거기에 살짝 붉은 기운이 돌고 있었다. 볼은 볼록해지고, 눈은 불타고 있었다. 그 눈은 깜빡거리지 않았다.

두 사람은 하나였다. 벽에 부딪치고, 다시, 되돌아왔다. 화로에도, 부딪쳤다. 다니무라 위에 노부코가 쓰러져 있을 때가 있었다. 두 사람은 열십자로 겹쳐져, 쓰러져 있었다. 두 사람은 엄청 피로를 느꼈다. 다니무라는 간신히 호흡을 의식하는 것이 전부였다. 그러나 또 노부코는 느릿하게 다시 일어나, 다니무라의 목에 팔을 감아 오는 것이었다. 그러자, 또 새로운 힘이 솟아났다. 다니무라는 자신의 육체의 그칠 줄 모르는 힘에 감동했다. 노부코가 피곤해져서 쓰러질 때면, 언제나 다니무라의 몸 위에 열십자로 겹쳐져 늘어져 있었다. 다니무라는 생각할 수가 없었다. 노부코를 바라보는 일만이 전부였다.

저절로 두 사람이 떨어질 때가 왔다. 노부코는 벽 쪽으로 굴러서, 쓰러져 있었다. 허리에서 발까지는 노출되어 있었다. 감추고자 하는 의지도 없었다. 이마 위에 양팔을 올려놓고 있었다.

다니무라는 옷을 입었다. 그리고 노부코의 허리부터 아래의 나체를 바라보았다. 육욕의 추함 따위는 어디에서도 볼 수 없었다. 어떠한 사무적인 동작도 없었다. 한 장의 종이조각조차 없었다. 모든 것은 그 분방한 자세 그대로, 아직까지도 여전히 내던져져 있을 뿐이었다.

노부코의 가느다란 허리는 피로하기 짝이 없는 다니무라의 마음을 다시 요동치게 만들었다. 세로의 두께가 조금 얄팍할 정도이고, 가슴에서 엉덩이까지의 곡선은 매끈하면서 어떠한 부자연스러운 돌출부도 없었다.

다니무라는 숨겨져 있는 가슴을 보지 않을 수는 없었다. 몸을 굽혀, 재킷에 손을 대고

"노부짱, 가슴의 젖을 보여줘. 이처럼 가늘고, 둥근, 허리의 미가 있을 것이라고는 오늘까지 생각해 보지도 못했거든. 나는 노부짱의 몸을 다 보고 싶어."

"네, 보세요."

아무렇지도 않다는 듯한 답이었다. 그리고 다니무라의 조작을 재촉하듯이 이마의 한쪽 팔을 나른한 듯이 내려, 걷어올려진 재킷 끝을 잡았다. 다니무라는 그 아름다운 유방을 보았다.

순백의 가슴을 보았다. 허리로부터 뻗어 올라간 완만한 곡선을 보았다. 아무리 봐도 질리지 않았다. 그리고 재킷 밑으로 감추었다.

추악한, 어두운 어느 무엇도 생각해 낼 수가 없었다.

"노부짱, 나는 이젠 당신의 옷 입은 모습이 두려워. 오늘도, 이제부터, 당신의 옷 입은 모습을 보게 된다고 생각하면."

"하지만 언제까지나 이렇게 있을 수는 없잖아요."

"나는 이제 당신의 나체를 보고 있을 때밖에는 안심할 수가 없겠군, 애달픈 일이야."

다니무라는 저도 모르게 중얼거렸다. 애달픈 일이라고. 그러나 그는 상쾌했다. 그 피로의 격심함, 온몸의 힘이 소모된 허탈의 공허함에도 불구하고.

육체란 이런 것일 수도 있는 것일까, 하고 다니무라는 생각했다. 이 얼마나 건강한 것이란 말인가. 다니무라의 모든 예상이 어긋나 있었다. 하지만 조금도 후회는 없었다. 이 여자는 누구란 말인가. 과연 내일도 오늘과 같을까.

그리고, 다니무라는 자신의 슬픈 육체에 대해 생각했다. 오늘의 행복을, 내일이라는 날에는 딱히 예상할 수도 없는 육체에 대해서. 생각해 보면, 이날의 모든 것은 신기했다. 오직 하나 슬픈 신기함은, 그의 정욕의 이 하루의 샘과 같은 신기함이었다. 그러자 그는 자신의 육체에 대해서만, 어둠을 느꼈다. 오히려 수치와 추괴醜怪를 느꼈다.

그는 모토코의 육체를 생각했다. 그 추함과 기괴함을 생각했다. 영혼의 사랑이란, 오히려 육욕의 추괴한 이 두 사람이.

그는 그렇게 생각하면서, 그 혐오감에, 씁쓸해졌다.

영혼이란 무엇일까. 그러한 게, 있는 것일까. 하지만, 무엇인가를 바란다. 육욕이 아닌 무엇인가를. 남녀를 이어주는 무엇인가를. 하나의 끈을.

모든 것은 상쾌하고 충족되어 있었다. 그러나 한 가지, 충족되지 않았다. 혹은, 아마도 영혼이라고 부르지 않으면 안 될 무엇인가가.

(1947년 1월)

바람과 빛과 스무 살의 나와

風と光と二十の私と

나는 퇴학을 당하기도 하고, 낙제를 하기도 하고, 중학교*를 졸업한 것은 스무 살 때의 일이었다. 18세 때 아버지가 돌아가시면서, 남겨진 것이라고는 빚뿐이라는 것을 알게 되고, 우리는 공동주택에 살게 되었다. 너처럼 공부를 싫어하는 놈이 대학 같은 데에 들어가 보았자 소용이 없겠지 하는 게 주위의 이야기였고, 그렇다고 딱히 대학에 들어가지 말라는 명령은 아니었지만, 당연한 이야기였으므로, 나는 일을 하기로 했다. 소학교의 임시 교원이 되었던 것이다.

나는 타고나기를 방종하고, 사람의 명령에 복종한다는 짓을

---

* 오늘날의 고등학교에 해당함.

성격적으로 할 수가 없었다. 나는 유치원 때부터 땡땡이치는 것을 배워서, 중학교 무렵에는 출석일수의 반은 빼먹었다. 교과서 따위는 학교 책상 서랍에 넣어 둔 채로 맨손으로 통학하며 쉬고 있었는데, 쉬면서 영화를 본다든지 하는 그런 것이 아니다. 고향의 중학교에서는 해변의 모래언덕에 있는 솔밭에 드러누워서 바다와 하늘을 멍하니 바라보고 있었을 뿐, 그렇다고 소설 같은 것을 읽었던 것도 아니다. 전혀 헛짓을 하고 있었으므로, 이것은 나의 생애의 숙명이라 할 것이다. 시골의 중학교에서 쫓겨나 도쿄의 불량소년들이 몰리는 중학교에 입학했는데, 그곳에서도 내가 결석의 우두머리였다. 역시 영화를 보러 간다는 일 따위는 드물고, 학교 뒤 묘지나 조시가야雜司ヶ谷 묘지 안쪽의 수인囚人 묘지라는, 숲으로 둘러싸인 1단보段步가량 되는 풀밭에서 뒹굴뒹굴했다. 내가 이곳에 뒹굴고 있는 건 늘 있는 일이었으므로, 학교를 빼먹은 내 친구들은 이곳으로 나를 찾으러 오고는 했다. 그 무렵 S라는 유명한 복서가 동급생이었는데, 학교를 빠지고 권투 장갑을 가지고 와서, 이 초원에서 권투 연습을 한 적이 있다. 나는 당시부터 명치가 약해서 명치를 맞았다 하면 대번에 뻗어버렸으므로 권투는 하지 않았다. 이 초원의 나무 그늘은 습지여서 뱀이 많아 복서는 뱀을 잡아 팔 거라면서 가지고 갔지만, 언젠가 그의 집에 놀러 갔더니 책상 서랍에 뱀을 키우고 있었다. 어느 날, 수인 묘지에서 복서가 뱀을 발견해 덤벼들어서 꼬리를 잡고 들어 올렸다. 들어 올린 순간 살무사라는 것을 깨닫고, 그는 갑자기 겁에 질려 정신을 못 차리고 미친 듯이 뱀을 빙글빙글 휘두르기 시작하더니, 5분간

이나 신음소리 하나 내지 않고 휘둘러 댔다. 그러고서 뱀을 땅바닥에 메다꽂고 나서 머리를 짓밟았는데, 큰일 날 뻔했어, 살무사에게 물려 수인 묘지에서 꼴깍 저세상에 갔다면 말도 안 되는 일이지, 하고 중얼거리며 머리를 밟아 짓이기고 있었던 모습을 묘하게도 지금까지 확실하게 기억하고 있다.

나는 이 친구의 부탁으로 번역을 해 준 일이 있다. 이 친구는 중학교 시절부터 여러 잡지에 복싱에 관한 잡문을 쓰고 있었는데, 나에게 복싱 소설의 번역을 시켜 〈신청년〉에 싣게 했다. 「인심 수람술收攬術」이라는 것이었는데, 이것을 내가 번역했던 것이다. 원고료는 1매에 3엔으로 너에게 반을 주겠다고 했지만, 그 후 말을 이리저리 바꿔 한 푼도 주지 않았다. 내가 나중에 글을 써서 원고료를 받게 되었을 때, 일류 잡지라 해도 2엔 아니면 기껏해야 2엔 50전이었고, 3엔의 고료를 받게 된 것은 문필 생활을 15년가량 한 다음의 일이었다. 순문학이라는 것의 벌이가 중학생의 잡문 번역료에도 멀리 미치지 못하는 것이다.

나는 이 불량소년들의 중학교에 입학하고 나서 막연히 종교를 동경하고 있었다. 사람의 명령에 복종할 수가 없게 태어난 나는 자신에게 명령하고 거기에 복종하는 기쁨이 강했던 것인지도 모른다. 그러나 상당히 막연한 동경으로, 구도求道의 엄격함에 노스탤지아 같은 것을 느끼고 있었던 것이다.

대체로 학교 규율을 따르지 못하는 불량 중학생이 소학교의 대리 교사가 된다는 것은 이상한 이야기지만, 다감했던 소년 시절에는 나름대로 꿈과 포부가 있었고, 무엇보다도 그 무렵이 지금의 나보다도 어른이었다. 나는 이제 와서는 남들처럼 제대로 인사도 할 줄 모르는 인간이 되고 말았지만 그 무렵에는 절도도 있고, 행실도 올발랐고, 학부형들하고 근엄한 교육가연하면서 대화를 하고는 했던 것이다.

지금 니가타에서 변호사를 하고 있는 반준伴純이라는 사람이 그 무렵에 잡지 〈개조改造〉 같은 데에 글을 쓰고 있는데, 몽상가로서 오메青梅의 산골에 오두막을 짓고 부인과 원시생활을 하고 있었다. 나도 나중에 이 오두막을 빌려서 산 적이 있고, 날다람쥐 따위를 활로 잡아서 먹는 형편이어서, 내가 그곳에 살 때에는 뱀이 방 안으로 들어오는 바람에 난처해진 일도 있다. 이 반 씨는 내가 교원이 되었을 때 이런 것을 나에게 가르쳐 주었다. 남과 이야기할 때는 처음에는 조그만 목소리로 말하기 시작하라는 것이었다. 네, 뭐라고요, 이렇게 상대방이 귀를 기울이게 만들어서 먼저 상대방을 끌어오듯이 하라는 것이었다.

나의 학교 지구에 반 씨의 친구로서 후지타藤田라는, 양손 손가락이 각각 셋씩이라는 기형아로 허구한 날 메기만 그리는 별난 일본화가가 있다. 좀 색다른 경지에 있는 사람이니까 한번 찾아가 보라면서 소개장을 써 주었으므로 방문한 적이 있다. 오늘은 그저 인사를 드리러 왔을 뿐, 언젠가 느긋할 때 다시 온다고 내가 말했는데, 아니, 그런 말씀 마시고, 사이다가 있으니까 꼭 올라오시라며 억지로 권했다. 그러시다면, 하고 내가 들어가자 부인을 불러, 여보, 사이다 사 와요, 하는 바람에 당황한 일이 있다.

　　　　　* * *

　내가 대리 교사를 한 곳은 세타가야世田ヶ谷의 시모기타자와下北澤라는 곳이었는데, 그 무렵에는 에바라군荏原郡이라 불렸고, 그야말로 무사시노武藏野 허허벌판으로 내가 교원 노릇을 그만둔 뒤에야 오다큐小田急선이 생기면서 개발되었고, 그 무렵에는 대나무숲뿐이었다. 본교는 세타가야의 구청 옆에 있는데, 내 경우는 그 분교여서 교실이 셋뿐이다. 학교 앞에는 아와시마사마라는 뜸인가로 유명한 절이 있고, 학교 옆에는 문방구와 빵과 사탕을 파는 가게가 한 채 있을 뿐, 사방이 그저 탁 트인 전원田園으로 애초에 그 무렵에는 버스도 없었다. 지금 이노우에 유이치로井上友一郎가 살고 있는 곳이 그 언저리인 듯한 것 같은데 너무나 변화가 심해서 도무지 짐작이 가지 않는다. 그 무렵에는 학교 근처에 농가조차 없이, 그야말로 널따란 무사시노 벌판이었고 한쪽으로는 언덕이 이어져 있었는데, 그 언덕은 대나무숲과 보리밭이었고 원시림도 있었다. 이 원시림을 마모리야마 공원 등으로 불렀는데, 공원은커녕 그저 원시림으로, 나는 곧잘 이곳에 아이들을 데리고 와서 놀게 했다.

　나는 5학년을 맡았는데, 이것이 분교의 최상급 학년으로 남녀 공학인 70명쯤의 반이었다. 아무래도 본교에서 감당하기 어려운 아이들을 분교로 몰아놓은 것이 아닐까 생각된다. 70명 가운데 20명가량은 어찌됐든 가타카나로 자기 이름만은 쓸 수 있지만, 그것 말고는 안녕하세요도 쓸 줄 모르는 아이가 있었다. 20명이나 있었다. 이 녀석들은 교실에서 싸움박질만 하고 있고, 군인들이 군가를 부르며 밖을 지나가면 수업 중에 창문으로 튀어나가 구경을 가는 녀석이 있다. 이 아이는 흉포하고 이상한 아이다. 바지락 까기를 업으로 하는 집의 아이인데, 콜레라가 유행해서 바지락이 팔리지 않게 되었을 때 우리 바지락이 콜레라라니 말이 되느냐 하면서 바지락을 먹고 온 가족이 콜레라에 걸려 아이가 학교에 오는 길에 쌀뜨물 같은 흰 것을 토해냈다. 다만 온 가족이 목숨은 건졌던 모양이었다.

참으로 귀여운 아이는 나쁜 아이들 중에 있다. 아이들은 모두가 귀여운 법이지만, 참으로 아름다운 영혼은 나쁜 아이가 지니고 있는 법이고, 따뜻한 마음과 향수를 가지고 있다. 이런 아이에게 억지로 골치가 아픈 공부를 강요할 필요는 없으므로, 그 따뜻한 마음과 향수의 상념을 심지에 강하게 심도록 성격을 키워 주는 편이 좋다. 나는 그런 주의로, 그들이 글씨도 쓸 줄 모르는 일에는 괘념하지 않았다. 다나카라는 우유집 아이는 아침저녁 스스로 젖을 짜서 배달하고 있었고, 한 해 낙제를 했으므로 나이가 다른 아이들보다 한 살 많다. 완력이 세어서 다른 아이들을 못살게 군다면서, 내가 부임해 왔을 때 분교장의 주임에게서 특히 그 아이에 대한 주의의 말을 들었지만, 알고 보니 좋은 아이였다. 젖 짜는 장면을 보여 달라면서 놀러 갔더니 뛸 듯이 기뻐하며 나왔고, 때때로 남을 괴롭히는 일도 있었지만 도랑 청소라든지 물건 운반 같은 일을 스스로 맡아서 묵묵히 혼자서 해치워 버린다. 선생님, 저는 글을 쓸 줄 모르니까 혼내지 마세요. 그 대신 힘든 일은 무엇이든지 할게요, 하고 귀여운 말로 나에게 부탁했다. 이런 귀여운 아이가 어쩌다 문제아라고 불리게 된 것일까. 우선 글을 쓸 줄 모른다는 것은 야단칠 일이 아니다. 요는 영혼의 문제다. 낙제를 시킨다는 것 따위는 논외의 일이다.

여자아이들에게는 손을 들었다. 5학년생쯤 되면 이미 여자여서, 그중에는 생리적으로도 여성이 아닐까 하는 아이가 둘 있었다.

처음 나는 학교 근처에 딱 하나뿐인 하숙집에 살고 있었는데, 방의 수가 몇 안 되었으므로 다른 사람과 함께 쓰게 되었다. 이 근처에는 해외 식민을 위한 실습을 가르치는 학교가 있어서, 동북 지방의 시골티가 풀풀 나는 농가 출신 학생과 한방을 쓰게 되었는데, 기묘하게도 따뜻한 밥은 먹지 않는다. 어렸을 때부터 들일만 하느라고 찬밥만 먹고 살았기 때문에 따뜻한 밥은 영 먹을 수가 없다면서 식혀서 먹는 것이다. 그런데 이 하숙집 딸이 24, 5세인데 80킬로그램은 될 것 같은 큰 덩치로, 이 아가씨가 맹렬하게 나에게 반해서 툭하면 나의 방으로 놀러 와서, 그야말로 들뜨고, 흥분해서 혀가 잘 돌아가지 않는 듯, 얼굴 근육이 풀리고 눈꼬리가 처지며, 몸에 침착성이 없고, 들뜬 듯이 말하다가, 침묵하기도 하고, 싱글벙글 웃기도 하는 것이다. 느닷없는 이 돌격에 나도 어안이 벙벙해지고 말았다. 그리고 내 방으로만 손수 밥을 지어서 늘 따뜻한 것을 가져오므로 한방을 쓰는 고양이 혓바닥 선생이 신세한탄을 했던 것이다. 이 딸의 미친 듯한 사랑에는 하숙집 노부부도 손을 쓸 도리가 없어서 난처해진 모양이었지만, 나는 그 이상으로 곤란해져서 20일쯤 만에 이사하고 말았다. 동숙자가 있어 공부를 할 수가 없으니, 라며 이사할 결심을 노부부에게 이야기하자 그 안도하는 모습은 생각했던 것 이상이었고, 또, 나에 대한 감사 는 정말이지 내가 예상도 하지 못했던 것이다. 그래서 이 노부 부는 그 후로 노상 나를 입에 침이 마르도록 칭찬을 했다는데 나로서는 생각지도 못했던 일이다. 그런데 이 집의 딸 하나가 내 반의 학생이었는데, 이게 누구보다도 되바라진 아이였다. 부모들이 내 칭찬을 하는 것이 못마땅해, 나를 마주보며 아버 지와 어머니가 선생님을 엄청 칭찬하는 것이 이상하다고 했다. 선생님은 그처럼 좋은 사람은 아니라는 것이다. 이런 여자아이 들은 내가 남자 악동들을 귀여워하는 것이 마음에 들지 않았 고, 질투를 느꼈던 것이다. 여자아이의 깊은 질투란 것은 스물 의 내가 처음으로 본 의외의 일이었고, 그 대책 때문에 참으로 곤경을 치렀다.

내가 이사한 곳은 분교 주임의 집 2층이었다. 다이타바시代 田橋에 있었는데, 4킬로미터 정도의 거리다. 그렇지만 분교 아 이들의 반가량은 그 정도를 걸어서 학교에 오고 있었다. 내가 학교에 닿을 무렵이 되면 학생 30명가량이 함께하게 된다. 나 는 때로는 지각을 했는데, 무리도 아니지, 젊으니까 말이야, 어 젯밤에는 어디에 가서 자고 왔을까, 등 싱글거리며 말하는 녀 석도 있다. 모두들 집에 돌아가면, 농사일을 도와야 하므로 가 타카나도 쓰지 못하지만 조숙했다.

분교 주임은 교사 중에서 누군가를 하숙생으로 받아 주는 것이 부업의 하나였는데, 내 전에는 본교의 나가오카長岡라는 대리 교사가 묵고 있었다. 러시아문학 애호가로 기인이었는데, 개구리 간질이라는 기묘한 지병을 가지고 있어서 개구리를 보면 간질을 일으킨다. 내 클래스가 4학년이었을 때 이 선생한테 배웠는데, 학생 중 하나가 분필통에 개구리를 넣어 두었다. 그 바람에 선생님이 교실에서 뒤집어지고 거품을 뿜었다는 말이 있는데, 그때에는 깜짝 놀랐어, 이렇게 우유집 낙제생이 말했다. 그가 개구리를 넣어 두었던 것인지도 모른다. 너지, 개구리 넣은 게, 하고 물었지만, 그렇지도 않아요, 하고 싱글거렸다.

이 주임은 60세가량인데 정력이 대단해서, 144센티미터라는 기형적인 키지만 옆으로 퍼져서 늠름한 근골, 콧수염으로 감춰 놓고 있었지만 언청이였다. 매우 화를 잘 내고, 그래서 소심한 것이겠지만 마구 불끈거린다. 학교 수위나 학생에게는 더더욱 화를 잘 내는데, 학무위원이나 마을의 유력자들에게는 아첨을 잘 하고, 화가 났다 하면 수업을 1학년을 담당한 노인에게 떠맡기고 유력자의 집으로 차를 마시러 가 버린다. 학교에서는 그가 없는 편을 좋아하므로, 수업을 대신 맡게 되어도 불평하지 않았다. 화가 났다 하면 아내를 때리기도 하고 걷어차기도 하며, 그러다 집을 뛰쳐나가 잡목 숲이나 대나무 숲에 들어가, 나무줄기와 대나무를 지팡이로 마구 두들기기도 한다는 것이다. 그것은 참으로 미친 짓이었지만, 엄청난 힘으로 손이 아프지도 않은지, 5 분가량 얏, 얏, 얏 하고 기합을 넣으며 정신없이 두들긴다.

요즘 젊은 놈들은, 애송이 같으니, 같은 말이 버릇이었지만, 나는 당시 전적으로 초연거사超然居士였으므로 화내지 않기, 슬퍼하지 않기, 미워하지 않기, 기뻐하지 않기, 즉 행운유수行雲流水와 같이 살기로 마음을 먹고 있었으므로 끄떡도 하지 않았다. 하기야 나에게 화를 냈다가는 이사를 가 버려 하숙료를 받지 못할 염려가 있으므로, 그런 점에는 약삭빨라서 나에게는 거의 화를 내지 않는다. 선생은 모두 5명으로 1학년의 야마카도山門 선생, 2학년의 후쿠와라福原 여선생, 3학년의 이시게石毛 선생이 있다. 이 야마카도 선생이 또한 초연거사로서 65세인데, 아자부麻布에서 짚신을 신고 걸어서 통학한다. 딸에게는 시내에서 선생 노릇을 하게 하고, 결혼을 하고 싶어 하고 있다고 하는데, 어딜, 그건 안 되지, 조금은 더 집안에 보탬이 되어야지, 매일 옥신각신하고 있는지 매일 우리들에게 그 이야기를 하면서, 거 참 여자로 물이 올라 움찔움찔거리고 있죠, 앗핫핫하 하고 말한다. 아이가 10명 가까이 되므로 생활이 힘들어 매일 밤 1홉의 술에 인생을 맡기고 있다. 주임은 술을 마시지 않는다.

소학교의 선생들에게는 도덕관의 기괴한 전도顚倒가 존재한다. 즉 교육자라는 이들은 사람의 스승이므로 남의 비난을 받지 않도록 자계自戒의 생활을 하고 있지만, 세상 일반 사람들은 그렇지가 않고 하고 싶은 대로 악행에 빠져 있다는 것으로 단정해 놓고, 그러니까 우리도 이 정도의 일은 해도 되지 않을까 하고 생각하고 나쁜 짓을 한다. 당사자는 세상 사람들은 훨씬 더 나쁜 짓을 하고 있다, 자신이 하는 일은 그렇게 대단한 게 아니라고 믿고 있는데, 사실은 세상 사람들은 도저히 할 수 없는 악독한 짓을 저지르고 있는 것이다. 농촌에도 이런 경향이 있어서, 도회지 사람들은 나쁘다, 그들은 언제나 나쁜 짓을 하고 있다, 그러므로 우리도 조금쯤은, 하고 생각하면서 실은 도회지 사람보다도 악독한 짓을 하고 있다. 이런 경향은 종교가에게도 있다. 자주적으로 생각하고 또한 행동하는 것이 아니라, 남이 어떻게 생각할까 하고 행동하는 일이 이미 잘못된 것이고, 다른 사람들을 보는 시각이 망상적이어서 좀 더 지독하다. 선생들이 인간 세계를 나쁘고 더럽다고 해석하는 지나친 망상을 가지고 있어서 나는 놀랐던 것이다.

내가 발령을 받고 처음으로 본교를 방문했을 때 당신이 근무할 곳은 분교 쪽이라며, 분교 쪽에 살고 있는 여선생님이 바래다주었다. 이 사람이 놀라울 정도로 아름다운 사람이었다. 이처럼 아름다운 여인을 당시까지 한 번도 본 일이 없었으므로 눈이 번쩍 떠진다는 아름다움이 실제로 있는 것이구나 생각했다. 27세의 독신으로 평생을 혼자서 지낼 생각이라는 말을 남을 통해 들었는데, 무엇인가 확실한 신념이 있는 것인지 매우 고귀하고, 매우 얌전하고, 친절해서, 여선생에게서 흔히 볼 수 있는 중성적인 타입과는 달리 여성스러운 사람이었다. 나는 은근히 그 선생을 동경했다. 본교와 분교는 서로 거의 교섭이 없으므로 그 뒤로는 이야기할 기회도 없었지만, 그 후 몇 년간 나는 이 사람의 고귀한 모습을 가슴에 간직하고 있었다.

마을의 어느 부자, 이미 상당한 연배의 남자라는데, 아내가 죽자 그 뒷자리로 이 여선생을 앉히고 싶다고 했다. 그 일을 분교의 주임에게 부탁했던 것이다. 몇백 엔이라느니 몇천 엔이라느니를 사례하겠다고 약속했으므로, 그때 이 주임은 동분서주,

수업도 내팽개치고 열심히 뛰어다녔지만 무엇보다 당사자인 여선생이 전혀 결혼 자체에 뜻이 없었으므로 애초부터 무리한 이야기였다. 매일처럼 아무에게나 화풀이를 해서, 그 한두 달 동안 허둥거리는 이 사내의 난폭하다기보다는 광포에 가까운 화풀이는 대단했다.

나는 행운유수에 뜻을 두고 있었던지라 딱히 이 여선생에게 사랑의 고백을 한다든지, 결혼하고 싶다고는 생각하지 않고 오직 그 모습을 소중히 끌어안고 있었는데, 이 주임의 암약상을 들었을 때에는, 아름다운 사람의 환영이 이따위 더러운 결혼 때문에 망가져서는 안 된다고 엄청 불안해져서 행운유수의 슬로건에도 불구하고 주임을 은근히 미워하기도 했다.

이시게 선생은 헌병 상사인가의 아내로 매우 차가운 중성적인 사람이었고 후쿠와라 선생은 좋은 아주머니였다. 이미 35, 6세로 이것저것 가리지 않고 학생들을 위해 헌신하는 타입인데, 교사라기보다는 보모와도 같은 천성을 가진 사람이다. 그래서 독신이면서도 중성적인 나쁜 점은 없고, 높은 이상 같은 것은 없었지만 선량한 사람이었다. 앞에 말한 고귀한 선생과 친한 사이여서, 우상을 바라보듯 존경을 품고 있다는 점도 나로서는 좋았다. 많은 여선생들은 질투를 하고 있었다. 내가 선생을 그만둘 때, 이렇게 헤어지는 것은 아쉽지만 선생 따위로 끝내서는 안 됩니다, 참으로 잘 하셨습니다, 하고 기뻐해 주면서 이별의 술자리를 열어 엄청 요리를 만들어 주었다. 나는 그러나 선생으로 끝낼 수 없는 자신의 야심이 슬프다고 생각하고 있었다. 어째서 몸을 바칠 수 없는 것일까?

나는 방과 후, 교무실에 언제까지나 남아 있는 것이 좋았다. 학생들이 집에 가고 다른 선생들도 퇴근한 다음, 나 홀로 조용히 사색에 빠지는 것이다. 소리라고는 시계소리뿐이다. 그 시끄러웠던 교정에 사람 그림자도 소리도 없어진다는 것이 묘하게 정적을 강조하면서 이상스럽게 공허하고, 자신이라는 것이 어디론가 없어진 듯한 방심을 느낀다. 나는 그렇게 방심하고 있으면, 벽시계 뒤 같은 데서, 야 하며 내가 얼굴을 내미는 것 같은 환상을 느꼈다. 문득 정신을 차리고 보면, 이봐, 어떻게 된 거야, 내 옆에 내가 서 있으면서, 나에게 말을 거는 듯한 기분이 드는 것이다. 나는 그 몽롱한 방심의 상태가 좋았고, 그 대신 나는 종종 그곳에 서 있는 나에게 말을 걸다가 혼나는 일이 있었다. 이봐, 너무 만족하면 안 된다고, 하고 나를 노려보는 것이다.

"만족은 안 되는 걸까."

"암, 안 되고말고. 괴로워해야 하는 거야. 가능한 한 자신을 괴롭혀야 하는 거야."

"무엇 때문에?"

"그건 오직 괴로워하는 것 자체가 그 해답을 주겠지. 인간의 존엄은 자신을 괴롭히는 데 있는 거야. 만족은 누구나 좋아하는 거야. 짐승까지도 말이지."

정말일까 하고 나는 생각했다. 나는 좌우간 분명 만족에는 빠져 있었다. 나는 정말이지 행운유수에 좀 가까워져서 화내는 일도, 기뻐하는 일도, 슬퍼하는 일도 적어졌고, 20세이면서도 50, 60세 된 여러 선생들보다도 내 쪽이 차분함과 노성 老成과 깨달음을 가지고 있는 것 같았다. 나는 일반적인 소유를 바라지 않았다. 영혼이 한정되는 것을 바라지 않았기 때문이다. 나는 여름에도 겨울에도 같은 양복을 입었고, 책은 읽고 나면 남에게 주었고, 여분의 소유품이라곤 셔츠와 훈도시뿐으로, 언젠가 나를 찾아온 부형의 입에서, 저 선생은 양복과 마찬가지로 훈도시를 벽에 걸어 놓고 있다는 우스갯소리가 퍼져, 뭐, 그런 일은 다른 사람들의 습관에는 없는 건가 하고 내 쪽에서 깜짝 놀랐던 것이다. 훈도시를 벽에 걸어 놓는 것은 나의 정돈 방식으로 나에게는 소장所藏이라는 정신이 없었으므로 벽장은 필요가 없었다. 소장하고 싶은 것이라면 고귀한 여선생의 환상으로, 내가 그 무렵 성경을 읽은 것은 이 사람의 모습으로부터 성모 마리아라는 것을 떠올렸기 때문이었다. 그러나 나는 동경하고 있기는 했지만 사랑은 하고 있지 않았다. 연애라는 평형을 상실한 정신은 조금도 느끼지 않았고, 하다못해 이 분교에서 책상을 나란히 하고 일을 하면 좋겠다는 것이 내가 바라는 최대의 것이었다. 이 사람의 모습은 이제는 내 가슴에 없다. 얼굴도 떠올릴 수 없고, 이름조차 기억에 없는 것이다.

* * *

나는 그 무렵 태양이라는 것에서 생명을 느끼고 있었다. 나는 내리퍼붓는 햇살 가운데 무수하게 빛나고 있는 거품, 에테르의 물결을 볼 수가 있었던 것이다. 나는 창공과 빛을 바라보기만 해도 어느새 행복했다. 보리밭을 건너는 바람과 빛의 향기 속에서 나는 지고의 환희를 느끼고 있었다.

비 오는 날은 빛 방울 하나하나 속에서도, 폭풍의 날에는 미쳐 부르짖는 그 소리 속에서도 나는 그리운 생명을 바라볼 수가 있었다. 나무들의 잎에도, 새에게도, 벌레에게도, 그리고 저 흐르는 구름에도, 나는 언제나 나의 마음과 대화를 하는 친근한 생명을 줄곧 느끼고 있었다. 술을 마셔야 할 아무런 이유도 없었으므로 나는 술을 즐기지 않았다. 여자 선생의 환상만으로 충족되어 있어서 여인의 육체도 필요하지 않았다. 밤이면 피로해서 푹 잤다.

나와 자연 사이에서 점차로 거리가 상실되고, 나의 감각기관은 자연의 감촉과 그 생명으로 충만해 있다. 나는 거기에 대해 직접 불안하지는 않았지만, 역시 보리밭 언덕과 원시림 속 컴컴한 곳을 충족감으로 걷고 있을 때, 문득 나에게 말을 걸고 있는 나의 모습을 나무 구석이나 우거진 곳 위나 언덕의 지면에서 보는 것이다. 그들은 언제나 조용했다. 말도 냉정하고 부드러웠다. 그들은 언제나 나에게 이렇게 말한다. 자네, 불행해지지 않으면 안 되는 거야. 아주 불행하게, 알겠나, 그리고 괴로워하는 거야. 불행과 괴로움이 인간의 영혼의 고향이니까 말이야, 라고,

하지만 나는 무엇으로 괴로워야 하는지 알 수 없었다. 나에게는 육체의 욕망도 적었다. 괴로움이란 도대체 무엇이 괴로운 것일까. 나는 불행을 공상했다. 빈곤, 질병, 실연, 야심의 좌절, 노쇠, 무지, 반목, 절망. 나는 충족되어 있는 것이다. 불행을 찾아 헤매도, 그 그림자조차 포착할 수가 없다. 질책을 두려워하

는 악동의 마음의 애절함도 나로서는 그리운 현실이었다. 불행이란 무엇일까.

그러나 나는 문득 나타나서 나에게 말을 거는 나의 그림자에 점차로 압박당하고 있었다. 나는 사창가에 가 볼까, 그리고 가장 불결한 병에라도 걸려 보면 될까 하고 생각해 보기도 했다.

내 반에 스즈키라는 여학생이 있었다. 이 아이의 언니는 친아버지하고 부부의 관계를 맺고 있다는 것이 공공연한 이야기였다. 그런 가정의 죄악의 암흑은 이 아이의 성격에도 음울한 그림자가 되어 드리우고, 친구들과 이야기하는 일도 좀처럼 없고, 밝은 모습으로 노는 일이라곤 전혀 없었다. 언제나 한구석에 풀이 죽어 앉아 있을 뿐, 말을 걸면 희미하게 웃을 뿐이다. 이 아이에게서는 육체가 느껴지지 않았다.

나는 불행이라는 것에 대해 당황할 때마다, 이 12세 음울한 여자아이의 모습을 떠올리곤 했다.

이시즈라는 여자아이와 야마다라는 여자아이가 있었다. 나는 이 둘은 생리적으로도 이미 여자가 아닐까 하고 때로 의심했는데, 이시즈 쪽은 성적인 기운이 있어 나에게 이야기를 할 때면 교태를 부리는 듯한 분위기가 있었지만, 그러면서도 다른 아이들과 비해 볼 때 질투심이라든지 심술궂음 등이 가장 적었고, 다만 곧 완상될 포근한 육체만이 있는 듯한 기분이 든다. 이 아이도 친구가 적은 편이었고, 여자아이들에게 흔한 친구들과 무리를 만드는 것 같은 일이 성격적으로 맞지 않는 것 같았다. 그러면서도 밝고, 언제나 웃으면서 멍하니 입을 벌리고 무엇인가를 바라보는 얼굴이었다.

야마다는 두부집 아이였는데, 그러나 두부집의 친자식이 아니라 아내가 데리고 들어온 아이다. 그 누이동생과 남동생은 두부집의 친자식이었다. 이 여자아이는 가나로 이름밖에는 쓸 줄 모르는 아이 중 하나였고 여자아이들 중에서는 가장 완력이 셌다. 남자아이들과 대등하게 싸움을 했고, 이 아이에게 이기는 남자아이는 드물었다. 몸집도 컸지만, 늘 입을 꾹 다물고 얼굴은 오히려 영리해 보인다. 음성적이라는 말과는 좀 다른, 무엇인가 골똘히 생각하는 듯하면서 밝은 기운이 없고, 전혀 친구라고는 없다. 이야기를 하는 것에 기쁨을 느끼지 않는 듯 사람들과 이야기하는 일이 드물다. 그러면서도 입을 굳게 닫고 놀이에 끼어들어 매우 야성적으로 뛰어논다. 웃는 일 따위는 없고, 재미있어하는 것 같지도 않지만, 뛰어놀고 있는 모습은 다른 아이와 비해 볼 때 뛰어나게 그 그려내는 선이 크고 거칠고, 참으로 야수 같은 힘이 넘쳐 야성이 그득했다. 그러면서도 여성스러운 면이 덜하다. 엄청 대담한 것 같지만, 실제로는, 나는 다른 자그마한 별스럽지도 않은 여학생 쪽에서 좀 더 본질적인 여자 자체의 당당함을 발견할 정도로, 질투심이나 심술 따위의 여성적인 면이 적은 것이다. 지금은 조숙한 것 같지만, 이 모든 아이들이 어른이 되었을 때에는 결국 이 아이 쪽이 맨 마지막으로 여자들에게서 뒤떨어져서 모든 동성에 대해 패배하는 것이 아닐까 하고 나는 생각했다.

이 아이의 어머니가 어느 날 밤 나를 찾아온 일이 있다. 이 아이의 특별한 사정, 즉 형제자매 중에서 이 아이만이 친자식이 아니기 때문에 성격이 좀 비뚤어져 있음을 설명하고서, 부모 쪽에서는 별로 차별을 하는 것이 아닌 만큼 좀 더 아버지에게 가까워지도록 딸에게 타일러 달라는 것이었다. 이 어머니는 음탕한 여자라는 평판이었고, 얼핏 보기에도 음탕할 것 같은 30세 안팎의 여인이었다. 아니, 비뚤어지지 않았습니다, 하고 나는 대답했다. 비뚤어진 듯이 보일 뿐입니다. 솔직한 마음과 올바른 것을 제대로 인정해서 그것을 받아들이는 훌륭한 소질을 가지고 있습니다. 저의 설교 따위는 필요 없습니다. 문제는 부모 쪽의 진정한 사랑입니다. 제가 가장 걱정되는 것은 저 아이는 사람에게 사랑받을 소질이 적다는 것입니다. 여자로서 사랑받을 소질이 적다는 것입니다. 비뚤어졌기 때문이 아닙니다. 저 아이는 남에게 사랑받은 일이 없는 게 아닙니까. 우선 부모로부터, 당신네들로부터 사랑받은 일이 없는 게 아닙니까. 저에게 설교를 해 달라는 말씀은 당치도 않습니다. 당신이 당신의 가슴에 대고 물어보십시오.

이 어머니는 표정을 조금도 바꾸지 않은 채, 내 말을 갈피를 잡을 수 없다는 듯 막연한 얼굴로 듣고 있었다. 이 어머니 역시 가나로 이름밖에 쓸 줄 모르는 사람의 하나일 것이라고 나는 생각했다. 다만 아이와는 반대로 철두철미 요염하고 육욕적이다. 가장 철저한 여자였다. 그 음란한 동물성이 딸의 야성과 공통되어 있을 뿐이었다. 딸은 몸집이 큰데 어머니는 매우 작았다. 얼굴은 둘 다 미인이라고 할 수 있었다. 2, 3분 잠자코 있었는데, 이윽고 매우 붙임성 있게 세상 이야기를 하다가 갔다.

스즈키와 아울러 이시즈와 야마다를 나는 떠올리는 것이 습관이 되어 있었다. 이 세 명의 미래에는 불행만이 기다리고 있는 것으로 자꾸만 생각이 드는 것이다. 나는 불행이라는 것을 나 자신에 대해서가 아니라, 학생들의 그림자 위에서 우선 바라보기 시작했던 것이다. 그 불행이란 사랑받지 못한다는 것이다. 존중받지 못한다는 것이다. 이시즈의 경우는 그저 장난감 취급을 받고, 결국 창부가 되어 지내는, 희로애락에 무감각한 보잘것없는 고깃덩어리를 상상했다. 나는 실제로는 유곽도 창녀도 몰랐지만, 전적으로 소설 같은 데서 얻은 것으로 현실을 짜맞추고 있었던 것이다. 그러나 나의 예감은 지금에 와서도 맞는 것으로 생각하고 있다.

이시즈는 가난한 집안의 딸로 몸에는 이가 잔뜩 있었다. 다른 아이들이 그것을 놀려댄다. 꾹 화난 듯한 얼굴이 되지만, 금방 다시 앳된 웃는 얼굴이 되고 만다. 선량하다기보다도 우둔하다고 할 만한 것이 느껴진다. 읽고 쓰기는 그런대로 하고 중간 정도의 성적이지만, 인생의 행로에서는 글도 모르는 여자보다도 처세가 능하지 못해, 요컨대 진정한 성장이 없는 듯한 우둔한 영혼이 엿보이는 것이다. 그러면서도 매우 요염했다. 오직, 그뿐이다.

나는 선생을 그만둘 때, 이 아이를 식모로 데리고 갈까 생각했다. 그러다가 이윽고 자연의 결과 두 사람의 육체가 결합이 되면 결혼해도 좋겠다고 생각했다. 이는 참으로 기묘한 망상이었다. 나는 오늘날에도 백치미가 있는 여자에게 묘하게 끌리고는 하는데, 이것이 그 현실에서의 시작이어서, 나는 연정이라든지, 가슴 속의 불꽃이라든지, 그런 것은 자각하지 않고 매우 냉정하게, 한 소녀와 이윽고 결혼해도 좋다고 생각했던 것이다.

나는 고귀한 여선생의 얼굴은 그 윤곽조차 잊어버려서 머리에 떠올릴 수조차 없지만, 이 세 명의 소녀의 얼굴은 지금도 생생하게 기억하고 있다. 이시즈는 장난감이 되어, 짓밟히고, 학대받으면서도, 늘 아무렇지도 않게 낙천적일 것 같은 마음도 들지만, 물론 현실에서는 그럴 리가 없다. '이쟁이' 소리를 들으면 역시 한순간은 눈초리가 험악해지지만, 짓밟히고, 길 위의 말똥처럼 허덕이는 모습도 떠올린다. 내 예감은 들어맞아서, 나중에 유곽에 가서 창부를 접해 보니 이런 식의 칠칠치 못한 낙천가도 종종 만나고는 했던 것이다.

* * *

나는 요즈음 들어, 사람은 누구나 소년에서 어른으로 되는 어느 시기에 어른보다도 노성老成하는 시기가 있는 것이 아닐까 생각하게 되었다.

요즈음 나를 종종 찾아오는 두 청년이 있다. 22세다. 그들은 예전에는 우익 단체에 속해 있던 골수 국수주의자였는데, 이제는 인간의 진정한 삶이라는 것을 생각하게 된 모양이었다. 이 청년들은 나의 '타락론'이라든지 '윤락론'이 어쩐지 진짜 언어인 것처럼도 여기고 있는 모양이지만, 그 격렬함에 대해서는 따라오지 못하고 있는 모양이었다. 그들은 무엇보다도 절도를 중히 여기고 있었다.

또 전쟁에서 막 돌아온 젊은 시인과 특공대 출신의 편집자가 있다. 그들은 우리 집에 이삼일 묵으면서 요란스럽게 식사도 만들어 주기도 하는데, 그럴 때의 그들에게는 참으로 전쟁터의 그림자가 있다. 그야말로 야전 상태로, 들판에 놓여진 거친 야성이 넘쳐흐르는 것이다. 그러나 그들의 영혼에는 역시 놀라운 절도가 있어서, 즉 그들은 모두 고귀한 여선생의 모습을 가슴에 품고 있는 것이다. 이들 역시 22세다. 그들에게는 아직 참된 육체 생활이 시작되지 않았다. 그들의 정신이 육체 때문에 고통을 받을 연령의 발육에 도달하지 못한 것이리라. 이 시기의 청년은 사오십 대의 어른보다도 오히려 원숙해 있다. 그들의 절도는 자연스러운 것이어서, 어른들의 절도처럼 강제로 왜곡되어 만들어진 것이 아니다. 온갖 인간이 어느 시기에는 순수하다고 나는 생각한다. 그리고 타락하는 것이다. 그런데 육체의 타락과 더불어, 영혼의 순결까지 대부분은 상실하는 것이 아닐까.

나는 훗날 볼테르의 『캉디드』를 읽고서 쓴웃음을 지었는데, 내가 선생 노릇을 하고 있을 때 불행과 고통의 막연한 지향에 쫓겨, 기실 나로서는 불행과 고통을 공상적으로밖에는 포착할 수가 없었다. 그때 나는 자신에게 불행을 주는 방법으로서, 유곽에 가는 것, 그리고 가장 고약하고 더러운 병이 드는 것을 생각했다. 이 생각은 묘하게 뿌리 깊게 내 머리에 뒤얽혀 있었던 것이다. 딱히 깊은 의미는 없다. 그 외에 불행이란 어떤 것인지 상상할 수가 없었기 때문이었을 것이다.

나는 교사로 있는 동안 근무를 하고 있는 사람들의 처세상의 고통, 즉 상사와의 충돌이라든지, 괴롭힘이라든지, 당파적인 마찰이라든지, 그런 것으로 고통받을 기회가 없었다. 선생의 수가 5명밖에 안 되었다. 당파도 있을 리가 없다. 게다가 분교였으므로 주임이라 해 보았자 교장과는 다르다. 별로 책임감도 없었고, 무엇보다도 상당히 무책임한, 교육 사업 같은 데는 아무런 정열도 없는 사내다. 자기 자신의 교실을 내팽개치고 유력자의 혼담 따위로 동분서주하고, 교육이라는 일에 대해서는 어느 누구를 향해서도 한마디도 할 수 없었으므로 내가 음악과 주판을 할 줄 몰라 그러한 과목을 빼놓고 내 마음대로 시간표를 만들어도 아무 잔소리도 하지 않았고, 그저 간혹가다 유력자의 자식들을 신경 써 달라는 것만 넌지시 비추었다. 그러나 나는 그런 일에 구애받을 필요가 없었다. 나는 아이들을 모두 귀여워했으므로 그 이상 어떻게 할 필요도 느끼지 않았던 것이다.

특히 주임이 나에게 이야기했던 것은 오기와라라는 지주의 아이였는데, 그 지주는 학무위원이었다. 이 아이는 그러나 본래 좋은 아이였고 때때로 장난을 쳐서 나에게 야단을 맞았지만, 야단을 맞는 이유를 잘 알고 있으므로, 나에게 야단을 맞고 나서 용서를 받으면 오히려 안심하는 것이었다. 한 번은 이 아이가, 선생님은 나만 야단친다며 울었다. 그렇지 않다. 사실은 나한테 응석을 부리는 것이었다. 아, 그랬구나. 내가 너만 특별히 야단친단 말이지. 그러면서 내가 웃기 시작했더니, 울음을 뚝 그치고서 그 아이도 웃기 시작했다. 나와 아이 사이의 이런 관계를 주임은 알지 못했다.

아이들은 어른들과 마찬가지로 교활하다. 우유집 낙제생만 해도 매우 교활하기는 하지만 동시에 남을 위해서는 기꺼이 희생하려는 올바른 용기도 함께 가지고 있는데, 어른과 다른 점은 올바른 용기를 잃지 않는 것뿐이라고 나는 생각했다.

어느 날 방과 후, 학생들도 돌아가고 선생들도 돌아가고 나 혼자서 직원실에 멍하게 있었는데 밖에서 유리창을 똑똑 두드리는 사람이 있었다. 보니, 주임이다.

주임은 집에 가는 길에 유력자의 집에 들렀다. 그러자 아이가 울며 학교에서 돌아와, 선생님한테 혼났다는 것이다. 아버지가 학무위원 같은 걸 하고 뻐기고 있으니까 선생님이 나를 미워하는 거야. 아버지는 바보야, 하면서 마구 날뛰어 어떻게 할 도리가 없었다. 도대체, 어째서 야단을 쳤느냐는 것이었다.

공교롭게도 나는 그날 그 아이를 야단치지 않았다. 하지만 아이들이 하는 짓에는 반드시 이면에 슬픈 사연이 있으므로, 결코 표면의 사태만 가지고 판단해서는 안 되는 법이다. 그렇습니까. 별 대단한 건 아니지만 야단을 쳐야 할 일이 있어서 야단을 쳤을 뿐입니다. 그럼, 자네, 이렇게 주임은 야비한 웃음을 지으면서, 자네, 잠깐 그리로 가서 해명을 좀 해 주게. 긴 물건에는 감겨라,* 라지 않나. 어쩔 수 없지. 헤헤헤, 하는 것이다. 주임은 종종 그런 웃음을 짓는 남자였다.

"저는 갈 필요가 없습니다. 선생님이 가시는 길이니까, 아이

---

* 힘 있는 존재에게는 대항하지 말고 어울리라는 뜻의 말.

한테, 아이에게만 말입니다, 이곳으로 오라고 해 주시겠습니까."

"그런가. 하지만 자네, 너무 아이를 혼내면 안 돼."

"네, 뭐, 제 학생들의 일은 제게 맡겨 주십시오."

"그런가. 하지만 살살 좀 부탁해. 유력자의 아이는 특별히 말이야."

하고, 그날 주임은 기분이 좋았는지 의외로 싹싹하게 절뚝절뚝 걸어갔다. 나는 지금까지 잊고 있었지만, 그는 아주 조금 다리를 절었다. 엉덩이를 약간 옆으로 빼듯이 하며 절룩절룩 걷는 것이다. 하지만 그 걸음은 매우 빠르다.

얼마 안 있어 아이는 수줍은 듯이 웃으면서 와서, 선생님 하고 창 밖에서 부르고는 숨어 있다. 나는 곧잘 야단을 치기는 하지만 이 아이를 매우 좋아했다. 그 친밀한 감정은 이 아이에게는 잘 통하고 있었다.

"어째서 아버지를 곤란하게 만들었니?"

"하지만, 약이 올랐거든요."

"사실을 말해봐. 학교에서 돌아가는 길에 뭔가 일을 저질렀지?"

아이들의 가슴에 감추어져 있는 고뇌와 오뇌는 어른과 마찬가지로, 오히려 그보다도 더 진지하고 심각한 법이다. 그 원인이 유치하다고 하더라도 고뇌 자체의 깊이를 원인의 유치함만으로 무시해서는 안 된다. 그런 자책이나 고뇌의 깊이는 7세 아이도 40세 남자도 다를 것이 없다.

그는 울기 시작했다. 그는 학교 옆의 문방구점에서 가게 앞에 진열된 연필을 훔쳤던 것이다. 우유집 낙제생의 위협으로, 아마 뭔가 위협을 당할 만한 약점을 잡혔을 것이다. 그런 이야기는 너무 깊게 파고들지 않는 것이 좋을 것 같다, 여하튼 어쩔 수 없이 훔친 것이었다. 네 이름은 말하지 않고 연필 값을 치러 줄 테니 걱정하지 말라고 했더니 기뻐하며 돌아갔다. 그로부터 며칠 뒤, 아무도 없는 것을 확인하고 살그머니 교무실로 들어와 20, 30전의 돈을 꺼내서, 선생님, 돈 내주셨어요? 하고 물으러 왔다.

우유집 낙제생은 나쁜 짓이 들통 나서 혼이 날 것 같은 느낌이 들자, 상당히 부지런하게 일하기 시작했다. 청소당번 같은 것을 자진해서 맡고, 유리창 같은 것도 열심히 닦거나, 선생님, 변소가 꽉 찼는데 퍼낼까요, 그런 일도 할 줄 아냐, 저는 일하는 것은 무엇이든지 할 수 있는데요. 그러냐, 퍼낸 것을 어디로 가져갈 건데, 뒤쪽 개천에 갖다 버리죠. 말도 안 되는 소리 하지 마. 대체로 이런 식이다. 그때도 부지런을 떨기 시작했기에 나는 우스워서 견딜 수가 없었다.

내가 그에게로 다가가자, 그는 갑자기 뒷걸음질을 치면서,

"선생님, 야단치면, 싫어요."

그는 진지하게 귀를 누르고 눈을 감아 버렸다.

"응, 야단치지 않으마."

"용서해 주실 거예요?"

"용서해 줄게. 이제부터는 남을 꼬드겨서 물건을 훔치게 하면 안 된다. 하지만 도저히 나쁜 짓을 하지 않을 수 없게 되는 경우에는 남을 시키지 말고 너 혼자서 하는 거야. 좋은 짓이건

나쁜 짓이건 너 혼자서 해."

그는 계속해서 네네 하면서 듣고 있었다.

이런 직업은, 만약에, 가령 소년들에게 할 설교라는 것을 자기 자신의 삶의 방식으로 생각하면서 했다가는 너무나도 공허해서 계속할 수 있는 것이 아니다. 그 무렵에는, 그러나 나는 자신감을 가지고 있었던 것이다. 이제 와서는 이런 식으로 아이들에게 설교 같은 것은 할 수 없다. 그 무렵의 나는 그야말로 자연이라는 것의 감촉에 탐닉하고, 태양에 대한 찬가 같은 것이 늘 영혼에서 흘러나오고 있었다. 나는 겁도 없이 노성老成해 버려, 그러한 노성이 실제로 얼마나 공허한 것인지를 깨닫지 못했다. 깨닫지 못하고 있을 수가 있었던 것이다.

내가 교사를 그만둘 때에는 매우 망설였다. 어째서 그만두어야 하는가. 나는 불교를 공부해서 중이 되려 했는데, 그것은 '깨달음'이라는 것에 대한 동경, 그 구도를 위한 엄격함에 대한 향수 비슷한 것에 대한 동경이었다. 교원이라는 생활에서 똑같은 것이 움터 나오지 않을 리가 없다. 나는 그렇게 생각했으므로 깨달음에 대한 동경 같은 것은 없었지만, 어차피 명예욕이라는 것이 있을 때의 일이지, 나는 그런 자신의 비천함을 한탄했던 것이다. 나는 도무지 희망에 불타오를 줄을 몰랐다. 나의 동경은 '세상을 버린다'는 형태 위에 있었으므로, 그리고 내심으로는 세상을 버리는 일이 불안했고, 올바른 희망을 포기하고 있다는 자각과 불안, 회한과 희망을 이미 줄곧 느끼고 있었던 것이다. 아직도 부족하다. 뭐든, 전부 버리자. 그렇게 하면, 어떻게든 되지 않을까. 나는 미친 듯이, 될 대로 되라는 기분으로, 버리자, 버리자, 버리자, 무엇이 되었든 상관없이 오로지 버리는 일을 서두르고자 하고 있는 자신을 바라보고 있었다. 자살이 살고 싶다는 수단의 하나임과 마찬가지로, 버린다는 자포자기식 지향이 실은 청춘의 하나의 발자국 소리에 지나지 않는다는 것을 역시 줄곧 느끼고 있었다. 나는 소년 시절부터 소설가가 되고 싶었던 것이다. 하지만 그 재능이 없다고 굳게 믿고 있었으므로, 그런 올바른 희망에 대한 애초부터의 체념이 마음속 밑바닥에서 작용하기도 했을 것이다.

교사 시절의 묘하게 충만했던 1년이라는 시간은, 나의 역사 가운데, 나 자신이 아닌 것 같은, 회상할 때마다 거짓말같이 이상하게 낯선 기분이 든다.

(1947년 1월)

나는 바다를 껴안고 있고 싶다

私は海をだきしめていたい

1

　나는 언제나 하느님의 나라에 가고자 하면서 지옥의 문으로 들어가고 마는 인간이다. 좌우간 나는 처음부터 지옥의 문을 향해 나갈 때에도, 하느님 나라에 간다는 것을 잊은 일이 없는 어수룩한 인간이었다. 나는 결국 지옥이라는 것에 대해 전율한 일은 없고, 바보이기라도 하듯 아무렇지도 않게 침착하게 있을 수 있으면서도, 하느님 나라를 잊을 수가 없는 인간이다. 나는 반드시, 언젠가 지독한 일을 당하고, 두들겨 맞고, 달콤한 자찬의 찍소리도 낼 수 없을 정도로, 그리고 정말로 발이 미끄러져 완전히 거꾸로 처박힐 때가 있을 것으로 생각하고 있었다.

　나는 교활한 것이다. 악마의 뒤쪽에 있는 하느님을 잊지 않고, 하느님의 그늘에서 악마하고 살고 있으니까. 오래지 않아, 악마에게도 하느님에게도 복수를 당할 것이라고 믿고 있었다. 그렇지만 나라고 해서, 바보는 바보 나름대로 지금까지 몇십 년 살아온 터이므로, 그저 지지는 않는다. 그때야말로 칼이 부러지고, 화살이 다할 때까지 악마와 하느님을 상대로 맞붙을 것이고, 엉망진창으로 난전과 난투를 벌여 줄 것이라고 비장한 각오를 하고 살아왔던 것이다. 꽤나 엉터리이기는 하지만 좌우 간, 언젠가는 가장하고 있던 꺼풀이 벗겨지고, 벌거숭이가 되고, 털이 죄다 뽑히고 나서, 추락할 때가 오리라는 것만은 잊은 적이 없었다.

영리한 사람은, 그것은 네가 교활해서 그런 것이라고 할 것이다. 나는 나쁜 사람입니다, 라고 말하는 것은, 나는 선한 사람입니다, 라고 말하는 것보다 교활하다. 나도 그렇게 생각한다. 하지만 뭐라고 하든 무슨 상관인가. 나는, 나 자신이 생각하는 바도 전혀 믿고 있지 않으니 말이다.

2

나는 그러나 요즈음 묘하게도 안심하게 되었다. 자칫, 나는 악마에게도 하느님에게도 걸어차이지도 않고, 벌거숭이가 되지도 않고, 털도 뜯기지 않은 채, 무사 안온하게 끝나는 것이 아닐까, 이렇게 묘하게 생각하는 때가 있게 되었다.

그러한 안심을 내게 준 것은 한 여인이었다. 이 여자는 저 잘

났다는 생각이 강한 여자로, 머리가 나쁘고, 정조 관념이 없는 것이다. 나는 이 여자의 어떤 다른 곳도 좋아하지 않는다. 그저 육체가 좋을 뿐이다.

정말이지 정조 관념이 결여되어 있었다. 화가 나면 자전거를 타고 튀어나갔다가, 올 때에는 무릎이나 팔에 피를 흘리고 오는 일이 있었다. 덜렁이여서, 충돌하기도 하고, 자빠지기도 하는 것이다. 그것은 피를 보면 알 수 있지만, 그러나 피가 흐르지 않는 장난을 누구와 어디서 하고 왔는지 나로서는 알 수가 없다. 알 수는 없지만, 상상은 할 수 있고, 또 사실인 것이다.

이 여자는 예전에는 창녀였다. 그러다가 술집 마담이 되었고 이윽고 나와 살게 되었지만, 나 자신도 정조 관념은 희박하므로 처음부터 일정 기간만의 놀이 상대로 여겼다. 이 여자는 창부 생활 때문에 불감증이었다. 육체의 감동이라는 것이 없는 것이다.

육체의 감동을 알지 못하는 여자가 육체적으로 놀지 않고는 견딜 수 없다는 것이 나로서는 이해가 되지 않았다. 정신적으로 놀지 않고는 못 견디겠다면 잘 알 것 같다. 그런데 이 여자는 전혀 정신적인 사랑 따위는 생각하고 있지 않으므로, 이 여자의 바람기라는 것은 불감증의 육체를 장난감으로 삼을 뿐인 것이다.

"어째서 당신은 자기의 몸을 장난감으로 삼는 걸까."

"창녀였기 때문이에요."

여자는 시무룩한 표정으로 그렇게 말했다. 잠시 후 나의 입술을 원해서 여자의 볼에 입을 대니, 울고 있었다. 나는 여자의

눈물 따위는 귀찮기만 할 뿐 전혀 감동을 하지 않는지라,

"그렇지만 이상하잖아. 불감증이면서 말이야……"

여자는 내 말을 빼앗기라도 하듯 바짝 나에게 달라붙으며,

"괴롭히지 마요. 네, 용서해 줘요. 내 과거가 나빴어요."

여자는 미친 듯이 나의 입술을 요구하고, 나의 애무를 원했다. 여자는 오열하고, 매달리고, 몸부림쳤지만, 그러나 그것은 격정의 흥분이었을 뿐, 육체의 진실한 기쁨은 이때에도 없었던 것이다.

나의 싸늘한 마음이 여인의 허무한 격정을 차갑게 내려다보고 있었다. 그러자 여자가 갑자기 눈을 떴다. 그 눈에는 증오가 가득해 있었다. 불같은 증오였다.

3

나는 그러나 이 여인의 불구의 육체가 묘하게도 좋아졌다. 진실이라는 것으로부터 내동댕이쳐진 육체는 섣부르게 진실한 것보다도, 차가운 애정을 반영할 수 있을 것 같은, 환상적인 집착을 갖게 되었던 것이다. 나는 여자의 육체를 껴안고 있는 것이 아니라, 여자의 육체 형태를 한 물을 껴안고 있는 듯한 기분이 드는 일이 있었다.

"나 같은 건 어차피 괴상망측한 등신이에요. 내 일생 같은 건, 아무렇게나 되어도 상관없어."

여자는 놀이 뒤에는, 특히 자조적이 되고는 했다.

여자의 몸은, 아름다운 몸매였다. 팔도 다리도, 가슴도 허리도, 마른 듯하면서도 살이 통통한, 그리고 살갗이 싱싱하고 부드러우면서, 바라봐도 싫증이라고는 나지 않는 아름다움을 가지고 있었다. 내가 사랑하는 것은, 다만 그 육체뿐이라는 것을 여자는 알고 있었다.

여자는 때로 나의 애무를 귀찮아하기도 했지만, 나는 그런 일에는 개의치 않았다. 나는 여자의 팔과 다리를 장난감으로 삼아, 그 아름다움을 멍하니 바라보는 일이 많았다. 여자도 멍하니 있기도 하고 웃기도 하고, 화를 내고 미워하기도 했다.

"화를 내거나 미워하는 것 그만둘 수 없어? 멍하니 있으면 안 돼?"

"하지만, 귀찮은걸요."

"그런가. 역시 너는 인간이구나."

"아니면, 뭔데?"

나는 여자를 추켜세웠다가는 버릇없이 군다는 것을 알고 있었으므로 잠자코 있었다. 산속 깊은 숲에 둘러싸인 조용한 늪과 같은, 나는 그런 그리운 기분이 들 때가 있었다. 그저 싸늘한, 아름다운, 허망한 것을 껴안고 있는 일은, 육욕의 불만은 제쳐 놓더라도, 애잔한 슬픔이 있는 것이었다. 여자의 공허한 육체는 불만이기는 했지만, 신기하게도, 오히려, 청결을 깨닫게 해 준다. 나는 나의 음란한 영혼이 이에 의해 애잔하게 용서되고 있는 듯한 앳된 그리움을 느낄 수 있었다.

다만 나의 고통은, 이처럼 덧없고 청결한 육체가, 어찌해서 짐승이 들린 듯 바람을 피울 수밖에 없을까 하는 점뿐이었다.

나는 여자의 음탕한 피를 증오하고 있었지만, 그 피조차도, 때로는 청결하게 여겨지는 때가 있었다.

4

나 자신, 한 여자에 만족할 수 있는 인간이 아니었다. 나는 오히려 어떠한 일에도 만족할 수 없는 인간이었다. 나는 노상 갈망하고 있는 인간이다.

나는 사랑을 하는 인간이 아니다. 나는 더는 사랑을 할 수가 없는 것이다. 왜냐하면 모든 것이 '뻔한 것'이라는 것을 알고 말았기 때문이었다.

다만 나에게는 바람기가 있어서, 뻔한 무엇인가와 놀지 않을 수가 없게 되는 거다. 그 놀이는, 나로서는 늘 진부하고, 권태로웠다. 만족도 없고, 후회도 없었다.

여자도 나와 같을까, 하고 나는 때때로 생각했다. 나 자신의 음탕한 피와 이 여자의 음탕한 피는 같은 것일까. 나는 그러면서도, 여자의 음탕한 피를 때로 저주했다.

여자의 음탕한 피가 나의 피와 다른 점은, 여자는 스스로 노리는 일도 있지만, 수동적인 경우가 많았다. 남이 친절을 베풀거나, 남이 무엇인가를 주면, 그 답례로 몸을 주지 않을 수 없는 기분이 되고 마는 것이다. 나는 그 미덥지 못함이 불쾌했다. 그러나 나는 그러한 나 자신의 생각에 대해서도 의심하지 않을 수 없었다. 나는 여자의 부정不貞을 저주하고 있는 것일까,

부정의 근저에 있는 미덥지 못함을 저주하고 있는 것일까. 만약에 여자가 물러빠져서 바람을 피우지 않게 된다면, 여자의 부정을 저주하지 않을 수 있을까. 나는 그러나 여자의 바람기의 밑바닥에 있는 물러빠짐에 대해 화낼 수밖에는 없었다. 왜냐하면 나 자신이 똑같이 바람기에 들려 있는 남자였기 때문이다.

"죽어요. 같이."

내가 화를 내면, 여자가 하는 말은 늘 같았다. 죽는 것 이외에 자신의 바람기는 어쩔 도리가 없다는 것을 본능적으로 외치고 있는 소리였다. 여자는 죽고 싶어 하지는 않았다. 하지만 죽는 것 외에 바람기는 어떻게도 할 수 없다는 부르짖음에는, 절실한 진실이 있었다. 이 여자의 몸은 거짓 몸이다. 허망한 시체와도 같이, 이 여자의 외침은 거짓일지라도, 거짓 자체가 진실보다도 진실하다는 것을, 나는 묘하다고 생각하게 되었다.

"당신은 거짓말쟁이가 아니어서 안 되는 거예요."

"아니야, 나는 거짓말쟁이야. 다만, 진짜하고 거짓이 따로따로니까, 안 되는 거지."

"좀 더, 능구렁이가 되세요."

여자는 증오의 눈으로 나를 바라보았다. 하지만 고개를 떨구었다. 그러고는, 다시 고개를 들어, 대들 듯한 경직된 얼굴이 되었다.

"당신이 내 영혼을 고양시켜 주지 않으면, 누가 높여 주겠어요."

"뻔뻔스러운 소리를 하는군."

"뻔뻔스럽다니, 뭐가요."

"자기 일은 자기가 할 수밖에 없는 거야. 나는 내 일만 가지고도 벅차거든. 당신은 당신 일만 가지고 벅차 하면 되잖아."

"그럼 당신은 나와는 상관이 없는 사람이네요."

"누구나, 그렇지. 누구의 영혼이든, 방관자가 아닌 영혼이라는 게 있을 턱이 있나. 부부는 일심동체라니, 바보 같은 소리도 쉬엄쉬엄 해야지."

"뭐예요. 내 몸에 왜 손을 대는 거예요. 저리 가요."

"싫어. 부부란 건, 이런 거거든. 영혼이 따로따로이더라도, 육체의 놀이만이 있는 거니까."

"싫어요. 뭐하는 거예요. 이젠 싫어요. 절대로, 싫어요."

"그럴 수는 없지."

"싫다니까."

여자는 분연히 내 팔에서 빠져 나갔다. 옷이 찢어져, 훤히 어깨가 드러나 있었다.

여자는 분노로, 관자놀이에서 푸른 핏줄이 꿈틀거리고 있었다.

"당신은 내 몸을 돈으로 사고 있는 거야. 쥐꼬리만한 돈으로. 창부를 살 돈의 10분의 1도 되지 않는 적은 돈으로……"

"맞았어. 당신은 그걸 아는 만큼, 아직은 괜찮아."

5

내가 육욕적으로 파고들수록, 여자의 몸이 투명해지는 기분이 들었다. 그것은 여자가 육체의 기쁨을 알지 못하기 때문이다. 나는 육욕에 흥분하고, 어떤 때는 화를 내고, 어떤 때는 여자를 증오하고, 어떤 때는 더할 나위 없이 사랑했다. 그러나 날뛰는 것은 나뿐으로, 응답하는 것이 없고, 나는 그저 허망한 그림자를 안고 있는 그 고독을 오히려 사랑했다.

나는 여자가 말을 하지 않는 인형이었으면 하고 생각했다. 눈에도 보이지 않고, 목소리도 들리지 않고, 다만, 나의 고독한 육욕에 응해 주는 무한한 실루엣이기를 바라고 있었다.

그리고 나는 나 자신의 진짜 기쁨이란 무엇일까 하고 문득 생각하게 되었다. 나의 진짜 기쁨은, 어떤 때는 새가 되어 하늘을 날고, 어떤 때는 물고기가 되어 늪의 연못 속 바닥을 돌아다니고, 어떤 때는 짐승이 되어 들판을 달리는 것이 아닐까.

나의 진짜 기쁨은 사랑을 하는 것이 아니다. 육욕에 빠지는 일이 아니다. 오직, 사랑에 지치고, 사랑에 진력나고, 육욕에 지치고, 육욕을 저주하는 것이 늘 필요할 뿐이었다.

나는 육욕 자체가 나의 기쁨은 아니라는 점을 깨달았을 때, 기뻐해야 할 것인지, 슬퍼해야 할 것인지, 믿어야 할 것인지, 의심해야 할 것인지 알 수가 없었다.

새가 되어 하늘을 날고, 물고기가 되어 물속을 헤매고, 짐승이 되어 산을 달린다는 것은 무슨 의미일까. 나는 또 섣부른 거짓말을 하고 있는 것 같아 싫다는 기분이 들었지만, 나는 아마

도, 나는 고독이라는 것을 응시하고, 노려보고 있는 것이 아닐
까 하고 생각했다.

여자의 육체가 투명해져서, 내가 고독의 육욕에 오히려 충
족되어 가는 것을, 나는 그것이 자연스러운 것이라고 믿게 되
었다.

6

여자는 음식 만들기를 좋아했다. 자신이 맛있는 음식을 먹
고 싶어서였다. 또, 주변의 청결을 좋아했다. 여름이 되면, 세면
기에 물을 넣어, 거기에 발을 담그고, 벽에 기대 있는 일이 있
었다. 밤에 내가 자려 하면, 내 이마에 차가운 수건을 올려 주
기도 했다. 변덕쟁이어서, 매일의 습관은 아니었지만, 나는 오
히려 그 변덕이 좋았다.

나는 늘 처음으로 접하는 여자의 자태의 아름다움에 눈길이
끌렸다. 예를 들자면, 턱을 괴고 밥상을 훔치는 모습이라든지,
세면기에 발을 넣고 벽에 기대고 있는 자태라든지, 그리고 또,
때로는 보이지 않는 어둠 속에서 불쑥 차가운 수건을 얹어 주
는 이상한 그 영혼의 모습 등.

나는 나의 여자에 대한 애착이 그러한 것에 한정되는 있는
것이, 어떤 때는 만족스럽기도 했지만 어떤 때는 슬펐다. 충족
된 마음은 언제나 조그맣다. 조그마해서, 슬픈 것이다.

여자는 과일을 좋아했다. 계절마다 그 계절의 과일을 접시

에 담아, 마치, 언제나 과일을 계속해서 먹고 있는 듯한 느낌이었다. 식욕이 돋는 모습이었지만, 묘하게 탐식을 느끼게 하지 않는 산뜻한 느낌이어서, 그것이 또 이 여자의 음탕함의 방식을 뚜렷하게 느끼게 하는 것이었다. 그 모습도 나에게는 아름다웠다.

이 여자에게서 음탕함을 빼고 나면, 이 여자는 나에게는 아무것도 아니게 되고 만다는 것을 점차로 깨닫게 되었다. 이 여자가 아름다운 것은 음탕하기 때문이다. 모두가 변덕스러운 아름다움이었다.

그러나 여자는 자신의 음탕함을 두려워하고 있기도 했다. 이에 비해 볼 때, 나는 나의 음탕을 두려워하지 않았다. 그저, 나는 여자 정도만큼은, 실제의 음탕에 빠져들지 않았을 뿐이었다.

"나는 나쁜 여자예요."

"그렇게 생각해?"

"좋은 여자가 되고 싶어요."

"좋은 여자라는 게 어떤 여잔데?"

여자의 얼굴에 분노가 떠올랐다. 그리고 울상이 되었다.

"당신은 어떻게 생각하고 있는데요? 내가 미워요? 나하고 헤어질 생각이에요? 그리고, 평범한 마누라를 얻고 싶은 거죠?"

"당신 자신은 어떤데?"

"당신 얘기를 하세요."

"나는 평범한 마누라를 얻고 싶다고 생각하지 않아. 그뿐이야."

"거짓말쟁이."

나에게 문제는 다른 곳에 있었다. 나는 그저, 이 여자의 육체에 미련이 있는 것이다. 그뿐이다.

7

나는 여자가 어째서 나에게서 떠나지 않는지를 알고 있었다. 다른 남자는 나처럼, 좌우간 여자의 바람기를 아무렇지도 않게 받아들여주지 않기 때문이다. 게다가, 또 나처럼 깊이 여체를 사랑하는 남자도 없기 때문이다.

나는 육체의 쾌감을 모르는 여자의 육체에 대해 남모르는 기쁨을 느끼고 있는 나의 영혼이 불구가 아닌지 의심하지 않을 수 없었다. 나 자신의 정신이, 여자의 육체에 상응하는 불구이고, 기형이고, 병적인 게 아닌가 생각했다.

나는 그러나 환희불歡喜佛*처럼 육욕의 육욕적으로 만족한 모습에 자신의 생을 맡길 만한 용기가 없다. 나는 물 자체가 물 자체인, 동물적인 진실의 세계를 믿을 수 없었던 것이다. 육욕 상으로도, 정신과 교착된 허망한 그림자로 꾸며져 있지 않으면, 나는 그것을 미워하지 않을 수가 없다. 나는 엄청 호색한이

* 환희천歡喜天이라고도 부른다. 불교의 수호신으로, 부귀를 주고, 병을 없애고, 부부 화합, 아기를 점지한다고 한다.

므로, 단순히 육욕적일 수는 없는 것이다.

나는 여자가 육체의 만족을 모른다는 사실 가운데, 나 자신의 고향을 발견하고 있었다. 만족이라는 것의 그림자조차 아닌 허망함은 나의 마음을 항상 깨끗하게 해주고 있는 것이다. 나는 안심하고 나 자신의 음욕에 미칠 수가 있었다. 아무것도 나의 음욕에 답해 줄 만한 것이 없기 때문이었다. 그 청결과 고독이, 여인의 다리와 팔과 허리를 한층 아름답게 보여주고 있는 것이었다.

육욕조차도 고독할 수 있다는 것을 발견한 나는, 더는 행복을 찾아 헤맬 필요가 없었다. 나는 감수하고, 불행을 추구하면 되었던 것이다.

나는 예전부터 행복을 의심하고, 그 왜소함을 슬퍼하면서, 동경하는 마음을 도저히 추스를 수가 없었다. 나는 간신히 행복과 끊어질 수 있게 된 것 같은 기분이 들었다.

나는 처음부터 불행이나 괴로움을 탐색하는 것이다. 이제는 행복 따위는 바라지 않는다. 행복 따위는 사람의 마음을 진실로 위로해 주는 것이 아니기 때문이다. 행여라도 행복해지고자 해서는 안 되는 것이다. 사람의 영혼은 영원히 고독한 것이기 때문이다. 그리고 나는 상당히 기세 좋게, 그러한 염불 같은 것을 생각하기 시작했다.

그런데 나는 불행이라든지 고뇌라든 것이 어떤 것인지, 사실은 모르는 것이다. 게다가, 행복이 어떤 것인지 그것도 알지 못한다. 될 대로 되라지. 나는 그저 내 영혼이 무엇인가에 의해 충족되는 일은 없다는 것을 확신하고 있었을 것이다. 나는 결국 나의 영혼이 충족되기를 바라지 않게 되었을 뿐이다.

이런 생각을 하면서도, 나는 그러나 개들처럼 여자의 육체를 탐하는 것이었다. 나의 마음은 그저 탐욕스러운 귀신이었다. 언제나, 그저, 그렇게 중얼거리고 있었다. 어째서, 하나같이, 이렇게, 따분할까. 이 얼마나 견딜 수 없는 허무함인가, 하고.

나는 어느 날 여자와 온천에 갔다.

바닷가로 산책을 나갔는데, 그날은 엄청 바다가 거칠었다. 여자는 맨발로, 파도가 밀려나가는 틈을 타 조가비를 줍고 있었다. 여자는 대담하고 민첩했다. 파도의 호흡을 제대로 알아차리고, 바다를 정복하고 있는 듯한 분방한 움직임이었다. 나는 그 신선한 모습에 눈길이 팔려, 때때로 생각지도 않게 나타나는 처음 보는 자태의 신선함을 정신없이 바라보고 있었는데, 나는 문득, 거대한, 사람 키의 몇 배나 되는 파도가 밀려와, 갑자기 여자의 모습이 삼켜지고, 사라져 버리는 것을 보았다. 나는 그 순간, 갑자기 일어난 파도가 바다를 가리고, 하늘의 반을 감춘 듯한, 어둡고 거대한 파도를 보았다. 나는 나도 모르게 마음속으로 소리를 쳤다.

그것은 나의 일순의 환각이었다. 하늘은 이미 개어 있었다. 여자는 아직 파도 사이를 누비며 뛰어 놀고 있다. 나는 그러나 그 한순간의 환각이 너무도 아름다워 그것을 지울 수 없었다. 나는 여자의 모습이 사라져 없어지기를 바라고 있는 것은 아니다. 나는 나의 육욕에 탐닉하고, 여자의 육체를 사랑하고 있었으므로, 여자가 사라지기를 바란 적이 없었다.

나는 산골짜기 같은 거대한 암녹색 구덩이를 깊이 파며 높이 솟아올라, 한순간에 물보라 속으로 여자를 감추어 놓았던 물의 유희에 감동했다. 여자의 무감동한, 그저 유연한 육체보다도, 좀 더 무자비한, 좀 더 무감동한, 좀 더 유연한 육체를 보았다. 바다라는 육체였다. 이 얼마나 넓고 장대한 유희인가 하고 나는 생각했다.

나의 육욕도, 저 바다의 어두운 소용돌이에 감기고 싶다. 저 파도에 부딪혀 잠기고 싶다고 생각했다. 나는 바다를 껴안고, 나의 육욕을 채울 수 있으면 좋겠다고 생각했다. 나는 육욕의 초라함이 슬펐다.

(1947년 1월)

연애론 戀愛論

연애란 어떤 것인지, 나는 잘 알지 못한다. 그게 어떠한 것인지를, 일생 문학에서 줄곧 찾고 있는 셈이니까 말이다.

누구나 사랑이라는 것과 맞닥뜨리게 마련이다. 혹, 맞닥뜨리는 일 없이 결혼하는 사람이 있을지도 모른다. 그러나 마침내 남편을 아내를 사랑한다 혹은 태어난 아이를 사랑한다. 가정 그 자체를 사랑한다. 돈을 사랑한다. 옷을 사랑한다.

나는 농담을 하는 것이 아니다.

일본어에는 연애戀와 사랑愛이라는 말이 있다. 약간은 뉘앙스가 다른 것 같다. 혹은 둘을 매우 다르게 해석하거나 느끼는 사람도 있을 것이다. 외국에서는(내가 아는 유럽의 두세 나라에서는) 사랑도 연애도 똑같아서, 사람을 사랑한다는 똑같은 낱말로 물건을 사랑한다고 한다. 일본인은 사람을 사랑하고,

사람과 연애하기도 하지만 통상 물건과 연애한다고는 하지 않는다. 어쩌다 그럴 경우에는, 사랑하고는 다른 의미, 좀 더 강렬하고 광적인 힘이 담겨 있는 것 같은 느낌이다.

하긴 연애한다는 말에는, 아직 소유하지 않은 것에 대해 마음 끓이고 있는 듯한 뉘앙스도 있고, 사랑한다고 하면 좀 더 차분하게, 조용히, 맑게, 이미 소유한 것을 애지중지한다는 느낌도 있다. 그러므로 연애한다는 말에는 추구하는 격렬함, 광적인 기원祈願이 깃들어 있는 듯하기도 하다. 나는 사전을 살펴본 것은 아니지만, 그러나 연애와 사랑의 두 낱말에 역사적인, 구별되고 한정된 의미, 뉘앙스가 명확하게 규정되어 있는 것으로는 생각되지 않는다.

예전에 기리시탄切支丹이 처음으로 일본에 도래했을 무렵, 이 사랑이라는 말 때문에 매우 고생을 했다는 이야기가 있다. 저쪽에서는 사랑하다는 좋아하다이며, 사람을 사랑하다, 물건을 사랑하다, 모두 하나같이 좋아한다는 평범한 낱말이 하나 있을 뿐이다. 그런데, 일본의 무사도에서는, 불의는 집안의 금령禁令으로서, 색연色戀이라 하면 곧바로 불의가 되고 만다. 연애란 사악한 것으로 규정되어 있어서, 청순한 의미가 사랑이라는 말에는 들어 있지 않은 것이다. 기리시탄은 '사랑'을 말한다. 신의 사랑, 그리스도의 사랑, 하지만 사랑은 불의와 직결된다는 뉘앙스가 강한 만큼, 이것의 번역어를 무엇이라 할 것인지 난처해졌으므로, 고심 끝에 발명한 것이 '소중'이라는 말이다. 즉 '신Deus의 소중' '그리스도의 소중'이라 칭하고, 나는 너를 사랑한다는 것을 나는 너를 소중히 생각한다고 번역했던 것이다.

실제로, 오늘날 우리의 일상의 관용으로도, 사랑이나 연애는 왠지 익숙하지 않은 말의 하나로서, 나는 당신을 사랑합니다, 따위의 말을 하면, 무대 위에서 공허하게 지껄이고 있는 듯한, 우리의 생활 기반에 밀착되지 못한 공허함을 느낄 수 있다. 사랑한다, 라는 것은 어쩐지 젠체하는 듯한 느낌이다. 그래서, 나는 당신이 좋다, 라고 말한다. 이쪽이 진짜 같은 무게가 느껴지기 때문에, 결국 영어의 러브와 똑같은 결과가 되는 것 같지만, 그러나 일본어의 '좋아한다'만 가지고는 역부족의 감이 있어서, 초콜릿을 좋아한다는 정도로밖에는 느껴지지 않는 듯한 부족함이 있기 때문에 하는 수 없이, 참으로 좋아한다, 정말로 좋아한다, 하고 힘을 실으려 하게 된다.

일본의 언어는 메이지明治 이래로, 외래문화에 어울리게 충당시킨 말이 많은 탓인지, 말의 의미와 그것이 우리의 일상에서 흔히 쓰이는 말하고 생명이 제각각이기도 하고, 동의어가 다양해서 그 각각에 안개라도 끼어 있는 듯 경계선이 명확하지 않은 말이 많다. 그것을 가리켜 '말의 나라'라고 해야 할 것인지, 우리의 문화가 거기에서 과연 이익을 얻고 있는지 나는 매우 의심하고 있다.

빠졌다는 말을 하면 저질스럽게 느껴진다. 사랑한다고 하면 좀 품위 있다는 기분이 든다. 저질 연애, 품위 있는 연애, 혹은 실제로 갖가지 연애가 있을 터이므로, 빠졌다, 사랑했다, 이렇게 구별해서 사용하면 단 하나의 동사로 간단명료하게 구별할 수 있어서 일본어는 편리한 것 같기는 한데, 하지만 나는 반대로 불안을 느낀다. 즉, 단 한 낱말의 구별에 의해, 자못 산뜻하게 구별을 짓고 그것으로 끝내 버리는 만큼, 사물 자체의 깊은 기미幾微, 독특한 개성적인 여러 표상을 놓치고 만다. 말에 너무 기대고, 말에 너무 맡기고, 사물 자체에 기반해 정확한 표현을 생각해 내고, 즉 우리의 언어는 사물 자체를 알기 위한 도구라는 사고방식, 관찰의 본질적인 태도를 소홀히해 버린다. 요컨대 일본어의 다양성은 너무 분위기적이고, 따라서 일본인의 심정의 훈련까지도 분위기적으로 만들어 버린다. 우리의 다양한 말은 그것을 구사하는 매우 자유자재하고 풍요한 심적인 비옥한 들판을 느끼게 해 주어서 미덥기 짝이 없는데, 실은 우리는 그 덕분에 알 듯 모를 듯, 만사 분위기로 끝내고 졸업한 것 같은 기분이 들 뿐인, 원시原始 시인의 언론 자유의 혜택을 너무 누린 나머지, 원시 그대로의 말의 영靈이 풍부한 나라이건만, 문화의 의상을 빌려 입고 있는 듯한 꼴이다.

사람은 연애라는 것에 대해 특별한 분위기를 지나치게 공상하고 있는 것 같다. 그러나 연애는 말도 아니고, 분위기도 아니다. 그저, 좋아한다, 는 것 가운데 하나일 것이다. 좋아한다는 심정에는 무수한 차이가 있을지도 모른다. 그 차이 중에서, 좋아한다와 연애의 차이가 있을지 모르지만, 차이는 차이일 뿐, 분위기는 아닐 것이다.

* * *

연애라는 것은 언제나 일시적인 환영幻影이어서, 반드시 망하고, 식는 법이라는 것을 알고 있는 어른들의 마음은 불행하다.

젊은 사람들은 같은 것을 알고 있더라도, 정열을 실현하고자 하는 생명력이 그것을 모르게 만들어 버리지만, 어른은 그렇지가 못하다. 정열 자체가 알고 있다, 연애는 환영이라는 것을.

연령에는 그 연령의 꽃과 과일이 있는 법이므로, 연애는 환영에 지나지 않는다는 사실에 대해서 젊은 사람들은 그저, 알겠다, 들어두지, 하는 정도면 될 것이라고 나는 생각한다.

진짜라고 하는 것은, 너무나 진짜여서 나는 싫다. 죽으면 백골이 된다고 한다. 죽어 버리면 그것으로 끝이라고 한다. 이런 너무나 당연한 것은 무의미한 것에 지나지 않는 것이다.

교훈에는 두 가지가 있는데, 선인들이 그 때문에 실패했으니까, 뒷사람은 그것을 해서는 안 된다는 의미의 것과, 선인은 그 때문에 실패했고 뒷사람도 실패할 것이 정해져 있지만, 그렇다고 해서 하지 말라고는 할 수 없는 성질의 것, 두 가지다.

연애는 후자에 속하는 것으로, 어차피 환영이다. 영원한 연애 등은 최고의 거짓말이라는 것을 알고 있지만, 그렇다고 그것을 하지 말라고는 말할 수 없는 성질의 것이다. 그것을 하지 않으면 인생 자체가 없어질 만한 것이니 말이다. 즉, 인간은 죽는다, 어차피 죽을 것이라면 얼른 죽어 버려라, 라는 말이 성립되지 않는 것과 똑같은 이치다.

나는 대체로 만엽집萬葉集, 고금집古今集의 사랑 노래 같은 것을 놓고, 진정한 마음이 소박하고 순수하게 토로되었다면서 고도의 문학처럼 여기는 사람들, 그런 소박한 사상이 싫다.

극단적으로 말하면, 그러한 연가戀歌는 동물의 본능의 외침, 개나 고양이가 그 애정 때문에 울부짖는 것과 같은 것이고, 그것이 말로 표현되어 있을 뿐인 게 아닐까.

연애를 하면, 밤에도 잠을 잘 수 없게 된다. 헤어지고 나면 죽을 정도로 괴롭다. 편지를 쓰지 않고는 배길 수가 없게 된다. 그 편지가 아무리 잘 쓰였다 하더라도, 고양이의 울음소리와 결국은 같은 것으로서, 이러한 연애의 상相은 만고불변의 진실이고, 너무나 진실하기 때문에 특별히 말할 필요는 없는 것이며, 사랑을 하면 누구나 그렇게 된다. 너무나 뻔한 일이니만큼, 마음대로 그렇게 하라고 하면 되는 얘기일 뿐이다.

첫사랑만 그런 게 아니라, 몇 번째의 사랑의 경우도 사랑은 으레 그런 것으로, 사랑에 성공해도 실연한 것이나 마찬가지로, 잠이 오지 않기도 하고, 죽을 정도로 안타깝기도 하고 불안하기도 한 법이다. 그런 것은 순정도 아무것도 아니다. 한두 해 지나고 나면, 다시, 다른 사람에게 그럴 테니까.

우리가 연애에 대해 생각하기도 하고 소설을 쓰기도 하는 의미는, 이러한 원시적인(불변의) 심정에 대한 당연한 모습을 추구하고자 하는 것은 아니다.

인간의 생활이라는 것은, 각자가 건설해야 하는 것이다. 각자가 자신의 인생을, 일생을 건설해야 하는 것이고, 그러한 노력의 역사적 발자취가, 문화라는 것을 키워 놓는다. 연애도 마찬가지로, 본능의 세계에서 문화의 세계로 끌어내어, 각자의 손에 의해 그것을 만들어 내고자 하는 데서 문제가 비롯되는 것이다.

A 군과 B 양이 사랑을 했다. 두 사람은 각각 잠이 오지 않는다. 헤어진 후에는 죽을 만큼 괴롭다. 편지를 쓴다. 속절없이 운다. 여기까지는 두 사람의 어버이도, 그 조상도, 손자도 자손도 다들 다를 것이 없으므로 더 할 말이 없다. 하지만 이처럼 서로 사랑하는 두 사람도, 2, 3년 후에는 거의 예외 없이 드잡이 싸움을 하고, 다른 사람의 얼굴을 가슴에 두고는 하는 것이다. 뭔가 좋은 방법은 없을까 생각한다.

하지만 대개는 거기까지는 생각하지 않는다. 그리고 A 군과 B 양은 결혼한다. 그러고는, 예외 없이 권태기가 오고, 원수 같다는 마음도 우러난다. 그러면, 어찌할 것인지를 생각한다.

그 해답을 나한테 내놓으라고 해 봤자 무리다. 나는 모른다. 나 자신이, 나 자신만의 해답을 줄곧 찾아 헤매고 있는 데 지나지 않으니까.

* * *

나는 아내 있는 남자가, 남편 있는 여인이, 사랑을 하면 안 된다는 식으로 생각하지 않는다.

사람은 버려진 한쪽을 동정하고 버리고 간 한쪽을 미워하지만, 버리지 않으면 버리지 않았기 때문에, 버려진 쪽과 똑같은 고통을 인내해야 하므로, 대체로 실연과 득연得戀은 고통에 있어서 동가同價의 것이라고 나는 생각하고 있다.

나는 대체로 동정을 좋아하지 않는다. 동정해서 사랑을 단

넘한다는 따위는, 첫째로 컴컴해서 나는 싫다.

나는 약자보다도, 강자를 택한다. 적극적인 삶을 택한다. 이 길이 실제로는 고난의 길인 것이다. 왜냐하면 약자의 길은 뻔하기 때문이다. 어둡지만, 무난하고, 정신상의 엄청난 격투가 불필요하기 때문이다.

하지만 어떠한 정리正理도 결코 만인의 것은 아니다. 사람은 각각의 개성이 다르고, 그 환경, 그 주변과의 관계가 늘 독자적일 테니까.

우리들의 소설이, 그리스의 그 옛날부터 질리지도 않고 되풀이하고 있는 것도, 개성이 개성 자신의 해결을 하는 수밖에 없기 때문으로, 뭔가 만인에 적합한 규칙이 있어서 연애를 이거다 하고 정할 수가 있다면, 소설 따위는 쓸 필요도 없고 소설이 존재할 의미도 없는 것이다.

그러나 연애에는 규칙이라는 것은 없지만, 실은 일종의 규칙은 있는 것이다. 그것은 상식이라는 것이다. 또는 인습이라는 것이다. 이 규칙에 의해서 마음이 채워지지 못하고, 그 거짓에 승복할 수 없는 영혼이 말하자면 소설을 낳는 영혼이기도 하므로, 소설의 정신은 언제나 현세에 반역적인 것이고, 좀 더 나은 무엇인가를 찾고 있는 것이다. 그러나 이는 작가 측에서 하는 소리이고, 상식 쪽에서 말해 본다면 문학은 항상 양속良俗에 반하는 것이 된다.

연애는 인간의 영원한 문제이다. 인간이 있는 한, 그 인생의 아마도 가장 주요한 것이 연애일 것이라고 나는 생각한다. 인간의 영원한 미래에 대해, 내가 지금 여기서 연애의 진상 같은 것을 말할 수 있는 처지도 아니고, 그리고 우리가, 올바른 사랑이라는 것을 미래를 걸어 놓고 단언할 수도 없는 것이다.

다만, 우리는 각 사람이 각자의 인생을 한껏 살며, 이로써 스스로만의 진실을 슬프게 자랑하며, 돌보지 않으면 안 될 뿐이다.

문제는 오직 하나, 자신의 진실이란 무엇인가, 하는 기본적인 것뿐이리라.

거기에 대해서도, 또한 나는 확신을 가지고 할 수 있는 말을 갖지 못했다. 다만, 상식, 이른바 미풍양속이라는 것은 진리도 아니고 정의도 아니라는 것이고, 미풍양속에 의해 악덕이라는 소리를 듣는다 해도 반드시 악덕인 것은 아니고, 미풍양속에 의해 벌 받기보다도 자아 스스로에 의해 벌 받기를 두려워해야 한다는 것만은 말할 수 있을 것 같다.

* * *

그러나 인생은 원래 그리 원만하고 다행한 것은 아니다. 사랑하는 사람은 사랑해 주지 않고, 바라는 것은 손에 들어오지 않는, 대체로 그런 종류의 것인데, 그 정도의 일은 서주序奏이고 인간에게는 '영혼의 고독'이라는 악마의 나라가 입을 벌리고 기다리고 있는 것이다. 강자일수록 거대한 악마를 보게 되어, 투쟁하지 않을 수가 없는 것이다.

사람의 영혼은 무엇으로도 채워질 수 없는 것이다. 특히 지식은 사람을 악마와 이어 주는 끈이고 인생에 영원한 것, 배반하지 않는 행복 같은 것은 존재하지 않는다. 한정된 일생에서, 영원 따위는 애초에 거짓인 게 뻔하고, 영원한 사랑 등 시인처럼 말해 보았자, 그저 주관적 이미지를 농하는 말솜씨일 텐데, 이러한 시적 도취는 결코 우아하고 고상한 것도 아니다.

인생에서는 시를 사랑하기보다도, 현실을 사랑하는 것부터 시작하지 않으면 안 된다. 원래 현실은 언제나 사람을 배반하는 것이다. 그러나 현실의 행복을 행복으로, 불행을 불행으로 삼는 즉물적인 태도는 어찌됐든 엄숙한 것이다. 시적 태도는 불손하고, 공허하다. 사물 자체가 시일 때에, 비로소 시에 생명이 깃들 수 있다.

플라토닉 러브라 칭하면서, 정신적 연애를 고상하다고 말하는 것도 묘하지만 육체는 경멸하지 않는 편이 좋다. 육체와 정신이라는 것은 언제나 둘이 서로를 배반하는 게 숙명이어서, 우리의 생활은 생각하는 것, 즉 정신이 주主이므로, 항상 육체를 배반하고, 육체를 경멸하는 일에 익숙해져 있지만, 정신은 또한 육체에 늘 배반당하고 있다는 것을 잊어서는 안 된다. 양쪽 모두 그저 그런 것이다.

사람은 연애에 의해서도 채워지는 것은 아니다. 몇 번 사랑을 해 보았자, 그 별 볼 일 없음을 깨닫는 것 말고는 위대해진다는 일은 없는 것 같다. 오히려 그 어리석음과 졸렬함에 의해 늘 배반당할 뿐일 것이다. 그러면서도 사랑 없이는 인생은 성립되지 않는다. 어차피 인생이 어처구니없는 것인 만큼 연애가 어처구니없다 해도 연애가 열등한 것이 되는 것도 아니다. 바보는 죽지 않고는 고쳐지지 않는다는 속담이 있지만, 우리들어리석은 일생에서 바보는 가장 거룩한 것이라는 사실도 또한 마음에 새겨두지 않으면 안 된다.

인생에서 가장 인간을 위로해 주는 것은 무엇일까. 고통, 슬픔, 안타까움. 그렇다면 바보를 두려워하지 말자. 괴로움, 슬픔, 애달픔에 의해 약간은 채워질 때도 있을 것이다. 그것에 의해서조차 채워지지 않는 영혼이 있단 말인가. 아아, 고독. 그것을 말하지 말라. 고독은 인간의 고향이다. 연애는, 인생의 꽃이랍니다. 아무리 따분하더라도, 그 외의 꽃은 없다.

(1947년 4월)

활짝 핀 벚나무 숲 아래 櫻の森の滿開の下

벚꽃이 피면, 사람들은 술병을 들기도 하고 경단을 먹기도
하며 꽃 아래를 걸으면서 절경이라느니 봄의 낭만이라느니 들
떠 가지고 명랑해지지만, 이것은 거짓입니다. 어째서 거짓이냐
하면, 벚꽃 아래로 사람들이 몰려들어서 냅다 취해서 토악질도
하고 싸움을 벌이는데, 이것은 에도江戸 시절부터의 이야기일
뿐, 먼 옛날에는 벚꽃 아래는 무섭다고는 생각해도 절경이라고
는 아무도 생각하지 않았습니다. 요즈음은 벚꽃 아래 하면, 으
레 인간이 몰려들어 술을 마시고 싸움박질을 하는 바람에 활
기차고 북적거리는 것으로 생각하고들 있지만, 벚꽃 아래에서
인간을 제거해 놓고 보면 무서운 경치가 되므로, 노能를 보아
도, 어떤 어머니가 사랑하는 아기를 유괴당해서 아기를 찾다가
미쳐 벚꽃이 만개한 숲 아래 가서 만개한 꽃잎 그늘에 아기의

환영을 그리며 미처 죽어 꽃잎에 파묻히고 마는(이 대목은 소생의 사족) 이야기도 있는 등, 벚나무 숲 꽃 아래 사람 그림자가 없으면 무섭기만 할 따름입니다.

옛날 스즈카鈴鹿 고개에도 나그네가 벚나무 숲 꽃 밑을 지나지 않으면 안 되게 길이 나 있었습니다. 꽃이 피지 않을 때는 괜찮지만, 꽃철이 되면 길 가는 나그네는 모두 숲의 꽃 밑에서 정신이 이상해졌습니다. 가능한 한 서둘러 꽃 밑에서 도망치려고, 푸른 나무와 마른 나무가 있는 쪽으로 냅다 뛰었던 것입니다. 혼자일 때면 그래도 괜찮은 편이었지요. 왜냐하면 꽃 아래를 냅다 도망쳐, 여느 나무 밑에 도달하기만 하면 안도할 수 있기 때문이지만, 두 사람의 경우에는 그렇지 못합니다. 왜냐하면 사람의 발의 속도는 저마다 다르므로 한 사람이 늦어져, 이봐 좀 기다려 하고 뒤에서 필사적으로 외쳐 보았자 모두가 정신이 없는지라 친구를 버리고 달리게 마련입니다. 그래서 스즈카 언덕의 벚나무 숲 꽃 밑을 통과하는 순간, 지금까지 사이가 좋았던 나그네들이 사이가 틀어지고 상대방의 우정을 믿지 못하게 됩니다. 이런 일 때문에 나그네도 자연히 벚꽃 숲 아래를 지나지 않고 일부러 빙 둘러서 다른 산길을 걷게 되고, 이윽고 이 벚꽃 숲은 한길을 벗어나, 사람 하나 지나지 않는 산의 정적으로 남겨지고 말았습니다.

그렇게 되고서 몇 년 뒤, 이 산에 한 산적이 살기 시작했는데, 이 산적은 매우 잔인한 사내여서 한길로 나가서 인정사정 없이 옷을 벗기고 사람의 목숨도 빼앗았지만, 이런 사내도 벚나무 숲 꽃 밑으로 가면 역시 무서워져서 정신이 이상해졌습니다. 그래서 산적은 그 이래로 꽃이 싫어졌고, 꽃이란 것은 역시 무서운 것이로군, 어쩐지 으스스한 것이로군, 이런 식으로 속으로 중얼거리고 있었습니다. 꽃 밑에 서면 바람도 없건만 엄청나게 바람소리가 울리는 듯한 기분이 들었습니다. 하지만 바람이라고는 전혀 없었고, 아무 소리도 없었습니다. 자신의 모습과 발소리뿐, 그것이 조용하게 싸늘하고 움직임이라고는 없는 바람 속에 감싸여 있었습니다. 꽃잎이 우수수 흩어지듯 영혼이 흩어져 목숨이 자꾸만 쇠해 가는 듯이 여겨집니다. 그래서 눈을 감고 뭔가 소리를 지르며 도망치고 싶어지지만, 눈을 감으면 벚나무에 부딪히므로 눈을 감을 수도 없어서 더 한층 미치광이가 된 것이었습니다.

그렇지만 산적은 침착한 사내였고 후회라는 것을 모르는 사내였으므로, 이것은 이상하군 하고 생각했습니다. 어디 한번, 내년에, 생각해 보아야겠다. 그렇게 생각했습니다. 올해는 생각할 마음이 나지 않았습니다. 그리고, 내년, 꽃이 피면, 그때 가서 찬찬히 생각하기로 했습니다. 해마다 그렇게 생각하면서, 어느새 십여 년이 지나고, 올해 또한, 내년이 되면 생각해 보아야지 생각하면서, 다시 해가 지나고 말았습니다.

그렇게 생각하고 있는 사이에, 처음에는 하나였던 마누라가 어느 새 일곱 명이 되었고, 여덟 번째의 마누라를 다시 한길에서 여자의 남편의 옷과 함께 잡아 왔습니다. 여자의 남편은 죽이고 왔습니다.

산적은 여자의 남편을 죽일 때부터, 아무래도 좀 이상해 하고 생각하고 있었습니다. 여느 때와는 상황이 달랐습니다. 무엇인지는 알 수가 없지만, 이상했습니다. 하지만 그의 마음은 사물에 구애되는 일에 익숙하지 않아서, 그때도 그다지 마음에 깊이 새겨 놓지 않았습니다.

산적은 애초에 남자를 죽일 생각이 없었으므로, 입고 있는 것을 사그리 벗기고, 늘 하듯이 썩 꺼져라 하고 걷어차 줄 생각이었지만, 여자가 너무 예뻤으므로 훌쩍 남자를 베고 말았습니다. 그 자신으로서도 뜻밖의 사건이었을 뿐 아니라 여자로서도 생각지도 않은 사건이었던 증거로, 산적이 뒤돌아보자 여자는 털썩 주저앉아 그의 얼굴을 멍하니 바라보고 있었습니다. 오늘부터 너는 내 마누라야 했더니, 여자는 끄덕였습니다. 손을 잡고 여자를 잡아 일으키자, 여자는 걸을 수가 없으니 업어 달라고 합니다. 산적은 알았어 하고 여자를 가볍게 업고 걸었는데, 험한 오르막길로 접어들자, 여기는 길이 험하니까 내려서 걸으라고 했지만, 여자는 매달려서 싫어 싫어 하면서 내리려 하지 않습니다.

"너 같은 산사내가 힘들어할 정도의 오르막길을 어떻게 내가 올라갈 수 있겠어, 생각해 봐."

"어, 그런가, 좋아 좋아." 이렇게 사내는 피곤하고 괴롭건만 기분이 좋았습니다. "하지만 한 번만 내려 줘. 나는 강한 사람이니까, 힘들어서 쉬고 싶다는 게 아니야, 눈알이 뒤통수에는 붙어 있지 않기 때문에, 아까부터 너를 업고 있어도, 왠지 애가 타서 못 견디겠어. 한 번만 내려서 귀여운 얼굴을 보여줘."

"싫어, 싫어" 하고 또 여자는 목덜미에 매달렸습니다. "나는 이렇게 쓸쓸한 데에는 한시도 가만히 있을 수가 없거든, 너의

집 있는 곳까지 잠시도 쉬지 말고 서둘러 가 줘. 안 그랬다가
는, 난 너의 마누라가 돼 주지 않을 거야. 나한테 이렇게 쓸쓸
한 생각을 들게 할 거라면, 나는 혀를 깨물고 죽어 버릴 테야."

"좋아 좋아, 알았어. 너의 부탁이라면 뭐든지 들어줄게."

산적은 이 예쁜 여자를 상대로 미래의 즐거움을 생각하면
서, 녹아내릴 것만 같은 행복을 느꼈습니다. 그는 거드름을 피
우며, 앞의 산, 뒤의 산, 오른쪽 산, 왼쪽 산, 한 바퀴 빙 돌면서
여자에게 보이며,

"여기 산이라는 산은 모두가 내 거라구"

라고 말했지만, 여자는 그런 데에는 관심도 없습니다. 그는
의외였고 또한 유감이어서,

"알겠어? 네 앞에 보이는 산이라는 산, 나무라는 나무, 골짜
기라는 골짜기, 그 골짜기에서 피어오르는 구름까지 몽땅 내
거라니까."

"빨리 걸어. 나는 이런 바위투성이 벼랑 아래에 있고 싶지
않다니까."

"좋아, 좋아. 이제 집에 도착하면 진수성찬을 차려 줄게."

"너는 좀 더 서두를 수 없어. 뛰라구."

"이 언덕길은 나 혼자서도 뛸 수 없는 힘든 곳이야."

"너도 보기보다는 형편없구나. 나쯤 되는 사람이 영 형편없
는 자의 마누라가 되고 말았어. 아아, 아아, 앞으로 무얼 믿고
살아야 할까."

"무슨 바보 같은 소리를. 이 정도의 언덕길쯤이야."

"아이, 답답해라. 넌 벌써 지친 거야?"

"바보 같은 소리를. 이 언덕길을 지나면, 사슴도 못 쫓아올 정도로 뛰어 줄게."

"하지만 너의 숨이 가쁜걸. 얼굴이 파래졌잖아."

"뭐든지 일의 시초는 다 그런 거야. 이제 기세가 붙기만 하면, 네가 등 뒤에서 눈알이 빠질 만큼 빨리 뛸게."

하지만 산적은 온몸의 마디마디가 제각각으로 떨어져 나간 것같이 여겨질 정도로 피곤했습니다. 그리고 집에 도착했을 때에는 눈도 보이지 않고, 귀에서도 소리가 울려대고, 쉰 목소리 한 도막을 쥐어짤 힘도 없습니다. 집 안에서 일곱 명의 여자들이 마중을 나왔지만, 산적은 돌덩이처럼 굳어진 몸을 풀어 등에 있는 여자를 내리는 데 온 힘을 쏟아야 했습니다.

일곱 명의 아내들은 이제까지 본 일이 없는 여자의 아름다움에 넋이 빠졌지만, 여자는 일곱 명의 마누라들의 더러움에 놀랐습니다. 일곱 명의 여자 중에는 예전에는 꽤 예쁜 여자도 있었지만 이제는 영 볼품이 없습니다. 여자는 기분이 으스스해서 남자의 등으로 물러서며,

"이 촌뜨기들은 다 뭐야?"

"이건 내 예전 마누라들이야."

곤란한 사내가 '예전'이라는 문구를 생각해 내서 덧붙인 것은 순간의 답변 치고는 잘 되었지만, 여자는 용서가 없습니다.

"어머, 이게 네 마누라들이라구?"

"그야, 뭐, 나는 너 같은 예쁜 여자가 있을 줄은 몰랐거든."

"저 여자를 베어 죽여."

여자는 가장 얼굴이 균형 잡힌 한 사람을 가리키며 외쳤습

니다.

"하지만 이봐, 죽이지 않더라도, 하녀라고 생각하면 될 거 아냐."

"너는 내 남편을 죽였으면서, 자기 마누라는 죽이지 못하겠다는 거야? 너는 그러고도 나를 마누라로 삼을 생각이야?"

남자의 꾹 다물어진 입에서 신음소리가 나왔습니다. 남자는 튀어 오르듯 펄쩍 뛰어서 지목된 여자를 베어 쓰러뜨렸습니다. 하지만 숨 쉴 새도 없습니다.

"이 여자야. 이번에는, 자, 이 여자."

남자는 주저했지만 곧 저벅저벅 걸어가서 여자의 목에 쓱 칼을 휘둘렀습니다. 목이 아직 구르고 있는 사이, 여자의 도톰하고 투명한 목소리는 다음 여자를 가리키며 아름답게 울리고 있었습니다.

"이 여자야. 이번에는."

지목된 여자는 양손으로 얼굴을 가리고 꺅 하고 외쳤습니다. 그 목소리 위로 칼이 허공을 그으며 달렸습니다. 나머지 여자들은 갑자기 일시에 일어나 사방으로 흩어졌습니다.

"한 명이라도 놓치면 가만두지 않을 거야. 덤불 속에도 하나 있어. 위쪽으로도 하나 도망쳤어."

사내는 피 묻은 칼을 휘두르며 산의 숲속을 미친 듯이 뛰어 다녔습니다. 오직 한 사람, 도망치지 못하고 털썩 주저앉은 여자가 있었습니다. 그것은 가장 못생긴 절름발이 여자였는데, 사내가 여자들을 한 사람도 남기지 않고 모조리 베고 돌아와서 아무렇지 않게 칼을 들어 올리자,

"됐어. 이 여자는 내가 하녀로 쓸 테니까."

"내친김이니, 해치워 버리지."

"바보구나. 내가 죽이지 말라고 하잖아."

"아, 그래. 그렇군."

사내는 피 묻은 칼을 내동댕이치고 철퍼덕 주저앉았습니다. 피로가 갑자기 몰려와 눈앞이 컴컴해지고, 엉덩이가 땅에 뿌리 내린 것처럼 무겁게 느껴졌습니다. 문득 정적을 깨달았습니다. 치밀어 오르는 공포감에 흠칫 뒤돌아보니, 여자는 거기에 얼마간 처량한 모습으로 우두커니 서 있습니다. 사내는 악몽에서 깨어난 듯한 기분이 들었습니다. 그리고, 눈도 넋도 저절로 여자의 아름다움에 빨려 들어가 꼼짝도 할 수 없게 되었습니다. 하지만 사내는 불안했습니다. 어떤 불안인지, 어째서 불안한 것인지, 무엇이 불안한 것인지, 그로서는 알 수가 없었습니다. 여자가 너무 아름다워서, 그의 혼이 거기에 빨려 들어가고 있었으므로, 가슴에서 물결치는 불안한 마음에 그다지 신경 쓰지 않고 버티고 있었을 뿐입니다.

왠지 비슷한 것 같아, 이렇게 그는 생각했습니다. 비슷한 일이, 언젠가, 있었어, 그건, 하고 그는 생각했습니다. 아아, 그래, 그거야. 깨닫고 나서 그는 깜짝 놀랐습니다.

활짝 핀 벚나무 숲 아래였습니다. 그 아래로 지나갈 때와 비슷했습니다. 어디가, 무엇이, 어떤 식으로 비슷했는지는 알 수 없습니다. 하지만 뭔가 비슷하다는 것만은 분명했습니다. 그는 언제나 그 정도의 일밖에는 모르는 채, 앞으로 일어날 일은 알지 못하더라도 신경이 쓰이지 않는 사내였습니다.

산의 긴 겨울이 끝나고, 산꼭대기 쪽과 골짜기의 나무 그늘에 눈은 군데군데 남아 있었지만, 이윽고 꽃의 계절이 찾아오려고 봄의 징조가 하늘 가득히 빛나고 있었습니다.

올해, 벚꽃이 피면, 하고 그는 생각했습니다. 꽃 아래로 다가갈 때에는 아직 괜찮습니다. 그래서 작심을 하고 꽃 아래로 걸어 들어갑니다. 자꾸 걸어 들어가는 동안에 기분이 이상해지고, 앞도 뒤도 우도 좌도, 어디를 보나 위쪽을 가득 덮고 있는 꽃뿐, 벚나무 숲 한가운데로 다가가자 무서움 때문에 도무지 견딜 수 없어지는 것입니다. 올해는 어디 한번, 저 벚꽃 만발한 숲 한가운데서 꿈적도 않고, 아니, 아예 땅바닥에 앉는 거야, 이렇게 그는 생각했습니다. 그때, 이 여자도 데려갈까, 그는 문득 그렇게 생각하고, 여자의 얼굴을 흘긋 보고서는 가슴이 두근거려 황급히 눈을 돌렸습니다. 자신의 속내를 여자가 알면 큰일이라는 기분이, 어째선지 가슴에 달라붙었습니다.

* * *

여자는 아주 제멋대로였습니다. 아무리 정성을 담아서 음식을 만들어 주어도, 반드시 투정을 했습니다. 그는 새와 사슴을 잡으러 산을 뛰어다녔습니다. 멧돼지도 곰도 잡았습니다. 절름발이 여자는 나무의 순과 풀뿌리를 캐러 온종일 숲속을 헤매었습니다. 그러나 여자는 만족한 얼굴을 보인 적이 없습니다.

"맨날 이런 걸 나한테 먹으라는 거야?"

"하지만 아주 특별한 음식이야. 네가 여기 오기 전까지는 열흘에 한 번 정도밖에는 이런 걸 먹을 수 없었어."

"너야 산사내니까 그걸로 됐겠지. 나의 목으로는 넘어가지 않거든. 이런 쓸쓸한 산속에서, 밤마다 들리는 것이라곤 올빼미 소리뿐, 하다못해 먹을 거라도 수도首都 못지않은 맛있는 것을 먹을 수 없어? 수도의 바람이 어떤 건지, 그 수도의 바람을 맞을 수 없는 애처로움이 어떤 건지, 너는 헤아리지도 못할걸. 너는 나한테서 도회지의 삶을 빼앗고서, 그 대신에 내게 준 것이라곤, 까마귀나 올빼미 우는 소리뿐이야. 너는 그걸 부끄럽다거나, 잔인하다고 생각하지 않는 거야."

여자가 하는 원망이 무슨 소리인지 사내는 이해할 수 없었습니다. 왜냐하면 사내는 도회의 삶이 어떤 것인지를 알지 못합니다. 짐작도 할 수 없는 것입니다. 이 생활, 이 행복에 모자라는 것이 있다는 사실에 대해 전혀 짚이는 것이 없습니다. 그는 그저 여자가 원망하는 모습이 애처로워 당혹했고, 그것을 어떻게 처리해야 좋을지 전혀 알 수가 없어서, 안타까움에 괴로웠습니다.

지금까지 수도에서 온 나그네를 몇 명이나 죽였는지 모릅니다. 수도에서 오는 나그네는 부자이고 가진 물건도 호화스러웠으므로, 도시 사람은 그의 좋은 봉이었고, 모처럼 물건을 빼앗아 보니 알맹이가 시시하면, 쳇 이 시골뜨기 녀석이라느니, 이촌놈아 하고 욕을 해 대곤 했는데, 말하자면 그가 수도에 대해 알고 있는 지식은 그 정도가 전부였고, 호화로운 물건을 가진 사람들이 사는 곳이고, 그는 그것을 빼앗자는 생각 말고는 여념이 없었습니다. 수도가 어느 방향이냐 하는 것도 생각해 볼 필요가 없었던 것입니다.

여자는 빗이랑, 비녀랑, 연지랑, 분 같은 것을 소중히 했습니다. 그가 흙 묻은 손이나 산짐승 피가 묻은 손으로 조금만 옷에 손을 대어도 여자는 그에게 야단을 쳤습니다. 마치 옷이 여자의 목숨이라도 되는 듯, 그리고 그것을 지키는 것이 자신의 의무라는 듯이 몸단장을 청결히 하고, 집안 손질을 명합니다. 그 옷은 한 벌의 평상복과 띠만으로는 부족하고, 몇 벌의 옷과 몇 개의 띠로 되어 있고, 그 띠는 묘한 모양으로 매여서 불필요하게 늘어뜨리고, 갖가지 장식물을 덧붙임으로써 하나의 묘한 모양이 완성되어 가는 것이었습니다. 사내는 눈을 크게 뜨고 탄성을 질렀습니다. 그는 납득을 하게 되었던 것입니다. 이런 식으로 하나의 미가 완성되고, 그 미에 의해 그가 만족한다는 것, 그것은 의심할 여지가 없습니다. 낱개로서는 의미를 갖지 못하는 불완전하고 불가해한 단편들이 모여서 하나의 물건을 완성하고, 그 물건을 분해하면 무의미한 단편으로 돌아간다, 그것을 그는 그답게 하나의 묘한 마술로서 납득한 것입니다.

사내는 산의 나무를 베어내서 여자가 명하는 것을 만듭니다. 무엇이, 그리고 무엇에 쓰고자 만들어지는 것인지, 그 자신 그것을 만들고 있는 동안에는 알 수가 없었습니다. 그것은 들고 다닐 수 있는 걸상과 사방침이었습니다. 날씨 좋은 날, 여자는 이것을 밖으로 들고 나와 양지바른 곳에, 또는 그늘에, 앉아서 눈을 감습니다. 방 안에서는 사방침에 기대 사색을 하는 듯한, 그리고 그것은, 그것을 보는 사내의 눈에는 그 모두가 신기하고 요염하고 관능적인 모습, 바로 그것이었습니다. 마술은 현실로 진행되고 있고, 그 자신이 그 마술의 조수이면서, 이렇게 해서 벌어지는 마술의 결과에는 늘 의아해하고 찬탄하는 것이었습니다.

절름발이 여자는 아침마다 여자의 길고 검은 머리를 빗어 올립니다. 그것을 위해 쓸 물을, 사내는 골짜기의 특히 먼 곳에 있는 맑은 물을 퍼 왔고, 그리고 특별히 그처럼 주의를 기울이는 자신의 노고를 소중히 했습니다. 그리고 그 자신도 빗겨지는 검은 머리에 자신의 손을 대 보고 싶어 합니다. 싫어, 그런 손은, 하고 여자는 남자를 밀치며 야단칩니다. 사내는 어린아이처럼 손을 거두고 멋쩍어하면서, 검은 머리에 윤이 나고, 묶이고, 그러고 나서 얼굴이 나타나고, 하나의 미가 그림처럼 탄생하는 것을 못다 꾼 꿈으로 생각하는 것이었습니다.

"이런 것들이."

그는 무늬가 있는 빗과 비녀를 만지작거렸습니다. 그것은 그가 지금까지는 의미도 가치도 인정할 수 없는 것들이었고, 지금도 아직, 물건과 물건의 조화와 관계, 장식이라는 의미의 비판이란 것은 없습니다. 그렇지만 마력은 알 수 있습니다. 마력은 물체의 생명이었습니다. 물체 중에도 생명이 있습니다.

"네가 만지작거리면 안 돼. 왜 매일처럼 손을 대는 거야?"

"신기해서."

"뭐가 신기한데?"

"뭐랄 것도 없지만 말이야"

하고 사내는 멋쩍어했습니다. 그에게는 놀람은 있었지만, 그 대상은 알지 못합니다.

그러다 사내는 수도를 두려워하는 마음이 싹텄습니다. 그 두려움은 공포가 아니라 알지 못하는 것에 대한 부끄러움과 불안이었고, 사리를 아는 자가 미지의 사실에 대해 품는 불안이나 수치와 비슷했습니다. 여자가 '수도'라는 말을 할 때마다 그의 마음은 두려워 떨렸습니다. 하지만 그는 눈에 보이는 그 어느 것도 두려워한 적이 없었으므로, 두려운 마음에 익숙하지 않았고, 부끄러워하는 마음에도 익숙하지 않습니다. 그래서 그는 수도에 대해서 적의敵意만을 갖게 되었습니다.

몇백, 몇천의 수도에서 오는 나그네를 습격했지만 나와 맞설 만한 자는 없었으니까, 하고 그는 만족스럽게 생각했습니다. 어떠한 과거를 떠올려 보아도, 배반당하고 상처받을 만한 불안이 없습니다. 그것을 깨닫자, 그는 늘 유쾌하고 또한 자랑스러웠습니다. 그는 여자의 미에 자신의 강함을 대비시켰습니다. 그리고 강함을 자각하는 데 약간 애를 먹이는 것으로 여겨지는 것은 멧돼지였습니다. 그 멧돼지란 놈도 실제로는 그다지 두려워할 적수도 아니므로, 그에게는 여유가 있었습니다.

"도시에는 엄니가 있는 인간이 있나?"

"활을 가진 사무라이가 있어."

"핫핫하, 활이라면 나는 골짜기 건너편 새도 떨어뜨릴 수가 있거든. 수도에는 칼이 부러질 만큼 가죽이 단단한 인간은 없겠지"

"갑옷을 입은 사무라이가 있어."

"갑옷에는 칼이 부러질까?"

"부러져."

"난, 곰도 멧돼지도 굴복시키거든."

"네가 정말로 강한 남자라면 나를 수도로 데려다 줘. 네 힘으로, 내가 원하는 것들, 수도의 멋으로 내 주위를 꾸며 줘. 그리고 나를 진정으로 즐겁게 만들어 준다면 너는 진짜로 강한 사내야."

"문제없어."

사내는 수도로 가기로 마음먹었습니다. 그는 도시에 넘쳐나는 빗과 비녀와 옷과 거울과 연지를 사흘 밤낮이 지나지 않아 여자의 둘레에 산처럼 쌓아 올릴 생각이었습니다. 아무런 걱정도 없습니다. 한 가지 마음에 걸리는 것은 수도하고는 전혀 관계가 없는 다른 것이었습니다.

그것은 벚나무 숲이었습니다.

이삼일 뒤면 숲의 만개가 찾아오려 하고 있었습니다. 올해야말로, 그는 결심하고 있었습니다. 벚꽃 숲의 만발한 꽃 한가운데에서, 꼼짝도 하지 않고 앉아 있어 보이겠다. 그는 매일 몰래 벚나무 숲으로 가 꽃봉오리의 볼록함을 살폈습니다. 앞으로 사흘, 그는 출발을 서두르는 여자에게 말했습니다.

"너한테 준비가 뭐가 필요해?" 하고 여자는 눈썹을 찌푸렸습니다. "약 올리지 마. 도시가 나를 부르고 있단 말이야."

"그래도 약속이 있거든."

"네가? 이 산 구석에도 약속을 할 사람이 있다는 말이야?"

"그야 아무도 없지만 말이야. 그렇지만, 약속이 있어."

"그것 참 신기한 일이네. 아무도 없는데 누구랑 약속을 한다는 걸까?"

남자는 거짓말을 할 수 없게 되었습니다.

"벚꽃이 피거든."

"벚꽃하고 약속을 했다고?"

"벚꽃이 피니까, 그걸 보고 나서 떠나지 않으면 안 돼."

"어째서지?"

"벚꽃 숲 아래로 가 보아야 하기 때문이야."

"그러니까, 왜 가서 봐야 하느냐 말이야."

"꽃이 피니까지."

"꽃이 피는데, 왜?"

"꽃 밑에는 싸늘한 바람이 꽉 차 있기 때문이야."

"꽃 밑에 말이야?"

사내는 뭐가 뭔지 알 수 없어지고 머릿속이 뒤죽박죽이 되었습니다.

"나도 꽃 아래로 데려다줘."

"그건 안 돼."

사내는 딱 잘라 말했습니다.

"혼자 가지 않으면 안 되는 거야."

여자는 쓴웃음을 지었습니다.

사내는 쓴웃음이라는 것을 처음 보았습니다. 그처럼 심술궂은 웃음을 그는 그때까지 몰랐던 것입니다. 그리고 그것을 그는 '심술궂은'이라는 식으로 판단하지 않고, 칼로 베어도 베어지지 않는, 이라고 판단했습니다. 그 증거로, 쓴웃음은 그의 머리에 도장이라도 찍어 놓은 것처럼 새겨져 버렸기 때문입니다. 그것은 칼날처럼 떠올릴 때마다 콕콕 머리를 찔렀습니다. 그리고 그가 그것을 잘라낼 수는 없었던 것입니다.

사흘째가 되었습니다.

그는 몰래 나갔습니다. 벚나무 숲은 만개해 있었습니다. 한 발짝 발을 들이밀었을 때, 그는 그녀의 쓴웃음을 떠올렸습니다. 그것은 지금까지 알지 못하는 예리함으로 머리를 베었습니다. 그것만으로 벌써 그는 혼란스러워졌습니다. 꽃 밑의 썰렁한 기운은 한도 없이 사방으로부터 왈칵 몰려들었습니다. 그의 몸은 금세 그 바람에 불려서 투명해졌고, 사방의 바람은 획획 불어치며 지나가고, 이미 바람만이 가득해 있었습니다. 그의 목소리가 외쳤습니다. 그는 달렸습니다. 이 무슨 공허란 말입니까. 그는 울고, 기도하고, 허우적거리고, 그저 도망치려 하고 있었습니다. 그리고, 꽃 아래를 빠져 나왔다는 것을 깨달았을 때, 꿈에서 깬 정신을 차렸을 때와 같은 기분을 맛보았습니다. 꿈과 달랐던 것은, 실제로 숨이 끊어질 것 같은 육체의 괴로움이었습니다.

* * *

사내와 여자와 절름발이 여자는 수도에서 살기 시작했습니다.

사내는 밤마다 여자가 명하는 저택으로 숨어들었습니다. 옷이나 보석이나 장신구도 가져왔지만, 그것만이 여자의 마음을 충족시켜 주는 것은 아니었습니다. 여자가 무엇보다도 가지고 싶어 한 것은, 그 집에 사는 사람의 목이었습니다.

그의 집에는 어느새 수십 채의 저택에 살던 사람들의 목이
모아져 있었습니다. 방 사방의 칸막이에 구획을 나누어 목들이
늘어서 있는데, 사내에게는 목의 숫자가 너무 많아서 어느 것
이 어느 것인지 알 수 없게 되었건만, 여자는 하나하나 기억하
고 있어서, 이미 머리가 빠지고 살이 썩고 백골이 되어도, 어느
집의 누구라는 것을 기억하고 있었습니다. 사내와 절름발이 여
자가 목의 위치를 바꾸어 놓으면 화를 내면서, 여기는 누구네
가족, 저기는 누구네 가족이라고 까다롭게 굴었습니다.

여자는 매일 목을 가지고 놀았습니다. 목은 부하를 데리고
산책을 합니다. 목의 가족에게 다른 목의 가족이 놀러 옵니다.
목이 사랑을 합니다. 여자의 목이 남자의 목을 걷어차고, 또 남
자의 목이 여자의 목을 버려서 여자의 목을 울게 하는 일도 있
었습니다.

공주님의 목은 재상의 목에게 속았습니다. 재상의 목은 달
없는 밤, 공주의 목이 사랑하는 사람의 목인 척하고 숨어 들어
가서 맺어집니다. 맺어진 후 공주의 목이 알아차립니다. 공주
의 목은 재상의 목을 미워할 수가 없어서, 자신의 슬픈 운명을
한탄하며, 여승이 되는 것이었습니다. 그러자, 재상의 목은 절
에 가서, 여승이 된 공주의 목을 범합니다. 공주의 목은 죽으
려 하지만 재상의 꼬임에 넘어가 절에서 도망쳐 야마시나山科
의 마을에 가서 숨고, 재상과 함께 살며 머리를 기릅니다. 공주
의 목도 재상의 목도 이미 머리가 빠지고 살이 썩어 구더기가
나고, 뼈가 비쳐 보입니다. 두 사람의 목은 술잔치를 벌이고 사
랑의 놀이를 하면서, 치골齒骨과 치골이 부딪쳐 딱딱 소리를 내

고, 썩은 살이 들러붙고, 코도 뭉그러지고 눈알도 빠져 있었습니다. 철썩철썩 들러붙어 두 사람의 얼굴 모양이 뭉그러질 때마다 여자는 엄청 기뻐하며 요란스럽게 웃고 떠들었습니다.

"자, 뺨을 먹어 봐. 아아 맛있어. 공주의 목도 먹어 주자꾸나. 네, 눈알도 씹읍시다."

여자는 깔깔 웃습니다. 예쁘고 맑은 웃음소리입니다. 얇은 도자기가 울리는 듯한 영롱한 목소리였습니다.

중의 목도 있었습니다. 중의 목은 여자의 미움을 샀습니다. 언제나 나쁜 역할을 맡고, 미움을 받고, 고통스럽게 죽게 되기도 하고, 관리에게 처형받기도 했습니다. 중의 머리는 잘리고 난 뒤에 오히려 머리가 났다가, 이윽고 그 머리카락도 빠지고 썩어서 백골이 되었습니다.

아름다운 아가씨의 목이 있었습니다. 청순하고 고요한 고귀한 목이었습니다. 어린 티가 나고, 그러면서도 죽은 얼굴이므로, 묘하게 어른스러운 우수가 담겼고, 닫힌 눈꺼풀 속에 즐거운 추억도, 슬픈 추억도, 조숙한 추억도 하나가 되어 숨겨져 있는 것 같았습니다. 여자는 그 목을 자신의 딸이나 동생처럼 귀여워했습니다. 검은 머리를 빗질해 주기도 하고, 얼굴에 화장을 해 주었습니다. 이것도 아니야, 저것도 아니야 하고 공을 들여, 꽃향기가 물씬 풍기는 듯한 고운 얼굴이 떠올랐습니다.

아가씨의 목을 위해서 젊은 귀공자의 목이 필요했습니다. 귀공자의 목도 공을 들여 화장을 하고, 두 젊은이의 목은 미친 듯한 사랑놀이에 빠집니다. 토라지기도 하고, 화내기도 하고, 미워하기도 하고, 거짓말을 하고, 속이고, 슬픈 얼굴을 해 보이고, 그렇지만 두 사람의 정열이 일시에 피어오르는 불꽃이 되어 불타오를 때에는 한 사람의 불이 각각의 다른 한 사람을 불태워, 양쪽 모두 태우는 불꽃이 되어 활활 타올랐습니다. 하지만 오래지 않아 고약한 시종, 호색한인 어른, 나쁜 중 등의 더러운 목이 방해를 해서 귀공자의 목이 걷어차인 끝에 죽음을 당하고, 전후좌우에서 더러운 목들이 마구마구 아가씨에게 매달려, 아가씨의 목에는 더러운 목의 썩은 살이 달라붙기도 하고, 날카로운 이에 물려서 코끝이 사라지기도 하고 머리카락이 뽑히기도 합니다. 그러자 여자는 아가씨의 목을 바늘로 찔러 구멍을 내고, 작은 칼로 에어내기도 하고 베기도 해서, 어느 누구의 목보다도 눈 뜨고 볼 수 없는 목으로 만들어 버린 끝에 내던졌습니다.

사내는 수도를 싫어했습니다. 수도의 신기함도 익숙해지자, 친근해질 수 없다는 기분만 남았습니다. 그도 수도에서는 남들처럼 평상복을 입고 무릎을 내놓고 걸어 다녔습니다. 백주에는 칼을 찰 수도 없습니다. 시장에 물건도 사러 가야 합니다. 매춘부가 있는 선술집에서는 술을 마시면 돈을 내야 합니다. 저자거리의 장사꾼들은 그를 업신여깁니다. 야채를 싣고 팔러 오는 시골 여자도 아이들도 그를 업신여겼습니다. 매춘부도 그를 비웃었습니다. 수도에서는 귀족이 소달구지로 길 한가운데를 갑니다. 평상복을 입은 맨발의 부하들은 대체로 공짜술에 불콰한 얼굴로 으스대며 걸어갑니다. 그는 멍청이라느니, 바보라느니, 느림보라느니 하고 저자에서나 노상에서나 절 마당에서도 호통을 듣습니다. 그래서 이제는 그 정도의 일 가지고는 화가 나지 않게 되었습니다.

사내는 무엇보다도 따분해서 견딜 수가 없었습니다. 인간들이란 것은 따분한 것이구나 하고 그는 절실히 생각했습니다. 그는 바로 인간들이 귀찮았던 것입니다. 커다란 개가 어슬렁거리고 있으면 조그만 개가 짖어댑니다. 사내는 커다란 개 같은 존재였습니다. 그는 심술부리고, 샘내고, 삐치고, 생각하거나 하는 것을 싫어했습니다. 산의 짐승과 나무와 개천과 새는 귀찮게 굴지 않았는데, 하고 그는 생각했습니다.

"수도란 따분한 곳이로구나" 하고 그는 절름발이 여자에게 말했습니다. "너는 산에 돌아가고 싶지 않아?"

"난 수도가 따분하지 않아"

하고 대답했습니다. 절름발이 여자는 하루 종일 음식을 만들고 빨래를 하고 동네 사람들하고 수다를 떨며 지냈습니다.

"수도에서는 수다를 떨 수가 있어서 심심하지 않아. 난 산은 심심해서 싫어."

"넌 수다가 지겹지도 않냐."

"당연하지. 누구나 주절거리고 있으면 심심하지 않은 법이야."

"나는 주절거리면 주절거릴수록 따분해지던데."

"너는 말을 하지 않아서 심심해지는 거야."

"그럴 리가 있나. 지껄여 대면 따분하니까 말을 안 하는 거야."

"하지만 떠들어대 봐. 분명 따분한 걸 잊어버릴 테니까."

"뭘?"

"뭐든지 이야기하고 싶은 거."

"그런 게 있을 게 뭐냐."

사내는 지겨워져서 하품을 했습니다.

수도에도 산이 있었습니다. 하지만 산 위에는 절이 있기도 하고 암자가 있기도 하고, 그리고, 그런 곳은 오히려 많은 사람들이 오고 갔습니다. 산에서는 수도가 한눈에 보입니다. 이 얼마나 많은 집들인가. 그리고 얼마나 너저분한 광경이란 말이냐, 하고 생각했습니다.

매일 밤 사람을 죽이고 있다는 사실을 낮에는 거의 잊고 있었습니다. 왜냐하면 그는 사람을 죽이는 것에도 진력이 나 있었기 때문입니다. 아무런 흥미도 없습니다. 칼로 치면 목이 툭 떨어지는 것일 뿐입니다. 목은 부드러운 것이었습니다. 뼈의 반응은 거의 느껴지지 않고, 무를 자르는 것이나 거의 같았습니다. 그 목의 무게 쪽이 그로서는 다소 의외였습니다.

그는 여자의 마음을 알 것 같은 기분이 들었습니다. 종탑에서는 한 스님이 마구 종을 치고 있습니다. 얼마나 바보 같은 짓을 하고 있는 것인가 하고 그는 생각했습니다. 무슨 짓을 저지를지 알 수가 없습니다. 이런 녀석들하고 얼굴을 마주하고 지낼 바에야, 나라도 이 녀석들을 목으로 만들어 함께 지내기를 택하겠지, 하고 생각했습니다.

하지만 그는 여자의 욕망이 한이 없기 때문에, 그 일에도 따분해하고 있었던 것입니다. 여자의 욕망은, 말하자면 항상 끝도 없이 하늘을 직선으로 날고 있는 새 같은 것이었습니다. 쉴 새도 없이 노상 직선으로 날기만 하는 것입니다. 그 새는 지치지 않습니다. 언제나 상쾌하게 바람을 가르고, 휙휙 기분 좋게 무한히 계속 날기만 하는 것이었습니다.

그렇지만 그는 보통의 새였습니다. 가지에서 가지로 날아다니고, 더러는 골짜기를 건너는 게 고작이고, 나뭇가지에 앉아서 꾸벅꾸벅하고 있는 올빼미와도 비슷했습니다. 그는 민첩했습니다. 온몸이 날렵하게 움직이고, 잘 걷고, 동작은 생기가 넘쳤습니다. 그의 마음은 그러나 꽁지가 무거운 새였던 것입니다. 그로서는 무한하게 직선으로 난다는 따위는 생각지도 못할 일이었습니다.

사내는 산 위에서 수도의 상공을 바라보고 있습니다. 그 하늘을 한 마리의 새가 직선으로 날아갑니다. 하늘은 낮에서 밤으로 변하고, 밤에서 낮이 되면서, 무한한 명암이 계속 되풀이됩니다. 그 끝에는 아무 것도 없이, 그저 언제나 무한한 명암만이 있을 뿐, 사내는 무한을 사실로서 납득할 수가 없습니다. 그다음 날, 그다음 날, 또 그다음 날, 명암의 무한한 되풀이를 생각합니다. 그의 머리는 깨질 것 같았습니다. 그것은 생각에서 오는 피로가 아니라, 생각의 고통 때문이었습니다.

집에 돌아오자, 여자는 여느 때처럼 목 놀이에 빠져 있었습니다. 그의 모습을 보자 여자는 기다렸다는 듯이,

"오늘 밤에는 남장 춤을 추는 매춘부의 목을 가져다줘. 아주 예쁜 매춘부의 목이야. 춤을 추게 할 테니까. 내가 이마요今樣[*]

---

[*] 7·5조의 일본 전통 가곡의 한 형식.

를 노래로 불러 줄 거야."

사내는 아까 산 위에서 바라보고 있던 무한한 명암을 떠올리려 했습니다. 이 방이 바로 그, 언제까지나 무한한 명암이 되풀이되는 하늘일 터이지만, 그것을 이제 다시 생각해 낼 수도 없습니다. 그리고 여자는 새가 아니라, 역시 아름다운 여느 때의 그 여자였습니다. 하지만 그는 대답했습니다.

"난 싫어."

여자는 깜짝 놀랐습니다. 그러더니 웃기 시작했습니다.

"어머, 너도 이젠 겁이 나는 거야. 너도 그저 겁쟁이구나."

"그런 겁쟁이가 아니야."

"그럼, 뭔데?"

"끝이 없으니까 싫증이 난 거야."

"어머, 우스워라. 무엇이든지 끝은 없는 거야. 매일매일 밥을 먹고, 끝이 없잖아. 매일매일 잠을 자고, 끝이 없잖아."

"그거하고는 달라."

"어떻게 다른데?"

사내는 대답이 궁했습니다. 그렇지만 다르다고 생각했습니다. 그래서 여자의 구슬림에 넘어갈 것 같은 괴로움을 피해 밖으로 나갔습니다.

"춤추는 매춘부의 목을 가져와."

여자의 목소리가 뒤에서 들려왔지만, 그는 대답하지 않았습니다.

그는 왜, 어떤 식으로 다른 것일까 생각해 보았지만 알 수가 없습니다. 점차 밤이 되었습니다. 그는 다시 산에 올랐습니다.

이제는 하늘도 보이지 않았습니다.

그는 정신을 차리고 보니, 하늘이 무너져 내리는 것을 생각하고 있었습니다. 하늘이 무너져 내립니다. 그는 목이 죄어진 것처럼 괴로워하고 있었습니다. 그것은 여자를 죽이는 일이었습니다.

하늘의 무한한 명암을 줄곧 달리는 일은, 여자를 죽임으로써 그만둘 수가 있습니다. 그리고 하늘은 무너져 내립니다. 그는 마음을 놓을 수가 있습니다. 그러나 그의 심장에는 구멍이 뚫려 있었습니다. 그의 가슴에서 새의 모습이 날아가, 흔적도 없이 사라져 있는 것이었습니다.

저 여자가 나란 말일까? 그리고 하늘을 무한히 직선으로 나는 새가 나 자신이었을까? 하고 그는 의심했습니다. 여자를 죽이는 것은 나를 죽이고 마는 일일까. 나는 무엇을 생각하고 있는 것일까?

어째서 하늘을 무너뜨리지 않으면 안 되는 것일까, 그것도 알 수가 없게 되고 말았습니다. 온갖 상념이 부여잡을 수도 없는 것들이었습니다. 그리고 상념이 물러나고 나서 뒤에 남는 것이라고는 고통뿐이었습니다. 날이 밝았습니다. 그는 여자가 있는 집으로 돌아갈 용기가 사라졌습니다. 그리고 며칠, 산속을 헤맸습니다.

어느 날 아침 눈이 떠지자, 그는 벚꽃 아래 누워 있었습니다. 그 벚나무는 한 그루였습니다. 벚꽃은 만개해 있었습니다. 그는 놀라서 벌떡 일어났지만, 그것은 도망치기 위해서가 아닙니다. 왜냐하면 딱 한 그루의 벚나무였으니까. 그는 스즈카 산의 벚나무 숲 생각을 갑자기 떠올렸던 것입니다. 그 산의 벚나무 숲도 만개했을 것이 틀림없습니다. 그는 그리움에 자신을 잊고, 깊은 생각에 잠겼습니다.

산으로 돌아가자. 산으로 돌아가는 거야. 어째서 이처럼 단순한 일을 잊고 있었을까. 그리고, 어째서 하늘을 무너뜨린다는 따위의 생각에 빠져 있었던 것일까? 그는 악몽에서 깨어난 것 같았습니다. 구원받은 듯한 느낌이었습니다. 지금까지 그 느낌마저 잃어버리고 있던 초봄의 산냄새가 온몸으로 다가와, 강렬하고 차갑게 느껴졌습니다.

사내는 집에 돌아왔습니다.

여자는 반갑게 그를 맞았습니다.

"어딜 가 있었던 거야. 무리한 말을 해서 너를 괴롭혀 미안해. 하지만 네가 없어진 다음의 내 쓸쓸했던 마음을 알아줘."

여자가 이처럼 상냥했던 일은 지금까지 없던 일이었습니다. 사내는 마음이 아팠습니다. 자칫하면 그의 결심이 사라지고 말 것만 같았습니다. 그렇지만 그는 결심했습니다.

"나는 산으로 돌아가기로 했어."

"나를 남겨 놓고? 그런 잔인한 생각이 어떻게 네 가슴에 들어오게 된 거지?"

여자의 눈은 분노로 불타올랐습니다. 그 얼굴은 배반당했다는 분함으로 가득했습니다.

"넌 언제부터 그런 매정한 인간이 된 거야."

"그러니까, 나는 수도가 싫다니까."

"내가 있는 데도?"

"나는 수도에 살고 싶지 않아졌을 뿐이야."

"하지만 내가 있잖아? 너는 내가 싫어진 거야. 나는 네가 없는 동안 네 생각만 하고 있었단 말이야."

여자의 눈에 눈물방울이 차올랐습니다. 여자의 눈에서 눈물이 나온 것은 처음 있는 일이었습니다. 여자의 얼굴에서는 어느새 분노가 사라져 있었습니다. 애달픈 마음을 원망하는 애절함이 넘치고 있었습니다.

"하지만 너는 수도가 아니면 살 수가 없을 거야. 나는 산이 아니면 살 수가 없는 거라구."

"나는 너하고 함께 있지 않으면 살 수가 없어. 내 마음을 모르겠어?"

"하지만 나는 산이 아니면 살 수가 없다니까."

"그러니까, 네가 산으로 돌아간다면, 나도 함께 산으로 돌아갈게. 나는 단 하루도 너하고 떨어져서는 살 수가 없는걸."

여자의 눈은 눈물로 젖어 있었습니다. 남자의 가슴에 얼굴을 들이밀고 뜨거운 눈물을 흘렸습니다. 눈물의 뜨거운 기운은 사내의 가슴에 스며들었습니다.

분명, 여자는 남자 없이는 살 수 없게 되어 있었습니다. 새로운 목은 여자의 목숨이었습니다. 그리고 그 목을 여자에게 가져다주는 것은 그 말고는 없었기 때문입니다. 그는 여자의 일부였습니다. 여자는 그것을 놓아 버릴 수는 없습니다. 사내의 노스탤지아가 채워졌을 때, 다시 수도로 데려올 수 있다는 확신이 여자에게는 있었습니다.

"하지만 너는 산에서 지낼 수 있겠어?"

"너랑 함께라면 어디서든지 살 수 있어."

"산에는 네가 원하는 목이 없다구."

"너하고 목하고 어느 한쪽을 골라야 한다면, 나는 목을 단념할 거야."

꿈이 아닐까 하고 사내는 의심했습니다. 이런 상황은 너무나 갑작스럽게 찾아와, 지금까지의 괴로운 마음이 이제는 붙잡을 수도 없는 저 멀리로 떨어져 나가 있었습니다. 그는 이처럼 상냥하지 않았던 어제까지의 여자까지도 잊고 말았습니다. 지금과 내일이 있을 뿐이었습니다.

두 사람은 곧바로 출발했습니다. 절름발이 여자는 남겨 놓기로 했습니다. 그리고 떠날 때, 여자는 절름발이 여자를 향해, 금방 돌아올 테니까 기다리고 있어, 하고 몰래 말해 두었습니다.

* * *

눈앞에 예전의 산들의 모습이 나타났습니다. 부르면 대답할 것만 같았습니다. 옛 길로 가기로 했습니다. 그 길은 이제는 오가는 사람도 없고, 길의 흔적도 사라져, 평범한 숲, 평범한 산비탈이 되어 있었습니다. 그 길을 가면 벚나무 숲 밑을 지나게 됩니다.

"업어 줘. 이런 길도 없는 산비탈을 나는 걸을 수가 없어."

"그래, 좋아."

사내는 가볍게 여자를 업었습니다. 사내는 처음으로 여자를 업던 날의 일을 떠올렸습니다. 그날도 그는 여자를 업고 언덕배기 저쪽 산길을 올랐던 것입니다. 그날도 행복으로 가득했었지만, 오늘의 행복은 훨씬 더한 것이었습니다.

"처음으로 너를 만난 날도 업어 줬지"

하고 여자도 생각이 나서 말했습니다.

"나도 그걸 생각하고 있었거든."

사내는 기쁜 듯이 웃었습니다.

"저것 봐. 보이지. 저게 다 내 산이라구. 골짜기도 나무도 새도 구름까지 다 내 산이야. 산은 좋아. 뛰어 보고 싶어지잖아. 수도에서는 그런 일이 없었거든."

"첫날에는 업혀서 너한테 뛰게 했었지."

"맞아. 너무 힘들어서 까무러칠 뻔했지."

사내는 벚나무 숲의 만개한 꽃을 잊지 않고 있었습니다. 그러나 이 행복한 날에, 저 숲의 활짝 핀 꽃 아래가 뭐 대단하겠습니까. 그는 두려워하지 않았습니다.

그리고 벚나무 숲이 그의 눈앞에 나타났습니다. 그야말로 온 천지 가득 꽃이 활짝 피어 있었습니다. 바람이 불어 꽃잎이 팔랑팔랑 떨어집니다. 땅 위에는 온통 꽃잎이 깔려 있었습니다. 이 꽃잎은 어디에서 떨어진 것일까. 왜냐하면 꽃잎 하나도 떨어진 것 같지 않은 만개한 꽃송이들이 올려다보는 머리 위로 하나 가득 펼쳐져 있었기 때문입니다.

사내는 만개한 꽃 아래로 들어갔습니다. 주변은 고요하고 점차로 차가워지는 듯했습니다. 그는 문득 여자의 손이 싸늘해지고 있음을 깨달았습니다. 갑자기 불안해졌습니다. 순간 그는 알아차렸습니다. 여자가 귀신이라는 것을. 갑자기 휭 차가운 바람이 꽃 아래 사방의 언덕으로부터 들이쳐 왔습니다.

사내의 등에 매달려 있는 것은, 온몸이 보랏빛이고 얼굴이 커다란 노파였습니다. 그 입은 귀까지 찢어지고, 꼬불꼬불한 머리카락은 녹색이었습니다. 사내는 뛰었습니다. 흔들어 떨어뜨리려 했습니다. 귀신의 손에 힘이 들어가며 그의 목으로 파고들었습니다. 그의 눈이 보이지 않으려 했습니다. 그는 정신이 없었습니다. 온몸의 힘을 다해 귀신의 팔에서 벗어나려 풀려 했습니다. 그 팔 틈으로 목을 빼자, 등줄기로 미끄러져 내려 툭 하고 귀신은 떨어졌습니다. 이번에는 그가 귀신에게 덤벼들 차례였습니다. 귀신의 목을 졸랐습니다. 그리고 그가 퍼뜩 깨닫고 보니, 그는 있는 힘을 다해 여자의 목을 조르고 있었고, 그리고 여자는 이미 숨이 끊어져 있었습니다.

그의 눈은 흐릿했습니다. 그는 좀 더 크게 눈을 뜨려 해 보았지만, 그래도 시력이 돌아온 것 같지 않았습니다. 왜냐하면 그가 목 졸라 죽인 것은 아까와 마찬가지로 여전히 여자였고, 똑같은 여자의 시체가 바로 그 자리에 있을 뿐이었기 때문입니다.

그의 호흡이 멈췄습니다. 그의 힘도, 그의 생각도, 모든 것이 동시에 멈췄습니다. 여자의 시체 위에는 이미 벚꽃잎이 몇 개 떨어져 있었습니다. 그는 여자를 흔들었습니다. 불렀습니다. 끌어안았습니다. 아무 소용이 없었습니다. 그는 왁 하고 울며 엎어졌습니다. 아마도 그가 이 산에 살게 된 이래 그날까지 운 적은 없었을 겁니다. 그리고 그가 서서히 정신이 돌아왔을 때,

그의 등에는 흰 꽃잎이 쌓여 있었습니다.

거기는 벚나무 숲의 꼭 한가운데였습니다. 사방의 언덕은 꽃에 가려 보이지 않았습니다. 평상시와 같은 공포와 불안은 사라져 버렸습니다. 꽃의 언덕으로부터 불어오는 차가운 바람도 없습니다. 오직 고요히, 그리고 팔랑팔랑, 꽃잎이 지고 있을 뿐이었습니다. 그는 처음으로 만개한 벚나무 숲 아래 앉아 있었습니다. 언제까지고 그곳에 앉아 있을 수가 있습니다. 그는 이제 돌아갈 곳이 없기 때문입니다.

활짝 핀 벚나무 숲 아래의 비밀은 이제 아무도 알지 못합니다. 어쩌면 '고독'이라는 것이었을지도 모릅니다. 왜냐하면 사내는 이제 더는 고독을 두려워할 필요가 없어졌기 때문입니다. 그 스스로가 고독 자체였습니다.

그는 비로소 사방을 둘러보았습니다. 머리 위에는 꽃이 있었습니다. 그 밑에는 조용히 무한한 허공이 가득 차 있었습니다. 팔랑팔랑 꽃이 집니다. 그저 그렇다는 것뿐입니다. 그 외에는 아무런 비밀도 없는 것이었습니다.

잠시 뒤 그는 오직 하나의 뜨뜻미지근한 무엇인가를 느꼈습니다. 그리고 그것이 그 자신의 가슴의 슬픔이라는 것을 깨달았습니다. 꽃과 허공의 싸늘한 냉기에 싸여서, 포근한 부풀어오름을 조금씩 깨닫게 되었습니다.

그는 여자의 얼굴 위의 꽃잎을 치워 주려 했습니다. 그의 손이 여자의 얼굴에 닿으려 했을 때 무엇인가 이상한 일이 일어난 것 같았습니다. 그러자, 그의 손 밑에는 내려 쌓인 꽃잎뿐이고, 여자의 모습은 사라진 채 그저 몇 개의 꽃잎이 되어 있었습니다. 그리고 그 꽃잎을 헤쳐 보려고 한 그의 손도 그의 몸도 뻗었을 때에는 이미 사라져 있었습니다. 그 자리에는 꽃잎과, 싸늘한 허공만이 가득해 있을 뿐이었습니다.

(1947년 6월)

어두운 청춘 暗い青春

　참으로 어두운 집이었다. 언제나 햇볕이 잘 들고 있으면서. 어째서 그다지도 어두웠던 것일까.

　그것은 아쿠타가와 류노스케芥川龍之介의 집이었다. 내가 그 집에 가게 된 것은 집 주인이 자살하고 2, 3년 지났을 때였는데, 집 주인의 고민이 아직 달라붙어 있기라도 하듯이 어두웠다. 나는 늘 그 어두움을 저주하고, 죽음을 멸시하고, 그리고 집 주인을 미워하고 있었다.

　나는 살아 있는 아쿠타가와 류노스케는 알지 못했다. 내가 이 집을 방문한 것은, 동인잡지를 낼 때, 동인 가운데 한 사람으로 아쿠타가와의 조카 구즈마키 요시토시葛卷義敏가 있었고, 그와 내가 편집을 하면서 아쿠타가와의 집을 편집실로 삼았기 때문이다. 구즈마키는 아쿠타가와의 집에 기숙하고 있었고, 아쿠타가와 전집의 출판 등, 주로 그가 아쿠타가와가를 대표해서 일하고 있었던 것이다.

구즈마키의 방은 2층의 다다미 8장짜리 방이다. 양지바른 방이어서, 나는 지금도 그 방에 들이비친 햇볕만을 기억하는데, 그것은 마치 이 집에서는 비오는 날도, 흐린 날도 없었던 것처럼 빛 속의 집 모습만을 떠올리는 것이다. 그런 마당에, 어째서 이처럼 어두운 집이란 말인가.

이 방에는 푸른 융단이 깔려 있었다. 이것은 아쿠타가와 전집의 표지에 사용한 푸른 천, 나의 기억에 착오가 없다면 그 천의 나머지를 융단으로 만들어 놓은 것이었고, 그래서 죽은 집주인의 생전에는 있지 않았던 것 같다. 음울한 융단이었다. 늘 햇볕이 들고 있었지만.

큰 침대가 있었다. 구즈마키는 밤마다 수면제를 먹고 이 침대에서 잤는데, 보통의 양 가지고는 듣지를 않아 엄청난 양을 먹어, 그 건강하지 못한 얼굴의 피부를 누렇게 만들었고, 잔주름이 얼굴에 잔뜩 끼어 있었다.

이 방에서는, 아쿠타가와 류노스케가 가스마개를 입에 물고 죽기 직전에 발견된 일도 있다고 하는데, 그 가스마개는 도코노마의 어긋 매어 단 판자 아래쪽에, 아직, 있었다.

이 방에서 나는 얼마나 많은 밤을 새웠는지 모른다. 모아 놓은 원고만으로 책을 만든다는 것은 불만이니까, 뭔가 번역해 달라고 구즈마키가 말한다. 그러므로 이곳에서 철야를 한 것은 대개 번역 때문이었다. 나는 번역이 질색이었지만, 그럼 소설을 쓰라는 것이다. 나는 당시에는 그리 쉽사리 소설을 쓰지 못했는데, 왜냐하면 진심으로 써야 할 것, 쓰지 않으면 안 되는 이야기가 없었기 때문이다. 나는 하룻밤에 30~40매를 번역했다. 사전을 찾지 않고, 모르는 곳은 빼놓고 번역을 하고 보니 빠른 것은 당연하고, 명쾌유려했다. 구즈마키는 그런 사정은 알지 못했다.

그런데 구즈마키는, 내 옆에서 소설을 쓰고 있다. 그게 또, 내 번역의 빠르기 정도가 아니다. 글쓰기가 느린 숙부하고는 반대로, 물레방아처럼, 하룻밤 사이에 100매 이상의 소설을 써버린다. 이 속력은 내가 아는 한으로는 공전절후空前絶後인데, 다만 그는 하나도 발표를 하지 않았다.

나는 이 방에 드나드는 것이, 어두워서, 참으로 싫었다. 나는 '죽음의 집'이라고 불렀는데, 아아, 또 저 음울한 방에 앉아야 한단 말인가 하고 생각하면, 발걸음까지 무거워졌다. 나는 저주했다. 아쿠타가와 류노스케를 증오했다. 그러나 나는 알고 있었다. 어두운 것은, 원래, 집 주인의 자살 탓이 아닌 것이다. 융단의 색깔 탓도 아니고, 구즈마키 탓도 아니었다. 요컨대 아쿠타가와의 집이 어두운 게 아니었다. 나의 나이가 어두웠다. 나의 청춘이 어두웠던 것이다.

청춘이란 어두운 것이다.

이 전쟁기의 청년들은 청춘의 공백 시대라고 말하지만 대체로 청춘은 공백 같은 것이라고 나는 생각한다. 내가 어두웠을 뿐만 아니라, 친구들도 어두웠던 것으로 나는 생각한다. 발산할 방법이 없을 정도로 정열과 희망과 활력이 있다. 그러면서도 초점이 없는 것이다.

나는 소설을 썼다. 문학에 몸을 바치겠다고 했다. 하지만 무엇을 쓸 것인가, 나는 사실 쓰지 않고는 배기지 못할 말, 쓰지 않으면 안 될 문제가 없었고, 써서 발표하지 않고는 배길 수 없는 삶의 방식도 정열도 없었던 것이다. 다만 허명虛名을 쫓는 정열과, 그로 인해 절망하고 패배해 가는 영혼이 있었다.

그 시절의 동인으로는, 그 무렵 이미 셋이 죽었다. 첫 번째가 네모토根本. 그는 구즈마키에게 절교의 엽서를 써 보낸 일이 있었다. 그 전날 밤, 네모토의 아파트에 동인이 모였다. 그 아파트는 구단자카九段坂에 있었는데, 우리들이 노상 몰려들던 미사키초三崎町의 아테네 프랑세에서 가까웠으므로, 그가 없는 방으로 올라가(관리인에게 문을 열어 달래서) 무슨 잡지인가에 대해 의논을 한 것으로 생각된다. 추웠던지라 벽장에서 네모토의 이불을 꺼내, 그것을 깔고서 구즈마키가 이불을 뒤집어쓰고 있었다. 그러고 있는데 네모토가 돌아왔다. 절교의 엽서는 우리가 돌아간 직후에 쓴 모양이었다.

엽서에는, 절교의 이유는 아시겠지요라고 쓰여 있었지만, 구즈마키는 모르겠다고 했고, 나 역시 지금까지도 모르고 있다. 무단으로 들어간 것이 나빴을까, 이불을 꺼내 덮은 것이 나빴을까. 네모토는 폐병이었다. 관리官吏였다. 맥없는 기침을 하면서, 언제나 터벅터벅 걷고 있는 음침하고 진실한 인물이었다. 웃는 일도 없었고, 거의 말을 거는 일도 없었다. 그리고, 네모토는 얼마 안 있어 죽었다.

네모토가 무엇을, 어째서, 화를 냈을까. 나는 그것을 알고 싶은 생각은 없다. 알 필요도 없지 않겠는가. 어차피, 사람은 히스테리인 것이다. 노여움은 언제나 친한 사람에게, 그리고 노여움의 슬픔은, 어쩌면 그리도 사람의 슬픈 모습 그대로일까. 기운 빠진 기침을 하면서 언제나 터벅터벅 고개를 숙이고 걷던 네모토는, 거대한 분노가, 언제나 그 가슴에 깃들어 있었을 것이다. 무엇을 향한 분노인지, 네모토조차도 몰랐을 것이다. 그저 구즈마키를 향한 분노가 아니라는 것만큼은 분명하다. 그것은 네모토의 청춘이었음에 틀림없다.

두 번째는 와키타脇田. 그는 미타三田의 학생*이었다. 꼽추였다. 이처럼 마음이 비뚤어진 데가 없는 불구자는 보기 드물다. 우리가 극단을 만들려 했을 때, 그는 웃으면서, 내가 할 수 있는 것은 노트르담의 꼽추뿐이라고 말했다. 그는 밝고 상냥했다. 그의 장례는 세타가야世田ヶ谷의 어느 먼 절에서 치러졌는데 나는 길을 잃어 시골길을 헤매다가, 어느새 장례가 끝나 절에서 나와 집으로 돌아가고 있는 동인들을 만났다. 화창한 날씨. 온화한 시골길. 나는 절을 발견하지 못해 오히려 잘되었다고 생각했다. 나는 머리를 긁으면서, 역시 죽고 말았군, 하고 쓴웃음 지으면서 하늘로 올라가고 있는 와키타가 보이는 듯한 기분이 들었다. 잘 있어, 라고 말하고 있다. 잘들 지내, 라고 말하고 있다. 미타의 교모를 쓰고 있다. 잘 가, 와키타.

나는 이번 전쟁 중, 폭격이 있은 다음 날 아침, 전차가 다니지 않아서 도쿄로 걸어가고 있었는데, 도중에 오모리大森에서

---

* 게이오의숙대학 학생임을 뜻한다.

공습경보가 울렸다. 그때, 어느 집에서 얼굴을 내밀고서, 우뚝 서서 생각을 하고 있는 나에게 말을 건 사람이 있었다. 꼽추였다. 와키타가 죽을 무렵과 같은 연배였다. 꼽추 특유의 창백한 얼굴에 조용한 미소가 있었다.

"한 대라는데요."

안심하세요, 하는 웃음 띤 얼굴이었다.

"우리 방공호로 사양하지 말고 들어오세요."

와키타는 오모리의 기하라木原산에 살고 있었다. 내가 그를 떠올린 것은 말할 것도 없다. 따뜻한 마음씨와 포근한 영혼이 나의 마음을 채워 준 큰 감사 속에, 나는 훈훈한 기분으로 잠시 동안은 꿈꾸는 듯한 기분으로, 도망치듯 길을 재촉했다.

세 번째는 나가시마 아츠무長島莩였다.

그에게는, 나만이 유일한 친구였던 것 같았다. 다른 누구와도 친교를 맺고 있지 않은 것 같았다. 문학을 꿈꾸는 청년에게, 아쿠타가와 류노스케가 자살한 집이 진귀하지 않을 수가 없다. 그는 그러나 그러한 흥미에는 덤덤했고, 분위기 같은 것에 대해 끌리는 일이 없는 기질인 듯, 이 집을 방문한 것은 딱 한번, 분명히, 그런 이야기다.

그는 곧잘 자살을 시도하고 실패를 했다. 그는 아마도 유전 매독이었을 것으로 생각된다. 주기적으로 정신착란을 일으키고, 그때마다 자살을 시도한다. 목을 맨 끈이 끊어져서 기절한 채 발견되기도 했고, 치사량 이상의 약을 지나치게 먹고 살아나기도 했는데, 그럴 때마다, 나에게 유서가 온다. 마지막에는 발광했고, 뇌염으로 죽었다.

나는 나가시마의 자살이, 말하자면 나에 대한 저항이 아닐까 생각했다. 그는 나와 싸우고 있었다. 그러나, 나의 그림자하고. 나의 진실된 모습보다도, 그는 좀 더 높고 깊은 무엇인가를 나에게 투영해 놓고서, 그런 나하고 다투고 있었던 것 같다. 그가 죽은 다음, 손때 묻은 프랑스어 책만이 남겨졌다. 그 책 여기저기에 쓰여 있는 그의 감상, 그중에는 애당초 프랑스의 책 자체와는 인연이 없는 말이 나타난다. '안고安吾는 에니그마가 아니다.' '안고는 죽음을 두려워하고 있다. 그러나 그는, 지식이란 매듭을 푸는 것이 아니라, 매듭을 묶는 것이라고 자각하고 있으니까.' "고뇌는 식욕이 아니란 말이다, 안고여."

이 마지막 말은 무슨 뜻일까. 나는 알 수가 없다. 그는 언젠가 콕토의 『포토맥』을 들고 나에게 온 일이 있다.

"읽었나, 이 책?"

나는 끄덕였다. 구즈마키가 콕토의 숙독자熟讀者였으므로, 나도 그의 장서를 빌려서 읽은 적이 있었던 것이다.

"난, 웃고 말았어. 자네는 토할 줄 모르는 체질이지 않나. 자네는 무엇을 먹더라도 체하지를 않지. 하지만 자네 자신에게도 독은 없지. 자네는 살무사가 아니거든."

그의 웃는 얼굴은 애절한 듯했다. 나는 그의 말을 이해할 수가 없었다. 하지만 그가 나에 대해 생각하고 있는 것처럼, 내가 나에 대해 생각해야 한다는 필요성을 인정하고 있지 않았으므로, 나는 그에 대해서는 그저 묵살, 잠자코 있을 뿐이었다.

나는 그가 자살에 실패해서 살아나고, 건강을 회복해서 내 앞에 나타났을 때, 나도 모르게 분노한 것이다.

"자살이라니, 그런 쩨쩨한 우월감이! 이봐, 웃기지 마."

그의 쓸쓸한 얼굴은 지금도 잊을 수가 없다.

"알고 있어. 하지만, 글렀어. 나는."

하지만, 글렀어, 나는. 그것은 그의 주기적인 정신착란을 가리킨 말일까. 그런 뜻은 아닌 것 같았다. 그는 나 같은 자를 두려워하며 싸울 필요는 없었던 것이다. 그가 나에게 투영해 놓고 있는 것이, 그에게는 무엇이었을까. 하지만 그는 그 착란이 일어날 때마다, 나에 대한 저항 때문에 죽음을 서둘렀다는 것은 사실인 것 같다. 안고는 죽지 못한다. 어찌됐든, 나는 죽을 수 있다, 라는 것이었다.

그의 임종의 자리에 갔을 때, 그곳은 정신병원의 한 방이었는데, 그는 가족들에게 물러나 있으라고 하고, 나만을 머리맡에 불러 나에게 죽어 달라고 말했다. 내가 살아 있다면 죽을 수가 없다고 말했던 것이다. 자네는 자살할 수가 없을 테지. 내가 죽고 나면, 꼭 부를 거야. 꼭, 불러. 그의 미친 눈에는 살기가 넘쳐 번들거리고 있었다. 엄청난 기백이었다. 그의 정신은 불을 뿜고 있었다. 작열하는 용암이 나에게 들이닥치는 것이 아닐까 여겨졌을 정도였다. 어때. 무서워졌지? 자네는 무서운 거야, 하고 그는 필사적으로 외쳐댔다.

그는 어째서, 그렇게까지 말했던 것일까? 그렇게까지 말할 것은 아니었을 텐데. 나는 분명 무서웠다. 나는 압도되어, 그에게 죽음을 당할 숙명을 느끼지 않을 수가 없었던 것이다. 하지만 자네는 무서워졌지, 라는 외침은 나에게 어쨌든 여유를 주었다. 나는 반사적으로 오만하게 대답했다. 당연하지, 라고. 그리고 나는 온 힘을 다해 그를 노려보았다.

그의 얼굴에는 갑자기, 격심한 낙담이 드러났다. 그리고, 그는 침묵하고 말았다.

하지만 나는 그의 죽음의 순간의 유령을 두려워하고 있었던 것이다. 그렇다. 유령은 나타나지 않았다. 그의 마음은 유화柔和했던 것이다. 그의 나에 대한 우정은 한없는 사랑으로 채워져 있었다. 돌이켜보니, 그의 죽음의 자리에서 나를 부른다는 기괴하고 고풍스러운 주술의 장치를 고안해 내면서까지, 나를 주눅 들게 하고, 일생의 통렬한 타격, 일격을 가하지 않고는 못 배길 염원이 있었을 것이다. 그는 그런 사내였다. 진실로 유령이 되어 일격을 가할 외골수적인 정열은 없다. 그 대신 장치를 가지고 일격하고자 촌극을 벌일 줄은 알았다. 그 촌극에 그의 비원이 걸려 있고, 불을 뿜는 기백과 정열을 걸어 놓고 있기는 했지만, 그것이 촌극이라는 것을 그 자신 역시 알고 있었다. 언제나 슬프게도 알고 있었다. 그의 자살도 똑같은 촌극이었던 것이다. 그가 일생을 마치면서, 그의 유령은 나를 찾아오는 대신에, 창백한 오직 한마디를 헛되이 허공에 내뱉고 있었던 것이다. 촌극은 끝났다! 고. 촌극은 그의 일생이었다.

* * *

청춘만큼 죽음의 그림자를 짊어지고, 죽음과 종이 한 장 차이인 시기는 없다. 인간의 희로애락도, 무대 뒤의 연출가라고는 오직 하나, 그것이 죽음이다. 사람은 반드시 죽지 않을 수가 없다. 이 사실만큼 우리의 생존에 결정적인 힘을 더해 주는 것은 없는데, 어쩌면 오히려, 이것만이 힘의 유일한 원천이 아닐까 하는 생각조차 하지 않을 수 없다.

청춘은 힘의 시기인 만큼, 동시에 죽음의 격렬함과 밀착되어 있는 시기인 것이다. 인생의 미로는 풀기가 어렵다. 그것은 영혼의 미로지만, 그 미로 역시 죽음이 우리에게 부여한 것이다. 모순과 당착, 엉클어진 실, 이 모두는 죽음이 모태요, 고향이기도 한 인생의 사랑스럽고도, 또한 그리운 짜임새가 아닌가.

나의 청춘은 어두웠다. 나는 죽음에 대해 생각하지 않을 수가 없었지만, 직접 죽음에 대해 생각하는 일이 나의 청춘을 어둡게 만들고 있는 것은 아니었을 것이다. 청춘 자체가 죽음의 그림자였으므로.

나는 야심에 불타 있었다. 육체는 건강했다. 나의 야성은 늘 친구들을 괴롭혔다. 왜냐하면 친구들은 대체로 병약했고 나약했으니까.

구즈마키는 카리에스였다. 가슴의 뢴트겐 사진을 나에게 보이면서, 자신도 턱을 괴고 바라보면서, 어때? 좀, 그렇지, 하고 말한다. 피식하고 어른과 같은 웃음을 짓기도 한다. 그리고, 자네는 건강하군, 이라고 한다. 나는 정말 건강했다. 하지만 건강한 육체, 건강한 영혼일수록 좀 더 큰 비율로 죽음에 조종되고 있는 법이다.

나는 참으로 야심 때문에 피로해 있었다.

그 야심이란 오직 유명해지고 싶다는 것이었다. 그런데 나는 오직 유명해지고 싶다고 초조해하고 있을 뿐, 무엇을 써야 할 것인지, 쓰지 말아야 할 것인지, 진실로, 내 가슴을 열어 보더라도 남에게 이야기해야 할 만한 이야기를 갖고 있지 못한 것이다. 야심에 상응하는 맹목적인 자신감이 있다. 그러면서, 해야 할 말의 결여에 상응하는, 무한한 낙하를 볼 뿐인 실의가 있는 것이다.

그 실의는 나에게 언제나 '도망치고 싶은 마음'을 느끼게 했다. 나는 낙오자를 동경했다. 지붕 밑의 철학자. 파리의 어느 골목 밑바닥의 요리집 주인인 철학자 봉봉 씨. 인형에 푹 빠져 있는 대학생. 나는 파리에 가고 싶었다. 나의 어머니도 나를 파리에 보낼 생각을 하고 있었지만, 나는 하지만 어두운 예감이 있어, 파리의 지붕 밑에서 목을 매어 죽는 따위의, 어쩐지 그런 예감으로부터 벗어날 수가 없었으므로, 적극적으로 파리행을 신청할 기분이 들지 않았던 것이다. 생각해 보면, 낙오자에 대한 동경은 건강한 마음의 소산인지도 모른다. 왜냐하면 야심의 뒤란길이니까.

그러던 어느 날, 나는 친구에게도 어머니에게도 모두에게도 감춘 채, 몰래 취직을 하러 나갔다. 간다神田의 한 카페에서 지배인을 구하고 있었다. 카페의 이름은 잊어버렸지만, 나는 신문 광고를 보고 결심했던 것이다. 누구의 눈에나 가장 별 볼 일 없는 직업이어서 마음을 굳혔던 것이다.

나는 그날을 확실하게 기억하고 있다. 쇼와 5년(1930), 5월 5일이었다. 나는 기차를 탔다. 티켓의 날짜 스탬프가 5, 5, 5 이렇게 나란히 있었으므로 잊을 수 없는 것이다.

나는 술을 마시지 않았으므로 카페 같은 데에 들어간 일이 없었다. 두세 번 남의 권유를 받아 조그마한 바에 들어간 일은 있었지만, 이런 큰 카페는 처음이었다. 하지만 오전 중의 일이었으므로 사람이라고는 하나도 없었다. 말할 수 없이 음울하고, 사악하고, 탐욕 그 자체인 50세가량의 주인이 있었다. 뱀처럼, 땅바닥을 기어 다가오는 느낌, 가느다란 눈이 번득거리고 있다. 알아들을 수 없을 정도로 낮고 목쉰 소리로 말하면서, 내 눈을 들여다보았다.

지배인이라는 것은 이 카페의 지배인을 가리키는 말이 아니라는 것이다. 당분간은 이 카페의 지배인이지만 자신의 목적은 호텔 경영에 있으므로, 결국에 가서는 호텔의 지배인으로서, 호텔과 거기에 소속된 바, 그것이 이상이라고 한다.

관광 사업에 취미가 있느냐고 하기에, 입에서 나오는 대로 있다고 대답하자, 그렇다면 포부가 있는지 말해 보란다. 생각해 본 적도 없는 일이므로, 별 수 없이 자백을 하고 말았다.

나는 호텔 지배인으로 출세할 뜻은 없었다. 나는 카페의 지배인을 원했다. 턱시도 따위를 입고(봉봉 선생은 분명 일 년 내내 연미복인가를 차려입고 있었다), 술주정뱅이의 소음 가운데, 소나무인지 전나무인지의 분재 저쪽에서 멍청한 얼굴로 매우 엄숙하게 주의를 소홀히 하지 않는 표정을 하고 있다. 누가 보더라도, 어느 누구보다도 바보다. 이런 재치라곤 없는 빈틈없는 표정이라는 것은 사람에게 주어진 천성이 있어야 하는 것이지 아무나 할 수 있는 것이 아니고, 나에게는 매우 어울리는 것이다. 나는 은근히 자신감을 가지고 왔으므로 거기에는 적지 않은 포부도 있다. 포부란 무엇이냐.

"저는 이가 충치로 아플 때도, 아프다고 말할 수 없는 이 장사가 마음에 든 겁니다. 회사에 근무한다고 칩시다. 과장이 저를 불러, 자네는 아침부터 우거지상을 하고 있군. 무엇인가 불평이 있거든 말해 봐, 하고 호통을 칩니다. 그러면, 저는 실은 이가 아픕니다, 하고 모기 목소리 같은 소리를 냅니다. 저는 실제로 충치가 지병으로, 그 고통 때문에 울 지경입니다. 저는 참을 수가 없어서 울상을 짓습니다. 하지만 카페에서는 제가 울상을 짓더라도 과장처럼 우거지상에 신경을 쓸 손님은 없지요. 늘 묵살당하고 무시당하고, 바보 중의 바보이므로, 저는 충치가 아파도, 아프지 않은 얼굴로 마음속으로 홀로 슬퍼합니다. 그러니, 천분이 있는 것이지요. 저는 충치로 아프더라도 이 카페의 분재 저쪽에 서는 한, 식물보다도 무자각으로 충치의 고통을 참을 수가 있습니다."

그는 눈을 치뜨고 쳐다보았을 뿐이었다. 어떤 감정도 드러내지 않는 물과 같은 싸늘함이었다.

"어떻게 하면 가게가 번창할 것이라고 생각하나."

나는 영 글러먹은 인간이었다. 나는 나와 이 직업을 결합시킬 분위기적인 포부에만 고집해서, 밤새도록 꼼짝도 하지 않고 나 자신을 납득시키는 충치의 철리에 빠져 있었다. 가게를 번창시킬 비결에 대해서는 생각해 본 일이 없었던 것이다. 나는 준비 부족을 깨달았다. 그가 나에게 원하는 것은 내가 충치를 참아내는 일이 아니라 가게를 번창시킬 비결인 것이 당연했다.

"미인만 모아 들이는 거지요. 틀림없어요"

하고, 하는 수 없이 뻐기듯이 대답했다. 내가 뻐긴 것은 진리의 위엄 때문이었지만, 그는 냉랭하게 끄덕이면서

"그야 당연하고."

나는 당황해서, 그야말로, 흥분하고 말았다. 나는 그 자리에 어울리지 않음을 자각했으므로 이력서를 돌려 달라고 했다. 그는 그것이 당연하다는 식으로 이력서를 돌려주었지만, 자신이 구하고 있는 것은 호텔 지배인이 될 만한 인재이지 카페의 지배인 따위는 별것 아니라는 의미의 말을 뇌까리고 나서, 호텔 경영은 어려운 것이라고 덧붙였다. 그것은 나의 경솔을 나무라는 것 같지는 않았고, 그 자신의 거대한 포부가 그렇게 말하게 한 것인지도 모른다. 그는 목적을 달성했을까. 매우 성공한 듯한 기분이 나로서는 들었지만, 나는 그 뒤로 당분간, 이 사내의 환상에 압도당하고 있었다. 그것은 그가 마지막까지 물과도 같이 아무 감정 없이, 나에게 업신여긴다거나 설교를 한다거나, 그런 태도를 취하지 않은 탓이었다. 즉, 내가 스스로의 경솔, 독선적인 행위에 탄식하고 있었기 때문이다.

그런데 내가 집안사람들에게도, 친구들에게도 몰래 이런 취직을 하고자 했던 심사가 어떤 것이었느냐 하면, 그저, 어둡고, 애달팠다는 한마디로 끝난다. 이런 식으로밖에는 살 수가 없는 나란 말인가, 하는 탄식이었다. 낙오자인 체하는 경쾌한 멋스러움 따위는 없었던 것이다.

음울, 사악, 냉혹한 생김새의 주인을 보았을 때, 내가 그의 인상에 대해 유달리 어둡게 몸부림친 것도, 내가 나를 밀어 떨어뜨리고자 하는 현실의 어두운 그림자를 보았기 때문이다.

청춘은 절망한다. 왜냐하면 커다란 희망이 있어서다. 소년의 희망은 자재自在해서, 왕으로도, 천재로도 자신을 바꿔 놓고 꿈과 현실의 구별이 없지만, 청춘의 희망 뒤에는 한정된 자아가 있다. 자신의 역량의 한계에 대한 자각이 있고, 희망에는 발판이 빠져 있다.

이 역시 그 무렵의 일이다. 나는 나가시마長島와 구단九段의 축제에서 서커스를 구경했다. 맨몸의 말을 타고 하는 곡예에서 4, 5명의 소녀가 빙글빙글 돌고 있었는데, 한 소녀가 낙마했다. 말의 한쪽 발이 얼굴에 닿았다. 그저, 그것뿐이었다. 소녀의 얼굴은 선혈로 물들었다. 놀라울 정도로 다량의 선혈. 한 남자가 달려가더니, 부축한다는 태도가 아니라, 손을 붙잡고 잡아 일으켰다. 말 곡예는 계속 빙글빙글 돌고 있었으므로 그 거친 태도가 자연스러운 것이기는 했다. 소녀는 잡아 일으켜져서 일어섰고, 조금 비틀거렸을 뿐, 막 뒤로 뛰어 들어갔는데, 그 얼굴 가득 덮은 선혈은 관중의 신음소리를 불러일으켰다. 하지만 그 자리에 있던 사람들의 얼굴은 애처로움이 아니라 미숙에 대한 분노였다. 소녀의 얼굴도 상처의 고통보다는 미숙에 대한 자책의 고통이 훨씬 더 커보였다.

무정함도, 이때에는 청결했다. 말에서 떨어진다. 말의 한쪽 다리가 얼굴에 닿는다. 실로, 아무것도 아닌 순간이었다. 부상 같은 것은 생각할 수도 없을 것 같은 스쳐 지나가는 그림자 같은 별것도 아닌 순간에 지나지 않으니까. 얼굴 가득 뿜어져 나오고 있는 선혈은 마치 이 역시 아무것도 아닌 빨간색에 지나지 않은 것 같은 기분이었다.

아름다운 소녀는 아니었다. 그러나 선혈 아래 자책에 대한 고민의 공포는 나의 마음을 탄식으로 얼어붙게 만들었다. 잡아 일으켜져서 비틀거리고, 금방 뛰어갔다. 그것을 에워싼 이곳저곳의 관객석에 있는 사람들의 분노의 눈, 나는 처절한 아름다움에 취했다.

우리는 서커스장을 나와, 그 뒤쪽으로 돌아가 보았다. 뒷문인 듯한 천막 틈새로 매니저처럼 보이는 사람이 나오는 것을 보았으므로, 나의 마음은 바로 정해졌다. 나는 다가가서 절을 하고, 매니저이십니까 하고 물었더니, 그렇다고 대답했다.

나는 더듬거리면서 부탁을 했다. 나를 이 팀에 넣어 달라는 것을. 내가 할 수 있는 것은 각본과 전체의 구성, 연출인데, 그 밖의 잡일을 시켜도 된다고 덧붙였다.

나의 차림새는 그런 제의를 하는 사내의 일반적인 모습하고는 달랐을 것이 틀림없었다. 나는 그 무렵, 하이칼라로 옷차림이 괜찮았던 것이다. 그는 의아해한다기보다는 오히려 험악하게 나를 노려보고 있었다. 그리고 무슨 소리냐는 듯이 그저 두세 번 아무렇게나 끄덕거리고는, 한마디 대답도 없이 가버렸다.

나는 정말이지 여우에게 홀린 듯 멍한 기분이었다. 오히려 불쾌감이 솟아오르고 있었다. 내가 어째서 서커스 일행에 들어가고 싶다고 생각했던가, 하지만 나는 들어갈 생각 따위는 없었던 것이다. 그저, 그런 소리를 해 보고 싶었을 뿐이다.

피범벅이 된 소녀의 얼굴이 나에게 그렇게 시킨 것도 아니다. 나는 조금은 감동했다. 그러나 큰 감동은 없었다. 큰 감동의 지경으로까지 의식적으로 몰고 갔을 뿐이다.

게다가 난처하게도, 나가시마에게 보여주기 위해 연극을 한다는 기분까지 가지고 있었던 것으로 나는 생각한다. 적어도 말을 꺼낸 뒤로는, 나가시마라는 구경꾼을 끈질기게 의식하고 있었다.

하지만 역시, 청춘의 어두움, 그 멈추지 않는 슬픔도 있었을 것이다.

"자네는 허무야."

나가시마의 중얼거림은 안타까운 듯했다. 그는 나를 다독이고 있었던 것이다. 그의 얼굴은 쓸쓸해 보였다. 어리석은 짓을 저지른 것이 그 자신인 듯한, 그림자가 엷은, 자조로 일그러진 얼굴이다.

그것은 자조였을 것으로 나는 생각한다.

그는 내 앞에서, 그리고, 다른 동인들에게도, 여자에 대한 이야기를 한 적이 없다. 어떠한 미녀에게도 뒤돌아보는 기색도 없었다. 그런데 나는 그가 죽은 후, 그의 누이동생, 그의 가정을 아는 친구들로부터 생각지도 않은 이야기를 들었다. 그는 늘 여자를 뒤쫓고 있었던 것이다. 여관에 머물 때면 하녀를 꼬드겼고, 하녀의 방으로 밤에 기어들어가 언제나 성공했다는 것이다. 그는 귀공자의 풍모였다. 다방의 아가씨에게 푹 빠져, 얼굴 전체에 붕대를 감고, 팔에도 붕대를 말아 가슴에 매달고, 한쪽 발에도 붕대를 감아 절뚝거리면서, 지팡이에 매달려 연일 여자를 꼬드기러 나갔다는 것이다.

"호색은 우리 집안의 핏줄이에요."

밤샘의 자리에서, 그의 누이동생이 중얼거렸다. 자조하는 싸늘한 웃음이었지만, 오빠의 자조와 똑같은 것이었다. 나는 그때, 그날의 그의 자조의 얼굴을 떠올리고 있었던 것이다. 어리석은 짓을 감행하는 자는 그 자신이었던 것이다. 그는 남에 대해 웃을 줄 모르는 사내였다. 자신의 일밖에는 생각할 줄을 모르는 기질의 고독자였던 것이다.

* * *

전쟁 중의 일이었는데, 나는 히라노 켄平野謙*에게서 이런 질문을 받은 일이 있었다. 나의 청년기에 좌익 운동으로부터 사상의 동요를 받은 일이 없는가, 라는 것이었다. 나는 이때, 단호히, 받지 않았습니다, 하고 대답했던 것이다.

받지 않았다고 단언하고 보니, 분명 그렇기도 했다. 애초에 청년이란 자는 시대의 유행에 무관심할 수 있는 존재가 아니다. 그 관심은 모두가 동요하게 마련인 종류인데, 이 동요의 하나에 대해 이야기하려면 시대의 모든 관심에 관련해서 이야기하지 않으면 안 될 성질의 것이어서, 하나만 떼어내고 보면 일그러진 것이 되기 쉽다.

내가 너무나 단호하게, 동요는 받지 않았습니다, 라고 잘라

---

* 문예평론가. 좌익운동에서 전향하여 〈근대문학〉 창간에 참가해 문학에서의 정치주의를 비판하고 독자적인 사소설 이론과 문학사 연구에서 업적을 남겼다.

말하는 바람에 히라노 겐은 쓴웃음을 지었는데, 이것은 그의 질문 자체가 무리였다. 받았다, 받지 않았다, 나는 어느 쪽으로나 말할 수 있는 것이고, 어느 쪽이 되었건, 그렇게 말하고 나면, 그런 것이었다.

이제, 회상하고 있는 이 연대는 이미 동요의 말기였다. 구즈마키를 찾아가 보면, 어제 나카노 시게하루中野重治*가 왔다느니, 구보카와 츠루지로窪川鶴次郎**가 지금 막 돌아갔다느니, 나는 모두 길이 어긋나서 만난 일이 없지만, 지하운동의 투사가 돈 마련을 위해 왔다가 막 돌아갔다며 아직 온기가 가시지 않은 방석에 앉은 일도 있었다. 구즈마키 역시 유치장에 들어가 나는 주인 없는 방에서 오직 홀로 밤샘을 한 일도 있는데, 그때 다카하시 고이치高橋幸一가 경찰서 밖에 몸을 숨기고 밤새도록 유치장 창문을 바라보고 있었다는 놀라운 그의 인내 이야기도 있었다. 언젠가 나의 집에 밤샘을 하기 위해 그가 온 일이 있었는데, 나의 방에서 빛이 밖으로 새어 나오고 내가 공부하는 모습이 보였으므로, 밖에 서서 내 공부가 끝나기를 기다려 동이 트고 나서 내가 자려 하는 것을 보고서야 들어온 일도 있었다.

서커스의 한 팀에 가입하겠노라고 신청한 나였지만, 나의

---

* 일본의 소설가, 시인, 평론가. 1931년 일본공산당에 입당하고 1934년 검거되어 전향했다. 전후 일본공산당에 재입당해 참의원 의원이 되고 전후 여러 문학 논쟁에 참여한 전후 문학의 중심적 인물이었다.

** 공산당에 입당해 프롤레타리아 문학 계열의 평론가로 활동했으나 검거 후 전향하여 태평양전쟁을 긍정하는 어용 평론들을 발표해 전후 많은 비판을 받았다.

될 대로 되라는 마음가짐도 공산주의에 몸을 내던져서 소동을 벌이게 하는 일은 없었다. 나는 나의 욕정에 대해 알고 있었다. 나 자신을 속이는 일 없이 공산주의자가 될 수는 없는 나의 이기심을 알고 있었으니까.

나의 청춘은 어두웠다. 무엇인가에 몸을 바칠 만한 곳이 없는 어두움이었다. 나는 그러나 몸을 바칠 만한 곳을, 서커스를 놓고 공상하는 일은 있어도, 공산주의에 대해 공상하는 일은 이미 완전히 없어져 있었던 것이다.

나는 좌우간 분명하게 인간에게 걸고 있었다.

나는 공산주의는 싫었다. 그들은 스스로의 절대, 스스로의 영원, 스스로의 진리를 믿고 있었기 때문이다.

우리의 일생은 짧다. 우리의 과거에는 긴 역사가 있었지만, 우리의 미래에는 그 과거보다도 훨씬 긴 시간이 있다. 우리의 짧은 일생에서 무한의 미래에 절대의 제도를 들이대는 따위는, 무한한 시간에 대해, 무한한 진화에 대해 모독이 아닐까. 다양한 시대가 그 각각의 최선을 다하면서 스스로의 생을 기리며, 바통을 건네면 그것으로 족하다.

정치라든지 사회 제도는 언제나 일시적인 것, 다른 것보다 좋은 것으로 바꾸어 놓아야 할 진화의 한 단계라는 것을 자각해야 할 성질의 것이고, 정치란 오직 현실의 결함을 고치고 정정訂正하는 실제 시책이면 족하다. 정치란 무한의 정정이다.

그 각각의 정정이란 언제나 시대의 정의이기만 하면 되는 것이지, 정치가 정의이기 위한 필요 불가결한 근거의 오직 하나는, 각 사람의 자유의 확립이라는 것뿐이다.

스스로만의 절대를 믿고 불변 영원을 믿는 정치는 자유를 배반하는 것이며, 진화에 반역하는 것이다.

나는 혁명, 무력의 수단을 싫어한다. 혁명에 호소하면서까지 실현되어야만 할 것은 오직 하나, 자유의 확립이라는 것이다.

나에게 필요한 것은 정치가 아니라, 먼저 스스로 자유인이어야 한다는 것이었다.

그러나 내가 정치에 대해 이렇게 생각한 것은 이때가 처음이 아니라, 나에게 정치가 문제로 대두되었을 때, 상당히 오래 전부터 이렇게 생각하고 있었을 것이다. 그러나 사람의 마음은 이론에 의해서만 움직이는 것은 아니었다. 모순당착. 나의 공산주의에 대한 동요는, 어쩌면 가장 많은 주의자의 '용기' 있는 단행에 대해서가 아니었을까 생각한다. 영웅주의는 청년에게 이지적으로나 맹목적적으로나 업신여겨지면서도 동경의 대상이 될 수 있는 것이었다. 나는 당시 나폴레옹을 열심히 읽고 있었다. 그가 붙잡혀서 섬에서 죽기 직전까지 한 말들의 애달프고도 기가 막힌 공허함, 세상에 이처럼 거리가 있는 말이라니, 아니, 말 자체가 촌극처럼 어리석음에 지나지 않는다. 나의 가슴의 청춘에는 배꼽 잡고 웃기도 하고, 탄식하고, 때로는 눈물까지 솟는 밤도 있었다. 언어에서만 생명을 보는 문학이 그 언어에 의해 나폴레옹을 비웃을 수가 있는 것인지, 나폴레옹이 문학을 비웃을 수 있는 것인지, 나로서는 알 수 없었다.

청춘의 동요는 이론보다도, 오히려, 실제의 용기 때문이 아닐까 하고 나는 생각한다. 나에게는 용기가 없었다. 자신이 없었다. 앞길에는 암흑만이 보였다.

그 무렵 아테네 프랑세의 교우회에서 에노시마江の島인가로 여행을 간 일이 있었다. 그때 내가 아는 한 젊은 샐러리맨이, 묘하게 친근한 말투로 말을 걸어 왔다. 그는 나를 자꾸만 쫓아다니고, 자꾸만 말을 걸고, 내 그림자처럼 따라다니면서 괴롭혔는데, 주변에 사람이 없을 때 그는 갑자기 말했다.

"당신은 몇 명의, 몇십 명의 아가씨를 애인으로 가지고 계십니까?"

나는 어안이 벙벙했다. 그는 진지했고, 침착했다.

"당신은, 당신을 찬미하는 아가씨들에게 둘러싸여 있어요. 나는 늘 멀리서 보고 있었습니다. 나는 쓸쓸하기도 하고 부럽기도 합니다만, 나의 꿈을 당신의 현실에서 보고 있다는 상쾌함에 취했습니다. 당신은 왕자王者입니다. 미모와 재능과 힘을 타고나서……"

그의 말은 꽤 길었다. 그는 나의 친구가 되고 싶었던 것이 아니라, 그저, 나에게 한마디 할 기회만을 기다리고 있었다는 것이다. 나의 현실에서 그의 꿈의 실현을 보고 슬프게 취했노라는 것을.

그리고 그는 나에게 해 주기 위해 준비해 둔 말을 끝내자, 묘하게도 깨끗이 사라지고 말았다. 그리고 다시는 내 근처에 얼씬도 하지 않았다.

참으로 바보 같은 청년이었다.

나에게는 아가씨인 애인은커녕, 친구조차 없다. 그는 도대체 무슨 꿈을 꾸고 있었던 것일까. 내 주변의 무엇으로부터, 이런 당치도 않은 판단이 나온 것일까. 짐작 가는 것은 하나도 없었다.

하지만 내가 나가시마와 백수사白水社에서 프랑스 책을 사고 나온 저녁나절, 역시 알지 못하는 청년 하나가 나를 불러 세웠다. 이 청년은 서른이 넘은 것 같았다. 그는 나와 알고 지내기를 오래도록 바라고 있었다는 것이다.

"15분만."

그는 15분에 힘을 주며 말했다. 15분만 자기하고 이야기할 시간을 내어 달라는 것이다. 우리는 찻집으로 들어갔다.

그가 한 말은, 그러나 그 자신의 심경뿐이었는데, 방관자 이외의 것일 수 없는 무기력, 마르크시스트일 수도 없고 에피큐리언일 수도 없는 말단 샐러리맨의 급급한 생활고가 뼛속까지 스며든 애달픔에 대해서였다.

그는 자그마한 사내였다. 그리고 말단 샐러리맨의 비극, 방관자의 무기력, 허무에 대해 이야기했는데, 그러면서도 그는 오만한 자세로 의자에 기대어, 어느 무엇도 두려워하지 않는 듯 으스대는 태도였다. 다만 입가에는 쓴웃음이 감돌고 있었는데, 나까지도 찔러 죽일 듯한 거만한 웃음이었다.

"당신에게는 자신감이 있어. 만만찮은 자신감이지. 당신은 언제나 대지를 꾹꾹 밟아 가며 걷고 있는 것 같더군. 나는 당신을 볼 때마다, 반발과 어떤 그리움, 증오와 애절함 같은 것을 늘 뒤죽박죽 느끼고 있었지."

그는 나를 추켜올리는 듯이 말하면서도, 점점 더 으스대듯 몸을 뻗대었고, 쓴웃음은 더 깊어지고, 나를 조소하는 것 같기도 했다. 그는 불쑥 말을 바꾸어,

"나는 곧 일본을 뜰 거요. 중국에 가 버리는 거지. 어느 무엇하고 과연 결별할 수가 있을까."

그는 유유하게 일어나 우리에게 작별을 고하고 오연하게 사라졌던 것이다.

만만한 자신은커녕, 한 조각의 자신, 삶의 의지처조차 없는 나였다. 내가 디디고 있는 발은 항상 허공에 떠 있었던 것이다. 나는 나 스스로가 인생을 무대로 한 광대에 지나지 않는 듯한 슬픔, 답답함 때문에 늘 고통당해 왔던 것이다. 무척이나 이상한 공허함이었다. 그들이 나를 비웃고 있었던 것은 아닐 것이다. 거만 선생의 입가에 띤 쓴웃음만 해도, 그는 그렇게밖에는 친근감을 표현하는 수단을 몰랐을 것이 틀림없다.

구즈마키 요시토시 등도, 곁에서 보기에는 가장 행복한 인간인 듯 사람들은 여기고 있었던 것이다. 그는 부드러운 귀공자이고, 아쿠타가와 류노스케의 조카다. 사람들은 그가 수많은 미녀들에게 둘러싸여, 앞으로의 합환주를 고려 중, 이라는 다행스러운 우울을 냄새 맡고들 있는 모양이었다. 그런데 정작 본인은 어떤 아가씨를 짝사랑해서 밤이면 괴로움에 몸부림치며 잠들지 못해, 수면제를 잔뜩 먹고는 침대에서 굴러 떨어졌던 것이다.

그리고 구즈마키와 나는 아쿠타가와의 2층방에서 말다툼을 하면서 며칠 밤이나 새웠을까. 나는 엄청 화를 내면서 번역을 하고 있다. 그는 소설을 쓰고 있다. 둘 모두 엄청난 속력이었다. 나는 늘 어두웠다.

나는 떠올린다, 그 집을. 언제나 양지바르고, 그러면서 어두운 집. 전쟁은 그 집까지도 기분 좋게 재로 만들어 버린 모양인데, 나의 어두운 집은 재가 되지 않는다. 그 집에는 나의 청춘이 갇혀 있는 것이다. 어둠 말고는 아무것도 없는 청춘이, 떠올려보아도, 어두워질 뿐이다.

(1947년 6월)

장난감 상자 オモチャ箱

　대체로 예능이란 것에는, 그 예능으로 사는 것 말고는 다른 수단이 없는 인간이라는 것이 있는 법이다. 바둑 장기 같은 것은 14, 5세로 초단이 될 만큼 특별한 천분을 요하는 것인 만큼, 그 길에서는 타고난 재능이 있건만 다른 일을 시켜 보면 국민 학교 아이보다도 쓸모가 없는, 완전히 백치 같은 사람이 있기도 하다. 그러나 이러한 특수한 기형아는 기껏 4, 5단 정도에서 그치는 모양으로, 명인 정도의 고수가 될 만한 사람이라면 다른 길에 들어서더라도 범상하지 않은 식견이 있는 모양이다.

　문학의 경우에도, 때로는 이런 작가가 나타난다. 일반 세상에서는 예능의 세계에 미신적인 편견이 있어서, 예능인, 예술가는 모두 각각 일종의 미치광이라는 식으로 생각하고 싶어하는 법이지만, 그것은 일의 성질상 시간에 맞추어 규칙적으로 진행될 수는 없는데, 일의 성질이 불규칙하다, 밤에 일을 하고 낮에 잔다, 그래서 미치광이다라고 할 수도 없다.

원래 예능, 예술이라는 것은 일상다반사의 평상심으로는 알 수 없는 것으로서, 나는 얼마 전 장기 명인전 최종국을 구경했는데, 그때 츠카다塚田 8단이 첫 수를 두는 데 14분이나 생각했다. 그래서 관전하고 있는 도이土居 8단에게, 첫 수 정도는 전날 밤에 생각을 해 놓고 오면 안 되는 것이냐고 물었더니, 전날 밤 생각을 했더라도 반면盤面 앞에 앉으면 또 생각이 변한다. 봉수封手라는 것은 대체로 수가 한정되어 있다고 상상할 수가 있어서, 이 수를 두면 이렇게, 저 수를 두면 저렇게 하고 생각을 잘 마무리하고 왔더라도, 반면에 앉아 보면 다시 생각이 바꾸어서 다른 수를 둔다는 것이다.

이는 우리의 작업도 마찬가지다. 이런 줄거리를 쓸까, 이 인물에게는 이런 행동을 시켜야겠다. 그렇게 생각하고 있었더라도, 원고지를 마주하고 보면 생각이 변한다.

생각이 변한다는 것은, 즉 전날 밤 생각한, 전날 밤의 생각이라는 것이 실은 우리의 평상심에 의해 떠오른 것이지만, 원고지를 마주하면 평상심의 낮은 수위로는 참을 수가 없다. 전적으로 몰입한다, 그런 경지가 요구된다, 창작 활동이라는 것은 그런 것이어서, 예정된 플랜대로 된다면 이것은 창작 활동이 아니라 세공품의 제조여서, 제대로 완성된 세공물은 만들 수 있을지 모르지만, 예술이라는 창조는 될 수 없다. 예술의 창조는 항상 플랜에서 비어져 나오는 데서 시작된다. 예정된 플랜이라는 것은 그 작가의 기성의 개성에 속하며, 기성의 역량에 속해 있는 것이지만, 예술은 항상 자아의 창조 발견으로서 기성 플랜을 벗어나 예측할 수 없는 것의 창조 발견에 도달하지 않으면 스스로 충족될 수 없는 성질의 것이다.

그래서 사무원이 규칙적으로 사무를 하는, 그런 식으로는 도저히 나아갈 수가 없는 것이다. 그래서 일의 성질로서 생활이 불규칙해지게 마련이지만, 이는 작업의 성질 때문이고 그 인간이 그런 성질이라는 뜻은 아니다. 돼지는 원래 매우 청결을 좋아하는 동물이라고 한다. 일본인은 돼지를 특별히 더럽게 키우고, 뭐든 더러운 것은 전부 돼지우리에 처분해서 돼지우리와 쓰레기통은 같은 것이라고 생각하고 있지만, 그런 것이 아니고, 돼지는 원래 결벽성이 있어서 돼지우리를 깨끗이 해 주면 그 청결을 더럽히지 않기 위해 평소에 주의를 게을리하지 않는 마음가짐을 가진 것이 돼지라는 것이다. 즉 문사文士라는 것은 일본의 돼지 같은 것이다. 일의 성질상 어쩔 도리 없이 불규칙하고 주위가 어지럽고 혼란스럽지만, 본래는 의외로 착실하고, 그러나, 아무래도, 뭐, 그만두자.

문학은 인간을 쓰는 일이므로 일단 인간통人間通이 아니어서는 안 된다. 바둑, 장기는 그 길의 천분 말고는 백치적이라는 전문가가 있을 수 있겠지만, 백치적인 인간통, 그런 작가는 없을 것이다. 그러나 아주 드물게는 있다. 백치적이라는 표현은 어떨지 모르겠지만, 요컨대 작가 이외의 일을 하게 되면 반 사람분밖에는 하지 못하는, 영 쓸모가 없는 사람이 있다. 나 같은 사람도 남들이 그렇게 생각하고 있지만 이는 아주 잘못된 것으로, 일반적으로 저 소설가, 저 시인은 도통 실무에 어울리지 않는다는 식으로 동업자들이 인정하는 사람도 의외로 그렇지 않은 모양으로, 시인 중에는 묘하게 비현실적인 시를 쓰기도 하고 염세적인 시를 쓰고 있으면서도 그 본인의 성벽은 사무원보다도 현실적인 사람이 많은 법이다. 문학 그 자체가 인간적인 것인 만큼 근본은 그러해야 마땅하고, 문인묵객文人墨客이라는 말은 근대 문학의 문인일 수는 없고, 세속의 사람들보다는 오히려 세속적이고 현실적인 것이다.

사에구사 쇼키치三枝庄吉*는 근대 일본문학의 이색 작가, 그의 소설 광고의 상투문구다. 하지만 그는 내가 아는 한으로는, 소설을 쓰는 것 말고는 할 줄 아는 것이 없는 일본 유일의 작가였다.

그의 소설은 말하자면 일종의 시로, 그의 작품 활동을 작동하게 하는 뿌리는 시혼이므로, 고음苦吟, 빈궁, 유랑, 이 말고는 돈벌이의 재간이라고는 없는 무능력자라 해서, 그렇다고 그가 인간통은 아니라고 생각할 수는 없다. 인간에 대한 그의 통찰은 깊고도 적확하며, 따라서 꿈결같이 살아가면서도, 세상 일반의 사람들 이상으로 즉물적卽物的인 현실성을 지니고 있었다. 그는 낭비가이기는 했지만 근본은 인색했고, 즉 근검절약하는 세상 사람들보다도 돈을 아까워하고 물건을 아까워하는 인간의 집념을 타고났지만, 수전노의 집념을 가지고 있는 낭비

---

* 소설가 마키노 신이치牧野信一를 가리킨다. 마이너 작가로 평가되지만 짧은 작가 생활 동안 발표한 환상적인 분위기의 사소설 십수 편은 안고를 비롯해 수많은 작가들에게 영향을 준 것으로 평가되고 있다.

가였다. 근대 문사가 즉물적인 현실가라는 것은 바로 인간통이기 때문이고, 인간에 통해 있다는 것은 스스로에게 통하는 일이기도 하고, 인간의 집념과 망집妄執을 '안다'는 것은, 바로 자신이 '낸다'는 것이다. 그래서 인간이라는 것이 복잡하면서도 집착 미련하는 것이라면, 근대 문사는 모두가 복잡하고 집착 미련하는 존재이며, 동시에 그러면서도 그는 낭비가요 몽유병자와도 같은 몽환의 인생을 살고 있는 것이다.

대체로 우리 가난한 문사들만큼, 어쩌다 주머니에 돈이 들어오면, 허둥지둥 돈을 지불하려 하는 사람은 없다. 문사가 셋이 모여 술을 마시고, 각자의 주머니에 돈이 있을 때면, 계산해 주세요, 소리를 들으면 가장 가난한 자가 정색하며 먼저 내고 싶어 한다. 나 같은 것이 늘 그 모양인데, 자, 자, 오늘은 무슨 일이 있어도 내가 낼 거야 하고 대단한 기세로 나가지만, 그러면서도 계산서를 확인하고 주머니를 살펴보면 돈이 모자라는 것이다. 쩔쩔매고 어딘가 다른 곳에 돈이 있을지 모른다는 식으로 주머니를 뒤적거리고 있다 보면, 원래가 돈이 많은 문사 쪽에서 조금도 떠드는 일 없이 엄숙히 주머니에서 묵직하고 두툼한 지갑을 꺼내게 된다.

사에구사 쇼키치 역시 허둥거리며 맨 먼저 지갑을 꺼내 드는 축인데, 하지만 이런 축에 끼는 친구들만큼 가난의 쓰라림, 돈의 고마움을 뼈저리게 아는 자는 없다. 그러면서도, 이런 친구의 지갑 속의 돈들은 모두가 발이 달려서 앞다투어 튀어 나가는 얼개이므로, 참으로 세상은 마음먹은 대로 되는 것이 아니다. 아침이 올 때마다 후회를 하게 되는데, 쌀도 없고 무 꼬랑지도 없다. 오늘은 무얼 먹어요, 이렇게 아내가 하는 말에, 그대 마누라야말로 저주의 악마이기라도 하다는 듯이 번들거리는 눈으로 노려보고, 이불을 뒤집어쓰기도 하고 팔짱을 끼고 딴청을 부리기도 한다.

쇼키치는 이리저리 이사를 다녔다. 길면 반년, 때로는 3개월, 술집, 쌀집, 집세로 궁해지기 때문인데, 그가 점포의 유니폼을 가장 두려워한 것은, 도쿄의 사방팔방을 전전하게 만든 얼마 되지도 않는 빚이, 그곳의 가게 주인이나 종업원이나 유니폼을 두르고 있기 때문이다. 게다가 자전거를 타고 온다. 바람을 가르며 그를 향해 덤벼드는 듯이 보이는 자전거의 유니폼이 공포의 대상인 것이다. 그래서 그는 자동차를 타고 목적지로 달려간다. 운전사가 눈을 부릅뜨고 있는 앞에서, 굽신거리면서 목적지의 주인에게 찻삯을 지불하게 한다. 인생 도처에서 그저 비굴해지지 않을 수가 없다. 좌우간 돈이 드는 거다. 부자는 자동차 따위를 탈 필요조차 없겠지.

그의 아내는 그의 가난에 안성맞춤이었다. 가난과 벗하며 노니는 식으로, 결코 본심은 가난을 좋아하는 것은 아니었지만, 자연히 그렇게 된 것이다. 그것은 쇼키치의 소설 탓이다.

그의 소설의 주인공은 언제나 그 자신이다. 그는 자신의 생활을 그린다. 하지만 현실의 그의 생활이 아니라, 이렇게 되었으면, 이랬으면 좋겠다는 소설을 쓴다. 그러나 부자가 되었으면 좋겠다는 따위로 꿈에도 될 수 없는 헛소리를 쓸 수는 없고, 작가는 각각 자신의 인생에 대해서는 가장 적확한 예언자이므로, 그가 가난하지 않게 되리라고 하는 따위는 스스로 허락되지 않는 덧없는 공상으로, 예술은 이러한 공상을 허용하지 않는다. 그의 작품에서 그는 항상 가난하다. 이리저리로 이사를 하고, 야반도주를 하고, 식객이 되고, 키나다무라鬼淚村*나 카자마츠리무라風祭村 같은 데서 양조장 술창고에 몰래 들어가 야음의 술잔치에 성공을 하기도 하고 못하기도 하고, 빚쟁이와 함께 즐긴다든지, 악독하기 짝이 없는 고약한 영감탱이하고 한바탕 맞붙어 늘씬하게 이긴다거나 진다거나, 그리고 그의 아내는 늘 희희낙락하며 진두에 서서, 무능한 남편을 못살게 굴기도 하지만 휘파람을 불며 들판을 한들한들 걷고, 냇가에서는 머리를 감고, 시냇물에 발을 담그는 등 속된 마음이 없다.

그러한 소질의 편린이 있기에 쇼키치가 그렇게 쓰고, 그렇게 씀으로서 아내가 자연히 그렇게 되고, 자연히 그렇게 되기 때문에, 점점 더 그렇게 쓴다. 쓰는 쪽에서는 한도라는 게 없지만, 현실의 인간에게는 한도가 있는 만큼, 그렇게 써 보았자 더는 안 된다는 일선에 이르면 비극이 일어난다.

생각해보니 그의 작품도 한도에 도달했다. 이렇게 되었으면 하는 원망願望의 작풍이 정점에 도달, 혹은 바닥을 쳤을 때, 현실과의 갭을 지탱할 수 없게 되었기 때문에, 그는 예술상의 전기轉機가 필요해져서 스스로 껍질을 깨고, 그 작품의 기저에서 현실과 똑같은 지반으로 되돌아가서 설 필요가 생겼다. 그러나 그런 일을 아무 어려움 없이 해 낼 수 있다면 예술가에게 비극

---

* 마키노 신이치의 단편소설 제목이기도 하다.

이라는 것은 없는 것이다.

* * *

쇼키치의 작품에서는 한 되짜리 술병 같은 것은 나오지 않고 대개는 4말 술통이 나와서 술잔치가 벌어지므로 문단에서 으뜸가는 술꾼으로 통하고 있었지만, 그는 보기 드물게 술에 약한 남자였다.

원래 그는 허약한 체질이므로 호쾌한 주량 같은 게 있을 턱이 없었는데, 게다가 그는 술까지 신경에 의해 좌우되어, 상대방이 먼저 취하면, 벌써 압박을 받아서 도저히 취할 수가 없게 되고, 금방 토해 버린다. 기질적으로 잘 맞지 않는 인물을 상대할 때면 취할 수가 없어 토하고, 다섯 번 마셨다 하면 네 번은 토하고 마는 형편인데, 불행하게도 술에 취하지 않은 사람과는 이야기를 할 수 없는 소심한 사람이다. 마음은 언제나 사람을 기다리고 방문을 고대하고 있건만, 맺힌 심사를 풀며 이야기를 하자면 술의 힘을 빌리지 않으면 안 되는 음울증에 빠져 있었다. 그래서 손님이 온다, 얼른 술집으로 아내를 달려가게 한다, 아침 손님도 술, 깊은 밤에도 술, 어떤 술집이나 빚투성이, 먼 길도 멀다하지 않고 뛰어 다니며, 의사의 문을 두드리듯이 술집 대문을 두드리고 다니며, 그래서 사방의 술집에서 뿌리쳐지면 신천지를 향해 야반도주, 그의 인생의 수혈로輸血路인 만큼 어쩔 도리가 없다.

그는 귀공자였다. 그의 영혼은 궁핍 가운데서도 어디까지나

고고했기 때문이다.

그는 근대 작가의 땅바닥에 밀착된 귀신의 눈과 일본 전통의 문인 기질을 동시에 가졌으며, 소설 따위는 기껏해야 상품이라는 것을 알면서도, 예술을 속(俗)을 뛰어넘는 고아(高雅)하고 이질(異質)적인 것, 특정인의 특권 같은 것으로 생각했으며, 긍지를 가지고 있었으므로, 그리고 그 긍지를 올곧은 지렛대 삼아 살고 있었으므로, 빈궁 중에서도 영혼은 고아했지만, 또 그 때문에 그의 작품은 문인적인 장난감이 되었고 그 기저에 있어서도 그의 현세의 삶과 유리(遊離)되는 경향이 컸다.

즉 그 자신이 가난하게 살아가면서도 고아하다는 것을 가장 의식하고 있었으므로, 그는 굳이 부당하게 귀신의 눈을 죽이고 문인 취미에 빠져 눈이 멀어, 그의 장난감은 특정인의 장난감, 그 한 사람의 장난감, 옹골찬 세공물의 성질을 띠고, 예술 본래의 전인간적인 생명이 점차로 약해지고 엷어져 가고 있었다. 나이도 마흔이 되고 가난도 심해짐에 따라, 그의 작품은 점차로 '포즈적으로' 고아한 것이 되어 가고 있었고, 마침내 포즈 때문에 얽히고설킨 위태로운 지경에 빠져 가고 있었다.

귀신의 눈을 죽이기 때문에 부자연스러운 것이다. 그의 작품은 환상적이기는 하지만 귀신의 눈에도 역시 귀신의 눈의 환상이 있어야 마땅하거늘, 그리고 그의 본래의 예술은 그렇지 않으면 안 되는 것을, 특히 귀신의 눈을 죽여 가며 문인 취미적인 환상을 고집한다. 그래서 그의 작품은 마스터베이션에 지나지 않고, 진실로 그를 구원하는 것, 높여 주는 것이 아닌 게 되고 말았다.

그의 하숙의 빚의 담보로 그의 가장 귀중한 재산인 밀감 상자 하나를 두고 나왔다. 그 밀감 상자에는 그의 일생의 작품이 가득 들어 있다. 그는 유행하지 않는 작가였으므로 단행본은 두 권밖에 내지 못했고, 그래서 신문 잡지의 그의 작품을 오려 내어 채워 놓은 밀감 상자는 그의 소중한 손톱자국이다. 그것이 사라지면 내가 없어지는 것이라고 울먹거리며, 매우 음울하게 풀죽어 있는 것을 보고 동정을 한 후배 구리스 안키치栗栖按吉*라는 신출내기 서푼짜리 문사가 빚을 치러 주고 밀감 상자를 가지고 오자 쇼키치는 너무나 좋아했고, 그날부터 이 밀감 상자를 베개맡에 두고 한밤중에 깨서 밀감 상자를 뒤적거리고 옛 작품을 탐독하고는 아침에 눈을 뜨면 낭랑하게 낭독을 한다. 술이 취하면 아내를 무릎께로 오게 해서 몸짓까지 섞어 가며 다시금 낭독, 자신의 최대의 애독자는 작가 자신, 그다음은 아내, 원래 그녀는 대大애독자로, 여학생 때 쇼키치 선생을 방문한 팬이며, 그 이래로 연애, 결혼, 그랬던 터라 애독의 역사는 오래다. 그때부터 그녀 자신도 끊으려야 끊을 수 없는 작중 인물의 하나가 되었는데, 작품 중의 자신이 참으로 마음에 드니까, 그럼 그렇게 되지요 하고 현실의 자신이 작품을 닮게 된다. 예술이 자연을 모방하고, 자연이 예술을 모방한다. 그렇게

---

* 사카구치 안고 자신을 가리킨다. 반자전적인 소설 「공부기勉強記」에는 불교를 공부하고 출가해 큰 깨달음을 얻으려 했다가 결국 깨달음을 포기하고 소설가를 지망하게 된 경위를 다루고 있는데 그 소설의 주인공 이름도 구리스 안키치다.

된 것은 작품에 그녀를 납득시키는 현실성이 있었기 때문인데, 아무리 환상적이더라도 작품의 근저에는 현실성이 필요한 것이고, 현실에 뿌리를 두고 거기에서 가시를 뻗고 꽃 피우는 것이 허구다.

그런데 남편의 근작은 점점 아내를 납득시키지 못하게 되어 갔다. 즉 작가의 근저부터가 현실과 동떨어지게 되고 말았기 때문이다.

그는 아내를 사랑했지만 그래도 바람기는 있다. 이 역시 여학생일 때 그를 찾아온 일이 있는 팬 중의 하나로 바의 여급이 되었다. 새로운 도쿄 풍경이라는 것을 몇십 명인가의 문사들이 썼을 때 니혼바시 日本橋를 담당했던 쇼키치가 우연히 탐방을 하다가 그녀와 만났고, 그때부터 취했다 하면 그곳에 들러 열심히 꼬셨다. 그러나 그녀는 예전의 그녀가 아니어서, 돈 많은 신사 하고라면 사흘이든 일주일이든 자러 가지만, 쇼키치하고는 도저히 바에서는 마실 돈이 없어서, 후배 제자하고 오뎅집에서 마신다. 후배 제자에게 아직 돈이 남아 있는 것을 확인하면, 그리로 가자, 얘들아 가자 하고 나선다. 동료와 선배를 데리고 가지 않는 것은 여자 앞에서 뻐길 수가 없어서이므로 후배들을 데리고 가서 상당히 뻐길 수는 있지만, 돈 없이 뻐기기만 하는 짓은 장부의 세계에서는 가장 멸시받는 일이므로, 여학생 시절의 팬이라는 등 쇼키치는 아직 그것에 집착할 셈이지만, 상대방으로서는 이미 망각하고 있는 연분에 매달리는 것이 귀찮아져서 점점 불쾌해하고 있는 것이다. 하지만 쇼키치는 술에 취하면 반드시 그쪽으로 달려가고, 정신없이 꼬시고, 쫓겨나고, 빚 독촉장이나 쿡이 노골적으로 닥쳐온다. 그래도 취하면 또 가서 끝도 없이 귀찮게 군다. 물론 성공의 가능성은 조금도 없다.

거기까지는 그래도 괜찮았지만, 근처에 사는 고향의 제자에게 약간 매력적인 여동생이 있었는데 그의 주선으로 잡지사의 사무원이 되었다. 그 뒤로 취했다 하면 이 제자의 집 문을 두드려 술을 요구했고, 집에 들어앉아, 그 옆에 어머니가 자고 있어도 상관하지 않고 여동생의 이불 속으로 기어든다. 쫓겨나지만 불요불굴不撓不屈, 마침내 피로해져서 저절로 늘어질 때까지, 되풀이한다. 이 역시 성공의 가능성은 없다.

다음으로는 어떤 신진 여류작가를 방문한다. 이 여류작가의 작품을 칭찬하는 글을 쓴 인연이 있다. 이 사람은 한 유행 작가의 첩인데, 취했다 하면 이 집으로 쳐들어간다. 취하면 반드시 누군가 여자의 집으로 가는 것은 그의 어쩔 도리가 없는 숙명적인 몽유 행보가 되어 가고 있었다.

원정遠征의 몽유 행보는 그래도 괜찮았지만, 여학생인 처제는 아직 4학년생이지만 체구가 커서 어른이 되어 가고 있는 체격인데, 아내와는 비교할 수 없는 미소녀로 매력적이다. 이 여학생이 묵고 간 날 밤, 마침 여름이었는데 모기장이 하나뿐이어서 모두가 한 모기장 안에서 자게 되었다. 이 밤에 술에 취한 것이 실패의 근원이어서, 몽유 행보로 아들의 이불을 넘고 아내의 바리케이드를 넘어서 여학생을 향해 진격을 한 것이다. 아내에게 목덜미를 붙잡혀 되돌아오고서도 불요불굴, 3시간여 동안 결국 성공하지 못했지만, 동이 허옇게 터올 무렵이 되고

서야 피로 끝에 종말을 고했지만, 그래도 여기까지는 좋았다.

바람기란 본래 만인이 가지고 있는 것, 취했기 때문이라고
해서는 안 된다. 바람기를 있는 그대로 냉철하게 바라보는 눈
이 작품의 근저에는 있어야 하는데, 그는 그러한 눈을 가지고
있으면서도, 이런 꼬락서니 자체를 저속한 것으로 치는 것이
다. 자신과 아내를 주인공으로 꿈 이야기를 지어 내는데, 이런
눈의 뒷받침이 없으므로 꿈 이야기에는 진실한 생명, 피도 살
도 없다. 이제 아내는 남편의 작품에 납득할 수 없게 되었다.

바람기는 만인의 마음이며, 바람기가 있기는 했지만, 그리
고 술 취해서 기어들어가기는 했지만, 그는 분명 그 영혼의 고
아한 기품이 심상치 않은 인물이었다. 있는 그대로의 본성은
못 본 체하고, 더더욱 아름다운 말로 꿈 이야기를 마무리해 놓
고, 실제 인생을 비속한 것으로 여기고 작중 인물에 자신의 진
실한 인격을 창조할 생각이지만, 자신의 본성의 착실한 뒷받침
없이는 피와 살이 붙어 있는 인격을 창작할 수 있을 리가 없다.
그는 기품이 높은 사람이므로, 처제의 잠자리를 습격하기에 이
르렀어도 아내는 남편의 범접하기 어려운 품위에 대한 평가가
상실된 것이 아니건만, 작중 인물로서 납득시킬 만한 현실의
근저에 대한 뒷받침이 결여되어, 독선적으로 마음대로 장난감
상자를 뒤집어 놓고 장난감의 인격을 마음껏 날뛰게 만드는
바람에 오히려 거기에서 금이 갔던 것이다. 더 이상 남편의 애
독자가 아니게 되었으므로, 작중 인물을 의심하기도 하고 멸시
하기도 함으로써 현실의 남편까지 업신여기고, 그 범접하기 어
려운 품위까지도 거짓이고 엉터리 속임수라는 식으로 보는 눈

이 비뚤어지고 말았던 것이다.

쇼키치는 이제 마흔이 되었다. 그는 아내를 믿고 사랑하고 매사를 떠맡겨 놓고 있었다. 불쌍하게도, 그는 그 작품의 근저가 현실의 뿌리로부터 떠나 냉엄한 귀신의 눈을 봉해 버리고 내몰아 버리는 일에 익숙해져 감에 따라서, 그는 오히려 반대로 그의 현실의 표면만을 그의 몽환의 작품과 닮게 하는 바람에 꿈과 현실을 분간하기 어렵게 되었다.

그는 잡지사에서 원고료를 받는다. 빚쟁이한테 시달리고, 아이의 월사금과 도시락비가 모자라고, 아내는 그의 귀가를 고대하고 있다. 그 빚과 아이의 학비가 모자라는 데 대해서, 그는 결코 아내 못지않게 신경이 쓰이지만, 친구를 만난다. 주머니 속의 원고료는 무사히 아내에게 건네주고 싶지만, 앞에서도 말한 바처럼 이 돈에는 다리가 달려서 허둥지둥 달려가고 싶어 하고 있으니 어쩔 것인가. 뭐, 한 잔만 하지 하고 생각한다. 두 잔, 석 잔, 열 잔, 자, 신나게 놀자, 저것도 불러 와, 이것도 불러 와, 사방팔방으로 전화를 건다. 후배들을 불러 모아, 엄청 빼기고, 육상경기의 투창 따위도 사고, 바르진이라는 그의 작중 인물이 곧잘 부르는 노래를 소리 높이 낭송하면서 아테나이의 시민, 아테나이의 선수가 된 기분으로 집에 돌아간다. 어느새 한 푼의 돈도 주머니에는 남아 있지 않다. 아내는 휙 돌아서서 옆방으로 뛰어 들어가 운다. 울면서 내일 아침 된장국용 양파를 다듬으며 또 운다. 남편이 여보 하고 불러도 대답도 하지 않는다.

이 비통함을 애초에 그가 못 보고 있는 것은 아니다. 그는 오히려 아내보다도 가난이 힘들고, 빚이 슬프고, 아이의 학비가 마음에 걸려 있는 것이다. 하지만 그의 작품이 근저에서 그 현실과 절연하는 일에 성공하고 있는 것과 마찬가지로, 그의 현실에서도 그 절연에 성공하지 않으면 그는 더 이상 몸 둘 곳이 없는 것이다. 그는 빚쟁이를 라 만차의 신사의 풍차의 괴물로 보고 싸우고, 처제를 꼬셔 토보소의 둘시네아 아가씨로 보는 것이다. 고고한 문학이라느니, 음유시인의 이색 문학이라느니, 그의 작품에 대한 광고 문구를 전혀 신용하지 않으면서도, 나는 그런 존재야 하고 가슴 뿌듯하게 생각하는 일에 성공한다.

근저에서 현실의 뿌리와는 전혀 동떨어진 작품 세계에서 노닐면서, 그 기만을 알아차리지 못할 뿐 아니라, 현실의 꺼풀만을 작중 세계와 비슷하게 하는 일에 성공함으로써 그는 점점 자기 작품의 열애 독자가 되고, 자가 도취에 빠지고, 자신의 현재의 처지가 왜소하고 속악하다는 것을 경멸하고 묵살하는 일에 성공했다. 그는 이제 싫더라도 자신의 작품에 취하지 않으면, 이 현재의 답답함을 견디어 내고 살아 갈 수가 없는 것이다.

동업자나 비평가는 아직도 고고한 문학, 이색적인 문학, 틀에 박힌 문구로 건성건성 쓰는 5, 6행 문예시평 한구석에 이것도 벌이니까 하고 붓 가는 대로 그럴싸하게 적당히 써 줄 때도 종종 있기는 하지만, 더 이상 아내만은 속일 수 없다. 작품과 현실과의 근본적인 괴리를, 이것은 두뇌가 읽는 것이 아니라, 골수에 사무치게, 몸으로 판정하고 있는 것이다.

이런 마당에 아내로서는 도저히 참을 수 없는 일이 생겼다.

* * *

　그들은 의우장疑雨莊이라는 다소 깨끗한 아파트에 살게 되었다. 이 아파트의 마담은 첩으로, 용돈을 벌기 위해 영감에게 졸라서 아파트를 마련해 받은 것이지만, 실상은 바람을 피우기 위한 것이었다. 영감은 밤술을 한 되씩 한다는 주호酒豪에다 성불능자였고, 게이샤 출신인 마담은 소소한 환경 가지고는 셈이 차지 않는 참으로 음탕함이 넘치는 여자였는지라, 아파트의 아무하고나 멋지게 놀아나고 있었다.

　영감님이 와서 술자리가 시작되면, 오늘은 저분을 부를까요 해서, 쇼키치도 초대를 받는다. 마담은 27, 8세의 미인으로 게이샤였던 만큼 살림을 하는 여자 같지가 않고, 농후한 색기 그 자체에 풍만하고 요염하다. 사에구사 선생님이라고 추켜올려 주며 대접을 하는 바람에 쇼키치는 신이 났고, 그 뒤로는 취기가 오른 뒤의 여인 몽유夢遊 방문은 아파트의 마담의 방으로 하게 되었다. 취했다 하면 냅다 떠들어 대는데, 평소에는 모기가 우는 소리 같은 가느다란 목소리밖에는 나지 않으면서, 이런 조그마한 마른 몸집 어디에서 그런 소리가 날까 싶을 만큼 깨진 종 같은 목소리로 응원단처럼 열광하고 난무하면서, 간간이 굵은 목소리에다 도금이라도 하듯 매끈한 목소리로 부인을 예찬하거나 구애를 하기도 한다. 조그만 아파트에서는 이것이 마구 울려 대므로,

　"어머 선생님, 부인에게 들리겠어요"

　같은 말을 하지만 이게 또 들으라는 듯이 하는 소리인 데다

곁눈짓을 하는 바람에, 쇼키치는 점점 더 신이 나서,

"난, 마누라는 안 좋아해. 허구한 날 죽순 껍질을 벗기거나 양파를 썰면서 울거나, 아침부터 밤까지 늘 그러고 있거든. 매일 몇백 개씩이나 죽순을 먹는 것도 아닌데 말이야, 마누라는 죽순 하나를 가지고 다섯 시간씩이나 까는 요술쟁인가 봐. 그 요술 말고는 인생에 대해서는 아무것도 아는 것이 없으니까."

이런 소리가 들려오니, 용서할 수가 없다. 일본 여인네들은 대체로 식모 겸업이면서, 겸업 쪽에 주력을 두고 있는 상황인데, 본인이 좋아서 겸업에 힘쓰고 있는 것이 아니라 남자가 무능해서 아내와 남편이 친구처럼 지낼 수 있는 형편이 아니므로, 눈물을 머금고 죽순 껍질을 벗기고 있는 것이다. 그런 판에 뭐라고. 자기의 무력 무능을 모르는 체하고 마누라는 살림을 합네 하는 죽순의 요술쟁이라고 하지 않는가. 어느 집 남편이나, 자신의 무력 무능 탓으로 아내를 그따위 요술쟁이로 만들어 놓고는, 하는 일이라곤 없이 놀기만 하는 여자한테 은근히 흠모를 쏟고 있는 등 하나같이 못된 것들이어서, 그런 마당에 아내들이 모두들 유녀, 게이샤, 첩을 적성 국가처럼 간주하는 것은 말할 수 없이 타당한 일이라 할 것이다. 보지도 듣지도 못하게 되면 그래도 참을 수가 있지만, 눈에 보이고 귀로 들려 가지고는 분통을 터뜨리는 것이 당연한 일이고, 그래도 가슴을 쓰다듬고 있는 마당에, 함께 연극을 구경하러 가서 잔뜩 취해 나란히 화려하게 돌아와, 아내의 방에는 얼굴도 들이밀지 않은 채 마담의 방에서 멍청이처럼 웃으면서 술을 얻어 마시고 있다. 마감에 쫓겨서, 아내가 냄비 소리를 짤그락거리기만 해도 번들거리는 눈을 세모로 뜨고 무섭게 흘겨보는 주제에, 마담이, 선생님 잠깐만요, 하고 부르러 오면 난처해진 얼굴에 반쯤 웃음 지으며 바쁜 듯이 나갔다가 새벽까지 돌아오지 않은 채 잔뜩 취해 돌아오면, 소설은 때를 맞추지 못해서 난처한 지경에 처하고 만다.

그러나 남편의 심사는 복잡기괴해서, 그는 결코 여자에게 환대받는 처지는 아니었다. 그는 적당히 마담의 조종을 받고 있었다. 무슨 말이냐 하면, 그는 그 길에 관해 아주 치졸하고 단순한 때쟁이에 지나지 않았던지라, 영감님의 신용을 얻고 있었던 것이다. 그래서 마담은 그를 끌어내는 체, 곁들여서 목적하는 남자를 끌어내서 그를 기분 좋게 취하게 만든 다음, 어머, 잠깐, 선생님, 깜박해 버린 볼일이 있거든요라든지, 소풍을 한다든지, 사람을 만난다든지 불러 온다든지 하면서 빠져 나가, 그에게는 오뎅집의 싸구려 술을 먹게 해 놓고 두 시간쯤 놀고 온다. 노상 남자는 바뀌고 있지만, 변하지 않는 것은 쇼키치뿐으로, 요즈음 들어서는 비굴해지기까지 해서, 어머, 맞아, 선생님, 하면서 두 남녀가 일어서게 되면, 끝까지 듣기도 전에, 에헤헤, 다녀오세요 하는 등, 딱하기 그지없다. 그 비열함은 뼛속 깊이 그로서도 느끼고 있지만, 바람기 많은 여인의 요염한 마력에 짓눌려서, 한두 마디 그럴싸한 말을 듣게 되면, 음냐 음냐 하고 웃음 짓는 일밖에는 아무 짓도 못하는, 돌이켜 생각해 보면 그야말로 비참지경이었던 것이다. 이런 소리는 아내에게 말할 수 있는 게 아니어서, 그야말로 그가 대단한 환대를 받고, 마담의 의중에 있는 사람인 것처럼 뻐기고 있기는 하지만 아내여 용서해 줘, 공연스레 슬프고, 이것이 예술의 고마움이라며, 자신의 본성에 하나도 뿌리박지 못한 몽환적인 이야기에 정신이 팔려 작중 인물이 되고서, 낭음朗吟 끝에는 눈물을 흘리면서 자기 홀로 감동하고 있다. 아내로서는 이다지도 어리석게 보이는 것이 없다. 그녀는 남편의 소설 따위는 더 이상 서푼의 값어치도 매겨 주지 않는다. 쓸모없는 인간 같으니라고, 두고 보자 하고 집을 나가 버렸다.

하지만 그가 분에 어울리지 않게 마담에게 열을 올리는 것은 사랑이라거나 색골이어서가 아니라, 오히려 문학에서 막다른 골목에 다다랐기 때문이었다. 왜냐하면 그는 전혀 여자에게도 환심을 얻지 못하고 있었고, 여자가 바람을 피우기 위한 한 방편으로 이용되고 있었고, 만만하게 여겨지고, 짓밟히고, 그 비참함을 속속들이 알았고, 너무나 뻔한 달콤한 말에 웃음 짓고 좋아하면서, 바보 같고 슬프기만 할 뿐 우습지도 않건만, 예술에 자신감을 잃고 보면 예술가는 그 인생이 캄캄해지는 것이다. 재미있지도 웃기지도 않는 것, 하고 싶지 않은 것에 적당히 우물우물 대드는 일은 바로 데카당이어서, 자신 상실이라는 것의 숙명적인 결말인 것이다.

며칠 동안 실종된 채로 마누라가 돌아오지 않는다. 정신이 나갈 정도로 고통스럽지만, 마담이 차갑게, 어머, 부인이 바람? 잘못 보았네요. 선생님도 칠칠치 못하시네요. 그런 마님에게 미련이 있으세요, 하고 독침을 품은 듯한 말을 퍼붓는다. 저의底意는 아주 경멸하고 있다는 점을 알 수가 있고, 눈빛에도 반쯤 조소가 배어 나오고 있지만, 선생님도 바람피우시지 않나

요 등 비아냥거리고 보니, 그도 이제는 자포자기가 되어서,

"부인, 잠자러 갑시다. 어때요, 좋지요. 가요."

마담은 쓴웃음을 지으며,

"선생님, 잠자러 갈 돈은 있으세요?"

하고 단칼에 베어버린다.

쇼키치는 일도양단一刀兩斷, 산뜻하게 목이 날아가고, 심술궂게 땅바닥에 떨어져서 파고들었으면 좋았으련만, 둥둥 공중에 떠서 벽에 부딪히고 장지문에 부딪혀 튕겨나와 기둥 모서리에 코를 쓸리고, 찌푸린 얼굴을 뒤틀어 대여섯 번 선회한다. 눈을 감고 귀를 막고 정신없이 도망치고 싶지만, 그 마음을 제쳐놓고 무엇인가가 징그럽게 엉덩이를 들쳐 올리는 요괴 같은 놈이 있어,

"난 가난뱅이야. 가난은 천하에 숨을 곳도 없는 사에구사란 말이야. 나는 예술가다. 나는 대단한 사람이야. 말라빠져도 쪼그라들어도 가난은 어쩔 수 없는 거야."

뭔 소린지 알 수가 없다. 그렇지만 맥이 탁 빠져서, 잔뜩 움츠린 느낌으로 도망치고 싶지만 도망칠 수 없어, 될 대로 되어라 하고 엉뚱하기 짝이 없는 소리를 외쳐댄다.

"맞아요, 죽지 않고서는 알 수가 없지요."

마담은 입구의 문에 기댄다. 마침, 복도로 한 남자가 수건과 비누를 가지고 나온다. 이 남자 역시 마담의 그런 남자 중 하나였는데,

"어? 죽는다구?"

"죽지 않고서는 고쳐지지 않는다고요."

"아아 '바보' 말인가요?"

"그래요."

마담은 고개를 끄덕거리고,

"죽어야 안다니까요. 가지梶 씨, 오늘 밤, 한잔하러 데려가 주지 않을래요?"

남자하고 어깨를 나란히 가고 말았다.

며칠 지나서 아내는 돌아왔다.

무엇보다도 일을 하지 못하고 있다는 것이 괴로운 것이다. 그것이 원인이 되어 이런 꼬락서니도 된다. 오직 일이 있을 뿐. 하지만 어째서 일을 할 수 없는 것인가. 여자도, 술도, 꿈속의 꿈, 환상 중의 환상, 아무것도 아니다.

그래서 그는 후배인 구리스 안키치에게 편지를 써서, 당분간 아내, 아이와 별거해 창작에 몰두하고 싶은데 자네의 하숙집에 적당한 방이 없을까, 지급至急으로 답변 바람. 공교롭게도 방이 없어서, 그런 이야기가 답장으로 오자, 원래 쇼키치는 어쩌다 한때 그런 생각이 들었을 뿐, 아내 없이는 한시도 살 수 없는 사내이다. 안키치에게서 답장이 오자 안심이 되어,

"여보, 방이 없다는군. 그럼 할 수 없지, 좌우간 여기 있고 싶지 않으니 오다와라小田原나 가지. 이제부터 새출발이야."

"나는 오다와라는 싫어요. 어머님이랑 함께 있을 수는 없어요."

"하지만 어쩔 수 없잖아. 원고를 쓸 수 없으니까 달리 할 것도 없고, 좌우간 오다와라에서 창작 삼매경에 빠져서 걸작을 쓰겠어."

"짐은 어떻게 운반할 건데요?"

"부탁하면, 여기서 보관해 주지 않을까."

"집세는 냈어요?"

"원고도 쓰지 못했고, 밀린 게 있어서 더 빌려 주지 않을 거야. 오다와라에 가면, 좌우간 이 방만 아니면 쓸 수 있거든. 쓰기만 하면 집세쯤이야."

"하지만 지금 내지 않으면 어떻게 되는 거죠? 야반도주할 거예요? 짐이 있는데."

"그러니까, 마담한테 부탁하러 가 줘. 사정 이야기를 하면 이해해 줄 거야."

"당신이 다녀오세요."

"나는 안 돼."

"하지만 친구 아니에요."

쇼키치가 어두운 얼굴로 팔짱을 끼고 잠자코 있자, 자신도 실종으로부터 막 돌아온 시점이어서 남편의 옛 상처도 어루만져 줄 기분으로,

"그럼, 다녀올게요. 방세타령쯤 한들 상관있나요? 당당하게 나가자구요."

"응, 짐 얘기도 부탁해."

그런데, 마담은 이야기를 듣자 의외로 매우 기분이 좋아지더니 쾌히 승낙하고, 오히려 인사차 와서,

"고향에 가신다지요. 섭섭하네요. 상경하실 때면 꼭 들러 주세요. 긴자 근처에서 전화를 주셔도 달려갈게요. 한밤중에 깨워도 괜찮아요. 오늘은 작별 잔치를 해요."

"하지만 이제 기차를 타야 해서."

"어머, 오다와라 정도라면 몇 시 기차라도 괜찮지 않나요? 그럼, 선생님, 요리는 없지만 술은 있으니까, 좀 마시고 계세요."

"어두워지기 전에 도착해야 하니까."

"어머, 자택으로 가시면서 그러시네. 그렇지요, 부인, 그렇게 쌀쌀맞게 구시다니 너무해요. 부인, 한 시간쯤, 괜찮겠지요. 선생님을 빌려 주세요. 부인은 집 정리 같은 걸 해야 할 테고. 정말이지, 선생님은 매정하시네요."

쇼키치는 마담의 방에 초대를 받아 가서 대접을 받는다. 짐 정리 같은 것은 이미 다 되어 있는 마당에 유감스럽기 짝이 없는 한 시간이다.

"이제 시간이 되었어요. 가요."

"어머, 지금 요리가 막 도착했거든요, 이제부터예요, 네, 선생님."

그 말은 들은 체도 하지 않고, 어느새 시뻘겋게 되어, 취해서 눈이 풀려 버린 남편의 팔을 붙잡고,

"자, 가자구요."

"당신도 한 잔 마셔."

"그것 보세요, 그런 식으로 굴면 싫어하신다구요. 촌스럽다니까요, 그렇죠, 선생님."

"촌스럽다니, 참견 말아요. 당신은 뭐예요. 게이샤였다가 첩이 된 주제에. 나는 아내라구요."

이상한 데서 기염을 올린다. 쇼키치도 아직 사리를 알 만하

게 취해 있었고, 낙향을 하는 비참함이 아직 가슴에 남아 있었던지라 뜻밖에 순순히 일어난다. 마담이 쓱 일어나서 쇼키치의 뒤로 돌아 외투를 걸쳐주려 했지만, 아내는 말도 없이 휙 빼앗아서, 조그만 쇼키치를 그러안듯이 죽죽 밀어 복도로 나간다.

"선생님, 상경 기다리고 있을게요. 바로 전화로 알려주세요."

쇼키치가 뒤돌아보며 인사를 하려 하자, 아내는 목덜미를 손으로 잡고 돌려서 출구를 향해 떠미는 바람에 쇼키치는 비틀비틀 휙 떠밀려 한길로 튀어나갔고, 자유를 찾은 뒤 돌아보니 이미 마담의 모습은 없었다.

"쳇, 꼴좋다, 쌤통이다."

아내는 엄청 화가 나 있지만, 마담은 아마 방 안에서 배꼽을 잡고 웃고 있을 것이다. 아내보다도, 쇼키치가 좀 더 놀림을 받고 모욕을 당하고 농락당하고 조소嘲笑를 받고 있는 것이다. 그것이 쇼키치의 가슴에 저리도록 와 닿는다. 그러나 자신 말고는 어느 누구도 저주할 것은 없다. 일, 일, 오직 일이 있을 뿐, 이렇게 해서 쇼키치는 도시를 떠났다.

* * *

오다와라의 생가에는 죽은 남편의 뒤를 이어 그의 어머니가 고독한 생활을 계속하고 있다. 참으로 꿋꿋하고 고독한 생활로서, 오래도록 소학교의 정교사, 남자 저리가라 할 만한 생활, 게다가 남편과 함께 지낼 무렵부터 고독에 익숙해 있었다.

왜냐하면 남편은 외항선의 선장이어서 대부분은 바다에서 지내는 데다, 어쩌다 집에 돌아와서도 유곽에서 부어라 마셔라, 때로는 아직 학생인 쇼키치를 데리고 나가 아들까지 유곽에서 재우는 형편으로, 남편과 얼굴을 마주할 때마다 검객이 타류他流 시합*이라도 하는 듯한 생활을 오래오래 해 와서 익숙해져 있었다.

남편의 유산은 나이 어린 쇼키치가 금세 다 쓰고, 집은 빚의 저당으로 잡혀서 집달리가 오고, 본인은 도망쳐서 문학소녀와 소꿉질 같은 생활을 하고, 원고는 팔리지 않고, 술집, 쌀집, 집세에 쫓겨 도망 다니고, 남의 집에 빌붙고, 사방팔방으로 살림을 전전하며 돌아다니는 동안, 아이가 아프다는 등의 핑계로 돈을 졸라대기 위해 온다. 이젠 단 한 푼도 주지 않기로 하고 있다. 하숙을 쫓겨나 어딘가 붙어 살 만한 곳도 없게 되면 오다와라로 도피해 입에 풀칠을 하면서, 원고를 쓰고, 어딘가 방을 빌릴 수 있겠다 싶으면 얼른 튀어나온다는 습관, 은애恩愛의 정따위는 조금도 없고 그저 귀찮기 짝이 없다고 생각하고 있다.

그러나 그런 때 쇼키치의 낙향을 위로해 주는 매우 큰 희망이 하나 있었다. 그것은 도쿄 일류의 큰 신문이 연재소설을 의뢰해 주었기 때문인데, 요즈음에는 신문 연재 따위로는 카스트리술**도 마음 놓고 마실 정도가 되지 못하지만 그 무렵의 신문 연재, 그것도 의뢰한 곳이 일류 신문쯤 되면 생활이 대번에

---

* 무술 등에서 다른 유파의 사람과 하는 시합.

편해진다.

쇼키치는 고고한 문학이라느니, 스토아파라는 소리를 듣고 자신도 그런 존재로 생각하고 있지만, 실제 마음속은 그렇지가 못하고 무엇보다도 돈이 필요하다. 가난은 괴로운 것이다. 그러면서도, 무사는 굶어도 유유히 이를 쑤신다지 않던가, 돈 따위가 뭐냐, 그저 일만 하면 되는 거야, 조용한 방, 아내와 아이가 귀찮게 굴지 않는 조용한 생활만 있으면 금방 걸작이 나올 것만 같은 망상적인 설을 견지하고 있다.

그는 그러나 실제로는 가장 냉혹한 도깨비의 눈을 가졌고, 문학 따위는 별것도 아니고, 예술 같은 무엇인가 요괴스러운 순수한 신비신품인 것처럼 말들 하지만, 괴테가 우연히 셰익스피어를 읽고 감동해서 어디 나도 한번 흉내 내 보자 해서 허둥지둥 쓰기 시작한 것이 그의 대표적인 걸작이었다는 것, 예로부터 걸작의 대다수는 돈이 필요해서 돈 때문에 마구 써 갈겨서 만들어진 것, 발자크는 유흥비를 위해 썼고, 체호프는 극장주의 무리한 마감 기한에 맞추기 위해 우거지상을 하고 집필에 착수했고, 도스토예프스키는 독자의 기호에 따라 인물의 성격까지 바꾸었고, 온갖 속악한 거래에 응해, 그 속악한 거래를 타고난 인스피레이션으로 바꾸어 자기 재량의 원천으로 승화시키는 재능을 가지고 있었던 것에 지나지 않는다. 통속 잡지

** 전후 혼란기에 유통되었던 조악한 밀조 소주를 가리키는 속칭. 라벨이 없고 술병에 알코올 도수가 적힌 종이가 붙어 있는데 그 재료나 제조법도 적혀 있지 않았다.

의 가장 속악한 주문에 응하면서도 걸작은 쓸 수 있는 것, 그러한 내막을 그는 내심으로는 알고 있었다.

사실상 문학이란 그런 것이다. 자유라는 것은 무거운 짐인 까닭에, 너의 자유로운 마음으로 마음 놓고 역작을 쓰기 바란다, 이런 말을 듣게 되면 오히려 곤란해지는 일이 많다. 정말로 쓰고 싶은 것, 쓰지 않고는 견딜 수 없는 것이라는 게 그리 많이 있는 것은 아니기 때문이다. 그래서 통속 잡지 같은 데서 주문을 받거나, 이런 것을 써 달라는 소리를 듣게 되면, 오히려 그것을 계기로 독자적인 작가 활동이 시작되기 쉬운 법이다. 왜냐하면 작가가 저 혼자서 이것저것 생각하고 있는 동안에는 자신의 기존 한계에 묶여서 거기에서 벗어나기가 힘든 법이지만, 외부로부터 생각지도 않은 실마리가 주어지면 자신의 기존 한계를 벗어나서 예측할 수 없는 활동을 일으켜, 새로운 자아를 발견해서 더해 놓기가 쉽기 때문이다. 그래서 아무도 귀찮게 굴지 않고, 가정이라는 유대를 떠나, 마음 놓고 걸작을 쓰고 싶다는 따위의 말은 헛된 염불에 지나지 않으며, 걸작이란 콧노래를 부르면서 소란스러운 저자거리에서도 쓸 수 있는 것, 한적한 방에서 차분히 앉기만 하면 걸작을 쓸 수 있을 것이라는 따위의 생각은 비참한 미신이다.

또한 마찬가지로, 명성도 돈도 필요 없다, 그저 마음껏, 양심적인 작업을, 따위의 소리를 하는 정신주의도 가장 문학을 그르치는 것으로서, 작가가 지닌 재능을 전적으로 발휘하기 위해서는 마음의 격려가 필요한데, 명성과 돈은 말하자면 마음의 격려인 것이다. 정신적 격려가 없으면, 아무리 큰 재능을 타고

났더라도 그것을 전적으로 발휘할 수는 없다. 도스토예프스키 정도의 대천재라도 일단 세상에 묵살을 당하고 나면 20년 가까이, 그야말로 우작愚作의 연속, 부질없이 남의 것을 모방하고 좌고우면, 도무지 자신의 역량을 드러내지 못한다. 낙오자처럼 저 잘났다고 자만하는 자는 없는데, 자만과 자신감은 다르다. 자신감은 남이 주는 것, 즉 남이 자신의 재능을 인정해 줌으로써 당사자가 실제적인 자신감을 가질 수 있게 되는 것이므로, 도스토예프스키 같은 대천재까지도 남들에게 재능을 인정받고 명성과 돈이 주어지고서야, 비로소 온 재능을 발휘할 수 있는 자신감이 움터 나올 수가 있었던 것이다.

무명작가가 미래의 희망에 불타올라 정진하고 몰입하는 것과는 달리, 쇼키치의 경우처럼 일단 문인이란 이름을 얻었으면서도, 좀처럼 성가聲價가 오르지 않고, 써낸 것들은 대체로 돈이 되지 않고, 잡지사에 가져가도 퇴짜를 맞는다. 그런 생활이 계속되다 보면 자신감을 상실하고 헤매기만 하면서, 자만심만이 저만치 앞서 달려가고, 오히려 정진결재精進潔齋, 창작삼매創作三昧, 애를 쓰면 애를 쓸수록 공허한 글, 자아로부터 유리된 손끝만 가지고 복잡하게 만든 세공물이 나올 뿐, 고심 끝에 별볼 일 없는 소설만 탄생하게 된다.

쇼키치는 근대 작가의 귀신의 눈, 즉물성, 현실적인 안목이 있으므로 처음부터 저간의 진상은 느끼고 알고 있었다. 그러면서도 시대의 통념이 그 자각에 신념을 부여해 주지 않아서, 자신감이 없이 그는 공연히 취미적인 문인묵객적 기질 쪽으로 기울어지고, 진실한 자아, 문학의 진상을 자신 있게 알지 못한다.

그래서 돈이 아쉬워 죽겠지만, 통속 잡지에는 쓰지 않는다
거나, 잡문을 써서는 안 된다거나, 이런저런 주문이 붙어서 싫
다든지, 속마음과는 동떨어진 소리를 하면서 공연히 공허하게
순수한 체한다.

도쿄의 일류 대신문사에서 연재소설 의뢰를 받아 불타오르
듯 마음이 움직였지만, 아이의 학교에 관한 일, 아내에 관한
일, 어머니의 얼굴을 보게 되면 마음이 차분해지지 않는다. 쓸
데없는 문인 기풍의 환영幻影적 습성이 몸에 배어 시시하게 소
모해 버리고, 좌우간 오다와라에 방 하나를 빌려서 일본 유행
대작가 집필의 체재만큼은 갖추었지만, 이 소설이 신문에 나
오고 나서 돈이 들어오는 것은 4, 5개월 뒤의 일이기에, 작품이
좋지 않아 게재할 수가 없다고 했다가는 방세 지불은 어째해
야 할 것인가, 이런 걱정만 머리에 가득 차 있고, 정작 소설 쪽
은 오로지 고심만 하면서 지지부진이다.

모처럼 불타오른 마음의 기력도 아무 소용이 없게 되고, 일
단 마음이 번쩍했을 뿐, 일은 진척되지 않고, 자신의 재능을 의
심하게 되자 처음에 고양되었던 높이만큼이나 낙담이 깊어지
고, 자신감 상실의 심도가 깊어진다. 공연히 초조해지고, 그저
허우적대기만 하는 것처럼 마음은 미로를 헤매고 광야를 노닥
거린다.

원래 그의 근작은 그 근저에서 자아의 본성, 현실과 유리된
고심 끝의 세공물이 되어 이미 한계에 도달해 있었다. 이 한계,
이 껍데기를 돌파해서 일거에 무너뜨리고 자아 본래의 작품으

로 되돌아가기 위해서는 계기가 필요한데, 그러기 위해서는 마음의 격려가 최선의 격려가 되련만, 천래의 복음을 무참하게 놓쳐 버리고, 이제는 복음을 위해 오히려 더 초조해지고, 낙담이 커지고, 마음까지 허해지고 말았다.

공연히 원고지만 노려보면서, 그러나 겉으로는 대신문 연재의 대작가인지라, 그 앞에 몰려드는 후배들을 맞이해서 술판을 벌이고, 술에 취해서 공연히 뻐겨대며, 이봐, 큰돈이 들어올 거니까 걱정 마, 예전의 사에구사하고는 다르단 말이야, 일본주는 영 속을 거북하게 만들어서 글렀어, 위스키 없나, 올드파가 좋은데, 어쩌고 하며 잔뜩 취해서 집에 돌아온다. 마누라는 미간을 찌푸리며,

"어딜 쏘다니면서 마시는 거예요. 쌀이나 생선 살 돈을 어떻게 할 거예요. 그런 걸 일일이 어머님한테 우는 소리를 해서 받아 와야 해요. 어머님한테 받아와야 한다면 당신이 받아 가지고 오세요. 안 그러면, 나는 더는 오다와라에 있지 않을 테니까."

"무슨 소릴 하는 거야. 갈 데가 있으면 아무 데고 가 버리란 말이야."

하지만 가슴속에서 그의 마음은 한 줄기 실처럼 시들어 가기만 할 뿐이다. 소설을 어찌해야 하나, 이미 계속 쓸 자신도 없다. 방세 지불, 연일의 술값은 어쩔 것이고, 이 기회에 써 내지 못한다면 문학적 생명도 가망이 없다. 이 답답한 마음을 어디에 가서 훌훌 털어야 할까.

술이 깨면, 아내의 잔소리도 가슴으로 파고든다. 얼마 되지

도 않는 생선 값까지 어머니에게 졸라대는 마누라의 애절함, 이는 애초에 그 자신의 애절함이다. 걱정 마, 돈 변통을 해 올게. 그래서 잡문을 써 가지고 상경해서 잡지사들을 돌면서 굽실굽실 매달려서 약간의 돈을 마련한다, 친구들과 차를 마시며, 좌우간 건어물 하나 살 돈도 없다고 마누라가 화가 잔뜩 나 있거든, 이렇게 대낮에는 엄청 겸손을 떨며 차를 할짝거리고 있지만, 저녁이 가까워 오면, 술도 마시지 않고 기차를 탄다는 게 좀 어색하군, 조금만 마시지, 그래서 조금 마시고, 뭐 상관없어, 이번 기차는 통근하는 사람들로 북적거리니까 운운하고는, 막차로 심야에 돌아간다. 잔뜩 취해서 비틀거리고, 뒹굴고, 뻘투성이가 되어, 무일푼, 게다가 옷깃 근처에는 루즈가 묻어 있다.

"이 루즈는 뭐예요?"

"아하하하, 들켰군. 아하하하, 그건 의우장疑雨莊의 마담한테 귀염을 받은 표시야. 아하하."

실상은 신바시新橋 한 귀퉁이 골목의 엉터리 바에서 식인종 같은 여자가 매달려서 그리된 것으로, 가난하면 가난할수록 약한 자를 못살게 구는 가학 취미 같은 것이었는데, 멀쩡하게 기쁘다는 듯이 너털웃음을 하며 이렇게 지껄인다. 아내는 열화와 같이 분기충천, 마음도 뒤집어졌다. 그녀는 남편과 마담 사이의 교제의 진상에 대해서는 조금도 알지 못하므로, 가난에 쫓겨 유랑 십여 년, 오랜 세월 동안 쌓인 원한, 거듭되는 무례, 경멸, 이젠 참을 만큼 참았다.

이튿날 아침, 적당히 보따리를 싸고 인기척이라고는 없는 오다와라의 거리를 걷어차듯이 정거장으로 가 도쿄로 와서, 남편의 제자인 대학생 우키타 노부유키를 찾아가서 왁 울음을 터뜨렸다.

이 대학생은 지난번 집을 나왔을 때도 잠깐 찾아가서 울며 여러모로 위로를 받았고, 집으로 돌아올 때에는 함께 와서 남편에게 용서를 빌어 주었던 것이다. 그렇지만 아직 대학생인 만큼 그 흔해빠진 속세의 진상을 알 까닭이 없다. 부부싸움은 개도 먹지 않는다고, 예로부터 당사자가 아니면 모르는 체해야 할 성질의 것이지만, 그는 아내가 하는 말을 완전히 진짜로 받아들이고, 집을 나왔다가 돌아가는 여자를 따라 왔을 때, 선생님, 이상한 여자들에게 얽히는 것은 언어도단입니다 같은 건방진 소리를 했다가 선생을 노하게 만들었다.

그래서 울분도 가지고 있는 터에, 다시금 아내가 왁 울며 왔으므로, 크게 동정하고, 갈 곳이 없으니 재워 달라고 하지만 집에서 독립을 하지 못한 대학생 처지로서는 양친 앞에서 여자를 재워 줄 수는 없다. 그렇다면 함께 여관으로 가지요 하고, 원래 그런 마음도 있었던 터라, 손에 손을 잡고 실종되어 버렸다.

일주일이 지나도 돌아오지 않는다. 쇼키치도 정말 당황해서 처가에 문의를 했지만, 그곳에도 없고, 물색을 해 본 끝에 우키타 노부유키와 함께 실종되었다는 것을 알아냈다. 우키타의 부친은 깜짝 놀라 쇼키치 앞에 꿇어 엎드려서, 아들을 발견하는 대로 칼로 다스려서라도 사죄를 드리겠습니다, 아니 뭐, 그런 거친 행동을 해서는 안 됩니다, 하고 그도 그때에는 어른스럽게 응대를 했지만, 그런데 그날부터 그는 대번에 고뇌의 광란이 시작되고, 신경쇠약이 되고, 갑자기 얼굴까지 핼쑥해지더니 폐인처럼 쇠약해져 버렸다.

* * *

쇼키치는 후배인 구리스 안키치에게 편지를 썼다. 이런 때에 생각나는 것은, 이 고양 녀석 하나뿐이다. 의우장에서 아내가 실종된 뒤에도, 아내, 아이와 별거하며 그의 하숙에 방 하나를 빌려 함께 공부를 할 생각이 났건만, 그 방 하나를 구하지 못해 오다와라까지 간 것인데, 떠나기 전날 바람처럼 찾아와서 짐 정리를 해 준 것도 그 고양 놈이었다.

그래서 쇼키치는 안키치에게, 이 편지를 보는 대로 오다와라로 달려와 주게. 자네 얼굴을 보는 일 말고는, 아무것도 생각할 수가 없네, 라는 속달을 보냈다.

하지만 지난 3년, 안키치만큼 미운 놈은 없었다. 증오하고 저주할 놈인 것이다. 하기야 친절한 놈이기는 했다. 야반도주의 집도 물색해 준다, 빚도 마련해 준다, 야반도주 때마다 바뀌는 아들의 학교 불편을 감안해서 사립 소학교에 입학시켜 주기도 한다, 그런 때에는 가까운 근친 같았다. 그러나 그는 선배에 대한 후배의 예의라는 것을 모르는 것이다.

만났다 하면 으레 선배인 쇼키치의 근작을 공격한다. 쇼키치는 취했다 하면, 스스로 자신에게 씨를 붙여 사에구사 씨라고 자칭하기도 하고 사에구사 선생이라고 자칭하기도 한다. 그러면 안키치는 우쭐거리지 말아요, 라고 말한다. 뭡니까, 요즈음 쓰는 게. 선생 소리가 아깝네요. 전적으로 손끝에서 나온 거 아니에요, 껍데기를 등에 지고 꼼짝도 못하지 않습니까. 무엇보다 그게 뭡니까, 자신의 소설을 아침, 저녁, 밤으로 낭독하다니, 천박한 짓 좀 그만 하세요. 이따위 소리를 한다. 꼭 한다.

사에구사 쇼키치는 울화가 머리끝까지 치밀어, 그를 아는 공동의 친지들에게 편지를 써서, 저 녀석은 젠체하는 건방진 미치광이, 예의도 모르는, 문학자로서 함께 할 수 없는 놈이라고 선언을 발표하고, 분노, 증오, 만 3년, 밉살머리스럽기 짝이 없다. 하지만 문득 고뇌가 닥칠 때마다 녀석이 떠오른다. 그리고 속달을 써 보내고야 만다. 친구인 다이몬 지로에게 절교당했을 때에도, 느닷없이 녀석에게 속달을 보내서 오라고 했지만, 그러나 또, 금방 화가 치민다.

안키치는 속달을 보자 즉시 왔는데, 쇼키치의 너무도 초췌해진 몰골을 보고 기가 막혔다. 이맛살까지 우묵하게 들어가 얼굴이 엄청 조그매졌는데, 안키치의 주먹 쥔 손에 들어갈 정도로 작아졌다. 그 가운데에 눈과 코와 입만은 원래의 크기로 제대로 있는지라, 미라처럼 거무튀튀한 데다, 말을 했다 하면 마치 입만이 요괴처럼 움직였다. 눈과 코와 입을 빼고 보면, 남은 것이라고는 누렇게 된 주름과 머리털뿐이었다.

"아아, 정말 잘 와 주었네. 만나고 싶었어. 아아, 오늘은 내가 행복하구나. 마침내 자네를 만날 수 있게 되었는가."

안키치는 어이가 없었다. 술에 취했을 때 말고는, 음울무언陰鬱無言, 극도로 수줍은 성품이어서, 여간해서는 감정을 드러내지 않는 쇼키치였기 때문이다.

쇼키치는 거듭해서 묵고 가라고 권했지만, 안키치는 마감해야 할 원고가 있다면서 강하게 거절했다. 왜냐하면 병색이 완연한 쇼키치하고 이야기를 하는 것이 고통스러워 견딜 수가 없었기 때문이지, 삼류 문사인 구리스 안키치에게 마감에 쫓길 일거리도 없었는데, 그 소리를 듣더니, 쇼키치는 매우 미안해하면서, 그랬군, 무리하게 와 준 거군, 용서해 주게, 조그맣게 오그라든 얼굴은, 그것만으로도 어느새 눈물을 글썽이고 있는 듯이 보였다.

그래도 안키치는 여러모로 따뜻한 말로, 설혹 부인이 우키다와 함께 실종되었지만, 딱히 육체관계가 있으라는 법은 없다. 원래 치정癡情의 가출이라면 모를까, 남편하고 싸우고 집을 나간 것이다, 그런 경우는 별개여서, 자신은 어떤 아가씨하고 열흘 남짓 연애 여행을 한 일이 있지만, 아가씨는 몸을 허락하지 않았다, 부인도 이번 경우와 같은 가출은 그와 비슷한 것이어서, 일단은 반드시 육체적인 것은 싫다고 했을 것이 틀림없기 때문에, 상대가 아직 학생이고 도련님인 우키다인 만큼 그것을 억지로 누르고 어떻게 될 리가 없고, 지극히 감상적인 여행에 피로해 있을 것이다. 오히려 적당한 기회를 잃고서, 돌아오고 싶어도 돌아올 수가 없어 번민하고 있을지도 모르고, 이런저런 일로 두 사람이 마침내 죽는 일이 벌어지더라도 육체관계는 없을지도 모른다, 세상의 속된 일들이란 의외로 그런 것이고, 아예 남의 눈에 뜨이지 않고 남편에게도 알려지지 않은 바람기에 한해서 깊은 곳까지 가는 법, 이런 눈에 두드러진 경우는 겉만 번지르르할 뿐, 두 사람은 오히려 고민하고 있을 것이라는 등으로 위로를 했다. 그러고는, 아직 해가 떨어지지도 않았는데 부지런히 돌아가고 말았던 것이다.

안키치가 위로의 말을 하고 있는 동안에는 쇼키치도 든든한 기분으로, 전적으로 상대방에게 맡겨 놓고 응응 하고 듣고 있었지만, 안키치가 서둘러 돌아가 버렸다, 간절히 기다리는 동안에는 아직 괜찮았지만, 어느새 왔다가, 어느새 사라져 버렸다, 안키치가 있는 동안에는 무엇인가 설득력도 있었다고 해도, 안키치가 가고, 그 남겨진 위로의 말은 다 뭐란 말인가, 오직 공허한 말장난일 뿐. 아내는 없고, 남자와 함께 실종되었다, 이 사실을 어찌해야 할까.

쇼키치의 소모쇠약消耗衰弱은 더욱더 급속도로 악화했다.

쇼키치의 소학교 시절부터의 후배이고 문학청년인 도나미 고로가 마침 그의 집과 골목 하나를 사이에 두고 맞은편에 살아, 툇마루에서 어이 하고 부르면 맞은편 집에서 그의 답하는 소리를 들을 수가 있다. 도나미는 쇼키치가 도쿄에 있을 무렵 도쿄에 살았고, 책방 점원으로서, 거의 사흘에 한번은 놀러 오던 사이고, 함께 여기저기서 외상을 그으며 마셔 댄 사이인데, 지난 1년 동안 오다와라로 돌아와서 역전에 잡문당雜文堂이라는 서점을 열어 매일 나가고 있다. 하기야, 점원에게 가게를 맡겨 놓고, 때로는 단골집 순회도 하지만 대낮부터 술을 마시는 일도 적지 않았고, 매상액을 하룻밤 사이에 마셔 버린 끝에 적자를 메꿀 길이 없어, 이제는 야반도주도 코앞에 닥쳐와 있는 형편이었다.

걱정으로 심신이 소모되면, 무엇보다도 친구가 그립다. 친구가 와서 함께 있어 주면, 때로 울화통이 터지는 일이 있더라도, 어딘가 충족되어 안심하고 있을 수가 있다.

도나미는 대단한 술꾼으로, 숙취의 불안과 고통, 그런 것은 잘 이해하고 있으며, 그럴 때에는 극도로 친구가 그리운 법인데, 그런 꼴이 항상 익숙해 있는 터라, 쇼키치의 친구를 그리워하는 마음을 동정해, 어이 하고 쇼키치가 맞은편 집에서 부르면, 나와서 무리해서 상대를 해 준다. 하긴 그 자신 숙취라든지 야반도주 이상의 고뇌가 있는 것도 아니고, 자신에게는 없는 일을 가지고 상상까지 하며 동정해 줄 여지는 없다. 이것은 누구나 마찬가지인 것이고, 따라서 쇼키치가 이야기하는 도중에 갑자기 안달이 나서 끈 한 올을 들고 탁구대 다리에 매어, 고리를 만들고, 고리에 고개를 들이밀고 쭉쭉 잡아당기며, 이걸로는 죽을 수 없나, 안절부절못하며 끈 한 올을 쥐고 다시 머리를 들이밀고 팔로 쭉 당겨 올린다. 마치 미치광이 같은 눈으로, 탁하고 푸른 것이, 어둡게 번들거리고 있다. 하지만 설마하니, 자살이라는 것을 상상해 보지는 못했다.

그로부터 4, 5일 뒤의 일이다.

쇼키치의 집에서 어이, 어이 하고 불렀지만 대답이 없다. 그래서 쇼키치가 게다를 신고 도나미의 집 앞으로 가서,

"집에 없나, 도나미?"

도나미의 아내는 여급 출신으로, 극히 무례하고, 남편을 엉덩이로 깔아뭉개고 아무렇게나 뒹굴며 자기를 잘하는 여자인데, 방 안에서 투덜투덜 화난 목소리로,

"없어요."

"어디 갔나요?"

"그런 건, 몰라요."

쇼키치는 그대로 잠자코 돌아왔다. 도나미가 이때 집에 있었더라면, 애초에 아무 일도 없었을 것이다.

쇼키치는 툇마루에 앉아 있었지만, 속을 부글거리며 방으로, 방에서 탁구대가 있는 안쪽 방을 무의미하게 빠른 걸음으로 걸어서 다시 툇마루로 돌아와, 화가 나서 앉았다. 잠시 앉았는가 싶더니, 다시 휙 일어나 아이 방으로 들어갔다.

그로부터 10분, 도나미가 돌아왔다. 막 사에구사 씨가 부르러 왔었어요 소리를 듣고, 현관으로 들어오지 않고 마당 앞으로 해서 툇마루 쪽으로 돌아왔다. 도나미는 늘 마당 앞으로 돌아 들어오는 습관이 있었다.

아이 방은 툇마루 바깥쪽에 있었다. 이 방은 꼭 다락방 비슷해서, 천장이 없고 들보가 드러나 있으며, 그 들보가 6자 정도의 높이밖에 되지 않는다. 즉 창고 같은 것을 만들어 놓고 툇마루를 연장한 꼴이고, 판자로 되어 있고, 의자와 책상이 놓여 있다. 양실洋室처럼 되어 있지만, 문이 없어서 마당에서도 안의 기색을 알 수가 있는 것이다.

몇몇 사람들의 기척이 난다. 그래서 도나미 씨가 마당에서 들여다보고 있자니, 쇼키치의 어머니, 선생님 출신의 통통한 체구의 당당한 할머니가, 무엇인가를 양손으로 꾹 누르고 있다. 뒷모습이어서 무엇을 누르고 있는지는 알 수 없지만, 무엇인지 움직이는 것을 움직이지 못하도록, 꾹 누르고 있는 느낌

이다. 그래서 도나미가 툇마루로 올라가,

"어머님, 무슨 일입니까?"

말을 하면서 들어가자, 뒤돌아보면서, 번쩍이는 눈으로 노려보았다.

"바보가 죽었습니다."

그러고는 누르고 있던 것을 놓고, 나와서,

"의사를 불러 주세요"

하고 말했다.

도나미가 안을 들여다보니, 들보에 끈을 매어, 쇼키치가 매달려 있었다. 높이가 6자 정도밖에 되지 않는 들보인 만큼, 작은 키의 쇼키치는 마치 발끝으로 서 있는 듯이, 발이 바닥과 매우 가까운 곳에서 약간 흔들리고 있다. 콧물이 두 줄기, 기다랗게 늘어뜨려지고, 눈을 벌겋게 뜨고 살아 미친 것처럼 번들거리고 있는 것이 보였다. 쇼키치의 어머니는 아마도, 아이 방에서 이상한 소리를 듣고 바로 갔던 모양이었다. 도나미는 쇼키치를 들보에서 내려놓고 의사에게로 뛰어갔다.

* * *

나는 전보를 받고 오다와라로 갔는데, 내가 도착하고 얼마 되지 않아서, 그날 신문으로 남편의 자살을 알게 된 아내가 돌아왔다. 그녀는 나에게 잠깐 오시라며 별실로 데려가, 벽장에서 꺼낸 것인지 상복으로 갈아입으면서,

"저 사람, 나를 괴롭히기 위해 자살한 거예요."

"그럴 리는 없지요. 사람을 괴롭히기 위해 사람들은 별짓을 다 하지만 자살은 안 해요. 히스테리 부릴 아가씨도 아니고, 40세의 문사니까요."

"아니에요. 저 사람, 나를 괴롭히기 위해서라면, 무슨 짓이든 해요. 괴롭히기 위한 자살이라구요."

"저, 진정하세요."

나는 뒤돌아서 방을 나왔다. 나에게는 그녀가 상복을 가지고 있었던 일이 신기했다. 어째서 상복만이 전당포로 가지 않았던 것일까, 입을 것들이 몽땅 전당포에 흘러가 버린 생활 속에서.

내가 그런 생각을 한 것도, 여자의 상복이라는 것이 기묘하게 야해서였는데, 특별히 이것을 입고 있는 동안은 매우 요염해 보였다. 그런 기괴하게 요염하고 색기 넘치는 자태에서 뚝뚝 원통한 눈물을 흘리면서, 저 사람, 나를 괴롭히기 위해 자살을 했다는 것이다. 나도 이렇게 되고 보니, 요염함 쪽에 신경이 팔려 있었으므로, 얼른 도망쳐 버렸다. 참으로 부끄러운 노릇이다.

나는 그 후 얼마 지나지 않아 교토로 방랑의 여행에 나섰다. 1년 반, 그리고 도쿄로 돌아온 어느 날 밤, 쇼키치 부인이 방문했다. 그녀는 아주 망가져 있었다. 그녀는 첩이 되어 있었다. 첩이라기보다도 창부, 그것도 가장 밑바닥의 매춘부, 그런 느낌을 주어 나는 똑바로 눈길을 주기도 민망했다. 그 후, 실제로, 그런 생활을 한다는 소문을 들었다.

쇼키치는 꿈을 만들었던 사람이다. 그의 문학은 그의 꿈이었을 뿐 아니라, 그의 실제 인생 또한 그의 꿈이었다.

그러나 꿈이 문학이기 위해서는, 그 꿈의 근저가 실제 인생에 뿌리를 내리고, 그가 설 수 있는 현실의 지반에 뿌리를 내리고 있지 않으면 안 된다. 처음에는 뿌리를 내리고 있었다. 그래서 그의 아내는 꿈속에 그려지고 있는 그녀를 모방했다. 이윽고 서로 떼어 낼 수 없을 정도로 비슷해졌고, 그들의 현실 자체를 꿈으로 삼을 수가 있었던 것이다.

그의 인생도 문학도, 그가 만들어 놓은 장난감 상자 같은 것이어서, 장난감 상자의 주인공인 그도 그의 아내도 그가 부여한 마술의 생명을 지녔고, 분명 살아 있는 인간보다도 오히려 괴이하게 생존해 있었던 것이다.

나는 그러나, 그의 만년, 그의 장난감 상자는 뒤엎어지고, 망가져 버렸다고 생각한다. 그의 소설은 그가 서 있는 현실의 지반으로부터 유리해 버리고, 가공의 공간으로 뿌리를 내리게 되었고, 그의 아내도, 장난감 상자 안의 아내가 이미 자신이 아니라는 점을 간파하게 되었던 것이다.

쇼키치 역시 알고 있었을 것이다. 그의 아내의 생명은 실은 그가 장난감 상자 속의 그녀에게 부여한 그의 마력에 지나지 않으며, 그 마력이 사라질 때 그녀의 생명은 죽는다. 그리고 그가 죽기라도 한다면, 남자도 생길 것이고, 첩이 될 수도 있고, 매음부도 될 수 있으리라는 것을.

그의 귀신의 눈은 그 정도쯤은 제대로 간파하고 있었을 터이지만, 그는 자신의 아내는 별개의 존재, 아내는 별개의 존재, 오직 하나의 여인, 그만이 아는 영혼의 여자, 그런 당치도 않은 몽상적 견해에 사로잡혔고, 그가 죽어 버리면 아내라는 건 첩이 되거나 매춘부가 된다는 중대한 현실의 근원을 망각해 버리고 있었던 것이다.

쇼키치여, 실제로 당신의 아내는 그렇게 된 것이다.

나는 당신을 욕보이자는 것도 아니고, 당신의 아내를 욕보이자는 것도 아니다. 인간 만사가 다 그런 것이다.

당신의 문학이, 당신의 꿈이, 당신의 장난감 상자가, 이 현실을 냉철하게 직시하고, 이에 뿌리를 내리고, 자라면서 출발하는 일을 어찌 잊어버렸단 말인가. 현실은 언제나 이처럼 냉혹하고 무참하지만 이곳으로부터 꿈이 자라나고, 장난감 상자는 만들어질 수 있는 것이다.

나는 당신 아내의 참담한 모습을 바라보았을 때, 쇼키치여, 이것을 보라. 당신은 어째서 이것을 보는 것을 망각했단 말인가, 그래서 당신은 그처럼 한심하게 죽은 것이다. 바보, 그래서 아내가 실제로 그처럼 비참해지지 않았나. 당신은 졌다, 이 아내의 참담한 모습에. 이 무슨 일인가, 그처럼 훌륭한 귀신의 눈을 가지고 있으면서.

나는, 당신의 참으로 한심하기 짝이 없는 죽음을 생각하면서, 안타깝기 짝이 없는 것이다.

(1947년 7월)

푸른 도깨비의 훈도시를 빠는 여인

靑鬼の褌を洗う女

냄새란 무엇일까?

나는 요즈음 사람들의 이야기를 듣고 있으면서도, 언어를 코로 냄새 맡게 되었다. 아아, 그런 냄새로구나 생각한다. 그뿐이다. 즉 머리로 받아들여서 생각한다는 일이 없어지고 말았으므로, 냄새란, 머릿속이 텅 비었다는 것이리라.

나는 요즈음 돌아가신 어머니가 살아 돌아오시는 바람에 황공해하고 있다. 내가 점차로 어머니를 닮아 가는 것이다. 아, 또한—나는 어머니를 발견할 때마다 움츠러들고 만다.

나의 어머니는 전쟁 때 불에 타 돌아가셨다. 우리는 원래 어차피 따로 떨어진 인간이므로, 도망칠 때도 어느새 뿔뿔이 흩어지는 것은 자연스러운 일로, 나는 어머니와 함께 있지 않다는 것을 알아차렸을 때에도, 놓쳐 버렸구나라든지, 어머니는 어느 쪽으로 피했을까도 생각하지 않으면서, 아아, 그랬구나 하고도 생각하지 않았다. 어머니가 없다는 당연함을 의식한 것에 지나지 않는다. 나는 원래 외톨이였던 것이다.

나는 우에노上野 공원으로 도망쳐서 살았지만, 이틀째인가 사람이 많이 죽었다는 스미다隅田 공원에 갔다가, 어머니의 사체와 맞닥뜨리고 말았다. 전혀 타지는 않았다. 팔을 굽혀, 손을 부르쥐고, 가슴팍에 두 손을 나란히 하고, 체조를 하듯 움츠리고 이젠 글렀다는 듯이 양미간을 찌푸리고 눈을 감고 있다. 살아 있을 때보다 안색이 하얘서, 덕분에 착한 사람이 되었습니다 하는 듯한 얼굴이었다.

심약하면서도 매우 약삭빠르고 집념이 강한 여자였으므로, 불타 죽어야 한다면 어쩔 수 없지만, 질식이라니, 거짓말 같고, 왠지 으스스해져서 견딜 수가 없었다. 그때부터, 무엇인지 속고 있는 듯한 마음이 들었으므로, 요즈음 들어 어머니를 발견할 때마다. 그 으스스함을 떠올리게 된다.

내가 징용을 당했을 때, 어머니의 당황하는 모습은 이루 말할 수도 없다. 남자가 여자와 함께 일을 하게 되면, 곧 배가 불러 오게 마련이라는 식으로 어머니는 생각하고 있었기 때문이다. 어머니는 나를 첩으로 만들고 싶어 했다. 게다가 처녀라는 것은 고가의 매물이 된다는 것을 믿고 있었으므로 어머니는 나를 물건처럼 소중하게 여겼다. 실제로, 어머니는 나를 사랑했다. 내가 조금이라도 입맛이 떨어지면 소동을 피우며, 양식집이나 스시집에서 맛있는 음식을 시켜 온다. 병이 들면 어쩔 줄 몰라 하면서 당혹스러울 정도로 가슴 아파한다. 나에게 아름다운 옷을 입히기 위해 별의별 고생을 마다하지 않는 대신에, 내가 외출했다가 조금만 늦어져도, 어디서 누구와 무엇을 했는지 시시콜콜하게 심문한다. 모르는 남자에게 러브레터가 날아든다든지 해서 내가 그것을 어머니에게 보여주었다가는, 마치 내가 당장 연애라도 하고 있는 듯이 낯빛을 바꾸게 되고, 겨우 마음을 가라앉히고 나면, 남자의 무서움, 갖가지 감언이설에 대해 설명을 한다. 그 진지한 모습은 엄청 심각했다.

나는 하지만 어머니를 사랑하지 않았다. 물건으로서 사랑받는다는 것은 당치도 않은 일이기 때문이다. 사람들은 내가 어머니의 사랑을 받아서 행복하겠다고 말들 하지만 나는 행복하다고 생각한 일은 없었다.

나의 어머니는 겉치레를 중시하는 사람이었으므로, 나의 사내동생이 항공병으로 지원했을 때, 속으로는 말리고 싶은 마음이 굴뚝같으면서도, 찬성했다. 친지나 이웃에게 떠벌리는 편이 더 마음에 들었기 때문이다. 한밤중에 내가 이미 잠들었을 것으로 생각하고 일어나서, 신단神壇를 배례하면서 유키오雪夫야 용서해 주렴 하고 마구 울곤 했으면서도, 이튿날 낮이면 고무공이 튀는듯한 기세로 아줌마들에게 아들의 늠름한 기상을 자랑하면서, 있는 말, 없는 말 떠벌리곤 했다.

나는 징용되었을 때 매우 비관했지만, 어머니가 나 이상으로 어쩔 줄 몰라 하므로, 꼴보기 싫고, 어머니의 기분이 비루하게 느껴져 견딜 수가 없었다.

나는 놀기를 좋아하고, 가난이 싫었다. 이것만큼은 어머니와 나는 같은 사상이었다. 어머니 자신이 첩이면서, 남편 말고도 남자가 두셋 있었는데, 배우라든지, 무슨 이름난 인사 등과 노는 일도 있는 것 같았다. 나에게도 권하기를 돈 많고, 마음씨가 넓은, 그리고 가능한 한 노인의 첩이 좋을 것이라고 했다. 너처럼 사치스러운 놀이를 좋아하는 사람은 따분한 마누라 따위는 될 수 없다는 것이었지만, 군이 부인이 되겠다면, 화족華族의 장남이나, 천만 엔 이상 재산가의 장남의 아내가 되라는 것이다. 특히 장남이 아니면 안 된다는 것이다. 명예냐 돈이냐, 어느 한쪽이 자유로워지지 않으면 아내로서의 의미가 없다는 것이다. 부평초 같은 직업인 정치가나 예술가라는 것은 아무리 유명하더라도 언제 몰락할지 알 수 없는 뜬구름 같고 거만하고 감당할 수 없는 것이란다. 회사원 따위는 경멸의 대상이고, 요는 내가 돈이 없는 청년과 사랑을 한다는 것은 어머니의 최대의 가슴 아픈 일이자 공포였다.

나는 여학교 4학년 때 동급생이면서 큰 도매상의 딸 도미코登美子의 권유로 골프를 하기 시작했다. 영화만 좀 보고 와도 떫은 얼굴이 되는 어머니가 내 소원을 들어준 것은, 골프란 게 화족이라든지 재벌 같은 특권계급의 놀이로서 가난뱅이가 가까이할 수 없는 것이라는 남들의 이야기를 들었기 때문이었고, 그래서 비싼 골프 용구까지도 놀라는 기색도 없이 사 주었다.

독신의 젊은이는 화족이 되었든 재벌집 아들이 되었든 인사를 해도 본 체도 하지 말 것, 말을 걸어 오더라도 아예 대꾸도 하지 말 것, 그날 하루의 일들을 보고하면서 어머니의 지시를 받을 것 등 세세한 훈시를 받았지만, 실은 나이 지긋한 부자나 화족의 눈에 들었으면 좋겠다는 속셈이었는데, 여학생 단 둘이

서 골프를 하러 간다는 일은 상식을 벗어난 이상한 일이라는 점은 알아차리지 못했던 것이다. 엄청 야무진 성품이었건만 무지 그 자체로 세상을 몰랐던 것이다.

유감스럽게도 나이 지긋한 화족이나 재산가와 알게 되는 영광은 얻지 못했지만, 미키 노보루三木昇라는 영화배우와 친구가 되었다. 미모를 뽐내는 것이 전부고, 예술에 대한 자세가 근본부터 상실되어 있었다. 기타를 잘 쳤는데, 불우한 기타 연주자의 심각한 비련 따위를 연출하면 그 재주로 일세를 풍미해 시대의 총아가 될 터이지만, 그런 점이 너무나 잘 알려져 있는 바람에 동료들의 질투로 방해를 받아 실현시키지 못하고 있다고 한다. 기타를 들려줄 터이니 놀러 오라고 끈질기게 말하므로 둘이 함께 가 보았지만, 말도 안 되는 아마추어 솜씨로, 자신만이 거기에 빠져서 아무 데서나 소리를 당겼다 늘였다 하는 것이 센스가 전혀 없을 뿐 아니라, 악취미라는 덤까지 있었던 것이다.

미키는 나를 꼬셨지만 거절했으므로, 도미코에게 접근하다 거기서도 거절당했다. 나는 잠자코 있었으므로, 도미코는 자신만이 그런 줄 알고 자랑스럽게 이야기를 했지만, 나는 미키의 얄팍한 짓거리가 바보스럽게 여겨지고 있던 참이었으므로 그 뒤로는 교제를 끊고 말았다. 이윽고 골프를 칠 수 없는 세상이 되고 나서, 곧 여학교를 졸업했는데, 도미코는 거절하면서도, 그러나 속으로는 으쓱한 마음으로 그 뒤로도 교제를 계속하고 있었다. 그리고 내가 도미코의 권유를 받고서도 미키와는 놀지 않게 된 것을 놓고 질투 때문이라고 자만하고 있었지만, 나도 미키에게 구애를 받은 일이 있었지, 아마 너보다도 먼저, 라고 해도, 그것도 역시 질투 때문이라고 생각하고, 미키에게 물어보았지만 그건 뻥이라고 하던데, 라며 코를 씰룩거렸다. 그 뒤로는 한층 열이 올라, 미키의 실연實演이네, 연구회네 하는 티켓을 이전에는 10장, 30장 사 주던 것을, 백, 2백, 3백, 5백 장쯤 사게 되었다. 패트런이 된 기분으로 시계와 양복을 사 주기도 하고, 반지를 교환하기도 하고, 돈도 주기도 한 모양이지만, 온천이나 여관에 묵게 되었고, 그러나 처녀는 지키고 있노라고 자랑했다. 그럴 때면 내가 연락을 해서 나의 집에서 묵은 것처럼 손을 써 놓는다. 그것을 우리는 알리바이라고 부르고 있었는데, 나도 역시 도미코에게 나의 알리바이를 부탁하기로 하고 있었다.

나는 도미코에게 알리바이를 부탁했지만, 누구와 어디서 무엇을 했다는 말은 일절 하지 않았다. 도미코는 이에 대해 악착같이 심문하는 버릇이 있었지만, 나는, 아무것도 아니야, 라든지, 별로 좋은 일이 아니야, 등으로 상대도 하지 않고 보니, 성품이 원래 음험 그 자체로구나 라느니, 비밀벽癖으로 뱃속이 시커멓다느니, 너는 순정이니 하는 것은 전혀 없이, 그저 바람기만 많아서 공명정대하게 사람 앞에서 말하거나 행동하거나 하지 못하는 거겠지 하고 윽박지른다.

나는 하지만 그런 이야기는 남에게 조금도 하고 싶지 않은 것이다. 쓸데없는 짓이다, 연애 따위. 그저 그뿐이다.

도미코는 여학교를 졸업하자, 진작부터 동경하던 직업부인으로서, 사무원이 되었는데, 딱딱하고 따분하다며 백화점의 점원이 되었다. 나는 별로 일을 하고 싶지는 않았지만, 어머니와 함께 집에 있는 것이 싫었으므로, 일을 하고 싶어 견딜 수가 없었다. 하지만 허용 따위의 단계가 아니라, 그런 말을 꺼냈다가는, 슬슬 사내가 꾀기 시작했구나 하면서 점점 감시를 엄중히 하면서 가둬 놓기만 했고, 게다가 어머니는 조바심이 나서 어떤 토목건축 두목의 첩으로 보내려 했다. 이 두목은 한편으로는 환락가를 세력권으로 가진 사람이기도 했고, 뒷골목 세계에서는 이름난 거물이라는 것이었지만, 이제 은퇴를 앞둔 처지로 예순이 한두 살 넘어 있었다.

나는 화려한 것을 좋아하는 성품이었으므로 싸움판의 구경도 싫지 않았지만, 근본이 영 말할 수 없는 슬로모션, 전적으로 몽롱한 행동거지가 얼뜨기 짝이 없어서, 민활하고도 태도가 시원시원한 인의仁義의 세계와는 전혀 모션이 어울리지 않을 것인 만큼 얘깃거리도 안 된다. 나는 별로 첩이 나쁘다고 생각하지는 않았지만, 자유를 속박당하는 것이 싫었으므로, 풍족한 생활을 하게 해 주고서, 일정한 의무 이외에는 하고 싶은 대로 내버려 둔다면 여든 먹은 할아버지의 첩이라도 싫을 게 없었다. 두목의 이름을 더럽혔다는 등 단도를 들이대고 새끼손가락을 자른다든지, 단도로 충성을 맹세하고 자유를 속박당한다는 등은 참을 수 없다.

나는 어머니에게 싫다고 했지만, 이미 어머니가 승낙한 이상, 이제 와서 싫다고 했다가는 목숨이 위태롭다. 너는 어머니를 죽게 해도 좋겠냐고 협박을 한다. 하는 수 없이, 어머니에게는 모르게, 내가 거절하기로 하고, 근처의 세탁소 집 딸로 약간 모자라기는 하지만 전언傳言의 문구만은 매우 조심해서 틀림없이 똑똑하게 말하고 온다는, 결벽이 지나쳐 미치광이 같은 아가씨가 있었는데, 나에게 묘하게 친밀한 마음을 담아 인사하는 사이였으므로 이 아가씨에게 말을 전하게 했다. 나보다 세 살 많은 그 아가씨는 22세였다. 이 딸이 내가 부탁한 대로 억지로 두목을 만나서 말을 제대로 전했더니, 두목은 웃으면서, 그런가, 알았다면서 돈까지 주어 돌려보냈고, 그날 중에 상당한 지위의 부하를 보내 파약破約을 고하면서, 아가씨에게 보내는 두목의 뜻이라며 마치 예물이라도 되듯 장식이 화려한 고가의 선물을 보내 주었다.

그렁저렁 하는 사이, 첩이라는 존재는 국적國賊이라도 되는 듯한 세상이 되었고, 제일 먼저 징용당할 형세였으므로, 어머니는 당황해서 첩의 자리는 단념하고, 징용을 피하기 위해 아내 자리를 구해야겠다고 말하기 시작했지만, 그래봤자 첩의 딸이라 화족님이나 천만장자의 집사의 아들인들 데려가려 하겠는가. 그런 마당에 징용이 왔으므로 어머니는 낯빛이 변했다. 그리고 그날 밤, 저녁 식사 때에는 어찌할 줄 모르고 울기 시작했던 것이다.

세상 아가씨들이 대체로 그런 건지 어떤지 나는 남에 대해서는 잘 알지 못하지만 나나 나의 친구들은 전쟁 따위에 대해서는 별 관심을 갖지 않았다. 남자들은 대학생 정도의 졸개들까지도 마치 자신이 세계를 움직이는 들보라도 되는 듯이 당치도 않은 자만심을 가지고 있으므로, 전쟁이다, 패전이다. 민주주의다, 비분강개, 열광 협력, 왁자하니 핏대를 올려 가며 엄청 떠들어 대지만, 우리는 세상일은 사람들이 움직여 주는 것으로 알고 있는지라 될 대로 되라고 맡겨 놓고, 세상의 움직임에 대해서는 마이동풍, 그때그때의 즐거움을 발견해 내고는 그리로 미끄러져 들어간다. 평소의 살림 훈련, 현모양처, 오가사와라류小笠原流* 예법 등 지극히 딱딱하기 짝이 없는 일로 닦달을 받고 있는 처지라 단순한 놀이만으로도 만족할 수 있으므로, 전쟁이 한창인 때라도 문제가 없다. 국적 소리를 들어보았자 신경 쓰지 않고 극장을 빙그르르 둘러싸고 세 시간, 다섯 시간 기다리느라 엄청 힘이 들지만, 힘드는 대로 재미있는 것이다. 나는 따분한 일이라는 것은 의외로 재미있는 것이 아닐까 생각하고 있다. 왜냐하면 그것 말고, 재미있는 것이라는 게 무엇이 있단 말인가.

그런데, 마나님이라는 것이 되고 보면 아주 별종의 인간이어서, 이처럼 탈이 많고 악착같은 인종은 없는 것이다. 직업군인의 아내를 빼 놓고 본다면, 아내라는 이름이 붙는 여자 중 전쟁을 좋아하는 여자는 하나도 없다. 원한이 골수에 사무쳐서 군부를 증오하고 정부를 저주하고 있는 것도, 자신의 남편이 전쟁으로 내몰렸거나 징용되었거나, 그런 이유뿐, 그래서 나는 그 까닭을 알 수 없다. 나는 남편이라는 쓸데없고 거만하고 귀찮은 존재가 전쟁으로 내몰려 가버리면, 얼마나 후련할 것인가

* 옛 막부 시대부터 전해지던 예법의 하나로 메이지 유신 이후 근대화되면서 명맥만 유지하다가 여학교의 교육 과정으로 채택되면서 현재까지 이어지고 있다.

하고 생각되는데 말이다.

생활적으로 남자에게 종속된다니, 그리고 단 한 명의 남자가 전쟁으로 끌려가는 것뿐인데, 세상 전체가 없어지는 것 같은 일이 벌어진다는 것이 무슨 말도 안 되는 일인가. 나는 그런 비참한 일은 견디어 낼 수가 없다.

나의 어머니는, 이는 첩이지 아내가 아니지만, 이 또한 엄청나게 전쟁을 증오하고 저주했다. 하지만 역시 첩답게 영 사리가 통하지 않는 엉뚱한 원한이 골수에 맺혀 있었다. 담배를 피우지 못하게 되었다거나, 생선을 먹을 수 없게 되었다거나, 뭐그런 일을 가지고 화를 내고 있었지만, 뭐니뭐니해도 첩이 국적國賊이 되면서, 내가 팔려 나갈 자리가 없어지고 만 것이 원통함의 본질이었다.

"아아, 아아, 이게 무슨 세상이 이래."

어머니는 한숨을 토해 냈던 것이다.

"얼른 일본이 져 주면 안 되는 걸까. 이따위 가난한 나라는 난 정말이지 진저리가 난다. 저쪽 군대는 이틀이면 비행장을 만든다지 않니. 치즈에다 쇠고기에다 커피에다 초콜릿, 게다가 애플파이에다 위스키 따위가 없어 가지고는 전쟁을 할 수 없다니 대단하지 않니. 일본 같은 건, 얘야, 얼른 망해 가지고 하루라도 빨리 저쪽 땅이 되어 주지 않을래. 그렇게 되었을 때 내가 유감인 것은 일본 여자들이 양복을 입는 것뿐이야. 기모노를 입으면 안 된다는 포고가 나오면 난 도대체 어떡하면 좋단말이니. 너야 양장이 어울릴 테니까 좋겠지만. 정말이지, 얘야, 그때는 정신 똑바로 차려야 한다."

요컨대 나의 어머니는 전쟁이 한창일 때 어서 빨리 일본이 멸망하기를 기원하고서, 이미 나를 저쪽 첩으로 삼아야겠다고 작정을 하고 있었던 것이고, 그러면서도 깊은 밤중에 일어나 앉아 단정하게 앉아서, 유키오야 용서해 다오, 하고 울기 시작하는 것이다. 유키오야 단단히 마음먹고 버텨내야 한다, 지면 안 돼, 하는가 하면, 못 참겠구나, 너 같은 비행기 조종사는 감독하는 사람이 딸린 것도 아니고, 적진에 착륙해서 항복하고 목숨을 구하면 될 게 아니냐. 어차피 일본은 망하는 거야. 정말이지, 멍청한 놈 같으니라고.

나의 어머니는 여동생을 너무나 사랑한 나머지 죽게 만들었다. 맹장염으로 입원해서 수술한 다음, 24시간은 절대로 물을 마시게 해서는 안 된다고 했건만, 나와 간호사가 없을 때 몇 번인가 물을 마시게 한 끝에 복막염을 일으켜 죽게 하고 말았다. 그 때문은 아니지만, 나는 어머니에게 사랑을 받을 때마다 죽음을 당할 것 같은 오싹함을 느낄 뿐, 기쁘게 생각해 본 일은 없는 것이다. 무지했던 것이다. 나는 가난과 무지가 싫었다.

나는 그 무렵, 어머니 몰래 6명의 남자에게 몸을 허락하고 있었다. 그 남자들의 성명과 나이, 어디서 어떻게 알게 되었던가 하는 따위는 나는 말하고 싶지도 않고, 전혀 문제가 되지도 않는다. 그저 좋아하면 되는 것이다. 어느 누가 되었던, 한눈에 얼핏 본 남자라 하더라도, 내가 그것을 생각해 내야 할 필요가 있다면, 나는 생각해 내는 대신에, 다른 남자를 만날 뿐이다. 나에게는 과거보다도 미래, 아니, 현실이 있을 뿐이다.

그 남자들 대다수는 이전부터 누차 나에게 접근했지만, 나는 그들에게 소집령이 나와서 마침내 출정을 하기 전날 밤 아니면 2, 3일 전, 그럴 때만 허락했다. 훗날, 아가씨들 사이에서도, 출정 전야에 맺어져 장도長途를 격려해 주는 것이 유행이라는 말을 들었는데, 내 경우는 그런 늠름한 것은 아니었다. 나는 그저, 연인 관계라느니, 내 여자라느니 으쓱거리면서 뒷날까지 지분덕거리는 것이 싫어서, 6명 말고도 병약한 아름다운 청년이 둘, 이 둘에게도 허락해 주고 싶었는데, 소집 해제로 곧바로 돌아올 우려가 있었으므로 허락하지 않았다. 과연 한 명은 사흘 만에 돌아왔지만, 또 한 명은 병원에 입원한 채로 종전을 맞았다.

도미코는 불감증이라고 한다. 그 때문일까, 미남을 보면 온몸이 떨리기도 하고, 굳어지기도 하고, 가슴이 답답해지기도 하고, 주먹을 쥐기도 하면서 압박을 당한다고 하는데, 나에게는 그런 일이 없다.

나는 불감증의 반대로, 매우 쾌감을 느낀다. 하지만 나는 그 쾌감이 굳이 필요로 하는 쾌감이라고 생각하지 않기 때문에, 그런 의미로 남자를 필요하다고 생각한 일은 없었다. 얼핏 느꼈더라도, 금세 딴 일에 정신이 팔려 잊어버릴 수가 있다. 그래서 나는 6명의 남자에게 허락했을 때에도 나에게 바람기가 있다고 생각하지는 않았고, 전차 속이 되었건, 노상이 되었건, 갑자기 얼굴이 달아오르기도 하고 몸을 떨기도 하는 도미코가 훨씬 바람기가 있다고 생각하고 있다. 나는 그런 일에 관해서는 평범하고 적당한 것이 좋다. 개중에는 별의별 짓을 다해서 몰입하게 만드는 남자도 있지만, 나중에 다시 생각해 보면, 불유쾌하고, 정말로 농락당했다거나 창피를 당했다는 기분이 되므로, 그런 때에 그런 식으로 여자를 가지고 노는 남자는 싫다. 그런 일은 그저 평범하고, 상식적이고, 적당해야 하는 것이다.

나는 종전 후 미키 노보루를 거리에서 만나 차를 마셨는데, 그때 생각났다는 듯이 나를 설득하기 시작해, 테크닉이 좋고 정력이 절륜해서 이틀 밤낮으로 창문도 열지 않은 채 머리맡의 토스트나 사과를 먹으면서 놀이를 계속할 수도 있으므로, 어떤 바람기 많은 여자가 되었든 정신없이 빠져들고 감사하게 여긴다고 했다. 나는 정신없이 빠져드는 것은 좋아하지 않는다고 대답했지만, 그는 여자의 내숭이라고 생각하고, 어때, 괜찮지, 하면서 노상에서 나의 어깨를 껴안았는데, 안긴 채로 나는 백 미터 가량 걸어갔지만, 나는 그때 어떤 먹을 것을 생각하면서 나를 안고 있는 남자 같은 것은 생각하지도 않았다.

나는 남자가 어깨를 껴안거나, 손을 잡아도 별로 뿌리치려 하지 않는다. 귀찮기 때문이다. 그 정도 일, 그렇게 하고 싶다면 마음대로 하라면 되지 않겠는가. 그렇게 되면 금방 남자 쪽에서는 자신감이 생겨, 나도 같은 생각이 있을 것으로 생각해서 입을 맞추려 하므로, 나는 얼굴을 돌린다. 하지만 입맞춤 정도는 하게 해 줄 때도 몇 번 있었다. 외면을 하는 일이 더 귀찮아서다. 그러면, 즉각 몸을 요구해 오지만, 응, 언젠가는요, 하고 대답을 하고서, 나는 그런 남자는 잊어버린다.

* * *

내가 징용된 회사에서는 내가 완전히 슬로모션으로 국민학교 5학년 정도의 작업 능력밖에는 없으므로 놀란 모양이었다. 나는 곧 사무 쪽으로 돌려졌는데, 여기서도 마찬가지였다.

하지만 그렇다고 게으름을 부리고 있는 것도 아니고, 그렇다고 특별히 애를 쓴다는 일은 좋아하는 남자에게도 해 준 일이 없는 성품이었으므로, 나는 열등감을 느끼지도 않았고, 사람들도 대체로 나에게 관대했다.

회사는 본사의 사무와 공장 일부를 남겨 놓고 분산 소개疏開하게 되었고, 나의 부장은 공장장의 하나가 되어 소개하게 되었는데, 나에게 귀찮도록 소개하기를 권했다.

내가 무엇보다도 싫어했던 것은 병에 걸리는 일과, 그리고 그 이상으로 죽는 일이었다. 전쟁이 본토에서 시작되면 산속으로 들어가 살 생각이었지만, 아직 공습도 시작되기 전이었으므로 놀 데도 없는 시골로 갈 생각이 들지 않았다.

나는 평사원, 과장, 부장, 중역, 입신출세의 차례로 구애를 받았지만, 나는 중역에게만 호감을 가졌다. 젊은 남자들이 구애를 한다기보다는 무작정 요구하는 것을 싫어하는 것이 아니라, 나 자신은 육체적인 욕구 같은 것은 그다지 없는 편이지만 남녀가 서로 사랑하는 것은 당연하다고 생각하고 있으며, 그 세계를 전면적으로 인정하고 있으므로, 설혹 미키 노보루가 호색적이고 육정肉情 말고는 아무것도 없는 처지지만 그것을 가지고 경멸하지는 않았다. 할 수가 없었던 것이다. 문화랄까, 교양이랄까, 무엇인지 나로서는 잘 알 수 없지만, 정신적으로 무엇인지 저급해서 싫어졌던 것이다.

어머니의 영감은 큰 상점의 주인이었는데, 산에 있는 별장으로 소개했다. 그 이웃 마을의 농가인가에 방이 있다는 소식이 왔고, 어머니는 소개하고 싶어 했지만, 나의 징용 때문에 움직일 수가 없어서 크게 번민하고 있다가, 공습이 시작되고, 간다神田가 결딴나고, 유라쿠초有樂町가 결딴나고, 시타야下谷가 당하더니, 가까운 곳도 조금씩 피해가 있고 해서, 어머니도 단념하고 단신으로 짐을 싸 들고 도쿄를 탈출했다. 어머니 역시 나와 마찬가지로 질병과 죽는 일이 무엇보다도 싫었으므로, 유키오는 의사로 키울 것이라고 어렸을 무렵부터 정해 놓았던 것은 조금이라도 오래 살고 싶다는 계산 때문이었다.

어머니는 일주일에 한 번씩 나를 보러 왔다. 하지만 실제로는 젊은 남자와의 밀회를 위해서였고, 이것만큼은 나에게 감추고 싶었겠지만, 교통도 통신도 부자유스러워 약속이 어그러지곤 하는 바람에 일이 제대로 진행되지 않아서, 남자를 집으로 끌어들여 술을 마시고 재워 주는 일도 있었다.

나는 어머니에게 특별한 삶의 방식을 요구할 마음은 조금도 없었고, 내가 자유로워지고 싶은 것처럼 어머니도 눈치 보는 일 없이 지내는 편이 깔끔하고 기분이 좋다고 생각하고는 있었지만, 그러나 어머니가 취해서 볼썽사납게 되는 일과 남자가 너무 천덕스러운 것이 한심해 보였다.

3월 10일의 육군 기념일에는 대공습이 있다면서, 3월 9일에는 산으로 돌아가겠다고 어머니는 말했다. 그랬으면서도 남자와의 연락이 어긋났으므로, 9일 밤이 되어서야 남자를 만날 수 있게 되고, 집으로 데려와서 술을 마시고 있었다. 이날을 위해 산에서 가져온 닭이라든가 고기를 어둠침침한 가운데 요리를 하는 하녀와 함께 나도 깨어 있었고, 경계경보가 발령되었을 때에는 어머니의 주연이 아직 끝나지 않았고, 내가 듣고 있는 라디오 앞에 와서, 다이얼의 빛을 의지하며 다시 술을 마시기 시작했다. 비행기 세 대가량이 보소房總 쪽으로부터 와서 폭격도 하지 않고 되돌아갔고, 조금 있다가 다시 비행기 세 대가량이 같은 코스로 왔다가, 이것 또한 폭격 없이 되돌아가고 말았다. 이미 되돌아가고 말았으니 경보도 해제될 테지 하고 있었는데, 바깥의 감시초소에서, 적기 투탄, 불이야 불이야, 한다. 그러는 중에 머리 위쪽에서 쿠당탕하는 엄청난 소리가 났다. 2층 창문으로 구경하러 간 식모가 큰일 났다, 벌써 사방에서 불길이 치솟고 있다고 했다. 영문 모르고 멍하니 있는 동안 공습경보가 울렸던 것이다.

몸뻬도 입지 않고 취해 떨어진 어머니가 몸단장하느라 어이가 없을 정도의 시간이 걸렸지만, 야간공습의 피해를 우습게 아는 법밖에는 알지 못했던 나는 창문을 열어 불길을 보고 싶은 흥미도 일지 않아, 캄캄한 방 안에 뒹굴고 있었고, 짐을 꾸려 방공호에 내동댕이쳤다가 되돌아올 때마다, 저기에도 떨어졌다. 이쪽에서도 불길이 올랐다고 외쳐대는 식모의 소리를 흘려듣고는 했다.

그때 어머니보다 먼저 준비를 마치고 내 방에 와 있던 남자가 술내 풍기는 얼굴을 들이댔으므로 나는 외면을 했는데, 가슴 위로 덮치면서 몸뻬 끈을 풀기 시작했으므로, 나는 얼른 밀쳐내고 일어섰다. 어머니가 엄청 큰 소리로 남자의 이름을 불

렀다. 내 이름도, 식모의 이름도 불렀다. 나는 잠자코 밖으로
나갔다.

하늘을 한 바퀴 둘러보았을 때의 나의 기분은, 장관, 상쾌,
감탄, 모두 아니다. 그런 일을 당했을 때에는 나의 머리는 솜이
가득 찬 공처럼 생각하는 일을 잊고 말기 때문에, 나는 공습이
라는 사실조차 잊은 채 슬금슬금 밖으로 나와 보니 눈앞에 새
빨간 막이 쳐져 있었던 것이다. 불의 하늘을 달리는 화살이 있
다. 서로 밀려들어 미친 듯이 부대끼면서 화살 같은 속도로 가
로로 달리는 불, 나는 이에 휙 빨아들여져서 멍해졌다. 아무것
도 생각할 수가 없었다. 그러고서 고개를 돌렸지만, 어디를 보
아도 새빨간 막이 쳐져 있었다. 어디로 뛰어야 살 수 있을까,
나는 그러나 그때, 만약에 이 불의 바다에서 무사히 탈출하기
만 한다면 신선한 세계가 열릴 것이고, 어쩌면 거기에 접근할
수 있을 것 같은 야수와도 같은 기대로 흥분했다.

이튿날 너무나 예상을 뛰어넘는 전쟁의 파괴 자국을 바라보
았을 때, 나는 살 집도, 집안 식구도 다 잃었지만, 나는 그러나
오히려 희망에 불타고 있었다. 나는 전쟁과 파괴를 사랑하지
않는다. 나는 나에게 다가오는 공포는 싫다. 나는 그러나 오래
된 무엇인가가 멸망해 가고, 새로운 무엇인가가 다가온다, 나
는 그것이 무엇인지를 명확하게 알 수는 없었지만, 나로서는
과거보다는 불행하지 않은 무엇인가가 다가온다는 것을 줄곧
느끼고 있었던 것이다.

그야말로 참담한 광경이었다. 타다 남은 국민학교는 위아
래 계단까지 피란민이 우글거리고 있었다. 누구의 이불이건 상

관없이 아무렇게나 가져와서 뒹굴뒹굴 자고 있는 남자들, 남의 양복과 남의 잠옷을 두르고 있는 자, 그건 내 것이란 소리를 해 보았자, 그럼 빌립시다 하는 것이다. 얼굴에 화상을 입어 얼굴 하나 가득 연고를 바르고 석고의 가면 같은 모습을 하고 누워 있는 17, 8세의 아가씨의 이불을, 석 장은 너무 많다면서 한 장을 빼앗아 자신의 일행인 여자에게 덮어 주는 남자도 있다. 뭐 좀 없나, 먹을 게, 하고 남의 트렁크를 부스럭부스럭 뒤지는 것을 주인은 멍하니 바라보는 형편으로, 저기서도 백 명 죽었다, 저 공원에는 5천 명이 죽었다는군, 저쪽에서는 3만이나 죽었거든. 목숨이 붙어 있으면 엄청 번 거야. 기운을 내, 유령처럼 창백한 얼굴로 집안 식구를 격려하는 사람, 시체 밑 뻘 속에 얼굴을 처박아서 목숨을 건져 기어 나왔다는 남자는 그 당시에는 욕심이라는 것이 없었건만 이처럼 피난소에 자리를 잡고 보니, 아무것도 가진 것이라고는 없는지라 허전해졌는지, 헤집고 나온 시체에는 시계를 찬 팔뚝이 있었는데, 그 시계를 가져올 걸 그랬다는 소리를 하고 있다. 이 남자는 아직도 얼굴의 뻘을 다 벗겨내지 못했지만, 대체로 비슷비슷한 더러운 얼굴뿐인지라, 얼굴을 씻을 생각은 아무도 하고 있지 않았다.

나와 식모인 오소요 씨는 물에 적신 이불을 뒤집어쓰고 도망쳤는데, 도중에 불이 붙어 이불을 버리고, 코트에 불이 붙자 코트를 버리고, 하오리羽織도 마찬가지, 결국 둘 모두 겹옷 한 벌로, 가진 것이라고는 아무것도 없었지만, 오소요 씨의 수완으로 이불과 모포를 구해서 두르고, 이 역시 오소요 씨의 활약으로 건빵을 3인분, 그래봐야 세 개다, 하루에 그것뿐이다. 내

일은 쌀을 구해 보겠다고 담당자가 말하므로 배는 고프지만 참고서, 그리고 나는 오소요 씨가, 이제 도쿄는 싫어요, 도야마富山의 고향으로 갈래요, 하지만 아무것도 없이 어떻게 돌아갈 수 있을까, 등 별의별 소리를 하는 것을 들으면서, 나는 그러나 정말 그래요, 등 대답을 하면서도, 실제로는 아무것도 가진 것이 없다는 데 대해서는 신경이 쓰이지 않았다.

아무것도 갖지 못한 피난민 동료들로부터 이불과 담요가 굴러 들어오고, 세 개의 건빵밖에 먹은 게 없어 배가 매우 고팠지만, 내일은 쌀이 온다니까, 나는 배고픔보다도 이처럼 앉아 있는 사람들이 내키는 대로 무엇인가를 해 주는 것이 재미있어 견딜 수가 없다. 나는 약간의 배고픔보다도 사람끼리의 생활의 자연의 얼개가 묘하게 즐거웠다. 궁하면 통한다, 곤란할 때면 절로 어떻게든 되는 법이다, 라는 것이 내가 지금까지 터득한 인생의 원리로서, 내가 어머니를 의지하지 않는 것도, 내 마음속 밑바닥에 이런 혹 같은 생각이 있어서겠지. 나는 응석을 잔뜩 부리며 자랐지만, 예를 들어 어머니도 식모도 볼일을 보러 가서 나 혼자 집을 지키더라도, 식사는 네 마음대로 만들어 먹으라는 소리를 듣게 되면, 나는 냉장고의 고기와 생선에는 손을 대지 않고 통조림을 찾는다. 통조림이 없으면 밥하고 가츠오부시만, 밥이 없으면 집에 있는 사과나 카스텔라 몇 쪽으로 견뎌낼 수 있다. 허기가 지더라도 뒹굴며 책을 본다. 그래서 응석받이라고 했지만 배고픔에는 익숙해져 있으며, 이 역시 응석받이였던 탓인지는 몰라도, 응석받이도 상당히 없는 살림을 견디어 낼 정신을 양성하는 것인지, 피난소에 가득 찬 수천의 난민 중에서 내가 가장 불평을 하지 않는 것 같았다.

나 자신이 그런 기분이었으므로, 사람들의 불행이라는 것도 나로서는 불행은 불행으로 보이기는 하지만, 또한 다른 것으로 보이기도 했다. 나에게는 분명 동 틀 녘으로 보였던 것이다.

나는 분명히 어머니와는 다른 세계에, 나만이 앉아 있는 나를 늘 느끼고 있었다. 내가 문득 마음에 걸리는 것은 어머니와 만나고 싶지 않다는 것뿐이고, 나는 이곳에 이렇게 있듯이, 어머니도 어딘가에 이렇게 하고 있겠지, 그리고 이대로 영원히 따로따로 있고 싶다는 것뿐이었다.

나로서는, 내가 아무것도 갖고 있지 않다는 모습은 내가 새로 태어난다는 시작의 모습에 지나지 않으며, 아무것도 갖지 않은 사람들의 모습은 나와 어울리는 내 편과 같은 것으로밖에는 여겨지지 않으며, 아이들은 울며불며 배고픔을 호소하고, 어른들은 추위와 불안으로 창백해져서 어쩔 줄 몰라 하고, 병자들이 신음을 해도, 그리고 모든 사람들이 흙투성이가 되어 있더라도, 나는 불결을 싫어하지도 않고, 불안과 공포도 없이, 오히려 그리웠던 것이다. 나 같은 아가씨(나 같은 아가씨가 몇 명이나 있는지 나는 알지 못하지만), 좌우간 나 같은 아가씨로서는, 일본이네, 조국이네, 민족이네 하는 생각은 너무 거창해서, 그런 말은 공허할 뿐 실감이 나지 않는다. 신문과 라디오는 조국의 위기를 부르짖고, 항간의 유언비어는 일본의 멸망을 속삭거리고 있었지만, 나는 나의 생존을 믿을 수가 있었으므로, 그리고 나에게는 곤란해질 때면 자연히 어떻게 되리라는 마음의 혹이 있는지라, 나는 일본 따위는 어떻게 되든 상관이 없다고 생각하고 있었다.

나에게는 나라가 없는 것이다. 늘, 오직 현실만이 있었다. 눈앞의 대파괴도, 나에게는 국가의 운명이 아니라 나의 현실이었다. 나는 현실은 그저 받아들일 뿐 저주하거나 증오하지 않고, 저주할 만한 것 증오할 만한 것에는 가까이하지 않으면 된다는 입장인데, 하지만 오직 하나, 가까이하지 않으면 된다는 주의를 가지고 대할 수가 없는 것이 어머니이고, 집이라는 것이었다. 내가 의지를 가지고 태어난 것이 아니므로, 나는 부모를 선택할 수 없었으므로, 그러나 인생이란 대체로 그렇게 흘러가는 것일 테지. 좋은 사람을 만나고 못 만나는 것도 우연이고, 다만 나에게는, 이 하나의 것, 절대라는 생각이 없으므로, 그래서 남자의 애정에는 불안이 없지만, 어머니의 경우가 괴로운 것이다. 나는 '가장' 좋다거나, 좋아한다거나, 이것 하나, 라는 것이 싫은 것이다. 무슨 일이나 오십보백보고, 오십보와 백보는 대단한 차이라고 나는 생각한다. 대단한 것이 아닐지는 모르지만, 좌우간 오십보만큼 다르지 않은가. 그리고 그 다름이라든지 차이라는 것이 나에게는 바로 절대인 듯이 여겨지는 것이다. 나는 오직 선택할 뿐이다.

오소요 씨가 도야마로 돌아가는 도중에 아카쿠라赤倉가 있으니까, 나는 산에 있는 별장으로 어머니의 죽음을 보고하러 갈지 회사에 얼굴을 들이밀어 볼지 망설이고 있는 동안, 이불과 담요의 주인이 떠나게 되었으므로 어쩔 수 없이 나도 산으로 갈까 생각하고 있는데, 전무가 나를 찾으러 와 주었다. 어떻게든 될 것이라는 일이, 이처럼 실제로 이루어질 수 있음을 알게 되는 일이 나에게 특별히 용기를 불어넣어 주었다.

나는 산의 별장에 가는 일이 내키지 않았다. 어머니의 남자와 나 사이에는 피의 연결은 없지만, 역시 부모의 대리인처럼 으스대고 속박받을 일이 불안했고, 나는 게다가 피난민 열차를 타고 간다는 일이 도무지 비참해서 견딜 수가 없을 것 같았다.

피난민은 피난민끼리라는 담장이 없는 따뜻한 정으로 허물이 없고 마음 든든한 바도 있었지만, 담장이 없다는 점에 편승해서 묘하게 흐트러진 장면도 있어, 칠흑 같은 밤이 되어 누가 누구인지 알 수 없는 남자들이 여기저기에서 기어 들어오면, 나는 오소요 씨하고 부둥켜안고 자고 있으므로 오소요 씨가 격퇴역이 되어, 쉿쉿 고양이라도 쫓아내는 것 같은 장면이 우스워 못 견디겠는데, 똑같은 남자가 자꾸 오는 것인지, 다른 남자인지, 오고, 또 오고 해서 잘 틈도 없이 다가오므로 우리는 낮이 아니면 잘 수도 없다.

일본인은 늘 웃는다. 문상 때에도 웃고 있다고 하지만 그러고 보면, 나 같은 것은 일본인의 전형이라고 할 수 있는 것일까. 나는 사람들이 말을 걸면 대개는 웃는다. 그 대신에, 대체로 대답을 한 일이 없다. 즉, 대답 대신에 웃는 것이다. 왜냐하면 일본 사람은 대답할 기분이 나지 않는 하나마나한 말만 걸어오기 때문인데, 오늘은 날씨가 좋군요, 춥군요, 이렇게 말하지 않아도 잘 알고 있는 소리만 하기 때문이고, 내가 정말 그렇군요 따위로 대답을 했다가는 오히려 상대방을 경멸하고, 바보처럼 취급하는 기분이 들기 때문에 나는 대답 대신에 그저 방긋 웃는다. 나는 인간을 좋아하므로, 사람을 경멸하거나 바보로 취급하는 따위의 그런 재치 있는 짓은 도저히 할 수가 없다. 오늘은 매우 좋은 날씨군요, 춥군요, 나는 있는 그대로 받아들여서 결코 남을 바보로 삼지 않는다는 증거로 가상 애교 있게 방긋 웃는다. 그러면 사람들은 내가 요염하다느니, 색기가 흐른다느니 하는 것이다.

나는 원래 말수가 적어 말하지 않아도 될 일은 대체로 말을 하지 않고, 담배가 필요할 때는 쓱 손을 내민다. 담배 주세요, 집어 주세요, 이런 말을 하지 않더라도 담배 쪽으로 손을 뻗으면 되므로, 잠자코 손을 쑥 내민다. 그러면 그 손바닥 위에 남자가 담배를 올려 주는 것으로 정해 놓은 것도 아니므로, 올려놓아 주지 않으면, 담배가 있는 쪽으로 허리를 뻗고 점점 더 쑥 손을 뻗다가 자칫 넘어지는 일도 있기는 하지만, 나는 고독에 익숙해져 있어서 남을 의지하지 않는 성미인 데다, 게을러서 홀로 있을 때에도 가지러 가지를 않고, 허리를 뻗고 손을 뻗어, 겨우 잡는 순간 뒤집어진다는 식이었다. 하지만 남자들은 여자에게 친절하게 대해 준다는 것을 알 알고 있으므로 남자가 손바닥 위에 담배를 놓아 주더라도 당연한 것으로 알고, 좀처럼 고맙다는 말을 한 일이 없다.

그런 만큼 나는 반대로, 남자가 내 무릎 앞에 있는 담배를 원한다는 것을 알게 되면, 본능적으로 집어서 잠자코 쑥 내밀어 준다. 그런 점에서는 나는 본능적으로 친절하다. 즉 여자라는 존재의 남자에 대한 본능적인 친절이겠지. 그 대신에, 나는 대체로 똘똘하지 못하고 멍한 타입이라서, 남자가 무엇을 원하고 있는지 대체로 알아차리지 못하는 것이다. 그러나 근본은 친절하므로, 모르는 남자에게도 구별 없이 친절하고 보니, 도미코 씨는 나를 보고 천하에 보기 드문 색녀라고 한다. 즉, 어쩌다 기차의 옆자리에 탄 알지 못하는 남자가 성냥을 찾고 있는 것을 보게 되면, 나는 본능적으로 나의 주머니 속의 성냥을 끄집어내 잠자코 쑥 내민다. 나는 전혀 다른 의미는 없고 여자라는 존재의 남자에 대한 본능이라는 것, 이것은 친절이라고 불러야 마땅한 것으로, 호색 따위하고는 의미가 다른 것이다. 전차 속에서 정면에 앉아 있는 미청년을 보고 볼이 달아오른다든지, 몸이 굳는다든지, 가슴과 허리가 답답하게 죄어온다는 도미코의 경우, 그것 또한 본능일 테니까, 나는 별로 호색이라고 생각하지 않지만, 나와 비해 볼 때 바람기일 거라고 생각하는 것이다.

하지만 남자들도 도미코와 마찬가지로 나의 친절을 바람기라고 생각하고, 대뜸 대개는 꼬시려 들거나 기어오르거나 한다. 특별히, 피난처였던 국민학교에서는 쉴 사이 없이 끈질기게 벌어지는 맹렬한 공습에 진절머리가 나서, 이런 사람들과 이런 식으로 낙향을 해서 알지 못하는 고장으로 흘러간다는 것은 응석받이로서는 참을 수 없는 기분이기도 했다.

그래서 나는 전무를 보자 푹 안도가 되었고, 얼른 마음을 바꾸어서 별장으로 갈 전갈을 오소요 씨에게 부탁하고, 나는 전무를 따라갔다.

* * *

구스미 전무는 56세였다.

그리 마른 것도 아니지만, 6척이나 되므로 철사처럼 보인다. 사자코에, 도토리눈으로, 추남 그 자체이지만, 어째서인지 나는 처음부터 그것이 신경에 쓰이지 않았다. 순백의 머리카락이 나에게는 오히려 귀엽게 보였다. 나는 소녀 시절부터 남자의 연령이 신경 쓰이지 않았고, 여학생 때에도 50세도 넘은 교감 선생님이 너무나 좋았다. 이 사람도 아름다운 사람은 아니었다.

종전 후, 구스미는 나에게 집을 갖게 해 주었지만, 그는 참으로 나를 아껴 주었다. 그리고 언젠가 그는 나에게, 너는 앞으로 몇 명의 애인과 만나게 될지는 모르지만 나처럼 너를 예뻐해 줄 남자는 만나지 못할 것이라고 말했다.

나도 정말 그럴 것이라고 생각했다. 구스미는 노인이고 추남이었으므로, 나는 이다음에 그보다 좋아하는 사람이 생길지는 모르지만 어떤 애인도 그이처럼 나를 예뻐해 줄 리는 없을 것이다.

그가 나를 예뻐해 준다는 것은, 예를 들어 내가 바람을 피우면 칼을 휘두르며 천 리도 멀다 하지 않고 돌아오라고 뒤쫓아 다니는 따위의 정열을 말하는 것이 아니라, 바람을 피울 거면 내가 알지 못하게 해 달라는 식일 뿐이었다.

대체로 나처럼 슬로모션인 인간은 도저히 세상 사람들의 시간의 속도라는 것을 따라잡을 수가 없다. 하지만 나는 다른 사람하고 시간 약속을 한다거나, 어떤 의무를 지게 되면, 자꾸만 협박당한다는 느낌으로 고통을 당하지만, 아무래도 슬로모션이니까 엉망이어서, 회사에 다닐 무렵에는 2시간 3시간, 5시간 6시간이나 늦는다, 일이 끝나기 30분 전쯤에 출근했다가, 이 시간에 나올 거면 쉬시지요 등으로 비꼬는 소리를 듣게 되는 경우에도, 나 역시 그런 출근이 무의미하다는 것을 알고 있었으므로, 얼마나 협박당한다는 느낌으로 고통을 당하고 있었는지, 구스미만큼은 그것을 알아차리고 있었고, 전무가 버릇을 나쁘게 들인다는 소리들이 나와도, 그는 나에게는 한마디 비난도 하지 않고 오히려 늘 나를 보살펴 주었다.

나는 좋아하는 사람과, 예를 들면 구스미와 여행 약속을 하고서도 기차 시간에 두세 시간 늦고 만다. 예를 들면 내가 나가려고 준비를 마쳤는데, 알고 지내는 은퇴 노인이 와서, 이것 좀 보라구, 우리 집 맹종죽孟宗竹으로 이런 담배갑을 만들었거든 하고 보이러 와서는 한 시간, 두 시간 죽치고 앉아 이야기를 한다. 나는 싫어하는 사람에게도 오늘은 볼일이 있으니 돌아가세요 하고 말할 수는 도저히 없는 데다가, 사이도 좋은 은퇴 할아버지인지라 돌아가시라고는 도저히 말할 수 없다. 나는 내 의지로 어느 쪽의 좋아하는 사람을 희생으로 삼을 수도 없으므로, 눈앞에 있는 힘, 현실의 힘이라는 쪽으로 끌려가는 바람에 다른 한쪽한테 소홀해질 뿐인데, 이는 나로서는 불가항력이어서 어쩔 도리가 없는 것이다.

구스미는 그런 나를 예뻐해 주었다. 그래서 우리의 여행은 엉뚱해지게 마련이어서, 목적지도 아니건만, 이 기차는 여기까지니까 내리라고 한다. 즉, 목적지까지 가는 기차가 없어졌던 것이다. 별수 없이 엉뚱한 곳에서 내리게 마련이고, 그렇다고 그 때문에 혼나는 일이 없는 나는, 그런 엉뚱함이 신선하고 파노라마를 보고 있는 듯한 뜻밖의 여행이 된다.

정말로 추한 인간이란 있을 턱이 없는 법이어서, 아름답다는 것은 항상 정지해 있는 것이 아니고, 어떤 것이든, 한순간 아름다웠다 미워졌다 하는 법이다. 나로서는 침실의 구스미는 언제나 귀엽고 아름다웠다.

나는 젊은 여자이므로, 아름다운 청년과 팔짱을 끼고 가로수길을 걷기도 하고, 아름다운 청년이 짐을 들어 주기도 하고 자동차를 잡으러 뛰어다녀 주기도 하고, 응석을 부려 가며 긴자銀座 같은 데를 쇼핑하러 다니고, 인파에 쫓고 쫓기며, 인파 사이사이로 눈과 눈을 맞추며 웃는다.

구스미에게는 이미 그런 눈은 사라지고 없다. 그리고 그런 요염한 눈길 대신에, 콜록콜록 기침밖에는 하지 않게 되어 있는 것이다.

그러나 그런 젊은 눈은 남녀 사이의 관계에서는 기껏해야 하나의 풍경에 지나지 않는 게 아닐까. 가로수길의 산책, 즐거운 쇼핑, 영화 구경, 카페, 그런 것은 연인끼리의 특권처럼 여겨지는 것이지만, 나는 그 반대로, 바람기, 부질없는 하나의 흥취, 또는 하나의 꿈 같은 것에 지나지 않는다고 생각한다.

나는 예전에, 6명의 출정하는 청년들에게 침실에서 따뜻하게 대해 주었지만, 종전 후에도 구스미 모르게 몇몇 청년들과 침실에서 논 적도 있다. 그렇지만 그것도 그저 남과 여의 풍경에 지나지 않으며, 말하자면 육체의 풍경에 지나지 않는다.

하지만 구스미에 관한 한 나는 하나의 풍경에 지나지 않을 수는 없었다.

내가 혼자서 뒹굴면서 책을 읽고 있다거나, 사색을 하고 있다거나, 꾸벅거리고 있는 참에 구스미가 온다. 아무리 재미있는 책이었더라도, 고요한 사색 중이더라도, 안온한 잠이었더라도, 나는 그것을 버리는 일을 조금도 후회하지 않는다. 나는 방긋하며 그를 맞이하고, 그의 애무를 구하고, 그를 애무하기 위해 두 팔을 내밀면서 그를 기다린다. 나에게는 그 천연 자연의 미태媚態만이 전부였다.

이러한 미태는 구스미가 나에게 준 것이었다. 나는 그때까지 이런 미태를 알지 못했는데, 구스미한테만 천연 자연스럽게 이렇게 된 것이므로, 말하자면 그가 하나의 나를 창조하고 하나의 미태를 창작한 것이었다.

그것은 하나의 감사 어린 진심이었다. 이 진심은 마음의 형태가 아니라 미태의 모습으로 나타난다. 나는 아무리 쾌적한 잠 가운데서도 문득 눈이 떠져 구스미를 보면, 몽롱한 졸음 상태 가운데 방긋 웃으며 양팔을 뻗쳐 그를 기다리고 그의 목에 매달린다.

나는 아플 때조차도 그랬다. 나는 격통 가운데서 그를 맞이하고, 나는 웃음과 애무, 온갖 미태를 잃는 일이 없었다. 오랜 애무의 시간이 지나 구스미가 잠들었을 때, 나는 다시금 격심한 통증을 맞이한다. 그것은 참을 수 없는 것이었지만, 나는 그러나 애무의 시간에는 한마디의 고통도 호소하지 않고, 아주 희미한 고민의 그림자로 나의 웃는 얼굴을 흐리게 하는 일도 없었다. 그것은 나의 정신력이 아니라, 맹목적인 미태가 그 격통까지도 덜어 주고 있는 성질의 것이었다. 칠전팔도七顚八倒라고 하지만 나는 엄청난 고통 때문에 하나의 부자연스럽게 일그러진 자세로부터 조금도 움직일 수 없게 되어서, 태어나서 처음으로 신음소리를 냈다. 구스미는 눈을 뜨고 처음에는 믿을 수 없는 모양이었지만, 허둥지둥 의사를 불렀을 때는 이미 때가 늦었다. 왜냐하면 나는 그 고통에도 불구하고 자연히 그가 눈을 뜰 때까지 깨우지 않았으므로 이미 맹장은 곪아 터졌고, 뱃속은 고름범벅이었으므로, 그것을 수술하는 데 3시간, 복부의 온갖 장기들을 살펴보아야 했던 것이다.

이 천연 자연으로 창조된 미태를 감상할 수 있는 사람은 구스미 한 사람뿐이었다.

젊은 눈과 눈이 인파 속을 누비며 방긋 비밀스럽게 서로 웃을 때, 그곳에는 허망한 꿈도 깃들고, 꽃의 향기도 흐르며, 젊음에서 뿜어 나오는 요염함이 있었지만, 그런 만큼 그곳에는 따분함, 허전함, 스스로 자신을 배반하는 이지理智도 있었다. 요컨대 허망한 마음, 놀이와 바람기의 눈이었다.

잘생긴 청년에게 손이 쥐여 보고 싶은, 어쩐지 그런 기분에 잠기는 일도 있고, 잘생긴 청년과 함께 묵으며 희롱하며 황홀해지기도 하지만 그런 놀이 뒤에는 언제나 무엇인지 허전하고 따분해지고 내 마음의 무게에 넌더리가 나는 것이었다.

그러나 내가 구스미를 향해 황홀하게 웃으며 양손을 뻗어 다가가고, 이윽고 가슴에 백발을 부여안고 손가락으로 만져 주기도 하고 애무로 나를 잊고 말 때, 나의 웃는 얼굴도 나의 팔도 손가락도, 나의 속마음의 부드러움이 임시로 형태를 이룬 정精, 요정妖精, 상냥한 정, 감사의 정이어서, 이미 나의 팔도 웃는 얼굴도 아니고, 나 자신의 의지에 의해 움직이는 것은 아닌 것 같았다.

즉, 나의 본성은 첩성이라는 것일 테지. 나의 애정은 감사이며, 내가 바람을 피울 때면 남자와 놀면서 황홀해지기는 하지만 내 자신이 자연의 미태로 화해서 오직 전적으로 남자를 위해 나 자신을 바치고 있을 때는, 이는 감사에 의한 것이었다. 요컨대 나는 타고난 직업부인이어서, 갖고 싶은 것을 선물 받고, 좋아하는 생활을 하게 해 주는 답례로 스스로가 미태로 화하고 마는 것이다. 그 대신에 빨래를 해 주고 싶다든지, 요리를 만들어 먹게 해 주고 싶다든지 생각해 본 일은 없다. 그런 일은 세탁소와 레스토랑이면 족하다고 생각했고, 나는 문화라든가 문명이란 그런 것이라고 생각하고 있었다.

하지만 나는 너무나 넘치도록 사랑을 받고 있으므로 반항하고 싶은 기분이 드는 일이 있었다. 반항 같은 것은 나는 쩨쩨해서 싫다. 나는 풍파를 좋아하지 않는다. 도가 지나친 감동과 감격 따위도 좋아하지 않는다. 그렇지만 충족된다는 것이 이상하게도 불만스러워진다는 것은, 이 역시 나의 방자함일까. 나는, 저런 늙은 추남에게, 하는 식으로 생각하는 일도 없이 한 사람에게 미태를 온통 바치고 있는 것이 부자유, 속박, 그런 식으로 생각되어 분하게 여겨지기도 했다. 실제로 나는 그런 마음, 반항을 헛된 마음, 한심한 것으로 보고 있었지만, 저절로 우러나는 마음은 어쩔 도리가 없다.

문득 고독한 마음, 고요한 방심으로부터 제정신으로 돌아왔을 때, 나는 지옥을 보는 일이 있었다. 불이 보였다. 일면의 불,

불의 바다, 불의 하늘이 보였다. 그것은 도쿄를 불태우고 나의 어머니를 태운 불이었다. 그리고 나는 진흙투성이로 학교 가득 넘쳐났던 비참한 난민들에게 떠밀려 한구석에서 숨을 죽이고 있다. 나는 무엇인가를 기다리고 있다. 그것이 어떤 것인지는 몰랐지만, 그것은 구스미가 아니라는 것만은 알았다.

옛날, 그 당시, 저 진흙투성이로 학교 가득 넘쳐났던 비참한 난민 가운데서, 나는 그러나 아무것도 가진 게 없다는 것과 불행을 오히려 동트는 새벽으로 보고 있었다. 지금 내가 문득 지옥에서 보는 나에게는, 그곳에는 새벽이 없는 것 같다. 나는 아마도 자유를 추구하고 있었지만, 그것이 이제는 지옥으로 보인다. 어두운 것이다. 내가 이제 무일푼이 아니기 때문일까. 나는 누군가를 지금보다도 사랑할 수가 있다. 하지만 지금보다 사랑을 받는 일은 있을 수 없다는 불안 때문일까. 불타오르는 한없는 광야에서, 나는 나의 모습을 고독으로, 엄청 싸늘하고 애달프게 보았다. 인간은 어쩌면 이리도 시시하고 슬픈 것일까, 어리석은 슬픔이라고 나는 항상 그런 때면 생각했다.

입원하고 있을 때, 스모의 단장인가가 종기 같은 것 때문에 입원해 있었고, 그 문하의 제자, 세키토리關取* 에서 도리테키取 的** 까지가 식사를 위한 사발과 냄비에 무슨 음식 등을 날라 오

---

* 일본 스모에서 제1, 2계급인 마쿠노우치幕內, 주료十兩 이상의 선수를 총 칭하는 단어.

** 제3계급부터 제6계급까지인 인 마쿠시타幕下, 산단메三段目, 조니단序二 段, 조노구치序ノ口의 스모 선수를 총칭하는 단어.

기도 하고, 술도 들고 와 와자지껄했는데, 그중에 주료十兩인 스미다가와墨田川는 나와 한동네, 같은 국민학교의 쇠고기집 아들인데, 출정 전날 밤에 내가 몸을 허락한 사람 중 하나였다.

대뜸 나에게 결혼해 달라고 했지만, 그도 세상 물정을 모르는 사내가 아니었고 여자가 아쉽지 않은 인기 직업이어서, 주료 정도로 결혼 같은 것은 우습지 않을까 했더니, 그럼 때때로 만나자는 말을 했지만, 병중이니까라며 그때는 돌아갔는데, 순회시합에서 돌아올 때마다 매일처럼 오게 되었다.

스미다가와는 시타마치下町* 출신이라 이론적인 씨름을 해서 상대방을 버티기로 밀어내는데, 근육질이라 살은 찌지 않았지만, 허리가 강해서 메치기도 잘해 오제키大關**까지는 갈 만하다는 소문이 난 유망한 역사였지만, 시타마치 기풍의 깨끗이 승부를 포기하는 면도 있어, 끈질기게 물고 늘어지는 끈기가 없다. 연습 때는 이기든 지든 매우 깨끗한 매너로, 기세가 올랐다 하면 다섯이고 열이고 밀어붙이고, 자신보다 상위의 역사까지 이겨 버리는 뚝심이 있건만, 시합에서는 그 뚝심이 드러나지 않아서 약한 상대방에까지 지는 것은, 조금만 불리해져도 아차, 하고 생각해 버리는, 말하자면 이지파의 약점으로서, 자

---

* 일반적으로 서민적인 분위기가 강했던 주거 지역을 가리키는데 영어의 downtown과 의미가 유사하다. 도쿄의 대표적인 지역으로는 니혼바시日本橋, 교바시京橋, 간다神田, 시타야下谷, 아사쿠사浅草, 혼조本所, 후카가와深川 등이 있고 수많은 문학 작품에서 근대화로 사라져가는 에도 문화의 상징으로 시타마치의 풍속이 묘사되었다.

** 스모 선수 중 최고위인 요코즈나橫網 다음 가는 지위.

신의 결점을 알고 있기 때문에 약간만 불리해도 스스로 지나치게 아차 해 버리는 기분 쪽이 강해서, 불리한 상황에서 막무가내로 달려들어서 끈질기게 버텨 내는 끈기가 모자라는 것이다. 아차 하고 생각하면 줄줄 밀려버려 금세 당하고 마는 것이다. 약한 상대방에게 특히 그런데, 강한 상대에게는 대체로 이긴다. 즉 강한 상대에게는 처음부터 마음가짐과 기세가 달라서 신중한 주의와 왕성한 투지를 한 덩어리로 해서 맞서기 때문이다.

나는 승부는 잔혹한 것이라고 생각했다. 가지고 있는 역량이라는 것은 도무지 믿을 것이 못 되고, 씨름의 기술과 체력과 육체의 조건 말고도 그런 정신상의 조건, 성격, 기질 같은 것까지도 역량에 들어가는 것일까. 유리할 때에는 조금도 흥분하지 않고, 지나친 기술을 걸지 않으며, 이치에 따라 신중하게 대처해 나가는, 그야말로 도회지적인 이지와 마음가짐과 침착성이 느껴지면서도, 불리함에 대해서는 지나치게 민감해서, 그의 역량으로 충분히 반격할 수 있는 아주 조금의 불리함에 대해서도 머리 쪽에서 앞서 가면서 패배 쪽을 느끼고 마는 것이다. 그래서 금방 마음이 약해져서, 이런 짓을 하면 안 돼, 여기서 버텨 내야 해 하고 마음을 가다듬으려 할 때는 이미 회복을 할 수 없을 정도로 밀려 있어서, 어찌해 볼 수가 없는 것이다.

나는 연습도 보러 갔었고, 시합은 매일 보았다. 그는 내 자리로 와서 마에가시라前頭*로부터 요코즈나橫網**의 씨름에 대해 일일이 설명을 해 주었는데, 힘과 기술의 전광석화 같은 승부의 뒤에 수많은 심리의 시간이 있다는 것을 알게 되었다. 힘과 기술상에서 일순에 지나지 않는 시간이, 그들의 심리상으로는 그들의 하루의 사고량보다도 훨씬 많은 사고의 진폭이 있었다. 거대한 요코즈나가 내던져질 때, 그 던져지기 일순간 전에, 그의 얼굴에는 아차 하는 체념이 흐른다. 나에게는 마치 아차 하는 큰 목소리가 들리는 듯한 기분이 들었다.

씨름의 승부는 아차 하고 본인이 생각했을 때는 이미 끝이 난 것이어서, 승부는 거기까지로, 회복이 불가능하다. 다른 일이라면, 한두 번 아차 하고 생각을 하더라도, 그때부터 태세를 바로잡아 회복할 수 있지만, 그럴 수가 없는 스모라는 승부의 얼개는 마치 인간을 모멸하기라도 하듯 잔혹한 것으로 생각되었다. 씨름꾼의 마음이 단순하고 기질적으로 대체로 담박한 것은 그들의 인생의 사업이 언제나 한 번의 아차로 끝나 버리고, 인간 심리의 시초에서 끝나고 마는 얼개이므로, 그래서 그들은 힘과 기술의 한순간에 인간 심리의 가장 강렬하면서도 정점을 달리는 압축된 무수한 사고를 단숨에 느끼고 늘 지극한 비통을 겪고 있음에도 불구하고, 마치 그 거대한 자신의 비통을 스

---

* 스모에서 역사의 지위의 하나로 마쿠노우치 역사 중에서 요코즈나와 오제키大關 · 세키와키關脇 · 코무스비小結를 제외한 역사를 가리킨다. 즉 마에가시라 이상의 지위에 있는 역사들만 최고위전이라고 할 수 있는 마쿠노우치에 참가할 수 있다.

** 스모 역사의 최고위 호칭으로 모든 역사를 대표하는 상징적 존재다. 지위에 걸맞은 품격과 최고의 역량을 가진 역사에게 부여된다. 오제키 이하의 역사는 기량이 쇠퇴해도 비교적 오랫동안 현역 선수로 활동할 수 있지만 요코즈나는 지위에 걸맞은 실력을 발휘할 수 없게 되면 은퇴할 수밖에 없다.

스로 조소, 경멸, 모욕하는 듯이 단 한 번의 아차로, 모든 것을 끝장내고 말며, 그런 비극을 당사자 말고는 아무도 알아차리는 사람이 없어 모두가 단순하고 멍해지는 것이다.

엣짱(스미다가와는 우리 동네에서 그렇게 불리고 있었다)은 특별한 자신의 심리상의 약점으로 씨름의 승부를 내 버리고, 아차 하지 않아도 좋을 만한 시점에 과대하게 그리고 앞서서 아차 생각하고는 져 버리는 것이다. 엣짱의 승부를 보고 있으면, 아아, 아차라든지, 당했다라든지, 아아, 젠장, 뭐야, 그런가, 순간의 안색이 나에게는 언제나 그때마다 여러 가지 외침으로 들려오고, 그렇게 되면 더는 똑바로 쳐다볼 수 없는 심정이 된다.

너는 자신에게 불리한 점에만 민감해져서 안 되는 거야. 자신의 흠은 알지 못하면서 남의 흠만 알아차리는 사람도 싫지만, 씨름의 경우에는 그런 촌뜨기의 신경이 아니면 안 된다고. 언제든 어디 한번 해 보자하고 물고 늘어지지 않으면 안 돼. 그래야 오제키든 요코즈나든 될 수 있는 거야. 나는 그에게 그렇게 말했다. 이 충고는 그를 매우 분발시켰고, 두세 번 이겨서 기분이 좋아졌지만, 그다음 판에서, 늘 하던 아차로 대번에 불리하게 되었고, 여느 때 같았으면 망치고 말았을 장면에서 나의 충고가 먹혔는지, 의외로 태세를 갖추어 마침내 대등한 태세로까지 회복을 했으니 장하지 않은가. 엣짱은 마침내 대오각성해서 이제는 이길 수 있겠구나 생각했건만, 아수라 같은 괴력으로 용맹하게 자세를 바로잡더니, 갑자기 그때부터 기운이 빠진 듯이 그만 지고 말았다. 그리고 도로 원상태로 도로아미

타불, 자신감을 잃어버려서 오히려 나빠지는 것 같았다.

"어째서 거기서 맥이 빠진 거야? 하지만 거기까지는 잘 버텼으면서, 기분이 상해서 내동댕이 치려 하지 않았으면, 너는 다시 설 수 있는 실력이 있어. 거기까지는 증명되었으니, 앞으로는 그 뒤를 잘 버텨 보는 거야."

내가 격려해 주어도 엣짱은 석연치 않은 얼굴이고, 일단 자신감이 무너지니 모처럼의 일대 용맹심이나 선전善戰이 분수에 넘치는 기적처럼 여겨지는지 그 후로는 점점 더 끈기가 없어져서, 아차 하고 나면 볼품없이 지게 되고 말았다.

힘만이 말을 하는 촌스러운 세계라고 생각하고 있었지만, 너무나 심리적으로 델리키트한 세계이고, 정신 모멸, 인간 모멸, 잔혹, 무참한 것이어서 나는 견디기 힘들었다. 예전에는 세키와케關脇까지 따서, 장래의 대요코즈나 소리까지 듣던 사람이 주료十兩로 떨어지고, 그러다가 마쿠시타幕下, 결국에는 산단메三段目 근처까지 떨어져서, 커다란 체구로 간단하게 지고 만다. 예술의 세계 같은 것을 보면 개인적으로 승부를 명확하게 결정할 수단이 없으므로, 낙오자가 되더라도 긍지와 자화자찬이 있을 수 있지만, 이처럼 확실하게 승부가 나는 씨름이라는 세계에서는 져서 추락하게 되면 자위의 수단이 없다. 잔혹 그 자체, 정신 모멸, 마치 인간의 당연한 달콤한 마음을 박탈해서 인간의 기형아를 만들어내는 견디기 힘든 인간 모멸, 그래서 나는 엣짱이 이겼을 때에는 오히려 칭찬해 줄 기분이 들지 않고, 졌을 때에는 위로해 주고 싶은 마음이 들었다.

이곳 대회가 열리기 전, 순회 시합에서 돌아와,

"난 사치코의 기질을 알고 있어서, 장황하게 말하고 싶지 않지만, 좋으니 어쩔 수 없지. 늘 구애할 때마다, 그래, 좀 있다라느니, 언젠가는이라느니, 아무래도. 그래서, 나도 멋쩍지만, 나도, 이젠 도쿄가 영 싫증이 났어. 왜냐하면 혼바쇼本場所*가 있기 때문이야. 전에는 혼바쇼를 고대하고 있었지만 요즈음은 마음이 무거워. 그것만으로도 고향인 도쿄에 돌아오는 것이 괴로운 거야. 그래도 조금은 돌아오는 발걸음이 가벼운 건 사치코가 있다는 것 하나뿐인데, 그러지 않았으면 스모를 관두고 싶을 정도로 진저리가 나고 있거든. 하지만 관두었다가는 사치코가 상대를 해 주지 않겠지 하는 생각이 들어서 좌우간 스모에 어떻게든 열심히 힘을 쓰고 있는 거야. 이런 나인 만큼 생각은 간절한데, 나 하나만의 욕심을 말하고 싶지는 않아. 이런 일을 하고 있는 덕분에 괜찮은 점이 있다면, 여자와 남자에 관한 일만큼은 어느 정도 잘 알고 있어. 나는 곧잘 팬인 영감님 신세를 지곤 하지. 영감님에게는 첩이 딸려 있는 법인데 영감님들은 모두 호인들이거든. 그래서 사치코의 영감님만 하더라도, 나로서는 영감님이라는 사람들은 모두 잘 해 드리고 싶다는 기분이 들어. 그래서 내가 보아 온 바만 보더라도, 첩이 바람을 피워서 좋은 일이 일어나는 걸 본 적이 없지. 벌을 받을 테니까. 하지만 사치코, 나에게는 이제 마음에 격려되는 사람이 사치코 하나뿐이니까, 나는 결코 아내가 되어 달라는 따위의 무리한

* 스모 선수의 순위, 승급과 강등, 급료 등을 정하기 위해 벌이는 시합.

소리는 하지 않아. 이처럼 매일 만나 주어서, 그것으로 만족할 수 있으면 좋겠는데, 헤어져서 돌아가고 나면 매우 괴로워. 다른 여자로 적당히 되는 일이 아니거든. 순회 시합을 가 있는 동안에는 잊을 수가 있어. 하지만 이렇게 눈앞에서 보고 있으면 그게 안 돼. 내가 스모를 하고 있는 동안, 그리고, 도쿄에 돌아왔을 때만이라도 놀아 줄 수 없을까?"

이번 행사에서 엣짱은 주료의 위로부터 둘째여서, 이제 승률이 50퍼센트 이상이면 마쿠노우치로 들어갈 수 있는 상황이었다. 나는 엣짱을 격려해서 출세시키고 싶어서,

"그렇군, 그럼, 이번 대회에서 전승을 하면, 어딘가로 자러 가 줄게."

"전승이라, 전승은 어려운데."

"하지만 여자의 마음은 그런 거야. 세키토리가 기타 같은 걸 잘 연주해 보았자, 그런 일 가지고 여자는 넘어가지 않을 거라고 생각해. 세키토리는 스모에서 이기지 않으면 안 돼. 너의 전승 때문에 놀았다고 생각하면, 나도 긍지를 가질 수 있을 거야."

"좋아, 알았어. 꼭, 할게. 이렇게 되면 무슨 일이 있더라고 전승해야지."

하지만 결과는 정반대였다. 엣짱은 그런 기질이었다. 격려한다거나, 분발하거나 하면, 초장부터 걸려 넘어지고 만다. 줄줄이, 그야말로 이야기도 할 수 없을 만큼 형편없이 늪으로 빠져 들어간다. 첫 날 져서, 괜찮아, 나머지를 다 이겨 준다면, 이튿째도 져서, 괜찮아, 나머지를 이겨 주면, 해서 대회의 마지막

날까지, 그런데 마지막 날 나도 결국 폭소를 터뜨리면서, 괜찮아, 편하게 오늘만 이겨, 꼭 약속을 지킬 테니까, 했지만 소용 없었다. 결국 깨끗하게 패배했다.

엣짱은 도회지 사람다운 결벽성이 있으므로, 첫 날 그르쳤을 때, 이젠 글렀군, 약속대로 전승해서 떳떳이 나를 안고 싶었을 게 틀림없다. 봐 주기 같은 것으로는 자기 스스로도 납득할 수 없는 기분을 지워 버릴 수 없는 기질이었다.

나는 하지만 엣짱이 약속대로 전승을 했더라도 의무적인 반응밖에는 할 수 없었을 것으로 생각한다. 그러나 멋지게 전패였으므로, 가엾고 애처로웠다.

나는 엣짱을 격려하며 함께 밖으로 나갔다. 아직 중간 휴식 전이어서, 구스미는 아무것도 알지 못한 채 좌석에 앉아서 산야쿠三役*의 멋진 대진을 기다리고 있었는데, 나는 갑자기 마음이 결정되자 구스미의 일 같은 것은 전혀 마음에 두지 않고, 오직 패배의 애처로움, 인간 모멸에 가슴이 쓰려와서 멋진 대진 구경 같은 거나 하려는 구스미가 약간 밉살스럽게 느껴졌다.

"나, 여관이나, 여인숙 같은 데 싫어. 하코네箱根라든지, 아타미熱海라든지 이토伊東 같은 어여한 온천여관에 데려가 줘. 티켓은 금방 살 수 있는 루트를 알고 있거든."

---

* 스모에서 최상의 지위인 오제키, 세키와케, 고무스비를 가리킨다. 요코즈나는 특별한 지위이므로 여기에 들지 않고 오제키도 특별한 지위이므로 산야쿠라고 해도 세키와케와 고무스비를 가리키는 경우가 많다. 지위가 높은 역사들은 주로 경기 후반에 대진이 몰려 있다.

"하지만 내일부터 사나흘 임시 시합이 있어. 의리상 참가하지 않을 수 없어."

"그럼, 넌, 내일 아침 기차로 도쿄로 돌아와."

나는 대체로 예약된 일에 대해서는 의무적인 일밖에는 하지 못하고, 내 쪽에서 적극적이 되지 못하는 성품이었지만, 뜻밖으로 창문이 열린 듯한 기분으로 갑자기 끌려 들어가면, 흐리멍텅한 평소하고는 달리 남까지 끌어들여 윽박지르듯이 휘둘러 대는 듯한 짓을 하기 시작한다. 나 자신도 나에 대해 깜짝 놀란다. 여자라는 것은 참으로 이랬다 저랬다하는 것이로구나, 하고 나는 그럴 때 생각한다.

온천에서 의기소침한 엣짱에게 술을 권하고, 그리고 우리가 잠자리로 갔을 때,

"엣짱, 지금까지 말한다는 걸 잊고 있었어."

"뭘?"

"미안해."

"뭔데?"

"미안하다고 말하는 걸 잊고 있었어. 미안해, 엣짱."

"어째서."

"왜냐하면 엄청 인간 모멸이거든."

"인간 모멸이라니, 무슨 소리야."

"전승해 달라는 소리 같은 거, 인간 모멸 아니겠어? 나, 엣짱한테 맞아도 싸다고 생각했어."

엣짱은 영문을 알지 못하겠다는 표정이었지만, 나는 나의 일만은 골몰하는 성품이므로,

"엣짱은 패배가 힘들지? 그렇겠지. 나는 오히려 무척 기뻐. 용서해 줘, 내가 나빴어. 그러니, 엣짱."

나는 양팔을 내밀었다. 구스미 말고는 아무에게도 보여준 일이 없는 천연 자연의 미태가 자연스럽게 나의 전부에 깃들고, 나는 어느덧 나의 살뜰한 마음의 정령에 지나지 않았다.

이튿날, 엣짱은 밝은 얼굴로 돌아와 있었다. 그것은 시합에서의 패배보다도 나와의 하룻밤 쪽이 플러스라는 생각이 그를 설득시켰기 때문이었는데, 그가 그런 심경이 된 것이 나의 기분을 경쾌하게 했다.

"인간 모멸이라고 했지. 내가 딴 사람을 바닥에 메다꽂는 일이 인간 모멸이라는 거야? 하지만 그렇게 되면, 일 년 내내 져야만 마음에 든다는 말이잖아."

"그게 아니야."

"그럼 뭔데."

"됐어, 이젠. 나 혼자만의 생각이니까."

"말해 주지 않으면 신경이 쓰이잖아. 장난이라도 인간 모멸이라니까 말이야."

"말해 봐야 웃을걸."

"말하자면 여자의 센티멘탈이라는 건가."

"응, 뭐, 그런 거야. 아름다운 바다네. 여기가 우리 집이었으면. 난 아침부터 그런 생각을 하고 있었거든."

"정말 그렇군. 씨름판, 관중, 순회 시합의 기차, 여관, 나 같은 사람이 보는 것은 인간하고 먼지뿐, 어딜 가나 붙어 다니니까. 저기, 사치코, 스모 선수가 시합이 무서워지면, 태어난 고향인

스미다가와에 돌아가는 건 두렵고 우울하고, 나랑 너랑, 이런 데서 느긋하게 지낼 수만 있다면, 정말이지, 못 견디겠네."

"임시 대회에 가지 않아도 괜찮아?"

"싹 집어치울래. 혼이 나도 상관없어. 의리란 게 다 뭐야, 때로는 인간이 되고 싶어. 이것 봐, 이 촌마게,* 이건 말이야, 인간이 아니라는 표시야. 닭에게는 닭의 형태가 있듯, 스모 선수의 형태라고. 옛날에는 이게 자랑거리였고, 좋아했던 거지만."

우리는 쌀을 가져오지 않았다. 엣짱이 여관 사람에게 부탁을 해서 한 끼는 해결했지만, 정말로 가진 것이 없어서 난처하니 어떻게 나에게 해결해 보라고 한다. 내가 지갑을 건네주었더니, 영차 하고 엣짱은 일어섰다.

"정말 살 수 있어? 믿을 데가 있는 거야?"

"문제없어, 문제없어."

"그럼, 나도 데려가 줘."

"그렇게 할 수 없는 까닭이 있어. 휙 뛰어갔다 올 테니까, 조금만 참아."

이윽고 엣짱은 두 말의 쌀과 닭 네 마리, 계란을 잔뜩 구해서 돌아와, 여관 부엌으로 들어가 창코나베랑 볶음밥 등을 만들어 여종업원들에게도 푸짐하게 대접했다.

"알겠어, 사치코? 너를 데려갈 수 없는 이유를. 바로 이거야, 촌마게. 이럴 때는 쓸모가 있지. 스모 선수가 배를 곯으면 불쌍

---

* 에도 시대 남자가 틀어올린 머리 형태로 지금은 스모 선수의 헤어스타일로 정형화됨.

하다며 농부들은 쌀을 내주지, 경찰에서는 못 본 체해 주지, 그런데 너 같은 미인을 데리고 유람 기분이라면 동정해 주지 않겠지. 앗핫하."

"그렇다면, 촌마게 덕분이네."

"그렇다니까. 묘한 일이지."

저녁 안개에 녹아드는 듯한 바다, 곳 주변에 점점이 등불이 보인다. 조용한 해질녁이었다. 나는 별반 풍경을 이해하는 기질은 아니었지만 공연히 시인이라도 된 듯 숙연해지면서, 야무지지 못하게 장기 체류를 계속하게 되고 말았다.

* * *

우리 집에는 할머니와 하녀 말고도 노부코라는 나보다 두 살 아래 아가씨가 동거하고 있었다. 전쟁 중에는 같은 회사의 사무원이었는데 전쟁으로 일거에 육친을 잃고 말았다. 구스미의 비서인 다시로 씨라고 하는 사람이 구스미에게 자본을 빌려 부업으로 어떤 마켓에 조그만 선술집을 차려 보자고 해, 노부코 씨가 원래 음식점집의 딸인지라 이런 장사에는 안성맞춤이므로 표면상으로는 노부코 씨에게 마담을 맡으라고 부탁을 했는데, 아직 20세, 마담이 되었을 때가 19세였으니까 거짓말 같은 이야기지만, 실제로 빈틈없이 당당하게 기대 이상으로 영업을 하고 있는 것이다.

생각지도 않은 장기 체류로 돈이 모자라게 되었으므로 노부코에게 부탁해서 몰래 돈을 보내 달라고 했더니, 노부코는 다시로 씨와 함께 온천까지 와서 돈을 가져다주었다.

다시로 씨는 노부코를 좋아해서, 선술집 마담은 알고 보면 구실일 뿐이고 보기 좋게 2호로 생각하고 시작한 일이었는데, 노부코도 다시로 씨를 좋아해 겉으로는 누구의 눈에나 영감과 2호처럼 보이기는 하지만 아직 육체를 허락한 일은 없다.

구스미의 비서인 다시로 씨가 오는 바람에 엣짱이 긴장을 하자,

"아니, 그대로 편히 계세요. 나는 천하의 암상인이거든요. 나 자신이 원래 바람피우는 것 말고는 아무것도 하지 않는 인간 이니까."

실제로 나는 다시로 씨가 와 주어서 마음이 든든했다. 왜냐 하면 그는 스스로 말한 대로 바탕이 암상인으로, 구스미의 비 서라고는 하지만 실무상의 비서는 따로 있었다. 그는 주로 이 면裏面의 비서, 구스미의 여자 문제 처리라든지, 요즈음에는 물 자의 암거래 쪽, 그 방면에 대해서만 수완이 있다. 그를 적으로 돌리지 않는 일이 나에게는 필요했다.

"옳다구나 하고 기회를 잡으셨군요. 노부코 씨와 온천 여행 을 할 수 있게 되었으니까요. 나한테 전적으로 감사하셔야 돼 요."

"정말 그 말대로입니다. 요즈음 음식점이 휴업 명령을 받아 서, 노부짱은 매음이라도 하지 않고는 먹고 살 수 없을 궁지에 처해 내 고마움을 깨달은 거지요. 서비스가 좀 달라졌어요. 그 러던 차에 이쪽 이야기를 들었으니, 이게 웬 떡이냐 하고, 여기 에 와서 노부짱을 잘 구슬려 보아야겠다고 생각한 거지요. 오

늘쯤은 성사가 되지 않을까 싶네요. 노부짱, 어때, 이 정경을 보았으니 이제 심경의 변화를 보여주지 않는다면 나도 못 견디겠어."

"정말이지, 사치코 씨 미안해요. 저 혼자서 돈을 가져올 생각이었는데, 전 제 마음대로 다시로 씨하고 의논을 한 거예요. 정말 걱정되었거든요. 이대로 놓아두었다가는, 두고두고……"

나도 노부코 씨가 이렇게 해 줄 것을 예상하고 있었던 것이다.

노부코 씨는 겉으로는 착실하고 빈틈이 없고, 회사에 있을 무렵에도 사무를 척척 해냈고, 선술집을 하고부터는 할머니를 조수로 붙여 주었건만, 자전거로 물건 구입을 하고, 점포의 청소 등, 남의 손을 빌리지 않고 만사를 직접 하는 데다, 이웃집과 근처의 사람들 것까지 사다 주기도 하고, 이웃 가게 사람이 병이 들어 장사를 할 수 없게 되어, 누워 있다가 살림이 궁해진다거나 하면, 노부코 씨는 자신의 가게를 닫고 이웃 가게에서 일을 해 주는 식으로, 여자로서는 보기 드문 심성의 아가씨였다.

그래서 활동적이고 겉으로는 아주 야무진 일꾼으로 보이지만, 실제로는 실속이 없다. 복권 같은 것은 거들떠보지도 않고, 공상에 빠지지 않는 착실함 그 자체이면서도, 남의 일은 득실 따위는 따지지 않고 전력을 기울여 한 푼씩 착실히 벌어 놓은 것을 금세 날리고 만다.

다시로 씨는 노부코 씨의 미모와 활동성과 착실주의에 눈독을 들여, 대대적으로 돈을 벌 작정이었는데, 도무지 벌이도 시원치 않고, 게다가 노부코 씨는 매상의 1할은 손을 대지 않고 놓아 두었다가, 자기에게 수입이 없더라도 이 1할만큼은 다시로 씨의 부인에게 보내 준다. 만사 용의주도해서 다시로 씨도 어이가 없었지만, 이 사람이 또한, 돈 돈 돈, 돈을 무지하게 밝히고, 돈을 위해서라면 무슨 짓이든 다 할 주제이면서, 그러나 노리던 돈줄의 영업 성적이 좋지 않은 것을 보고 포기하고 노부짱의 순수한 마음 쪽을 위안으로 삼았다.

"하지만 노부짱, 몸 같은 거, 처녀를 지킨다는 건 재미없는 일이야, 그런 건. 내 마누라한테 미안해서라니, 그렇죠 마님(그는 나를 이렇게 불렀다), 인간은 본성이 바람기를 타고난 것 아닙니까, 어쩌다 남자를 생각했다, 그리스도 왈, 이는 이미 간음입니다. 마음과 몸은 똑같은 거야. 몸만은 어쩌구, 그런 가짜는 안 돼. 그래서 마님을 본받으라는 거야. 마님은 바람기, 몸, 그런 건 전혀 문제로 삼지도 않거든. 그러니까 또, 우리 영감님하고 부인하고는 바람기가 미치지 않는 다른 차원의 인연을 가질 수 있는 거고. 그런 점을 보란 말이야. 몸에 구애되어서는, 그래서 노부짱은 대학생 조무래기 따위한테 숭배받기도 하고, 그런 시시껄렁한 일을 깨닫지 못해서 안타깝다구. 어째서 이렇게 세상 이치를 모를까, 그렇지요. 마님?"

다시로 씨가 노부코 씨를 나와 함께 살게 한 것도, 어떡해서든 나의 바람기 정신을 노부코 씨에게 전수시키고 싶다는 염원에서이므로, 특별히 내 눈앞에서 열심히 구애를 하지만 나는 웃으며 구경만 할 뿐 도와준 적이 없다.

"마님, 노부짱의 마음을 바꿀 수 있도록 좀 도와주십시오."

"소용없어요. 구애만은 독립독보獨立獨步로 하지 않으면 안 돼요."

"우정이 없으시네, 마님은. 모든 신사숙녀에게는 의무라는 게 있어요. 그게 뭐냐 하면, 친구의 사랑을 맺어 주는 거예요. 내가 여자를 데리고 가서 친구를 만난다. 그러면, 나는 친구보다도 내 쪽이 잘난 체하고 또 으스대지요. 이건 바람기의 특권이지요. 그래서 또 친구가 여자를 데리고 내 앞에 나타났을 때는, 나는 그 친구의 아랫사람이고, 또 둔재인 것처럼 그를 추켜세우는 거지요. 이걸 신사의 교양이라 칭하고 의무라고 칭하는 것이구요. 남녀 또한 친구일 때는 예외 없이 이 교양, 의무의 마음가짐이 없어 가지고는, 이는 실로 숙녀신사의 외도가 아니겠어요. 마님으로 말할 것 같으면, 천성이 바로 숙녀 중의 대숙녀니까, 제가 말을 하지 않더라도 어떻게 좀 해 줄 것이라고 생각하는데 말이죠."

노부코 씨에게는 대학생들이 구애도 하고 편지 쪽지도 보내고 하고 있고, 마켓의 그럴 듯한 오빠들이 두셋 구애도 하고 편지도 쓰고, 무슨무슨 그룹의 댄스파티라면서 춤도 출 줄 모르는 노부코 씨를 억지로 데리고 가는 바람에 다시로 씨는 어쩔 줄을 몰라 하며, 놈들에게 당하면 어쩌나, 그치들은 능히 그럴 놈들이거든, 하면서 돌아올 때까지 안절부절못한다. 까짓 몸 따위라느니, 까짓 처녀 따위라는 말을 하고 있으면서도 의외로 그렇지도 않아서 내가 놀려주고는 한다. 그건, 그러니까, 일부러 쓸데없이 상처를 생기게 할 필요는 없으니까, 누구라도 말이지, 좋아하는 사람이 도둑이나 강도 식으로 강간을 당한다면, 이건 개운치가 않거든. 그처럼 열을 올리며 구애를 하지만 노부코 씨는 승낙의 대답을 하지 않는다. 그렇지만 다시로 씨가 좋은 것이다.

나하고는 전혀 비슷하지도 않은 노부코 씨는 나의 물렁한 성질, 어벙벙한 꼴을 불쌍히 여겨, 나보다도 나이 많은 언니처럼 걱정을 해 주었다. 그러나 실제로는 겉으로는 꿋꿋한 노부코 씨가 정작 자신의 행로에는 자신감이 없어서 영업에 관한 것, 사랑에 관한 것, 일상의 여러 일에 머뭇거리고, 살얼음을 밟듯 불안 속에 살고 있다는 점을 나는 알고 있으며, 나는 말수가 적기 때문에 상냥한 말로 위로해 주거나 하지는 못하지만 웃어른이 없는 노부코 씨는 나를 유일한 의지로 삼고 있었다.

"마님, 그런데 말입니다, 만만치 않아요. 바람기란 놈은 말입니다. 역시, 아무도 모르게 하지 않으면 안 되는 거예요. 하지만 여기서 성질을 내면 더 안 되지요. 그게 제일 나쁜 거니까, 아무렇지도 않은 얼굴로 돌아갈 것. 그리고, 뭐랄까, 세키토리關取하고 여관에서 묵었다, 거기까지는 알고 있으니까 할 수 없다고 치고, 함께 자기는 했지만, 관계는 없었다, 알겠어요? 이렇게 우기는 것이 무엇보다도 중요합니다. 우기고, 버티고 버티는 겁니다. 의심을 하면서도, 역시 그렇지도 않은 모양인가, 하고 인간이란 건 꼭 그렇게 생각하는 동물이니까. 철두철미, 관계는 없었다, 그렇게 끝까지 버티면, 결국 본인까지도 그렇게 생각하게 되는 법이거든요, 아시겠어요?"

하지만 다시로 씨는 나의 문제보다는 자신 쪽이 문제인 것이다. 노부코 씨는 다시로 씨하고 같은 방에서 자는 것이 싫다

고 말했지만, 다시로 씨는 과연 약간은 안색이 변하면서, 노부
짱 그건 안 되지. 그렇게까지 나에게 창피를 주면 안 되는 거
야. 여관에서 말이야, 남녀 두 사람이 와서 다른 방에서 자다
니, 그건 정말이지 모양이 안 좋아, 그런 창피한 꼴이 어디 있
냐구. 같은 방에서 잔다고 해도, 그야 나는 구애를 하겠지, 구
애를 하지만 폭력을 휘두르지는 않을 테고, 그 정도의 신용을
가져 주지 않으면, 그렇게까지 나에게 창피를 준다면, 정말이
지, 노부짱, 그래서는 나를 인격 제로 같은 사람 취급하는 거
야."

　남자들이 온천탕에 들어가 있을 때 노부코 씨는 나에게,

　"어떻게 하면 좋을까요. 다시로 씨를 화나게 만들었지만 난
괴로워요. 잠자리 안에서 구애를 받다니, 우선 나는 남자에게
자는 얼굴을 보인 적도 없거든요. 자꾸 잠자리에서 말을 걸면,
그런 건, 난 다시로 씨한테 비참한 생각을 하게 한다거나, 비참
한 다시로 씨를 보고 싶지가 않아서, 허락해 버릴지도 몰라요.
그런 식으로 허락을 했다가는 두고두고 후회스러워져서 비참
해지지 않겠어요. 그렇죠. 그렇다고 아예 내 쪽에서 허락해 버
리면. 왠지, 자포자기 같아요. 사치코 씨, 어떡하면 좋을까요.
가르쳐 주세요."

　"나는 모르겠네요. 별로 도움이 되어 주지 못해서, 노부코
씨, 화내지 말아요. 나는 내 일에 대해서도 거의 아무것도 몰라
요. 언제나 되어 가는 대로 맡겨 둘 뿐. 하지만 정말이지, 노부
코 씨의 경우에는 어떻게 하면 좋을까요."

　"자포자기는 안 되겠지요?"

"그건, 그래요."

그날, 저녁 식탁에서 나는 다시로 씨에게 말했다.

"다시로 씨 정도의 인간통人間通도 노부코 씨의 기분을 모르시는군요. 노부코 씨는 살붙이가 없기 때문에, 처녀가 살붙이 같은 거예요. 그 살붙이까지 없어지고 나면, 그때부터는 어둠의 여자라도 될 수밖에는 별 도리가 없을 것 같은 어두운 생각이 있는 거예요. 나처럼 바람기 있는 멍청한 여자도 그런 기분은 조금은 가지고 있을 정도인걸요. 여자는 남자만큼 생활 능력이 없기 때문에 여자에게는 정조가 살붙이 같은 거예요. 왠지, 어두운 거지요. 그러니까, 노부코 씨의 오직 하나의 살붙이를 받고 싶은 거라면, 살붙이가 없어도 살아갈 수 있도록 생활의 기초가 필요하겠지요. 앞날의 불안이 없는 생활의 보증을 해 주지 않으면. 말로 하는 약속은 소용없어요. 확실하게 현물로 표시해 주지 않으면."

"그건 무리란 겁니다 마님. 그야 당신은, 당신의 남자는 천하의 부자니까요. 하지만 마님, 천하에 무수하게 있는 남자란 남자들은 전혀 부자가 아니니까요. 처녀라는 것을 게이샤의 미즈아게水揚げ* 흥정처럼, 그건, 마님, 오히려 처녀에 대한 모욕이죠. 물론, 나는 노부짱을 소중하게 대해줄 겁니다. 지금, 실제로, 내가 노부짱을 대하고 있는 것처럼, 말입니다. 그거 이외에, 마님, 미즈아게료는 너무하네요."

---

* 화류계 용어로 에도 시대부터 매춘방지법이 시행되기 이전에 게이샤나 유녀가 처음으로 손님을 맞는 것을 가리킨다.

"미즈아게료가 되는 걸까요. 그렇다면, 나도 거저였어요."

"그것 보세요. 그건 말이죠, 마님, 처녀는 원래 거저란 말입니다."

"내 어머니가, 나의 처녀를 팔 생각을 하는 바람에 나는 반항을 했거든요. 하지만 이제 와서 생각해 보니, 만약에 여자에게 의지할 곳이 없으면 처녀가 자본일지도 몰라요. 왜냐하면 게이샤는 미즈아게를 하고 게이샤가 되는 게 아니겠어요. 내 경우에는 처녀라는 의지처를 잃고 말면 어둠의 여자가 될 것 같은 불안과 나약함과 음울함에 대해 하는 말이에요. 그러니까 처녀를 지키는 것은 생활의 지반을 지키는 거예요."

"일찍이 보지 못한 예봉이네요. 마님이 처녀에 대해 변호를 하시다니, 여자는 공동 전선을 펼치게 되면 태연스럽게 자신을 배반하고 마니 당할 수가 없네. 공동의 목적을 위해서란 것은 스트라이크의 원칙이지만, 자기를 허망하게 하고, 자기를 배반하는 것은, 그런 건 스트라이크가 아니잖아요. 그건, 마님. 처녀가 살붙이 같은 것이란 말, 노부짱의 불안은 이해하지요. 하지만 그따위 불안이란 건 센티멘털리즘이라는 것이고, 뿌리는 유해무익한 요괴 비슷한 감정이란 말입니다. 처녀 하나에 여자의 순결을 내걸기 때문에, 처녀를 잃고 나면 모든 순결을 잃고 만다, 그래서 어둠의 여자가 된다는 거지요. 하지만 마님, 순결이란 그따위 쩨쩨한 것이 아니죠. 영혼에 속하는 것이라구요. 내가 생각하기로는, 일본의 마누라라는 것은 처녀의 순결이라는 잘못된 사상에 의해 태어난 요괴적 성격 아니겠어요. 이젠 순결이 없으니까, 이건 바로 요괴이고 악귀입니다. 금전의 노예이고 아기 키우는 벌레예요. 몸뚱이 따위야 어찌되었건 남편을 다섯 명, 열 명 바꾸어 대더라도 순결이라는 것을 영혼에 가지고 있지 않으면 안 됩니다. 거기에 비해 볼 때, 사치코 부인 같은 이는 천성이 몸 따위는 문제로 삼지 않는 분이니까, 그리고 당신은 애정이 감사이고 물질로 환산될 수 있는 것이라니까, 스스로 애정에 의한 직업부인이라는 것이니까. 이건, 장하도다, 가슴 후련한 숙녀 아닙니까. 그런 분이, 하필이면, 이건 안 됩니다, 동정 스트라이크, 그건 안 돼요. 마님은 마님이어야 하는 겁니다. 세키토리, 안 그렇소. 사치코 부인께서 장난이라도 바람기의 대정신을 망각하고, 처녀의 미덕을 찬양하다니, 이 본인은, 보십시오, 이런 데에 일부러 뒷설거지를 하러 오지 않을 거거든요. 저는 사치코 부인을 전면적으로 존경찬미하고, 그 성향과 행동을 전면적으로 인정하기 때문에 견마지로大馬之勞를 아끼지 않는 겁니다. 이러한 열성이 넘쳐나는 충량한 신민을 탄식하게 만들면 안 되지요."

다시로 씨의 집념이 너무 강해서 편한 기분으로 있을 수 없다. 나라면 노부코 씨와는 또 다른 의미에서 허락할 기분이 들지 않겠지만, 노부코 씨는 다시로 씨를 사랑하기도 하고 존경도 하고 있으므로, 처녀에 대해, 저렇게까지 고집스럽게 지키는 마음을 나는 알 수가 없다. 나는 실제로, 이런 일은, 그저 귀찮기만 한 것이다.

그날 밤, 다시로 씨와 노부코 씨가 별실로 간 뒤에,

"저, 사치코, 노부코 씨 불쌍하지 않아?"

"어째서?"

"왜냐하면 입을 꾹 다물고, 풀이 죽어서, 골똘히 생각하고 있던데. 싫은 모양이야."

"어쩔 수 없어. 저 정도는. 여러 가지 일이 있는 법이지, 여자가 혼자 있다 보면."

"흐음, 여러 가지 일이라니, 어떤 건데."

"별의별 사람들이 별의별 방식으로 구애를 하거든."

"그런 건가, 나 같은 경우는, 좀처럼 구애하지도 않고, 설득 당하는 일도 없는데 말이야. 하지만 저렇게 입 꾹 다물고 생각을 하고 있으니."

"너도 나를 엄청 괴롭히지 않았어?"

"그렇군, 그런가. 그리고 결국 이렇게 된단 말이지."

"벌 받는다는 게 뭐야?"

"뭐야, 벌을 받는다니?"

"언젠가 그렇게 말했잖아. 첩이 바람을 피웠다간 좋은 일이 일어난 경우가 없다고. 벌을 받는다고. 벌을 받는다는 게 어떤 거?"

"그런 말을 했나. 기억이 없네. 하지만 너는, 너는 별도야."

"왜? 나도 첩에다 바람을 피웠잖아."

"너는 바람피운 게 아니야. 마음씨가 너무 착한 거지."

"웬만한 첩이 다 그런 거 아닐까?"

"그만해 줘. 난 하지만, 너를 괴롭혀서는 안 되니까, 딱 단념할게. 이제부터는 오직 스모 외길로만 악착같이 할 거야. 하지만 네 생각을 떠올리지 않고 그렇게 할 수가 있을까나."

"나는 떠올리지 않아."

"내가 벌써 그렇게 아무것도 아닌 거야?"

"떠올려 봤자 소용이 없잖아? 나는 생각해 내기가 싫어."

"너라는 사람을 나는 알 수가 없어."

"너는 왜 단념했는데?"

"하지만 말이야, 나는 가난하고 별볼일없는 핫바리 씨름꾼이니까. 너는 놀기 좋아하는 돈이 많이 드는 여자니까."

"단념할 수 있겠어?"

"어쩔 수가 없지."

"단념할 수 있다면, 별 대단한 일도 아닐 테지. 물론, 나도 그래. 그래서 나는 잊을 거야."

"그런 건가."

"시시하네."

"뭐가?"

"이런 일이."

"정말 그래. 싱겁네. 나는 이젠 사는 것도 귀찮거든."

"그런 뜻이 아니야. 나는 사는 것은 좋아. 재미있을 것 같잖아. 또, 무엇인가, 생각지도 않은 일이 시작될 것 같으니까. 나는 그저 이런 일이 싫은 거야."

"이런 일이라니?"

"이런 일 말이야."

"그러니까 말이야."

"스산하지 않아. 없는 편이 청결하지 않아? 숨 막히지 않아? 어째서, 있는 거야. 없으면 안 되나. 없으면, 안 되는 거냐구?"

엣짱은 대답하지 않았지만, 쓱 일어나 닫힌 덧문을 열고 게

다를 걸치고 밖으로 나갔다. 그믐인지 달밤인지, 나는 바깥쪽 따위는 보지도 생각하지도 않았지만, 엣짱은 조금 있다 돌아와서, 나의 가슴 위에 커다란 양쪽 손을 꾹 짚었다. 힘을 넣은 것은 아니지만, 나는 욱 하고 눈을 껌벅거린 채 허탈 상태다. 엣짱은 내 어깨를 꾹 잡더니,

"이봐, 죽자. 죽어 줘."

"싫어."

"이젠 안 돼. 그렇게 말할 수 없게 할 테니까."

나는 별안간 번쩍 들어올려져, 짊어져 있었다. 나는 갑자기 실신 상태로, 아무런 저항도 없이 훌쩍 어깨 위에 얹어지고 말았는데, 목덜미에 매달리자 무엇인지 영문을 알 수 없다는 생각이 떠올라,

"알겠어, 나는 비명을 지를 테니까, 사람 살려 하고 떠들 테니까, 그래도 좋겠어?"

덧문을 더 넓히기 위해 덜거덕덜거덕하고 있는 동안 나는 한손으로 중인방을 붙잡고,

"멋대로 고집을 부리는 건 비겁하잖아. 나는 죽는 건 질색이야, 그런 걸 강요할 수 있는 거야? 죽고 싶으면 어째서 혼자 죽지 않는 거야."

엣짱은 이윽고, 증기와도 같은 신음 소리를 내고, 나를 덧문 곁에 내려놓고는 게다를 걸치고 어둠 속으로 사라졌다. 나는 소리를 지르지 않았다.

나는 타고나기를 잘 때에도 전등을 끄지 못하는 성격이었다. 전쟁 중에도 꼬마전구라도 켜지 않으면 잘 수가 없었는데,

나는 전쟁 중에 가장 싫었던 것이 암흑이었다. 빛이 사라지면 아무것도 볼 수가 없어서 싫다. 밤중에 눈이 떠졌는데 전등이 꺼져 있으면, 내가 죽었나 하고 당황하는 지경이었다. 나는 말하자면 남들보다도 죽음을 무서워했던 것 같다.

5분쯤 지나, 나는 점차로 무서워졌다. 밖에서는 아무런 기척도 없었다. 노부코 씨의 방에 가 보니, 두 사람은 아직 자지 않고 있었는데, 사정 이야기를 하고서 노부코 씨의 이불에서 재워 달라고 했다.

"그럼 세키토리는 아직 돌아오지 않았다는 말씀이네요."

"네."

"자살이라도 했을까."

"글쎄."

"음, 아무러면 어때."

다시로 씨는 노부코 씨를 상대로 가져온 위스키를 마시기 시작했지만, 나는 먼저 잠들고 말았다. 마비라도 된 듯 금방 잠들었다.

* * *

여름이 와서, 우리는 해변의 한길 옆 높직한 곳의 여관에서 지냈다. 세낸 별채는 욕조도 달려 있는 5간짜리 독립된 한 동이었다. 구스미와 다시로 씨는 거의 이곳에서 도쿄에 다니고, 나와 노부코 씨는 낮에는 해수욕을 즐겼다.

나는 매일 7시 반경이면 눈이 떠진다. 식사를 하고, 구스미를 배웅하는 것이 9시경, 그리고 뒹굴뒹굴하면서 잡지를 서너 쪽 읽는 동안 졸려져서, 꾸벅거리다가 11시나 11시 반쯤이면 눈이 떠진다. 점심 식욕은 거의 없다. 때때로 엄청 아이스크림이 먹고 싶다, 사이다가 마시고 싶다, 차가운 커피가 마시고 싶다. 선잠을 자면서 꿈속에 그것을 보기도 한다. 점심 먹고 바다에 나가 4시쯤 돌아오면 샤워를 하며, 하는 김에 빨래를 하기도 하고, 다시 뒹굴며 잡지를 읽기 시작한다 싶으면 또 꾸벅거리며 졸고 만다. 구스미가 돌아오면 그 기척에 눈이 떠진다. 저녁이 되어 있다. 바다에 황혼이 깃들고 저물어 가려 한다. 나는 바다를 잠시 바라본다. 구스미가 등불을 켜면, 잠시만 불 켜지 마세요, 라고 말한다. 조금 지나서, 이젠 켜도 돼요, 라고 한다. 나는 얼굴을 씻고, 몸을 닦고, 화장을 고치고, 옷을 갈아입고서 식탁에 마주앉는다. 밝은 등불과, 상에 그득한 음식이 나의 마음을 안심시키고, 고향에라도 돌아온 듯한 안도감을 준다. 나는 술잔을 들어 구스미에게 내밀고, 다시로 씨에게 내민다. 나는 내가 먹기보다는, 남들이 먹고, 그리고 내가 말하기보다는, 남들의 오가는 말들을 듣는 것이 즐겁다.

나는 요즈음 때때로 쓸데없는 소리를 지껄이는 일이 못마땅해지는 일이 있다. 무엇인가를 받게 되면 감사합니다, 같은 소리를 한다. 여느 때 같았으면 방긋 웃기만 했을 뿐이다. 계절 따라 특별한 물건을 받으면, 요새는 보기 드문 것이네요 하고 자연스럽게 지껄이기도 하고, 그것만이었다면 나로서도 이야기하는 일이 싫을 것은 없지만, 바라지도 않는 것을 받게 되면, 감사합니다, 라고 말하기는 하지만 그리고 방긋 웃기는 하지만 매우 냉담한 목소리가 되는 것이다. 나의 어머니는 좋아하는 것을 받으면 크게 기뻐하지만 무관심한 것일 경우에는 딴청을 부리고는 했다. 어린 마음에도 그것이 품위 없게 보였고, 어머니의 무지와 무교양 같은 것을 저주했다. 이전의 나 같았으면, 방긋 웃기만 해서 괜찮았지만, 요즘 들어서는 감사합니다 하고 쓸데없는 말을 자연스럽게 하게 되었으므로, 감사합니다라고 했다가, 고맙습니다라고 하는 등 말투와 목소리에도 자연스러운 구별이 있는지라, 하지 않았더라면 더 좋았을 것 같은 냉담한 목소리를 내는 바람에, 문득 어머니의 물욕, 그 징그러움 등을 떠올리고 오싹하는 것이다.

나는 내가 좋아하는 것을 생각하고 쇼핑을 하기보다는, 좋아하는 사람이 나에게 맞추어서 사다 주는 것을 더 좋아했다. 함께 쇼핑을 하러 가서, 이것으로 할까, 저것으로 할까, 일일이 나에게 묻는 것은 질색이다. 자신이 이거야 하고 정해서 들이밀어 주는 편이 좋다. 옷이나 장신구나 소지품은 나의 세계이므로, 스스로 선택하다 보면 나의 한계선을 넘어설 수가 없지만, 남이 결정해 주면, 새로운 발견, 창조가 있어서, 나는 신선한, 내가 생각지도 못한 나의 취미를 발견하고, 새로운 자신의 세계가 또 하나 태어난 것처럼 기뻐진다.

구스미는 그러한 나의 기질을 알고 있었다. 그가 선택하는 물건들은 매우 훌륭한데, 그 선택의 의논 상대는 다시로 씨였다. 나는 내 양복까지도, 내가 무늬와 타입을 선택하기보다도, 구스미가 골라주는 편이 더 좋았다. 양장점에는 몸의 치수가 준비되어 있으므로, 어쩌다 생각지도 않은 옷이 배달되어 황홀해지고 만다. 다시로 씨나 노부코 씨가 있는 앞에서도, 나는 탄성을 질러 가며 자연스럽게 구스미에게 달려들고 만다.

나는 아침에 눈을 떠서 구스미를 배웅할 때까지의 의상과, 낮의 의상과, 밤의 의상과, 외출을 하지 않더라도, 늘 의상을 바꾸지 않으면 살아 있다는 기분이 나지 않았다. 꾸벅꾸벅 낮잠을 잘 때에도 마음에 드는 의상을 입지 않으면 안심을 할 수 없었다. 아름다운 구두를 선물 받으면, 그것을 신고 싶어서, 비가 오는 날에도 참을 수가 없어 한 바퀴 돌지 않고서는 견딜 수가 없다. 그러니 의류는 말할 것도 없고, 모자가 되었든 핸드백 하나가 되었든, 그때마다 일일이 나는 의미도 없이 거리를 쏘다니고 오는 것이다. 영화나 연극 구경보다도 나한테 가장 즐거운 외출은 바로 그 산책인데, 나는 만족스러운 의상을 입을 때 무엇보다도 살아 있다는 보람을 느낄 수가 있었다.

나는 그런 삶의 보람을 주는 구스미에게 어떻게 감사를 표현해야 할지, 그 일로 언제나 마음을 쓰고 있었다. 나의 바람기는 말하자면 내 의상의 즐거움과 같은 성질의 것이어서, 내가 바람을 피우면서 마음을 쓰게 되는 것은 모자나 의상이나 구두와는 달리 상대방에게 의지와 집념이 있다는 점일 뿐, 바람을 피운다는 것에 대해서 떳떳하지 못하다는 생각을 한 일은 없다. 하지만 이 해변에서, 대학생이나 건달 같은 사람이나, 암거래 세계의 신사분 같은 이에게 차를 마시자고 권유받기도 하고 산책이나 댄스 권유 같은 것을 받기도 했지만, 나는 언제나 고개를 가로저었다. 그럴 때면, 나는 그런 짓을 하면 구스미에게 미안하지 하고 생각했다. 그리고 바람을 피우지 않는 것이 구스미에 대한 감사의 한 표현이라고 생각했다. 하지만 그런 생각은 어쩐지 살림 냄새가 물씬 풍기는 것 같아서 싫었다. 나는 어머니에게 의리니 인정이니 하는 소리를 들을 때마다 불쾌와 반항을 느꼈고 어머니의 무지를 증오했지만, 나도 어느 사이에 세속화해서 자연히 의리니 인정이니 하고 인형처럼 움직이게 되어 있는 게 불쾌했고, 나는 또, 어머니의 모습을 발견하면서 때때로 괴로웠다.

하지만 나는 바람피우기란 따분하기 짝이 없다는 것을 알고 있었다. 그러나 따분하다는 것이 상당히 매력이 있는 것이고, 인생이란 그저 이런 것이지 정도로 생각하고 있었다. 구스미는 말랐으면서도 어깨 폭이 넓고, 그 골격이 튼실하고, 늑골이 하나하나 뚜렷하게 단을 이루고 있고, 허리뼈가 튀어나오고, 엉덩이살이 주먹 쥔 손처럼 작고, 무릎의 뼈만 튀어나온 채, 사타구니 살이 베어내기라도 한 듯이 가늘게 붙어 있고, 정강이는 거의 두툼한 맛이 없이 버석버석한 막대기가 되어 있었다. 그 6척의 기다란 골격을 위에서 아래로, 아래에서 위로, 그런 것을 멍하니 바라보고 있으면서도, 나는 하루 종일, 싫증내지 않고 지낼 수가 있다. 때로는 그것이 인체이고 갈비뼈의 단들이라는 것을 잊고, 악기와 놀듯이 손가락 끝으로 뼈와 오목한 곳을 찌르기도 하고 쓰다듬으며 놀고 있다. 나는 또, 뒹굴면서 조그만 거울에 내 얼굴을 비추고 바라보며, 이와 혀와 목구멍과, 어깨와 유방 등을 바라보면서 하루를 지낼 수도 있다. 나는 따분하다는 것이, 말하자면 하나의 그리운 풍경으로 보인다. 하코네箱根의 산, 아시노 호수蘆の湖, 오토메乙女 고개, 대체 경치

라는 것은 아름다운 것일까. 만약에 경치가 아름답다면, 나에게는 따분함이 아름다운 것이라고 생각된다. 나의 심중에는 경치를 비출 아름다운 호수, 따분함이라는 호수가 있고, 따분함이라는 산이 있고, 따분함이라는 숲이 있으며, 오토메 고개에 설 때에는 오토메 고개라는 경치로, 아시노 호수를 볼 때면 아시노 호수의 모습으로, 나는 마음속의 따분함을 경치로 바라볼 수 있을 것 같은 생각이 든다.

"나의 귀여운 할아버지, 산타클로스."

나는 구스미의 백발을 만지작거리면서 그렇게 말한다. 그러나 또,

"내 귀여운 아기, 귀여운 아이스크림, 귀여운 조그만 흰 구두."

구스미는 피곤해서 푹 잤다. 그러나 대여섯 시간 만에 눈을 뜨고, 일어나서 멍하니 내 잠든 얼굴을 바라보고, 밤이 허옇게 새면, 덧문을 열고 바다를 바라본다. 그러나 나는 어째서 이렇게 잠을 잘 수가 있는 것일까. 언제나, 얼마든지, 나는 거의 무한히 잘 수 있을 것 같은 기분이 들었다. 문득 눈을 뜬다. 구스미가 일어나서 나를 물끄러미 바라보고 있다. 나는 무의식적으로 팔을 내밀고 방긋 웃는다. 구스미는 어이없다는 듯이, 그러나 눈빛을 조금은 빛내면서, 조용하게 한 번 끄덕인다.

"무얼 생각하세요?"

그는 대답 대신에, 내 이마와 눈꺼풀의 땀을 닦아 주기도 하고, 때로는 목덜미까지 이불을 덮어 주기도 하고, 그저 잠자코 나를 바라보기도 했다.

내가 노부코 씨와 다시로 씨에게 이끌려 엣짱과 헤어져서 온천으로부터 돌아왔을 때, 나는 기차 속에서 열이 나서 도쿄에 돌아오자 며칠 동안 눕게 되었다. 병문안을 온 도미코는 너의 몸은 아주 마법적이로구나. 변명하기 어려운 지경이 되면 시간에 맞춰 열까지 나니 말이야. 39도 8분 정도의 열까지 조절할 수 있으니까 천성이 요부인 거야, 어쩌고 내 머리맡에서 막말을 했지만, 나는 변명 때문에 고민하는 따위의 마음은 영 갖고 있지 못한 데다, 당장 나는 변명보다는 아픈 것이 더 싫었다. 누가 몸을 조절해서 39도 8분의 열을 낸단 말입니까. 하지만 내가 끙끙 앓는 중에 어쩌다 눈을 뜨면, 언제나 구스미가 머리맡에서 내 얼음주머니를 갈아 주기도 하고 땀도 닦아 주어, 나는 깊은 안도, 그것은 변명하기에서 벗어난 안도가 아니라, 마음속의 고독의 귀신과 싸워서 나를 지켜줄 힘을 발견한 데 대한 안도, 내가 말없이 나의 두 팔을 내밀면, 그는 한 번 고개를 끄덕하고, 괴롭지 않아? 그의 눈에는 특별한 빛도 감정도 어느 것 하나 유별난 그림자도 없었건만, 어쩌서 나의 마음에 깊이 녹아들 듯이 스며 오는 것일까. 내가 그의 손을 붙잡고, 미안해요, 했을 때, 그의 눈에는 역시 유별난 그림자의 움직임이 보이지 않아, 나는 오직 커다란 안도, 살아 있다는 그 자체의 자각처럼 훤하게 넓은 안도에 취해 들어갈 수 있었다.

그러면서도 그는 이 해안 여관에 와서 갑자기 생각났다는 듯이,

"스미다가와가 좋아서 못 잊겠으면, 내가 결혼시켜 줄게. 상당한 돈도 붙여 줄게."

"그런 말을, 왜 하세요?"

"좋아하는 것 아냐?"

"좋아하지 않아요. 이젠, 싫어."

"이젠 싫다는 말이 이해가 안 되는군."

"정말이에요. 더는 괴롭히지 마세요. 나는 바람피우는 것 따위 조금도 즐겁지 않다구요."

"하지만 말이야, 나 같은 늙은이가. 나라면 너처럼 말할 수가 있어. 하지만 너 같은 젊은 아가씨가 그렇게 말한다는 것을 나는 믿어서는 안 된다고 생각하거든. 나는 네가 정말로 좋기 때문에, 너의 행복을 빌지 않을 수가 없어. 나 같은 사람한테 속박되어 있는 네가 불쌍해지는 거야."

"당신이 하시는 말씀을 나는 못 알아듣겠어요. 좋아하니까, 다른 사람하고 결혼하라는 건 거짓말이지요. 정말은 내가 귀찮아진 거겠죠."

"그게 아니야. 언젠가 네가 병이 든 적이 있어. 너는 깨닫지 못했지만, 너는 잘 때면 식은땀을 흘려, 그러다가, 눈가에 엷게 컴컴한 기운이 생겼는데, 잘 때에는 확실하게 보이지만, 눈을 뜨면 보이지 않기 때문에, 너는 알아차리지 못한 거야. 눈가가 약간 부어 있기도 했어. 그 잠자는 얼굴을 바라보면서, 나는 그때 마음속으로 이건 폐병이구나 생각했고, 네가 앓아누워, 바짝 말라서 숨을 거두는 모습을 떠올리고, 그것을 볼 바에야 내가 먼저 죽고 싶다고 생각하기도 했지. 나 자신은 이미 나의 죽음을 두려워하지 않아. 그건 이미 내 몸에 가까이 다가오고 있는 것이니까, 나는 죽음을 하나의 산책이라고 생각할 정도로,

꽤 친한 친구처럼 느껴지기도 해. 하지만 너는 달라. 나 정도 나이가 되면, 인간 세계를 젊은이의 세계, 늙은이의 세계, 이렇게 둘로 확실히 구별하는 연령적인 사상이 태어나. 나 자신 젊었을 때에는 거의 젊음이라는 것이 없이 고독벽, 때로는 인간 혐오 등 매우 꼬여 있는 삶을 살아왔는데, 나뿐이 아니라, 모든 젊은이의 세계도 마음속으로는 대체로 암담했던 것으로 짐작했어. 나는 그렇지만, 어떤 연령의 본능으로 한없이 젊음을 그리워해. 사랑하기도 하고. 젊음은 행복하지 않으면 안 된다고 생각해. 젊은이는 죽어서는 안 돼. 그저 젊음이라는 것에 대해 이미 그런 본능을 가진 내가, 내가 가장 사랑하는 젊은 아가씨에 대해 어떤 기원을 하고 있는지, 그 사람의 행복을 위해 나 자신의 행복을 떼어 놓고 생각하는 것은 조금도 부자연스러운 게 아니지……"

구스미는 나 때문에 아내도 아들도 버린 형국이었다. 왜냐하면 그는 이미 자택이 아니라 우리들의 해변의 여관에서 묵으며 도쿄로 통근하고 있으니까. 사람들은 그러한 우리를 뭐라고 말하고 있을까? 내가 구스미를 속였다고 할까? 사랑에 눈먼 늙은이의 비열한 집념 광기를 떠올리고 있겠지.

나는 그러나 그런 일쯤은 아무렇지도 않게 생각한다. 아들이나 딸들로서는 부모 따위는 아무것도 아니지 않은가. 그리고 부모가 사랑을 한다 해도, 그것은 어쩔 수 없는 일이고 아무것도 아닌 일이라고 나는 생각한다. 구스미도 그런 일에는 신경을 쓰지 않고 있었다. 나는 알고 있다. 그는 사랑에 눈멀기 전에 고독에 눈멀어 있다. 그래서 사랑에 눈이 머는 일 따위는 할 수도 없다. 그는 늙어서 눈물샘의 나사가 풀려, 곧잘 눈물을 흘린다. 웃으면서도 눈물을 흘린다. 그러나 그가 어떤 감동 때문에 눈물을 흘릴 때, 그는 나를 위해서가 아니라, 인간의 운명 때문에 눈물을 흘린다. 구스미처럼 영혼이 고독한 사람은 인생을 관념상에서 보고 있으며, 자신이 지금 처해 있는 현실조차도, 관념적으로밖에는 파악할 수가 없어서, 나를 사랑하면서도, 내가 아닌, 무엇인가 가장 사랑하는 여자, 그런 관념을 세워 놓고, 그러고서 나를 현실로 받아들이고 있는 것 같았다.

하지만 나는 알고 있다. 그의 영혼은 고독하므로, 그의 영혼은 냉혹한 것이다. 그는 만약에 나보다도 사랑스러운 애인이 생긴다면, 나를 차갑게 잊어버릴 것이다. 그런 영혼은, 그러나 남을 차갑게 포기하기 전에 자기가 포기되어 있는 것으로, 그는 지옥의 벌을 받고 있는 것이다. 다만 그는 지옥을 증오하지 않고, 지옥을 사랑하므로, 그는 나의 행복을 위해, 나를 다른 사람과 결혼시키고, 자신이 고독 속으로 떠나는 것을 놓고, 그 것도 좋겠지, 원래 인간은 그런 것이라는 정도로 생각할 수 있는 도깨비였다.

하지만 그것 말고도 또 다른 이유가 하나 있었을 것이다. 구스미처럼 고독하고 냉철하고 그 자신까지도 내치고 있는 인간이지만, 내가 도망칠까 불안한 것이다. 그리고 내가 언젠가 내 의지로 도망치는 일을 두려워하는 나머지, 그럴 정도라면 자신의 의지로 나를 도망치게 하는 편이 만족스러울 것으로 생각한다. 도깨비는 자의적인 데다, 말할 수 없는 방자함, 엄청난 응석쟁이다. 그리고 그렇게 할 수 있는 것도, 그는 나를, 현실을 진정으로 사랑하고 있는 것이 아니라, 그의 관념상의 생활 속의 나는 그럴싸한 장난감의 하나에 지나지 않는 탓이기도 했다.

다시로 씨는 이 여관에 와서 노부코 씨와 장지 하나를 사이에 두고 떨어져 지내면서, 아직도 목적을 달성하지 못하고 있었다. 다시로 씨는 사흘에 한 번은 집에 돌아가 묵는 것이 습관으로, 그 이튿날이면 어제는 마누라를 사랑해 주고 왔답니다 하고 떠벌렸는데, 다시로 씨의 통인通人 철학, 바람기 철학은 금이 가 있는 것 같았다. 다시로 씨는 인간통人間通으로 남녀의 길, 금전의 길, 욕망의 길의 엄청난 달인인 듯하지만 다시로 씨는 지금까지 게이샤 등 직업여성만 상대해서 아가씨에 대해서는 알지 못하므로, 나처럼 타고나기를 성에는 본래 몽롱한 첩형의 여자가 아니고서는, 제 발로 몸을 맡기는 여자란 좀처럼 없다는 것을 알지 못하는 것이다. 여자들은 아무리 좋아하는 사람에게도, 몸만은 안 된다고 한다. 싫지 않더라도 싫다고 한다. 몸을 맡기고 싶어 안달이 나더라도 싫다고 하고 억지를 부리면 저항하는 본능이 있는데, 나 역시 같은 본능이 있지만, 나는 그것을 의식적으로 억제하고 있었을 뿐, 나는 그따위 본능은 쓰잘데없는 것이라고 생각하고 있다. 여자는 애인으로부터 무리한 구애를 당하고 싶은 것이다. 남자는 그 맺어짐의 시초에는 무리해서 애인의 몸과 감사를 받을 특권이 있다는 것을, 다시로 씨는 협상만 하는 물장사 여자밖에는 알지 못하기 때문에, 게다가 다시로 씨는 통달한 사람, 소위 화류계의 달인이라서 상당히 바람기는 있지만 애인이 싫다고 저항하는 것을 무리하게 맺어지려 한다는 짓은 해서는 안 될 외도라고 생각하고 있는 것이다. 그래서 10년을 하루같이 노부코 씨를 꼬시고 있지만, 아마도 무리가 없는 한 두 사람의 애정 행로는 어떻게도 진도가 나갈 수 없을 것이다. 나는 너무 바보 같다는 생각이 들어 가르쳐 주지 않는다. 그리고 때때로 웃음이 터져 나올 것 같지만, 다시로 씨는 풀이 죽어서 "대체 노부짱은 육체적인 욕구라는 것을 느끼지 않는 거야? 스무 살이나 되어서 어리석지 않아?"

그리고 뚱하니 침묵하고 있는 노부코 씨를 속으로는 성처녀쯤으로 존경하고, 그리고 노부코 씨의 정신적 존경을 얻고 있는 점에 대해 내심 만족하고 있었다.

그러나 노부코 씨는 육체적 욕구 따위는 사실 적은 것이어서, 다른 일로 고뇌하고 있는 모양이었는데, 그것은 열심히 일해서, 자신의 생활을 알뜰하게 절약하면서, 남 때문에 손해를 본다, 그런 터에 돈 돈 돈, 돈의 노예 같은 소리를 하는 다시로 씨가, 괜찮아, 노부짱, 그걸로 된 거야란다. 하지만 실제로 그것으로 괜찮은 것일까. 자신의 생활비를 아끼면서까지 모아 놓은 소득을 낭비하고, 그렇게 해서 남을 돕는 일이 과연 선행이라는 것인지 의심스러웠던 것이다.

노부코 씨는 좌우간 다시로 씨나 우리들이 붙어 있으니까 손해를 보더라도 아무렇지도 않지만, 독립하면 이런 식으로 해나갈 수 있을까 하고 고뇌하고 있는 것인데, 실행파인 똑순이, 현실주의자인 만큼 그 고뇌는 진지했다.

"여자가 혼자서 사업을 한다는 건, 사치코 씨, 잘못된 게 아닐까요. 나, 이대로 장사를 계속하다가는 남에게 친절하게 대하지도 못하고 금전의 악마가 될 거예요. 그렇게 하지 않으면 해 낼 수가 없거든요."

"글쎄."

나는 건성으로 대답할 수밖에 없다. 노부코 씨의 고뇌는 진지하고, 실제로 그 고뇌대로 금전의 악귀가 되지 말라는 법도 없겠지만, 나는 그러나 노부코 씨 그 본인이 아니라, 그 사람의 그늘에 있는 다시로 씨의 야무진 현실감각, 넘어져도 맨손으로는 일어나지 않을 성품이면서도, 실제로는 바닥 뚫려 있는 허술함이 우스워서 견딜 수가 없는 것이다. 인생은 마음먹은 대로 안 되는 것이구나 하고 다시로 씨는 말하는데, 나도 그것은 동감이지만 다시로 씨가 느끼는 바대로 마음대로 되지 않는 것인지 어떤지, 다시로 씨는 인간은 모두 바람벌레, 돈벌레, 이기벌레라고 말은 하면서도, 기실 노부코 씨를 속으로는 성처녀, 이기심의 정반대인 드문 심성의 아가씨다 등, 생각의 앞뒤가 맞지 않는 허술한 사람이고 보니 나는 맥이 빠지는 기분이다.

나는 언젠가 객사를 할 것이라고 생각한다. 피할 수 없는 숙명인 것처럼 생각한다. 나는 전재戰災 뒤 국민학교의 피난 풍경을 떠올리고, 그따위 너저분한 붉은 도깨비 푸른 도깨비가 득시글거리는 가운데서 객사한다면, 그것이 죽을 장소라고 한다면, 나는 그곳에서 언젠가 객사해도 좋다. 내가 거적때기에 싸여서 죽어 가고 있을 때, 푸른 도깨비 붉은 도깨비가 어둠 속에서 다가와 도깨비에게 안겨 죽을지도 모른다. 나는 하지만, 사람이라고는 아무도 없는 곳, 광야, 어둠 속의 불탄 흔적 같은 곳, 인기척이라고는 없는 깊은 밤에 외롭게 죽는다면, 대체 어찌하면 좋을까, 나는 도저히 그 적막감은 참을 수 없을 것 같다. 나는 푸른 도깨비, 빨간 도깨비하고라도 함께 있고 싶다, 어떤 때라도 도깨비든 괴물이든 남자이기만 하면 누구에게라도 나는 한껏 교태를 부리고, 그리고 나는 교태를 부리면서 죽고 싶다.

응석을 잔뜩 부리고, 남들이 쌀밥도 먹을 수 없고 죽도 먹을 수 없어서, 콩이나 잡곡을 근근이 먹고 있을 때, 나는 닭도 치즈도 카스텔라에도 물리고, 2, 3만 엔짜리 야회복을 받았고, 그러나 내가 멍하니, 문득 생각했던 것이 오직 죽음. 객사, 나는 참으로 그것밖에 생각하지 않았던 것이다.

나는 벌레 소리와 퉁소 소리는 싫다. 그런 소리를 들으면 나는 졸음이 오고, 꿍작꿍작 시끄러운 트로트 같은 재즈밴드의 그늘에서라면 나는 안심하고 잠들 수 있는 기질이었다.

"벌써 자면, 싫어요."

"왜?"

"내가, 아직 잘 수가 없거든요."

구스미는 참고서 일어난다. 졸린 것을 참을 수 없어서, 누우면 잠이 드니까, 일어나 앉아 내 얼굴을 보고 있지만, 이윽고 꾸벅꾸벅 졸기 시작한다. 나는 팔을 뻗어서 그의 무릎을 흔든다. 깜짝 놀라서 깬다. 그리고 내가 방긋하고 밑에서부터 그를 쳐다보며 웃는 모습을 본다.

나는 그가 선잠을 방해받는 괴로움보다, 그때 발견하는 내 방긋 웃는 얼굴이 그의 마음을 채워 주고 있음을 알고 있다.

"아직, 잠이 안 와?"

나는 끄덕인다.

"나는 얼마 동안이나 꾸벅거렸지?"

"20분쯤."

"20분인가. 2분 정도인가 했는데. 너는 무슨 생각을 했어?"

"아무 생각도요."

"무언가 생각했을 것 아냐."

"그냥 보고 있었어요."

"무얼?"

"당신을."

그는 다시 꾸벅거리기 시작한다. 나는 그것을 그저 멍하니 보고 있다. 그는 언제 눈을 뜨더라도 나의 방긋 웃는 얼굴밖에는 보지 못할 것이다. 왜냐하면 나는 그저 방긋 웃으면서, 그를 바라보고 있을 뿐이니까.

이대로, 어디에든 가라지. 나는 모르겠다. 지옥이 되어도 말이다. 나의 남자가 마침내 빨간 도깨비, 푸른 도깨비더라도, 나는 역시 교태를 곁들여서 방긋 그 얼굴을 보고 있을 테지. 나는 점차로 생각할 일이 없어져 간다, 머리가 텅 비어 간다, 그저 바라보고, 교태를 곁들여 방긋 웃으며 바라보고 있다, 나는 그것조차도 의식하는 일이 적어져 간다.

"가을이 되면 여행이나 가지."

"네."

"어디로 갈까?"

"아무데나요."

"싱거운 답이로군."

"몰라서 그래요. 깜짝 놀랄 만한 데로 데리고 가요."

그는 끄덕인다. 그리고 다시 꾸벅꾸벅하기 시작한다.

나는 개천에서 푸른 도깨비의 호랑이 가죽 훈도시를 빨고 있다. 나는 훈도시 말리는 일을 잊어버리고 개천가에서 잠들어 버린다. 푸른 도깨비가 나를 흔든다. 나는 눈을 떠서 방긋 웃는다. 뻐꾸기, 두견, 산비둘기가 울고 있다. 나는 그런 것보다도 푸른 도깨비의 가락도 엉망인 굵고 탁한 목소리 쪽이 좋다. 나는 방긋 웃으며 그에게 팔을 내밀 것이다. 모든 것이, 왜 이렇게 따분한 걸까. 하지만, 어째서, 이다지도, 그리운 걸까.

(1947년 10월)

암호 アンゴウ

야지마矢島는 회사의 볼일 때문에 간다神田에 갈 때마다, 헌 책방을 들여다보며 다녔다. 그러다가 오타 아키라太田亮의 책 『고대 일본에서의 사회 조직 연구』가 눈에 띄었으므로 집어 들었다.

전에 그도 소장했던 책인데, 전쟁에 나가 있는 동안, 전화戰火로 깨끗이 장서들이 불타 버렸다. 없어진 책을 다시 만나게 되면 그리움으로 집어 들지 않을 수 없게 되지만, 이제 와서 한 권, 두 권 사들이려 해도, 사고 싶은 생각도 우러나지 않는다. 그러면서도 작별하기도 어려워 씁쓸해진다.

페이지를 들춰 보니, 속표지에 '가미오 장서神尾藏書'라고 도장이 찍혀 있다. 눈에 익은 도장이다. 전사한 옛 친구의 장서임이 틀림없다. 그 친구의 집도 전화에 불타 버리고, 그의 미망인은 센다이仙臺의 친정으로 돌아갔을 것이다.

야지마는 그리움으로 그 책을 샀다. 회사에 돌아와 펼쳐 보자, 책 사이에서 한 장의 눈에 익은 메모지가 나타났다. 어문서관魚紋書館의 메모지였다. 야지마도 가미오도 전쟁에 나가기 전까지는 그곳 편집부에서 근무하고 있었다. 지면에는 다음과 같은 숫자만이 기록되어 있었다.

34 14 14

37 1 7

36 4 10

54 11 2

370 1 2

366 2 4

370 1 1

369 3 1

367 9 6

365 10 3

365 10 7

365 11 4

365 10 9

368 6 2

370 10 7

367 6 1

370 4 1

기억해 두기 위해 페이지를 적어 놓았나 생각했지만, 똑같은 숫자가 나란히 있는 것으로 보아 그런 것도 아닌 것 같다. 설마하니 암호는 아니겠지만, 한가할 때였으므로, 문득 시험해 볼 기분이 들어, 34쪽 14행 14자째 4글자까지 나가 보다가, 그는 갑자기 긴장했다. 문장을 이루고 있기 때문이다.

'늘 있는 곳에 있겠습니다 7월 5일 오후 3시'

모두 이런 문구가 된다. 분명히 암호다.

가미오는 달필이었는데, 이 숫자는 그리 잘 쓴 글씨가 아니고, 아무래도 여자인 것만 같다. 그러나 이 책이 소개疏開할 때 다른 사람에게 팔렸다 하더라도, 어문서관의 메모지이므로, 이 암호가 가미오와 관계되어 있다는 점은 우선 의심할 바가 없는 것 같다.

메모지는 넷으로 접혀 있다. 그렇다면 그의 연인에게서 온 편지인 것 같다.

야지마는 가미오와 가장 가까운 친구였다. 왜냐하면 두 사람의 취미가 같았고, 역사, 특히 신대神代*의 민족학적 연구에 흥미를 쏟고 이었다. 문헌을 서로 빌리기도 하고, 연구를 서로 보고하기도 하고, 나란히 연구 여행을 떠나는 일도 종종 있었다. 그 정도의 친분이었으므로 서로 생활의 내막도 알고 있고, 친구들 역시 거의 겹쳐졌는데, 돌이켜보니 취미상의 친구는 두

---

* 일본 신화에서의 시대 구분에서 신들이 지배했던 시대라는 의미. 천지개벽부터 진무神武 천황이 즉위할 때까지의 시대를 가리킨다. 역사학적으로는 기원전 10세기 무렵부터 기원후 3세기의 야요이弥生 시대에 해당한다.

사람뿐이었고, 어문서관의 사원 중에서도 동호인은 없었다. 그뿐 아니라, 이 책은 거의 시장에서 발견할 수 없었던 것이었고, 야지마는 오래 전부터 가지고 있었지만, 분명 가미오가 구입한 것은 야지마가 전쟁에 나가기 직전쯤이었던 것 같았다.

게다가 야지마가 출정할 때까지, 가미오에게 연인이 있다는 말은 듣지 못했다. 그런 일이 있었다면, 아내에게는 감추더라도 야지마한테만은 고백했을 터였다.

야지마의 출정은 1944년 3월 2일, 가미오는 이듬해 2월에 출정해, 북중국에서 전사했다. 그러고 보면, 이 7월 5일은 야지마가 출정한 뒤인 1944년의 그날임이 틀림없다.

야지마는 회사의 메모지를 집에서 사용하고 있었다. 다른 사원들도 모두 그랬는데, 당시에는 종이가 가게에 없던 시절이었으므로, 각자가 자택으로 가지고 간 종이의 양도 장기간의 양을 내다보고 있었으므로, 야지마가 출정한 뒤의 빈 집에도 적지 않은 메모지가 남겨져 있었을 것이다.

야지마는 아내인 다카코에 대해 생각했다. 가미오의 친지로서 이 책을 가지고 있는 것은 야지마의 빈 집뿐이었고, 그리고 그곳에는 이 메모지도 있었던 것이다.

가미오는 경박한 사람이 아니었다. 바람둥이도 아니었다. 그러나 바람기가 없는 인간은 존재하지 않을 것이고, 그 가능성을 갖지 않은 사람은 있을 수 없다.

야지마가 제대하고 보니, 다카코는 실명해서 친정에 가 있었다. 자택이 직격을 받아, 그 자리에서 실명하고 쓰러진 다카코는 들것에 들려나와 살아났지만, 그 북새통에 두 아이와 딸어진 채로, 어디에서 죽었는지 두 아이의 소식은 그대로 끊어져 버렸다.

병원에 수용된 다카코가 친정과 연락이 닿아, 아버지가 상경했을 때는 변을 당한 지 2주 정도 지나 있었고, 아버지가 불탄 자리를 살펴보았지만, 아무런 실마리도 남아 있지 않았다는 것 같았다.

가미오는 전사했다. 다카코는 실명했다. 천벌이 내렸다고 생각하고 있는 자신을 깨닫고서, 야지마는 천박하다고 생각했지만, 고통스러운 마음은 어쩔 도리가 없었다.

다카코가 쓴 암호라는 확증은 없으니까, 하물며 한 사람은 실명했고, 한 사람은 죽은 이제 와서 과거를 파고들 것도 없다. 전쟁이 하나의 악몽이었으니까, 하고 기분을 정리하려고 애쓰며, 산 책은 집에 가지고 갔지만, 한구석에 밀어 놓고, 다카코에게는 일절 알리지 않을 생각이었다. 그러나 그러한 심려가 오히려 무거운 짐이 되어, 어중간하게 자신의 가슴속에 접어놓았기 때문에 비밀을 놓고 고민하는 괴로움이 쌓이는 것만 같았다.

그러다가 야지마는 문득 깨달은 것이 있었다. 출정하기까지, 다카코는 항상 야지마의 왼쪽으로 다가오고는 했다. 신혼 때의 달콤한 추억이 다카코에게 남아 있어, 하나의 습성을 이루고 있었던 것이다.

깊은 밤, 야지마가 책상을 마주하고 독서에 몰두하고 있다. 다카코가 다가온다. 야지마는 독서의 손을 멈추고 다카코에게 입을 맞추어 준다. 그리고 간지럼을 태우기도 하고, 깍깍 웃음을 터뜨리면서, 소꿉장난 같은 신혼의 나날을 보내고 있었는데, 당시부터 다카코는 반드시 야지마의 왼쪽으로 다가오는 것이었다. 침실에서도 다카코는 언제나 남편의 왼쪽에 자신의 베개를 준비하고 있었다.

신혼은 새로운 세계를 열어준다. 야지마는 다카코가 열어준 여자의 세계를 완상玩賞했다. 때로는 호기심을 발동했고, 탐구욕을 일으키기도 했다. 그러한 새로운 호기好奇의 세계에서, 다카코는 언제나 왼쪽으로 다가오고, 왼쪽에서 잔다. 도장으로 찍은 듯이 틀림이 없는 그 습성에 대해 생각해 보았다. 본능일 리가 없다. 예로부터의 관습이 있고, 다카코는 그것을 배웠으며, 나만이 모르는 것일까 하고 생각했지만, 20년 가까이 역사서를 가까이하고 있으면서도 그런 것을 읽어 본 일도 없으므로, 아마 그렇지도 않을 것이다.

그러고 보면, 남자의 오른손이 애무의 손인 셈이 되나. 그렇게 생각하고 보니, 다카코의 왼쪽이라는 것이 너무나 동물의 본능 같아서, 즐거운 상상은 아니었으나, 실제로 오른쪽에 있으면 몸이 어색한 느낌도 들기 때문에, 별다른 의미가 없는 느낌의 세계에서 출발해 두 사람의 습관이 자연스럽게 고정되었을 뿐인지도 몰랐다.

그런데 전쟁에서 돌아와 보니, 다카코는 왼쪽으로 다가오기도 하고, 오른쪽으로 다가오기도 하고, 잘 때에도 좌우가 정해져 있지 않았다. 그러나 그것도 무리는 아니다. 다카코는 실명했지 않은가. 야지마는 그렇게 생각하고 있었다.

그러나 암호의 편지 때문에, 이런저런 생각을 하는 동안, 야지마는 문득 무서운 사실을 깨닫고, 한때 혼란해져서 망연해졌던 것이다.

가미오는 왼손잡이였다.

* * *

야지마는 전쟁에서 돌아온 후, 꽤 이름난 출판사의 출판부장으로 근무하고 있었다. 마침 회사 일로, 센다이에 원고 의뢰를 하러 가게 되었는데, 센다이에는 가미오의 아내가 소개해 있었고 어차피 방문할 기회였으므로 가방 속에 그 책을 넣었다.

회사의 일을 마치고, 가미오 부인이 소개해 있는 곳을 찾아갔는데, 그곳은 타다 남은 언덕 위였고, 히로세廣瀬 강의 흐름이 내려다보이는 경치가 좋은 곳이었다.

가미오 부인은 다시 만난 것을 기뻐하며 술상을 차리고 함께 잔을 들었는데, 그 눈에 취기가 돌자 그야말로 생생하게 정감으로 불타며, 눈이 있는 여인의 아름다움을 모처럼 발견한 듯한 기분이 들었다.

가미오 부인은 원래 아름다운 사람이었지만, 눈이 없는 다카코와 비해 볼 때, 어쩌면 이렇게도 생생한 거리가 있단 말인가. 그러나 이 생생한 사람이 자기와 마찬가지로 가미오와 다카코에게 배반당한 피해자라는 생각을 하니, 가해자의 초라함이 얄궂고 자신의 현실이 참으로 기묘하게 여겨졌다.

다카코가 실명으로 그치지 않고 아이들과 마찬가지로 죽었더라면, 어쩌면 자기는 오늘과 같은 기회에 구혼을 해서 이 사람과 결혼했을지도 모르겠다. 문득 그런 생각이 들었다. 그리고 묘하게 욕정이 꿈틀거리고 있는 자신을 발견하자, 생각은 다시금 가미오와 다카코의 일, 자신이 지금 이런 상황에 처해 있는 것처럼 그들도 그랬을 것이라는 격한 실감을 하지 않을 수가 없었다.

가미오의 장녀가 학교에서 돌아왔다. 이미 여학교 2년생이었다. 야지마의 딸이 살아 있었더라면 역시 이 또래였을 것이다. 가미오의 장녀는 생기 있고 밝았다. 그리고 아름다운 여학생으로 성장해 있었다. 그 어머니보다도, 더 생기 있고 밝으며, 일어나서 걷고, 앉고, 몸을 나부끼며 가고, 오고, 웃으며, 수줍어하는 눈. 야지마는, 늘 우두커니 앉아 있는 아내, 벽에 손을 대고 기듯이 움직이는 여자, 또 어떤 때에는 그의 어깨에 매달려, 단순한 물체의 무게가 되어 조금씩 미끄러져 나가는 동물에 대해 생각한다. 그래도 두 아이가 살아 있어 주었더라면, 그리고 이 아이처럼 생기 있게 나의 주변에서 움직여 주었더라면, 그런 생각을 문득 떠올리고 울고 싶은 마음이 들었다. 갑자기 마음은 가라앉고, 다시는 밝아질 것 같지 않게 되자, 앉아 있기가 괴로워졌으므로, 마지막으로 그 건을 끄집어냈다.

"실은 간다의 헌책방에서, 가미오의 장서 한 권을 발견해서, 유품 대신에 소중히 가지고 있습니다."

그는 가방에서 그 책을 꺼냈다.

"가미오는 책을 다 팔아 치웠습니까?"

부인은 책을 집어 들고, 속지의 장서인藏書印을 바라보았다.

"그이가 출정할 때, 팔아도 좋은 책, 안 될 책을 지정해 놓았거든요. 가능하다면 팔지 않고 모두 여기로 가져오고 싶었지만 그 무렵은 수송이 어려워, 중요한 최소한의 장서밖에는 가져올 수 없었지요. 말도 안 되는 값으로 팔아 치웠는데, 그이가 돌아오면 아마도 슬퍼할 것 같아서 한때는 매우 고민했습니다."

"필요한 사람들에게는 귀중한 책들뿐이었는데, 한 번에 헌책방에 파셨나요?"

"근처의 조그만 헌책방에 전부 팔았습니다. 너무 싼 가격이어서, 그 돈이 필요하다고 생각하지는 않았지만, 그처럼 책을 사랑한 그이의 생각들이 담긴 물건이라고 생각하면 몸이 잘려나가는 듯한 느낌이었지요."

"하지만 불타기 전에 소개하신 건 현명하셨군요."

"그것만은 다행이었죠. 출정과 동시에 소개했으니까요. 1945년 2월의 일이었고, 아직 도쿄는 대공습이 없을 때였습니다."

그러고 보니, 가미오의 장서가 어문서관의 동료의 손으로 넘어갔을 일도 없다. 저 암호의 7월 5일은 1944년으로 한정되어 있고, 그 필자로 다카코 말고 누가 더 있을 수 있단 말인가.

그 책 안에 이상한 암호 같은 것이 있었거든요, 하고 아무렇지도 않다는 듯이 말하고 싶었지만, 딱딱하게 긴장할 것 같아서 도저히 말을 꺼낼 수가 없다. 눈 있는 인간은 이럴 때에는 불편한 것이로군 하고 야지마는 생각했다.

그러나 책을 살피고 있던 가미오 부인이 문득 고개를 들어,

"하지만 이상하네요. 분명히 이 책은 여기로 가져온 것으로

생각되는걸요. 분명히 본 기억이 있어요."

"그건 잘못 기억하신 것 아닌가요?"

"글쎄요, 바로 여기에 장서인이 있는 것을, 기묘합니다만 저도 분명히 본 기억이 있어요. 찾아보죠."

부인의 안내로 야지마도 장서 앞으로 갔다. 백 권 전후의 책이 도코노마 한구석에 쌓여 있었다. 금방 부인이 외쳤다.

"있어요. 자, 여기에, 이거죠?"

야지마는 어안이 벙벙했다. 정말이지 믿기 힘든 일이 벌어지고 있다. 똑같은 책이, 거기에, 분명히, 있었다.

야지마는 그 책을 집어 들고, 속지를 살펴보았다. 이 책의 안표지에는 가미오의 장서 도장이 없었다. 어찌된 까닭인지 알 수가 없다. 납득할 수 없어 책을 멍하니 이리저리 들춰보니, 여기저기에 붉은 선이 그어져 있는 곳이 있었다. 줄친 대목들을 읽어 보다가, 그는 돌연 깨달았다. 그것은 야지마의 책이었다. 그 자신이 그은 붉은 선이 틀림없었다.

"알겠습니다. 여기 있는 것은 저 자신의 책이군요. 도대체, 언제, 이렇게 바뀐 걸까요."

"정말, 이상한 일이네요."

가미오와 다카코가 합의를 해서 이 책을 암호용으로 썼다. 그렇게 약속을 할 때, 바뀐 것이 아닐까. 이것이야말로 신이 마련해 주신 나쁜 짓을 뭇 사람들에게 보여주는 증거이고, 가미오와 다카코의 관계는 더는 빼도 박도 못하는 것으로 여겨지면서, 이런 확증을 보게 된 암울함, 구원 없음, 야지마는 그 고통에 타격을 받고 넋이 나갔다.

그러나 하나의 기억이 떠오르자, 점차로 한 줄기 광명이 비치며 유레카! 하고 외친 사람처럼, 하나의 놀라운 발견을 하게 되었다.

이 책을 혼동한 것은 야지마 자신이었다. 야지마는 가미오에게 이 책을 빌려 주었던 것이다. 그러는 사이, 가미오도 이 책을 구했다. 야지마에게 징집영장이 나와, 가미오의 집에서의 석별의 자리에 초대되었을 때, 그동안 빌려 본 책을 반환하기 위해 몇 권 가지고 왔는데, 그중 하나가 이 책이었다. 그리고 그 책을 꺼낼 때 두 사람은 이미 취해 있었고, 잘 살펴보지도 않고 가져왔던 것이다. 그때 아마 바뀌었을 것이다.

그대로 야지마는 책 속을 살펴볼 새도 없이 출정해 버렸으므로, 야지마의 책이 가미오의 집에 남아 있게 되었던 것이다.

* * *

야지마는 오직 한 권 남아 있는 자신의 장서에 대한 그리움으로, 가져온 책은 원래의 주인의 장서 속에 남겨두고, 자신의 책을 대신 받아 가지고 도쿄로 돌아왔다.

하지만 생각할수록 알 수 없는 일뿐이었다.

자신이 없는 동안 집에 있었을 터인, 그리고 전부 재가 되고 말았을 터인 그 책이 어떻게 서점에 나와 있었던 것일까.

재난을 당하기 이전에 장서를 팔았던 것일까. 생활이 궁핍했을 리는 없다. 그에게는 물려받은 유산이 있었으므로, 봉쇄령이 나온 지금과는 달리, 생활이 곤란했을 리가 없다.

야지마는 도쿄에 돌아오자, 다카코에게 물었다.

"내 장서 한 권이 헌책방에 있었어."

"어머, 신기하네요. 모두 불타지 않았으면 좋았을 텐데. 사오셨겠지요. 어디 봐요."

다카코는 그 책을 무릎에 올려놓고, 그립다는 듯이 만지고 있었다.

"뭐라는 책이에요?"

"기다란 이름의 책이야. 일본 상대上代의 사회 조직 연구라는 거야."

책의 이름을 말하는 야지마는 얼굴이 굳어졌지만, 다카코는 조용히 책을 쓰다듬고 있을 뿐이다.

"내 책은 모두 타 버렸을 텐데, 어째서 한 권만 헌책방에 나와 있는 것인지 신기하네. 판 적은 없었겠지?"

"팔 리가 없지요."

"내가 없는 동안 남에게 빌려주지는 않았나?"

"글쎄요, 잡지나 소설이라면 이웃한테 빌려주었을지도 모르지만, 이런 크고 딱딱한 책, 빌려줄 리가 없지요."

"도둑맞은 일은?"

"그것도, 없어요."

전부 재가 되었어야 할 책이 단 한 권 남아서 팔리고 있었다. 그 불가사의함을 다카코만은 신기하게 받아들이지는 않고, 그저 묘하게 그리워하고 있을 뿐이었다.

"당신이 누군가에게 빌려주시고, 깜박 그것이 팔린 거겠지요."

다카코는 아무렇지도 않게 말했다.

애당초에 그럴 리는 없다. 출정 직전에 우리 집에 돌아온 책이다.

다카코는 실명해 있다. 눈이야말로 표정의 중심인데, 그 눈이 없어졌다는 것은 모든 표정이 상실되는 것과 같은 뜻이 될지도 모른다. 적어도, 눈이 없는 한은 노력에 의해 표정을 죽이기란 쉬운 일임에 틀림없다. 다카코의 얼굴에서 진실을 간파하려 하는 자신의 노력이 소용없음을 야지마는 깨닫지 않을 수 없었다.

그러나 아직 방법은 남아 있었다. 여기까지 온 이상, 할 수 있는 방법은 다 해 보자고 그는 생각했다.

야지마는 책을 산 간다의 헌책방에 가서 그 책을 판 사람을 물어보았다. 장부에는 없었지만, 가게 주인은 기억하고 있어서, 그것은 팔러 온 것이 아니라, 통지에 의해 자기가 사러 나갔던 것이라며, 어느 집인가를 가르쳐 주었다.

그곳은 타다 남은, 그다지 크지 않은 양옥이었다.

주인은 없었고, 책의 출처에 대해 대답해 줄 사람은 없었지만, 근무처가 야지마의 회사와 가까운 곳이었으므로, 찾아가서 만날 수가 있었다. 그 사람은 35, 6세의 병약해 보이는 사람으로, 어떤 학술 전문 출판사의 편집자였다.

직업도 같았지만 애서가끼리였으므로, 야지마가 방문한 이유를 듣자, 한 권의 책에 얽힌 마음고생에 매우 호의적인 감정을 품게 된 것 같았다.

그 사람의 말은 이랬다.

이미 도쿄가 거의 불타 버린 초여름의 어느 날, 그 사람이 자택 부근을 걷고 있는데, 그다지 오가는 사람도 없는 거리에 신문지를 깔고, 20여 권의 책을 놓고 손님을 기다리는 남자가 있었다. 가까이 가보니, 모든 것이 일본 역사에 관한 저명한 책으로, 당시 구하기 힘든 것뿐이었으므로 이미 가지고 있는 것을 제외하고, 반수 이상을 샀다. 사들인 책의 대다수는 기독교 관계의 것이었고, 책 이름을 듣고 보니 분명 야지마의 장서가 분명했다. 빠듯한 살림 때문에 상대사上代史 관련 책들은 헌책방에 내놓고 말았지만, 기독교에 관한 것은 아직 남아 있으므로 야지마의 장서도 10권 내외로 갖고 있다는 이야기였다.

"밖으로 꺼낸 안 타고 남은 책들을 도둑맞은 것은 아닐까요?"

하고 그 사람이 말했다.

"아마 그렇겠지요. 우리 집사람은 그날 공습으로 실명했고, 두 아이는 불에 타 죽었거든요. 고향에 연락이 닿아서 아버지가 상경하기까지의 2주간, 우리 집의 불탄 자리를 보아 줄 사람이 없었으니까, 아버지가 불탄 자리에 나가 보셨을 때에는 이미 아무것도 없었던 거지요. 하지만 집 사람이 책을 꺼냈다는 이야기를 저에게 해 주지 않는 바람에, 그런 식으로 장서의 일부가 남아 있으리라고는 상상도 하지 못했습니다."

그러나 이렇게 야지마의 장서가 남게 된 까닭을 알고 보니, 이제 알 수 없는 것은 분명히 야지마의 집에 있던 책 속에 어떻게 다카코가 쓴 암호가 있었느냐 하는 것이었다. 그것을 다카코가 꺼내는 일을 잊어버렸다, 아니, 꺼내는 걸 잊어버렸다는 일은 있을 수가 없다. 일단 써 보았지만, 변경할 사정이 생겨서 다시 고쳐 썼다. 그리고 앞서 쓴 한 통을 깜박 남겨 놓았을 것으로 이해해야 할 것이다. 그렇다 하더라도 가미오는 죽었다. 야지마의 집은 불탔다. 가재도구 모두가 불탔고, 겨우 십여 권의 책이 남았고, 훔쳐간 책 중에서 다카코가 단 한 장 암호 쪽지를 잊어버렸다. 비밀의 유일한 실마리를 숨긴 한 권만이, 복잡한 경로를 거쳐서 야지마 자신의 손에 들어왔다니, 이 무슨 운명이란 말인가.

가미오는 죽고, 다카코는 실명했고, 비밀의 주역들은 목숨과 눈을 잃어버렸건만, 오직 하나 지상에 있었던 비밀의 손톱자국이 겁화劫火에도 불타지 않고 도둑의 손을 거쳐, 마침내 이처럼 비밀의 유일한 해독자 손에 돌아오지 않은 수 없었다니! 그 한 권의 책에는, 마성과도 같은 집요한 의지가 깃들어 있지 않은가. 마치 요츠야 괴담四谷怪談*에 나오는 그 유령의 집념과 비슷하다. 이것을 신의 의지로 본다 하더라도, 이는 두려울 정도의 집념이고, 참으로 불가사의한 우연이었다.

야지마가 감개에 잠겨 있는데, 그 사람은 곡해를 해서,

"저도 실은 곶감 빼먹듯 빠듯한 살림이라고는 해도 애장하던 책을 내놓은 일을 지금은 후회하고 있답니다. 이런 기분인 만큼 선생의 기분은 잘 이해하고 있습니다만, 저의 손에 한 번 들어왔던 이제 와서는, 그것을 내놓는 고통은 견디기 어렵다는

---

* 일본의 대표적인 괴담으로 한 남자가 사욕으로 아내를 억울하게 죽게 하고 나서 그 망령에게 괴롭힘을 당해 자멸하는 이야기다.

게 제 솔직한 생각입니다."

거북스럽게 에둘러 하는 말을 야지마는 서둘러 가로막으며,

"아니, 아닙니다. 불에 탄 장서 열 권쯤, 이제 새삼 제 손에 돌아와 보았자 오히려 애처로워질 뿐입니다. 저는 그저, 저의 집 재난 당시를 떠올리고 좀 감개에 잠겼을 뿐입니다"

하고 호의에 감사를 표하고 작별을 고했다.

* * *

그날 밤, 야지마는 다카코에게 물었다.

"그 책이 어쩌다 남아 있었는지 알았어. 그 책 말고도 십여 권 타지 않은 책이 있었어. 집이 타기 전에 누군가가 그걸 꺼낸 거야. 당신은 책을 꺼내지 않았다고 했지? 도대체 누가 끄집어 낸 것일까. 당신이 잊어버린 게 아닐까. 그때의 일을 찬찬히 생각해 보라구."

다카코는 실명한 얼굴이지만, 생각하고 있는 모양이었다.

"공습경보가 울리고 나서, 그때 당신은 무얼 했지?"

"그날은 벌써, 이 지역이 당할 것을 직감하고 있었어요. 여기 밖에는 남아 있지 않았거든요. 공습경보가 날 때, 나는 이미 방공복장으로 갈아입고 있었어요. 자고 있는 아이들을 깨워 몸차림을 하게 하는 데에 오랜 시간이 걸린 거예요. 집이 공습을 당할 걸 직감해서 너무 조바심이 났고, 준비가 끝나 밖에 나와서 하늘을 쳐다보자마자, 탐조등이 빙글빙글 돌고, 고사포 소리가 나기 시작하고, 그러는 동안 어느새 불길이 일고 있었어요. 문

득 정신을 차리고 보니, 탐조등의 열십자 사이로 비행기가 머리 위로 곧바로 오고 있더라고요. 단번에 미칠 듯이 겁이 나서 아이들을 양손으로 이끌고 방공호로 뛰어들었지요. 그때는 공포 때문에 아무것도 들고 나올 생각도 없었어요. 숨을 죽이고 있는 사이, 겁이 나면서도 점차로 욕심이 나오더라고요. 그때 아키오가 엄마 빈손으로 불타 버리면 곤란하지 않냐 했지요, 그러자 가즈코도, 맞아, 틀림없이 거지가 되어서 죽고 말 거야. 엄마, 뭐 좀 가져와요, 하더라고요. 우리는 방공호를 나왔지요. 그때에는 이미 사방의 하늘이 새빨갰어요. 하지만 언뜻 보았을 뿐이에요. 우리는 정신없이 뛰었어요. 그때는, 내 눈은, 아직 보였거든요. 하늘 전체, 조그만 틈도 없이 새빨갛게 불타고 있었어요. 그래요. 흔들리면서, 이쪽으로 흘러오는 것처럼, 전체의 불의 하늘이."

불의 하늘을 떠올린 채 다카코의 눈은 영원히 닫혀서, 혹시나, 당장에라도 다카코의 눈에는 불의 하늘이 활활 타오르는 것이 아닐까 야지마는 생각했다. 그 애절함을 생각하니 참기가 어려웠다.

진짜 불꽃에 눈이 타고 쓰러지기까지의 일생의 한을 떠올리게 만드는 잔혹을 저질러 가면서까지 파묻힌 과거의 비밀을 파고드는 일이 정의에 합당한 일일까. 야지마는 은밀히 자신의 가슴에 대고 물었다. 그의 답이 정해지기 전에 다카코의 말은 이어졌다.

"나는 겁쟁이니까, 공포 때문에 쓰러지고, 그 뒤의 일은 확실하게 기억이 나지 않아요. 세 번쯤은 분명히 들락날락했을 거예요. 식량과 이불, 그런 것을 날라 온 것 같은데, 그때까지는 아직 눈이 보였거든요. 눈으로 무엇을 보았는지, 그것을 알 수가 없게 되어 버렸어요. 내가 마지막으로 본 것은 물건이 아니라, 소리였어요. 소리와 동시에 섬광이, 그게 마지막이에요. 나는 그날 밤, 아이들에게 옷을 입혔어요. 손을 끌고 뛰어서, 방공호 속에서 몸을 바짝 붙이고, 그러면서도 나는 아이들을 보지 못한 거예요. 내가 마지막으로 본 것은 불타는 하늘, 악마의 하늘, 여보, 아이들은 나를 스치면서 무엇인가를 들고 지나갔을 터인데, 나는 그 모습을 보지 못한 거예요. 어떻게 된 건지 아무것도 보이지 않는 거예요. 볼 수가 없었어요. 나는 어째선지 아무것도 보지 못했어요."

"이젠 됐어, 그만해. 슬픈 일을 떠올리게 해서 미안해."

다카코에게는 보일 리가 없으므로, 야지마는 양손으로 귀를 막았다. 그리고 이제 더 이상 진실을 추구하는 것은 그만두어야겠다고 마음먹었다.

하지만 그다음 날 다른 생각이 움터 나왔다. 그것은 그것이고, 이것은 이것일 터, 실명의 비애로 비밀을 덮는다, 그것도 다카코의 하나의 술수가 아닐까 하는 의심도 들었다. 한 장의 빼도 박도 못할 증거가 있는 것이다. 마성魔性과 같은 집념을 가지고 불 속을 헤치고 남편의 손에 돌아간다는 사실의 극렬함은 여자의 마성의 농간을 깨고, 사건의 진상을 폭로해야 마땅하다는 숙명을 암시하는 듯이 여겨지기도 했다.

그날 회사에 출근하자, 어제 만난 그 장서의 소유주에게서 전화가 왔다.

"실은 말입니다."

목소리의 주인공은 매우 뜻밖의 이야기를 했다.

"어제 말씀 드렸어야 했습니다만, 이제야 겨우 생각이 떠올랐거든요. 선생의 옛 장서에 말인데, 살 당시 책을 펼쳐 보니, 어느 책에나, 페이지의 메모 같은 숫자들이 나열된 종이가 끼워져 있었습니다. 그 사람으로서는 중요한 메모였겠구나 싶었는데, 설마 옛 주인을 만나리라고는 생각하지 못했죠, 왠지 알려드려야겠다는 생각이 들어 원래의 그대로 책에 끼워넣어 두었습니다. 원하신다면, 그 메모는 내일 보내 드리겠습니다만."

야지마는 당황해서 대답했다.

"아닙니다. 그 메모는, 그 책과 함께 보지 않으면 알 수가 없게 되어 있습니다. 그럼, 퇴근 때 찾아뵙고 그 책 속에서 제가 꺼내게 해 주시지 않겠습니까."

그리고 야지마는 승낙을 받았다.

각각의 책에, 각각의 암호가 있다. 그것은 어떤 의미일까. 그와 가미오의 장서는 거의 공통되어 있기는 했다. 책의 번호를 정해 놓고, 한 통마다 책을 바꾸어 가며 편지 왕래를 한다. 그렇다 하더라도, 그의 손에 있는 한 통에는 책의 번호에 해당하는 숫자가 보이지 않는다. 미리 책의 순서를 정해 놓았다면, 책의 번호는 필요가 없는 것이다. 그렇다 하더라도, 각 책에 암호가 끼워져 있다는 의미를 알 수 없다. 각 책마다 암호를 잘못 쓴다, 그것도 이상하지만 그것을 또, 책 속에 반드시 남겨놓는다는 것이 기묘하다.

수수께끼를 풀지 못한 채로, 야지마는 책 소유주의 집으로 갔다.

까닭이 있어서 잠깐 살펴보고 싶은 일이 있으니, 10분쯤 책을 살펴보게 해 달라는 허락을 받고서, 예전의 장서를 찾아보니 11권이 있었다. 그 가운데 두 장이 있는 것, 세 장이 있는 것, 한 장짜리, 전부 해서 18장의 암호문서가 나타났다.

야지마는 곧바로 해독에 착수했다.

그것을 해독하는 짧은 시간, 야지마는 이제까지의 일생 동안에 흘린 눈물의 총량보다도 더 많은 눈물을 흘린 것 같았다. 그의 몸은 텅 비어 버린 것만 같았다. 이 얼마나 사랑스러운 암호였을까. 그 암호의 필자는 다카코가 아니었다. 죽은 두 아이, 아키오와 가즈코가 교환한 편지였다.

책에는 연결이 없기 때문에, 남겨진 암호에도 연결은 없었다. 하지만 그곳에서 이야기하고 있는 아이들의 즐거운 생활은 그의 가슴을 쥐어뜯었다.

그 암호는 여름부터 시작된 것인 듯, 7월 이전의 것은 없었다.

먼저 수영장에 가 있겠습니다 7월 10일 오후 3시

이 필적은 거칠고 들쭉날쭉, 아키오의 것이었다.

늘 있는 곳에 있습니다

라는 처음 본 암호와 같은 의미의 메모도 있었다. 늘 있는 곳이란 어디일까. 아마 공원이나 어딘가의 즐거운 비밀의 장소였을 것이 틀림없다. 얼마나 즐거운 장소였던 것일까.

툇마루 밑의 강아지 이야기는 엄마에게 말하지 말아 주세요 9월 3일 오후 7시 반

울고 있기 때문에 숨겨도 알게 될 것이라고 생각합니다

강아지에 대한 것은, 그 밖에도 몇 통 있었다. 그 강아지의 마지막 운명은 어떻게 되었을까. 그것은 암호 편지에는 언급되지 않았다.

오빠와 누이는 이런 암호를 어디에서 배운 것일까. 전쟁 중이었으므로, 암호의 방법 등에 대해서도 알 기회가 많았을 것이다.

두 아이에게는 암호놀이가 재미있는 것이었으므로, 화급할 때에도 필사적으로 들고 나와서 방공호에 던져 넣었을 것이 틀림없었다. 자신들의 책을 사용하지 않고, 아버지의 장서 중에서 특별히 어려워 보이는 큰 책을 선택한 것도, 거기에 암호라는 중대한 비밀의 권위가 요구되기 때문이었을 것이 틀림없다.

그 암호를 다카코의 것이라고 잘못 생각하고 있었다는 점은 이제 와서는 우스꽝스러운 일이지만, 전쟁의 겁화劫火를 뚫고, 다른 모든 것들이 불타 버렸을 때 암호만이 마침내 아버지의 눈에 띄었다는 이 사실에는, 역시 거기에 하나의 엄청난 집념이 작용하고 있었다고밖에는 야지마는 생각할 수가 없었다.

아이들이 한마디의 이별의 말을 아버지에게 하려고 기원했던 그 일념이, 암호의 종이에는 깃들어 있는 거다. 그렇게 생각하는 것이 불합리할까.

야지마는 그러나 만족했다. 아이들의 유골을 찾아낼 수 있었던 것보다, 훨씬 더 깊이 충족되어 있었다.

우리는 이제, 천국에서 놀고 있답니다. 암호는, 지금 그렇게

아버지에게 말을 걸며, 그리고 아버지를 오히려 위로해 주기
위해 찾아온 것이라고, 그는 믿었기 때문이다.

(1948년 5월)

불량소년과 그리스도 不良少年とキリスト

벌써 열흘째. 이가 아프다. 오른쪽 볼에 얼음을 얹고, 설파제를 먹고 누워 있다. 누워 있고 싶은 것은 아니지만, 얼음을 얹으면, 눕는 수밖에 도리가 없다. 누워서 책을 읽는다. 다자이太宰의 책을 대충 다시 읽어 보았다.

설파제를 세 통 비웠는데도 통증이 사라지지 않는다. 어쩔 수 없이 치과에 갔다. 영 시원치가 않다.

"하아, 매우, 좋습니다. 제가 말씀드릴 것도, 설파제를 먹고, 얼음주머니를 대고, 그것뿐입니다. 그게 무엇보다 좋습니다."

이쪽은, 그것만으로는 좋지가 않은 것이다.

"곧, 나을 것으로 생각됩니다."

이 젊은 의사는, 완벽한 말을 구사하고 있다. 곧 나을 것으로 생각됩니다, 인가. 의학은 주관적 인식의 문제일까, 약물의 객관적 효과의 문제일까. 좌우간, 이쪽은, 이가 아프다고.

원자폭탄으로 백만 명을 한 순간에 몰살했다고 해도, 단 한 명의 이의 통증을 멈출 수 없다면, 무엇이 문명인가. 바보 자식.

아내가 설파제 유리병을 바로 세우려다가 짤깍하고 넘어뜨린다. 소리가 깜짝 놀랄 정도로 소리가 울린다.

"뭐야, 이 바보!'

"이 유리병은 세울 수가 있는 거예요."

그쪽은, 곡예를 즐기고 있는 것이다.

"당신은, 바보라서, 싫어."

아내의 표정이 싹 바뀐다. 분노가 골수에 박힌 것이다. 이쪽은 고통이 골수에 박혀 있다.

쿡하고 단도로 볼을 찌른다. 에잇 하고 도려낸다. 기분, 좋을 수 없구나. 목에 멍울이 생겼다. 그곳이 욱신거린다. 귀가 아프다. 머릿속도 전기처럼 찌릿찌릿하다.

목을 졸라라. 악마를 죽여라. 퇴치하라. 전진. 지지 마라. 싸워라.

저 서푼짜리 문사文士는 치통으로, 결국, 목을 매고 죽었노라. 결사의 안색, 무시무시하도다. 투지 충분하도다. 위대.

칭찬해, 주지 않을 테지. 아무도.

이가 아프다, 이런 일은, 목하目下, 이가 아픈 인간 말고는 아무도 동감해 주지 않는 것이다. 인간 모독! 하고 화를 내어 보았자, 치통에 대해 동감하지 않는 것이 인간 모독이란 말이냐. 그렇다면, 치통 모독. 상관없지 않습니까. 치통쯤이야. 맙소사,

이라는 건 그런 것이었나요. 새로운 발견.

오직 한 사람, 긴자 출판사의 쇼킨 편집국장이라는 특이한 인물이 동정을 해 주었다.

"흠, 안고 씨, 정말이지 이는 아픈 거예요. 이의 병하고 생식기의 병은 동류항同類項의 음울 아닙니까."

그럴싸한 말을 한다. 참으로 감정이 담겨 있다. 그러고 보면, 빚도 동류항일 것이다. 빚은 음울한 병이니라. 불치의 병이니라. 그것을 퇴치하고자 해봐야, 인력이 미치는 것이 아니니라. 아, 슬프다, 슬퍼.

치통을 꾹 참고, 방긋 웃는다. 조금도 대단하지 않아. 이 바보야.

아아, 치통으로 운다. 걷어차 줄 테다, 이 밥통아.

이는 몇 개 있는가. 이게 문제인 것이다. 사람에 따라 다를 줄 알았더니, 그렇지 않다는군. 이상한 데까지 비슷하게 만들었군. 그렇게까지 하지 않아도 상관없지 않은가. 그래서 나는 하느님이 싫다니까. 무엇 때문에 이의 숫자까지 똑같이 해 놓은 것일까. 미치광이. 정말이지. 그따위 꼼꼼한 방식은 미치광이의 소행이란 말이야. 좀 순수하게 하라구.

치통을 꾹 참고, 방긋 웃는다. 방긋 웃고 나서, 사람을 벤다. 잠자코 앉으면, 뚝 하고, 낫는다. 만병통치 할아버지다. 과연 그렇군, 신자가 모일 것이다.

나는 치통 때문에 열흘 동안 짜증을 부렸다. 아내는 친절해졌도다. 머리맡에 앉아, 양동이에 얼음을 넣고, 수건을 짜고, 5분마다 나의 볼 위에 교대로 갈아 놓아 주었도다. 분노가 뼈

에 사무칠 텐데 그런 기색도 보이지 않고, 정숙, 여대학*이도
다.

열흘째.

"나았어요?"

"음, 어느 정도 나았어."

여자라는 동물이 무엇을 생각하고 있는지, 이것은 영리한
인간으로서는 알 수 없는 것이다. 아내, 한순간 얼굴이 싹 변하
더니

"열흘 동안, 나를, 못살게 굴었지."

나는 얻어터지고, 걷어차였노라.

아아, 내가 죽자, 아내 순간 얼굴빛이 싹 바뀌더니, 평생, 나
를 못살게 굴었지, 하고 나의 시체를 때리고, 목을 졸랐노라.
순간, 내가 살아나면 재미있겠지.

단 가즈오檀一雄 오다. 품에서 비싼 담배를 꺼내, 가난해지면
사치스러워진다, 돈이 듬뿍 있으면, 20엔짜리 궐련을 산다, 이
렇게 중얼거리며 나에게 한 개를 주었노라.

"다자이가 죽었어요. 죽었으니까, 장례식에는 안 갔지요."

죽지 않은 장례식이라는 게 있단 말인가.

단은 다자이와 함께 공산당의 세포인가 하는 생물 활동을

---

* 女大學. 에도 시대 중기 이후 널리 보급되어 여성의 정신적 교육에 큰 영
  향을 끼친 책으로 여기서 '대학'은 사서오경의 하나인 대학을 가리킨다.
  메이지 근대화 이후 계몽사상가인 후쿠자와 유키치나 시부사와 에이이치
  등에 의해 책의 내용이 근대 사회 생활에서의 여성의 자세에 대해 부정적
  인 영향을 준다고 비판되었다.

한 일이 있다. 그때 다자이는 생물의 두목 격이었고, 단 가즈오의 말에 의하면 그 동아리에서는 가장 진지한 당원이었다는 것이다.

"뛰어든 곳이 자신의 집 근처였기 때문에, 이번에는 정말로 죽었다고 생각했지요."

단 선인仙人은 신의 계시를 내려 주며 왈,

"또 장난을 쳤지요. 뭔가 장난을 치는 겁니다. 죽은 날이 13일, 「굿바이」가 13회째, 어쩌고 저쩌고 한 것이 13······"

단 선인은 13을 죽 늘어놓았다. 전혀 알아차리지 못했기 때문에 나는 어안이 벙벙했다. 선인의 안력眼力 아니겠는가.

다자이의 죽음은 누구보다도 일찍 내가 알았다. 아직 신문에 보도되기 전에, 잡지 신조新潮의 기자가 알려주러 왔던 것이다. 그것을 듣고, 나는 즉시 편지를 남겨 놓고 행방을 감추어버렸다. 신문, 잡지들이 다자이의 일을 가지고 습격할 것을 직감했기 때문으로, 다자이의 일에 대해서는 당분간 이야기하고 싶지 않다, 이렇게 찾아오는 기자 제씨에게 써 놓고 집을 나섰던 것이다. 이것이 잘못의 근원이었다.

나도 처음에는, 살아 있는 게 아닐까 생각했다. 그러나 강변에 미끄러져 내린 자국이 분명했으므로, 그렇다면 진짜로 죽었구나 하고 생각했다. 미끄러진 자국까지 장난을 칠 수는 없다. 신문기자는 본인의 제자로 들어와 탐정소설을 공부하라.

신문기자의 착각이 진짜라면, 참으로 좋았을 것이다. 1년쯤 다자이를 감추어 두었다가, 훌쩍 살아나게 해 놓으면, 신문기자와 세상의 양식 있는 사람은 불같이 화를 낼지도 모르지만,

어쩌다 그런 일이 있어도 좋지 않겠는가. 진짜 자살보다야, 촌극 자살을 기도할 정도의 장난을 칠 수 있었더라면 다자이의 문학은 좀 더 걸작이 되었을 것이라고 나는 생각하고 있다.

* * *

브란덴 씨는, 일본의 문학자들과는 달리 안식眼識이 있는 인물이다. 다자이의 죽음에 대해(시사신보時事新報), 문학자가 멜랑코리만으로 죽은 예는 드물다. 대개 허약해서 궁지에 몰리게 마련으로, 다자이의 경우도 폐병이 한 원인이 아니겠느냐는 설이었다.

아쿠타가와도 그렇다. 중국에서 감염된 매독이 귀족 취미의 이 사람을 공포로 몰아넣었을 것으로 여겨진다.

아쿠타가와와 다자이의 고뇌에 대해, 이미 매독과 폐병에서 오는 압박이 만성이 되어, 자각하지 못하게 되었다 하더라도, 자살로의 코스를 열어 놓은 압력의 거대함이 그들의 허약한 점이었다는 것은 진짜라고 나는 생각한다.

다자이는 M·C, 마이 코미디언, 을 자칭하면서, 도저히 철저한 코미디언이 될 수는 없었다.

만년의 작품으로는, ―아무래도, 안 되겠다. 그는 『만년』이라는 소설집을 썼으므로, 헷갈려서, 안 되겠어. 그 죽음에 가까웠을 무렵의 작품에서는(혀가 꼬이는걸)『사양斜陽』이 가장 뛰어나다. 그러나 10년 전의「어복기魚服記」(이것이야말로『만년』안에 있도다)는 멋지지 않은가. 이야말로 M·C의 작품입니다. 『사양』도 거의 M·C이기는 하지만 도저히 완전한 M·C가 되지는 못했던 것이다.

「아버지」라느니 「앵두櫻桃」라느니, 괴롭다고. 그런 것을 남에게 보이면, 안 돼. 그건 숙취 중에만 있는 것이고, 숙취 중에 처리해야 할 성질의 것이다.

숙취의, 혹은, 숙취적인 자책과 후회의 괴로움, 애달픔을 문학의 문제로 삼아도 안 되고, 인생의 문제로 삼아서도 안 된다.

죽음에 가까운 무렵의 다자이는 너무나 숙취적이었다. 허구한 날이 아무리 숙취적이었다 하더라도, 문학이 숙취적이어서는 안 된다. 무대에 오른 M·C에게는 숙취가 허용되지 않는 것이다. 각성제를 너무 먹고, 심장이 폭발하더라도, 무대 위의 숙취는 저지하지 않으면 안 된다.

아쿠타가와는, 어쨌든, 무대 위에서 죽었다. 죽을 때에도, 약간, 배우였다. 다자이는 13이라는 숫자를 만지작거리기도 하면서, 인간 실격, 굿바이 하고 시간을 들여 줄거리를 세우고, 줄거리대로 해나가면서, 결국, 무대 위에서가 아니라, 숙취적으로 죽고 말았다.

숙취를 제거하고 보면, 다자이는 건전하고 멀쩡한 상식인, 즉 정상 인간이었다. 고바야시 히데오小林秀雄가 그렇다. 다자이는 고바야시의 상식성을 비웃었지만, 그것은 잘못이다. 참으로 올바르고 멀쩡한 상식인이 아니고는 제대로 된 문학을 쓸 수 있을 턱이 없다.

올해 1월 며칠이었던가, 오다 사쿠노스케織田作之助의 1주기에 술을 마셨을 때, 오다 부인이 2시간가량 늦게 왔다. 그때까지 술자리의 우리들은 매우 취해 있었는데, 누군가가 오다의 몇몇 숨겨 놓은 여자의 이야기를 하기 시작했으므로,

"그런 이야기는 지금 해 버려. 오다 부인이 온 뒤에는 하면 안 돼"

하고 내가 말하자,

"맞아, 맞아. 정말이야"

하고, 바로 맞장구를 친 것이 다자이였다. 선배를 방문할 때에는 정복인 하카마를 입는, 다자이는 그런 사내다. 건전하고, 정연하고 진실된 인간이었다.

그러나 M·C가 되면, 아무래도 숙취적이 되기 쉬웠다.

인간, 오래 살면 부끄러운 일이 많도다. 그러나 문학의 M·C에는, 인간의 수치는 있지만 숙취의 수치는 없다.

『사양』에는 이상한 경어가 너무나 많다. 그런가 하면 와다和田 숙부가 기차를 타면 기분이 좋아져서 노래를 흥얼거린다는 식으로, 그야말로 귀족을 묘사하는 전형적인 상투구로, 작가라는 것은 이런 대목에서 문학상의 본격적인 문제는 없을 터이므로 아무렇지도 않으련만, 실로 숙취적으로 얼굴이 새빨갛게 달아오르는 것이 이런 장면인 것이다.

참으로, 이러한 달아오름은 무의미하고, 문학상으로는 아주 사소한 일이다.

그런데 시가 나오야志賀直哉라는 인물이, 그것을 초들어 공격한다. 즉, 시가 나오야라는 인물이 얼마나 문학자가 아닌가, 단순한 문장가에 지나지 않는가 하는 것이 이로써 명백한 것인데, 그런데 이것이 또, 숙취적으로 최대의 급소를 찌르는 바람

는 그 교훈에 따라 열심히 답장을 쓴다고 하는데, 다자이가 열심히 답장을 썼을까. 별로 쓰지도 않았을 것이다.

하지만 좌우간 다자이가 상당히 팬들에게 서비스를 해 온 것은 사실이어서, 작년 나한테로 가나자와金澤인가 어딘가의 책방 주인이 화첩(인지 뭔지 알맹이를 열어 보지는 않았는데, 상당히 두툼한 것이었다)을 보내면서 한 자 적어 달라고 했다. 보자기를 열지도 않고 내버려두었더니, 때때로 재촉을 해 왔다. 독촉장 중에는 상당히 고가의 종이를 무리해서 산 것이고, 이미 누구누구 씨, 누구누구 씨, 다자이 씨도 써 주었다, 나는 너 사카구치 선생의 인격을 믿고 있다는 식으로 이상한 말이 쓰여 있었다. 마침 기분이 언짢은 일이 있어서 나도 화가 나서, 이상한 트집을 잡지 마라 바보 같은 놈아, 하고 보따리를 그대로 돌려보냈더니, 이 미친 놈, 하고 화를 내는 답장이 온 일이 있었다. 그때의 엽서에 의하면, 다자이는 그림을 그리고, 거기에 글을 써 주었다는 것이다. 상당한 서비스라 할 것이다. 이것도 그의 허약에서 왔을 것이라고 나는 생각하고 있다.

배우들이야 어쨌든, 문학자와 팬이라는 것은 일본에서도 외국에서도 그다지 화제가 되지 않는다. 대체로 현세적인 배우라는 직업과는 달리 문학은 역사성이 있는 일이므로, 문학자의 관심은 현세적인 것과는 교제가 얕은 것이 당연하며, 발레리를 비롯한 숭배자에게 둘러싸여 있었다는 말라르메를 보나, 목요회木曜會의 소세키漱石를 보나, 팬이라기보다는 문하생이고, 일단 재능의 자격이 전제된 인연이었을 것이다.

다자이의 경우는 그런 것이 아니라 영화 팬과 같은 것으로,

이런 점은 아쿠타가와에게도 비슷한 점이 있다. 나는 이것을 그들의 육체의 허약에서 온 것으로 보고 있는 것이다.

그들의 문학은 원래 고독의 문학으로, 현세적, 팬적인 것과 연결될 만한 점은 없을 텐데도, 즉 그들은 무대 위의 M·C가 될 만한 강인함이 결여되어 있고, 그 약함을 현세적으로 메우게 되었을 것이라고 나는 생각한다.

결국은 그것이, 그들을 죽음으로 몰아갔다. 그들이 현세를 버텨내었더라면, 그들은 자살하지는 않았을 것이다. 하긴, 자살했을지도 모른다. 그러나 좌우간, 좀 더 강인한 M·C가 되고, 더욱 뛰어난 작품을 썼을 것이다.

아쿠타가와든 다자이든, 그들의 소설은 심리의 달인, 인간의 달인의 작품으로 사상성은 거의 없다.

허무라는 것은 사상은 아닌 것이다. 인간 그 자체에 딸린 생리적인 정신 내용이고, 사상이라는 것은 좀 더 어리석고, 경박한 것이다. 그리스도는 사상이 아니라, 인간 그 자체다.

인간성(허무는 인간성의 부속품이다)은 영원불변의 것이고 인간 일반의 것이지만, 개인이라는 것은 50년밖에 살지 못하는 인간으로서, 그 점에서 유일하게 특별한 인간이며, 인간 일반과는 다르다. 사상이란 이 개인에 속하는 것이고, 따라서, 살고, 또 멸망하는 것이다. 그래서 원래가 덜렁쇠인 것이다.

사상이란 개인이, 좌우간, 자신의 일생을 소중하게 하고, 좀 더 낫게 살고자 해서 연구를 거듭하고 필사적으로 짜낸 방책이지만, 그렇기 때문에 또, 인간, 죽어 버리면 그뿐이야, 안달할 거 없어, 해 버리면, 그뿐이다.

다자이는 깨닫고 있으면서 그렇게 단언할 수도 없었다. 그러면서도, 보다 나은 삶을 연구하고, 풋내 나는 사상을 두려워하지 않고 바보가 되는 일은 더더욱 할 수 없었다. 그러나 그처럼 깨달음을 가지고, 차갑게 인생을 백안시해도, 조금도 구원받지도 못하고, 위대해지지도 않는다. 그것을 다자이는 진저리가 날 정도로 잘 알고 있었을 것이다.

다자이의 이러한 '구원받을 수 없는 슬픔'은 다자이 팬이라는 사람들로서는 알 수가 없다. 다자이 팬은 다자이가 싸늘하게, 백안시, 풋내 나는 사상이나 인간들의 발버둥질을 냉소하고, 숙취적인 자학 작용을 보일 때마다 갈채하고 있었던 것이다.

다자이는 숙취적이 되고 싶지 않았고, 가장 그것을 저주했을 것이다. 아무리 풋내가 나더라도 상관이 없다. 유치해도 좋다. 좀 더 잘 살기 위해서, 세간에서 통용되는 선행이건 무엇이건 필사적으로 궁리해서, 좋은 인간이 되고 싶었을 것이다.

그렇게 하지 못하게 한 것은, 온갖 그의 허약이었다. 그리고 그는 현세의 팬들에게 영합하고, 역사상의 M·C가 되지 못하고 팬만을 위한 M·C가 되었다.

'인간 실격' '굿바이' '13'이라니 정떨어진다, 퉤. 남이 그렇게 했더라면, 다자이는 으레 그렇게 말하지 않았을까.

다자이가 죽지 않고 다시 살아났더라면, 언젠가는 숙취적으로 얼굴이 새빨개지도록 욱하고, 대혼란, 고민 끝에, '인간 실격' '굿바이' 자살, 정떨어진다, 퉤, 그런 것을 썼을 것이 틀림없다.

* * *

다자이는 때때로, 진짜배기 M·C가 되어 빛나는 작품을 써 놓았다.

「어복기魚服記」『사양』, 그 밖에 예전에 쓴 것으로도 여럿 있지만, 근년의 작품 중에도 「남녀 동권」이라든지 「친밀한 우정의 교환」 같은 가벼운 것만 보아도 훌륭하다. 당당하고 우러러볼 M·C이고, 역사 속의 M·C의 솜씨다.

하지만 그것이 지속되지 못하고 자꾸만 숙취의 M·C가 되고 만다. 거기에서 자세를 고쳐 잡고 진짜 M·C로 돌아온다. 다시, 숙취의 M·C로 되돌아간다. 그것을 되풀이하고 있었던 것 같다.

그렇지만 그럴 때마다 이야기가 정교해지고, 좋은 이야기꾼이 되어 간다. 문학의 내용은 달라지지 않는다. 그것은 그가 인간통人間通의 문학으로, 인간성의 원본적인 문제만 다루고 있기 때문에 사상적인 생성 변화를 볼 수 없는 것이다.

이번에도, 자살을 하지 않고, 자세를 바로잡아, 역사 속의 M·C로 돌아올 수 있었다면, 그는 더욱 교묘한 이야기꾼이 되어 아름다운 이야기를 서비스했을 것이었다.

대체로 숙취적 자학 작용은 알기 쉬운 것인 만큼 심각한 것을 즐기는 청년의 갈채를 받게 되는 것은 당연하지만, 다자이처럼 높고 고독한 영혼이 곧잘 숙취적인 숙취의 M·C에 끌려다니곤 했던 것은 허약이 저질러 놓은 일이고, 또한 술이 만들어 놓은 것이라고 나는 생각한다.

브란덴 씨는 허약을 간파했지만, 나는 한 가지 더, 술, 이 지극히 통속적인 마물을 덧붙인다.

다자이의 만년은 숙취적이었지만, 또한 실제로 숙취라는 지극히 통속적인 것이 그의 높고 고독한 영혼을 좀먹고 있었을 것이라고 생각한다.

술은 거의 중독을 일으키지 않는다. 얼마 전, 어느 정신과 의사의 말에 의하면, 특히 일본에는 진성 알코올 중독이라는 것은 거의 없다는 것이다.

하지만 술이 마약이 아니라 요리의 일종이라고 생각하면 큰 착각이에요.

술은 맛있는 것이 아닙니다. 나는 어떤 위스키든 코냑이든, 숨을 멈추고, 간신히 넘기고 있는 것이다. 취하기 위해 마시고 있는 것입니다. 취하면 잘 수 있습니다. 이것도 효용 중의 하나.

그러나 술을 마시면, 아니 취하고 나면, 잊어버립니다. 아니, 다른 인간으로 태어납니다. 만약에, 자신이라는 것을 잊어버릴 필요가 없다면, 굳이 이런 것을, 나는 마시고 싶지가 않다.

나를 잊고 싶다, 거짓말쟁이. 잊고 싶거든, 일 년 내내 술을 마시고 줄곧 취해 있으라고. 이런 것을 데카당이라고 칭한다. 생떼를 부리면 안 된다.

나는 살아 있다구. 아까도 말한 대로, 인생 50년, 뻔한 것 아니야. 그렇게 말하기가 너무나 쉬우니까, 그렇게 말하고 싶지 않다고 하는 거잖아. 유치하건, 풋내가 나건, 군내가 나건, 어떻게든 살아 있다는 증거를 내세우고자 애쓰고 있는 거야. 연중 취해 있을 정도라면 죽어 버리는 게 낫다.

일시적으로 자신을 잊을 수 있다는 것은, 이건 매력 있는 일이란 말입니다. 확실히, 이것은 현실적으로 위대한 마술입니다. 옛날에는 50전 동전 하나를 손에 쥐기만 하면, 신바시新橋 역전에서 컵술을 다섯 잔 마시고 마술을 부릴 수가 있었지. 요즈음은 마법을 부린다는 게 쉬운 일이 아니에요. 다자이는 마법사로서 실격이 아니라, 인간으로 실격했다고 생각하고 놀아난 겁니다.

애초에 다자이는 인간으로 실격한 것은, 아니다. 숙취적으로 얼굴이 벌게져서 욱하기는 하지만 이처럼 벌게져서 욱하지 않는 놈들보다야 얼마나 제대로 인간적이었는지 모른다.

소설을 쓸 수 없게 된 것도 아니다. 잠깐, 일시적으로, 온전한 M·C가 될 힘이 쇠했을 뿐이다.

다자이는 분명히 어떤 종류의 사람들에게는 사귀기가 어려운 인간이었을 것이다.

예를 들어 어느 날 다자이는 나에게, 어쩌다 보니 〈문학계〉 동인이 되고 말았는데 그걸 어쩌면 좋을까 하기에, 상관없잖아, 그런 건 내버려두면 되는 거야. 아아, 맞다, 맞다 하고 기뻐했다.

그 뒤 남들에게, 사카구치 안고한테 이렇게 일부러 풀이 죽은 체해 보였더니, 아니나 다를까, 대선배 같은 태도로, 쿵하고 가슴이라도 칠 기세로, 그게 어때서, 내버려두면 돼, 라고 하더군, 하는 식으로 재미있게 말할 만한 사내인 것이다.

많은 옛 친구들은, 다자이의 이런 식의 수법 때문에 다자이가 싫어서 떠나기도 했고, 물론 이런 수법으로 친구들은 상처 받았을 것이 틀림없지만, 실제로는 다자이가 그 자신의 수법 때문에 속으로 더 상처받고, 얼굴이 붉어지며 욱했을 것이다.

원래 이런 일은, 그 자신이 그의 작품 중에서 말하고 있는 것처럼, 그저 눈앞의 사람에 대한 서비스로 문득 내뱉고 만 것뿐이다. 그 정도의 일이라면, 역시 작가인 친구들이 모를 리가 없겠지만, 그렇다고 알고 있으면서도 불쾌하게 생각하는 사람들이 그에게서 떠난 것이리라.

그러나 다자이 내면의 벌게져서 욱하기, 자기 비하, 그 고통은 엄청났을 것이다. 그 점, 그는 믿을 만한 성실한 인간이요, 건전한 인간이었던 것이다.

그래서 다자이는, 좌담에서는 불쑥 이런 서비스를 해버리고 속으로 벌게져서 욱하기에 이르는 것이지만, 그것을 문장으로 쓰지는 않는다. 그런데 다자이의 제자 다나카 히데미츠의 경우는, 좌담이고 문학이고 구별하지 않고 그것을 저지르며, 그런 다음 속으로만이 아니라 대놓고 얼굴을 붉히며 욱하는 등으로써 제치고, 그렇게 해서 본인은 구원받은 기분이니 감당할 수 없다.

다자이는 그렇지 않았다. 좀 더 진정으로 겸허하고, 경건하고, 성실했던 것이다. 그런 만큼 내면의 벌게지고 욱하는 기분은 엄청났을 것이다.

그러한 자기 비하로 남보다 훨씬 고통받는 다자이에게, 술의 마법이 필수품이었음은 당연하다. 그러나 술의 마술에는 숙취라는 향기롭지 못한 부속품이 있으므로, 난처하다. 불에 기름 붓기다.

요리용의 술에는 숙취가 없는 법이지만, 마술용 술에는 이
것이 있다. 정신의 쇠약기에, 마술을 사용하면 탈이 나게 마련
이고, 에라, 될 대로 돼라, 죽어도 좋아 하고 생각하기 일쑤며,
가장 강렬한 자각 증상으로서는, 더는 일을 할 수 없게 되었다
느니. 문학도 진저리가 난다느니 하면서 이것이 자신의 속내인
것처럼 여기게 되는 것이다. 실제로는 숙취의 환상이다. 그리
고 병적인 환상 아니고는, 더 이상 집필을 할 수 없다는 절체절
명의 경우는 실제로 존재하지 않는 것이다.

다자이 같은 인간통, 인생의 온갖 것들을 속속들이 아는 인
간이라 하더라도, 이런 속된 것을 잘못 생각하기도 한다. 무리
도 아니다. 술은 마술이니까. 속되건, 천박하건, 적이 마술인 만
큼, 알고 있어 보았자 인지人智는 미치지 못하는 것이다. 로렐
라이인 것입니다.

다자이는 슬프다. 로렐라이에게 당하고 말았습니다.

정사情死라니. 뻥이다. 마술사는, 술 속에서 여자에게 혹할
뿐. 술 속에 있는 것은 당사자가 아니라, 다른 인간이다. 다른
인간이 반해 보았자, 당사자는 몰라요.

우선, 진짜로 반해서 죽는다는 따위는 난센스다. 반했으면
사는 겁니다.

다자이의 유서는 형태를 갖추지 못했다. 엉망진창으로 취했
던 모양이다. 13일에 죽는 것은 어쩌면 속으로 생각하고 있던
일이었을지도 모른다. 좌우간, 인간 실격, 굿바이, 그리고 자살,
뭐, 아무렇지 않은 척 줄거리는 세워 두었을 것이다. 속으로 줄

거리는 세워 두었다 하더라도, 꼭 죽어야 하는 것은 아니지 않은가. 꼭 죽어야 할, 그러한 절체절명의 사상이라든지, 절체절명의 경우라는 것이 실재하는 것은 아니다.

그의 숙취적 쇠약이 속으로 세워 놓은 줄거리를 점차 결정적인 것으로 만들어 놓았을 것이다.

그러나 잽싼 삿짱*이 싫다고 했더라면, 실현되었을 리가 없다. 다자이가 엉망으로 취해서 이야기를 꺼냈고, 삿짱이 그것을 결정적으로 만들어 놓았을 것이다.

삿짱도 대단한 술꾼이라는데 그 유서는, 존경하는 선생님의 동반자로 삼아 주신 것은 분에 넘치는 행복입니다, 하는 정리된 것이었고, 취한 흔적은 전혀 없다. 그러나 다자이의 유서는 서체도 문장도 엉망진창이어서, 엄청난 술주정인 게 분명하고, 이것이 자살이 아니었다면, 어라, 간밤에 그런 짓을 했단 말이지, 하고 숙취의 벌게지고 욱하는 일이 벌어졌을 터이지만, 자살이면, 이튿날 깨어날 수 없으니 아무런 소용이 없다.

다자이의 유서는 너무나 꼴이 말이 아니다. 다자이의 죽음이 가까웠을 때의 문장이 숙취적이었더라도, 좌우간 이 세상을 상대로 한 M·C였다는 점만은 분명하다. 하긴, 「여시아문如是我聞」의 연재 마지막 회는 지독하다. 여기에도 M·C는 거의 없다. 있는 것이라곤 넋두리뿐이다. 이런 것을 씀으로써 그의 내면의 벌게지고 욱하기는 점차로 심해지고, 그의 정신은 소모되어,

---

* 다자이 오사무와 정사한 야마자키 도모에의 별명.

홀로 괴롭고 애절했을 것으로 생각된다. 그러나 그가 M·C가 아니게 될수록, 가까이 있는 사람들에게서 갈채가 일어나고, 그 어리석음을 알고 있으면서도 지겨워져서, 갈채하는 사람들을 목표로 거기에 맞추어 나갔던 모양이다. 그런 점, 그는 마지막까지 M·C이기는 했다. 그를 에워싼 가장 좁은 서클을 상대로.

그의 유서에는, 그 좁다란 서클 상대의 M·C조차 없다.

아이가 평범하더라도 용서해 달라고 한다. 부인에게는, 당신이 싫어서 죽는 것이 아니라고 했다. 이부세井伏 씨*는 나쁜 사람입니다, 라고 했다.

거기에 있는 것이라고는 만취한 주정뱅이의 소란뿐이고, 전혀 M·C는 없다.

하지만 아이가 평범하더라도 용서해 달라는 말은 애처롭다. 범인이 아닌 아이를, 그는 얼마나 원했던 것일까. 평범하더라도 자신의 아이가 애처로운 것이다. 그것으로, 된 게 아닐까. 다자이는 그런, 평범한 인간이다. 그의 소설은 그가 정상적인 인간, 다소 선량하고 건전함을 갖춘 인간이라는 것을 알고 읽지 않으면 안 될 글이다.

그러나 아이를 그저 측은히 보아 달라고 하지 않고, '특히 평범하니까'**라고 말하고 있는 점에 다자이의 일생을 관통하는 애절함의 열쇠도 있을 것이다. 즉, 그는, 매우 보기 드문 허영

---

* 소설가 이부세 마스지井伏鱒二를 가리킨다. 다자이 오사무의 선배이자 스승격으로 그의 결혼 주선 등 물심양면으로 다자이를 돌봐준 인물이다.

쟁이기도 했다. 그 허영쟁이 자체, 통속적이고 상식적인 것이지만, 시가 나오야에 대한 「여시아문」의 넋두리에서도, 그것을 폭로하고 있다.

황족이, 자신의 일인 듯이 여겨져 애독했다, 그것으로 족하지 않은가, 하고 다자이는 시가 나오야에게 대들고 있지만, 평소의 M·C의 뛰어난 테크닉을 망각하고 보면, 그는 통속 그 자체였던 것이다. 그것으로 된 것이다. 통속적이고 상식적이 아니고서야, 어찌 소설을 쓸 수가 있을 것인가. 다자이가 평생, 끝내, 이 한 가지 일을 깨닫지 못하고, 묘한 갈채에 맞춰 숙취의 자학 작용을 하고 있었던 일이, 그의 대성을 가로막았던 것이다.

되풀이해서 말한다. 통속, 상식 그 자체가 아니면, 훌륭한 문학은 쓸 수 없는 것이다. 다자이는 통속, 상식이 제대로 된 전형적인 인간이면서도, 끝내 그런 자각을 가질 수 없었다.

* * *

인간을 딱 잘라 말한다는 것은 무리다. 특별히 지독한 것은 아이라는 존재다. 불쑥 태어나서 등장한다.

이상하게도, 나에게는 아이가 없다. 불쑥 태어날 뻔한 일이 두 번 있었지만, 죽어서 태어나기도 하고, 낳자마자 금방 죽고

** 다자이의 장남 마사키는 다운증후군이었다. 다자이의 자살의 이유 중 하나로 불구인 장남을 거론하는 사람도 있다.

는 해서, 덕분에 나는 아직도 편히 지내고 있는 것이다.

전혀 의식하지 않는 가운데, 묘하게 배가 불러 오고, 갑자기, 그런 기분이 들기도 하고, 어버이 같은 심정이 되기도 하고, 그런 식으로 인간이 태어나고, 자라는 것이므로, 바보스럽다.

인간은 결코 어버이의 자식은 아니다. 그리스도와 마찬가지로, 모두 소 외양간이나 화장실 같은 데서 태어나고 있는 것이다.

부모가 없어도 아이는 자란다. 거짓말입니다.

부모가 있어도 아이는 자라는 것이다. 부모라는, 바보 같은 것이, 인간입네, 부모입네, 배가 불러 오자, 갑자기 당황해서, 부모처럼 변해 버린 덜떨어진 존재가, 동물이라고도 인간이라고도 할 수 없는 묘한 연민을 기울여 음침하게 아이를 키우는 거다. 부모가 없으면, 아이는 훨씬 훌륭하게 자라는 거예요.

다자이라는 사내는 부모 형제, 가정이라는 것에 상처받은 괴상한 불량소년이었다.

태생이 어떻다는 등 쓰잘데없는 소리만 늘어놓고 있다. 강박관념이다. 그런 끝에 결국, 녀석은, 참으로, 화족의 자식, 천황의 자식 같은 것이었으면 좋겠다고 내심 생각했고, 그따위 너절한 몽상이 녀석의 내면의 인생이었다.

다자이는 부모라든지, 형이라든지, 선배, 장로長老라고 하면 아예 머리를 들지 못한다. 그래서 그것을 공격하지 않으면 안 된다. 분한 것이다. 하지만 마구 매달려 울고 싶을 정도의 애정을 가지고 있는 것이다. 이런 점이 불량소년의 전형적인 심리였다.

다자이는 마흔이 되고서도 아직 불량소년이었고, 불량청년도, 불량노년도 될 수 없는 사내였다.

불량소년은 지고 싶지 않은 것이다. 어떻게 해서든 잘나 보이고 싶다. 목을 매어 죽더라도 잘나 보이고 싶다. 황족이나 천황의 자식이기를 바란 것처럼, 죽어서도 잘나 보이고 싶다. 마흔이 되어서도 다자이의 내면의 심리는 그런 정도의 불량소년의 심리였고, 그 천박한 짓을 진심으로 하고 싶어 했으므로 엉망진창인 녀석이다.

문학가의 죽음, 그런 것이 아니다. 마흔이 되어서도 불량소년이었던 이상한 못난이가 갈가리 찢겨, 결국 일을 저지른 것이다.

참으로 웃기는 녀석이다. 선배를 방문한다, 선배라 부르면서, 전통 예복을 걸치고 들이닥친다. 불량소년의 인의仁義다. 예의바르다. 그리고 천황의 자식처럼, 일본에서 가장 예의바른 체하고 있는 것이다.

아쿠타가와는 다자이보다도 좀 더 어른 같은 영리한 얼굴을 했고, 그리고 수재로, 얌전하고 순진한 것 같았지만, 알고 보면 똑같은 불량소년이었다. 이중인격으로, 또 하나의 인격은 품속에 단도를 품고, 축제일 같은 때 어슬렁거리며, 소녀를 협박하고, 구슬리고 있었던 것이다.

문학자, 좀 더 심한 것은 철학자, 웃기지 마라. 철학. 뭐가 철학인데. 아무것도 없지 않은가. 사색을 한다는군.

헤겔, 니시다 기타로西田幾太郎, 그게 뭔데, 어처구니없다. 예순이 되어도, 인간이라는 건, 불량소년일 뿐 아닌가. 어른인 체

굴지 마. 명상 따위 뇌까리고.

무엇을 명상하고 있었단 말인가. 불량소년의 명상과 철학자의 명상, 어디에 차이가 있다는 거냐. 빙 에두르고 있는 만큼, 어른 쪽이 멍청한 수고를 더 하고 있는 게 아닌가.

아쿠타가와도, 다자이도, 불량소년의 자살이었다.

불량소년 중에서도 특별히 겁쟁이, 울보였던 것이다. 완력으로는 이기지 못한다. 사리로도 이기지 못한다. 그래서 무엇인가 그럴싸한 것을 끄집어내어, 그 권위로 자기주장을 한다. 아쿠타가와도, 다자이도, 그리스도를 끄집어냈다. 겁쟁이 울보 불량소년의 수법이다.

도스토예프스키쯤 되면, 불량소년이었더라도 골목대장다운 완력이 있었다. 그 정도의 완력이 있으면, 그리스도네 뭐네 하고 끄집어내지 않는다. 자신이 그리스도가 된다. 그리스도를 만들어낸다. 결국 만들어내고 말았다. 알료샤라는, 죽음 직전에, 겨우, 마감을 맞췄다. 거기에 이르기까지는 지리멸렬이었다. 불량소년은 지리멸렬이다.

죽는다든가, 자살이라든가 이런 것은 별 볼 일 없는 것이다. 졌으니까 죽는 것이다. 이기면 죽지는 않는다. 죽음의 승리, 그 따위 어리석은 논리를 믿는 것은 만병통치 할아버지의 벌레 조각을 믿는 것보다도 바보 같다.

인간은 사는 것이 전부다. 죽으면 사라진다. 명성이나 예술은 길다. 어리석다. 나는 유령은 질색이다. 죽어서도 산다는 그 따위 유령은 질색이다.

사는 것만이 소중하다는 것. 단지 이 정도의 일도 알지 못한다. 실제로는 안다거나 모른다거나 하는 문제가 아니다. 사느냐, 죽느냐, 둘밖에는 없는 것이다. 게다가 죽는 쪽은 그저 없어질 뿐, 아무것도 없을 뿐 아닌가. 살아 보이고, 해내 보이고, 끝끝내 싸워 보여야 하는 것이다. 언제든지 죽을 수 있다. 그따위 쓸데없는 짓은 하지 말라. 언제든 할 수 있는 짓 따위는 하는 것이 아니다.

죽을 때에는 그저 무로 돌아간다는, 이 조심스러운 인간의 진정한 의무에 충실하지 않으면 안 된다. 나는 그것을 인간의 의무로 보는 것이다. 살아 있는 것만이 인간이고, 그 뒤는 오직 백골, 아니, 무다. 그리고 오직 산다는 것만을 앎으로써, 정의, 진실이 태어난다. 생과 사를 논하는 종교나 철학 따위에는 정의도, 진리도 없는 것이다. 그건 장난감이다.

하지만 살아 있으면 피곤해져. 이렇게 말하고 있는 나도, 때로는 무로 돌아가고자 생각한 일이 있습니다. 싸워 나간다, 말은 쉽지만 피곤해요. 그러나 작정은 해 놓고 있다. 어떻게 해서든 살아 있는 시간을 살아 나간다. 그리고 싸울 것이다. 결코, 지지 않겠다. 지지 않는다는 것은 싸운다는 것입니다. 그 이외에는 승부 따위 있을 수가 없다. 싸우고 있으면 지지 않는 것입니다. 결코, 이기지 않는 것입니다. 인간은 결코 이길 수 없습니다. 오직 지지 않는 것뿐이다.

이기자는 따위의 생각을 하면 안 된다. 이길 턱이, 없지 않은가. 누구에게, 어느 누구에게 이길 생각이란 말인가.

시간이라는 것을 무한이라고 보면 안 되는 것이다. 그런 허풍스러운, 아이의 꿈같은 이야기를 진지하게 생각해서는 안 된다. 시간이라는 것은, 자신이 태어나서 죽을 때까지의 사이를 말합니다.

과장이 지나친 것이다. 한도. 학문이란 한도의 발견에 있는 겁니다. 과장이란 것은 아이의 몽상이지, 학문이 아닙니다.

원자폭탄을 발명하는 것은 학문이 아닙니다. 어린이의 놀이 입니다. 그것을 컨트롤하고 적당히 이용하고, 전쟁 같은 것을 하지 않고, 평화로운 질서를 생각하고, 그런 한도를 발견하는 것이 학문이란 것입니다.

자살은 학문이 아니에요. 아이의 놀이입니다. 처음부터, 한 도를 알고 있는 게 필요한 것이다.

나는 이번 전쟁 덕분에, 원자폭탄은 학문이 아니다, 어린이 의 놀이는 학문이 아니다, 전쟁도 학문이 아니라는 것을 배웠 다. 과장된 것을 과대평가하고 있었던 것이다.

학문은, 한도의 발견이다. 나는 그것을 위해 싸운다.

(1948년 7월)

행운유수 行雲流水

"스님, 큰일났어요"

하고 뛰어 들어온 것은, 절 맞은편 장아찌 가게 여주인이었다.

"뭐가 큰일인데."

"우리 집 고키치扁吉란 녀석이 여자한테 푹 빠져 버렸어요. 그 여자란 게, 절 뒤에 사는 엉덩짝을 얻어맞은 그 화냥년 아니겠어요. 일이 한심하게 되어 버렸어요. 저도 고키치 녀석의 엉덩이를 냅다 패줄까 생각은 했지만요. 그럴 게 아니라, 스님한테 부탁 드려서, 저 녀석에게 설교를 해 주셨으면, 이렇게 생각한 거지요."

"그 여자라면 나쁘지 않겠지. 얼굴도 반반하고, 좀 요염하지. 약간 머리가 모자란 것 같지만, 그런 쪽이 재미있고, 싫증이 나지 않는 법이야."

"그만두세요. 나는 화냥년은 딱 질색이에요. 아무리 뭐라 해도."

"먹고 살기 위해서는 어쩔 수가 없지. 갈보, 유녀라며 구별을 할 필요는 없는 거지. 고키치한테는 그 정도면 딱 어울리겠는데 그래."

"우리 남편하고 똑같은 말을 하지 마셨으면 좋겠네요. 남자들은 어째서 이럴까요. 여자는 몸가짐이 깨끗해야 하지 않겠어요. 우리 남편이란 작자도 유녀면 어떤가, 먹고 살자면 어쩔 도리가 없는 거야, 라네요. 그 빌어먹을 영감탱이, 그 나이에 여자를 사고 싶은 게 틀림없다니까요. 두고 보자. 스님도 대체로 그러신 모양이죠. 정말이지 기가 막혀 뭐라 말을 못 하겠네요."

"그러게, 소승한테 부탁해도 소용이 없어. 나 같았으면, 둘을 합쳐 놓고 말 테니까, 그리 생각하시오. 못 할 짓이지."

"뭐가 못 할 짓이에요. 적당히 해 두세요, 얼간이 같으니라구. 그렇지만 좀, 부탁 드려요. 고키치를 보낼 테니, 본당 같은 데에 앉히고서 부처님 앞에서 잘 타일러서 설교해 주세요."

이렇게 해서, 스님은 고키치와 이야기를 하게 되었던 것이다.

"너, 뒷집 여자애하고 했니?"

"네, 죄송합니다."

"부부 약속을 한 거지."

"아니에요, 그게 도무지, 여자가 싫다고 말하는 바람에 저는 미칠 것만 같습니다. 제가 그 여자한테 들인 돈만 해도, 벌써

30만도 더 됩니다. 아예 그 여자를 베어 버리고, 죽어 버릴까 하고."

"이런 이런, 그런 겁나는 소리를 하는 게 아니야. 하하아, 그러면, 너는 여자를 돈으로 샀다는 이야기로구나."

"그렇구만요. 엉덩짝을 두들겨맞은 매음녀라고 하기에, 저처럼 귀엽고 순진해 보이는데, 돈만 내면 말을 듣는 여자라니, 생각하고 거래를 해 보니 과연 그렇더군요. 하지만 알고 보니, 차가우면서 정이 있고 그만 빠져 버려서, 헤헤, 정말 죄송합니다. 머릿속에 달라붙어 자는 동안에도 잊을 수가 없습니다. 부디 좀 헤아려 주셔서, 부처님의 힘으로 맺어 주시기를 부탁드립니다."

"바보 치고는 말을 잘 하는데. 차가우면서 정도 있다라. 그렇군. 어디 한번 부처님의 힘으로 진척을 시켜 보자."

느긋한 스님이었다. 그는 막걸리 만드는 이와 장기에 열을 올려, 경문을 4분의 1 정도로 줄여 버리는 것으로 평판이 나 있었는데, 마을의 상담역이면서 친절하기도 해서 인기가 있었다.

절 뒤에 사는 엉덩짝을 맞은 매음녀라는 것은 목수의 딸로 소노코라고 했다. 종전 후 아버지가 폐병으로 누워 버렸고, 소노코는 사무원이 되어 벌이를 했지만, 여자 손 하나로 병든 아버지와 형제들을 먹여 살릴 수는 없다. 언제랄 것도 없이 매음을 하게 되었는데, 밖에서 할 때는 괜찮았지만 때때로 집으로 남자를 불러들였던 것이다.

마침내 병든 아버지가 참지를 못하고, 소노코를 잡아서 엉덩이를 걷어 올리고 딱딱하고 때렸다. 때리면서 피를 토하고, 힘이 다해 즉사하고 말았다. 소노코는 아버지를 괴로움 가운데 죽게 했던 것이다.

그 꾸짖는 모습이 어찌나 심했던지, 그것이 목숨의 마지막 격정을 드러낸 것인지는 모르겠지만, 이웃 사람들이 다 튀어나와 구경을 할 정도였다. 어안이 벙벙해진 사람들 앞에서, 그는 온 힘을 다해 소노코의 엉덩이를 때리다가 숨이 끊어지고 말았다.

"병자는 히스테리가 되는 법이야."

이렇게, 이해심이 많은 스님은 밤샘의 자리에서 소노코를 두둔했던 것이다.

"달리 감사를 표할 도리가 없어서 엉덩이를 때린 거야. 인간은 그런 존재지. 부처님은 감사하고 있단다."

아무도 아무 소리도 하지 않았다.

"이것 봐, 너의 엉덩이는 귀여운 엉덩이야. 아버지의 수명을 봉양했고, 약값을 번 훌륭한 엉덩이라구, 조금도 부끄러울 것은 없어."

참으로 귀여운 엉덩이일 것으로 여겨졌다. 자그마하고 좀 말랐지만, 가슴과 엉덩이는 적당하게 살이 붙어 있어, 보기만 해도 정욕이 솟아나게 마련이다. 스님의 형세가 금방이라도 소노코의 엉덩이를 쓰다듬을 것 같은 감격스러운 정애가 깃들어 있었으므로, 사람들은 그 광경에 넋이 빠져 있었다.

고키치의 부탁을 받았으므로 소노코를 찾아가 보니 동생과 누이는 학교에 간 뒤였고, 남자 구두가 한 켤레 있었으므로 누군가 벽장에 들어가 숨은 모양이었다.

"이보시오. 나오시오. 쥐는 아닌 것 같으니 숨을 것은 없소. 사람이 숨어 있어서야 마음 놓고 이야기도 할 수가 없지 않겠소. 아버지가 엉덩이를 때리다 죽고 말았으니, 남자가 놀러 와서 자더라도 이상할 것은 없겠지."

소노코는 고개를 숙이고 있다. 스님이 일어서서 벽장을 열었더니, 젊은 남자가 한껏 쪼그리고 앉아 있었는데 이 역시 고개를 숙이고 있다. 체념하고 기어 나왔다.

"뭐, 거기 앉으시오. 정사를 방해해서 미안하게 되었구려."

스님은 아무렇지도 않은 태도다.

"실은 말이야. 장아찌 가게 아들 부탁으로 왔는데, 그 녀석은 너한테 푹 빠져 있더구나. 너만 좋다고 하면 결혼하고 싶다는데, 너의 사정은 어떠냐?"

"이쪽은 사정이 안 좋아요."

"엄청 솔직하게 말을 하는구나. 너는 사정이 안 좋다고?"

"저도 아버지한테 엉덩이를 얻어맞고, 그 바람에 아버지의 수명을 줄여 놓았으니, 오기로라도 매음으로 평생을 살아야 합니다. 그렇게 해 보일 겁니다."

"이거야, 요즈음 드물게 용감한 말을 다 듣는구나. 무사는 이마의 흉을 부끄러워하지, 중국에서는 멘쯔面子라고 하거든. 낯이 선다 서지 않는다란 말은 예전부터 들었지만, 요즈음의 여류女流는 엉덩이로 낯을 세우나."

"그런 건 모르겠고 동생과 누이를 먹여 살려야 하기 때문에, 장사는 그만둘 수 없습니다. 게다가 근처의 사람들은 갈보, 갈보 하면서 사람의 얼굴을 뚫어지게 노려보고 있는데, 이처럼 심술 사나운 사람의 집에 시집 같은 건 갈 수 없어요."

"그건 당연하지. 하지만 고키치하고 결혼하고 싶지 않은 것은 고키치가 싫어서는 아니고, 너의 오기 때문이구나?"

"아뇨. 고키치도 싫어요. 좋아한다면 공짜로 놀아 줄 거예요. 싫으니까 용돈이네, 쇼핑이네 하고 돈을 뜯어낸 거죠. 그 사람은 30만 엔이나 돈을 들였으니 결혼해 줘, 따위의 말을 하는데, 그따위 말투가 다 뭐예요."

"그렇군. 한마디 한마디가 지당한 말이군. 장아찌집으로 시집을 가 봤자, 너희 가족은 불행해질 뿐이고, 저쪽에서도 불행해질 뿐이겠군. 만사를 내가 이해했으니, 매음에 열을 내면 되겠군."

스님은 돌아가서 고키치에게 그만두라고 말했다.

"제기랄, 저 계집애, 그따위 소리를 했단 말입니까. 용서할 수 없군."

"소용없어. 핏대를 세워 보았자 이야기가 정리될 턱이 없지. 그 아이는 얻어맞은 엉덩이에 오기를 세우고 있으니까 너하고는 마음가짐이 다른 거다. 깨끗이 단념해라."

"엣헷헤. 저도 억지 부리는 것은 싫지만, 아무래도 괘씸해요. 저 못된 것, 냅다 칼로 베어 조지지는 못하더라도, 하다못해 중이라도 만들어 버리고 싶군요."

매우 원한이 사무친 모양. 스님도 걱정이 되어서, 소노코를 만나 고키치의 형세가 이러저러하니까 조심하는 것이 좋겠다고 가르쳐 주었더니,

"네, 감사합니다. 저 이제부터 출장 가는 남자를 따라 3주쯤 여행을 가게 되었으니까 마침 잘 되었네요. 3주면 그 사람의 마음도 조금은 가라앉겠지요. 자기 말만 떠들어대니까, 저런 남자는 싫어요"

하고, 동생에게 자기가 없는 동안에 쓸 돈을 건네주고 그대로 어디론지 사라지고 말았다.

불가에는 행운유수行雲流水라는 말이 있는데, 소노코의 경우는 그야말로 운수雲水의 경지를 터득한 것이로군 하고 스님은 감탄했다. 대체로 운수라는 말은, 지극히 확실하지 않은 정신과, 육체를 가사袈裟로 감싸고 이리저리 배회하는 데 지나지 않는 일이지만, 소노코의 경우는 그러한 불명쾌한 것이 아니다. 모든 것이 속 시원하게 정리되어 있으며, 요컨대 엉덩이라는 것이 천하를 행운유수하고 있을 뿐이다. 그야말로 명쾌하다고 말하지 않을 수 없다. 어떠한 조사祖師라 하더라도 한 방 먹일 만한 틈이 없는 것 같았다.

소노코는 아직 18세다. 여느 집 같았으면 아직 여학생에 지나지 않는 아직 한창 자라고 있는 아가씨였다. 그 자태에는 아직 미성숙한 것들이 많은 그림자를 남겨 놓고 있고, 가슴과 엉덩이가 갑자기 탱탱하게 정기를 담은 채 빛나고 있는 모양이었다.

저 엉덩이가 행운유수하고 있단 말이지, 하고 스님도 조금은 샘이 나는 듯한 기분이다. 이 나이를 먹고도 도무지 일갈一喝 따위를 할 단계가 아니다. 스님 쪽이 30대 정도 얻어맞을 필요가 있는 것이다.

"요즘 세상은 구메久米의 선인仙人*쯤은 노상 정신을 잃어야 할 판이야. 나쯤 되니까 버티고 있는 거지"

하고 스님은 간신히 스스로를 위로하는 것이다.

그런데 3, 4일 지나서 고키치가 행방불명이 되었다. 회사의 돈을 50만 엔가량 빼내 가지고 도망쳤다는 것을 알게 되었다. 조사해 보니, 그 이전에도 50만 엔가량 썼다는 것을 알았다. 그것을 소노코에게 쏟아 부었던 것이다.

"정말이지, 스님, 어처구니없이 멍청한 녀석이에요. 30만 엔을 소노코에게 빼앗겼다는 헛소리를 지껄이고 있었는데, 이 녀석 무슨 소리를 하고 있나 생각했거든요. 설마하니 도둑질을 해서 갖다 바치고 있는 줄은 몰랐지 뭡니까. 결국은 소노코하고 손을 맞잡고 도망친 것이겠지요. 바보 같은 놈입니다."

"고키치는 자포자기 심정으로 한 거야. 소노코하고 함께는 아닐걸. 그 아이 고키치는 거들떠보지도 않으니까."

"뭐요, 말씀 다 하셨어요. 깨닫기라도 한 듯 말씀을 하시는군. 이 멍청이 같으니. 그렇지만 스님, 나는 어떡하면 좋아요."

"당사자의 행방을 알 수 없으니, 여기서 속을 끓여 봤자 소용이 없어. 자네도 여자이면서, 툭툭 아무 소리나 할 뿐 생각이 모자라니까 아이가 제대로 자라지 못하지."

---

* 용문사에서 도를 닦아 선인仙人이 된 사람이 하늘을 날다가, 요시노 강에서 빨래를 하는 여인의 무릎을 보다가 도력道力을 잃고 추락했다는 이야기로 불교 계통의 여러 문헌을 비롯해 『금석물어今昔物語』, 『츠레츠레구사徒然草』 등 수많은 설화, 수필집에 나온다.

"참, 그거 미안하게 됐군요. 문어 대가리 땡중 같으니라고. 으스대기는. 하지만 스님, 부적이라도 써 주세요. 그놈의 목덜미를 붙잡아서, 냅다 걷어차 줄 테니까."

장아찌집 마나님은, 걷어차 준다는 따위의 이상한 말로 기세를 보였지만 실은 경찰에 불려가지를 않나, 신문기자는 몰려오지 않나, 울화통이 터져 있었던 것이다.

그런데 그로부터 열흘쯤 뒤, 50만 엔을 탕진한 고키치는 사가미 호수의 숲에서 목을 매 죽었다. 훔친 돈은 대부분 도박으로 날린 모양이었다.

* * *

"스님, 죄송합니다만, 그 녀석, 아직 성불을 하지 못한 것 같으니, 불경을 읽어서 인도를 해 주세요. 한밤중이 되면, 뼈 항아리가 자꾸만 달그락거려서 시끄러워 죽겠거든요."

"기분 탓이야. 자네도 신경쇠약이 된 거겠지. 자네 같은 사람만큼은 그 병에 걸리지 않을 것이라고 생각하고 있었는데, 세상일은 한치 앞도 알 수가 없군."

"바보 취급하지 마세요. 저 따위 바보 같은 놈이 목을 매단들, 내가 신경쇠약 같은 게 걸릴 리가 있겠어요? 스님이 경문을 자꾸만 줄여 버리는 바람에 저 녀석이 성불하지 못하는 거라구요."

"요즈음은 머리가 나빠져서 말이지. 경문이라는 건 줄일수록 맛이 나는 거야. 조만간 틈이 나는 대로 경문을 더해 줄 테니, 느긋하게 죽은 영혼과 대화를 하는 게 좋겠군."

"웃기시네. 멍청이 땡중."

장아찌집 마나님은 화가 나서 돌아갔지만, 한 시간쯤 지나자 의아한 얼굴로 또 왔다.

"스님, 놀라서 말도 할 수가 없어요. 정말로 죽은 혼이 튀어나왔다니까요."

"거 신기하군. 뭐라던가?"

"그런 게 아니예요. 뼈 항아리가 덜걱덜걱거리는 것도 이상하잖아요. 생쥐 같은 게 있는 게 아닐까 생각했어요. 뼈 항아리를 열고 살펴보았거든요. 신문지 위에 쏟고 뒤져 보았지만, 이상한 건 없었어요. 그러다, 별생각 없이 이빨 쪽을 들어 올렸다고 생각해 보세요. 그 녀석의 앞니에 숫자가 쓰여 있더라니까요. 30이라고 말이죠. 나야 외국 글씨를 읽을 줄 모르지만, 남편이란 작자가 건방지게 그걸 읽더니 30이라는 겁니다. 기막히지 않으세요. 그 녀석, 화냥년한테 빼앗긴 30만 엔의 한이 풀리지 않은 거예요."

"어디, 그 이빨 좀 보여줘."

보니, 과연, 갈색 모양으로 된 선이 있다. 30이라고 읽지 말라는 법도 없겠지만, 분명히 30이라는 것도 아니다. 생전에 이에 새겨 놓은 것이 아니라, 써 놓은 글씨가 불에 쬐어 떠오른 것 같은 형국이다.

장기광인 스님은 탐정 취미도 있었으므로 한 무릎 다가앉더니,

"흠, 좋았어. 소승이 조사해 줄 테니, 자네도 함께 와 봐."

스님은 아는 치과 의사를 방문했다. 치과 의사는 이빨을 이리저리 만지작거리더니,

"아무래도 모르겠네요. 나는 죽은 사람의 이빨을 치료한 일이 없으니 뭐라고 말할 수는 없지만, 이것은 그저 우연으로 아무것도 아닌 게 아닐까요."

"이 망자는 목을 매어 자살했는데, 죽기 전에 이빨에 약으로 글씨를 써 놓으면, 뼈가 된 다음에 이렇게 되는 게 아닐까요?"

"글쎄요, 어떨까요. 그런 이야기는 들은 적이 없는데, 입 안은 젖어 있는 게 보통이니까, 약으로 써 보았자 지워지지 않을까요. 이것은 무슨 우연이겠지요. 나는 뼈가 되고 만 이빨 같은 것을 본 일은 없지만, 자세하게 살펴보면 이런 사례가 많이 있을지도 모르겠군요."

"하지만 약으로 썼다고 생각할 수도 있지 않겠어요?"

"스님, 바보 같은 소리 그만하세요. 애도 아니고, 머리를 박박 깎은 늙은이가, 약, 약 타령이나 하고, 무슨 소릴 하고 있는 거야. 고키치 저 멍청이의 한이 서려서 여기 나타나 있는 거라니까. 경문을 절약하는 바람에 이런 꼴이 된 거라구요. 도무지, 뼈 항아리의 소동이 보통이 아니라고 생각했다니까요."

"좋아, 좋아, 그럼, 뼈 항아리를 맡아 두지. 본당으로 가져다 놓고, 삼칠일三七日 정도 정성스럽게 독경을 해 드리지."

스님은 어쩔 수 없이 뼈 항아리를 받아 들었다. 그러지 않았다가는 그 집으로 가서 경을 읽어야 한 판이다. 본당에 가져다 놓으면, 내버려둔다 해도 아무도 모른다.

그러는 사이, 소노코가 행운유수에서 돌아왔기에 본당으로

불렀다.

"사실은 말이야, 네가 없는 동안에 고키치가 목을 매어 죽었단다."

"그랬다지요. 귀신한테 씌었겠지요. 그런 남자, 많이 있어요."

"장아찌집 여주인이 들이닥치지 않았던가?"

"아직 오지 않았지만, 이제 와서 어쩔 수가 없잖아요."

"그건 그렇지만 고키치는 너에게 쓴 30만 엔이 마음에 걸렸던 모양이다. 뼈 항아리가 깊은 밤이 되면 달가닥달가닥 소란을 피운다는 거야. 이상해서 열어 보았더니 앞니에 30이라는 글씨가 떠올라 있었다는 거야. 30만 엔 때문에 성불하지 못했다는 거지. 저거, 거기에 있는 게 고키치의 뼈니까 배례해 주지 그래. 명복을 비는 거지."

"나는 싫어요. 배례를 하다니."

소노코는 화를 냈다.

"얌전하게 죽었다면 배례를 해 주겠지만, 나에게 한을 남겨 놓고 죽는다는 치사한 근성은 다 뭐예요. 그렇다면, 나도 미워해 줄 겁니다. 나는 아버지에게 엉덩이를 맞았을 때부터 이 세상을 적이라고 생각하고 있으니까, 고키치의 유령 따위 아무렇지도 않아요."

"기가 센 아가씨로군. 이 정도의 아가씨인 줄은 몰랐네."

스님은 뼈 항아리를 가지고 와서, 그 속을 휘젓고는 앞니를 꺼냈다.

"이거야 이거. 여기 30이라고 보이지. 나는 녀석이 너무 원통해서 목을 매기 전에 무슨 약을 썼을 것이라고 생각했는데, 장아찌집 여주인은 망령이 이 땅에 머물러서, 이빨에 글자를 썼다는 거야. 그처럼 모자란 친구는 집념이 강하니까, 죽은 뒤에도 무슨 짓을 저지를지 알 수가 없거든. 내가 독경을 절약하고 있어서, 녀석이 좀처럼 성불하지 못한다는 거야."

소노코는 그 이빨을 들어서 보고 있었지만 전혀 두려워하는 기색은 보이지 않았다.

"좋아요, 나도 미워해 줄 테니까, 잘 기억해 두라구. 당신 하나뿐이 아니야. 앞으로 몇 사람이든 이런 꼴이 될걸."

소노코는 대담하기 짝이 없는 비웃음을 띠고, 앞니를 뼈 항아리 속으로 던져 넣었다.

"배짱이 좋구나. 너는 좋아하는 사람은 있니?"

"별걱정 다 하시네요."

"별걱정이겠지만, 가르쳐 주렴. 요즈음 여성에 대해서는 사정을 알 수가 없으니 지도를 부탁한다. 나도 아내를 셋이나 갈아 치웠고, 그 옛날에는 유곽에 뻔질나게 드나들었지만, 요즈음 여성은 알지 못하거든."

"내 엉덩이를 때리면서 죽다니, 비겁하지요. 고키치만 해도 마찬가지로 비겁해요. 남자는 모두 비겁하다고 생각해도 돼요. 난, 남자 따위는 증오할 뿐이에요. 모두가 멍청해 보일 뿐이라구요."

"그렇군. 그런 거구나. 그리고 보면, 분명, 남자는 멍청이야. 엉뚱한 긁어 부스럼이란 게 이런 거지. 하지만 고키치는 너를 칼로 베어 버리고 싶다고 했지만 그렇게 할 수는 없고 하다못해 중으로 만들고 싶다고 한을 품고 있었으니 조심하는 게 좋겠다. 죽은 영혼은 끈질긴 거야. 중노릇을 하고 있으면 잘 안다. 3대까지는 지벌을 입지 않을지 몰라도 1대만큼은 끈기 있게 노리곤 하거든."

소노코는 엷은 웃음을 지을 뿐, 대답도 없이 작별의 말을 하고 돌아가 버렸다.

스님은 찬찬히 뼈 항아리를 응시했다. 남자는 모두 멍청이로 보인다는 말이 걸렸던 것이다.

남자는 분명 범부凡夫에 지나지 않는다. 소노코의 엉덩이의 행운유수의 경지하고는 비교도 되지 않는 것이다. 물도 머무르지 않고, 그림자도 깃들지 않고, 그 엉덩이는 순수한 엉덩이 그 자체이고, 명경지수明鏡止水란 또한 이런 것이다.

젖내 나는 아기의 향기가 아직 풀풀 피어나는 듯한, 그러면서도 정기精氣가 굳건하게 왕성한 형국의 귀여운 젖과 엉덩이를 생각하면서, 스님은 어쩔 줄을 몰랐던 것이다. 석가모니께서는 거짓말을 하셨구나. 남자가 깨달음을 얻는다는 따위를 바랄 수 있는 것일까, 하고.

망자의 혼은 이 땅에 머무르고, 앞니에 원한의 30만 엔을 써놓고, 밤마다 뼈 항아리를 시끄럽게 만들고 있다는 고키치는 남자 중의 남자다운 용사일지도 모른다. 명경지수까지는 못 가더라도, 멍청이치고는 괜찮은 편이다. 스님은 뼈 항아리에 처음으로 친애의 감정을 품게 되었던 것이다. 하지만 막걸리 만드는 일이 바빠서 독경은 해 주지 않았다.

* * *

　스님이 소노코의 집을 찾아갔을 때 벽장에 숨었던 남자는 소노코하고 남녀의 가장 깊은 정분에 빠져 있는 멍청이 중의 하나였다. 그는 소노코를 데리고 3주간의 출장여행을 함께 했는데, 출장이란 말은 엉터리고, 공금을 가지고 나와서 무턱대고 도망치고 있었던 것이다. 바로 고키치하고 똑같은 상황이었다.

　귀경해서, 소노코로부터 고키치가 목을 맨 이야기와 뼈 항아리 이야기를 듣고서, 절실히 한심하다는 기분이 들었다. 그 자신, 막다른 골목에서 목을 매달기 한 발짝 앞까지 와 있었기 때문이다.

　"고키치 씨하고 나는 다르겠지? 너는 나를 사랑하고 있는 거지?"

　하고 남자는 걱정이 되어서 물었다.

　"고키치와 당신은 달라요. 당신은 좋아해요."

　"그런가."

　남자는 생각에 잠겼다.

　"하지만 몽땅 털어 놓으면, 내가 싫어지지 않을까?"

　"그럴 리 없어요. 나, 남자가 좋아진 것은 당신이 처음이에요. 그러니까, 버리지 말아 주세요."

　남자는 다시 생각에 잠겼다.

　"그럼, 작심하고 말해 줄게. 이젠 작심하고 말하는 것 말고는 방법이 없어졌어. 나는 오늘이라도 자살할 수밖에 없게 됐어."

"어머, 그런 일, 있을 리가 없잖아요."

"너는 모르는 일이야. 나는 고키치 씨랑 똑같은 경우야. 출장 따위는 거짓말이야, 회사 돈을 쓰며 도망치고 있는 거야. 훔친 돈도 바닥이 났거든. 나는 강도질하며 살 만한 배짱은 없으니, 죽을 수밖에 없지. 여행을 가서도 죽을 장소를 찾아보고는 했는데, 그만 도쿄까지 돌아오고 만 거야. 네가 함께 죽어 줄 것인지, 그게 불안해서 지금까지 살아 왔을 뿐이야."

"나도, 당신이 죽어 버리면, 살고 싶은 의욕이 없어요."

소노코는 이처럼 기가 약해진 적은 없었다. 아직 18세의 아가씨인 것이다. 그때까지 생각해 보지도 않은 죽음이라는 것에 갑자기 끌려 들어가는 기분이 되었다. 그녀는 갑자기 남자가 불쌍해지고 애처로워졌던 것이다.

아마도 고키치의 경우와의 우연의 일치 때문일 것이다. 18세라는 나이가, 그것을 받아들일 정도로 닳아빠지지 않았던 것이다. 소노코는 오히려 자진해서 뛰어드는 듯한 격한 마음이 들었다.

"나라고 몸이나 팔면서 살고 싶지 않아요. 하지만 이 길 말고는 살아나갈 길이 없어요. 당신이 죽는다면, 나도 죽을 거예요."

남자는 눈물을 흘리며 울기 시작했다. 달리 표현할 수가 없었던 것이다. 그 정도로 절박하게 생각하고 있었던 것이다.

소노코도 마음이 정해지자, 죽음으로 떠나는 여행이 오히려 희망에 찬 듯한 기분이 일었다. 그녀는 남자를 남겨 놓고, 미장원으로 가서 모모와레桃割*로 머리를 묶었다. 한 번쯤 모모와

레로 머리를 해 보았으면 하고 꿈까지 꾸었지만 해본 적이 없었기 때문이다.

많은 음식을 만들어서 동생들과 함께 마지막 식사를 즐겼다. 소노코는 머리가 흐트러질까 두려워서 남자의 마지막 요구도 거절하고, 베개에 머리를 대지 않은 채 밤늦게까지 앉아서 버텼다.

"마치 나나 우리의 애정보다도 모모와레 쪽이 더 소중한 것 같네."

남자는 소노코에게 투정을 했다.

"그런 말을 하는 건 당신한테는 애정이 없어서 그래요. 이젠 다른 일은 잊어버리고, 죽는 일만을 생각하기로 해요."

"그런가. 그렇군. 넌 틀림없이 성^聖처녀야."

남자는 후회하고, 감격하고, 그리고 또 울었다. 그리고 두 사람은 밤이 새자, 아직 캄캄한 대기 속을 싸늘한 새벽바람을 맞으며, 절 바로 옆으로 지나는 철도 레일 위에 나란히 누웠다.

"몸통이 둘이 되면 더럽고 싫어."

이렇게 미리 의논한 대로, 몸부터 다리 쪽은 제방 쪽으로, 목만을 레일 위에 올려놓았던 것이다.

소노코가 무서워진 것은 그때부터였다.

"추워. 안아 줘."

소노코는 남자에게 입을 맞추었다. 그리고, 서 있는 남자와

---

* 에도 시대부터 쇼와 시대에 이르기까지 서민 계급 어린 여성들 사이에서 유행한 헤어스타일. 현재도 성인식 등에서 많이 볼 수 있다.

여자가 입을 맞출 때처럼 능숙하게 얼굴을 붙이고, 남자에게는 알아차리지 못하게 목의 위치를 끌어당겼다. 그리고 남자의 얼굴에, 위로부터 입술을 댔다.

첫 열차가 다가온 것은 바로 그때였다. 소노코는 입술을 떼고, 자신도 레일을 베는 시늉을 하고 몸을 눕혔는데, 그녀의 머리는 레일을 벗어났고 다만 모모와레가 남아 있을 뿐이었다.

* * *

"뒤쪽 선로에서 자살이 있었는데, 명복을 빌어 주세요"

하고 마을 사람들이 깨우는 바람에, 스님은 레일로 올라갔다.

죽은 것은 남자였다. 목이 깨끗이 잘리고, 몸통은 치인 위치에 전혀 흐트러진 흔적도 없이 남아 있었던 것이다.

목만 20미터 조금 못 되게 굴러간 듯, 효수한 목처럼 침목 위에 똑바로 서 있었다. 큰 눈을 부릅뜨고 있다. 게다가, 자신을 친 기차를 환송하듯이, 진행하는 쪽을 똑바로 노려보고 있었다. 조금도 흐트러진 모습이 아니다.

"예의가 바르구먼. 이 양반, 자신을 치어 준 기차한테, 수고했다고 인사라도 할 심산이었나봐. 유서 있는 집안의 젊은 사무라이인지도 모르겠군요."

"글쎄."

스님은 목을 바라보았다.

"앗, 그 녀석이네."

벽장 속에 숨어 있었던 사내다. 저런, 결국 이렇게 되었단 말이지. 죽는 것은 고키치 한 사람이 아니에요, 라고 하더니, 엉덩이의 복수 두 사람째가 성취되었던 것이다.

"이것 보세요. 이런 데에 여자의 땋은머리가 날아와 있네요. 이건 모모와레예요. 머리의 땋은 데부터 쪽 빠져 있는데요."

한 사람이 떨어진 곳에서 이렇게 외치는 소리가 들려왔다.

"그러고 보니, 여기에는 여자의 게다가 날아와 있고요. 그럼, 여자도 깔린 건가."

그럭저럭 날이 밝아와, 상당한 사람들이 몰려와 있었다. 그때, 게다를 발견한 남자가 괴상한 소리를 질렀다.

"야, 여자의 시체를 발견했어요. 도랑 속에 처박혀 있네. 코만 나와 있어요. 어라. 살아 있는 게 아닐까. 물에 가라앉지 않게 손으로 버티고 있는걸."

서둘러 그 자리로 뛰어간 것은 스님이었다.

그는 냅다 목덜미를 움켜잡고 물속에서 빼냈다. 소노코다. 소노코는 눈을 떴다.

"하하아. 죽은 체를 하고 있었구나. 내가 봤어."

스님은 저도 모르게 큰 소리로 외쳤다.

머리카락이 쏙 빠져 있었던 것이다. 그 외에는 어디에도 상처가 없는 것 같았다. 머리카락이 빠지는 서슬에 도랑으로 굴러 떨어진 것인지, 사람들의 기척 때문에 얼른 도랑에 빠졌던 것인지 알 수가 없다.

하지만 스님으로서는 하나의 정경이 눈에 보이는 것 같았다. 함께 죽을 것처럼 하고서, 머리카락만 치이게 한 소노코의 확실한 그 솜씨. 그것이 18세의 첫 전투라니, 앞으로 어떤 일들이 더 벌어질지 실로 무서운 이야기다.

스님은 갑자기 흥분했다.

"이 계집애. 너, 죽을 것처럼 보이고는 남자만 죽게 했구나. 처음부터 죽을 마음이 없었던 거야. 이 악당 같으니라구!"

스님은 소노코를 내던지더니, 뒤쪽을 내리고, 팬티를 벗겼다. 새하얀 엉덩이가 나타났다.

"이거야. 이거야. 요놈이야."

스님은 미친 것 같았다. 엉덩이를 끝도 없이 때리고 있었던 것이다. 순사가 스님을 떼어 놓느라 한바탕 애를 썼다.

스님의 행동은 사람들의 오해를 부르지 않고 끝났다. 소노코의 죽은 아버지가 내렸어야 할 벌을 스님이 대신 해 주었을 뿐이라고 생각했기 때문이었다.

스님으로서는 그러나 하나의 투쟁이었을 것이다. 그런데도, 스님은 그렇게 하고서도 전혀 개운하지 않았다.

결론으로서 말하자면 고키치의 죽은 영혼이 전부터의 숙원을 이루어, 소노코를 중으로 만들고 싶다던 하나의 성취가 있을 뿐이었다.

머리카락은 1년이면 다 자랄 것이다. 소노코는 전혀 난처하지 않았다. 그리고 이제는, 앞으로 동반자살 따위는 하지 않고, 멍청한 것들을 철저하게 쥐어짜서 괴롭혀 주어야겠다고 결심했을 뿐이었다.

(1949년 9월)

간장 선생肝臟先生

종전 후 2년째인 8월 15일의 일로, 이즈伊豆의 이토伊東 온천에서 미우라 안진三浦按針* 축제라는 것이 열려, 그날 하루만은 이토 시에서는 모든 금령을 해제해 여관이나 음식점은 술을 마구 퍼마시게 해도 좋고 스시든 덮밥이든 무엇이든 팔아도 좋다는 지구 사령관의 포고가 나왔다고 한다.

전쟁 이래 이토로 소개해 가 있던 조각가 Q에게서 속달이 왔는데, 이런 상황이라 이 온천 도시의 사람 모두 이날만을 손

---

* 1600년 수로 안내인으로서 최초로 일본에 표착한 영국인 윌리엄 애덤스의 일본명. 도쿠가와 이에야스 밑에서 일본 최초의 조선 도크를 만들어 서양식 범선을 만들었고 서양 사절과의 외교 교섭에서 통역이나 상담역을 맡아 신임을 얻어 귀화했다. 일본명의 의미는 미우라군을 영지로 받은 수로 안내인이라는 뜻이다.

꼽아 기다리고 있으며 벌써부터 활기가 마구 넘치고 있으니 당일의 장관이 짐작되지 않는가. 부디 왕림하기를, 이라는 초대였다.

종전 후 2년째 8월이라고 하면, 일본이 개벽 이래 이처럼 의기소침해 있던 예가 없던 때다. 왜냐하면 그해 7월에 요리음식점 금지령이라는 것이 나와서, 일체의 술과 음식의 영업이 완전히 두절되었다. 금지령이란 것이 나오면 반드시 빠질 구멍이 나타나, 뒷구멍으로 장사 번창, 겉보기보다도 수입이 좋아 금령 대환영이라는 것이 난세의 상도常道다. 알 카포네의 대성공담이 나온다. 이것이 오늘날에는 상식으로 되어 있지만, 처음으로 금령이라는 것을 당한 역사적 순간이라는 것은, 다들 완전히 초심자인지라 갈팡질팡하며 어찌할 바를 모르고, 미래의 알 카포네들도 가게를 닫고 팔짱을 낀 채 하늘만 쳐다보고 있기만 했다. 한여름의 태양은 사정없이 내리쬐고, 전국 방방곡곡이 쥐 죽은 듯 소리 하나 나지 않는 쓸쓸한 일본이 되고 말았다.

이런 때, 단 하루라지만 금령을 해제한다니까, 듣기만 해도 마음이 둥실둥실 뜨게 마련이다.

내가 엄청난 감동을 안고서 초대에 응했음은 말할 것도 없었는데, 그런데 맞이한 친구는 뚱한 얼굴이다.

"그건 유언비어였어. 이야기가 너무 근사하더라니. 이런 일이 있으면 좋겠다고들, 모두 똑같은 꿈을 꾸고 있었던 거지. 누군가 한 사람이 홧김에 그런 소리를 했던 것이 온 시내를 휩쓴 모양이야."

온천 마을에서, 술도 마시지 못하고, 밥도 먹여 주지 않는다. 이렇게 되면, 만사를 온천객에게 의존하고 있는 고장인 만큼, 온 시내가 죽을상을 하고 있는 것은 어쩔 수가 없다.

역전에는 아치를 세워 안진 축제의 분위기를 띄우려 하고 있지만, 전차에서 내린 여행객인 듯한 사람은 나 하나다. 몇몇 사람과 어깨와 어깨가 스쳐 지나가는 곳은 길 폭이 2미터에 못 미치는 암시장뿐이고, 큰길은 빛과 그림자를 휘젓고 있는 것이라고는 열기를 띤 미풍뿐이었다. 평상시에는 사람들의 북새통을 독점하던 유흥가도 집집마다 문짝을 꼭꼭 닫고, 종업원들도 진즉에 내쫓겨, 이제는 죽음의 거리였다.

"하지만 자네의 여정을 위로하기 위해서 따로 자리를 마련해 두었으니까, 낙담할 것은 없네. 아무래도, 자네의 걸음걸이가 영 생기를 잃고 만 것 같지만."

그는 나를 위로하면서,

"모처럼 마음먹고 와 주었는데, 꿈의 하루는 연기가 되어 사라졌고, 이런 것을 부탁하는 것은 황송하지만 자네의 도움을 빌리고 싶은 게 하나 있어."

"뭔데?"

"시를 지어 주게."

나는 대답 대신에 웃음이 터지고 말았다. 태어난 이래로 한두 번 시를 써 본 적이 없는 것은 아니지만, 산문을 계속 써온 나로서는 압축된 미묘한 어감하고는 이미 연이 끊어져서, 말에 집착하다 보면 사물 자체를 잃고 만다. 사물 자체를 바탕으로 쓰는 것이 산문의 본질이고, 말에다 초점을 두는 일에 대해서는 본질적으로 기피할 수밖에 없는 것이다.

내가 웃음을 터뜨리는 것을 보고서, 친구는 기분이 상한 모양이다.

"뭐, 됐어. 곧, 알게 될 테니까."

숲속의 마녀가 주술을 거는 듯한 온화하지 않은 말을 늘어놓더니,

"자네한테 보여줄 것이 있네."

그는 나를 아틀리에로 안내했다. 아틀리에 한가운데에 무척이나 이상하게 생긴 커다란 돌이 반들반들 잘 닦여 있다.

"자네가 봐 주었으면 싶은 것은, 이 석상이야."

"석상?"

"응"

"이 돌을 가지고 만드는 건가?"

"이게 완성된 석상이야."

그는 나를 가련하다는 듯이 바라보았다.

시의 원한을 돌로 갚다니 괘씸하군. 쉬르레알리즘은 내가 젊었을 때의 장기였다고 하면 좀 과장이지만, 앙드레 브르통, 필리프 수포, 루이 아라공, 폴 엘뤼아르 등의 번역을 한 적이 있다는 소리를 하면, 기묘한 돌 정도를 가지고 나를 어리벙벙하게 할 수는 없다는 것을 친구는 알았을 것이다. 석신石神, 도조신道祖神에 관해서도, 나는 다년간의 연구가 있고 제석천의 신체神體 같은 것은 속속들이 알 뿐 아니라 기타 등등의 학문도 있다.

"패전 이래 아방가르드로 전향하셨군"

하고 놀려 주었지만, 그는 입을 꾹 다물고 상대하지 않는다.

"이건 무슨 석상인가요?"

"간장!"

"간장?"

"그래!"

"퀘스크 슬라 시니피에?(그게 무슨 뜻인데?)"

"슬라 시니피에 모츠!*(그건 모츠를 뜻해)"

"모츠?"

"모츠! 세타디르(즉) 리버!"

"앗, 닭꼬치! 간장肝臟!"

"세사!(맞았어!)"

쉬르레알리슴의 연구도 이에 미치지 못하는 것은 어쩔 수 없군. 탐정소설을 쓴 일도 있지만, 해부를 견학한 일도 없는지라, 부끄럽게도 간장의 모양도 알지 못한다. 하지만 직경 1.8미터나 되는 돌의 간장을 만드는 사내는 미친 놈이다.

"간장은 이런 모양을 하고 있나?"

"아이 돈 노!"

"어, 이거, 간장이, 아닙니까?"

"나는 위와 장과 심장을 보고, 이걸 만들었어. 내가 본 책에는 간장의 그림이 없었거든."

---

* 모츠는 일본의 음식점에서 재료로서의 소, 돼지, 닭 등의 내장 전반을 가리키는 말이다. 소와 돼지의 창자를 가리키는 '호르몬'이란 말과 혼용되어 사용된다.

"흠, 소문보다 더한 천재로군. 꼬치구이집의 창고인가. 간판으로 둔다면 입구를 막아 버릴 테니, 정원석인가. 하지만 꼬치구이집이라는 것은 조촐한 데고, 좌우간 바로 앞에서 구워 먹이는 가게니까 뜰은 필요 없을 테고."

"쉿!"

그는 나를 제지했다. 그야말로 그는 미친 거다. 단좌端坐하고서, 라고 말하고 싶지만, 의자에 걸터앉아 있는 만큼 단정하게 무릎을 모으고 차분하게 나를 바라보는가 했더니, 고개를 숙이고, 똑 하고 한 방울. 엄청 놀랐다, 뭐지.

"내 친구야."

그는 눈물을 훔치고 나서 엄숙하게 간장을 가리켰다.

"이 간장은 우리의 친구요 우리의 스승, 의학사 아카기 후우赤城風雨 선생의 기념비야. 우리 동지들이 모여서, 선생의 높은 덕을 기려 산책하는 사람들에게 맑고 고운 미풍을 풍겨 주기 위해 이것을 한적한 거리 귀퉁이에 놓아둘 거야. 자네가 시를 써야 하는 것은, 이 간장의 비면碑面이야."

나는 눈물샘이 단단하기 때문에 도저히 미친 녀석에게 장단을 맞춰줄 수는 없다.

"시라는 것은 시간 의식이 한가하게 길었던 시절에 존재했던 것이거든. 나 같은 건 말이야, 피카동*이라고 할 미진겁微塵劫**적인 현실에 밀착해 있기 때문에, 산책하는 이에게 미풍을

---

* 원자폭탄의 속칭으로 "피카 = 섬광, 동 = 쿵"의 합성어다.
** 불교 용어로 잴 수 없을 정도로 긴 시간을 가리킨다.

풍겨줄 재주는 도저히 부릴 수가 없거든."

"뭐, 됐어, 차차 알게 될 거야."

그는 또 주문처럼 주절거렸다.

"자네가 아무리 데카당인 체해 봐야, 아카기 후우 선생의 고난과 영광 가득한 일생을 듣고 보면, 센티멘탈해지지 않을 수 없을 거야. 이제 곧, 자네의 눈물샘도 나사가 풀릴걸."

그는 웃으면서,

"이제 자네를 이카토라 씨 댁으로 안내할 텐데, 이카토라 씨는 자네를 대접하기 위해 주안상을 마련해서 기다리고 있어. 이토 시는 온천 마을이기는 하지만 반은 어부 마을이지. 이카토라 씨는 남해의 이름도 없는 어부지만, 가장 깊이 아카기 후우 선생의 높은 덕을 기린다는 점에서는 제1급의 인간이야. 전쟁이 한창일 때에는 아카기 선생의 병원에서 일손이 모자라 도우러 갔다가, 끝내 임종의 순간까지 지켜본 가장 가까운 사람이야. 사나흘 자네를 묵게 해 줄 테니까, 신선한 생선을 실컷 먹고 아카기 후우 선생의 이야기를 들으면 되는 거야. 자네 생각이 확 바뀔걸."

"나는 이카토라 씨 댁에서 묵는 건가?"

"당연하지. 자네의 비뚤어진 근성을 고쳐 놓자면, 거기서 묵는 게 제격이야."

이렇게 해서, 나는 어시장에서 계단을 올라간 곳에 있는 이카토라 씨의 2층에 닷새간 묵게 되었다. 나는, 가능하다면, 5년이라도 묵고 싶었을 정도다.

어부라는 것은 참으로 포근하고 친절한 존재다. 아침인사,

밤인사 따위의 흔해빠진 인사는 전혀 하지 않는다. 달리 센스 있는 대용품을 사용하는 것도 아니다. 즉, 전혀 말을 하지 않는 것이다. 아무리 친한 사이라 하더라도, 잠자코 길에서 스쳐 지나간다. 고개도 숙이지 않는다. 그들은 물고기와 동화되어서, 객쩍은 소리는 하지 않는 모양이다. 생선이 인사를 한다면 이상할 것이다. 그들 중에는 도미 같은 사람도 있고, 넙치 같은 할아버지도 있다. 아귀를 빼닮은 아저씨도 있고, 정어리 같은 아가씨도 있다. 넙치족이란 것은 모두가 일률적으로 넙치이고, 타로太郎 넙치도 하나코花子 넙치도 존재하지 않는 것처럼, 그들로서는 인간족이란 일률적으로 그저 인간일 뿐, 그 절대의 신뢰감과 동족감이 어부 마을에는 넘치고 있는 것이다.

그리고 어부는 물고기보다도 영리하고, 온화하다. 나는 이토 시의 반인 온천 마을에서는 다른 고장에서 섞여 들어온 떠돌이들이 싸우는 것을 보았지만, 나머지 반인 어부 마을에서는 영구히 싸움이 없다는 것을 알았다. 젊은 어부들의 늠름한 몸집은 몽땅 풍랑과의 싸움에 바쳐지고, 동족을 향해 주먹을 휘두른다는 것 따위는 생각할 수도 없는 것이다. 평화로운, 그리고 따뜻한 마을.

새벽 3시면, 이미, 소라고둥 소리가 어두운 해면으로 울려 퍼진다. 백 명 남짓의 젊은이들이 각자의 집에서 튀어나온다. 그들을 태운 10척 정도의 작은 배들이 모선母船에 이끌려 달려 나간다. 아무런 호령도 없고, 극적인 동작도 없다. 악천후로 파도가 높이 일어 부서져 내리는 날도 마찬가지로, 그저 평범하게 나갈 뿐이다. 정치망定置網을 건져 올리기 위해 가는 것이다.

같은 무렵, 어쩌면, 한 시간 더 일찍, 근해로 고기를 잡으러 나가는 봉수망捧受網이 출진한다. 이카토라 씨는 봉수망의 조장으로, 어기漁期에는 연일 새벽 2시에 나가, 밤 10시에 돌아온다. 집에서 자는 일은 없다. 말없이 집에 돌아오면, 수건을 들고 목욕탕으로 갔다가, 그럭저럭 4시간쯤 지나면 잠자코 다시 나갈 뿐이다. 그들이 물고기와 동화되는 이유는 알 만하다. 원양으로 나가게 되면, 1개월, 참치의 경우라면 2개월여나 바다 위에서 지낸다. 기껏해야 40톤가량의 배. 겨우 2평이 조금 넘는 크기의 한 방에서 30명가량의 사람이 자는 것이다. 물 말고는 자신들의 먹을 것으로 쌀과 소금을 싣는 것이 고작이다. 그들은 그저 무작정 물고기를 쫓는다. 온종일 물고기를 쫓는다. 그것이 그들의 일생이다. 그들의 아버지도, 그 아버지도, 그리고 또 그 아버지도 줄곧 그랬다. 그리고 그들은 바닷물로 씻은 쌀밥이 육지의 밥과는 비교도 되지 않을 정도로 맛있다는 것을 알고, 갓 잡아올린 물고기에는 생선 비린내가 없고, 씹는 살에는 단맛이 깃들어 있고, 사람에게 먹이기 위한 온갖 배려가 깃들어 있음을 알고 만족하는 것이다. 그들은 제국 호텔의 프랑스 요리를 그리워하지 않는다. 그들의 일상의 식사가 그보다도 풍부한 묘미가 넘친다는 것을 발견하고, 확인하고 있기 때문이다.

이토 시의 온천 마을과 어부 마을의 경계를 이루고 있는 것이 오가와大川인데, 일명 오토나시가와音無川라고도 한다. 여기서는 은어와 장어가 잡히고, 꾼들이 애호하는 모쿠조 게가 잡힌다. 그리고 그 바다로 열린 곳에서는 흑도미가 엄청 많이 잡힌다.

어부의 아이들은 여름 내내 강의 물고기와 게를 잡으며 노는데, 그것을 먹지는 않는다. 어부 마을에서는 강의 물고기는 아이들의 장난감으로 여기고 식용으로는 쓰지 않는다. 강의 물고기는 '이소' 냄새가 나서라고 그들은 말한다. 이소라고 하면, 통상적인 일본어에서는 바다라는 뜻인데, 그들의 용법은 좀 달라서 강의 고기와 흑도미는 이소 냄새가 난다며 완전히 경멸하고 있는 것이다.

파도가 부서지는 곳 언저리의 바위가 있는 해안에서는, 내가 단 30분만 어정거려도 성게를 10마리, 20마리나 주울 수가 있다. 전복도 소라도 많이 있다. 그들은 이것을 기념품으로 온천객에게 팔기는 하지만 그들은 먹지 않는다. 그들의 미각은 특별한 것이다. 좋은 의미든 나쁜 의미든 그들처럼 고루하기 짝이 없는 미식가는 없는 것이다. 그것은 고래가 늘 정어리만 뒤쫓고, 고래상어가 참치만을 전문적으로 먹는 것과 같은 일이다. 한마디로 말해, 그들은 어디까지나 영리하고 온화하고 마음씨가 올바른 물고기와 다름없는 것이다.

어부 마을의 이 성격을 안다는 것은 이제부터 내가 할 이야기와 깊은 관계가 있다. 그들은 마음씨가 올바르기 때문에, 마음이 비뚤어진 사람과도 사귈 수가 있다. 어떠한 선량한 사람과도, 어떠한 사악한 사람하고도 사귈 수가 있는 것이다.

정말이지 이토 시는 신기한 마을이다. 온천 마을과 어부 마을로, 성격이 아주 반대인 것이 하나가 되어 좌우간 조화를 이루고 있는 것이다. 온천 마을에서는 명사라느니, 부호라느니 하는 속세의 평가를 매우 중요하게 여겨 소란을 피우고 있지만, 어부 마을에는 인간족이 있을 뿐이다. 온천 마을에서는 전쟁 중에 온 일본에서 집이 부족했기 때문에 방 다섯 개 정도의 집이 2백만 엔이라느니, 2칸짜리 방세가 7천 엔, 1만 엔을 부르기도 했지만 이카토라 씨의 2층이나 별채에는, 어디의 누구인지 확실하지 않는 타처의 사람이 거저 방을 빌리고 있는 것이다. 방이 비어 있으니 거저 빌려 준다. 없는 방을 무리하게 빌려주고 있는 것이 아니므로 거저라는 것뿐이고, 이카토라 씨의 안주인이 손이 비어 있을 때면, 방의 청소도 해 주고, 이불요도 깔아주고 개켜 주고 하기도 한다. 단, 손이 비어 있을 때만이다. 전혀 낭비가 없을 뿐이다.

이런 이야기를 쓰면, 어부 마을 사람들의 약간의 선량함을 주장하기 위해 내가 터무니없는 과장을 하면서, 가공의 선인善人들을 날조하고 있는 것으로 생각할지 모른다. 정말이지 내 친구들도, 이카토라 씨가 떠돌이에게 공짜로 방을 빌려준다는 이야기를 듣고서, 그건 어지간히 초특별 바보라고 생각하고, 이 넓은 세상에 그런 인간이 하나쯤 있을 수도 있겠구나 하고 마지못해 인정할 정도다. 어부 마을 전체가 이카토라 씨하고 완전히 같은 기분이라고 말을 해도 믿어 주지 않는 것이다. 하지만 나는 세상의 하찮은 상식에는 구애받지 않기로 하겠다.

어부 마을에서는 속세의 명사나 부호는 문제로 삼지 않는다지만, 단순히 인간족만으로 구성되어 있고, 특별한 예외가 없냐 하면, 그렇지도 않다.

이 어부 마을의 사투리로는, 훌륭하다는 것을 '즈네'라고 말한다. 이카토라 씨는 즈네하군 하는 식으로 사용한다. 어떤 사람이 즈네하냐 하면, 그것은 전적으로 물고기에 관한 것으로, 천하의 정치나 거대한 부 따위는 알 바 없다. 그리고 그 이야기는 자자손손 전해져 내려오는 것이다.

예를 들면 이카토라 씨가 그렇다. 지금의 이카토라 씨가 즈네한 것이 아니고, 3대 앞의 선조가 아무도 아직 본 일도 없는 2미터 약간 못 미치는 다리를 가진 오징어를 잡았다. 끌어 올릴 수가 없어서 결국 바다로 뛰어들어 옥신각신한 끝에 잡았다.

히코 씨 —3대 전은 가마다 히코타로라고 했는데— 히코 씨는 즈네하다는 것이 되어서, 이카烏賊(오징어)히코가 되었고, 그때 이래로 가마다 집안은 이카노부, 이카타츠, 이카토라로 이어졌고, 이카토라 씨의 장남인 가마다 요시타로는 결국 이카키치로 불리게 될 터였다.

타이(도미) 잡이의 명인을 조상으로 가진 세토 집안은 대대로 타이시치라거나 타이헤이 등으로 불리고, 마구로(참치)히사나 구지라(고래)이치나 사메(상어)로쿠의 조상은 각각 이런 거대한 고기를 상대로 한 영광스러운 전적을 남기고 있는 것이다. 아지(전갱이)분인 노구치 분노스케野口文之助는 현역, 말하자면 아지 가문을 일으킨 초대로서, 고기가 잘 잡히지 않던 늦여름, 자포자기 기분으로 정어리를 찾아 오시마大島 방면을 회항하고 있던 중, 때아닌 전갱이의 대군을 발견했다. 그는 젊은이들에게 뒷일을 부탁해서 전갱이를 쫓게 하고서, 자신은 첨벙하고 바다로 뛰어들어 약 4킬로미터의 바다를 헤엄쳐서 이

마이 水井 해변으로 올라가, 아마기天城 산기슭을 질주해, 이 소식을 이토 해안으로 전달했다. 이토가 때 아닌 전쟁이 풍어로 흥청거린 것은 그의 엄청난 공적이므로, 분 씨는 즈네하다, 해서 아지분이란 이름이 태어난 것이다. 이렇게 해서 그의 자자손손, 아지의 이름을 붙여 불리며 오래도록 조상의 공적을 전하게 되는 것이다.

나는 이런 사실을 지적하는 일이 고통스럽지만 어부 마을 사람들은 약간 체질이 기형이다. 그것은 첫째로 그들이 완강할 정도로 고루한 미식가라는 것, 즉 편식에서 온 것이다. 조그마한 목조선(15톤에서 40톤 정도)으로 적도를 넘어(단 옛날이야기. 전후에는 어획 구역이 축소되었다), 한 달, 두 달의 원양 어업에 나가는 그들은 생수 말고는 쌀과 소금밖에는 실을 수가 없고, 이토는 원래 산지이므로 경작할 만한 밭이 모자라서 육상에서의 일상생활에서도 충분히 야채를 취할 수가 없다. 아니, 충분히 있다 해도 그들은 야채를 즐겨 먹지 않을지도 모르는 것이다. 참으로 그들은 완강하기 짝이 없는 미식가이니까.

또한 그들의 노동의 성질은 주로 상체를 사용한다. 봉수망을 끌어올릴 때도, 작은 배에 앉아서, 영차 영차 온몸의 힘으로 끌어올리는 작업이고, 대체로 어업의 작업은 이와 비슷한 것이다. 그들은 물고기처럼 가볍게 바다를 헤엄치지만, 그들의 상체가 굳세게 발달해 있음에 비해 하지가 약간 퇴화해 있음을 인정하지 않을 수 없는 것이다. 따라서 어부의 체격은 건전하다고 말할 수는 없다. 추운 겨울에도 수중 작업을 하는 근로의 성질 때문에 호쾌한 동시에 불건강하며, 마치 전쟁을 하는 병사들처럼, 생활 전반이 오히려 병적 경향을 띠고 있는 것이다.

이런 까닭에, 어부 마을에도 온천 마을 사람들과 같은 정도로 의약이 필요하다. 따라서 한 어부, 이카토라 씨가 한 의사와 깊은 인연을 가지기에 이르렀다는 것도 이상하지가 않다.

이카토라 씨는 아카기 후우 선생을 신앙하고 있었다. 그것은 의사와 환자의 관계를 넘어, 인격적인 찬미, 부처님을 믿는 경지에 도달해 있었는데, 그것은 친구 Q 역시 마찬가지였을 것이다.

"아카기 선생님에게는 이런 환자가 많이 있었지요. 즉, 신자입니다. 그야말로 인격에 의한 것이어서, 그중에는 선생님의 외모는 별로지만 그 인품을 잊을 수 없다는 신자도 있었습니다. 이래서야 선생님도 체면이 서지 않겠지요. 도대체 의사가 의학상의 평가가 아니라 인격상으로 우러러 존경받는다는 것은 본인으로서는 만족스러운 것일 수 없겠지요. 그런데 아카기 선생님은 그랬어요. 의학자라는 것 말고는 아무런 야심도 없었던 분이니까 나 같은 신자는 처치 곤란이었을 겁니다."

이것은 웃지 못할 비극이다. 그러나 아카기 후우 선생의 생애 전체가 웃지 못할 비극이었다. 비통하기도 하고 우스꽝스럽기도 하다. 간장 선생님, 아니, 이것은 신자들이 하는 소리이고, 거리의 일반 사람들은 간장 의사, 이것이 아카기 선생의 별명이다. 알아 두시라.

친구 Q가 끌을 휘둘러 거대한 간장을 창조해 —위장과 심장을 모델로 만든 간장 괴물이 창조 중의 창조가 아니면 무엇이겠는가! —이것을 거리의 한구석에 내버려두어 간장 선생의 높은 덕을 현양하고자 한다는 것은, 일견 간장 의사 따위의 말을 지껄이는 시의 악한들에게 복수하고자 하는 악취미가 느껴지는데, 간장 선생의 일생을 알기에 이르러, 그러지 않을 수 없는 사연이 이해되는 것이다. 정말이지 Q는 자포자기한 것이 아니다. 위장과 심장을 보고 간장을 만든 Q는, 거기에 깊은 감개와, 예술가가 조우하는 혼돈으로서, 또한 깨닫는 바가 있었던 어떤 계시가 있었는지도 모른다. 나는 이제는 그렇게 믿고 있다.

여러분은 이토 시의 거리 어딘가에서 Q가 만든 거대한 간장을 볼 수가 있을 것이다. 이토 시의 어디, 어느 길모퉁이라는 점을 적시할 수는 없다. 그것은 이름도 없는 한구석이다. 그것으로 족한 것이다. 그리고 또한, 거리의 도처에 있어도 좋겠다. 그리고 그 간장의 비면에는, 부끄러우나마 소생의 시가 새겨져 있다는 것을 조그만 소리로 고백해 놓겠다. 시를 짓기 위한 정열은 높았지만 시의 몸통을 이룰 표현에는 깊은 연구가 없어서, 피카동 도당徒黨은 시는 한심합니다.

그래, 그렇다 치고, 간장 선생이란 어떤 사람인가. 그것을 이야기할 영광스러운 시간이 다가왔는데, 그것은 내가 이야기하는 것이 아니라, 이카토라 씨가 하는 말이다. 나는 그것을 내 방식의 문장으로 요약했을 뿐이다. 이하 글 가운데, '나'라고 한 것은 이카토라 씨다.

* * *

아카기 선생의 고향이 어디인지, 시청의 호적계에 알아보기 전에는 알 수가 없다. 이토 태생이 아닌 것만큼은 분명하다. 이 마을은 나그네에게는 익숙하고, 물고기도 연중 여행을 하고 있는 터이므로, 아무도 남의 고향 따위에는 신경을 쓰지 않는다.

선생은 도쿄의 의사 학교의 물료과物療科라는 곳을 나온 사람이다. 이것만큼은 모두가 알고 있다. 왜냐하면 그 물료과를 만든 은사인 대선생을 신처럼 칭송하고 만사에 은사의 높은 덕을 본받고 싶다는 것이 선생의 염원이었기 때문이다. 은사인 대선생은 대학 교수이면서도 박사도 따지 않은 이상한 인물이어서, 선생도 의학박사가 될 수는 없다. 마을 의사로서는 이것은 괴로운 일이지만 은사를 닮아야 하기 때문에 어쩔 수가 없다.

그대는 누구인가 하고 물으면, 으레 남들이 간장 의사라고 대답해 주는 것을, 선생은 나는 발 의사라고 답하는 것이다. 마을 의사라는 것은 바람에도 지지 않고, 비에도 지지 않고, 늘 걸어다니면서도 피로를 모르는 발 그 자체가 아니면 안 된다. 아마기산 깊은 골짜기 숯을 만드는 오두막에 아픈 사람이 있으면, 다리에 각반을 차고, 구름을 가르며 뛰어야 한다. 조그만 섬에서 피를 토하는 어부가 있으면, 작은 배를 타고 만 리의 노도怒濤도 무릅쓰고 오직 서둘러 가야 하는 것이다. 그것이 마을 의사라는 것이다.

마을 의사는 사인私人으로서의 생활을 적잖이 희생해야 하는 존재다. 급한 환자가 있다는 소식을 들으면 한밤중에도 베개를 걷어차고 뛰어나가야 하고, 젓가락을 내던지고 뛰어가

690

야 한다. 아픈 사람의 몸을 생각해야 한다. 아픈 사람을 돌보는 자의 마음을 헤아려야 한다. 밤 의사로서 성실하게 살고 싶다는 것이 선생의 염원이고, 이 마을의 몇몇 사람들이 선생의 존재에 의해 안도의 마음을 얻었다는 조그마한 사실을 기쁨으로 삼고, 검소하게 일생을 마치면 족하다고 생각하고 있는 것이다.

그런 마당에 일어난 것이 전쟁이다. 이것이 선생의 운명을 바꾸어 버렸다.

그것은 1937년 말의 일이었다. 선생은 묘한 사실을 알아차렸다. 진료하는 거의 모든 환자의 간장이 부어 있었던 것이다. 너무나 놀라서, 각기병 환자가 되었든, 두통 환자가 되었든 상관없이 가슴을 열어 간장을 살펴보면, 예외 없이 간장이 부어 있는 것이다. 의심할 것도 없이 간염의 증상이다.

선생은 문헌을 조사해 보았는데, 모든 인간은 간염이다, 라는 것은 어디에도 쓰여 있을 리가 없다. 선배에게 물어보니, 그것은 이토의 풍토병일 것이라는 답변이 돌아왔다.

그러나 선생의 진찰을 원하는 자들이 이토 시민만은 아니었다. 이곳은 이름 높은 온천지이므로, 온 일본에서 관광객들이 몰려든다. 그 사람들도 진찰을 받으러 오는데, 조사해 보면 모두가 간이 부어 있다. 이쯤 되면 전국적인 현상으로, 결코 이토 시민만의 풍토병일 수는 없는 것이다.

선생은 너무나 기가 막혀 혼란스러웠다. 한때는 자신의 눈을 의심했다.

선생은 그때까지 특히 호흡기병의 의사로 자임하고 있었다.

호흡기병의 침략이야말로 일본에서는 풍토병 같은 추세를 보였고, 아까운 인재들이 일을 하다 말고 피를 토하고 사라지는 등 그야말로 망국병이라 할 만한 참상이다. 이 병균과의 싸움, 이즈의 변두리, 소가 이야기曾我物語*의 발상지, 구스미 장원久須美莊園의 연고지만큼은 자신의 필사적인 싸움으로 이 병균의 뿌리를 끊어야겠다! 이렇게 선생은 갸륵하게도 마음먹고, 싸우고 있었던 것이다.

그런데, 이게 무엇이란 말인가.

선생은 이렇게 생각했다. 이건 안 되겠어, 혹시 악마가 이 땅에 달라붙은 것 아닌가. 내가 호흡기병을 위해 필사적으로 싸우고 있는 것을 놀리고 있는 거야.

아니, 아니, 악마 따위를 생각하면 안 되지. 이것은 신의 시련이겠지. 선생은 마음을 다잡아 다시 고쳐 생각했다.

하지만 신은 일개 마을 의사인 아카기 후우 같은 자에게 무엇을 시험하신단 말인가. 자신은 일개 발 의사로서 전력을 다하고자 하는 것 말고는 아무것도 바라는 것이 없지 않은가. 명성도 지위도 부도 바라지 않는다. 병든 자가 가난할 때에는, 비바람을 무릅쓰고 3년 5년 왕진을 계속하면서 한 푼의 요금도 받은 일이 없다. 오히려 투약을 할 때마다 계란이나 신선한 과일이나 물고기 등을 몰래 곁들여서, 하루빨리 낫기만을 바랐

---

* 가마쿠라 시대 소가 형제의 복수 갚기를 제재로 한 군기물 풍의 영웅 전기 이야기. 널리 인기를 끌어 가부키, 소설, 설화의 제재로 많이 활용되었다.

다. 신은 그것을 위선이라며 미워하시는 것일까?

일개 발 의사로서 살고자 뜻을 세운 이상, 이제 와서 연구소로 되돌아간들 무슨 소용이 있겠는가. 그곳에는 유능한 인재들이 모여서, 밤낮없이 쉬지 않고 연구에 종사하고 있다. 발 의사된 자에게는 발 의사 된 자의 본분이 있어서, 개개의 환자의 치료에 종사하면서 속히 건강을 회복시켜 주는 것이 조그마하면서도 거룩한 일이어야 마땅하다.

그렇건만, 이게 웬 일이란 말인가. 모든 환자가 간이 부어 있다니! 하느님이 특히 아카기 후우를 선택해서 이것을 주셨단 말인가.

선생의 번민은 진지했다. 이 간염의 진상을 규명해서 천하에 공표하는 것이 하느님의 뜻이 아닐까 하고 생각했기 때문이다.

그러나 선생은 결국 자신이 가야 할 길로 되돌아왔다. 간장의 수수께끼를 학리적으로 규명하는 것은 나의 임무가 아니다. 그것은 연구실 사람들이 해야 할 역할이다.

일개 발 의사로서 살기로 뜻을 세운 이상, 어디까지나 임상가로서의 본분을 다해야 한다. 분골쇄신해서 치료를 하고, 병자의 고통을 줄여 주고, 하루라도 일찍 낫도록 부심해서, 이즈의 변경지의 몇백 명의 주민들의 수족이 되어 주는 일이 소중한 것이다.

이렇게 생각함으로써, 선생은 안심을 얻었다. 아니, 이렇게 생각함으로써, 그때 이래로, 더욱 굳건한 투지에 불타, 진찰을 원하는 사람들의 모든 간장의 고통을 덜어 주어야겠다고 굳게 마음먹었던 것이다.

그래서 선생은 냉정에 냉정을 거듭해 예외 없이 부어 있는 모든 간장을 자세하게 관찰했고, 한편으로는 만성적인 진행성과, 또 한편으로는 심한 전염성이 있다는 것을 알아냈다. 가족 한 사람이 이 간염에 걸리면, 몇 년 안에, 가족 전원에게 전염된다는 것도 확인한 것이다.

이렇게 선생은 그에 대한 결론을 얻었는데, 이것이 바로 전쟁이 초래한 말썽꾸러기 꼬맹이의 막내의 하나였다. 콜럼버스에 의해 초래된 매독균이 대번에 전 세계를 침략하기에 이른 것도 전쟁 탓이었다. 쇄국의 별천지, 일본을 침략하는 데에 가장 많은 시간이 들었다고는 하지만 유럽 침략에 뒤지기를 불과 60년 만에, 일본인은 코를 빠뜨리고 만 것이다.

중일전쟁으로 일본과 대륙 사이에 막대한 인원과 물자의 대교류가 있었고, 대륙의 간염이 수입된 것이었다. 처음 선생은 그것을 대륙 감기라고 불렀다. 스페인 감기가 심장을 침범한 것처럼 대륙 감기는 간장을 범했던 것이다. 원래 간염은 감기에 수반해서 걸리기 쉽지만, 간장병 환자가 감기에 걸리기도 쉬웠던 것이다.

이렇게 해서 대륙에서 건너온 감기성 간염은 바야흐로 전일본을 범하고 있고, 아카기 후우 선생의 진찰실 문을 두드리는 모든 환자의 간을 붓게 만들 정도의 위력을 발휘하기에 이른 것이다.

선생은 그것을 유행성 간염이라고 명명하고 환자에게 설명했는데, 마을 사람들에게는 황달감기라고 알려 주는 것이 가장 알기 쉽다는 것을 발견했다.

그 이래로 선생은 침식도 잊은 채 유행성 간염의 임상적 연구에 몰두했다. 그리고 몇 가지 종류의 치료법을 연구했는데, 환자는 그것에 의해 급속하게 간장의 고통이 사라졌으므로, 이것을 전해 듣고 찾아오는 간염 환자가 격증해서, 호흡기병 환자는 갑자기 그림자를 감추고 말았다.

그러나 선생이 우려하는 것은 스스로가 간염 환자임을 자각하는 사람들이 아니었다. 이제는 자각하는 일 없이 태반의 일본인이 유행성 간염에 걸려 있는 것이다. 어떻게 하면 그것을 알리고 올바른 치료를 할 수 있을 것인지 선생은 매우 조급해졌다.

그것은 1939년 정월, 한 집에서 열린 차 모임의 사건이었다.

여흥으로 제비뽑기가 있었다. 그런데 한 아가씨가 뽑은 제비가 '아카기 후우 선생'이었던 것이다. 선생이 놀란 것은 말할 것도 없지만 그 자리에 있던 사람들도 눈이 휘둥그레져, 도대체 상품으로 무엇이 받는 것일까 하고 마른 침을 꼴깍 삼킨 것도 당연하다. 낭독된 답은 네 글자, '간장 선생'이었다.

그 경품은 쇠고기 통조림. 이것을 코끼리가 끄는 네 바퀴 수레에 얹어 긴 끈으로 끄는 얼개로 되어 있다.

사회자가 일어나,

"그런데, 이 경품에는 한 가지 약속이 붙어 있습니다. 먼저 제비를 뽑은 사람이 쇠고기 통조림을 아카기 선생님의 머리에 올려놓습니다. 아카기 선생님은 머리 위의 통조림을 떨어뜨리지 말고 코끼리를 끌어 세 바퀴 이 자리를 돌고 나서 받아야

합니다."

당첨이 된 아가씨는 아름답고 정숙하며, 이 마을에서 평판이 좋은 아가씨였다. 의외의 일에 놀란 것은 아카기 선생과 아가씨였는데, 그 자리의 사람들은 신이 나서 크게 즐거워하며 큰 갈채를 보냈다.

아가씨도 어쩔 수 없다. 결심을 하고 통조림을 아카기 선생의 머리에 올려놓는다. 그렇다면 하고 선생도 일어나려 했지만, 통조림이 떨어질 것만 같아 거북하므로, 가볍게 손으로 누르고 코끼리를 끌면서 세 바퀴를 돌았다. 박수갈채가 그칠 줄 몰랐다.

기념할 만한 하루였다.

우습기 짝이 없는 이야기지만, 아카기 선생은 이날에 이르러, 자신이 마을 사람들에게 '간장 선생'이라고 불린다는 것을 처음으로 알았던 것이다.

선생은 감개무량했다.

선생과 간염의 만남은 처음부터 극적인 기괴성 엉뚱성을 품고 있었고, 번민, 혼란, 선생으로 하여금 우왕좌왕하게 만들었다. 그래서 선생은 뼈를 깎고 살을 저미며, 흘러내리는 땀에 피눈물이 섞인 세월을 거듭했던 것이다. 그런데도 아직도 역부족, 환자는 격증하고, 유행성 간염은 일본 전토를 침범하고 있는 것이다. 통곡하고 싶은 슬픔이다.

그러나 이날, 그칠 줄 모르는 일대 갈채를 귓결에 남겨 놓고, 조용히 앉아 명상에 빠진 선생은 마음속 깊이 기하는 바가 있었다. 이것이야말로 신이 고해 주신 증표일 것이다. 통곡을 그

치자. 의심을 버리자. 머뭇거리지 말자. 네 힘이 부족함을 한탄하지 말라. 간장 의사라고 불리는 것이야말로 영광이다. 여생을 바쳐, 피눈물을 짜며, 뼈를 깎고 살을 저미면서, 네 목숨이 다할 때까지 간염과 싸워라!

싸우자! 싸우자! 유행성 간염과!

싸우자! 싸우자!

싸우자!

* * *

어느 날, 선생이 호고당好古堂이라는 골동품 가게에서 가짜 만력萬曆* 찻잔을 들고 바라보고 있는데, 길 좌우에서 자전거를 타고 온 남자들이 가게 앞에서 만나 서서 이야기를 하기 시작했다.

"자네 딸이 아프다더니, 좀 괜찮아졌나?"

"그게, 영 시원치가 않아."

"그거, 안됐네."

"그래서 뭐, 이제부터 의사한테 의논하러 갈까 하고 있어."

"흠, 흠. 어느 선생한테?"

"우린 언제나, 아카기 선생님이야."

"뭐야, 그 선생님이라면 간장병이라고 할 게 뻔하지"

---

* 중국 명나라 신종의 연호로 만력萬曆 연간에 경덕진景德鎭의 관요官窯에서 만든 붉은색 그림이 그려진 자기를 말한다.

하고 이 사내는 재미없다는 듯이 내뱉고 나서, 자전거를 타고, 잘 지내게, 하고 가 버렸다. 선생은 유리창 너머로 이 이야기를 들었던 것이다.

또 어느 날, 선생이 의사회 사무실에 들렀을 때, 2층에서 귀에 익은 두 목소리가 이야기를 하고 있는 것이 들려왔다. 둘 모두 이 마을의 개업의다.

"이 마을에도 프랑스 의사가 나타났더군."

"무슨 소린가, 그게."

"앗핫하. 프랑스 의사는 위장이 나쁘다는 걸 간장이 나쁘다고 말하는 것이 상식이 되어 있다는 거야."

"흠, 나한테 새 환자가 왔는데 말이야, 요즈음은 감기를 간장병이라고 말하게 되었습니까, 하고 묻더군. 그래서, 흠, 아카기 씨성 간염이라는 것이 생긴 모양이야. 감기뿐 아니라, 늑막이 되었든 자궁병이 되었든 모두 간염이지. 감염되지 않도록 조심하시오, 라고. 아하하."

선생은 욱했지만, 마음을 다잡았다. 그렇게 말하고 싶으면 실컷 하라지. 사람에게 화를 내서는 안 된다. 그저, 네가 믿는 바대로 올바르게 처신하면 되는 것이다.

선생은 두 의사를 겸연쩍게 만들면 미안하므로, 살그머니 발소리를 죽여 가며 모습을 감추었다.

그러나 온갖 환자가 전부 간장에 탈이 나 있다는 것은 선생의 진찰실에서는 움직일 수 없는 사실이 되어 있었다. 도쿄의 친구와 선배로부터, 선생에게 보내는 소개장을 들려서 환자를 보내 오는 일이 있었다. 그것은 다른 병의 환자였지만, 조사해 보니 예외 없이 간염이었다. 이 사실은 선생을 곤혹스럽게 해 자기도 모르게, 난처하다, 난처해 하고 마음속으로 외치게 만드는 것이다.

그래서 선생은 어쩔 수 없이,

"간장도 나쁘군요"

하고 아무렇지도 않게 말하고 싶어도, 아무래도 '도'라는 말에 걸려서, 묘하게 맥이 빠져 버리는 것이었다. 그 뒤의 선생은 환자를 볼 때마다 '도'라는 말과 싸우고, 자책의 고통과도 싸우지 않으면 안 되었다. 모든 환자가 간염이라는 것, 이 움직일 수 없는 사실에 대해 어째서 주눅이 들어 있어야 하는 것일까. 선생은 한심한 생각이 들었다.

그런 마당에, 선생에게 크게 용기를 북돋워 주는 사건이 일어났던 것이다.

1940년 12월 20일이었다. 해마다 이날은 은사인 대선생의 사은회가 문하생들의 손으로 열리는 날이었다. 선생이 사는 이토는 기차도 다니지 않는 벽지였으므로, 이곳에 개업한 이래로 12년간이나 사은회에 얼굴을 내밀지 못했는데, 가까스로 기차도 다니게 되었으므로 가게 되었던 것이다.

성대한 사은회였다. 은사인 대선생을 둘러싸고 3백 명의 문하생이 모였다. 천하에 이름을 날리는 학자로부터 의국醫局의 젊은 학자까지 일문一門의 정예들이 모인 영광스러운 자리, 일문의 위풍은 당당하게 자리를 채워 동해의 변두리에서 발 의사로 자처하고 있는 선생은 기쁘기도 하고, 마음이 차분해지지 않기도 하면서, 동문의 위풍에 오그라드는 심정이었다.

모임이 시작되자 지명을 받은 사람들의 인사말이 있었는데, 엄청 오랜만에 출석을 하는 바람에 선생도 지명을 받아 인사말을 하지 않으면 안 되었다.

"요리토모賴朝*가 유배되고, 니치렌日蓮**이 유배되었던 외딴 섬 같은 이 마을에도 전쟁 이래로 온천 요양소가 생겼고, 마치 이곳 물료과物療科의 연장 같은 감이 있고, 그곳 여러 선생들하고도 살갑게 지내고 있어, 마치 의국에 있는 듯한 기분으로 참으로 기쁜 나날을 보내고 있습니다. 외딴 섬 같은 곳에 개업을 하는 바람에 사은회에 늘 참석하지 못했습니다만, 온천 요양소의 선생님들 덕분에 의국의 그리운 기분이 되살아나 오늘은 만사 제쳐 놓고 이곳에 왔으며, 대선생님의 환한 얼굴도 뵙고 또 밤낮으로 바쁘신 미카와 교수의 건강하신 얼굴도 뵙고, 선배 선생님과 의국 선생님들도 뵙게 되어, 저도 15, 6년은 젊어진 듯한 느낌이 들어, 이제 우라시마浦島*** 같은 감격을 느끼는 바입니다. 이 자리에서 깊이 감사드립니다."

이렇게 말하고 선생은 절을 하고 나서,

---

* 가마쿠라鎌倉 막부의 초대 쇼군으로 무가武家 정치의 창시자인 미나모토노 요리토모源賴朝.

** 가마쿠라 시대의 승려로 일련종日蓮宗의 개조開祖.

*** 일본 설화에 나오는 주인공인 우라시마 타로浦島太郎를 가리킨다. 설화의 줄거리는 거북이의 보은으로 바닷속 용궁에 간 우라시마 타로는 집으로 돌아오기 전에 열면 안 된다는 상자를 공주에게서 건네받는다. 고향에 돌아오니 용궁에서 보낸 시간보다 훨씬 더 많은 시간이 흘렀다는 것을 알게 되고 실의에 빠져 용궁에서 받은 상자를 열어 보자 우라시마 타로는 백발의 노인이 되었다.

"그런데 다음으로, 한 가지 부탁드릴 일이 있습니다. 1932년 만주사변 이래, 조금씩 아황달亞黃疸 환자가 생기면서, 간장 비대를 깨닫게 되었습니다만, 그 당시에는 조금 이상하다고 생각한 정도일 뿐 그리 신경을 쓰지 않았습니다. 그러던 것이 1937년경부터 해마다 이러한 환자를 보게 되는 일이 급속히, 또한 상당히 많아졌고, 특히 감기 환자는 거의가 간장 비대로 압통壓痛이 생기는 일이 보통이 되고 말았습니다. 그래서, 지난 4, 5년 동안은 당신도 간이 나쁘다, 당신도, 당신도 하게 되고 보니, 저 의사는 간장 의사다, 그곳에 가면 몽땅 간염 환자가 되고 만다며 다른 의사에게로 가 버리는 사람도 많아졌습니다만, 다른 한편으로는 먼 곳에서 묵을 곳까지 마련해서 간장 진찰을 원하는 사람도 있어서 기쁜 마음이 드는 일도 있습니다. 요즘 들어서는 유행성 감기 환자, 폐렴 환자, 위장 환자의 80, 90퍼센트 이상에서, 간장 비대 압통을 촉진觸診하게 되었는데, 1937년 말에서 현재까지 2천 건의 사례, 혹은 그 이상이러한 환자를 보았습니다. 그것들을 집약해서 저는 유행성 간염, 혹은 유감성流感性 간염이라고 명명해야 할 질병이 아닐까 생각하고 있습니다. 중국 대륙으로부터 들어온 유행성 감기와 관계가 있는 것이 아닐까 생각합니다. 어찌되었건 이처럼 많은 환자들을 향해, 당신도 간장이다, 당신도, 당신도, 이렇게 말하다 보니, 환자 중에는 엉터리라고 생각하는 사람도 있으며, 동업자까지 엉터리로 보아, 저건 프랑스 의사라느니, 아카기 씨성 간염이라고 떠들어 대고, 그래서 이 물료과의 명예에 상처를 주고, 대선생님의 은덕을 배반하고, 온천 요양소의 선생님들의 눈부신 공적까지 더럽히게 되는 것이 아닐까 두려워하고 있습니다. 그래서 부탁드리고 싶은 것은 이 사실을 말씀드려 독학篤學의 여러분께서 연구에 참고로 삼아 주십사고 기원하는 것입니다. 사은회의 자리를 빌려 여러분의 관심과 연구를 진실로 바라는 바입니다."

선생이 이렇게 말하고 앉자, 말도 끝나기 전에 벌떡 일어난 것은 나가사키 의대의 츠노오 교수다. 이 교수는 그 후 원자폭탄으로 죽었다.

"방금 하신 아카기 선생의 말씀을 감동과 존경을 가지고 들었습니다. 인구가 얼마 되지 않는 변방의 진찰실에서 이 사실에 주목하고 진료를 하셨다는 것은, 동씨의 연구에 대한 열심과 깊은 학식과 의사로서의 양심을 증거하고도 남음이 있습니다. 전쟁 이래, 특히 최근 들어 간장 질환이 격증하고 있다는 것은 사실이며, 이제 우리는 진료를 하면서, 대소변을 검사하는 동시에 모든 환자의 간을 진찰할 필요가 있습니다. 아카기 선생의 말씀이 있었으므로, 저도 한 말씀 이 점 참고로 말씀 드립니다."

선생은 감동으로 눈이 흐려졌고, 정신없이 일어나,

"생각지도 않게 츠노오 선생님의 격려 말씀을 받고 보니, 외딴 섬에서 홀로 유배소의 달을 바라보고 지내는 간장 의사로서, 굳게 닫힌 겨울의 마음에 봄 햇볕의 방문을 받은 것 같은 느낌입니다. 진료를 할 때 대소변 검사와 마찬가지로, 간장을 살펴보라고 하신 말씀은 우리 임상가의 금언金言이 될 만한 것이어서, 마음에 새기고 평생 잊지 않겠습니다. 진심으로 감사

드립니다."

이렇게 말하고 선생이 자리에 앉자, 또 한 사람, 쓱 일어선 사람이 있었다. 구조 다케코九條武子*가 건설한 '아소카 병원'의 원장 오스미 선생이다.

"지금 하신 말씀은 저도 요즈음 들어 통감하고 있던 사실로서, 근년의 유행성 감기 환자는 모두 간장 질환자로 보아도 좋을 것 같습니다. 전에 스페인감기가 유행했을 때에도 간장 비대와 압통이 있었으며 이것이 오늘날까지 남아 있는 사람이 있고, 이런 환자에게 당신은 전에 스페인 감기를 앓으셨군요 하고 물어보면, 이 추정이 잘못되지 않았다는 것을 알 수 있습니다."

오스미 원장은 거침없이 이렇게 말하고 자리에 앉았는데, 이것은 아카기 선생이 일상에서 가장 많이 경험한 일인 만큼, 그 감동과 감사의 마음은 눈물이 솟을 지경이다. 너무나 감격해서 뭐라 감사해야 할지 몰라 그저 일어서서,

"참으로 감사합니다."

겨우 그 말뿐이었다.

그러자 은사인 대선생은 파안일소破顔一笑,

"오늘의 좌장은 내가 아니라, 완전히 아카기 후우 선생이군"

하고, 온화한 눈으로 아카기 선생을 보셨다. 아카기 선생은

---

* 교육가, 시인. 현재의 교토여자대학 설립, 관동 대지진으로 파괴된 유적 복구, 아소카 병원 설립 등 많은 사회사업을 추진했다. 재색을 겸비해 다이쇼 3대 미인으로 불렸다.

쥐구멍이라도 찾고 싶은 심정이었지만 나가사키 의대의 츠노오 교수, 아소카 병원의 오스미 원장, 모두가 간장에 관한 권위자이므로 그 찬성과 격려를 받아 천만 응원군을 얻은 기분으로 저 깊은 곳에서 솟아나오는 기쁨과 용기는 어느 무엇과도 비할 수 없는 것이었다.

* * *

이 온천 마을에도, 사회 건강보험 제도가 시행되었다. 온 마을 사람들이 가입하는 국민 건강보험 조합이다.

선생은 이 마을을 위한 발 의사로서 스스로도 마음에 바라고 있었던 만큼 이 벌이도 없는 제도에 앞장서서 전폭적인 협력을 아끼지 않았다. 그래서 선생의 환자들은 대체로 국민 건강보험의 벌이가 적은 환자들이었고, 자연히 현縣에 내는 국민 건강보험 보수 청구서류는 다른 의사의 몇 배, 몇십 배 많았다.

그런데, 이 선생의 막대한 청구서에 기록된 환자 대부분이 바로 그 간염이었다. 엉터리 청구서를 마구 보내다니, 하고 보험과의 직원이 화를 낸 것은 무리도 아니었고, 그래서 선생에게 다음과 같은 공문서가 왔다.

지급○保제992호
1942년 4월 15일
시즈오카현 의사회 건강보험부

아카기 후우님께

사회 건강보험 조합원 3월분 보수 청구서의 건

귀의 貴醫께서 제출하신 표기 청구서 중, 아래에 적힌 환자에 대해 다음과 같이 포도당 주사를 하셨는데, 이 주사 사용의 이유를 구체적으로 각각 답해 주시기를 부탁드립니다.

아래

포도당 횟수	병명	환자 씨명
7	유행성 간염	구로호리 야에코
20	〃	구로호리 다키치
9	〃	오치아이 요시타로
26	〃	아카키 리토
4	〃	스미야마 하치고로
12	〃	오타 타로
3	〃	기자키 다마타로

선생은 이것을 보고 기분이 상했다. 간장에 포도당을 주사하는 것은 당연한 일이다. 어떤 의사라도 그렇게 할 텐데, 국민 건강보험 담당자쯤 되는 사람이 그것을 모를 리가 없다. 그럼에도 이 주사를 사용한 이유를 구체적으로 회답하라니, 그 이유를 통 알 수가 없는 것이다.

마치 선생의 의학 지식을 의심하고 있거나, 아니면 부정행위를 하고 있다고 여기는 힐문장詰問狀이다.

즉 이 담당자는 마을 사람들이 선생을 간장 의사라고 업신

여기듯이, 선생의 환자가 모두 간장병인 것을 놓고 엉터리라고 생각하고 있는 것이다. 선생은 그것을 알아차렸으므로 당장 답장을 써 보냈다.

삼가 답장 드립니다. 1942년 4월 15일자 조회의 건 잘 받아 보았습니다. 포도당 주사가 간장 질환 치료에 불가결하다는 것은 의사의 상식이고, 조회하신 건은 소생이 신고한 환자의 거의 대부분이 유행성 간염인 점에 대해 의심하신 것으로 생각되므로, 그에 대해 답변하는 것이 좋을 것 같습니다.

소생이 진찰하고 있는 유행성 감기 환자들에게서는 아황달 또는 중간 정도의 황달이 있어 간장이 비대해지고 압통을 동반하는 일이 많음을 깨달은 지 4, 5년, 급격히 이러한 환자가 증가하고 있습니다. 이 고장에서는 아카기 씨성 간염, 황달 감기, 유행성 간염으로 불리고 있습니다. 그야말로 유행성 간염이라는 이름에 어울릴 정도로 전국적으로 퍼져 있습니다만, 소생 이외의 의사에게서는 유행성 간염이라는 병명을 기재한 건강보험 보수 청구서가 하나도 없는 것이 아닐까 우려하고 있습니다. 유행성 간염이 이다지도 맹위를 보이고 있는 시점에, 이에 어울리는 치료가 행해지지 않고 있다는 것은 환자를 위해서, 국가를 위해서 매우 한심스러운 일이 아닐까요. 이 간염은 만주사변 무렵부터 조금씩 일본 본토로 침입, 1938년부터 급속하게 증가 확산되어서 국민 전 계층에 침투해 있다는 것이 실증되고 있습니다. 실로 국방 의학상 천연두, 콜레라, 말라리아, 페스트 등과 동등할 정도로, 혹은 그 이상으로 주의를 기울여야 하지 않을까 우려하고 있습니다. 이러한 사실은 얼마든지 주변에서 알아차리실 수 있을 것으로 확신하고 있습니다만, 부디 한번 저희 진료소에 오셔서 실제 상황을 보시기를 바랍니다. 방문을 기다리고 있겠습니다.

이렇게 써 보냈지만, 현의 보험과에서는 사람이 오지도 않았고, 따로 문서도 보내지 않았다. 그리고 그 이후의 선생의 청구서에는 유행성 간염이라는 병명이 더욱 증가해서 포도당의 사용량도 격증했지만, 그것은 현 보험과에 시위하려고 한 게 아니고, 이처럼 선생을 우려하게 만든 사태가 더욱더 심각해졌다는 뜻이다. 간염의 박멸이야말로 선생의 목숨을 건 염원이었다. 그럼에도 불구하고 포도당의 사용량은 날로 증가하기만 한다. 아아! 한숨을 몰아쉬고, 천 길의 탄식을 토하는 자는 바로 선생 그 사람이었다.

나는 전쟁이 시작될 무렵부터, 선생의 병원을 다니며 청소도 하고 장작도 패고, 밭일을 도와 드리고는 했다. 왜냐하면 하녀가 징용당하기도 해서 부인 혼자서는 일손이 부족했기 때문이었다.

선생은 간호부를 쓰지 않았다. 그것은 선생의 환자에게 쏟아 붓는 양심이 너무도 깊었기 때문이다. 주사기 손질을 하는 것도 선생이고, 약을 조제하는 것도 선생이다. 간호부에게 맡겼다가 자칫 소홀해질까 염려되어, 선생은 모든 일을 스스로 하지 않고는 마음이 놓이지 않았던 것이다. 그렇다고 조그마한 병원이냐 하면, 아파트보다도 클 정도의 건물이다. 하지만 선생은 좀처럼 입원을 허용하지 않는다. 그 대신 발 의사로 자처하고 있는 만큼, 아무리 멀더라도, 한밤중에도 왕진을 갔다.

선생은 가장 열렬한 애국자였지만, 의학상의 신념 때문에 군부와 심각하게 대립하는 사건이 일어났다.

전쟁이 한창일 때, 마을의 일류 온천 여관 여덟 곳이 징용되어, 상이군인과 치료소 관계자의 숙소로 배당되었다. 그중에서 가장 큰 여관이 자운각紫雲閣이었는데, 그곳에 묵고 있던 상이군인들에게 티푸스가 발생했다. 군의가 조사해 보니 하녀 하나가 보균자라는 것을 알게 되었고, 그래서 모든 종업원을 격리하게 되었던 것이다.

그런데 자운각의 주인이 잘 살펴보았더니, 비전문가의 눈이기는 했지만 하녀는 얼굴도 불건강해 보이지 않았고 동작에도 이상한 점이 없어 아무래도 티푸스 같지가 않았다.

그래서 하녀를 데리고 아카기 병원을 방문했다. 주인은 일부러 티푸스 이야기를 감추고, 그저 왠지 몸이 시원치 않은 것 같으니, 철저하게 살펴달라고 했던 것이다.

아카기 선생은 요청한 대로 자세하게 온몸을 진찰했다. 그리고 병은 유행성 간염 하나뿐이고, 그 외에는 어디도 나쁜 데는 없다고 했다.

"한동안 주사와 복약을 하고 음식에 조심하면 틀림없이 낫습니다"

라고 말하자,

"그렇습니까. 정말로 간염뿐인가요?"

자운각의 주인은 걱정이라기보다도, 진지함 그 자체의 얼굴이었다.

"분명히 간장뿐입니다. 걱정하실 것은 없습니다."

"티푸스나 이질은 아니겠군요."

"절대로 괜찮습니다."

"티푸스나 이질이 아닐까 걱정을 했거든요."

"그런 염려는 없습니다."

"그렇습니까. 감사합니다."

주인은 안도하면서도, 왠지 아무래도 의심이 풀리지 않는 듯,

"티푸스가 걸리면, 어떻게 됩니까?"

"아니, 절대로 문제없습니다. 간장 빼고는 아무 데도 나쁜 데가 없습니다."

그래서 주인은 하녀를 데리고 나갔다.

이것이 사건의 시작이었다.

주인과 하녀의 보고를 듣고, 모든 종업원은 하나로 뭉쳐 격리 반대를 진정했다. 아카기 선생이 꼼꼼하게 온몸을 검사해서 티푸스의 의심이 없다고 진단했으므로, 격리를 당할 까닭이 없다. 이것이 종업원들의 주장이었다.

그렇지만 군의가 티푸스라고 진단해서 격리를 명해 놓은 터라, 그런 진정은 통하지 않는다. 종업원들은 격리되었지만, 아카기 선생이 자세히 진찰해서 티푸스가 아니라는데 격리실에 있을까 보냐고 마음대로 빠져나가 매일 마을로 놀러 나갔다. 엄청 화가 난 것은 군부였다.

군의 명령에 복종하지 않고 위신에 상처를 낸 괘씸한 작자.

그 원흉은 바로 아카기 후우라는 망국亡國의 간장 의사다. 가만 두지 않겠다. 두고 보자.

그래서 모든 종업원의 변을 채취, 매일매일, 비바람에 지지 않고, 그것을 집요하게 도쿄의 군의학교에 보낸다. 군의 위신을 걸고서라도, 어떻게 해서든지 종업원의 변에서 티푸스균을 발견하려는 것이다.

아카기 선생은 모든 종업원이 변 검사를 받고 있다는 것을 알았지만, 자신에 대한 보복의 일념으로 하는 짓이라는 것은 모른다. 군의들의 연구에 대한 열의라고 생각했고, 그처럼 연구열이 있다면 얼마나 다행한 일인가, 함께 손을 잡고 간염의 정체를 알아내고 싶다고 생각했다.

그래서 하루는, 군 치료소를 찾아가 군의부장을 만나,

"매일 전 종업원의 변 검사를 하신다는데, 그 열의 있는 연구 태도에는 참으로 탄복했습니다. 의사들이 모두들 그런 태도라면 환자들은 얼마나 행복하겠습니까. 그리고 한 나라의 건전한 발달도, 이에 의해서 얼마나 촉진될지 알 수가 없지요. 하지만 제가 진단한 바에 의하면, 변에서는 병균이 나올 것 같지 않습니다. 하지만 그들이 분명 전염병이라는 점은 의심의 여지가 없는 사실이어서 저는 그것을 유행성 간염이라고 이름 붙이고 있습니다. 그것은 유행성 감기에 따라 일어나는 간염으로, 비대와 압통이 따르며 전염력을 가지고 있지만, 그 병원균은 아직 밝혀지지 않았습니다. 저는 1937년 말부터 이 특이한 간장 질환을 알게 되었습니다만"

하고 지금까지의 연구에 대해 상세하게 털어놓고 나서,

"군의 전성시대를 맞아, 군의軍醫 여러분이 이처럼 일에 대해 양심적으로 열심히 연구하시는 태도를 보고서 너무나 감격함과 더불어, 이다지도 열심이신 여러분의 협조를 얻을 수만 있다면 유행성 간염의 정체를 해명할 수 있을 것 같아서 용기를 내어 부탁 말씀 드리러 왔습니다. 군의학교의 모든 능력을 검사에 기울인다면, 어떤 의대의 실력도 멀리 발밑에도 미치지 못할 성과를 올릴 것이 틀림없습니다. 아무쪼록 제 소원을 살펴서, 유행성 간염의 연구를 해 주셨으면 합니다"

하고 성의를 다해 제의했던 것이다.

이에 대한 군의부장의 답변은, 거만하게 선생을 노려보고서, 단 한마디,

"검사는 가능한 한 엄중히 하겠습니다."

내던지듯이 말했을 뿐이다. 무엇인지 뜻하는 바가 있다는 듯, 두고 보자, 야반도주하듯이 여기에 있을 수 없게 해 줄 테니까, 하고 밑바닥에 으스스한 승리의 확신을 풍기고 있었다.

선생은 어안이 벙벙해서 물러서지 않을 수가 없었다.

이처럼 군의들은 낮이나 밤이나 검변, 또 검변, 바빠진 것은 위생병들이다. 코를 막고 변을 받고, 변을 수집해서 매일 열차로 부지런히 군의학교로 운반해서 검사한다. 그것을 계속하기를 50여 일. 끝내 티푸스균은 나타나 주지 않았다. 군의 위신을 가지고도 건전한 인체에서 티푸스균을 채취하기란 불가능하다는 평범한 사실이 증명되었던 것이다. 덕분에 간장 선생은 야반도주하거나 감방에 처박히지 않을 수가 있었다.

그런데 군과의 악연은 어디까지나 따라붙는다.

선생의 둘도 없는 친구였던 늙은 여걸이 군을 원망하며 자살을 했던 것이다. 이 여걸은 츠타즈루라는 찻집 여주인이었는데, 선생의 인품을 알고 매우 융숭한 대접을 한 사람이었다.

간장 선생이라고 멸시하는 일이야말로 선생의 영광이라는 것을 그녀는 가장 잘 알고 있던 것이다. 선각자의 비극이라는 것이다. 그리고 예언자의 숙명이기도 했다. 진리를 아는 자는 언제나 외딴 곳에서 가시밭길을 가지 않을 수 없는 것이다.

두 사람은 차의 벗이요, 또한 시가詩歌의 벗이었다.

그녀는 직설적이었으므로 적도 많았다. 그녀를 밀고한 자가 있었다. B-29*가 지날 때마다 장독대에서 손수건을 흔들어 신호를 한다는 것이었다.

그녀는 헌병대에 불려갔다. 사실이 아니었으므로 의혹은 풀렸지만, 분노가 치밀어 무례를 나무라는 그녀를 향해 헌병의 우두머리는 비웃으며, 너 따위 너절한 장사로 돈을 버는 작자들은 국적國賊이야, 당장 죽어 버려, 하고 호통을 쳤던 것이다.

가장 열렬한 애국자 중 하나였던 여주인의 원통함이 어땠을까. 그동안 받은 모욕들을 모두 유서에 남겨 놓고, 그녀는 그날 밤, 그리운 고향의 바다로 뛰어들어 죽었다.

간장 선생님께 유서 한 수.

---

* 미국 보잉 사가 개발한 장거리 폭격기. 2차 대전 때 대일전 전용으로 도입되었고 한국 전쟁 때까지 크게 활약했다. 나가사키와 히로시마에 원자폭탄을 투하했으며 B-29에 의한 일본 본토 공습은 일본의 전투 능력을 크게 약화시켰다.

여자의 몸이어서 분노로 죽습니다
간장 선생님께서는 지지 마시기를

그 유작에는 황매화가 곁들여져 있었다. 꽃은 피건만 열매가 없는 슬픔을 전한 것일까. 그것을 받아 들고 선생은 통곡했다.

마침 여주인의 장례식이 막 시작되려 할 때였다. 여느 때 같았으면 이 마을에서 보기 드문 성대한 장례가 되었을 터이지만, 그녀의 사랑을 받은 사람들 다수는 더러는 전쟁터로, 더러는 공장으로 가 버려서, 군에 한을 품고 가 버린 여걸의 최후를 애도하는 사람은 적었다.

누추한 셔츠 한 장으로, 물에 젖은 채 뛰어 들어온 소녀가 있었다. 멀리 난바다에 희미하게 떠 있는 섬에서, 선생의 왕진을 청하기 위해 쪽배를 저어 온 아가씨였다. 그녀의 아버지가 아팠던 것이다. 이미 며칠째 음식을 먹지 않고, 전신이 노래졌으며, 너무 말라서, 내일을 기할 수 없는 상태라고 했다.

선생은 탄식했다.

이 쓸쓸한 장례식이여. 한 사람 빠져도 안타깝지 않겠는가. 하지만 외딴섬에서 멀리 배를 저어 온 아가씨를 기다리게 하고, 외딴 섬에서 간을 앓고 있으면서 의사를 기다리는 환자를 기다리게 하고서 어찌 이곳에 머무를 수 있는가.

"어쩌다 그렇게 몽땅 젖어 버린 거냐?"

"네, 적기가 나타날 때마다 바다에 뛰어들어 숨어 있었거든요."

그날은 함재기艦載機가, 끝없이 폭격을 되풀이하고 있었다. 공습경보가 쉴 새 없이 발령되었다.

"그래, 알았다. 바로 가겠다."

아가씨의 어깨에 손을 대고 이렇게 부드럽게 위로하고는, 선생은 관 앞에 단정하게 앉아 눈을 감고 합장하고,

"섬에서 환자가 기다립니다. 가지 않으면 안 됩니다. 당신만큼은 그것을 기뻐해 주시겠지요. 간장 선생은 지지 않습니다."

깊이깊이 절을 남겨 놓고, 이제는 냅다 뛰었다. 병원에 도착하자 약을 넣은 가방을 들고, 나를 대동하고 쏜살같이 바다로.

세 사람은 쪽배에 탔다. 나는 노를 잡았다. 바다 위에서, 저 멀리 육지의 공습 사이렌을 듣는다. 그것은 쓸쓸하고, 무서운 것이었다. 온 바다를 훑어보니 한 척의 배도 없다. 해변에 서 있는 사람 그림자도 안 보인다.

바람아, 파도야, 배를 실어가라. 섬아 가까이 오거라.

선생은 배 안에서 아가씨의 손을 단단히 잡고 손의 색깔을 보았다. 그것은 선생이 간장 질환 유무를 알아보기 위한 최초의 방법이었다.

"역시, 너도 걸린 것 같구나. 어디 보자."

어느덧, 선생은 간장의 도깨비였다. 자애의 눈길이, 엄중한 진리 탐구의 눈으로 바뀌어 있다.

선생은 간장에 손을 대고, 세게 눌러 진찰했다.

"유행성 간염이야. 하지만 안심해라. 집에 도착하면, 금방 낫는 약을 줄게."

마침 선생이 이렇게 말한 순간이었다. 폭음이 들려왔다. 느

닷없이 다가왔다. 이쪽으로 온다!

앗 하는 순간, 나는 어찌할 바를 모르고, 그저 몸이 뻣뻣해져 기다릴 뿐이었다.

"엎드려! 엎드려!"

선생은 외쳤다. 엎드릴 수가 없는 나를, 분노의 눈으로 노려보았다. 그 선생은 엎드리지 않았다.

비행기는 우리 배를 향해 급강하한다. 선생은 그것을 꼼짝 않고 노려보았다. 귀를 멍하게 하는 폭음. 모든 것이 엉망진창으로 뒤집혔다.

정신을 차렸을 때, 나는 바다 위에 떠 있었다. 곁에는 쪽배가 둘로 갈라져 있다. 아가씨가 이를 악물고 떠 있다. 그러나 선생의 모습은 없었다.

그리고 선생의 모습은 영구히 사라져 다시는 볼 수가 없었다. 유품 하나도 해변에 떠오르지 않았다.

장렬한 최후다. 그러나 너무나 애잔하다. 어째서 내가 죽고, 선생이 살 수 없었단 말인가.

생각해 보니 사람의 그림자가 하나도 움직이지 않을 때, 한 척의 배가 바다 위를 떠돈다는 것이 얼마나 큰 모험이었는가. 적기가 그것을 군사적인 무엇인가로 오인하는 것은 당연했다.

나는 망연히 어찌할 바를 모르고, 오직 선생의 모습을 기다리며 바다 위에 떠 있었지만, 이윽고 저녁 무렵, 경보도 해제되고, 구조정에 의해 건져 올려졌다. 아가씨는 팔에 부상을 당했었지만, 씩씩한 아가씨여서 끝까지 나와 함께 버텨 주었다.

사람들에게 구조를 받고서도 아가씨는 고개를 숙이고 있을 뿐, 한마디도 하지 않았다. 자기 때문에 선생이 죽었다는 자책감으로 말을 잃었던 것이다.

* * *

이렇게 해서 간장 선생은 사가미相模 만 깊은 바닥에 무로 돌아가고 말았다.

나는 이카토라 씨에게서 선생 생애의 사적事蹟이야기를 듣고 나서 감개가 무량했다. 이러한 인자仁者를, 이러한 분골쇄신의 기사騎士를 생의 중반에 바다 밑의 바닷말 부스러기로 만든 슬픔이여. 하지만 또 너무도 장렬한 최후여.

나는, 이제 내려다보고 있는 남해의 여름 태양이 번쩍거리는 바다에 무로 돌아간 선생의 무엇인가가, 예컨대 방사능처럼 남아서 떠돌고 있다는 생각을 하니 그 그리움으로 인해 견디기 힘들어졌다.

나는 창자로부터 솟는 눈물을 느끼지 않을 수 없었다. 그리고 나는 나의 무력을 실감하면서, 이 위대한 선생을 위해 비명碑銘을 쓰게 된 영광에 감분感奮해서, 붓도 부러져라 움켜쥐고서 썼다.

　이 마을에 인술을 베푸는 기사 살았도다

　마을 사람을 위해 발 의사 된 자의 소소한 생애를 바치고자

오로지 분투노력해서

　아마기 산의 숯가마에서 황달을 앓는 이 있으면 젓가락을

내던지고, 다리에 각반을 차고 구름을 가르면서 산림을 달린다.

외딴 섬에 피를 토하는 해녀 있으면 일직선으로 해변으로 달려가 쪽배를 타고 바람아 파도야 어서 배를 날라라 섬아 다가와라 조바심에 조바심을 냈도다

한쪽 다리 부러지면 한쪽 다리로 달리리라

두 다리가 부러지면 손으로 달리리라

팔도 다리도 부러지면 목만으로 달리리라

피로해도 뛰어라

자면서도 뛰어라

나는 보잘것없는 발 의사 되어 뛰고 또 뛰며 생애를 다하고자 했건만 하늘은 그것을 허락하지 않도다

폐를 앓는 이의 간장을 보면 부어 있더라

위장을 앓는 이의 간장을 보면 부어 있더라

감기 들어 기침하는 이의 간장을 보면 이 또한 부어 있더라.

마침내 진찰받는 이의 간장이 붓지 않은 일이 없노라

유행성 간염!

유행성 간염!

전화戰禍 이제는 극에 달하고

대륙의 유행성 간염은 바다를 건너 침입하도다

일본 전체의 간장은 전부 비대해져 압통壓痛을 호소하는도다

길 가는 이들을 보면, 이이도 간장, 저이도 간장 하고 번민하고

환자를 보면 서둘러 포도당 주사기를 쥐고

간장의 비대를 막아라! 간장을 고쳐라!

싸우자! 싸우자! 유행성 간염과!

이렇게 외치며 마을로 산으로 바다로 주사를 놓으러 달리고 달리도다

사람들이 간장 의사라고 놀려 대도 물러서지 않고

산에서 멧돼지가 날뛰어도 왕진을 마다 않고

발바닥이 성게의 가시에 찔려도 목적하는 주사를 놓지 않고는 쓰러지지 않고

마침내 외딴섬에 간장을 앓는 아비가 있어 공습경보를 무릅쓰고 오로지 노를 서둘러 저어

바다 위 저 멀리로.

적기가 내려와 폭격하는 순간 간장 선생의 모습이 사라지고

발 의사 노릇뿐 아니라 간장의 기사도를 다하고, 선생의 오체는 뿔뿔이 흩어지고 말았도다

그러나 간장 선생은 죽는 일 없이

바다 밑에서 외치는구나

간장을 고쳐라! 간장을 고쳐라! 하고

그리운 이토의 마을에 외침이 있네

저 사람도 간장, 이 사람도 간장이라고

간장의 기사가 살았던 마을, 걸어 다닌 길 거룩하구나

길 가는 이여 귀를 기울이라

어느 세상에서나 간장 선생의 자애의 말은 이 길 위에서 끊

이는 일이 없으리라

간장을 고쳐라

싸우자! 싸우자! 유행성 간염과!

싸우자! 싸우자!

싸우자! 고

(1950년 1월)

요나가 아씨와 미미오 夜長姫と耳男

　　나의 어르신은 히다飛驒에서 으뜸가는 명인 소리를 듣는 타쿠미*였는데, 요나가夜長의 장자長者에게 초빙을 받은 것은 노환으로 죽음이 가까워졌을 때였다. 어르신은 대신에 나를 추천하면서,

　　"이 아이는 아직 스무 살의 젊은이지만, 조그만 아이 때부터 내 곁에서 자랐고, 유별나게 가르친 것도 아니건만, 제가 연구해 놓은 골자는 대과大過 없이 터득하고 있는 녀석입니다. 50년을 가르쳐도 안 되는 놈은 안 되는 겁니다. 아오가사青笠나 후루카마古釜와 비해 볼 때 교자巧者가 아닐지는 모르지만,

---

* 匠. 뛰어난 기술을 가진 직인職人을 가리키는 말.

공을 들여 일을 해냅니다. 궁궐을 짓게 되었을 때 접합부와 접촉면에다 내가 알지 못했던 방법을 궁리해낸 적도 있고, 불상을 조각하면 이게 어린 녀석의 작품이 맞는가 하고 의심이 들 정도로 깊은 생명을 드러냅니다. 제가 병들어서 어쩔 도리 없이 이 녀석을 보내는 것이 아니라, 아오가사나 후루카마하고 재주를 겨루어도 못하지 않을 것으로 제가 생각하고 보내는 것으로 알아주시기 바랍니다."

이 말을 듣고 내가 어안이 벙벙해서 눈이 휘둥그레질 수밖에 없을 정도의 과분한 말씀이었다.

나는 그때까지 어르신에게 칭찬을 받은 일이 한 번도 없었다. 하긴 누구를 칭찬하는 일이 없는 어르신이었지만, 그렇다고 해도, 이 갑작스러운 칭찬은 나를 참으로 경악하게 만들었다. 오래된 많은 제자들이 어르신이 망령이 나셔서 당치도 않은 말씀을 했다고 떠벌린 것은 딱히 시샘 때문만은 아니었던 것이다.

요나가의 장자의 사자使者 아나마로 역시 선배 제자들의 말에 일리가 있다고 생각했다. 그래서 나를 은밀히 다른 방으로 불러,

"자네의 스승은 망령이 들어서 그런 말을 했지만, 설마하니 자네는 장자의 부르심에 자진해서 응할 정도로 무분별하지는 않겠지?"

그런 소리를 듣고 보니, 나는 울컥하고 화가 났다. 그때까지는 어르신의 말을 의심하기도 하고 내 솜씨에 불안감을 느끼고 있었지만, 이런 것이 한꺼번에 사라지고 얼굴로 피가 솟구

쳐 올랐다.

"내 솜씨 가지고는 모자랄 정도로 요나가의 장자는 존귀한 분입니까. 외람된 말이지만, 내가 조각한 불상이 불만스럽다고 하는 절은 천하에 하나도 없을 거요."

나는 눈도 멀고 귀도 먹고, 마구 외쳐 대는 내 모습이 꼭 새벽을 알려 주는 닭 같구나 하고 생각했을 정도다. 아나마로는 쓴웃음을 지었다.

"제자들하고 진수*의 사당을 만드는 것하고는 이야기가 다르지 않겠나. 자네가 솜씨를 겨루어야 하는 것은 자네의 스승과 아울러 히다의 세 명인 소리를 듣는 아오가사하고 후루카마야."

"아오가사든 후루카마든, 스승까지도 무서울 게 있겠소. 내가 일심불란一心不亂으로 하기만 하면, 내 생명이 내가 짓는 절과 불상에 깃들일 뿐이오."

아나마로는 안됐군 하고 한숨을 쉬는 표정이더니, 어떻게 생각을 고쳐먹었는지 나를 어르신 대신에 장자의 댁으로 데려갔다.

"너는 복 받은 놈이로구나. 네가 만든 것들이 눈에 들 턱이야 없겠지만, 온 일본의 사내란 사내들은 아직 보지도 못한 연정으로 가슴을 끓이고 있는 요나가 아씨 가까이서 지낼 수가 있거든. 가급적 일을 질질 끌면서, 조금이라도 더 오래 머무를

---

* 鎭守. 한 고장의 수호신을 모신 사당.

수 있게 궁리를 하는 게 좋을 거야. 어차피 가망도 없는 작업의 연구는 필요 없는 일이야."

오는 길에, 아나마로는 이런 말을 하면서 내 화를 돋우었다.

"어차피 가망 없는 나를 데리고 갈 필요가 있겠소."

"그게 생각의 차이지. 너는 운이 좋은 놈이야."

나는 여행 도중에 아나마로와 헤어져서 몇 번인가 돌아갈까 생각했다. 그러나 아오가사와 후루카마하고 기량을 겨루어 보자는 명예가 나를 유혹했다. 그들이 두려워서 도망쳤다고 여겨질까 해서 마음에 들지 않았다. 나는 스스로에게 타일렀다.

"일심불란하게 내 생명을 불어넣는 일을 해내기만 하면, 그것으로 되는 거야. 눈알이 있으나 마나 한 놈들의 마음에 들지 않는다 해 보았자, 그게 어때서. 내가 조각한 불상을 길가 사당에 안치하고, 그 밑에 구덩이를 파고 흙에 묻혀 죽으면 되는 거지."

분명 나는 살아서 돌아오지 않을 것 같은 비통한 각오를 가슴에 다지고 있었다. 그러니까 아오가사와 후루카마를 두려워하는 마음 탓이었을 것이다. 솔직하게 말해 자신은 없었다.

장자의 집에 도착한 다음 날, 아나마로의 안내로 안뜰에서 장자와 만나 인사를 했다. 장자는 통통하게 살이 찌고, 볼이 늘어진, 복신福神 같은 모습의 인물이었다.

곁에는 요나가 아씨가 있었다. 장자의 머리에 희끗희끗한 것이 나기 시작할 무렵 겨우 태어난 외동딸인지라, 밤마다 두 줌의 황금을 백날 밤에 걸쳐 짜게 해서, 흘러내린 이슬을 모아 산후 목욕물로 썼다는 말이 돌고 있었다. 그 이슬이 배어드는 바람에, 아씨의 몸은 태어나면서부터 빛이 나고 황금의 향기가 난다는 말도 있었다.

나는 일심불란으로 아씨를 바라보아야겠다고 생각했다. 왜냐하면 어르신이 늘 이렇게 타이르셨기 때문이다.

"진귀한 사람이나 물체를 만났을 때에는 눈을 떼지 마라. 나의 스승이 그렇게 말씀하셨다. 그리고 그 스승께서는 또 그 스승에게서 그런 말을 들으셨다. 그 스승의 또 그 스승의 또 그 옛날 한옛날의 스승의 대 때부터 그런 말을 들어 왔던 것이다. 큰 뱀에게 발을 물리더라도 눈을 떼어서는 안 된다."

그래서 나는 요나가 아씨를 바라보았다. 나는 소심한 탓인지, 각오를 단단히 하지 않고서는 사람의 얼굴을 응시할 수가 없었다. 하지만 주눅 들지 않도록 꾹 참고, 응시하고 있는 사이 점차로 평정한 마음으로 돌아가는 만족감을 느꼈을 때, 나는 어르신의 교훈의 중대한 의미를 알게 된 것 같은 기분이 드는 것이었다. 대들듯이 바라보면 안 된다. 그 사람이나 그 물체와 더불어, 한색깔의 물처럼 투명해지지 않으면 안 되는 것이다.

나는 요나가 아씨를 바라보았다. 아씨는 아직 열세 살이었다. 키는 훌쩍 컸지만, 아이의 향기가 풍기고 있었다. 위엄은 있었지만 무섭지는 않았다. 나는 오히려 긴장했던 마음이 풀어지는 듯한 기분이 들었다. 그것은 내가 졌기 때문인지도 모른다. 그리고, 나는 아씨를 바라보고 있었을 터인데, 그 아씨 뒤로 시원하게 치솟아 있는 노리쿠라야마乘鞍山가 나중에까지 가장 강하게 인상에 남았다.

아나마로는 나를 장자에게 소개하면서,

"이 사람이 미미오耳男입니다. 젊었지만 스승의 골법骨法을 모두 터득했고, 게다가 독자獨自의 궁리도 짜낼 만큼 스승을 능가할 정도이고, 아오가사나 후루카마와 겨루어도 뒤지지 않을 것이라고 스승이 매우 칭찬을 했을 정도의 기량을 가지고 있습니다."

뜻밖에도 괜찮은 말을 했다. 그러자 장자는 끄덕거렸는데,

"과연 큰 귀로군."

내 귀를 뚫어지게 보았다. 그리고 또 말했다.

"큰 귀는 으레 밑으로 처지게 마련인데, 이 귀는 위로 솟구쳐서 머리보다 높이 뻗어 있구나. 토끼 귀처럼 말이다. 하지만 얼굴은 말상이로군."

내 머리로 피가 솟구쳤다. 나는 남들에게 내 귀에 대한 말을 들을 때처럼 욱하고 혼란해지는 일은 없다. 어떤 용기도 결심도 이 혼란을 막을 수는 없는 것이다. 모든 피가 상체로 올라가고, 금방 땀이 뚝뚝 떨어지고는 했다. 그것은 늘 있는 일이지만, 이날의 땀은 유례가 없는 것이었다. 이마에도, 귀 주변에도, 목덜미에도, 한꺼번에 폭포처럼 땀이 흘러 나왔다.

장자는 그것을 신기한 듯이 바라보고 있었다. 그러자, 아씨가 외쳤다.

"정말로 말을 쏙 빼닮았네. 검은 얼굴이 발개져서 말 색깔하고 똑같아요."

시녀들이 소리를 내어 웃었다. 나는 이제 열탕의 솥 바로 그것 같았다. 넘쳐 오르는 김도 보였고, 얼굴도 목도 가슴도 등도, 피부 전체가 땀의 깊은 강이었다.

그렇지만 나는 아씨의 얼굴만큼은 바라보고 있지 않으면 안 된다, 눈길을 떼어서는 안 된다고 생각했다. 일심불란으로 그렇게 생각하고, 이렇게 하기 위해 온 힘을 다했다. 그러나 그 노력과 끓어 넘치는 혼란이 함께 병행하는 바람에, 나는 어찌 처신해야 할지 몰라 우뚝 서 버렸다. 오랜 시간이, 그리고, 어찌해 볼 도리가 없는 시간이 지나갔다. 나는 돌연 뒤돌아서서 뛰고 있었다. 달리 적당한 행동이나 차분한 말 같은 것을 했어야 한다고 생각하면서, 가장 원하지 않는, 그리고 뜻밖의 행동을 하고 말았던 것이다.

나는 내 방 앞까지 달려갔다. 그러고서 문 밖까지 달려 나갔다. 그러고서 걷다가, 다시 뛰었다. 가만있을 수가 없었던 것이다. 나는 강의 흐름을 따라 산의 잡목림으로 들어가, 폭포 밑에서 오랜 시간 바위에 걸터앉아 있었다. 낮이 지나갔다. 배가 고팠다. 그러나 해가 질 때까지는 장자의 저택으로 돌아갈 기운이 나지 않았다.

* * *

나보다 5, 6일 뒤에 아오가사가 도착했다. 그리고 다시 5, 6일 뒤에 후루카마 대신에 아들인 치이사가마小釜가 도착했다. 그것을 보고 아오가사는 실소를 터뜨리며 말했다.

"우마미미馬耳의 스승만 그런 줄 알았더니, 후루카마도인가. 이 아오가사한테는 못 당하리라고 본 것은 기특한 일이지만 대신 온 두 꼬맹이가 불쌍하군."

아씨가 나를 말로 본 뒤로, 사람들은 나를 우마미미(말 귀)라고 부르게 되었다.

나는 아오가사의 거만이 밉살스러웠지만 잠자코 있었다. 내 마음은 정해져 있었다. 이곳이 내가 죽을 곳이라고 각오를 하고 일심불란하게 일에 정성을 다할 뿐이다.

치이사가마는 나보다 일곱 살 위였다. 그의 아버지인 후루카마도 병이 났다면서 아들을 대신 보냈지만 들리는 말로는 꾀병이라고 했다. 심부름을 간 아나마로가 가장 늦게 그를 맞이하러 간 것에 화를 냈다는 것 같았다. 하지만 치이사가마가 아버지 못지않은 기량의 소유자라는 것은 이미 평판이 나 있었으므로, 내 경우처럼 뜻밖의 대리인은 아니었던 것이다.

치이사가마는 어지간히 자기 솜씨에 자신이 있었는지, 아오가사의 거만한 말을 눈썹 한 올 움직이지 않고 흘려들었다. 그리고 아오가사에게도, 또 나에게도 마찬가지로 정중하게 인사를 했다. 매우 침착한 자구나 하고 생각해 왠지 기분이 좋지 않았는데, 그 후 점차로 살펴보니, 녀석은 아침인사, 낮인사, 밤인사 같은 인사말 말고는 남에게 이야기를 걸지 않는다는 것을 알게 되었다.

내가 깨달은 사실과 같은 것을 아오가사도 알게 되었던 모양이다. 그리고 그는 치이사가마에게 말했다.

"넌 어째서 인사말만큼은 빠짐없이 하는 거냐? 꼭 이마에 앉은 파리는 손으로 털어내는 거야 하고 정해 놓은 것처럼 귀찮지 않냐 말이야. 타쿠미의 손은 끌을 다루는 것이지, 일일이 파리를 쫓아내기 위해 어깨뼈가 늘어나야 하는 건 아니잖냐고.

사람의 입은 필요에 따라 말하기 위해 구멍이 나 있는 건데, 아침 밤 인사쯤은 혀를 내밀어도, 방귀를 뀌기만 해도 족한 게 아니겠어."

나는 이 말을 듣고 거침없이 말을 하는 아오가사가 어쩐지 마음에 들었다.

세 명의 타쿠미가 다 모였으므로, 정식으로 장자 앞으로 나아가 이번에 할 일을 부탁받았다. 아씨의 수호불상을 만들기 위해서라는 말을 들은 일이 있지만, 자세한 이야기는 아직 전해 받지 않았던 것이다.

장자는 곁의 아씨를 바라보고 나서 말했다.

"이 아이의 이승의 삶을 지켜 주실 거룩한 부처님의 모습을 조각해 주었으면 하네. 수호불당에 모셔 놓고, 이 아이가 아침저녁 배례를 할 텐데 부처님의 모습과 그것을 모셔 놓을 감실龕室이 필요하네. 부처님은 미륵보살. 그 밖의 일은 각각의 구상에 맡기겠는데, 이 아이가 열여섯이 되는 정월까지 완성해 주었으면 하네."

세 명의 타쿠미가 그 일을 정식으로 의뢰받고 인사가 끝나자 주안상이 들어왔다. 장자와 아씨는 정면에 한 단 높게, 왼쪽으로는 세 명의 타쿠미의 상이, 오른쪽에도 세 개의 상이 차려졌다. 그쪽에는 아직 사람의 그림자가 보이지 않았는데, 아마도 아나마로와 그 밖의 두 명의 중요한 인물의 자리일 것이라고 나는 생각했다. 그런데 아나마로가 이끌고 들어온 것은 두 명의 여자였다.

장자는 두 여자를 우리에게 소개하면서 이렇게 말했다.

"저쪽 높은 산을 넘어, 그 너머의 호수를 건너, 그 또 저쪽의 넓은 들을 지나면, 돌과 바위만으로 된 높은 산이 있지. 그 산을 울어 가며 넘어가면, 또 널따란 들이 있고, 또 그 저쪽에 안개 깊은 산이 있다. 다시 그 산을 울면서 넘어가면, 넓디넓은 숲이 있고, 숲 속을 큰 강이 흐르고 있다. 이 숲을 사흘 만에 울면서 지나가면, 몇천 개나 되는 샘이 솟아나는 마을이 나온다. 그 마을에서는 하나의 나무 그늘 밑 하나의 샘마다 한 아가씨가 베틀로 피륙을 짜고 있다는군. 그 마을에서 가장 큰 나무 밑의 가장 깨끗한 샘 곁에서 길쌈을 하고 있었던 것이 가장 아름다운 처녀이고, 이곳에 있는 젊은 쪽이 그 딸이다. 이 딸이 길쌈을 하게 되기까지는 딸의 어머니가 짜고 있었는데, 그게 이쪽 나이 든 여인이다. 그 마을에서 무지개다리를 건너 내 딸의 옷을 짜기 위해 이 멀리 히다까지 와 준 것이다. 어미를 츠키마치月待라 하고 딸을 에나코江奈古라고 한다. 딸아이의 마음에 드는 부처님을 만든 자에게는 아름다운 에나코를 상으로 주겠다."

장자가 큰돈을 들여 사들인 길쌈을 하는 아름다운 노예인 것이다. 내가 태어난 히다에도 다른 곳에서 노예를 사러 오는 자가 있는데, 그것은 남자 노예이고 그리고 나 같은 타쿠미가 노예로 팔려 가는 것이다. 하지만 어쩔 도리가 없는 필요 때문에 먼 곳으로부터 사러 오는 것이니까, 노예는 소중하게 다루어지고 제일등第一等의 손님과 마찬가지의 대접을 받는다고 하는데, 그것도 일이 완성될 때까지의 이야기다. 일이 끝나서 쓸모가 없게 되면, 돈으로 산 노예인 만큼 남에게 줄 수도 있고,

술고래에게 주는 일도 주인 마음대로다. 그래서 먼 곳으로 팔려 가는 것을 좋아하는 다쿠미는 없는데 여인의 몸이라면 오죽하겠는가.

불쌍한 여자들이여, 하고 나는 생각했다. 그럼에도 아씨의 마음에 드는 불상을 만든 자에게 에나코를 상으로 주겠다는 장자의 말은 나를 깜짝 놀라게 했다.

나는 아씨의 마음에 드는 따위의 불상을 만들 생각이 없었던 것이다. 말 얼굴을 쏙 닮았다는 말을 듣고 산속으로 정신없이 달려갔을 때, 나는 해질 무렵까지 폭포 아래에서, 아씨의 마음에 들지 않는 불상을 만들기 위해, 아니 불상이 아니라 무서운 말 얼굴의 괴물을 만들기 위해 온 영혼을 기울일 각오를 하고 있었던 것이다.

그래서 아씨의 마음에 드는 불상을 만든 자에게 에나코를 상으로 준다는 장자의 말은 나에게 커다란 경악을 안겨주었다. 그러면서 격심한 분노까지 느꼈다. 게다가 이 여자는 내가 받을 여자가 아니라는 생각이 드는 바람에 불쑥불쑥 조소嘲笑도 떠올랐다.

이런 잡념을 억누르기 위해, 타쿠미의 마음으로 온전히 집중하자고 나는 생각했다. 어르신이 가르쳐 준 다쿠미의 마음가짐을 쓸 때가 바로 이때라고 생각했다.

그러면서 나는 에나코를 바라보았다. 큰 뱀이 발을 물어도 이 시선을 놓지 않으리라고 내 가슴에 새기면서.

'이 여자가 산을 넘고, 호수를 건너고, 또 산을 넘고, 들을 건너고, 또 산을 넘고, 큰 숲을 지나, 샘물이 솟아오르는 마을에

서 온 직녀織女란 말이지? 그거 참 진귀한 동물이로군.'

내 눈은 에나코의 얼굴에서 떠나지 않았지만 일심불란은 아니었다. 왜냐하면 나는 경악과 분노를 억누른 대신에, 비웃음이 깃드는 것을 어찌해 볼 수가 없었기 때문이다.

그 비웃음을 에나코에게 향한다는 것은 부당하다는 것을 깨닫고 있었지만, 내 눈길을 에나코에게 향한 다음으로는 여기서 벗어날 수가 없다면, 눈에 깃든 비웃음도 에나코의 얼굴로 향하는 수밖에는 없는 것이다.

에나코는 나의 시선을 알아차렸다. 점차로 에나코의 안색이 변했다. 나는 아차 싶었지만 에나코의 눈에 증오의 불이 타오르는 것을 보고서, 나 역시 갑자기 증오로 불탔다. 나와 에나코는 모든 것을 잊은 채, 오직 증오를 담아 서로 노려보았다.

에나코의 험악한 눈길이 가볍게 비켜났다. 에나코는 깊은 함축을 담은 웃음을 띠면서 말했다.

"내가 태어난 고장에는 사람의 수보다도 말의 수가 많다고 하는데, 말은 사람을 태우기 위해 그리고 밭을 경작하기 위해 사용됩니다. 이쪽 고장에서는 말이 옷을 입고, 손에 끌을 잡고, 절과 불상을 만드는 데 쓰이고 있군요."

나는 곧장 대꾸를 해 주었다.

"우리 고장에서는 여자가 전답을 경작하지만 너의 고장에서는 말이 전답을 경작하니까, 말 대신에 여자가 길쌈을 하는 모양이지. 우리 고장 말은 손에 끌을 잡고 목수 일을 하지만 길쌈은 하지 않거든. 기껏 길쌈이나 하라지. 먼 길을 매우 고생했군."

에나코의 눈이 퉁겨나가듯 떠졌다. 그리고 조용히 일어났다. 장자에게 가볍게 목례를 하고서, 서슴없이 내 앞으로 왔다. 우뚝 서서 나를 내려다보았다. 물론 내 눈도 에나코의 얼굴에서 떠나지 않았다.

에나코는 상 옆을 반쯤 돌아 내 등 뒤로 돌았다. 그리고 살짝 내 귀를 잡았다.

'그런 거냐!······'

이렇게 나는 생각했다. 어차피 먼저 시선을 돌린 네가 진 거야 하고 생각했다. 그 순간이었다. 나는 귀에 타는 듯한 일격을 받았다. 앞으로 쓰러져 음식상의 한가운데에 엎어졌다는 것을 깨달은 것과 사람들이 떠드는 소리를 귀로 들은 건 동시였다.

나는 고개를 돌려 에나코를 보았다. 에나코의 오른손은 주머니칼을 칼집에서 뺀 채 쥐고 있었지만, 그 손은 조용히 밑으로 늘어진 채 조금도 살의를 띠고 있지 않았다. 에나코가 무엇인가 볼일이라도 있는 듯이, 어색하게 공중에 늘어뜨려 들고 있는 것은 왼쪽 손이었다. 그 손가락에 들려 있는 것이 무엇인지를 나는 돌연 깨달았다.

나는 목을 돌려 내 왼쪽 어깨를 보았다. 어쩐지 그곳이 이상하다고 생각하고 있었는데, 어깨 전체가 피로 적셔져 있었다. 돗자리 위에도 피가 떨어져 있었다. 나는 무언가 잊어버리고 있던 옛일을 떠올리기라도 하듯, 귀의 통증을 깨달았다.

"이게 말 귀 중의 하나입니다. 다른 한쪽은 당신의 도끼로 잘라서, 그럭저럭 사람의 귀를 닮게 하세요."

에나코는 잘라 버린 나의 한쪽 귀 윗부분을 내 술잔에 떨어뜨리고 사라졌다.

* * *

그로부터 엿새가 지났다.

우리들은 저택 안의 한쪽에 각각 오두막을 짓고 그곳에 들어가 일을 하게 되었으므로, 나도 산에서 나무를 잘라 와서, 오두막 짓기에 착수했다.

나는 곳간 뒤 사람들이 잘 다니지 않는 곳을 택해서 오두막을 짓기로 했다. 거기는 주변에 잡초가 무성하고 뱀과 거미의 소굴이었으므로, 사람들은 그것을 두려워해서 잘 접근하지 않는 곳이었다.

"과연, 마구간을 짓기에는 안성맞춤이지만, 햇빛이 좀 안 들지 않겠나."

아나마로가 건들거리며 나타나서 놀렸다.

"말은 감각이 예민해서 사람의 모습이 가까이 오면 일에 집중을 못하지요. 오두막을 짓고 나서 작업이 시작된 후로는, 작업장에 일절 오지 않기를 바랍니다."

나는 창문을 높게 이중으로 만들었고, 문에도 특별한 장치를 해서 작업장을 들여다볼 수 없도록 궁리를 하지 않을 수 없었다. 내 작업은 완성될 때까지는 비밀로 해야 했다.

"그런데 우마미미馬耳, 장자님과 아씨가 부르시니까 도끼를 들고 나를 따라와."

아나마로가 이렇게 말했다.

"도끼만 들고 가면 돼요?"

"응."

"뜰의 나무라도 자를 생각인가요. 도끼를 사용하는 일도 다쿠미의 작업에 들어가기는 하지만 벌채꾼과 다쿠미는 달라요. 나무를 베는 일이라면 달리 적합한 사람이 있지 않겠어요. 쓸데없는 일로 내 마음을 산란하게 하지 마세요."

투덜거리면서 도끼를 들고 오자, 아나마로는 묘한 눈초리로 나를 아래위로 훑어본 다음,

"일단 앉아 봐."

그는 이렇게 말하고, 먼저 자신부터 재목 끄트머리에 앉았다. 나도 마주 앉았다.

"말귀야, 잘 들어 봐. 자네가 아오가사나 치이사가마하고 악착같이 솜씨를 겨루고 싶어 하는 마음은 기특하지만 이런 집에서 일을 하고 싶지는 않겠지."

"어째서지요!"

"흠, 잘 생각해 보라구. 자넨, 귀가 잘려서 아플 거야."

"귓구멍에 비해 귓바퀴는 쓸모없는 것인지, 지혈을 위해서 삼백초 잎을 다진 것을 송진과 섞어서 발라 놓았더니 거뜬하게 통증도 사라졌고, 그런대로 귀의 구실에도 도움이 되는 것 같은걸요."

"앞으로, 여기에 있어 보았자, 자네를 위해 괜찮은 일은 없을 거야. 한쪽 귀쯤으로 끝나면 좋겠지만, 목숨에 관계되는 일이 벌어질지도 모르거든. 자네를 위해 하는 말인데, 이대로 여기서 도망쳐 돌아가. 여기 한 주머니의 황금이 있다. 자네가 3년

동안 일을 해서 훌륭한 미륵상을 만들어 본들, 이렇게 많은 황금을 받을 수는 없을 거야. 뒷일은 내가 잘 말씀드려 놓을 테니까. 어서 당장 돌아가라고."

아나마로의 얼굴은 진지했다. 그다지도 나를 쫓아내고 싶단 말인가. 3년간의 보수보다 많은 황금을 주면서까지 쫓아낼 정도로 나는 불필요한 다쿠미란 말인가. 이렇게 생각하자 분노가 치밀어 올랐다. 나는 외쳤다.

"그렇습니까. 당신의 생각으로는 내 손은 끌이나 대패를 사용하는 다쿠미의 손이 아니라 도끼로 나무를 패는 나무꾼의 솜씨라고 보고 있는 겁니까. 좋습니다. 나는 오늘부터 이 집에 고용된 다쿠미가 아닙니다. 하지만 이 오두막에서 일은 하게 해 주십시오. 먹는 일쯤은 스스로 해결할 수 있으니, 일절 도움은 받지 않겠습니다. 한 푼도 받을 필요가 없어요. 내 마음대로 3년 동안 일을 하는 데는 지장이 없겠지요."

"잠깐 기다려. 자네는 오해를 하고 있는 것 같군. 아무도 자네가 미숙해서 쫓아내겠다고 하는 게 아니야."

"도끼만 들고 나가라고 하는 만큼, 달리 생각할 방도가 없지 않습니까."

"자, 바로 그걸세."

아나마로는 내 양어깨에 손을 얹고, 묘하게 찬찬히 나를 바라보았다. 그리고 말했다.

"내 표현이 서툴렀네. 도끼만 가지고 같이 오란 것은 주인님의 분부였어. 하지만 도끼를 들고 함께 가지 말고, 지금 당장 여기서 도망치라고 말한 것은 나 혼자의 말이야. 아니, 나만이 아니라 장자도 실은 속으로 그렇게 바라고 계신 거지. 그래서 이 한 주머니의 황금을 내 손에 건네주시면서 자네를 도망치게 하라고 귀뜸하고 계신 거지. 왜냐하면 만약에 자네가 나와 함께 도끼를 가지고 장자 앞에 나가면, 자네를 위해 좋지 않은 일이 일어나기 때문이야. 장자께서는 자네 걱정을 하고 계시다네."

내 생각을 하는 듯한 말투가 나를 한층 화나게 했다.

"내 생각을 해서라면, 그 까닭을 탁 터놓고 이야기해 주시는 게 어떻습니까."

"그렇게 하고 싶지만, 이야기를 하면 그것만으로 끝날 수 없는 말이라는 것도 있지 않은가. 하지만 아까부터 말한 대로, 자네의 생명에 관계되는 일이 일어날지도 모르거든."

나는 그 자리에서 마음을 정했다. 도끼를 들고 일어섰다.

"따라가겠습니다."

"이봐!"

"하하하, 웃기지 마시오. 외람된 말이지만, 히다의 다쿠미는 어릴 때부터 일에 신명을 바쳐야 하는 존재로 단련받고 있어요. 일 말고 다른 것으로 목숨을 버릴 만한 것도 생각나지 않지만, 솜씨를 겨루는 게 무서워서 도망쳤다는 소리를 듣기보다는 그쪽을 택하고 싶군요."

"오래 살다 보면, 천하의 다쿠미라고 세상에서 칭송을 받는 명인이 될 가망이 있는 놈인데 말이야, 아직 젊지 않나, 한때의 수치는 오래 살면 지워지는 거야."

"쓸데없는 말은 이제 그만두세요. 나는 여기 올 때부터, 살아서 돌아가는 일은 잊었어요."

아나마로는 단념했다. 그러자 갑자기 냉담해졌다.

"나를 따라와."

그는 앞장서서 서둘러 걸었다.

* * *

안뜰로 이끌려 갔다. 툇마루 끝 땅 위에 돗자리가 펼쳐져 있었다. 그것이 나의 자리였다.

내 맞은편에 에나코가 있었다. 손이 뒤로 묶인 채 맨땅에 앉아 있었다.

내 발소리를 듣고서 에나코는 고개를 들었다. 그리고 묶인 손이 풀리기만 하면 당장에라도 덤벼들 듯이 나를 노려본 채 시선을 떼지 않았다. 괘씸한 것, 하고 나는 생각했다.

'귀를 잘려 버린 내가 여자를 미워한다면 말이 되겠는데, 여자가 나를 증오한다는 건 이해가 되지 않는군.'

이렇게 생각하면서 나는 문득 깨달았다. 귀의 통증이 사라진 후로 이 여자를 떠올린 일이 없었던 것이다.

'생각해 보니 이상한 일이군. 나 같은 불뚱이가 내 귀를 잘라 버린 여자를 저주하지 않는다는 것은 기묘한 일이야. 나는 누군가에게 귀가 잘렸음을 생각하면서도, 잘라 버린 자가 이 여자라고 생각해 본 일이 전혀 없거든. 반대로, 여자 쪽에서 나를 원수처럼 증오하고 있다는 것이 납득이 되지 않아.'

나의 증오의 일념은 마신魔神을 조각하는 일에만 쏠려 있기 때문에, 괘씸한 여자 한 마리를 생각할 틈이 없었던 것이겠지. 나는 15세 때 친구 하나가 지붕에서 밀쳐 떨어져서 손과 발의 뼈가 부러진 적이 있었다. 그 친구는 사소한 일로 나에게 원한을 품고 있었다. 나는 뼈가 부러진 세 달가량 목수 일을 할 수가 없었지만, 어르신은 내가 단 하루도 일을 쉰다는 것을 허락하지 않았다. 나는 한쪽 손과 한쪽 발로 난간의 조각물을 새기지 않을 수가 없었다. 골절이 되면 밤에 잘 수도 없을 만큼 아픈 법이다. 나는 울고 또 울며 끌질을 했는데, 울고 또 울며 잠들 수 없는 긴 밤의 고통보다는 울고 또 울며 일을 하는 낮이 기분이 좋다는 것을 알게 되었다. 때마침 보름달이었으므로, 한밤중에 일어나 끌질을 하며 고통을 참을 수 없어 운 일도 있었고, 손이 미끄러져 넓적다리를 끌로 찌른 일도 있었지만, 고통을 초월하는 것은 일이라는 것을 그때처럼 생생하게 알게 된 적은 없었다. 한 손, 한 발로 새겨 놓은 난간이었지만, 양손 양발을 사용하게 된 다음에 다시 살펴보고서도, 특별히 손질을 해야 할 필요는 없었다.

그때의 일이 몸에 배어 있어서, 한쪽 귀를 잘린 고통쯤은 작업에 보탬이 되었을 정도였다. 이제는 이걸 깨닫게 해 주어야지 하고 생각했다. 그리고 어쩔 수 없이 무서운 마신의 모습을 떠올리며 마음이 설렜지만, 깨닫게 해 주어야 할 대상이 이 여인이라고 생각한 일은 없었던 것 같다.

'내가 여자를 저주하지 않는 것은, 그 까닭을 알 것 같기도 한데, 여자가 나를 원수처럼 미워하는 것은 그 까닭을 알 수가 없어. 어쩌면 장자가 그런 말을 하는 바람에 내가 여자를 원하

고 있는 것으로 생각하고 미워하는 것인지도 모르겠군.'

이렇게 생각하고 보니 이유를 알 것 같기도 했다. 그러자 불끈불끈 분노가 치밀어 올랐다. 바보같은 년. 네가 탐이 나서 일을 하는 줄 아느냐. 데리고 가라고 해도 어깨에 떨어진 송충이처럼 손으로 털어버리고 갈 터인데. 이렇게 생각하면서 나는 마음을 가라앉혔다.

"미미오耳男를 데려왔습니다."

아나마로가 방 안을 향해 큰 소리로 외쳤다. 그러자 주렴 저쪽에서 인기척이 나고, 자리에 앉은 장자가 말했다.

"아나마로 있는가."

"여기 있습니다."

"미미오한테 사연을 말해라."

"알겠습니다."

아나마로는 나를 노려보면서 다음과 같이 말했다.

"이 집의 여자 노예가 미미오의 한쪽 귀를 잘라 버린 일은 히다의 다쿠미 일동에게나, 히다 사람들 일동에게도 면목이 없는 일이다. 그래서 에나코를 사죄死罪로 처하게 되었는데, 미미오가 피해를 당한 본인인 만큼 미미오의 도끼로 목을 치게 하겠다. 미미오, 쳐라."

나는 이 말을 듣고, 에나코가 나를 원수처럼 노려보는 이유도 알 것 같았다. 이런 의심이 풀리고 나면, 더는 마음에 남을 것도 없다. 나는 말했다.

"친절하신 말씀 황송하지만 그럴 필요는 없습니다."

"칠 수 없는가."

나는 얼른 일어났다. 도끼를 들고 뚜벅뚜벅 걸어가 에나코 발 앞에서 한번 노려보고서, 험악한 표정으로 다시 노려보았다.

에나코의 뒤로 돌아가서, 도끼로 밧줄을 툭툭 잘랐다. 그리고 원래의 자리로 돌아갔다. 나는 일부러 아무 말도 하지 않았다.

아나마로가 웃으며 말했다.

"에나코의 죽은 목보다도 살아 있는 목을 원하는가."

이 소리를 듣자, 내 얼굴에 피가 확 올랐다.

"당치도 않은 말씀을. 벌레 같은 직녀한테 히다의 미미오는 아예 코도 걸치지 않소. 아즈마노쿠니東國의 숲에 사는 벌레에게 귀를 물렸다고 생각한다면, 화도 나지 않을 것 아닙니까. 벌레의 죽은 모가지도 산 모가지도 갖고 싶지 않소."

이렇게 외치기는 했지만, 얼굴이 새빨갛게 물들면서 땀이 한꺼번에 뿜어져 나온 것은 내 마음을 배반하는 것이었다.

얼굴이 붉게 물들고 땀이 흐른 것은 이 여인의 산 목을 탐내는 꿍꿍이 때문이 아니었다. 나를 증오하는 이유가 없을 것으로 생각됨에도 불구하고 나를 원수처럼 노려보는 바람에, 아하, 내가 여자를 내 것으로 삼고 싶어 하는 속마음이라도 있는 것으로 알고 있는 것이구나 하고 생각했던 것이다. 그리고 바보 같은 것, 너 따위를 데리고 가라고 해도, 어깨에 떨어진 송충이처럼 털어 버리고 돌아갈 뿐이라고 생각하고 있었다.

있지도 않은 꿍꿍이를 의심받으면 곤란하다고 매우 신경 쓰고 있다는 것을, 생각지도 않게 아나마로의 입을 통해 듣는 바람에, 나는 허를 찔려 어쩔 줄 몰랐던 것이다. 한번 당황하면, 그것을 부끄러워하고 신경을 쓰고 하는 바람에 얼굴은 점점 달아오르고, 땀이 비 오듯 하는 것은 늘 있는 일이었다.

'난처하군. 유감스러운 일이야. 이처럼 땀을 마구 흘리며 당황하면, 마치 내 속마음이 그렇다고 자백하고 있는 것으로 생각할 뿐일 텐데.'

이런 생각이 드니, 나는 더욱더 당황했다. 이마로부터 땀방울이 뚝뚝 떨어지는 것이 언제 그쳐 줄 것인지 그 기색조차 사라지고 만 것이다. 나는 단념하고 눈을 감았다. 나로서는 이 달아오른 얼굴과 땀은 도저히 저항할 수 없는 대적이었다. 단념의 눈을 감고 무심하게 구는 것 말고는 땀의 비를 막을 도리가 없었다.

그때 아씨의 목소리가 들려왔다.

"주렴을 올려 줘."

그렇게 명했다. 아마 시녀도 있겠지만, 나는 눈을 떠서 확인하기를 삼갔다. 한시바삐 땀의 비를 막아내기 위해서는 보고 싶은 것도 보면 안 된다. 나는 다시 한 번 찬찬히 아씨의 얼굴이 보고 싶었던 것이다.

"미미오, 눈을 떠. 그리고 내 물음에 답해 줘."

이렇게 아씨가 명했다. 나는 어쩔 수 없이 눈을 떴다. 주렴이 말아 올려지고, 아씨는 툇마루에 서 있었다.

"넌, 에나코한테 귀가 잘리고서도, 벌레한테 물린 것 같다고 했지? 정말로 그래?"

순진하고 밝은 웃는 얼굴이라고 나는 생각했다. 나는 크게

끄덕이고,

"정말로 그렇습니다" 하고 대답했다.

"나중에 거짓말이라고 하면 안 돼."

"그런 말은 하지 않습니다. 벌레라고 생각하기 때문에, 죽은 목도 산 목도 딱 질색입니다."

아씨는 방긋 웃었다. 아씨는 에나코를 향해 말했다.

"에나코, 미미오의 한쪽 귀도 물어 줘. 벌레에게 물려도 화가 나지 않는다니까, 마음껏 물어 줘도 되겠지. 벌레의 이빨은 빌려줄게. 돌아가신 어머니의 유품 중 하나지만, 미미오의 귀를 문 다음에는 너에게 주마."

아씨는 주머니칼을 꺼내 시녀에게 주었다. 시녀는 그것을 들고 에나코 앞에 내밀었다.

나는 에나코가 설마하니 그것을 받아들 거라고는 생각하지 않았다. 도끼로 목을 베는 대신에 벌하고 있는 밧줄을 끊어 준 내 귀를 벨 칼을 말이다.

그러나 에나코는 받았다. 하기야 아씨가 주는 칼이라면 받지 않을 수가 없겠지만, 설마 그것을 칼집에서 꺼내지는 않을 것으로 나는 생각했다.

가련한 아씨는 천진스럽게 장난을 즐기고 있다. 그 밝게 웃음 지은 얼굴이라니. 벌레도 죽일 줄 모르는 웃는 얼굴이란 바로 이런 거다. 장난을 즐기는 흥분도 없고, 무엇인가를 꾸미는 기색도 없다. 바로, 동녀童女의 웃는 얼굴 자체였다.

나는 이렇게 생각했다. 문제는 에나코가 그럴듯한 말솜씨로 손에 받아든 주머니칼을 아씨에게 돌려줄 수가 있느냐는 것이다. 멋지게 주머니칼을 처리할 말을 떠올리면 더욱 재미있지 않을까. 거기에 응해서, 내가 그럴듯한 경구 하나라도 주워섬기게 된다면, 더할 나위가 없을 테고. 아씨는 만족해서 주렴을 내릴 것이 틀림없다.

내가 이렇게 생각한 것은, 나중에 생각해 보니 신기한 일이었다. 왜냐하면 아씨는 에나코에게 주머니칼을 주면서 내 귀를 자르라고 명하고 있는 것이고, 내가 한쪽 귀를 잃은 것도 그 근본을 따진다면 아씨 때문이 아닌가. 그리고 내가 무서운 마신의 상을 새겨 주어야겠다고 마음속으로 정한 것도 아씨 때문이다. 그 상을 보고서 놀랄 사람도 우선 아씨여야 할 것이다. 그런 아씨가 에나코에게 주머니칼을 주면서 내 귀를 자르라고 명하고 있는데 내가 그것을 행복한 놀이의 하나라고 문득 생각했다는 것은 생각해 볼수록 희한한 일이었다. 아씨의 맑디맑은 웃는 얼굴, 해맑은 눈 때문이었을까. 나는 꿈이라도 꾸는 듯이 신기하기만 했다.

나는 에나코가 칼날을 칼집에서 빼지 않을 것이라고 생각했으므로, 그런 생각을 눈에 담아 황홀하게 아씨의 웃는 얼굴을 바라보고 있었다. 생각해 보면 이것이 무엇보다도 실수고, 마음의 틈새였을 것이다.

내가 엄청난 기백을 알아차리고 눈길을 돌렸을 때, 이미 에나코는 저벅저벅 내 눈앞에 다가와 있었다.

아차! 하고 나는 생각했다. 에나코는 내 코앞에서 칼집의 칼을 꺼낸 다음, 내 귓바퀴 끝을 잡았다.

나는 다른 모든 것을 잊고, 아씨를 바라보았다. 아씨가 무슨 말을 할 것이다. 에나코에게 내리는 아씨의 말이. 저 해맑은 동녀의 웃는 얼굴에서 당연히 나올 권위 있는 한마디가.

나는 망연히 아씨의 얼굴을 바라보았다. 해맑고 순진하게 웃는 얼굴을. 동그랗고 맑은 눈을. 그리고 나는 방심했다. 이렇게 하고 있는 동안에 차례에 따라 나의 귀가 베어져 버릴 것을 나는 모두 알고 있었건만, 내 눈은 아씨의 얼굴을 바라본 채로 어찌할 수가 없었고, 나의 마음은 눈에 깃들어 있는 방심이 전부였다. 나는 귀가 잘린 뒤로도, 아씨를 멍하니 올려다보고 있었다.

내 귀가 잘렸을 때, 나는 아씨의 귀여운 눈이 생생하게 동그랗고 크게 반짝이는 것을 보았다. 아씨의 뺨에 약간 붉은 기가 돌았다. 가벼운 만족이 드러났다가 곧바로 꺼졌다. 그러자 웃음까지 사라졌다. 무척 진지한 얼굴이었다. 사려 깊은 듯한 얼굴이기도 했다. 뭐야, 이게 다야, 하고 아씨는 화가 난 듯이 보였다. 그러더니, 뒤돌아서서, 아씨는 말도 없이 가 버렸다.

아씨가 가려고 했을 때, 내 눈에는 한 방울씩 큰 눈물이 괴어 있다는 것을 깨달았다.

* * *

그로부터 햇수로 3년은 나의 전투의 역사였다.

나는 오두막에 들어앉아 끌질을 했을 뿐이지만, 내가 끌을 다루는 힘은 내 눈에 남아 있는 아씨의 웃는 얼굴에 계속 짓눌려 있었다. 나는 그것을 떨쳐내기 위해 필사적으로 싸우지 않으면 안 되었다.

내가 아씨에게 저절로 빠지고 만 일은 내가 아무리 발버둥질 쳐도 아무 의미가 없을 것으로 여겨졌지만, 나는 어찌되었든 그것을 밀쳐 내면서 무서운 괴물의 상을 만들지 않으면 안 된다며 조바심을 쳤다.

나는 마음속에 이완이 생겼다 하면 물을 뒤집어쓸 생각을 떠올렸다. 열 동이 스무 동이 이렇게 정신이 나갈 정도로 물을 뒤집어썼다. 그리고 참깨를 태울 생각이 떠올랐고, 송진을 태웠다. 그리고 발바닥의 장심掌心에 불을 대어 태웠다. 그것들은 모두가 나의 마음을 분기시켜, 덤벼들 듯이 작업에 전념하기 위해서였다.

내 오두막 주위는 축축한 풀숲이어서 무수한 뱀의 소굴이었으므로, 오두막 안에까지 뱀들은 눈치도 보지 않고 들어왔지만, 나는 그들을 잡아채서 생피를 마셨다. 그리고 뱀의 시체를 천장에 매달아 놓았다. 뱀의 원혼이 내게 씌고, 또 내 작업에도 씌어라 하고 나는 염원했다.

나는 마음이 느슨해질 때마다 풀숲에서 뱀을 잡아 생피를 짜내 단숨에 마신 다음, 남은 것을 만들고 있는 괴물의 상에 떨어뜨렸다.

하루에 일곱 마리 혹은 열 마리씩 잡았으므로, 한 여름이 지나기 전에 오두막 주변 풀숲의 뱀은 사라지고 말았다. 나는 산에 들어가 하루에 한 자루의 뱀을 잡았다.

오두막의 천장은 매달아 놓은 뱀의 시체로 가득 찼다. 구더기가 꾀고, 퀴퀴하게 썩은 내가 풍겨 나오고, 바람에 흔들리고,

겨울이 되면 바삭바삭하고 바람에 울렸다.

매달아 놓은 뱀이 일제히 덤벼드는 것 같은 환상을 보면, 나는 오히려 힘이 솟았다. 뱀의 원령이 나에게 씌어, 내가 뱀의 화신으로 환생한 기분이 들었기 때문이다. 이렇게 하지 않고서는, 나는 작업을 계속할 수가 없었다.

나는 아씨의 웃는 얼굴을 밀쳐낼 정도의 힘을 가진 괴물을 만들어 낼 자신이 없었던 것이다. 내 힘만 가지고는 부족함을 깨닫고 있었다. 그것과 싸우는 고통 때문에, 아예 정신이 미쳐 버렸으면 좋겠다는 생각이 들 정도였다. 나의 마음이 아씨에게 씐 원령이 되었으면 좋겠다고 생각하기도 했다. 그러나 일의 급소로 접어들 때는, 반드시 한 번은 아씨의 웃는 얼굴에게 떠밀리며 나의 기가 꺾이고 있음을 깨달았다.

3년째 봄이 왔을 때, 7할 가량 일이 진척되어 마무리의 급소에 접어들면서부터 나는 뱀의 생피에 주려 있었다. 나는 산으로 파고들어 토끼와 너구리와 사슴을 잡아서 가슴을 갈라 생피를 짜고 창자를 흐트러뜨려 놓았다. 목을 잘라서 그 피를 상像에 떨구었다.

"피를 마셔라. 그리고 아씨가 열여섯이 되는 정월에 생명이 깃들어 생물이 되어라, 사람을 죽여서 생피를 빠는 도깨비가 되어라."

그것은 귀가 긴 무엇인가의 얼굴이지만 괴물인지, 마신魔神인지, 사신死神인지, 도깨비인지, 원령怨靈인지 나로서도 정체를 알 수가 없었다. 나는 그저 아씨의 웃는 얼굴을 되받아칠 만한 힘 있고 무서운 것이기만 하면 만족이었다.

가을의 중간쯤, 치이사가마가 일을 끝냈다. 그리고 가을이 끝날 무렵, 아오가사도 일을 끝냈다. 나는 겨울에 접어들어, 겨우 일을 끝냈다. 그러나 그것을 담을 감실에는 아직 손을 대지 못하고 있었다.

감실의 형태와 생김새는 아씨의 가구로서 어울릴 만한 예쁜 것이어야 한다고 생각했다. 문짝을 열면 나타나는 상의 무시무시한 모습을 돋보이게 하자면, 어디까지나 가련한 양식으로 해야 한다.

나는 남아 있는 짧은 며칠 동안 침식도 잊고 감실 만들기에 착수했다. 그리고 마감인 섣달 그믐날에 가까스로 완성할 수가 있었다. 손이 가는 섬세한 세공細工은 할 수 없었지만, 문짝에는 가볍게 화조花鳥를 꾸며 놓았다. 호사스럽지도 화려하지도 않지만, 소박한 점에서 오히려 기품이 풍기고 있었다.

늦은 밤에 사람들의 손을 빌려 운반해서 치이사가마와 아오가사의 작품 곁에 나의 작품을 놓았다. 나는 좌우간 만족했다. 나는 오두막에 돌아오자, 모피를 뒤집어쓰고 땅 속 깊은 곳으로 끌려 들어가는 듯이 잠에 빠졌다.

* * *

나는 문 두드리는 소리에 잠에서 깼다. 동이 터 있다. 해는 이미 높이 솟은 듯했다. 그렇군. 오늘이 아씨가 열여섯이 되는 정월이란 말이지, 하고 나는 문득 생각했다. 문 두드리는 소리는 집요하게 계속되었다. 나는 음식을 가져온 하녀인 줄 알았

으므로,

"거, 시끄럽군. 평소처럼 조용히 밖에 놓고 가라구. 나한테는 새해도, 설날도 없는 거야. 그것만큼은 할망구가 틀렸다는 걸 내가 입이 아프도록 얘기했건만, 3년이 지나도 아직 모르는 거야?"

"깨었거든, 문을 열어."

"아주 건방진 소리를 하는군. 내가 문을 여는 것은 깨었을 때가 아니라구."

"그럼, 언제 열지?"

"밖에 사람이 없을 때야."

"그게 참말이야?"

나는 그 말을 들었을 때, 잊어버릴 수 없는 특징이 있는 아씨의 억양을 들었고, 목소리의 주인공이 바로 아씨라는 것을 알아차렸다. 갑자기 나의 온몸이 공포 때문에 얼어붙는 듯했다. 어찌해야 할 바를 몰라, 나는 허둥거리며 헛되이 시간을 낭비했다.

"내가 있는 동안에 나와요. 나오지 않았다가는 나오게 만들어 줄 거야."

조용한 목소리가 그렇게 말했다. 아씨가 시녀에게 시켜서 문 밖에 무엇인가를 쌓고 있다는 것을 나는 알아차리고 있었다. 부싯돌을 치는 소리에 그게 마른 짚이라는 것을 직감했다. 나는 튈 듯이 문으로 뛰어가 빗장을 벗기고 문을 열었다.

문이 열리자 그곳으로부터 바람이 불어오는 듯이, 아씨는 생글생글하며 오두막으로 들어왔다. 나를 지나쳐서, 먼저 안으로 들어갔다.

3년 동안에 아씨의 몸은 몰라볼 정도로 어른이 되어 있었다. 얼굴도 어른이 되어 있었지만, 천진하게 웃는 밝은 얼굴만큼은 3년 전과 마찬가지로 해맑은 동녀童女의 것이었다.

시녀들은 오두막 속을 보고서 흠칫거렸다. 아씨만은 놀라는 기색이 없었다. 아씨는 신기하다는 듯이 실내를 둘러보았고, 또 천장을 둘러보았다. 뱀은 무수한 뼈가 되어 매달려 있었고, 아래쪽에도 뼈가 무수히 떨어져 부서져 있었다.

"전부 뱀이네."

아씨의 웃음 지은 얼굴에서 생생하게 감동이 배어났다. 아씨는 머리 위로 손을 뻗어 매달려 있는 뱀의 백골 하나를 손으로 잡으려 했다. 그 백골은 아씨의 어깨에 무너져 내렸다. 그것을 가볍게 손으로 털어냈지만, 떨어진 것에는 눈길도 주지 않았다. 하나하나가 다 신기한 듯이, 하나의 것에 오래도록 관심을 두지 않았다.

"이런 걸 생각해 낸 것은 누구야? 히다의 다쿠미의 작업장은 전부 이래? 아니면 네 작업장만 이런 거야?"

"아마, 제 오두막만 그럴 겁니다."

아씨는 끄덕이지도 않았지만, 이윽고 만족 때문에 웃음 지은 얼굴이 환하게 빛났다. 3년 전, 내가 마지막으로 본 아씨의 얼굴은 무언가 진지하고 뻣뻣하고 나른한 듯한 얼굴이었지만, 내 오두막에서는 웃음이 그치지를 않았다.

"불을 붙이지 않기를 잘했네. 태워 버렸더라면 이걸 보지 못할 뻔했어."

아씨는 모든 것을 다 보고 나서 만족스럽게 중얼거리더니,

"하지만 이젠 태워 버리는 게 좋겠다."

시녀에게 마른 짚을 쌓아서 불을 지르게 했다. 오두막이 연기에 휩싸여, 단번에 불타오르는 것을 보고서 아씨는 나에게 말했다.

"진귀한 미륵상 고마워요. 다른 둘에 비해 볼 때, 백 배나, 천 배나 마음에 들었어요. 상을 줄 테니까, 옷을 갈아입고 와요."

밝고 천진난만하게 웃는 얼굴이었다. 내 눈에 그것을 남겨 놓고 아씨는 떠났다. 나는 시녀의 인도로 목욕을 했고, 아씨가 준 옷으로 갈아입었다. 그리고 안방으로 인도되었다.

나는 공포 때문에, 목욕을 하면서도 마음이 안정되지 않았다. 마침내 아씨에게 죽는구나 하고 나는 생각했다.

나는 아씨의 해맑은 웃음이 어떤 것인지를 알 수가 있었다. 에나코가 나의 귀를 자르는 광경을 바라보고 있었던 것도 저 웃는 얼굴이 아니던가. 내 귀를 자르라고 에나코에게 명한 것도 저 웃음 지은 얼굴이었는데, 에나코의 목을 나의 도끼로 자르라고 했던 것도 실은 저 웃는 얼굴이 그것을 보고 싶어 했기 때문인 게 틀림없었다.

그때 아나마로가 빨리 이곳에서 도망치라고 권하면서, 장자도 속으로는 내가 여기서 도망치기를 바라고 계시다고 말했는데, 실로 짚이는 데가 있는 말이다. 그 웃음 지은 얼굴에는 장자도 어찌할 도리가 없었겠지, 무리도 아니야 하고 나는 생각했다.

사람들이 축하하는 설날에, 쭈뼛거리는 기색도 없이 내 집

한 귀퉁이에 불을 지른 이 웃는 얼굴은 지옥의 불조차도 두려워하지 않을 뿐 아니라 피의 연못까지도 두려워하지 않겠지. 그런 마당에 내가 만든 괴물 따위는 이 웃는 얼굴이 일고여덟 살 무렵 가지고 놀던 소꿉놀이의 도구쯤 되는 것이 아닐까.

"진귀한 미륵상 고마워요. 다른 둘에 비해 볼 때, 백 배, 천 배나 마음에 들었어요"

라고 한 아씨의 말을 떠올리니, 나는 그 두려움에 오싹해지고 말았다.

내가 만든 저 괴물에 어떤 굉장한 것이 있단 말인가. 사람의 마음을 진정으로 얼어붙게 만들 힘은 하나도 들어 있지 않은 것을.

참으로 무서운 것은 그 웃음 지은 얼굴이다. 이 얼굴이야말로 살아 있는 마신도 원령도 당해내지 못할 참으로 무서운 유일한 것이리라.

나는 지금에 이르러서야 겨우 이 웃는 얼굴이 어떤 것인지를 깨달았지만, 3년 동안 일을 하면서, 무서운 것을 만들고자 하면서 언제나 아씨의 웃는 얼굴에 떠밀려 있던 나는, 알지 못하는 사이 그것을 느끼고 있었던 것인지도 모른다. 참으로 무서운 것을 만들기 위해서라면, 이 웃는 얼굴에 떠밀리는 것이 당연한 일이겠지. 참으로 무서운 것으로, 이 웃는 얼굴을 능가할 만한 것은 없을 테니 말이다.

이번 생의 추억으로, 이 웃는 얼굴을 새겨 놓고서 죽었으면 하고 나는 생각했다. 나로서는, 아씨가 나를 죽일 것이라는 생각에는 더 이상 의심할 여지가 없었다. 그것도 오늘, 목욕을 끝내고 안방으로 끌려가자마자 아씨는 나를 죽이겠지. 뱀처럼 나를 갈라서 거꾸로 매달아 놓을지도 모르겠구나 생각했다. 그렇게 생각하니 공포로 숨이 막힐 것만 같아, 나도 모르게 필사적으로 합장合掌하는 일념이었지만, 참으로 울며 몸부림친들 저 웃는 얼굴이 무엇인가 받아 줄 리도 없겠지.

이 운명을 벗어나기 위해서는 좌우간 하나의 방법이 있을 뿐이라고 나는 생각했다. 그것은 나의 다쿠미로서의 필사적인 바람이기도 했다. 어쨌든 아씨에게 부탁해 보자고 나는 생각했다. 그리고 이렇게 마음이 정해지자, 나는 간신히 욕조에서 나올 수가 있었다.

나는 안방으로 안내되었다. 장자가 아씨를 거느리고 나타났다. 나는 허둥지둥 절을 하고, 이마를 바닥에 바짝 붙이고 필사적으로 외쳤다. 나는 얼굴을 들 힘이 없었던 것이다.

"이 생애의 부탁 말씀 드립니다. 아씨의 얼굴을 조각하게 해 주십시오. 그것을 조각해 놓는다면, 그런 다음에는 언제 죽어도 후회가 없겠습니다."

뜻밖에도 시원스러운 장자의 답이 돌아왔다.

"아씨가 이에 동의한다면 더 바랄 것도 없지. 애야, 네 생각은 어떠냐?"

이에 답한 아씨의 말도 시원스럽게, 이 또한 의외천만이었다.

"제가 미미오에게 그것을 부탁할 생각이었습니다. 미미오가 원한다면 더 바랄 것도 없습니다."

"그거 잘됐군."

장자는 매우 기뻐서 자신도 모르게 큰 소리로 외치더니, 나를 향해 자상하게 말했다.

"미미오, 얼굴을 들어라. 3년 동안 수고가 많았다. 너의 미륵은 겉모습을 지은 것이지만, 조각의 기백으로 말하자면 범용한 작품이 아니다. 특히 이 아이가 마음에 든 모양이니 그런 만큼 나로서는 만족의 뜻 말고 더할 말이 없다. 참 잘해 주었다."

장자와 아씨는 나에게 수많은 선물을 주었다. 그러면서 장자는 덧붙여 말했다.

"아씨 마음에 드는 상을 만든 자에게는 에나코를 주겠노라고 약속했지만, 에나코는 죽고 말아서 이 약속을 지키지 못하는 것이 미안하구나."

그러자 그 말을 이어 아씨가 말했다.

"에나코는 미미오의 귀를 자른 주머니칼로 목을 찔러 죽었어요. 피에 젖은 에나코의 옷은 미미오가 지금 속옷으로 입고 있는 바로 그거예요. 몸 대신에 입게 해 주기 위해서, 남자 옷으로 고쳐 만든 거지요."

나는 이제 이 정도의 일쯤 가지고는 놀라지 않게 되었지만 장자의 얼굴이 창백해졌다. 아씨는 생글생글 나를 바라보고 있었다.

* * *

그 무렵 이 산골까지 마마가 유행해서, 이 마을 저 마을에 죽는 자가 끝이 없었다. 역병은 마침내 이 마을에까지 밀려 들어

왔으므로, 집집마다 질병을 막기 위한 부적을 붙이고, 백주에도 문을 단단히 닫고, 온 집안사람이 머리를 맞대고 밤낮으로 신불神佛께 기도를 드렸지만, 악마는 어느 틈바귀로 스며들어 오는 것인지 날로 죽는 자는 늘기만 했다.

장자의 집에서도 너른 저택 안의 덧문을 닫고 가족들은 낮에도 숨을 죽이고 있었지만, 아씨의 방만큼은 아씨가 덧문을 닫지 못하게 했다.

"미미오가 만든 괴물상은 미미오가 무수한 뱀을 찢어 죽여서 거꾸로 매달아 생피를 뒤집어써 가며 저주를 깃들어 새겨 놓은 괴물이니까, 역병을 막아 주는 부적쯤은 될 거야. 그 말고는 쓸모가 없을 것 같은 괴물이니까 문 밖에 장식해 놓으렴."

아씨는 사람들에게 명해서, 감실째 문밖에 내다놓았다. 장자의 저택에는 높은 누각이 있었다. 아씨는 때때로 이 누각에 올라가 마을을 바라보곤 했는데, 마을 밖의 숲속으로 죽은 자를 버리러 가기 위해 운반하는 사람의 모습을 보면 아씨는 하루 동안 만족스러운 모습이었다.

나는 아오가사가 남겨 놓고 간 오두막에서, 이번에야말로 아씨의 수호불인 미륵상에 온 영혼을 기울이고 있었다. 부처의 얼굴에 아씨의 웃는 얼굴을 옮겨 놓자는 것이 내 생각이었다.

이 저택에서 인간답게 움직이고 있는 것은 아씨와 나 두 사람뿐이었다.

미륵에 아씨의 웃는 얼굴을 옮겨서 수호불을 조각하고 있다는 말을 듣고 아씨는 일단 만족하는 듯했지만, 그렇다고 나의 작업에 신경을 쓰고 있는 듯한 모습은 아니었다. 아씨는 나의 작업이 어떻게 진척되어 가고 있는지를 들여다보기 위해 온 일은 한 번도 없었다. 오두막으로 모습을 드러내는 것은 죽은 자를 숲으로 버리러 가는 사람들의 무리를 구경할 때로 정해 져 있었다. 특히 나를 골라서 그 소식을 전하러 오는 것이 아니라, 저택 안 사람 하나하나에게 빠짐없이 들려주는 것이 아씨의 즐거움인 것 같았다.

"오늘도 죽은 사람이 있어요."

이 말을 들려줄 때 역시, 방글방글했다. 온 김에 불상의 진척도를 살피러 오는 일 따위는 없었다. 여기에는 한 번도 시선을 보낸 일이 없었다. 그리고 오래 머물러 있는 것도 아니었다.

나는 아씨에게 놀림당하고 있는 것이 아닐까 의심했다. 아무렇지도 않은 체하면서, 실은 역시 설날에 나를 죽일 생각이었음이 틀림없었을 것이라고 나는 종종 생각했다. 왜냐하면 아씨가 내가 만든 괴물을 역병막이로 문 앞에 내놓게 했다는 말을 다른 사람에게 듣고서, 나는 나도 모르게 움찔했던 것이다. 내가 저주를 퍼부으며 조각했다는 것까지도 알아차리고서, 나를 살려 두는 아씨가 무섭다고 생각했다. 세 명의 다쿠미의 제작품에서 내 것을 선택해 놓고서, 역병막이 부적으로 사용하는 일 말고는 쓸모가 없다고 거침없이 말하는 아씨의 진짜 심보가 두려웠다. 나에게 상을 주던 설날에는, 아씨가 한 말에 장자까지 얼굴이 파래지지 않았던가. 아씨의 진짜 속마음은 아버지인 장자도 헤아릴 수가 없는 것이었겠지. 아씨가 그것을 실행할 때까지, 아씨의 마음은 모든 사람에게는 풀 수 없는 수수께끼일 것이다. 지금은 나를 죽일 생각이 없을지 몰라도, 설날에는 있었을지도 모르고, 혹은 내일 그런 마음이 들지도 알 수가 없는 것이다. 아씨가 나의 무엇인가에 흥미를 지녔다는 것은 내가 아씨에게 죽임을 당해도 이상하지 않다는 이야기가 될 것이다.

나의 미륵은 그럭저럭 아씨의 해맑은 웃는 얼굴에 가까워 졌다. 동그란 눈, 끝에 주옥珠玉을 품은 듯 싱싱하고 귀여운 윤 곽을 그리고 있는 코. 하지만 그런 얼굴 모습에는 별다른 기술 을 필요로 하지 않는다. 내가 온 심령을 다해 대해야 하는 것 은, 천진난만한 웃음 띤 얼굴의 비밀이었다. 한 점의 그림자도 없어 보이는 환하게 밝은 천진스러운 웃음. 그곳에는 피를 좋 아한다는 한 줄기의 표징이라고는 나타나지 않는 것이다. 마신 과 통하는 어떠한 색도, 어떠한 냄새도 드러나지 않는다. 그저 천진스러운 동녀의 것이 웃는 얼굴의 전부여서, 어느 구석에도 비밀이 없는 것이었다. 그것이 아씨의 웃는 얼굴의 비밀이었 다.

'아씨의 얼굴은 형태 외의 무엇인가를 풍기고 있는 것인지 도 모른다. 황금을 짜낸 이슬로 산욕産浴을 했기 때문에, 아씨 의 몸에서는 태어나면서부터 빛나는 황금 향기가 풍긴다는 소 리들을 하지만 속인의 눈에는 오히려 예리한 비밀을 캐내는 무엇인가가 있는 법이다. 아씨의 얼굴을 감싸고 있는 눈에 보 이지 않는 향기를, 내 끌이 새겨 내야 하는 것이다.'

나는 그런 생각을 했다.

그리고 이 천진스러운 웃는 얼굴이 언제 나를 죽일지도 모 르는 얼굴이라고 생각하니, 그 공포가 내 작업의 심지가 되어 버렸다. 문득 손길을 멈추고 생각해 보면, 그 공포가 부둥켜안아도 부족할 정도로 마음에 스며들 때가 있었다.

아씨가 내 오두막에 나타나,

"오늘도 사람이 죽었네"

하고 말할 때면, 나는 아무런 할 말이 없어서 대체로 아씨의 웃는 얼굴을 바라볼 뿐이었다.

나는 아씨의 본심을 물어보고 싶은 생각은 없었다. 속된 생각은 무익한 것이다. 아씨에게 본심이 있다면 천진스럽게 웃는 얼굴이, 그리고 향내가 그 모두다. 적어도 다쿠미로서는 그것이 모두이고, 내 살아 있는 몸으로서도 그것이 모두일 것이다. 3년 전, 내가 아씨의 얼굴에 빠졌을 때부터, 그것이 전부라는 것은 이미 정해져 있는 것 같았다.

그럭저럭 마마의 신이 지나갔다. 이 마을의 다섯 명 중 한 명이 죽어 나갔다. 장자의 저택에는 많은 사람들이 살고 있건만, 한 사람의 병자도 나오지 않았으므로, 내가 만들어 놓은 괴물이 일약 마을 사람들에게 신심信心을 주었다.

장자가 맨 먼저 강조를 했다.

"미미오가 수많은 뱀을 산 채로 찢고 거꾸로 매달아, 생피를 뒤집어쓰면서 저주를 곁들어 만든 괴물이기 때문에, 그게 무서워서 마마의 신도 접근하지 못했던 거야."

아씨의 말을 들은 대로 말을 퍼뜨렸다.

괴물은 산 위의 장자 댁 문전에서 실려 나가, 산 밑 연못가의 세거리에 급조된 감실 속에 안치되었다. 먼 동네에서 배례하러 오는 사람도 적지 않았다. 그리고 나는 금방 명인이라고 추켜올려졌는데, 그보다도 높은 평판을 얻은 것은 요나가 아씨였다. 내 손으로 만든 괴물이 제때에 맞추어 장자의 일가를 수호한 것은 아씨의 힘에 의해서였다는 것이다. 거룩한 신이 아씨의 살아 있는 몸에 깃들어 계신다. 거룩한 신의 화신이라는 평판이 금방 동네방네로 퍼져 나갔다.

산 밑의 사당으로 나의 괴물을 배례하러 온 사람 중에는, 산 위의 장자댁 문전에 와서 엎드려 절을 하고 가는 자도 있었고, 문 앞에다 제물을 놓고 가는 자도 있었다.

아씨는 제물인 순무와 채소들을 나에게 보여주며 말했다.

"이건 네가 받은 거야. 맛있게 먹으라구."

아씨의 얼굴은 방글방글 빛나고 있었다. 나는 아씨가 놀리기 위해 온 것으로 보고, 울컥해서 대답했다.

"천하 명물 부처님을 만든 히다의 다쿠미는 많이 있지만, 공물을 받았다는 이야기를 들은 일이 없습니다. 살아 있는 신을 위한 제물일 것이 틀림없으니, 맛있게 드십시오."

아씨의 웃는 얼굴은 내 말을 들은 체도 하지 않았다. 아씨는 말했다.

"미미오, 네가 만든 괴물은 진짜로 마마의 신을 노려보고 쫓아낸 거야. 나는 매일 누각 위에서 그것을 보았거든."

나는 기가 막혀서 아씨의 웃는 얼굴을 바라보았다. 그런, 아씨의 마음은 도저히 헤아릴 길이 없는 것이었다.

아씨는 다시 말했다.

"미미오, 네가 누각에 올라가 나하고 같은 것을 보았다 하더라도, 너의 괴물이 마마 신을 쫓아내 주는 것을 보지는 못했을 거다. 너의 오두막이 불타 버렸을 때부터, 너의 눈은 보이지 않게 되어 버렸거든. 그리고, 네가 지금 만드는 미륵에는, 할아버지랑 할머니의 두통을 고쳐 줄 힘도 없는 거야."

아씨는 싸늘하게 나를 바라보았다. 그리고 뒤돌아서서 가 버렸다. 나의 손에는 순무와 채소가 남아 있었다.

나는 아씨의 마법에 걸려 포로가 되어 버렸구나 하고 생각했다. 무서운 일이라고 생각했다. 아닌 게 아니라 사람의 능력을 초월한 아씨일지도 모르겠다고 생각했다. 하지만 내가 지금 만들고 있는 미륵에게는 할아버지와 할머니의 두통을 고쳐 줄 힘도 없다는 것은 무슨 뜻이었을까.

"저 괴물한테는 아이를 울릴 힘도 없을 테지만, 미륵에게는 무엇인가가 있을 것이다. 적어도 나라는 인간의 영혼이 그대로 올라타 있을 테니까."

나는 확신을 가지고 이렇게 말할 수 있다고 생각했지만, 나의 확신을 근본으로부터 흔들어서 무너뜨리는 것은 아씨의 웃는 얼굴이었다. 내가 상실해 버린 것이 분명 어딘가에 있을 것으로 여겨지면서, 자신감이 없어지고, 문득, 참을 수 없이 안타까운 생각이 들었다.

* * *

마마 신이 지나간 지 50일도 되지 않아, 이번에는 또 다른 역병이 이 마을 저 마을을 지나 건너오게 되었다. 여름이 되어, 더운 날이 이어지고 있었다.

다시금 사람들은 덧문을 걸어닫고, 신불에게 기도를 하며 지냈다. 하지만 마마 신이 지나가는 동안 밭을 갈아 놓지 않았으므로 이번에도 밭을 갈지 않았다가는 먹을 것이 떨어질 것이다. 그래서 농부들은 두려움 가운데서도 들에 나가 괭이를 휘둘렀는데, 아침에는 기운이 나서 나왔지만 햇볕 속에서 애를 쓴 나머지 한동안 밭 위를 기어다니다 죽는 자도 있었다.

산 밑 삼거리의 괴물 사당까지 배례하러 왔다가 사당 앞에서 죽는 자도 있었다.

"거룩한 아씨의 신이여, 악병을 물리쳐 주소서."

장자의 문전에 와서 이렇게 기도하는 자도 있었다.

장자의 집도 다시금 대낮에 덧문을 닫고, 사람들은 숨 죽이며 지내고 있었다. 아씨만이 덧문을 열고서, 때로는 누각 위에서 산 아래 동네를 바라보다가 죽은 자를 볼 때마다 집안 모든 사람에게 알려주며 다녔다.

내 오두막에 아씨가 와서 말했다.

"미미오, 오늘 내가 무엇을 보았을 것 같아?"

아씨의 눈이 여느 때에 비해 광휘가 깊은 것 같았다. 아씨는 말했다.

"괴물 사당에 배례하러 왔다가 사당 앞에서 빙글빙글 춤을 추더니 사당에 쓰러져 죽는 할머니를 보았거든."

나는 말해 주었다.

"저 괴물 놈도 이번 역병신은 쫓아보낼 수가 없었나요?"

아씨는 들은 체도 하지 않고 조용히 이렇게 명했다.

"미미오, 뒷산에 가서 뱀을 잡아 와. 큰 부대에 가득."

이렇게 명했는데, 나로서는 아씨의 명령에는 좋고 싫고가 없었다. 잠자코 그 말대로 움직일 수밖에 없는 것이다. 그 뱀으로 무엇을 할 것인지에 대한 의심도, 아씨가 떠난 뒤가 아니면 내 머리에 떠오르지 않았다.

나는 뒷산으로 들어가 엄청난 수의 뱀을 잡았다. 작년 이맘때도, 그리고 그 전해의 이맘때에도 나는 이 산에서 뱀을 잡았었지 하고 그때를 그리워하며 떠올렸는데, 그때 나는 문득 깨달았다.

작년 이맘때쯤, 그리고 그 전해의 이맘때쯤도 내가 뱀을 잡으러 이 산을 돌아다닌 것은 아씨의 웃는 얼굴에 떠밀려 기가 꺾이지 않고자 악전고투하면서였다. 아씨의 웃는 얼굴에 떠밀렸을 때에는, 내가 만들어 가고 있는 괴물이 껍질처럼 여겨졌다. 끌 자국 모두가 헛것으로밖에는 보이지 않았다. 그리고 무기력한 괴물을 다시 제대로 볼 수 있는 용기가 솟아오를 때까지는 이 산의 뱀의 생피를 다 마셔도 모자라지 않을까 하고 계속 겁을 내고 있었던 것이다.

그때에 비해 볼 때, 지금의 나는 아씨의 웃는 얼굴에 떠밀린다는 일이 없다. 아니, 떠밀리고 있을지도 모르지만 이에 대항해야겠다는 불안한 싸움은 없다. 아씨의 웃는 얼굴이 떠밀고 오는 대로 그 힘을, 나의 끌이 그대로 표현하면 된다는 예술 본래의 삼매경에 빠져 있기만 하면 되는 것이다.

지금의 나는 순리를 따르는 마음에 입각해 있기 때문에 지금 만들고 있는 미륵에도 나의 모자란 솜씨에 탄식하는 마음이 끊임이 없지만, 괴물이 무기력하게 보일 정도로 무참한 탄식은 아니었다. 괴물을 새기고 있는 끌 자국이 아씨의 웃는 얼굴에 떠밀려 가지고는 모든 것이 헛된 것으로밖에는 보이지 않았던 것이다.

지금의 나는 어쨌든 마음에 평안을 얻어 순수하게 기예技藝와 싸우고 있는 만큼 작년의 나도 올해의 나와 다름이 없을 것으로 생각하고 있었지만, 매우 다른 것 같아, 하고 문득 생각했다. 그리고 올해의 나 쪽이 모든 면에서 낫다고 생각했다.

나는 큰 자루 가득 뱀을 모아서 돌아왔다. 그 두툼한 자루를 보고 아씨의 눈은 천진스럽게 빛났다. 아씨는 말했다.

"자루를 가지고 누각으로 와."

누각에 올랐다. 아씨는 아래쪽을 가리키며 말했다.

"삼거리 못 가에 괴물 사당이 있잖아. 사당에 기대어 죽은 사람의 모습이 보일 거야. 할머니야. 거기까지 와서 잠시 배례를 하는가 했더니, 갑자기 일어나서 빙글빙글 춤을 추기 시작했어. 그런 다음 엉금엉금 기더니 가까스로 사당에 손을 대고는 꼼짝도 하지 않게 된 거야."

아씨의 눈은 그쪽을 쳐다보며 움직이지 않았다. 아씨는 조금도 싫증내지 않고 잠시 더 하계下界의 풍경을 바라보는 데 빠져 있었다. 그러더니 중얼거렸다.

"논밭에 나와 일하는 사람들이 많아. 마마 신 때는 들일을 하는 사람들의 모습을 볼 수 없었는데 말이야. 괴물 사당에 참배하러 왔다가 죽은 사람도 있는데, 들에 있는 사람들은 별일 없네."

나는 오두막에 들어박혀 일에 몰두하고 있을 뿐이었으므로 집안사람들하고도 거의 접촉이 없었고 당연히 집 바깥쪽하고는 교섭이 없었다. 그래서 온 동네를 엄습하고 있는 역병의 소문을 어쩌다 들을 때가 있어도 나로서는 별천지別天地의 사건이었고 나 자신에게는 절실한 일이 아니었다. 내가 만든 괴물이 마물魔物을 쫓아주는 신으로 떠받들리고, 내가 명인으로 칭송받고 있다는 소리를 듣는 일도 역시 별천지의 사건이었다.

나는 처음으로 높은 누각에서 마을을 내려다보았다. 그것은 뒷산에서 마을을 내려다보는 풍경의 거리를 줄여 놓은 것이지만, 괴물의 사당에 기대어 죽은 사람의 모습을 보고 있으니 그것이 나와는 관계없는 허망한 광경이면서도 사람 사는 동네의 애처로움이 눈에 배어들기도 했다. 그따위 괴물이 부적 역할 따위를 못 한다는 것이 뻔하건만, 그 사당에 기대어 죽는 사람이 있다는 것은 죄스러운 일이다. 아예 태워 버렸으면 좋으련만, 하고 나는 생각했다. 내가 죄를 짓고 있는 듯한 언짢은 생각도 들었다.

아씨는 하계의 광경을 한껏 감상하고는 뒤돌아보았다. 그리고 나에게 명했다.

"자루 속의 뱀을 한 마리씩 찢어서 피를 짜내 줘, 너는 그 피를 짜서 어떻게 했지?"

"나는 잔에 받아서 마셨지요."

"열 마리나, 스무 마리나?"

"한꺼번에 그렇게 마실 수는 없지만, 마시기 싫어지면 그 주위에 쏟을 뿐이지요."

"그렇게 찢어 죽인 뱀을 천장에 매달았단 말이지?"

"그렇지요."

"네가 한 것과 똑같이 해 줘. 생피만큼은 내가 마실게. 얼른."

아씨의 명령에는 순종하는 수밖에 없는 나였다. 나는 생피를 받을 잔과 뱀을 천장에 매달기 위한 도구를 들고 올라와서 자루 속의 뱀을 한 마리씩 찢어 피를 짜내고 차례로 천장에 매달았다.

나는 설마 했지만, 아씨는 망설이는 기색도 없이 방긋 천진스럽게 웃고서 생피를 단숨에 마셨다. 그것을 보기 전까지는 그 정도까지는 아니었지만, 그때부터는 너무나 무서워져서 뱀을 찢는 데 익숙한 손까지도 제멋대로 움직였다.

나도 3년 동안 수없는 뱀을 찢어서 생피를 마시고 그 사체를 천장에 거꾸로 매달아 놓았지만, 나 스스로가 하는 짓이었으므로 무섭다거나 이상하다고 생각하지 않았었다.

아씨는 뱀의 생피를 마시고, 뱀을 천장에 거꾸로 매달아서 어쩔 작정이란 말인가. 목적의 선악이야 어찌되었든, 누각에 올라 머뭇거리는 기색도 없이 방긋 웃으며 뱀의 생피를 마시는 아씨는 너무나 천진스럽고 무서웠다.

아씨는 세 마리째 생피까지는 단숨에 마셨다. 네 마리째부터는 지붕과 바닥에 뿌렸다.

내가 자루 속의 뱀을 모두 찢어서 매다는 일이 끝나자 아씨는 말했다.

"다시 한 번 산에 가서 자루에 가득 뱀을 잡아 와. 해가 있는 동안에는 몇 번이고. 이 천장 하나 가득 매달아 놓기까지는 오늘도, 내일도, 모래도. 빨리."

다시 한 번 뱀을 잡으러 다녀오자 그날은 이미 저물고 말았다. 아씨의 웃는 얼굴에는 아쉬움의 그림자가 스쳐 갔다. 매달린 뱀과, 매달리지 않은 공간을, 만족한 듯이, 그리고 섭섭한 듯이, 아씨의 웃는 얼굴은 종종 높은 누각 천장을 쳐다보며 움직이지 않았다.

"내일은 아침 일찍 출발해. 여러 번, 여러 번, 그리고 많이 잡아 와."

아씨는 아쉽다는 듯이, 땅거미나 내리는 마을을 내려다보았다. 그리고 나에게 말했다.

"저것 봐, 할머니 시체를 치우기 위해 사당 앞에 사람들이 몰려 있네, 저렇게 많은 사람들이."

아씨의 웃는 얼굴에 광채가 더해졌다.

"마마 때에는 기껏해야 두세 사람이 축 늘어져서 시체를 나르더니 이번에는 사람들이 아직 팔팔하네. 내 눈에 뜨이는 마을 사람들이 모두 빙글빙글 날뛰다가 죽어 줬으면. 그다음으로는 내 눈에 보이지 않는 사람들까지도. 밭의 사람들도, 들의 사람들도, 산의 사람들도, 집 안의 사람들도 모두 죽었으면 좋겠어."

나는 찬 물을 뒤집어쓴 것처럼, 온몸이 굳어 움직일 수 없었다. 아씨의 목소리는 투명한 듯 고요하고 천진스러웠으므로 더한층, 더할 나위 없이 무섭게 느껴졌다. 아씨가 뱀의 생피를 마시고 뱀의 사체를 누각에 매달아 놓고 있는 것은 마을 사람들이 모두 죽기를 기원해서다.

나는 견딜 수가 없어져서 한달음에 도망치고 싶었지만, 나의 다리는 움츠러들어 있고 마음 역시 굳어 있었다. 나는 아씨가 밉다고 생각한 일은 없었지만, 이 아씨가 살아 있다는 것이 무섭다는 것을 그때 처음으로 깨달았다.

* * *

먼동이 트자, 번쩍 눈이 떠졌다. 아씨의 분부가 몸에 배어, 정확히 제시간에 잠에서 깰 정도로 나의 마음은 꽁꽁 묶여 있었다.

나는 무거운 마음을 견뎌내기 힘들었지만, 자루를 지고 완전히 동이 터 오르기도 전에 산으로 올라가지 않을 수 없었다. 그리고 산에 들어가자, 나는 필사적으로 뱀을 잡았다. 좀 더 빨리, 조금이라도 더 많이, 하며 조바심을 내고 있었다. 아씨의 기대에 따라야 한다는 일념이 오로지 나를 재촉하고 있었다.

커다란 자루를 지고 돌아오자 아씨는 누각에서 기다리고 있었다. 그것들을 모두 매달고 나자 아씨의 얼굴이 환해지면서,

"아직 이른 시간이야. 드디어 들판으로 사람들이 막 나왔거든. 오늘은 여러 번, 여러 번 잡아 와야 돼. 얼른. 될 수 있는 대로 힘을 내."

나는 잠자코 빈 부대를 쥐고 산으로 서둘러 갔다. 나는 오늘 아침부터 아직 한마디도 아씨에게 말을 하지 않았다. 아씨를 향해 말을 할 힘이 없었던 것이다. 오래지 않아 누각의 천장 가득 뱀의 사체가 매달릴 것이 틀림없는데, 그랬을 때, 어떻게 되

는 것일까 생각하자 나는 괴로워서 견딜 수가 없었다.

아씨가 하고 있는 짓은 내가 작업실에서 하던 일의 흉내 내기에 지나지 않는 것 같았지만 나는 단순히 그렇게 생각할 수는 없었다. 내가 그런 짓을 한 것은 어찌할 수 없는 필요에 의한 것이었지만 아씨가 하고 있는 짓은 인간이 머리에 떠올릴 수 있는 일이 아니었다. 어쩌다가 내 오두막을 들여다보았기 때문에 흉내를 내고 있을 뿐이지, 나의 오두막을 보지 않았더라면 다른 무엇인가를 본받아서 그 비슷한 무서운 일을 했을 것이다.

게다가 그 정도의 일 역시, 아직 아씨로서는 서곡에 지나지 않았을 것이다. 아씨의 생애에서, 그런 다음으로는 어떤 생각을 떠올리고, 어떤 짓을 하게 될지, 이것은 도저히 인간으로서는 상상도 할 수 없는 것이다. 도저히 내가 감당해 낼 만한 아씨가 아니고, 나의 끌 가지고도 도저히 아씨를 붙잡을 수는 없을 것이라고 나는 곰곰이 생각하지 않을 수 없었다.

"그래 맞아. 그야말로 아씨가 말한 대로, 지금 만들고 있는 미륵 따위는 그저 보잘것없는 인간인 거야. 아씨는 이 푸른 하늘처럼 크다는 기분이 드는군."

너무나 무서운 것을 나는 보고 말았구나 하고 나는 생각했다. 이런 꼴을 보고 난 터에, 앞으로 무엇에 기대면서 일을 계속할 수 있을 것인지 나는 한탄하지 않을 수가 없었다.

두 번째 부대를 지고 돌아오자, 아씨의 뺨도 눈도 반짝거리면서 나를 맞이해 주었다. 아씨는 나에게 방긋 웃으면서 조그맣게 말했다.

"멋지다!"

아씨는 손가락으로 가리키며 말했다.

"저기를 봐, 저쪽 들에 한 사람 죽어 있지. 바로 조금 전이었어. 괭이를 하늘 높이 들어 올리더니 떨어뜨리고 빙글빙글 춤추기 시작했어. 그리고 저 사람이 움직이지 않게 되자, 저걸 봐, 저쪽 들판에도 한 사람 쓰러져 있지. 그 사람이 빙글빙글 춤을 추기 시작한 거야. 바로 조금 전까지 꼼지락거리며 기고 있었는데."

아씨의 눈길은 그곳으로 쏠려 있었다. 다시 꼼지락거리지 않을까 기대하고 있는 것인지도 몰랐다.

나는 아씨의 말을 듣고 있는 동안에 땀이 잔뜩 배어 나왔다. 공포랄까 슬픔이랄까 헤아리지 못할 큰 것이 치밀어 올라, 나는 어찌해야 좋을지 알 수 없게 되었다. 내 가슴에 응어리가 꽉 차서 그저 헉헉하고 허덕거렸다.

"미미오, 저것 봐! 저쪽에, 보라구! 빙글빙글 춤추기 시작한 사람이 있어. 봐, 막 춤추고 있지. 햇빛이 눈부시다는 듯이, 해님에게 취했나 봐."

나는 난간으로 다가가 아씨가 가리키는 쪽을 보았다. 장자의 저택 바로 아래 논에서 한 농부가 양팔을 벌리고 하늘 밑에서 헤엄이라도 치듯 흔들흔들 비틀거리고 있었다. 허수아비에게 발이 돋아나 좌우로 엇디뎌 가면서 흔들흔들 조그마한 원을 밟으며 도는 것 같았다. 털퍼덕 쓰러지더니 기기 시작했다. 나는 눈을 감으며 물러섰다. 얼굴도, 가슴도, 등판도, 땀으로 흠뻑 젖었다.

'아씨가 동네 사람들을 죄다 죽여 버리는구나.'

나는 그렇게 확실히 믿었다. 내가 누각 천장 가득 뱀의 사체를 매달아 놓기를 끝내고 나면, 이 마을의 마지막 한 사람이 숨을 거둘 것이 틀림없다.

내가 천장을 쳐다보자, 바람이 불어치는 높은 누각인 만큼 몇십 개의 뱀의 사체들이 박자를 맞추어 가며 느릿하게 흔들리고 그 틈으로 깨끗한 푸른 하늘이 보였다. 문을 꼭꼭 닫아건 내 오두막에서는 이런 것을 볼 수가 없었지만, 매달려 있는 뱀의 사체가 이처럼 아름다운 것은 웬일일까 하고 나는 생각했다. 이런 광경은 인간 세계의 일이 아니라고 나는 생각했다.

내가 매달아 놓은 뱀의 사체를 내 손으로 잘라낼 것인지, 이곳으로부터 내가 도망쳐야 할 것인지 어느 한쪽을 선택하는 수밖에 없다고 나는 생각했다. 나는 끌을 움켜쥐었다. 그리고 어느 쪽을 선택할 것인지 망설였다. 그때 아씨의 목소리가 들려왔다.

"마침내 움직이지 않게 되었네. 어쩌면 저리 예쁠까. 아, 해님이 부러워. 온 일본의 들판에서도 마을에서도 거리에서도, 이처럼 바람에 죽어 가는 사람을 모두 보고 계시다니."

그 소리를 듣고 있는 사이 내 마음은 변했다. 이 아씨를 죽이지 않으면, 보잘것없는 인간 세계는 유지될 수가 없다고 나는 생각했다.

아씨는 무심히 들판을 바라보고 있었다. 새로 춤추기 시작하는 자를 찾고 있는 것인지도 몰랐다. 참으로 가련한 아씨라고 나는 생각했다. 그리고 결심이 서자, 나는 이상하게도 주저하지 않았다. 오히려 강한 힘이 나를 떠미는 것 같았다.

나는 아씨에게 다가가서 나의 왼손을 아씨의 왼쪽 어깨에 대어 끌어안고 오른손의 끝을 가슴에 박아 넣었다. 나의 어깨는 헉헉 하고 크게 물결치고 있었지만 아씨는 눈을 뜨고 방긋 웃었다.

"작별 인사를 하고, 그리고 나서 나를 죽여 줘야 해. 나도 작별 인사를 하고 나서 가슴을 찔러 줬으면 했는데."

아씨의 천진스러운 눈동자는 줄곧 나에게 웃음을 짓고 있었다.

나는 아씨의 말이 옳다고 생각했다. 나 역시 작별 인사를 하고 싶었고, 하다못해 용서의 한마디라도 하고서 아씨를 찌를 생각이었지만, 아무래도 흥분해서, 아무런 말도 하지 못하고 아씨를 찌르고 말았던 것이다. 이제 새삼 무슨 말을 하랴. 나의 눈에는 불식간에 눈물이 떠올랐다.

그러자 아씨는 내 손을 잡고 방긋 미소를 지으며 속삭였다.

"좋아하는 것은 저주하거나 죽이거나 싸우는 수밖에 없어. 이번 너의 미륵이 형편없는 것도 그래서이고, 지난번 괴물이 멋진 것도 다 그래서야. 언제나 천장에 뱀을 매달고, 지금 나를 죽인 것처럼 훌륭한 일을 해……"

아씨의 눈이 웃었고, 닫혔다.

나는 아씨를 부둥켜안은 채 정신을 잃고 쓰러지고 말았다.

(1952년 6월)

사카구치 안고 연보

1906년 니가타현 니가타시 니시오하타초에서 아버지 니이치로仁一郎, 어머니 아사의 5남으로 태어남. 13명의 형제 중 12번째로 본명은 헤이고柄五. 니이치로는 당시 헌정본당 소속의 중의원으로, 니가타 신문사 사장, 니가타 미곡 주식 거래 회사(나중의 니가타 증권거래소) 이사장을 겸했고, 오봉五峰이라는 호로 몇 권의 한시집漢詩集을 낸 한시인으로도 알려졌음. 정치가로서는 오쿠마 시게노부大隈重信 밑에서 헌정 옹호에 힘을 쏟았고 가토 타카아키加藤高明, 와카츠키 레이지로若槻禮次郎, 이누카이 츠요시犬養毅, 오자키 유키오尾崎行雄 등 쟁쟁한 인물들과 정치적 동지. 안고는 아버지에 대해 '삼류 정치가였다'고 회상함.

1911년(5세) 유치원에 들어갔으나 유년 시절부터 안고는 파천황적인 성격으로 잘 알려져 규율에 얽매이는 생활을 싫어해 유치원을 땡땡이 치고 혼자서 낯선 거리를 방황하며 걷거나 함. 안고의 숙부 한 사람은 '헤이고는 엄청나게 훌륭한 사람이 되거나 형편없는 인간이 되거나 둘 중 하나'라고 말함.

1913년(7세) 니가타 심상고등소학교尋常高等小學校에 입학. 정의감이 강한 골목대장이면서 소학교 6년 동안 줄곧 우등상을 받음. 만능 스포츠맨으로 시민 스모 대회나 운동회 등에서도 좋은 성적을 남김. 집에 있을 때는 주로 신문 연재소설이나 스모 기사를 열심히 읽음.

1919년(13세) 니가타 중학교에 입학. 주로 스포츠 잡지를 많이 읽었으나 이때부터 아쿠타가와 류노스케나 다니자키 준이치로 등의 소설을 읽기 시작함.

1920년(14세) 소학교 때부터의 근시가 악화되기 시작했고 상급생들의 횡포나 선생에 대한 반항심이 강해서 학교를 그다지 가지 않아 성적도 악화. 맑은 날에는 해변의 솔숲에 누워 바다와 하늘을 바라보며 시간을 보내고, 선생을 풍자하는 만화 등을 실은 회람잡지를 만들며 지냄. 수업 시간이 끝날 때쯤 등교하여 유도나 육상 연습을 함.

1921년(15세) 결석이 점점 늘어나고 2학년 때 유급. 집에서는 가정교사를 붙였으나 도망 다님. 이 무렵부터 장래 소설가를 지망.

1922년(16세) 교사를 구타한 사건 등으로 니가타 중학교에서 퇴학당함. 그 무렵 '학교 책상 뚜껑 뒷면에, 나는 위대한 낙오자가 되어 언젠가 일본 역사에 되살아나겠다'고 적음. 9월 도쿄 부잔豊山 중학교에 편입해 아버지를 비롯해 학업을 위해 올라온 형제들과 지냄. 학교 수업을 땡땡이 치고 찻집 출입이 빈번해짐. 철학을 좋아하는 친구와 선사禪寺에 들어가 좌선을 하기도 함.

1923년(17세) 독서량이 증가하며 창작에의 의욕이 높아짐. 이시카와 타쿠보쿠 류의 단가를 지어 지인에게 보내고 희곡을 집필하다가 중단하기도 함. 부잔 중학 시절 다니자키, 아쿠타가와 외에 체호프, 마사무네 하쿠초, 사토 하루오 등의 작품을 즐겨 읽었고, 에드거 앨런 포나 보들레르, 타쿠보쿠 등도 낙오자의 문학으로 친근감을 느끼고 애독함. 종교나 자연철학 책에도 관심을 가짐. 관동 대지진 얼마 뒤 아버지 위암으로 사망.

1924년(18세) 9월 고마바 트랙에서 열린 전국중학교경기대회에 출전해 높이뛰기에서 우승. 학내 운동회, 스모 대회, 유도 대회에서도 활약함.

1925년(19세) 아버지의 사망 뒤 10만 엔의 부채가 있다는 것이 밝혀져 부잔 중학교를 졸업하고 도쿄의 에바라 심상고등소학교 시모기타자와 분교의 임시 교사가 되어 분교장 주임의 집에 하숙하면서 5학년을 맡음.

1926년(20세) 임시 교사를 그만두고 도요東洋대학 인도철학윤리학과에 입학. 구도에 대한 강렬한 동경으로 불교와 철학책을 탐독. 밤 10시에 자고 새벽 2시에 일어나는 수행 생활을 1년 반 동안 계속하다가 신경쇠약에 걸림.

1927년(21세) 같은 과의 독서 모임인 원전연구회에서 내는 동인지 〈열반〉에 용수龍樹·Nagarjuna의 영향을 받은 논문 「의식과 시간의 관계」, 「향후의 사원 생활에 대한 사적인 고찰」 발표. 학년말 시험 기간 중 자동차에 치어 두개골에 금이 가고 후유증으로 두통과 피해망상에 시달림. 환청이나 이명 현상, 보행 곤란 등의 증상도 나타남. 인도철학에 환멸을 느끼기 시작하고 창작욕이 왕성해지지만 책을 한 줄도 읽을 수 없게 됨.

1928년(22세) 어학 공부에 집중해 우울증을 치료하려고 범어梵語, 팔리어, 티베트어를 공부하고 간다神田의 아테네 프랑세에 입학해 프랑스어, 라틴어도 공부함. 우울증이 서서히 나아져 포, 보들레르, 보마르셰의 소극farce을 애독하고 프랑스 문학의 대표작들을 독파해 나감. 9월 친구에게 보낸 편지에 우노 코지, 가사이 젠조, 아리시마 다케오 등을 즐겨 읽으며, 소세키나 아쿠타가와에게는 진실이 보이지 않는다고 적음. 이 무렵 체호프의 「지루한 이야기」의 자극을 받아 처음으로 소설을 씀. 잡지 〈개조〉의 현상 모집에 응모했던 것으로 보이나 천 편 이상의 응모작이 있었고 안고는 낙선.

1929년(23세)　봄에 어머니와 여동생 도쿄로 와 가족이 7명으로 늘어남. 예술 전반에 흥미를 가져 가부키, 노 등 일본 전통 예능 공연, 연극, 미술전, 음악회 등을 열심히 다님. 본고장에서 프랑스 예술을 접하고 싶다고 생각하고 어머니도 진지하게 유학시키려고 했으나 확고한 자신이 없고 '도중에 자살할 것 같은 느낌이 강하게 들어서' 단념. 다시 〈개조〉 소설 현상 모집에 응모한 것으로 추정되는데 이 또한 낙선.

1930년(24세)　3월 도요대학 졸업. 집을 신축해 가족 전원이 이사. 여름부터 아테네 프랑세에 다니던 구즈마키 요시토시(아쿠타가와 류노스케의 조카), 나가시마 아츠무 등과 동인지 발행을 계획. 구즈마키의 집에서 철야 번역을 하는 나날이 이어짐. 11월 동인지 〈말言葉〉을 창간. 구즈마키와 교대로 발행인을 맡고 번역을 발표. 형제 중 가장 좋아했던 누나 누이ヌイ가 암으로 사망함. 나중에 「고향에 바치는 찬가」에서 누나의 죽음을 다룸.

1931년(25세)　1월 처녀작 「초겨울의 술창고에서 木枯の酒倉から」를 〈말〉 2호에 발표. 5월 동인지의 이름을 〈푸른 말青い馬〉로 바꾸어 이와나미 출판사에서 새롭게 창간. 창간호에 「고향에 바치는 찬가」 「피에로 전도사」 「에리크 사티(콕토의 번역 및 보주補註)」 등을 발표. 6월에 「바람 박사」, 7월에 「타니무라 마을」을 〈푸른 말〉에 발표. 이 두 작품을 마키노 신이치가 격찬하면서 일약 문단에 이름이 알려짐. 10월, 마키노의 편집으로 창간된 〈문과文科〉에 중편 「대숲 속의 집竹藪の家」을 연재. 이후 마키노, 가와카미 테츠로, 나카지마 켄조, 고바야시 히데오 등 〈문과〉 동인들과의 통음痛飮이 잦아짐.

1932년(26세)　3월 초부터 약 한 달간 교토 여행. 가와카미 테츠로의 소개로 교토대 졸업 예정인 오오카 쇼헤이를 방문하고, 오오카의 주선으로 독문과의 가토 히데미치의 방을 빌려 기거. 3월, 「Farce에 관하여」를 〈푸른 말〉에, 6월, 「어머니」를 〈동양문과〉에, 10월 「마을의 한바탕 소동」을 〈미타문학〉에 발표. 가을경, 교바시의 바에서 나카하라 추야와 알게 되고, 바의 여급인 사카모토 무츠코와 호텔 여관을 전전하며 지냄. 12월, 가마쿠라에서 요양 중인 조카를 방문해 건강을 기원하며 시화집 「고기쿠소 화보小菊莊畵譜」를 제작.

1933년(27세) 1월 「오만한 눈」을 〈도신문都新聞〉에 발표. 전해 연말부터 신진 작가 야다 츠세코와의 교제가 시작됨. 3월 초 야다의 권유로 반상업적 동인지 〈벚꽃〉 창간에 참여하고 다무라 타이지로, 이노우에 토모이치로 등을 알게 됨. 같은 시기 오키 와이치나 와카소노 세이타로 등의 동인지 〈기원紀元〉의 기획 준비에 협력해 나카하라 추야나 가토 히데미치 등을 가입시킴. 4월경, 야다에게 애인이 있다는 소문을 듣고 충격을 받음. 5월 〈벚꽃〉 창간호에 장편 『산기슭麓』을 연재했으나 잡지가 2호로 폐간 위기에 몰리자 동인에서 탈퇴. 7월 야다 특고에 검거되어 열흘 남짓 유치장에 들어가 건강을 해쳐 이후로는 자주 만나지 못함. 9월 6일 제1회 도스토예프스키 연구회를 주최. 2회 이후 사람들이 모이지 않아 중지됨. 10월 중편 「아사마 유키코」를 〈문학계〉에 보냈지만 게재되지 않음. 점차로 우울증이 심해짐. 11월 「도스토예프스키와 발자크」를 〈행동〉에 발표.

1934년(28세) 1월 자살미수를 반복하던 친구 나가시마 아츠무가 뇌염으로 사망. 봄, 가마타 공장가의 바 보헤미안의 마담 오야스와 반동거 생활에 들어감. 5월 「간음에 부쳐」를 〈행동〉에 발표. 여름, 오야스와 함께 오모리 구로 이주. 10월 「의욕적 창작 문장의 형식과 방법」을 『일본 현대문장 강좌 방법편』에 발표.

1935년(29세) 2월 「천재가 되다 만 남자 이야기」를 〈도요대학신문〉에, 3월 「비원에 관하여」를 〈작품〉에 발표. 5월 마찬가지로 〈작품〉에 발표한 「고담의 풍격을 배격한다」에서 도쿠다 슈세이 등을 비판한 것에 격앙한 오자키 시로와 만나 이후 평생의 친구가 됨. 6월 첫 단편집 『타니무라 마을』을 간행. 9월 「문장의 한 형식」을 〈작품〉에 발표. 우라와 역 부근의 아파트에 오야스와 이주했으나 12월경에는 가마타의 친가로 돌아감. 11월 「사쿠라에초 기타 등등」을 〈문예통신〉에, 12월에 「여자」를 〈작품〉에 발표.

1936년(30세) 1월부터 3월까지 「로엔狼園」을 〈문학계〉에 연재하지만 미완으로 끝남. 1월경 야다 츠세코의 돌연한 방문을 받고 서로의 마음을 확인하기 위해 약 한 달간 빈번하게 만남. 3월 「선승」을 〈작품〉에, 「불가해한 실연에 대하여」를 〈와카쿠사〉에, 「유랑의 추억」을 〈도신문〉에 발표. 3월 1일 기쿠후지 호텔의 옥탑방으로 이주해 이듬해 1월까지 체재. 옥탑방으로 옮긴 지 얼마 안 돼 야다로부터 절연의 편지가 옴. 3월 24일 마키노 신이치 자살. 5월 「아메미야코안雨宮紅庵」을 〈미타문학〉에 발표. 6월 야다에게 실질적으로 마지막 편지를 보내고 『눈보라 이야기』의 원형이 되는 장편 집필에 집중. 여름 무렵부터 오자키 시로와 동인지 〈대낭만〉을 만들려 했으나 실현되지 않음.

1937년(31세) 1월 말 교토로 떠남. 5월 하순까지 장편 『눈보라 이야기』의 대부분을 썼지만 그 뒤 마무리를 못함. 6월경부터 거처를 옮기고 연일 바둑 삼매경에 빠짐. 이 무렵 일본의 고전 문학을 설화부터 에도 시대의 수필까지 닥치는 대로 읽음. 11월 『눈보라 이야기』 초고가 거의 완성되어 퇴고에 들어감.

1938년(32세) 1월 「여자 점쟁이 앞에서」를 〈문학계〉에, 3월 「남풍보」를 〈와카쿠사〉에 발표. 6월에 도쿄로 귀경해 기쿠호텔로 돌아옴. 7월 『눈보라 이야기』 간행. 문단의 반응도 거의 없고 판매도 저조함. 새로운 장편 집필에 대한 의욕을 불태우면서 만주행을 계획했으나 좌절. 12월 설화체 소설 「한산閑山」을 〈문체〉에 발표.

1939년(33세) 2월 「무라사키 다이나곤紫大納言」을 〈문체〉에, 3월 「나무들의 정령, 계곡의 정령」을 〈문체〉에, 5월 「공부기」를 〈문체〉에 발표. 5월 다케무라서점의 배려로 이바라키현 도리데 병원 부근으로 이주. 하지만 우울 증세가 계속 이어짐.

1940년(34세) 1월 미요시 타츠지의 주선으로 가나가와현 오다하라의 가메야마 별장으로 이주해 기리시탄 연구에 열중함. 4월 「시노자사의 어두운 얼굴篠笹の陰の顔」을 〈와카쿠사〉에, 5월 「문자와 속력과 문학」을 〈문예정보〉에 발표. 7월부터 9월까지 「생명을 걸고」를 〈문학계〉에

연재. 연말에 오이 히로스케와 만나 의기투합해 〈현대문학〉 동인으로 참가.

1941년(35세)　이해부터 약 3년 오이 히로스케의 집에 머물며 역사서 탐독. 〈현대문학〉의 동인 히라노 켄, 아라이 마사토, 이노우에 토모이치로, 사사키 키이치 등과 교유. 4월 단편집 『화롯가의 밤 이야기집炉辺夜話集』을 스타일사에서 간행. 5월 나가사키, 시마바라, 아마쿠사로 취재 여행. 8월 평론 「문학의 고향」을 〈현대문학〉에 발표. 9월부터 역사장편소설 「시마바라의 난」에 착수.

1942년(36세)　1월 「고도」를 〈현대문학〉에 발표. 2월에 어머니 아사 사망. 3월 「일본 문화 사관」을 〈현대문학〉에 발표. 6월 「진주」를 〈문예〉에 발표. 「고도古都」「고독한담孤獨閑談」으로 시작되는 장편 「고도」의 집필은 검열로 인해 중단됨. 여름을 니가타에서 보내며 「시마바라의 난」 집필. 11월에 「청춘론」을 〈문학계〉에 2회 연재.

1943년(37세)　이해 여름도 니가타로 귀성해 「시마바라의 난」 집필. 9월 최초의 자전적 소설 「21」을 〈현대 문학〉에 발표. 10월 단편집 『진주』 간행했으나 일부 표현이 군국 정신에 맞지 않다는 이유로 재판을 금지당함. 「시마바라의 난」을 중단하고 『이류 인간』의 집필에 착수. 12월 에세이집 『일본 문화 사관』 간행. 전쟁의 격화로 작품을 발표할 지면이 크게 줄어 일본 역사에 대해 계속해서 공부.

1944년(38세)　1월 『이류 인간』의 제1화가 되는 역사소설 「구로다 조스이黑田如水」를 〈현대문학〉에 발표. 〈현대문학〉은 중간되었으나 『이류 인간』은 종전 때까지 계속 집필해 완성시킴. 2월에 「철포鉄砲」를 〈문예〉에 발표. 징병을 피하기 위해 닛폰 영화사의 촉탁사원이 됨. 3월 14일, 야다 츠세코가 38세로 병사. 6월 닛폰 영화사에서 문화 영화 〈대동아 철도〉 등의 각본을 썼지만 영화화되지 않음. 12월 영화 〈황하〉의 각본을 의뢰받고 자료 수집. 『헤이케 이야기平家物語』『옥엽玉葉』등 많은 역사서를 읽음.

1945년(39세) 1월 오사카의 문예지 〈신문학〉의 의뢰로 화약고가 나오는 에세이를 보냈으나 발매 금지 처분에 대한 우려로 게재되지 않음. 4월부터 공습이 격화되었지만 집은 불에 타지 않음. 6월경 영화 〈황하〉의 각본을 제출했으나 역시 영화화되지 않음. 종전 후인 9월에 닛폰 영화사를 퇴사함. 신세를 진 친구 오자키 시로가 전범으로 거론되고 있다는 소문을 듣고 오모리로 달려감. 11월 오자키 시로와 동인지 〈풍보風報〉를 만들기로 계획하고 창간호의 게재용의 원고를 집필(내용은 불명). 아사히신문에 실린 시가 나오야의 글 「특공대 재교육」에 분노를 느끼고 〈풍보〉 제2호 용으로 「오자키 유키오 소론鸚童小論」을 집필. 연말부터 이듬해 1월에 걸쳐 오자키 시로의 비서라는 명목으로 GHQ 전범 사무소에 동행하여 변호함.

1946년(40세) 1월 「내 피를 쫓는 사람들」(「시마바라의 난」 구상의 일부를 독립시킨 것)을 「근대 문학」에 발표하지만 그 뒤를 이어가지 못함. 3월 「처녀작 전후의 추억」을 〈와세다문학〉에 발표. 4월, 6월 〈신조〉에 발표한 「타락론」과 「백치」가 큰 반향을 일으켜, 단번에 유행 작가가 됨. 5월경 오자키 시로와의 견해 차이로 〈풍보〉 기획에서 손을 뗌. 6월 〈잡담〉의 의뢰로 「사기 문학 박멸 잡담」을 집필했으나 게재되지 않음. 여름부터 쇄도하는 원고 주문을 처리하기 위해 필로폰을 상용하고, 잠자기 위해 알코올을 다량 섭취. 7월 「외투와 청공」을 〈중앙공론〉에 발표. 9월 「여체」를 〈문예춘추〉에, 「욕망에 관하여」를 〈인간〉에 발표. 10월 자전적 소설 「어디로」를 〈신소설〉에, 「마의 지루함」을 「태평太平」에, 「데카당 문학론」을 〈신조〉에, 「전쟁과 한 여인」을 〈신생〉에 발표. 11월에 자전적 소설 「돌의 생각」을 〈히카리光〉에 발표. 11월 22일, 다자이 오사무, 오다 사쿠노스케, 히라노 켄과의 좌담회 〈현대 소설을 말한다〉가 긴자의 실업지일본사에서 열려 처음으로 무뢰파無賴派 세 작가가 모임. 그달 25일에는 다자이 오사무, 오다 사쿠노스케와의 정담鼎談 〈환락이 극해 달하면 애정哀情 많도다〉가 〈개조〉 주최로 열렸으나 12월 4일 오다 사쿠노스케가 객혈을 해 절대 안정 상태를 위해 게재 연기됨. 12월 에도가와 란포 주최의 토요회에 참석해 자신의 탐정소설관을 피력. 이후 〈보석〉 게재 예정으로 『불연속 살인 사건』의 집필에 착수.「타락론」을 〈문학계간〉에,「에고이즘 소론」을 〈민주문화〉에 발표.

1947년(41세) 1월 『이류 인간』을 규슈서점에서 간행. 역사소설「도쿄道鏡」를「개조」에,「사랑을 하러 간다」를 〈신조〉에,「나는 바다를 껴안고 있고 싶다」를 〈부인화보〉에, 도쿠가와 이에야스를 소재로 한 역사소설「이에야스」를 〈신세대〉에, 자전적 소설「바람과 빛과 스무 살의 나와」를 〈문예〉에 발표. 1월 10일 오다 사쿠노스케 사망. 2월 〈호프〉에 게재될 예정이었던「특공대에 바친다」가 GHQ의 검열로 전문 삭제됨. 2월부터 〈도쿄신문〉에 연재할「하나요花妖」집필에 전념. 신문 소설로서는 파격적인 내용을 다루었고 독자의 평판도 나빠 연재는 5월에 중단되어 미완이 됨. 이 무렵부터 방문객의 면회일을 수요일로 한정함. 3월「27세」를 〈신조〉에,「나는 변명한다」를 〈아사히평론〉에 발표. 3월 초 가지 미치요와 신주쿠의 술집 치토세에서 만나 서로에게 끌림. 미치요는 비서로 사카구치 집안을 드나들기 시작. 4월「연애론」을 〈부인공론〉에 발표. 미치요가 맹장염에 걸렸다가 복막염까지 되어 쓰러져 긴급 수술을 하고 안고는 병원에서 한 달 동안 침식을 같이하며 간병함. 5월 단편집 『백치』를 중앙공론사에서, 『어디로』를 진광사에서 간행. 6월 장기 명인전을 관전하고 처음으로 관전기「꽃처럼 지는 일본」을 집필. 미치요는 퇴원 후에도 사카구치 집안에서 회복기를 보내고 그대로 사실혼 관계로 들어감. 에세이집 『타락론』을 긴자출판사에서 간행.「활짝 핀 벚나무 숲 아래」를 〈육체〉에, 자전적 소설「어두운 청춘」을 〈조류〉에,「교조敎祖의 문학」을 〈신조〉에 발표. 7월「장난감 상자」를 〈히카리〉에,「악처론」을 〈부인문고〉에 발표. 8월 『불연속 살인 사건』을 〈일본소설〉에 이듬해 8월까지 연재. 10월「푸른 도깨비의 훈도시를 빠는 여인」을 〈주간 아사히〉에 발표. 12월 긴자출판사에서 『사카구치 안고 선집』(전9권) 간행이 시작됨. 이해부터 이듬해 2년 동안 30권 가까운 저서가 간행됨. 작품의 반향이 커 집필 주문이 쇄도함에 따라 상습적으로 각성제를 복용함.

1948년(42세) 3월,「내 사상의 숨결」을 〈문예시대〉에 발표. 4월 오자키 시로의 공직추방가처분에 대해 이의 신청을 제출했으나 공직추방이 결정됨. 5월 「암호」를 〈살롱 별책〉에, 「30세」를 〈문학계〉에 발표. 6월 15일 다자이의 정사情死 소식을 듣고 매스컴의 쇄도를 피해 아타미로 피신. 7월 다자이의 죽음에 대한 소회를 담은 「불량소년과 그리스도」를 〈신조〉에 발표. 이 무렵부터 치통이 심해지고, 콧물과 구역질, 우울증이 재발하고 의식분열이 시작됨. 사고력의 집중을 위해 다량의 각성제를 복용하고, 불면증으로 인해 수면제를 상용하면서 장편 『불』을 구상. 10월 환시 환청 현상이 나타나지만 다른 일체의 일을 끊고 〈신조〉에 약 3천 매, 단행본 5권 분량의 연재를 약속하고 연말까지 약 800매를 집필. 그해의 마지막 날 취재를 위해 미치요와 교토로 향했으나 열이 나 중간에 여관에서 병으로 누움.

1949년(43세) 1월 도쿄로 돌아옴. 수면제 중독으로 광란 상태, 환시, 신경 쇠약 등이 나타나 2월에 도쿄대 병원 신경과로 입원해 지속 수면 요법을 처방받음. 그 기간에 『불연속 살인 사건』이 탐정소설 클럽상 수상작으로 결정됨. 또한 부활한 아쿠타가와상의 심사위원으로 추천됨. 집필이 끝날 때까지 게재하지 않기로 약속했던 『불』의 제1장이 〈신조〉 3월호에 무단 게재된 것에 분노해 4월 병원에서 신조사에 절연장을 보냄. 또한 세금 체납으로 가마타 세무서가 사카구치 집안을 압류하려 한다는 것을 알고 이의 신청서 제출. 본인의 희망으로 병원에서 퇴원. 8월 「복원 살인 사건」을 〈좌담〉에 이듬해 3월까지 단속적으로 연재했으나 미완으로 끝남. 8월 수면제 중독으로 인한 발작이 재발되어 이케가미 경찰서에 유치됨. 의사의 권유에 따라 이토 시(「간장 선생」의 배경 마을)로 전지 요양을 떠나 그곳에서 정착함. 이 무렵부터 개를 키우고 매일 아침 산보하는 습관을 붙여 서서히 건강이 회복됨.

1950년(44세) 1월부터 12월까지 「안고항담安吳巷談」을 〈문예춘추〉에 연재. 집필을 위해 매달 경륜장이나 파출소, 스트립쇼 극장 등을 견학 취재. 1월 「간장 선생」을 〈문학계〉에 발표. 3월경 아내 미치요의 임신이 판명되지만 자신의 아이라는 것을 믿지 않고, 이 무렵부터 다시 수면제를 복용하고 광란 상태가 됨. 미치요는 출산을 포기하고 낙태함. 5월부터 10월까지 〈요미우리신문〉에 『거리는 고향』 연재. 절연했던 신조사와 화해하고 5월부터 이듬해 1월까지 『나의 인생관』을 〈신조〉에 연재. 10월부터 탐정소설 『메이지 개화 안고 체포장』을 〈소설 신조〉에 전20회 연재.

1951년(45세) 1월부터 「안고의 신일본 지리」 연재를 위해 이세, 오사카, 센다이, 나가사키, 아키다 등의 취재 여행에 나섬. 동시에 고대사 관계의 조사 연구를 진행함. 2월 「흥분과 전율론武者ぶるい論」을 〈월간 요미우리〉에 발표. 「안고항담」으로 문예춘추 독자상을 수상. 3월부터 「안고의 신일본 지리」를 〈문예춘추〉에 연재. 5월 채털리 재판* 첫 번째 공판을 방청. 취재 여행 중에 세금 체납으로 가재도구와 장서 일체가 압류됨. 6월, 장서의 처분 취소는 받아들여졌으나 국세청과의 대결 르포 「지지 않습니다 이길 때까지」를 〈중앙공론〉에 발표해서 인세와 원고료 차압 공세가 강화됨. 9월 이토 시 경륜競輪에서 사진 판정에 부정이 있다고 확신해 운영 기관인 시즈오카 경륜 진흥회를 고발해, 주요 언론에서 대대적으로 보도됨. 하지만 매스컴은 착각설을 취하는 논조가 다수였고, 감독 관청도 '사카구치 씨의 착각'이라고 결론을 내림. 그로 인해 피해망상을 품게 됨.

1952년(46세) 1월 채털리 재판 판결 공판 방청기를 〈요미우리신문〉에 게재. 1월부터 7월까지 「안고 역사 이야기」를 〈모든 읽을거리〉에 연재. 2월 군마현으로 이주. 6월, 「요나가 아씨와 미미오」를 〈신조〉에

---

* D. H. 로렌스의 『채털리 부인의 연인』이 작가 이토 세이의 번역으로 출간되자 출판사 사장과 번역가가 외설물 유포죄로 기소된 사건. 외설적 표현의 자유의 한계와 공공의 복지를 놓고 몇 년간 재판이 진행되었고 1957년 상고 기각으로 종결되었다. 많은 문학자가 기소에 항의해 표현의 자유를 옹호했고 검찰이 기소의 근거로 삼은 공공의 복지 원용이 안이하다는 비판이 강했다.

발표. 10월부터 이듬해 3월까지 장편 『노부나가』를 〈신태양〉에 연재. 11월부터 골프를 시작.

1953년(47세) 1월 「다락방의 범인」을 〈킹〉에 발표. 4월과 5월, 『메이지 개화 안고 체포장』 1, 2집을 〈일본출판협동〉에서 간행했으나 약속에 반해 인세 전부를 도쿄 국세청에서 압류하자 3집의 검인을 거부해 신문에 보도됨. 5월 수면제를 복용하고 행패를 부려 아내가 〈현대문학〉의 동인이었던 미나미카와 준의 집으로 피신하자 골프채를 들고 찾아가 행패를 부림. 7월 단 가즈오와 니가타 부근으로 취재 여행. 단 가즈오가 없을 때 행패를 부려 유치장에 들어감. 8월 장남 츠나오의 탄생 소식을 유치장에서 나오면서 들음. 8월 24일 미치요와의 혼인 신고서, 장남의 출생신고서를 시청에 제출. 〈일본출판협동〉과 화해.

1954년(48세) 1월 늦게 태어난 자식에 대한 깊은 애정과 재산이 없는 것을 걱정하며 저축을 해볼까 하는 마음이 담긴 「사람의 자식의 부모가 되어」를 〈킹〉에 발표. 1월 『메이지 개화 안고 체포장』 3집을 〈일본출판협동〉에서 간행. 8월 아쿠타가와상 심사 방식에 의구심을 느끼고 심사위원을 사임. 8월부터 이듬해 4월까지 『진서 다이코기真書太閤記』를 〈지성〉에 단속적으로 연재.

1955년 1월 니가타, 도야마 취재 여행. 「광인 유서」를 〈중앙공론〉에 발표. 2월부터 3월까지 「안고 신일본 풍토기」를 〈중앙공론〉에 연재. 2월 17일, 고치 취재 여행에서 돌아온 지 이틀 뒤 이른 아침 '혀가 꼬인다'며 쓰러져 군마현 기류의 자택에서 뇌출혈로 급서急逝. 향년 48세. 장례식은 2월 21일 아오야마 장례식장에서 치러져 오자키 시로, 가와바타 야스나리, 사토 하루오, 아오노 스에키치 등이 조사를 읽음. 가와바타 야스나리는 '뛰어난 작가들은 모두 최초의 사람이자 마지막 사람이다. 사카구치 안고 씨의 문학은 사카구치 씨가 있어 만들어졌으며 사카구치 씨가 없으니 들을 수 없다'며 그 죽음을 애도. 안고는 생전에 아내에게 장례식은 지루하고 불필요한 것이니 '바보 같은 소동은 하룻밤만 해주세요. 그 뒤에는 누군가와 사랑하며 즐겁게 살아주세요. 유산은 전부 드리겠습니다. 무덤 따위는 필요 없습니다'라고 말함. 고향인 니가타현 니이츠 시 다이안지大安寺의 사카구치 가문 묘소에 묻혔지만 무덤에는 안고의 이름이나 계명戒名은 일체 표시되어 있지 않음. 1957년 니가타 시 호국신사 경내에 안고를 기리는 시비가 건립됨.

옮긴이 | 김유동

1936년생. 연세대 의예과를 수료했고 한글학회, 잡지사 등을 거쳐, 경향신문 부국장과 문화일보 편집위원을 지냈다. 저서로 『편집자도 헷갈리는 우리말』이 있고 『메이지라는 시대』 『모차르트의 편지』 『다자이 오사무 선집』 『고전과의 대화』 『유희』 『주신구라』 『잃어버린 도시』 『빈 필-음과 향의 비밀』 『투명인간의 고백』 등을 우리말로 옮겼다.

사카구치 안고 선집

초판 1쇄 발행 2022년 6월 30일

지은이 사카구치 안고
옮긴이 김유동

펴낸곳 서커스출판상회
주소 경기도 파주시 광인사길 68 202-1호(문발동)
전화번호 031-946-1666
전자우편 rigolo@hanmail.net
출판등록 2015년 1월 2일(제2015-000002호)

ISBN 979-11-87295-65-5 03830